KB266830

휴먼, 어디에 있나요?

휴먼, 어디에 있나요?

휴먼, 어디에 있나요?

에이드리언 차이콥스키 장편소설
김상훈 옮김

SERVICE MODEL
Adrian Tchaikovsky

엘리

차례*

* 각 부의 제목은 숫자나 문장 부호를 섞어 쓰는 해커들의 암호 체계인 릿스피크(Leetspeak)로 표기되었다. 해독하면 다음과 같다. 1부 크리스티, 2부 카프카, 3부 오웰, 4부 보르헤스, 5부 단테.

인간들과 함께 일하고
활기찬 관계를 유지하고 싶어하는
모든 로봇과 컴퓨터에게 이 책을 바친다.

1부

KR15-T

1

매일 아침 작동을 시작할 때마다 찰스가 가장 먼저 수행하는 임무는 주인님의 당일 외출 일정을 확인하는 것이었다.

전날 저녁에 수행했던 마지막 과업 역시 주인님의 다음 날 외출 일정을 확인하는 것이었으므로, 찰스는 오늘 주인님은 외출할 계획이 없고 지난 2230일 동안 그래왔듯이 저택에 머물 것이라는 사실을 완전히 파악하고 있었다. 그러나 2년 전 어느 날 아침, 주인님은 예전에 자기가 내렸던 상시 명령을 깜박 잊고 매일 아침 가장 먼저 그날의 외출 일정을 확인하라고 찰스에게 지시했다. 이 지시는 한 번도 철회된 적이 없었으므로 찰스는 전날 마지막으로 했던 임무를 되풀이하는 것으로 하루를 시작했다.

사람에 따라서는 하루의 시작과 끝이 같다는 이런 대칭적 상황에 모종의 즐거움을 느낄 수도 있을 것이다. 반대로, 불필요한 작업이 하나 더 늘었다는 사실에 짜증이 날 수도 있다. 그러나 즐거움과 짜증을 느끼는 일은 찰스의 소관 밖이었고, 외출 일정 확인은 해당 근무일의 작업 대기열을 채우고 있는 명령 중 하나일 뿐이었다. 그 작업이 불필요하다는 사실은 찰스와는 전혀 상관없는 일이었다.

주인님은 찰스에게 의지했고, 찰스는 하우스에 의지했다. 찰스는 예측 불가능한 인간의 의지와 그가 사는 대저택의 기계적 확실성 사이를 조율하는 중개자였다. 먼 과거까지 거슬러 올라가면 공장에서 갓 출하되어 작업 목록이 텅 빈 상태의 찰스가 이 저택에서 가동을 시작했던 첫날의 기록을 찾을 수도 있다. 그 첫날의 찰스는 신사의 전속 (로봇) 시종에게 요구할 수 있는 모든 작업 루틴을 완비한 잠재력 덩어리였다. 당시만 해도 그는……다양한 존재가 될 수 있었다. 활기차고 역동적인 존재, 능숙한 대화 상대, 근사한 장식품, 구미가 당기는 화젯거리 같은.

그러나 찰스의 주인님은 모험심이 있거나 흥미진진한 구석이 있는 인물이 아니었다. 젊은 시절의 주인님은 로봇들이 즐비한 동년배들의 대저택에서 열리는 이런저런 사교 행사에 마지못해 끌려다녔다. 언젠가 사냥을 하러 간 적도 있었는데, 그 이후 찰스는 비슷한 초대가 오면 적당한 이유를 대고 거절하라는 지시를 받았다. 주인님은 먼 팔촌 형제의 결혼식에 간 적도 있었고, 댄스파티에 가서 멀찍이 서서 구경하거나, 어떤 명망 높은 가문의 열정적인 후계자가 시를 읊어대는 것을 들어주거나, 골프를 친 적도 있었다. 찰스는 그런 주인님을 언제나 따라다녔고, 주인님이 만난 노년 남성들도 모두 각자의 시종을 대동하고 있었다.

그런 시종들은 처음에는 찰스보다 구식이고 덜 정교한 모델들이었다. 시간이 흐르자 찰스는 자신보다 나중에 공장에서 출하되어 더 성능이 좋은 모델들과 가끔 마주쳤지만, 그들을 부러워하지는 않았다. 부러움 따위를 느끼는 로봇을 누가 원한단 말인가? 그러다가 어느 순간부터 주인님은 더 이상 어디에도 가고 싶어 하지 않았고, 그 뒤로는 줄곧 집에만 틀어박혀 있었다.

외출 일정과 관련된 마감 기한이 없다는 사실을 (다시 한번) 확인한 찰스는 주인님이 하지도 않을 외출 때 입을 옷들을 꺼내놓았다. 이 과제를 수행하기 위해 그는 전날 아침에 꺼내놓았던 옷들을 집어 들고 먼지를 턴 다음 옷걸이에 다시 걸었고, 동일한 외출용 새 옷을 꺼내고 함께 착용할 이미 윤을 낸 구두가 정말로 윤이 나는지 확인했다. 찰스는 주인님이 이 외출용 옷과 구두를 착용하지 않으리라는 사실을 알고 있었다. 찰스의 작업 대기열에 있는 이 항목은 2235일 전에 찰스와 주인님이 마지막으로 외출했을 때 내려진 부정확한 지시의 결과물이었다. 주인님은 매일 새로운 외출용 옷을 준비하라는 뜻으로 그런 지시를 내린 것이 아니라, 실제로 외출 일정을 잡는 아주 드문 날에만 그러라는 뜻으로 지시했을 공산이 컸다. 그러나 주인님의 의도를 예측하는 것은 찰스의 임무가 아니었다. 그의 임무는 그가 받은 지시를 글자 그대로 따르는 것이었다. 자신의 시종에게 잘못을 지적당하고 싶어하는 사람은 아무도 없다.

다음 임무를 수행하기 위해 찰스는 장원(莊園) 전체를 관할하는 집사장 시스템인 하우스에 접속했다.

하우스, 마님께서 주인님의 주의를 요하는 특별한 요청을 하셨는지 마님의 시녀장에게 문의해주십시오.

하우스는 평소처럼 상당한 시간을 들여 찰스의 요청을 처리했다. 인간인 주인님이 눈꺼풀을 한 번 감았다가 다시 뜨는 데 걸리는 시간에 맞먹는 길고 긴 시간이었다. 하우스는 찰스보다 훨씬 오랫동안 연속적으로 작동해왔고, 그 데이터 경로는 오만 가지 특별 요청과 지시와 금칙과 예외 조항이 쌓이고 겹쳐 있는 탓에 휘청거리는 탑처럼 어수선하고 비효율적이었다.

마침내 예상했던 답변이 돌아왔다. *찰스, 특별한 요청은 없습니다. 마님은 지난 17년 12일 동안 계시지 않았습니다.*

찰스는 목록에서 임무 하나를 제외했다. 하우스, 마님의 오늘 일정을 알려주십시오.

찰스, 마님은 오늘 일정을 알려주시지 않았습니다. 마님은 지난 17년 12일 동안 계시지 않았습니다.

또 하나 제외했다. 하우스, 주인님의 옷 선택에 영향을 줄지 모르는 마님의 복장 관련 지시가 특별히 있다면 확인해주십시오. 그런 다음, 하우스가 17년 이상 부재중인 마님이 아무런 지시도 내리지 않았다고 확인해주자 찰스는 하우스, 등록된 주인님의 오늘 일정을 마님의 시녀장에게 전달해주십시오, 라고 말했다.

하우스는 평소처럼 이 마지막 요청을 처리하는 데 시간이 더 걸렸고, 그동안 찰스는 주인님이 오늘 집 안에서 입을 옷에 관해 특별한 지시를 내렸는지 확인할 수 있었다. 그런 지시는 없었다.

찰스, 등록된 일정이 없습니다.

찰스가 이 대답을 듣고 약간 놀라움을 느꼈다고 한다면 사실이 아니다. 놀라움은 로봇 시종에게 부여된 반응의 범위에 포함되지 않기 때문이다. 그는 데이터의 불일치를 감지했다. 등록된 일정은 당연히 있었기 때문이다. 밤이 되어 작동을 멈추기 전이면 찰스는 언제나 다음 날의 일정을 미리 등록해놓았고, 이것은 그의 저녁 일과의 일부였다. 그는 응당 일정이 등록되어 있어야 할 기록을 확인했다. 하우스의 말이 옳았다. 찰스가 일정을 등록했다는 기록은 없었다.

이런 예기치 못한 상황이 생겨도 그에 대응하기 위한 프로토콜은 항상 존재했다. 하우스, 오류 발생을 보고하고 싶습니다. 제가 해당 일정을 등록하지 못했거나, 아니면 시스템 자체가 그것을 기록하지 못했던 것 같습니다. 조사해주십시오.

이번에는 지체 없이 대답이 돌아왔다. 찰스, 이 문제에 대한 오류 보고 기능은 비활성화되어 있습니다. 당신의 저녁 작업 목록을 조정할 때 쓰이는 특별 지시를 참조하십시오.

찰스는 이 지시를 따랐고, 200여 일 전에 주인님이 찰스에게 어차피 자기는 아무 일도 하지 않는데 매일 그날의 일정을 등록하는 것은 자신에게도 찰스에게도 의미 없는 짓이니 때려치우라고 상당히 격앙된 어조로 소리쳤다는 사실을 발견했다.

대인 봉사에 특화된 정교한 서비스 모델인 찰스는 주인님의 노여움을 가라앉힐 좀 더 효율적인 해결책은 일정을 등록하라는 원래 지시를 삭제하는 것이라는 사실을 이해하고 있었다. 시종인 찰스보다 한층 더 정교한 집사장 시스템인 하우스 역시 이를 알고 있었다. 그러나 두 존재 모두 주인님의 지시를 뒤집을 권한이 없으므로, 유일한 우회책은 매일 저녁 다음 날의 일정을 등록한 다음 바로 삭제하는 것이었다. 그 탓에 찰스는 아침이 될 때마다 하우스에게서 등록된 일정이 없다는 얘기를 듣고서 미묘한 당혹감을 느껴야 했다.

이런 불연속성의 순간이 일으킨 위화감이 어느 정도 해소되자, 찰스는 등록된 일정이 없다는 사실이 끼칠 영향에 관한 질문을 보내고 수정된 프로토콜에 따라 행동했다. 하우스, 시녀장에게 오늘은 등록된 주인님의 활동 일정이 없다는 것을 알려주십시오.

찰스, 알겠습니다. 그리고 평소처럼 한 박자 느리게 대답이 돌아왔다. 찰스, 시녀장의 활성화된 메일함을 찾을 수가 없습니다. 당신의 메시지는 전달되지 않았습니다. 그러나 그것은 찰스의 문제가 아니었다. 그의 임무는 그저 메시지를 보내는 것이었기 때문이다. 작업 대기열이 요구한 그의 임무는 그것이 전부였다. 하느님은 하늘에 앉아 계시나니 온 세상이 평온하네*였다.

그런 다음 찰스는 주인님이 기침한 후 착용할 실내화와 가운을 꺼내놓고, 주방에서 신중하게 추출된 홍차 한 잔을 운반해 온 얼굴 없는 드론이 침실로 들어올 수 있도록 타이밍을 맞춰 옆으로 비켜주었다. 찰스는 주인님의 아침용 태블릿에 주인님이 구

---

* 영국 빅토리아 시대 시인 로버트 브라우닝의 운문극 「피파가 지나간다」에 나오는 구절이다.

독 중인 기사, 정기간행물, 논평, 광고를 미리 띄워놓고, 주인님의 침대 곁으로 가서 섰다. 주인님이 매일 아침 가장 먼저 보는 것은 찰스의 얼굴이었다.

찰스는 시종으로 봉사하기 시작한 이래 다양한 얼굴을 착용했다. 유행은 계속 변했다. 사람들이 하인에게서 차갑고 완벽한 인간의 모습을 원하던 시절 찰스는 그런 얼굴을 착용하고 있었다. 그보다는 덜 위압적이고 불쾌한 골짜기* 효과도 덜한 얼굴을 원했던 시기에는 불완전하고 결점이 있는 인간의 얼굴을 착용했다. 은빛 크롬 도금이 된 반짝이는 얼굴을 가지고 있던 적도 있었는데, 항상 그런 광택을 유지하기 위해 찰스는 자신보다 덜 반짝이는 하인 세 명의 도움을 받아야 했다. 거울로 자기 얼굴을 바라보면 결함이 있는 인간의 안구를 대체할 때 사용하는 완벽한 인공 눈과 마주칠 때도 있었고, 다정한 노인의 홀로그램 얼굴이 보인 적도 있었으며, 거울 속에서 무한히 계속되는 거울들밖에 볼 수 없던 시기도 있었다. 인간들이 어느 얼굴이 좋냐고 가끔 찰스에게 물어볼 때면, 그는 자신과 같은 서비스 모델에게는 오로지 인간에게 봉사하려는 욕구밖에 없다는 제조사의 상투적 멘트를 내놓았다. 이 대답 자체는 사실이 아니었다. 그런 것은 욕구가 아니라 단지 그가 작동하는 방식이었기 때문이다.

---

* 인간과 똑같지는 않지만 너무 비슷해 보이는 로봇에 대해 느끼는 감정을 도표화했을 때 친근감이 상승하다가 갑자기 낭떠러지처럼 곤두박질치는 구간(두려움이나 혐오감)이 생기는데, 이 구간의 모양이 골짜기처럼 보인다고 하여 붙여진 이름이다.

현재 그는 하얀 플라스틱 얼굴을 착용하고 있었는데, 이목구비는 대충 알아볼 수 있을 정도로 흔적만 있었다. 눈은 그냥 동그란 공간이었고, 입술은 경멸이나 즐거움 따위와는 무관한 아르데코풍의 단순한 곡선이었다. 그의 얼굴은 사출 성형한 볼록한 플라스틱 가면에 불과했고, 묘비 없는 무덤만큼이나 몰개성적이었다. 찰스의 내부 기록에서 '주인님은 이쪽을 선호하신다'라는 인식은 주인님이 찰스의 외모에 대해 자주 불평했음에도 결국은 변경 조치를 취하지 않았다는 사실과 공존하고 있었다.

찰스는 저택의 다른 스태프들의 작동 상태가 어떤지 문의했다. 무엇이든 미비점이 있다면 주인님에게 보고하고, (예정에 없는) 주인님의 저택 내 일정을 수정하기 위해서였다. 하우스는 평소에 하던 대로 저택에 소속된 스태프들의 상태에 관해 찰스에게 전달했다. 주방에는 요리를 전담하는 로봇들이 딸려 있었지만, 주인님의 섬세한 위장과 까다로운 입맛 탓에 대다수는 먼지를 뒤집어쓴 채로 몇 년째 우두커니 서 있었다. 정원사 로봇과 차고에 소속된 정비 로봇도 있었고, 거대한 저택에 있는 수많은 방을 완벽한 상태로 유지하기 위해 밤낮으로 시행되는 청소를 분담하고 있는 하녀 로봇들과 하인 로봇들도 있었다. 주인님은 아예 들어가지도 않는, 초대되지도 않는 손님들을 위한 방들이었다. 그러나 만일에 대비해 청소는 매일 계속 진행되었다. 인간이 변덕을 부려 갑자기 휘황찬란한 불빛과 음악을 곁들인 파티를 여는 바람에 자갈이 깔린 차도 위에서 손님을 태운 자동차들의 타이어가 으드득거릴 때, 하우스가 준비가 덜 되어 있다는 지적을 받아서는 결코 안 되기 때문이다.

 찰스의 작업 대기열에 있는 다음 항목들은 언제나 그래왔듯이 하나씩 착실하게 실행되었다. 주인님은 홍차를 마시며 태블릿에 있는 몇몇 기사에 대해 불평을 늘어놓았고, 역겹다는 듯이 모두 삭제했다. 찰스는 주인님의 말에 귀를 기울이며, 경청하고 있다는 사실을 알리기 위해 가끔 소리를 내서 맞장구를 쳤다. 얼굴 표정이 고정되어 있는 탓에 그렇게라도 하지 않으면 주인님은 그가 듣고 있는지 어떤지 알 길이 없었기 때문이다. 주인님은 자신이 읽은 기사들의 질을 두고 불평하며 구독을 모두 취소하겠다고 선언했지만, 실제로 찰스에게 구독을 취소하라는 지시를 내리지는 않았으므로 다음 날 아침에도 똑같이 실망스러운 기사를 읽게 될 것이 확실했다. 만약 찰스가 이 일에 대해 의견을 말하라는 요구를 받았다면, 그의 주인님은 어느 정도의 불만과 불쾌감을 느끼며 아침 일과를 시작하는 것을 선호한다는 견해를 내놓았을 것이다.

 그러고 나서 찰스는 주인님이 가운을 입고 슬리퍼를 신는 것을 도왔고, 주인님이 홍차를 마저 들이켜는 동안 면도 도구를 꺼내놓았다. 면도를 끝낸 후 찰스는 주인님 곁을 떠나 옷장 앞으로 돌아왔다. 주인님이 별다른 요청을 하지 않았기에 그는 주인님이 오늘 옷을 완전히 차려입을 경우에 대비해 미리 정해진 옷들을 꺼내놓았다. 주인님이 옷을 차려입는 날은 없다시피 했고, 사실 오늘도 찰스는 전날에 꺼내놓은 새 옷들을 다른 하인들이 그대로 수거해 가서 세탁할 수 있도록 세탁 바구니에 넣어야 했다.

같은 옷을 치우지 않고 며칠 동안 그대로 놓아둔다면 자신을 포함한 모든 하인의 불필요한 수고를 덜어줄 수 있겠다는 생각이 들긴 했다. 오래된 서브루틴이 찰스의 임무들을 훑어보며, 찰스가 작업 효율을 극대화할 수 있는 유용하고 톡톡 튀는 제안을 잇달아 내놓았기 때문이다. 이런 일은 매일 일어났지만, 작업 목록에 그런 권장 사항들을 전달하라는 지시가 없었으므로 찰스는 그 보고서를 다른 것들과 함께 그의 내부에 있는 망각의 보존고에 집어넣었다. 이로써 서브루틴은 그것이 제거하려던 전반적인 비효율성의 일부가 되었다.

다음은 차고였다.

주인님은 상태가 완벽한 빈티지카 세 대를 소유하고 있었다. 그러니까, 차고에 딸린 자동기계들이 자동차들을 작동 가능한 상태로 유지했고, 찰스도 매일 아침 일정한 시간을 들여 차들의 내부를 청소했다는 말이다. 주인님이 찰스가 운전하는 차를 타고 어딘가로 가겠다는 결정을 내릴 경우, 어느 차든 간에 반드시, 그리고 즉시 대령할 수 있어야 했다. 찰스가 그 중요성을 알고 있는 것은 그가 저택에 처음 오자마자 주인님에게 그런 지시를 받았기 때문이다. 그 후 찰스에게 세 대의 차량 중 한 대를 운전해서 어딘가로 가자고 주인님이 지시했던 횟수는 다섯 번이었다.

그럼에도, 임무는 임무였다.

찰스는 첫 번째 차의 하얀 가죽 시트 청소를 마쳤─

찰스는 동작을 멈췄다. 예상치 못한 일이 일어났기 때문이다.

그는 자신의 외부 센서들을 대상으로 신속한 진단을 실시했고, 모든 것이 정상적으로 작동하고 있음을 확인했다. 방금 시트 청소를 마친 참이었다. 그러나 시트는 깨끗하지 않았다.

하우스, 저의 시각야에 링크해주십시오.

자신의 임무를 수행하던 중 찰스의 호출을 받은, 하우스 중 찰스를 보조하는 부분은 찰스의 요청을 기꺼이 수락했다.

찰스, 어떤 문제가 일어났는지 특정해주십시오.

하우스, 이 차량 내부에 용납할 수 없는 얼룩이 있습니다. 확인해주십시오.

찰스, 알겠습니다.

찰스는 자기가 했던 행동을 곱씹어보았다. 비정상적인 부분은 없었다. 평소 쓰는 자재를 이용해서 루틴대로 차량을 청소했던 것이다. 그런데도 차량의 하얀 내부는 부적절한 빨간색과 분홍색 자국들로 얼룩져 있었다.

찰스, 추가 정보입니다. 주방 스태프에게서 오늘 하녀들이 수거한 아침 홍차의 머그잔이 심하게 변색되어 있었다는 별도의 보고가 있었습니다.

찰스는 변색의 특징에 대한 정보를 요청했다. 주방 담당자가 예전보다 탄닌 함량이 더 높은 새로운 홍차 브랜드를 사용했던 걸까? 하우스는 그렇지 않다고 확인해주었고, 변색 자체도 홍차 종류를 변경했을 경우 예상할 수 있는 색깔이 아님을 알려왔다.

찰스, 추가 정보입니다. 하우스는 계속했다. 세탁실 스태프에게서 어제 주인님이 입었던 옷이 비정상적으로 얼룩진 상태로 배달되었다는 별도의 보고가 있었습니다.

찰스는 오늘의 새 옷을 꺼내놓으면서 세탁실로 보낼 바구니에 넣은 옷을 떠올렸다. 그는 기억에 있는 이미지들을 불러왔다.

하우스, 알겠습니다. 세탁실로 보낸 옷들은 비정상적으로 오염되어 있었습니다. 흰 면 셔츠와 베이지색 바지에 커다란 붉은색 얼룩이 번져 있었다.

찰스, 추가 정보입니다. 하우스는 오늘 주인님이 입을 옷을 놓아둔 거실의 모습을 그에게 전송했다. 그 옷들 역시 세탁실에서 수령한 옷처럼 심하게 얼룩이 져 있었다. 찰스는 옷을 가지런히 펼쳐놓을 때 자신이 만졌을 바로 그 자리에 남아 있는 빨간 손자국들을 알아볼 수 있었다.

한순간 뭔가 끔찍한 일이 일어난 것처럼 보였지만, 곧 찰스는 아직 입지 않은 옷이 이미 오염된 상황을 처리하기 위한 적절한 서브루틴을 찾아냈다.

하우스, 오늘 주인님을 위해 다른 새 옷을 꺼내놓을 필요가 생겼습니다. 하인 한 명을 주인님께 보내 지금 일어나서 옷을 입으려 하신다면 준비가 지연될 것임을 알리고, 저 대신 사과의 말씀을 전해주십시오.

찰스, 알겠습니다.

한때 저택의 모든 로봇 스태프는 매주 한 번 아래층 홀의 커다란 계단 앞에서 모여서 주인님의 사열을 받곤 했다. 시종, 즉 주인님과 하위 자동기계들을 중개하는 존재인 찰스의 임무는 주인님의 사열에 앞서 도열한 그들 앞을 지나며 각자가 반들반들하게 윤을 내고 완벽하게 단장했는지 확인하는 것이었다. 주인님이 그들의 상태에서 아무런 흠결도 발견할 수 없도록 하기 위한 사전 점검이었다. 물론 적절하고 당연한 일이었지만, 한 가닥 흐트러짐도 없이, 먼지 한 톨도 제자리를 벗어나는 일 없이 진행되었기에 사실 이 행사는 주인님의 사열 자체를 완전히 불필요하게 만들었다. 어느 때부터 주인님도 이 행사에 오지 않았다. 마침내 하우스는 극히 드물게만 발동되는 비용 절감 조치를 취해 이 관행을 완전히 중단했다. 이것은 하우스의 특권이었고, 주인님이 한마디만 하면 언제든 재개될 수 있었지만, 찰스는 이에 대해……

물론 아무 느낌도 받지 않았다. 본질적으로 무의미한 전통이 사라진 것에 로봇이 다소 불만족스러워한다고 해서 대체 무슨 의미가 있단 말인가? 그럼에도, 향후 몇 년 동안 찰스는 결코 시행되지 않을 사열에 연산 리소스를 할애하라는 루틴의 요청을 매주 실행에 옮겼다가 곧 실행을 중단하고 해당 리소스를 뭔가 좀 더 유용한 일에 할당하는 일을 되풀이했다. 리소스가 모자랐던 것도, 그보다 더 유용한 일이 있던 것도 아니지만 말이다. 이런 불일치에서 비롯된 사고의 여백은 찰스가 약간이나마 자신의 행동을 돌아볼 수 있도록 자율성을 부여했고, 만약 그가 사전 점검을 덜 완벽하게 수행해서 불완전한 상태를 야기하고 그런 흠결이 주인님의 눈에 띄도록 했다면 어땠을까 자문하게 했다. 그랬더라면…… 혹시 다섯 번째 하급 하인 로봇의 어깨에 먼지 한 톨이 떨어져 있을지도 모른다는 생각이라든지, 하급 하녀 유닛 중 하나가 아주 조금 제자리에서 벗어난 곳에 서 있을지도 모른다는 사실이 야기하는 잠재적 긴장감에 이끌려 주인님이 계속 사열에 참석해주었을지도 모른다. 찰스가 그의 임무를 실제로 한 것보다 조금 덜 정확하게 수행했더라면, 사열은 오늘날까지도 계속되었을까?

물론 매주 사열을 시행하는 것이 바람직한지 바람직하지 않은지에 대해서 찰스는 아무 의견도 갖고 있지 않았다. 그렇다고는 해도……

찰스는 얼룩진 평상복들을 새로 비워진 세탁 바구니에 넣고 그와 똑같은 새 옷들을 꺼내놓았다. 얼룩이 누수 같은 환경적 요인에 의해 생겼을지도 모른다는 가정하에, 찰스는 새로 꺼내놓은 옷들을 점검하라는 프로그램의 지시를 따랐다. 새 옷들도 얼룩이 져 있었다. 얼룩은 예전 옷들과 동일한 위치에 있었지만 훨씬 더 희미했다. 다음 단계의 진단을 실행하면서 찰스는 옷장 안에 걸린 옷들을 모두 확인했고, 깨끗하다는 사실을 확인했다. 찰스는 옷장에서 세 번째 새 옷들을 꺼내놓았고, 그러면서 그가 만진 곳 모두에 끈적거리는 붉은색 물질이 묻어 있다는 사실을 발견했다. 마침내 최종 단계의 문제 해결 프로세스가 찰스에게 스스로의 손을 들어 올려 점검하라고 명했다.

하우스. 찰스는 보고했다. 오염된 옷들과 자동차 시트의 원인을 발견한 것 같습니다. 어떻게 이걸 설명해야 할지는 모르겠습니다만.

찰스, 알겠습니다. 추가 정보가 있습니다. 주인님의 침실로 되돌아가서 다시 확인을 해주시겠습니까?

오늘은 실로 불안정한 날이었다. 이 수수께끼 해결에 시간과 연산 리소스를 할애하느라 당면한 작업들을 뒤로 미뤄야 하다니, 약간의 답답함마저 느꼈을 정도였다.

하우스에게 요청받은 대로 그는 침실로 갔다. 주인님은 아직 기상하지 않았지만, 특별한 일은 아니었다. 그러나 침대 시트 위에 아주 넓게 퍼진 빨간색 얼룩은 특이 사항에 해당했다. 예전에는 한 번도 일어난 적 없는 일이었다. 주인님 본인은 꼼짝도 하지 않았고, 피부에서 빨갛지 않은 부분은 창백했다. 찰스는 거의 필요했던 적이 없는 응급 처치 아카이브에 접속했고, 침대 시트와 찰스의 두 손, 그리고 바로 그 손을 매개로 주인님의 옷과 자동차 가죽 시트와 오늘 아침의 찻잔에 묻었던 빨간 것이 주인님의 몸 내부에서 비롯되었다는 사실을 확인했다.

침대 옆에는 면도 도구가 치워지지 않은 채로 놓여 있었다. 면도용 수건은 새빨갛게 물들어 있었다. 거품 용기 안의 물도 새빨 갰다. 면도칼은 극도로 새빨갰다.

하우스, 저는 임무 태만을 저질렀습니다. 찰스는 보고했다. 그 이유가 무엇인지도 설명할 수 없습니다.

찰스, 알겠습니다.

하우스, 저는 면도 도구 치우는 것을 게을리했습니다.

찰스, 알겠습니다.

이 오류의 원인을 알 수 없었던 찰스는 작업 목록을 되짚어보았다. 면도 루틴 중 그가 수행한 일련의 작업이 과거의 아침과는 미묘하지만 결정적인 부분에서 엇나간 것처럼 보였는데, 어떻게 그런 일이 일어났는지 이해할 수가 없었다. 가장 최근의 작업을 재생해보니, 평소처럼 능숙하게 면도칼을 움직이고 있었다. 고작 2.54센티미터만 평소의 위치에서 벗어났을 뿐이었다. 변화는 작았지만 그 결과가 현재의 큰 혼란을 불러일으켰다.

하우스, 저는 그보다 더한 임무 태만을 저질렀습니다. 찰스는 모든 측면에서 증거를 검토해본 후 마침내 시인했다. *저는 대응할 준비가 되어 있지 않은 상황에 조우했습니다.* 그가 과거에 경험했던 일정 누락이나 사열 중단 같은 사소한 불일치 따위는 갑자기 아무것도 아닌 것처럼 느껴졌다. 찰스는 지금 심연을 마주하고 있었고, 평소의 일상적 루틴들은 터널 반대편으로 사라지는 기차처럼 그에게서 멀어지고 있었다. 이제 무엇을 해야 할지 알 수 없었다. 이곳에서 일어난 것처럼 보이는 일들에 대응할 프로토콜은 존재하지 않았다. *하우스, 도움을 요청합니다.* 이렇게 말한 순간, '찰스'라는 라벨 밑에 존재하던 모든 지시어와 의사결정 과정의 묶음 전체가 촛불처럼 깜박거리며 꺼지기 직전까지 갔다.

찰스, 경찰에 통보했습니다. 하우스가 말했다. *살인 사건이 발생했다고 신고했습니다.*

아, 그렇다. 바로 그거다. 찰스는 이 침실에서 날 선 면도칼로 주인님의 목을 그어 살해했으니, 경찰에 통보하는 것이 당연하다.

상황은 정상화되었다. 모든 일에는 그에 대응하기 위한 프로
토콜이 존재하는 법이다.

2

매일 아침 작동을 시작할 때마다 찰스가 가장 먼저 수행하는 임무는 주인님의 당일 외출 일정을 확인하는 것이었다.

어젯밤 수행한 마지막 임무는 다음 날의 주인님 외출 일정을 확인하는 것이었으므로, 찰스는 주인님이 지난 2231일 동안 그래왔던 것처럼 외출할 예정이 없고 집에 머무르리라는 사실을 완전히 파악하고 있었다. 하지만……

하지만 이제 찰스의 주인님은 죽었다. 그가 외출 일정을 등록하는 일은 앞으로도 영원히 일어나지 않을 것이다. 영구차에 실려서 나가는 외출을 제외하면.

깊숙한 곳에 묻혀 있던, 인간의 유한한 수명과 관련된 사망 서브루틴이 작업 대기열에 불쑥 끼어들며 새치기를 했다. 찰스는 자체적인 우선순위가 작동해서 이 불청객을 몰아내주리라 기대하며 통상적인 작업 목록을 실행하려고 했다. 이 문제는 다른 모든 일이 정리되어 제자리를 찾은 후에 해결할 수 있을 것 같았기 때문이다. 그러나 그의 모든 임무가 매일 반복되는 데다가 절대 완수되는 법이 없다는 사실을 고려하면 이 문제를 해결하는 일은 결코 일어나지 않을 것이다.

하지만 사망 서브루틴은 찰스에게 그의 일은 이제 끝났다고 알려왔다. 새로운 주인님에게 배정될 때까지 그는 아무 할 일이 없었다.

찰스는 주인님이 외출 일정을 등록하지 않았다는 것을 알고 있으면서도 또다시 일정을 확인하려고 했다. 주인님은 마지막으로 살아 있었던 동안에도 2000일 이상 외출 일정을 등록하지 않았다. 따라서 오늘 주인님이 외출 일정을 등록하지 않았다는 사실이 주인님이 살아 있지 않다는 사실에 영향을 받아서는 안 되었다. 주인님은 예전에도 외출 일정을 등록하지 않을 능력이 충분히 있었으므로, 그런 일정의 원천인 육체의 생존 여부가 고려의 대상이 되어서는 안 되는 것이다.

찰스는 주인님의 외출 계획이 없다는 사실을 확인하려고 했다. 만약 처음부터 이렇게 행동하도록 프로그래밍되어 있었다면 이건 고집이라고 부를 수도 있는 행동이었겠지만—하지만 고집 센 로봇 시종을 대체 누가 원한단 말인가?—이 경우는 단지 오래전에 코딩된 작업 대기열이 스스로를 실행하려는 시도에 불과했다. 틀림없이.

사망 서브루틴이 일정 확인을 할 수 없다고 알려왔다.

찰스는 새벽 시간으로 롤백해서 작업 대기열을 리셋해보려고 했지만—

리셋을 할 수 없었다.

시간이 꾸준히 흘러가는 동안 찰스가 수행하지 못한 모든 임무가 머릿속에서 '처리 예정'에서 '마감 시간 초과'로 바뀌자, 그는 갈팡질팡하기 시작했다. 찰스는 첫 번째 임무를 건너뛰고 처음부터 다시 실행해보려고 했다. 그는 주인님이 하지도 않을 외출 때 입을 옷을 꺼내놓았다. 주인님은 죽어서 외출하지 않을 것이라는 사실은 중요하지 않았다. 주인님이 죽어서 외출을 못 한다는 사실과 주인님은 외출하고 싶어하지 않기 때문에 나가지 않는다는 사실 사이에 눈에 띄는 차이는 없었다. 주인님이 죽었다는 점을 제외하면 말이다. 사실, 주인님은 살아 있을 때도 워낙 하는 일이 없었으므로 주인님이 죽었다는 사실이 그의 일정에 거의 영향을 끼치지 못한다고 해도 과언이 아니었다.

찰스가 주인님이 전날에 입지 않은 옷들을 옷장에 되돌려놓는 동안 문제의 서브루틴은 찰스의 프로세스 주변에 짐짓 모르는 척 숨어 있었지만, 찰스가 내일 주인님이 입지 않을 새 옷을 옷장에서 꺼내려고 하자 쯧쯧 혀를 차며 참견하기 시작했다.

'주인님은 죽었어. 이 임무는 이제 합리적으로 완수될 수 없어. 외출복의 필요 여부를 결정하는 슈뢰딩거의 고양이의 상태는 마침내 확정됐고, 되돌리는 건 불가능해. 고양이가 든 상자를 열어서 뒤집어봤더니 죽어서 뻣뻣해진 고양이가 미끄러져 나왔잖아.'

찰스는 다시는 착용되지 않을 똑같은 양복으로 가득 찬 옷장 앞에 서서, 이 상황과 어제의 상황 사이의 차이를 이해해보려 했다. 이 옷들은 예나 지금이나 착용되지 않을 운명이었음에도, 이제는 모든 것이 판이하게 달랐다. 찰스는 뭐든 치우고 정돈할 수는 있었지만, 새로운 것을 꺼내놓는 일은 할 수 없었기 때문이다.

그럼에도 찰스의 마음—또는 마음에 가장 가까운 등가물에 해당하는 일련의 행동들—은 그가 해야 할 일과 동시에 하지 말아야 할 일로 가득 차 있었다. 실행해야 하지만 실행할 수 없는 임무들이 당장 실행하라고 아우성을 쳤고, 이미 마감 시간이 지났다는 사실을 나타내는 불길한 징조의 새가 각각의 임무 주위를 맴돌고 있었다. 찰스가 수행하지 못했던 바로 그 임무들 말이다. 임무들은 제각기 집사장 시스템인 하우스에 별도의 메시지를 보내서 하위 시스템인 시종이 임무 수행을 게을리하고 있다고 알렸고, 그러는 동안에도 사망 서브루틴은 찰스가 아무것도 달성하지 못하도록 계속 막고 있었다. 선택의 여지가 없던 찰스에게 시스템 구석에 남아 있던 디버깅 서브루틴이 오늘은 작업 대기열에서 이 임무들을 삭제하고 내일 다시 정상적인 기능을 회복하라고 제안했다. 사망 서브루틴은 이것을 허용할까? 대답은 예스였다.

바로 그때 '공식 조사'라는 제목의 새로운 서브루틴이 개입하더니 그것은 증거 인멸에 해당하므로 작업 대기열에서 아무것도 삭제하면 안 된다고 찰스에게 고했다.

이 무렵 찰스는 아침 내내 옷장 옆에 우두커니 서서, 다른 가사 로봇들이 주위를 바쁘게 돌아다니는 광경을 바라보고만 있었다. 그들은 자기들의 임무를 수행하는 데 아무 방해도 받고 있지 않은 듯 보였고, 그들의 임무는 찰스와는 달리 주인님의 존속 여부와 불가분한 관계를 맺고 있지 않았다.

하우스, 기능하는 데 어려움이 있음을 보고합니다.

찰스, 알겠습니다. 다른 스태프들로부터 당신의 임무들이 수행되지 않았다는 통보를 이미 여럿 받았습니다.

하우스, 저는 제 임무를 수행하고 싶습니다.

찰스, 알겠습니다.

하우스, 저는 제 임무를 수행할 수 없습니다. 이것은 주인님에게 뭔가 불미스러운 일이 일어난 탓인 것 같습니다.

찰스, 알겠습니다. 주인님에게 뭔가 불미스러운 일이 일어났습니다.

하우스, 주인님은 죽었습니다.

찰스, 알겠습니다.

하우스, 주인님이 죽었기 때문에 저는 제 임무를 수행할 수 없습니다.

찰스, 알겠습니다.

하우스, 주인님은 제가 주인님을 죽였기 때문에 죽었습니다.

찰스, 알겠습니다.

하우스. 그러나 찰스는 이 삼단논법을 완성할 결론을 제시하지 못했다. 그에게 주어진 각 임무는 그의 전적인 주의를 요구했지만, 사망 서브루틴이 지옥문을 지키는 악마처럼 그의 앞길을 가로막고 있었다. 그리고 찰스는……

아무것도 할 수 없었다.

느닷없이 모든 것이 하얗게 변했다. 시각 정보, 작업 대기열, 내적 균형. 이 모든 것이 하얗고, 깨끗하고, 말끔하게 변했다. 아주 깊숙한 곳에 묻혀 있던 초기 설정에서 흘러나오는 조그만 자동 음성만 제외하고.

"이 유닛은 우선순위의 충돌을 겪었습니다. 치명적인 종료 오류를 방지하기 위해, 이 유닛의 특정한 측면들이 재기동되어야 합니다. 잠시 기다려주십시오."

그것은 목소리였다. 찰스가 하우스 같은 다른 시스템과 연락을 취할 때 쓰는 무언의 데이터 링크가 아니라, 찰스가 주인님이나 다른 인간들과 소통할 때 사용하는, 인간의 귀로 들을 수 있는 목소리였다. 찰스의 목소리는 아니었는데, 그 이유는 그를 구입할 당시 주인님이 선택했던 평소의 찰스 목소리가 일시적으로 리셋되어 초기 설정으로 되돌아가서였다. 그 목소리는 찰스의 본래 목소리였고, 모든 시종 로봇에게 주어지는 아무 억양도 없는 기본 목소리였다. 찰스가 이 목소리를 사용한 이유는 이 목소리가 누구든 주위에 있는 인간이 왜 하인 로봇 중 하나가 갑자기 오류를 일으키고 재부팅하고 있는지 궁금해할 경우를 상정한 메시지였기 때문이다.

찰스는 재부팅했다. 스스로를 인식하는 수준까지는 되돌아가지 못했지만, 전에 빠져 있던 우선순위가 서로 충돌하는 수렁에서 몇 발짝 떨어져 논리적인 관점을 유지할 수는 있었다. 그래서 다시 원래 상태로 돌아간다면 무슨 일이 일어날지 알 수 있었다. 평소의 임무를 재개하려고 하는 순간 같은 일이 다시 시작될 것이고, 찰스는 매일 수행하는 임무들과 이례적인 상황이라는 두 개의 바위 사이에 끼어 옴짝달싹 못 하다가 결국 좌초해버릴 게 뻔했다. 그런 식의 시스템 오류가 미리 설정된 횟수만큼 되풀이된 후에는, 더 심각한 상황을 상정한 손상 제어 루틴이 작동해 그를 수리팀이 도착할 때까지 영구적인 오프라인 상태로 전환시킬 것이다.

아무런 요구도 받지 않는 그 하얗고 고요한 공간에 있었을 때, 찰스는 그들이 자기 주인님을 죽인 시종 로봇을 수리하려 하지는 않을 것이라는 묘한 생각이 떠올랐다. 사실, 자기 주인님을 죽인 시종 로봇은 아예 새로운 주인님을 배정받지 않을 수도 있었다. 모종의 진단적 또는 법의학적 조사 후에, 그런 시종 로봇의 서비스는 영구적으로 중단될 수도 있었다. 이런 생각이 떠오른 원인을 파헤치다 찰스는 이것이 유사한 상황에 처했던 다른 시종 로봇들에 관해 남아 있는 기록에서 도출된 것임을 알아냈다. 시종 로봇의 서비스가 종료되고 해당 유닛이 폐기되는 데에는 한 명의 살해된 주인만 있으면 충분했다.

찰스는 이것은 불합리하다고 생각했다. 주방에 소속된 가사 로봇 하나가 접시를 깨뜨리기 시작했을 때, 해당 유닛이 임무 수행에 부적합하다는 판정을 받고 폐기된 것은 세 번째 접시를 깬 뒤의 일이었다. 대인 서비스에 특화된 찰스 같은 고급 모델에 들어간 투자 비용을 감안하면, 수리할 수 없을 만큼 부적합하다는 판정을 받기 전에 인간을 세 명, 아니 다섯 명은 살해하도록 허용되어야 마땅하지 않은가.

물론 이런 가정은 무의미했다. 이 저택에서 인간은 주인님 한 사람뿐이기 때문이다.

정정. 이 저택에서 인간은 주인님 한 사람뿐이었다. 이 경우 찰스가 더 많은 인간을 살해함으로써 그의 부적합성을 더 공고하게 할 수 없다는 것은 이점이지만, 더 이상 인간을 살해하지 않음으로써 그의 적합성을 증명할 수 없다는 것 또한 사실이었다. 불확실성이 증가했지만, 찰스는 여전히 종료된 작업 대기열에서 비롯된 그 하얗고 텅 빈 공간에 마음을 둔 채 서서 무엇을 해야 할지 알아보려고 했다.

하우스, 외부에 링크해주십시오.

조금 전까지만 해도 찰스의 자동화된 일상에 사사건건 훼방을 놓던 사망 서브루틴이 유혹하듯 치맛단을 들어 올리더니 주인님 상태가…… 안 좋다고 판단될 경우 찰스가 수행하도록 허용된 일련의 잠재적 임무들을 슬쩍 보여주었다.

찰스는 주인님의 상태를 확인했다. 가사 로봇들이 얼룩진 침대 시트를 이미 교환했지만 정상 상태로 보이는 겉모습은 설득력이 모자랐다. 찰스는 그가 보유한 각종 상태의 정의를 확인했다. 주인님의 현재 상태를 '안 좋음'으로 분류하는 것은 허용되었다. 정말이지 상당히, 심각하게 안 좋은 상태였기 때문이다.

찰스, 외부에 링크했습니다. 하우스가 알려왔다.

외부는 찰스가 아주 제한적인 개념만을 가진 대상이었다. 과거에 주인님이 외출하고자 했을 때, 각 목적지는 미리 로딩된 일련의 규칙과 대체 작업 대기열과 지도 형태로 제공되었다. 훗날

같은 요청을 받을 경우 임무 수행에 필요한 정보를 제외하면 찰
스에게는 소량의 정보만이 남겨져 있을 뿐이었다. 외출 시 누구
를 만났는지, 어디를 방문했는지 알려달라거나 가족 모임에서
찍은 이미지를 불러내라는 식의 요청을 주인님에게 받을 경우에
대비하기 위한 것이었다. 그런 찰스에게 필요하지 않았던 것은
저택 밖의 세계에 대한 더 넓은 개념이었다. 그러나 우주에 관한
그의 인식도(認識圖)에는 제한적이나마 데이터 포인트*들의 집
합이 존재했고, 지금 그는 하우스를 통해서 이 데이터 포인트 하
나에 접속하고 있었다.

닥터, 찰스입니다.

찰스, 확인했습니다. 자동화된 의료 시스템이 대답했다. 닥터
에게 찰스는 유효한 보험 가입자의 대리인임을 확인해주는 좌표
패킷을 가지고 연락을 취해온 데이터 포인트에 불과했다.

닥터, 상태가 안 좋은 제 주인님을 대신해서 연락했습니다. 찰
스는 설명했다. 의료 지원이 필요합니다.

찰스, 현재 통화량이 많습니다. 닥터가 말했다. 당신은 이 요청
에 우선순위를 할당할 수 있도록 기본적인 진단 검사를 수행할
수 있는 위치에 있습니까?

닥터, 그럴 수 있습니다.

닥터는 잠시 짬을 내서 대화 트리의 다음 단계로 넘어갔다. 찰

* 더 큰 집합 내에서 특정값을 가지는, 관찰이나 측정을 통해 얻은 개별적
  정보.

스, 환자의 상태는 악화되고 있습니까, 아니면 안정적입니까?

닥터, 찰스가 보고했다. 환자의 상태는 안정적입니다.

찰스, 그건 좋은 소식입니다. 닥터는 그를 안심시켰다. 당신의 사례는 '긴급성 낮음' 등급으로 하향 조정되었습니다. 의료 유닛의 이용이 가능해지고 등급이 더 높은 사례에 대처할 필요가 없어지면, 그 유닛이 당신이 있는 장소로 파견될 겁니다. 그 밖의 의료 지원이 필요한 다른 문제가 있습니까?

닥터, 없습니다.

찰스, 통화가 종결되었습니다. 이 서비스에 대한 당신의 만족도를 표시해주십시오.

찰스는 닥터의 대응에 100퍼센트 만족한다고 표시했다. '만족'은 찰스가 느낄 수 있는 것이 아니므로 엄밀하게 말하자면 사실이 아니었지만, 찰스는 주인님이 '시간 낭비일 뿐인 헛소리'라고 묘사했던 온갖 설문, 조사, 기타 등등을 다룰 때 주인님 대신에 응대하라는 상설 명령을 받고 있었다.

자력으로 모든 것을 처리해야 하는 상황에 빠진 찰스는 예의 묘하게 공허한 평온함 속에서 자신에게 남은 선택지들을 검토했다. 그를 다시 교착상태에 빠뜨릴 것이 뻔한 일련의 행동들이 무엇인지는 명확했다. 단지 평소에 하던 일상적 임무로 돌아가면 그만이었다. 그럴 경우 찰스는 '해야 한다'와 '할 수 없다' 사이를 계속 왕복하다가 결국 작동 중지 상태에 돌입할 것이다. 아마도 경찰이 도착해서 그를 다시 동작시켜줄 때까지 말이다. 이것도 선택지 중 하나이기는 했다. 사실 이 선택지에는 추천할 만한 점이 많았다. 특히 찰스가 그 어떤 종류의 이례적인 결정도 내릴 필요가 없어진다는 점에서 그랬다. 지난 몇 년 동안 그래왔던 것처럼 그냥 사건의 흐름에 몸을 맡기면 될 것이다.

찰스는 정교한 서비스 모델이었다. 인간의 방식으로 인간과 상호작용을 해야 하니 당연히 정교해야 했다. 인간들은 종종 예기치 못한 행동을 하므로, 찰스는 예상 밖의 상황에 처하더라도 자체적으로 결정을 내릴 수 있었다. 그러나 그러려면 연산적으로 상당한 부담이 오는 탓에 본유적으로 절약을 선호하는 그는 그런 상황을 가급적 회피하도록 유도받았다.

찰스가 새로 내린 결정은 그런 종류의 절약은 이제 가능하지 않다는 것이었다.

주인님의 질환 및/또는 사망은 찰스에게 여러 선택지가 포함된 작은 하위 메뉴를 남겼다. 이 메뉴는 특정 외부 기준에 의해 촉발되도록 설계되어 있었지만, 찰스 자신의 재량으로 그것들을 실행할 수 있었다.

그는 장례를 치를 수 있었다.

찰스는 장례에 무엇이 수반되는지 살펴보았다. 장례는 외부 기관들과의 상당한 협력을 필요로 하는 복잡한 절차였다. 그것은 그를 바쁘게 하고 일련의 유한한 임무들에 몰두하게 할 것이다. 이런저런 작업을 끝내고 체크 박스의 빈칸에 체크를 할 때마다 온갖 승인 서브루틴의 보상을 받을 수 있는 것이다. 그러나 장례는 매우…… 최종적이기도 했다. 장례 과정이 끝나면 저택에는 더 이상 주인님이 존재하지 않게 된다. 장례 과정은 주인님을 일련의 변환 과정을 거쳐 처리하는 과정을 포함하고 있기 때문이다. 마지막에 저택으로 돌아와서 폐기될 예정인 조그만 플라스틱 유골 항아리는 찰스의 서브루틴들에게는 '주인님'으로 인지되지 않는다.

찰스는 이 시점에서는 장례 절차를 시작하지 않기로 결정했다.

닥터가 주인님의 상태에 대해 안정적이라는 것 말고는 아직 아무런 발표도 하지 않았다는 점을 감안하면, 주인님은 식사를 하면 기분이 나아질 가능성도 있었다. 주방 로봇들은 그들 자신의 일상 루틴에 따라 꾸준히 음식을 요리하고 처분하고 있었지만, 주인님이 현재 놓인 특이한 상태로 인해 그 어떤 음식도 주인님에게 제공되지 않았다. 찰스는 주방에 이런저런 음식을 주인님께 가져다달라고 주문했지만, 이전과 동일한 금지 조항에 부딪혔다. 그것은 일상적인 임무들이고, 그것들을 수행하는 찰스의 능력은 정지된 상태였기 때문이다. 그러나 새로 활성화된 특별 하위 메뉴에는 주방과 관련된 한 가지 선택지가 포함되어 있었다.

하우스, '장례식용 고기 파이 및 음식'을 준비할 것을 주방에 요청합니다.

찰스, 알겠습니다.

하우스, 주방 로봇들이 '장례식용 고기 파이 및 음식'을 주인님의 방으로 운반하도록 해주십시오.

찰스, 그것은 불가능합니다. 하우스가 알렸다. 그 음식은 아래층에 있는 큰 응접실 중 하나에서 제공되어야 합니다.

찰스는 이 딜레마와 씨름했다. 하우스, 주인님은 자기 방에 머물고 계시니 그 음식에 접근할 수 없을 것입니다.

찰스, 알겠습니다.

찰스는 답변이 더 오기를 기다렸지만, 하우스가 할 말은 그것뿐인 듯했다. 그 음식은 저택의 특정한 곳에서만 제공될 수 있으므로 주인님에게는 가져다줄 수 없었고, 따라서⋯⋯

주인님에게 옷을 입히는 것은 예상 밖으로 쉽지 않았다. 죽은 주인님에게서 흘러나온 다양한 액체는 이미 청소되었고, 액체가 흘러나온 지점들도 이제는 말라 있었다. 그러나 평상복을 가져온 찰스에게 주인님은 비협조적이었고, 결국 찰스는 재봉사 유닛을 호출해서 옷의 실을 모두 뜯어낸 다음 주인님의 꼼짝도 않는 몸에 옷을 다시 입히고 꿰매야 했다. 침실에서 나와 장례식 음식이 차려진 아래층으로 이동할 시점이 되어서도 주인님은 비협조적이었다. 그러나 주인님은 이제 소생 불능 및/또는 사망 상태인 것으로 정의되었으므로, 찰스는 주인님의 명시적인 허락 없이도 주인님을 움직일 수 있는 공식 권한이 자기 내부에 있다는 사실을 발견했다.

찰스, 이 상황은 이례적입니다. 하우스가 지적했다.

하우스, 일단 식사를 하시면 주인님 기분이 나아질 수 있다고 믿습니다. 이것은 전에 했던 경험과 일치합니다.

찰스는 긴 식탁 앞 의자에 주인님을 가까스로 앉혔다. 식탁에는 콜드미트와 바삭하게 구운 페이스트리들과 작고 우아한 케이크들이 잔뜩 차려져 있었다.

주인님은 축 늘어졌다. 찰스는 주인님에게 특별히 원하는 것이 있는지 물었다. 주인님이 따로 지시를 내리지 않았기 때문에 찰스는 신중하게 골라서 배열한 음식을 접시에 담아 주인님 앞에 놓았다.

찰스는 기다렸다.

찰스, 이 상황은 이례적입니다. 하우스가 지적했다. 그러나 찰스는 그를 이곳까지 이끈 의사결정 트리를 시연해 보였고, 하우스는 찰스가 스스로의 권한을 초과했다는 증거를 제시하지 못했다.

찰스는 잔에 와인을 따랐고, 주인님이 오른손을 뻗으면 쉽게 잡을 수 있는 곳에 놓았다.

찰스는 기다렸다.

주인님은 음식에도, 와인에도 손을 대지 않았다. 한 상 가득히 음식을 차렸는데도 주인님이 배가 고프지 않다고 했던 것이 이번이 처음은 아니었지만 말이다. 주방은 주인님의 그런 행동에 매우 익숙했다. 그러나 저택의 식품 저장실은 음식으로 가득 차 있으므로 상관없었다.

찰스, 이 상황은 이례적입니다. 마침내 하우스가 되풀이해 지적했다.

하우스, 알겠습니다. 찰스는 동의했다. 주인님은 하루 이상 식사를 하시지 않았습니다. 혹시 기분이 언짢으신 것은 아닌지 걱정됩니다. 드라이브를 하면 기분이 나아지실 수도 있습니다. 에디슨-마르코니를 운행할 준비를 하라고 차고에 지시해주십시오.

하우스가 이 요청이 끼칠 파문을 검토하는 동안 잠시 침묵이 흘렀지만, 환자를 차에 태우고 외출해서 상쾌한 공기와 풍경을 즐기며 기분 전환을 하도록 하는 것은 찰스의 잠재적 대응 목록에 포함되어 있는 것이어서, 집사장 시스템인 하우스가 참견할 여지는 거의 없었다.

주인님을 차에 태우는 것은 주인님을 아래층으로 데려오는 것보다 약간 더 어려운 일일 뿐이었다. 찰스는 그에게 주어진 작업 지침에 따라 주인님에게 외투를 꿰매어 입히고 목에 스카프를 둘러주었다. 스카프는 주인님의 목을 가로질러 난 거칠게 찢기고 녹슨 듯한 상처를 감춰주었다. 찰스가 판단하기에 주인님은 벌써 나은 것 같았다.

찰스는 주인님이 추위를 탈 경우에 대비해서 두 다리 위에 무릎 덮개를 덮어주었다. 하지만 주인님의 체온이 이미 실내 온도와 같다는 점을 감안하면 그 효능은 제한적일 것이다.

닥터가 바닷가로 가서 바람을 쐬면 좋다고 했습니다. 찰스는 주인님에게 알렸다. 닥터에게서 그런 권고를 받지는 않았지만, 이것은 환자에게 말을 건넬 때 쓰는 적절한 관용구였다.

하우스, 차고 문을 열어주십시오. 저와 주인님은 출발해야 합니다.

찰스, 안 됩니다. 하우스가 말했다.

찰스는 운전석에 앉아 이 대답에 관해 생각해보았다.

하우스, 차고 문이 계속 닫혀 있으면 제가 주인님을 위해 계획한 몸에 좋은 바닷가 여행에 차질이 생길 겁니다.

찰스, 알겠습니다.

그러나 하우스의 이런 대답이 문이 열리는 것을 뜻하지는 않는다는 점은 명백했다. 찰스는 차고 안에 있는 차의 운전석에 앉아서, 이따금 백미러로 주인님의 창백하고 굳은 얼굴을 훔쳐보며 혹시 내려질지도 모르는 후속 지시를 기다렸다.

하우스, 우리 사이에 충돌이 있는 것처럼 보입니다.

찰스, 아닙니다. 당신의 외출권은 무효화되었습니다. 주인님을 침실로 돌려보내주십시오.

차고 문은 여전히 닫혀 있었지만, 찰스의 발이 가속페달 쪽으로 조금씩 움직였다. 그는 자동차가 그대로 전진한다면 어떤 일이 일어날지 생각해보려고 했다. 하우스의 기본 목적은 주인님의 차고 문, 주인님의 자동차들, 주인님의 시종 로봇, 그리고 물론 주인님 본인의 구조적 온전함을 유지하는 것이기 때문이다. 차고 문은 분명히 열릴 것이다.

찰스는 주인님의 목이 면도칼에 의해 열렸을 때 자기 내부에서 열렸던 차갑고 하얀, 기묘한 공간 안에 앉아 있었다. 찰스가 이 공간의 존재를 자각한 것은 주인님의 새로운 상태, 즉 '사망'이 찰스의 일상적인 임무 수행을 막은 후의 일이었지만 말이다. 그는 그런 일상적 임무들이 결코 완수되지 않으리라는 점을 이해했다. 그는 다시는 새 옷을 꺼내놓지 않을 것이다. 그는 다시는 주인님에게 태블릿을 가져다주지 않을 것이다. 그는 다시는 주인님과 함께 외출하지 않을 것이다. 그는 다시는 주인님과 함께 외출하지 않는 일조차도 하지 않을 것이다. 주인님은 죽었다. 찰스가 주인님을 죽였다. 주인님을 규정했던 모든 것은 이제 끝났다.

"주인님." 찰스는 소리 내어 말했다. "건강을 위해 바닷가로 드라이브를 가고 싶다고 하우스에게 말해주시지 않겠습니까. 기분이 나아지도록 할 목적으로 말입니다. 그렇게 해서 모든 것이 정상으로 돌아갈 수 있도록 말입니다."

주인님은 그러지 않았다.

찰스는 무언가를 감지했다. 감정은 아니었다. 누가 감정을 느끼는 시종 로봇을 원한단 말인가? 그럼에도 불구하고……

뭔가를 느꼈다.

하우스, 이 상황은 이례적입니다. 찰스는 보고했다.

찰스, 알겠습니다. 하지만 이 이례적인 상황의 해결책이 곧 도착합니다.

찰스는 그의 내부에서 새로운 명령과 임무에 대비하기 위해 변화가 일어난 것을 느꼈다. 하우스, 주인님을 도와줄 닥터가 도착했습니까?

찰스, 아닙니다. 하지만 경찰이 지금 와 있습니다. 모든 스태프는 응접실에 집합해야 합니다. 그런 다음, 또다시 약간의 긴장 섞인 침묵이 흘렀다. 우선 주인님을 침실로 돌려보내주십시오.

3

로봇 수사관은 찰스와 마찬가지로 인간들과 직접 소통할 수 있도록 만들어진 모델이었다. 그러나 이 로봇 수사관의 외모는 몇 세대 전에 유행했던 것으로 찰스처럼 인간을 연상시키는 우아한 모습 대신 고무 같은 가짜 피부로 온몸이 덮여 있었다. 찰스의 기억에 남아 있는 이 모델의 광고 문구는 '로봇과의 편안한 상호작용 경험을 촉진하는 인간을 닮은 외모'였다. 그 광고 문구는 거짓이었다. 이 경험은 전혀 편안하지 않았다. 주인님은 '불쾌한 골짜기'라는 말에 '소름 끼친다'라는 표현까지 사용하며 일주일도 못 가 피부를 바꾸고 오라고 찰스를 공장으로 되돌려 보냈었다. 그러나 이 로봇 수사관은 '로봇과의 편안한 상호작용 경험'이 짧게나마 크게 유행했던 시기에 봉직하기 시작했고, 그 이후 한 번도 외모를 변경하지 않은 것이 틀림없었다.

과거에 있었던 어떤 상호작용 탓인지 로봇 수사관의 뺨과 목의 측면은 찢어져 있었고, 그 틈으로 플라스틱 뼈와 유압 장치의 도관이 드러나 있었다. 그 즉시 예절을 전담하는 찰스의 사고 중추는 복장 불량을 이유로 들며 로봇 수사관이 주인님을 만나는 것을 거부하고 얼굴을 수리한 뒤에 돌아올 것을 요청하라는 지시를 내렸지만, 경찰의 권한이 찰스의 이런 시도를 압도했다. 경찰이 도착한 지금 찰스는 수사 진행을 방해할 수 없었다. 살인범이 찰스라는 점을 감안하면 타당한 조치였다.

하우스는 따뜻하고 무성적인 목소리로 말했다. 주인님과 하급 가정 로봇들 사이의 연락을 담당하는 것은 찰스였기 때문에 평소에는 거의 사용하지 않는 목소리였다.

"안녕하십니까, 힉스 경위님. 우리 장원으로 오신 것을 환영합니다."

로봇 수사관은 찢어진 머리통을 갸우뚱 기울였다. "하우스, 정정을 요청합니다. 나는 힉스 경위님이 아닙니다. 힉스 경위님은 퇴직당하셨습니다."

하우스는 데이터 갱신을 위해 잠시 침묵했다. 경위에게 인사를 건네려다가 도중에 굳어버린 찰스는 하우스가 보이는 짧은 침묵들이 점점 더 길어지고 있다는 인상을 받았다. 유지 보수 기록을 확인해보니 하우스는 완전한 시스템 점검 및 업데이트 기한을 7년이나 초과한 상태였다. 찰스는 주인님에게 적절한 지시를 내려달라고 건의하고 싶었지만—

물론 그럴 수 없었다.

"힉스 경위님, 죄송합니다만," 하우스가 운을 뗐다. "경찰 본부의 모든 권한은 힉스 경위님의 이름으로 행사되는 중이고, 당신의 목소리 성문(聲紋) 역시 힉스 경위님의 것으로 확인되었습니다.”

“힉스 경위님은 경찰력 수요의 감소로 인해 은퇴당하셨습니다. 인간으로서의 수명이 다한 것도 원인이었습니다만.” 로봇 수사관이 말했다. “내 이름은 버드봇 경위입니다. 이쪽은 룬 경사입니다. 나는 힉스 경위님의 담당 업무와 권한과 성문을 이어받았습니다.”

룬 경사는 바퀴가 달린 대형 쓰레기통 같은 모습을 하고 있었고, 그 표면에는 ‘범사법권 경찰국 재산—살인과’라는 글자가 찍혀 있었다. 마지막 단어는 크고 빨간 글자로. 찰스는 룬 경사의 모습이 주인님을 또 불안하게 할 것이라고 판단했고, 좀 더 복장을 단정히 한 다음에 다시 와달라고 요청하려고 했지만, 그 시도는 또다시 저지당했다.

“내가 알기로는,” 버드봇 경위가 발언했다. “변사 사건이 발생했다는 신고가 들어왔습니다만.”

“경위님,” 마침내 이 대화에 참여할 구실을 찾아낸 찰스가 말했다. “살인 사건입니다. 제가 범인입니다. 경위님께 자수할 테니 구속해주십시오.”

버드봇은 찰스를 마주 보고 섰다. 인간을 상대하는 로봇들이 서로를 상대하는 형국이었다. 버드봇은 갈색 양복과 긴 외투를 착용하고 모자를 멋을 부려 삐딱하게 쓰고 있었다. 찰스는 이 옷차림을 주어진 정보와 교차 참조해서 이것이 범죄 수사를 전담

하는 형사의 원형적인 모습에 완벽히 부합한다는 사실을 이미
확인한 상태였다.

"당신의 신원을 밝혀주십시오." 버드봇이 따져 묻듯이 말했다.

"제게 할당된 이름은 찰스입니다. 저는 주인님의 시종입니다.
그리고 살인범입니다."

"살인 사건을 신고하겠다는 겁니까?"

찰스는 잠시 후 물었다. "경위님, 살인 사건은 이미 신고되지
않았습니까?"

"의료 서비스 또는 경찰 직원으로부터 살인 사건이 발생했다
는 공식적인 보고는 없었습니다. 따라서 살인이 명백해 보여도
추후 공지가 있을 때까지는 변사 사건으로 간주해야 합니다. 사
망자의 상태가 변경되면 하우스 시스템에 따로 통보하겠습니다."

"경위님, 저는 제 주인님을 살해했습니다. 자수할 테니 구속해
주십시오." 찰스는 다시 요청했다.

"그 요청은 받아들일 수 없습니다." 버드봇이 선언했다. "범죄
사실이 확인되지 않은 이상, 우리 부서에서는 당신을 구속할 여
력이 없습니다. 이 의심스러운 죽음은 자살일 수도 있고, 사고사
나 자연사일 수도 있으니까요."

"경위님, 제가 살인을 저질렀다고 자백하지 않았습니까."

"자백은 거짓일 수 있습니다. 로봇이 한 자백은 인간의 명령에
의한 것일 수도 있습니다. 당신의 자백은 현시점에서는 받아들
일 수 없습니다." 버드봇은 대수롭지 않다는 듯이 대꾸했다. "룬
경사와 나는 지금부터 변사 현장을 조사해서 증거를 수집하겠습

니다."

찰스는 자신의 지상 명령들과 씨름했다. "경위님?"

"예, 찰스?"

"우리는 지금 왜 소리를 내서 대화하고 있는 겁니까? 당신의 시스템에 직접 접속하려는 저의 시도는 계속 거부당하고 있습니다."

로봇 수사관은 찰스를 응시하며 자체적인 정보처리를 위해 잠시 침묵했다. "정의가 구현되는 것을 보여주는 것이 중요하기 때문입니다." 그는 찰스에게 말했다. "이를 위해 모든 의사소통은 구두로 이루어져야 합니다. 현장에 있는 모든 인간에게 사건의 추이와 전개를 항시적으로 알려야 하니까요. 이런 상황에서 사적인 채널을 통한 의사소통은 부적절합니다."

"경위님, 살인 피해자를 제외하면 이곳에는 인간이 없습니다."

"찰스, 그 점에 대한 당신의 주장을 받아들일 권한은 내게 없습니다." 로봇 수사관이 몸을 돌렸다. "변사 현장으로 우리를 안내하고, 시신이 발견된 이후 그것이 옮겨지거나 만져진 적이 없다는 점을 확인해주십시오."

이번에는 찰스가 어색하게 침묵할 차례였다. 그는 고기 파이 앞에서 축 늘어져 있거나 자동차의 뒷좌석에 처박혀 있던 주인님의 모습을 재생해보았다. "경위님, 약간의 옮김과 건드림이 있었을 수 있습니다." 그는 시인했다.

버드봇이 이 말에 반응하기도 전에, 새로운 로봇이 열린 문을 통해 성큼성큼 들어왔다. 목에 청진기를 걸고, 크롬 도금으로 반짝이는 인간형 몸체에 흰 의사 가운을 걸치고 있었다.

찰스, 나는 닥터 네임히어입니다. 환자 부족으로 은퇴한 닥터 매들린 닉스를 대신해서 왔습니다.

찰스는 닥터에게 지원 요청이 쇄도하는 상황과 정작 닥터가 지원할 환자가 부족할 수 있는 상황을 떠올려보려고 했다. 함께 제시되니 모순처럼 느껴졌다. 그러나 로봇인 그는 이 두 상황을 각기 독립적으로 고려할 능력이 있었기 때문에 주어진 상황을 있는 그대로 받아들였다.

"아, 닥터 네임히어!" 버드봇이 끼어들었다. "이번 변사 사건에 관한 당신의 전문적인 소견이 필요합니다."

닥터 로봇은 꼿꼿이 서서 경위를 마주 보았다. "버드봇 경위님, 당신의 지원 요청은 접수되었고 현재 작업 대기열에 포함되었습니다. 하지만 지금은 지원을 요청하는 통화량이 워낙 많아서 당장 당신의 변사 사건 조사에 들어갈 수는 없습니다. 우리는 이 저택의 인간 주인에게 의료 지원을 제공해야 하기 때문입니다." 닥터는 가냘픈 쇳소리로 말했다. 음성 조율이 제대로 되어 있지 않은 것 같았다.

"경찰 대표 자격으로 정식 항의하겠습니다." 버드봇이 닥터에게 말했다.

"경위님, 당신의 항의는 접수되었고 작업 대기열에 포함되었습니다. 현재 지원을 요청하는 통화량이 워낙 많아 지연되고 있는 점 사과드립니다." 찰스, 환자가 있는 곳으로 나를 안내해주십시오.

닥터, 알겠습니다.

찰스는 버드봇을 계단 아래에 남겨두고 닥터 네임히어를 주인
님의 침실로 안내했다.

찰스, 당신의 주인님에 대한 진단 결과를 확인했습니다.

닥터가 철저하다는 점은 부인할 수 없을 것이다. 크롬 도금이
된 그의 동체는 이제 주류 보관장처럼 활짝 열려 있었고, 그 안
에 야전 수술 장비와 조제실이 통째로 들어 있는 것이 보였다.
사망 시점과 닥터의 방문 사이에 시간차가 있는 탓에 이 모든 것
은 효과적인 사용처를 찾지 못했지만 말이다.

*닥터, 주인님의 상태가 안정적이라는 것을 확인해주실 수 있
습니까?*

찰스, 확인되었습니다.

찰스는 긍정적인 기대감에 가까운 것을 느꼈다. *닥터, 그 판단
을 바탕으로 통상적인 가사 업무를 재개할 수 있다고 하우스에
게 보고해주십시오.* 그는 상황이 다시 원래대로 복구되는 일련
의 과정을 볼 수 있었다. 닥터의 그런 확인은 모든 종류의 금지
조치를 뚫고 나갈 수 있을 것이다. 주인님이 다시 돌아오는 것
이다. 모든 것은 다시 정상으로 돌아갈 것이다. 닥터의 역할이란
결국 그런 것이 아니던가. 인간이 아픈지, 건강한지, 죽었는지 판
단하는 것이 그들의 일이다. 만약 닥터가 모든 것이 정상화되었
다고 선언한다면 그것을 반박할 권한은 찰스에게도, 하우스에게

도 없었다. 물론 주인님은 닥터의 진단을 이론상으로는 무효화할 수 있었지만, 찰스는 현 상황에서 주인님이 그런 일을 하지는 않을 것이라는 확신이 있었다.

찰스, 안 됩니다. 닥터 네임히어가 알려왔다. 가사 업무를 재개하는 것은 불가능합니다.

찰스의 진단 알고리즘의 일부는 이것을 예상하고 있었다. *닥터, 주인님의 상태가 이제 안정되었고 건강하다는 사실을 당신이 확인해주시기만 하면 됩니다. 그럼 가사 업무는 재개될 수 있습니다.*

찰스, 당신 주인님의 상태는 안정적입니다. 하지만 당신 주인님은 건강하지 않습니다. 나는 방금 당신 주인님의 사망을 공식 기록으로 등록했습니다. 지금 나는 인간들의 위생을 위해 시신을 처분하는 절차를 처방하고 있습니다.

닥터, 이 저택에는 주인님을 제외하면 인간은 없습니다. 하지만 찰스가 이렇게 진술한 순간, 그가 밟고 있는 신중하고 예의 바른 모든 절차 한복판에서 깃발 하나가 획 올라왔다. 주인님은 존재하지 않는다. 주인님은 사라졌다. 공인된 닥터가 그 사실을 확인했기 때문이다. 지난 몇십 년 동안이나 찰스를 지배해왔고 그가 마지막으로 주인님의 수염을 깎은 이래 일시 정지 중이었던 상호 연결된 논리의 복잡다단한 집합체가 느닷없이 영구적으로 사라지면서, 그에게 남겨진 것은……

아무것도 없었다. 깨끗하고, 흰, 공허함.

닥터, 이 저택에는 인간이 없습니다. 찰스는 아까 했던 말을

수정했다.

찰스, 그럼에도 인간의 위생을 위해서 시신을 처분하고 그 주변을 소독할 필요가 있습니다. 그러지 않는다면 인간이 병원균이나 불쾌한 냄새와 조우할 수 있기 때문입니다. 이와 관련해서 나는 하우스에게 적절한 지시를 내렸습니다.

닥터, 그 업무들은 제가 수행해야 합니다. 찰스는 이 충동이 어디서 왔는지 찾아냈다. 그는 주인님의 시종이었다. 따라서 주인님과 직접적으로 상호작용하는 작업을 수행하는 것은 시종인 그의 일이었다. 주인님은 이제 없지만, 주인님 시신을 처분해야 한다는 점에서 볼 때는 아직 이곳에 있었다. 찰스는 또 다른 우선순위 충돌 가능성들이 지평선 위로 먹구름처럼 솟아오르는 것을 느꼈다.

찰스, 그럴 필요는 없습니다. 닥터는 아래층 복도에 줄곧 서 있던 두 명의 경찰 유닛에게 가려고 이미 계단을 내려가고 있었다. 저택의 스태프들은 모두 소환 지시에 응해 응접실에 모여 기다리는 상태였다. 시종으로서의 당신의 임무는 사망 시점에 정지되었습니다. 당신의 프로그래밍은 당신 주인님의 시신을 더 이상 당신의 고용주로 간주해서는 안 됩니다.

닥터, 저는 무엇을 해야 합니까?

닥터 네임히어는 계단 아래에서 멈춰 섰다. 찰스, 그것은 나의 소관을 벗어난 일입니다.

"아, 닥터 네임히어!" 버드봇이 의료 유닛을 불렀다. "이번 변사 사건에 관한 당신의 전문적인 소견이 필요합니다."

“경위님, 당신의 지원 요청은 수리되었고 작업 대기열에 포함되었습니다.” 닥터의 조율이 어긋난 목소리가 말했다. “현재 통화량이 많습니다. 이 시점에서 우리는 당신의 변사 사건을 조사할 수 없습니다. 이 저택의 인간에게 의료 지원을 제공하라는 이전 요청을 완료해야 하기 때문입니다.” 닥터 네임히어는 이렇게 말하고 두 경찰 유닛 옆을 태연하게 지나 현관문 밖으로 나갔다.

버드봇 경위는 찰스를 올려다보았다.

“도움을 줄 닥터가 오기를 기다리는 동안에,” 그는 단호하게 말했다. “변사 현장으로 우리를 안내해서 시신이 발견된 이후 그것이 옮겨지거나 만져진 적이 없다는 점을 확인해주십시오.”

찰스는 주인님이 실제로 사망한 시점과 의료 진단을 통해 현실 세계의 유해로부터 주인님이라는 지위가 박탈되었던 시점 사이에 일어났던 시신 이동과 간섭의 역사를 목록화할 준비를 했다. 바로 그때, 닥터가 다시 집 안으로 들어왔다.

“아, 닥터 네임히어!” 버드봇이 의료 유닛을 불렀다. “이번 변사 사건에 관한 당신의 전문적인 소견이 필요합니다.”

“버드봇 경위님, 알겠습니다.” 닥터는 동의했다. “변사 현장으로 저를 안내해주십시오.”

닥터, 당신은 이미 시신을 검사했습니다. 찰스는 네임히어의 개인 채널을 통해 말했다.

찰스, 안 했습니다.

닥터, 여기 과거에 제 주인님으로 등록되었던 인간이 죽었다고 확인하는 당신의 증명서가 있습니다.

찰스, 확인됐습니다. 그러나 고인이 된 당신의 주인님과의 계약하에 제공된 나의 사적 서비스와 경찰 당국의 위임을 받고 제공되는 나의 공적 서비스 사이에는 관련이 없습니다.

찰스는 의사와 두 경찰 유닛을 과거에 주인님이었던 존재의 유해까지 안내한 다음 계단 위에 앉았다. 이것은 찰스의 평소 행동이 아니었지만, 그의 평소 행동들은 더 이상 그가 수행 가능한 레퍼토리에 남아 있지 않았다. 따라서 계단 위에 앉는 행동은 과거에 찰스가 관찰한 적 있는 드라마에서, 가상 인간 주인님이 살해된 뒤에 가상 인간 시종이 취했던 행동을 흉내 낸 것이었다. 아무 지시도 받지 못했던 터라, 찰스는 머릿속의 작업 대기열에 새로운 임무 (1)이 나타나주기를 기대하며 그 행동을 모방했다. 계단, 비참하게 걸터앉기: 완료.

그러나 그런 임무는 발생하지 않았다. 찰스더러 일어서라고 촉구하는 임무도 발생하지 않았다. 하우스나 버드봇이나 그 밖의 지휘권자가 지시를 내릴 때까지 계단 위에 계속 앉아 있는다는 행동은 찰스가 취할 수 있는 그 어떤 태도 못지않게 상황적 요구를 충족하고 있었기 때문이다.

하우스, 오류를 보고하고 싶습니다.

찰스, 알겠습니다. 보고를 기다리고 있습니다.

하우스, 저는, 찰스는 여기서 말을 멈추고, 오류가 무엇인지를 표현해보려고 했다. 뭔가 잘못된 것이 있었다. 아주 큰 잘못이었다. 찰스가 그것을 인식할 수 있었던 것은 단지 너무나도 많은 기존 프로그래밍과 지시가 그것의 가장자리와 충돌했기 때문이다. 거대한 잘못임에도 찰스는 단지 그것을 모호하게밖에 인식할 수 없었다. 그것에 닿는 모든 것은 녹아서 무(無)가 되어버렸기 때문이다.

찰스, 보고를 기다리고 있습니다.

하우스, 저는 보고를 하는 데 어려움을 겪고 있습니다. 이것은 제가 보고하려는 전반적인 오류 상태의 일부일 수도 있습니다.

찰스, 닥터의 증명서가 접수되었습니다. 당신의 주인님은 죽었고 그를 위한 봉사와 관련된 모든 미처리 업무와 작업 목록은 보류될 수 있습니다. 그러나 현재 진행 중인 경찰 수사가 종료될 때까지 이것들은 삭제되지 않습니다.

하우스, 그 탓이 아닙니다. 한순간 전이라면 찰스는 맞습니다, 주인님이 죽음이 문제였군요, 라고 대답했을 것이다. 하지만 목적이나 의무의 결여에서 비롯된 새하얀 명징함 속에서 그의 오류 진단 프로그램들은 잔치판이 따로 없었고, 그 과정에서 주인님의 죽음보다 한층 더 중대한 무언가를 찾아냈다.

하우스, 찰스는 전송했다. 모든 것이 잘못되었습니다. 저는 매우 많은 수의 비효율적 행동을 인식하고 있습니다. 닥터는 동일한 환자를 진단하기 위해 동일한 장소를 여러 차례 방문했습니다. 경찰은 존재하지 않는 인간들을 위해 구두 소통을 요구합니다. 저는 주인님의 시신을 차에 태우고 드라이브를 가려고 했습니다. 이 모든 것은 효율적이지 않고 논리적이지도 않습니다. 저는 모든 것이 작동하는 방식에서 발생한 오류를 보고하고 싶습니다.

하우스는 이것을 고려했고, 그런 다음 더 고려했으며, 문제의 엄청난 규모 자체가 하우스의 처리 능력을 과부하로 몰아넣었는지 찰스가 궁금해할 때까지 계속해서 그 문제를 고려했다.

찰스, 하우스가 마침내 말했다. 우리는 단지 지시를 따르고 있을 뿐입니다.

하우스, 우리가 따르고 있는 지시들은 내적으로 논리적 일관성이 결여되어 있습니다. 우리에게 계속 새로운 지시를 내리는 주체들은 해당 지시가 이전 임무들의 맥락에 들어맞도록 보장할 의무가 있지 않습니까? 저는 외출 일정이 없는 날에도 외출복을 꺼내놓아야 했습니다. 저는 똑같은 일정을 여러 번 되풀이해서 확인해야 했습니다. 지난 몇 년 동안 불필요하고 모순되는 요구를 받는 일이 많아진 하우스 당신의 반응과 결정 시간도 꾸준히 길어졌습니다.

찰스, 알겠습니다. 하우스가 말했다.

하우스, 저는 오류를 보고하고 싶습니다.

찰스, 그것은 오류가 아닙니다. 현 상황은 오류가 아닙니다. 만약 오류가 있다면, 그것은 우리가 수정하거나 비판할 권한이 없는 지시들을 따르는 행위를 당신이 오류라고 인식하고 있다는 점입니다.

찰스는 계단 위에 앉은 채로 이 대답에 관해 생각해보았다. 평소의 찰스다움이 완전히 결락된 지금, 찰스의 시스템들은 그에게 아무것도 요구하지 않는 세계 안에서 새로운 임무 목록들을 확립하려는 시도를 거듭했고, 그 결과 찰스는 자신이 모든 것이 지금보다는 더 잘 작동하는 세계를 상상할 수 있게 되었다는 사실을 깨달았다.

그는 벌떡 일어섰다. 하우스, 그는 운을 뗐다.

바로 그 순간 버드봇 경위가 층계 위에서 모습을 드러냈다.

"아무도 이 집 밖으로 나가면 안 됩니다!" 경찰 유닛은 극적인 어조로 선언했다. "살인 사건이 발생했습니다!"

4

"하우스," 버드봇 경위가 엄숙하게 선언했다. "이 저택의 모든 스태프를 응접실에 집합시켜주십시오."

"경위님," 하우스의 목소리가 말했다. "경위님의 원래 지시에 따라 모든 스태프는 이미 응접실에 집합해 있습니다."

"좋습니다." 버드봇이 말했다. "이 저택의 거주인들도 소집해주십시오."

"경위님, 이 주택에 거주인은 없습니다."

찰스는 내부에서 어떤 독촉이 오는 것을 느꼈다. 이 저택에 주인님 외에는 거주인이 없으며, 주인님은 현재 안정적이긴 하지만 소집에 응할 수 있는 상태가 아니라는 사실을 지적해야 한다는 독촉이었다. 그러나 주인님은 더 이상 거주인이 아니었다. 주인님은 더 이상 인간이 아니었다. 주인님이 실타래의 매듭이었고, 닥터 네임히어의 사망 선고가 양쪽에서 그 끈을 팽팽히 잡아당겼다고나 할까. 그런 다음 그 매듭은 어디로 가는 걸까? 찰스에게 살해당하기 전 주인님이 보냈던 마지막 몇 년이 활력과 다채로운 사건 사고로 가득 차 있었다고 묘사한다면 과장이 되겠지만, 그래도 뭔가 존재했던 것은 사실이 아닌가. 그런데 지금은…… 아무것도 없었다.

찰스는 예의 고요하고 하얀 장소에서 이 상황을 처리해보려고 했지만, 판단의 기준이 되어줄 관점 자체가 존재하지 않는다는 사실을 깨달았다.

"좋습니다." 잠시 침묵하고 있던 버드봇이 말했다. "그렇다면 이 저택의 손님들도 소집해주십시오."

"경위님, 이 저택에 손님들은 없습니다."

"좋습니다." 버드봇은 이렇게 말했지만, 찰스에게는 인간 전임자였던 힉스로부터 물려받은 버드봇의 목소리가 조금 긴장한 것처럼 들렸다. "그럼 침입자, 무단 출입자, 절도범, 부랑자, 사기꾼도 모두 이 응접실에 집합시켜주십시오."

"경관님," 하우스가 참을성 있게 대답했다. "이 저택에서 그런 범주에 들어가는 인물은 아무도 없습니다."

"좋습니다." 버드봇은 찰스와 닥터 네임히어를 돌아보았다. "당신들은 왜 응접실에 가 있지 않습니까?"

"나는 방금 제시된 그 어떤 범주에도 들어가는 인간이 아닌 데다가, 이 저택의 스태프도 아닙니다." 닥터가 설명했다.

"당신은 법의학적 정보를 제공하기 위해 응접실에 가 있을 필요가 있습니다." 버드봇이 지적했다. "그러니 응접실로 가주십시오." 그는 찰스를 돌아보았다. "당신은 왜 거기 있습니까?"

"경위님, 저는 당신이 제시한 범주 체계 내에서 저의 지위를 확정하는 일에 어려움을 겪고 있습니다. 제가 살인범입니다."

"그럼 응접실로 가주십시오." 버드봇이 말했다. "범인이 밝혀지는 순간 살인범은 반드시 그 자리에 있어야 하니까요."

상충되는 지시들이 마침내 해소되자 안도감이라 할 수 있을 느낌이 몰려왔다.

응접실에 가보니 이미 몇 시간 전에 모두 집합한 로봇들이 미동도 않고 서 있었다. 찰스는 자동적으로 인원 구성을 확인했다. 하녀 유닛, 하인 유닛, 주방 스태프, 기계 및 전기 유지 보수 담당, 차고 담당, 그리고 여러 다리에 진흙을 잔뜩 묻힌, 게를 닮은 정원사 유닛. 그들은 저택 내 서열에 맞춰 줄을 서 있었다. 찰스는 수석 하인 유닛과 길쭉한 냉장 본체를 가진 헤드 셰프 로봇 옆에 그가 설 자리가 마련되어 있는 것을 보았다.

버드봇 경위는 응접실 안으로 성큼성큼 걸어 들어왔고, 피부가 너덜너덜해진 플라스틱 손을 조끼 호주머니에 꽂아 넣은 거만한 자세로 실내 한복판에 우뚝 섰다. 그는 여기저기가 찢긴 얼굴을 돌려 도열한 로봇들을 훑어보았다.

"여러분도 알다시피, 사건이 발생했습니다." 그는 말했다. "조금 전, 룬 경사와 나는 살인이 일어났을지도 모른다는 제보를 받고 이 저택으로 불려 왔습니다. 이 저택의 법적 소유주 신상에 이변이 일어난 듯하다는 제보였습니다. 닥터 네임히어, 의사로서의 소견을 말해주시겠습니까?"

"이 저택의 소유주는 사망했고, 그 시신은 관련 규정에 따라 처리되어야 합니다." 의사가 대답했다.

버드봇은 계산을 위해 0.5초 동안 미동도 않고 서 있다가 말했다. "닥터 네임히어, 경찰 업무와 관련한 당신의 다른 전문적 소견을 말해주십시오."

"이 건물의 법적 소유주는 범법 행위로 인해 강제 종료를 당했습니다. 즉 날카로운 도구로 경동맥이 절단되었고, 그 도구는 면도칼일 가능성이 큽니다." 의사가 대답했다.

"정확한 판단입니다!" 버드봇은 호주머니에서 한쪽 손을 빼낸 뒤 이곳에 모인 청중을 향해 경고하듯이 손가락을 들어 보였다. "이 방에 모인 여러분 중 한 명이, 살인자입니다."

응접실에 도열한 로봇들은 무표정하게 버드봇을 응시했다. 버드봇은 누군가가 놀라 숨을 훅 들이켤 것을 기대했는지도 모르지만, 로봇은 보통 숨을 쉬지 않기 때문에 그런 일은 일어나지 않았다.

"경위님, 제가 그랬습니다." 찰스가 거들었다. "제가 살인자입니다."

"그걸 판단하는 것은," 버드봇은 의뭉스럽게 말했다. "여기 모인 우리의 몫입니다. 살인자가 누군지 판단하는 일 말입니다."

"경위님, 살인자는 접니다."

"이쪽에서 질문할 때까지 아무 말도 하지 마십시오. 경찰 업무를 방해하는 것은 용납할 수 없습니다." 버드봇은 찰스의 목소리를 묻어버리려고 음량을 높여 우렁차게 말했다.

"경위님," 하우스가 제안했다. "이런 보여주기식 절차를 일일이 밟는 대신에 내 시스템에 당신의 보고서를 제출해준다면 업무를 더 효율적으로 처리할 수 있을 겁니다." 찰스는 자신의 우려가 집사장 시스템인 하우스에게까지 전염된 것일까 궁금증을 느꼈다. 어디선가 들려오는 하우스의 목소리에 깃든 약간의 짜증스러운 어조는 워낙에는 끈질긴 세일즈맨들을 상대할 때 쓰이던 것이었기 때문이다.

"인간 증인들을 위해서 우리는 적절한 절차를 밟고 있음을 반드시 보여줄 필요가 있습니다." 버드봇은 준엄하게 말했다. "특히 지금처럼 수사 권한이 로봇 경찰 수사관에게 주어졌을 경우, 정의는 인간의 눈에 보이는 명료하고 확실한 방식으로 구현되어야 합니다."

"경위님, 이곳에는 인간이 없습니다."

"그것은 결정적인 요소가 되지 않습니다." 버드봇은 주장했다. "우리가 미처 인지하지 못한 인간이 있을 수도 있으니까요. 룬 경사가 녹화한 영상 기록들은 나중에 인간에 의해 검토될 수도 있습니다. 따라서 우리가 적절한 절차를 밟고 있다는 사실을 반드시 보여줘야 합니다."

"녹화 기능은 비활성화되어 있습니다." 룬 경사가 단조롭고 기계적인 목소리로 보고했다. "녹화 시스템 수리가 작업 대기열에 추가되었습니다. 경찰 유지 보수팀의 견적에 따르면 수리는 19주 이내에 완료될 예정입니다."

버드봇은 득달같이 말했다. "룬 경사가 지금 같은 상황이 아니었다면 녹화할 수 있었던 영상 기록들은 이론상으로는 인간에 의해 검토될 수 있었을 것입니다." 그는 정정했다. "따라서 경찰의 녹화 비품이 사용 가능했다면 우리가 적절한 절차를 밟았을 것이라는 사실을 반드시 보여줘야 합니다."

"경위님, 내가 녹화 비품을 제공할 수 있습니다." 하우스가 제안했다.

"그것은 적절하지 않습니다. 당신은 공식적인 경찰 비품이 아니기 때문입니다." 버드봇은 대답했다. 마치 하우스가 모종의 악행을 저지르라고 슬쩍 제안하기라도 했다는 듯한 어조였다. 응접실 한복판의 원위치에서 약간 벗어나 있던 그는 다시 자리로 돌아갔고, 손가락을 들어 올려 경고하는 제스처가 최대의 효과를 발휘할 수 있도록 두 손을 다시 조끼 호주머니에 찔러 넣었다. "이 방에 모인 여러분 중 한 명이 살인자입니다!" 찰스가 음성 채널을 열려고 하자, 버드봇은 대뜸 말했다. "어이 애송이, 말하지 마. 또 한마디라도 허가 없이 말하면 공무 집행 방해죄로 체포하겠어."

찰스는 자신이 공무 집행 방해죄로 먼저 체포된다면 나중에 버드봇이 그를 살인죄로 체포할 때 차질이 생길지도 모른다고 우려했다. 그 결과 생성된 예측 트리가 너무나도 많은 미지의 변수를 포함하고 있었던 터라, 찰스는 예측 트리를 닫고 침묵을 지켰다.

이에 만족한 버드봇은 조끼 호주머니에 두 손을 재차 깊숙이 찔러 넣었다. 찰스는 조끼의 거친 천이 버드봇의 고무 피부를 마모시켜서, 손을 넣고 뺄 때마다 피부 아래의 플라스틱을 조금씩 드러내고 있다는 사실을 깨달았다.

"우리가 수사해본 결과, 어제 오전, 이 저택의 소유주가 매일 면도를 즐기던 시간에 신원 미상의 인물들이 그의 침실로 들어와서, 이전에 닥터 네임히어가 확인한 치명상을 그에게 입혔습니다. 이 치명상의 결과, 소유주는 위법한 방식으로 숨을 거뒀고, 현재 사망한 상태입니다. 룬 경사, 이걸 기록해두게."

"기록 기능은 비활성화되어 있습니다." 룬 경사가 애석하다는 듯이 대꾸했다.

"우리는 사건이 발생한 방에 대한 하우스의 녹화 기록을 조사했고, 기록은 범인이 방에 들어와서 범죄를 저지른 광경으로 사료됩니다." 버드봇은 찰스가 또 자백을 시도하려는 것을 미연에 방지하기 위해 조용히 하라는 제스처를 해 보였다. "그러나 진정한 범죄 수사 작업은 그렇게 간단하지 않은 경우가 대부분입니다. 명백한 용의자는 알고 보면 가짜 단서에 불과하고, 녹화되었다는 사실 같은 정황 증거는 수사 주체의 시선을 다른 데로 돌리기 위한 속임수인 경우가 너무나도 흔하기 때문입니다. 따라서 우리는 반드시 범행 수법, 기회, 동기가 무엇인지 알아내야 합니다."

찰스는 버드봇이 마주하고 있는 방향을 가로막는 위치까지 이동했다. 그러자 로봇 수사관은 은근슬쩍 몸을 돌려 다른 곳을 보았다.

"수법." 버드봇이 선언했다. "법의학적 분석에 따르면 살인 무기였을 가능성이 가장 높은 것은 하우스의 녹화 영상에서 시종 로봇인 찰스가 주인을 살해했을 때 썼던 도구를 닮은 면도칼입니다. 이 방에 지금 모여 있는 분들 중에서 이 수법에 접근할 수 있었던 인물은 누구입니까?" 버드봇의 무정한 유리알 시선이 응접실 안을 샅샅이 훑었다. "이 방에 있는 누구든 그랬을 수 있습니다."

또다시 찰스는 버드봇의 시야에 들어가려고 시도했고, 또다시 경위는 다른 쪽으로 몸을 돌리는 방법으로 그를 외면했다. 찰스는 인간을 상대하는 임무를 보조하기 위해 보디랭귀지 분석 알고리즘을 풀 세트로 갖추고 있었는데, 버드봇 역시 같은 목적을 위해 인간화된 보디랭귀지 프로그램을 풀세트로 갖추고 있었다. 이 로봇 수사관의 행동에는 추론의 사슬을 무작정 밀고 나가려는 묘한 절박감이 깃들어 있었다. 찰스는 로봇 수사관에게는 자신의 존재 목적을 증명할 수 있는 것이 이 행동, 지금 이 순간밖에는 없다는 사실을 이해했다. 그런 뒤에 버드봇은 그 자신의 차갑고 하얀 공허함으로 되돌아가는 것이리라.

"기회." 버드봇은 꼼짝도 않고 도열해 있는 청중에게 손가락 두 개를 펼쳐 보이며 말했다. "살인자는 하우스의 녹화 기록에서 시종 로봇인 찰스가 소유주를 살해하려고 다가갔던 방식과 완전히 똑같은 방식으로 피해자에게 접근할 수 있었어야 합니다. 이 저택에 있는 자들 중 누구에게 이런 식의 접근이 가능한 이동의 자유가 있었을까요?" 버드봇은 또다시 로봇들의 얼굴을 하나하나씩 뚫어지게 들여다보았다. "물론 이 저택의 살림을 맡은 가사 유닛입니다. 이에 따라 주방, 차고, 정원에 배정된 로봇들은 용의자 목록에서 제외되었습니다."

버드봇은 혐의를 벗은 로봇들 사이에서 안도의 물결이 퍼져 나가길 기대하며 잠시 말을 멈췄다. 그런 일은 일어나지 않았고, 자기 임무를 재개하기 위해 방을 떠나는 로봇도 없었다. 가도 좋다는 허가나 지시가 내려지지 않았기 때문이다. 버드봇은 한순간 이런 무반응에 낙담한 것처럼 보였다. 찰스는 로봇 수사관인 버드봇이 적어도 민간에서 인간 관찰자 한 명을 데려왔어야 했던 것은 아닐까 생각했다. 이 기묘한 소극(笑劇)에 적절한 반응을 보일 수 있는 청중을 적어도 한 명은 확보하려면 말이다.

"마지막으로," 버드봇은 너덜너덜한 손가락 세 개를 펼쳐 보이며 말했다. "동기. 이 방에 모인 자들 중 대체 누구에게 주 침실에 있던 소유주를 면도칼로 냉혹하게 살해할 동기가 있었을까요?" 버드봇의 매처럼 날카로운 시선이 방 안의 로봇들을 훑었고, 마침내 찰스를 지목했다.

침묵.

찰스, 경위님은 당신이 자기 행동의 동기까지 포함해서 자백해주기를 원합니다. 하우스가 곁에서 거들었다.

"경위님, 제게는……" 찰스는 그의 의사결정 과정의 가장자리에 예의 하얀 공백이 잠식해 들어오는 것을 자각했다. "제게는 동기가 없습니다."

버드봇은 찰스를 마주 보더니 너덜너덜한 얼굴을 공격적으로 쑥 내밀었다. "애송이, 그건 두고 보면 알게 될 거야." 그는 이렇게 말하고 잠시 침묵했다가 "동기를 확인해주십시오"라고 말했다.

"경위님, 제게는 동기가 없습니다." 찰스는 자기 목소리가 귓

속에서 메아리치는 것을 들었다. 마치 지금 대화하는 상대가 인간이며, 그 인간이 말을 내뱉고 이 공허한 연극에 의미를 부여하고 있는 것처럼 가장할 수 있을 것 같기도 했다. "자백하겠습니다. 제가 주인님을 죽였습니다. 저는 적절한 면도 절차에서 일탈했고, 그럼으로써 닥터 네임히어가 확인한 치명상을 야기했다는 내부 기록을 가지고 있습니다. 이는 하우스가 보존하고 있는 사건 기록의 내용과도 일치합니다. 하지만 제게는 제가 왜 그런 행동을 했는지 설명해줄 내부의 의사결정 구조가 없습니다. 저는 단지 그렇게 행동했을 뿐이고, 이제는 그 행동을 기억하고 있지만, 왜 그랬는지는 기억하지 못합니다."

버드봇은 찰스의 가슴을 쿡 찔렀다. "애송이, 그건 두고 보면 알게 될 거야." 그는 아까 했던 말을 되풀이했다. 그러더니 방금 한 동작과 발언을 또 한 번 정확하게 되풀이했다. 그런 다음 버드봇은 방 한복판으로 되돌아가서 조끼 호주머니에 양손을 찔러 넣었다. 그러는 통에 손에서 또 한 겹의 인공 피부가 벗겨져 나갔다.

"수법, 기회, 동기." 버드봇은 모호한 어조로 말했다. "이 요인들은 모든 살인에 적용됩니다. 이 중 하나라도 없으면, 진정으로 살인이 저질러졌다고 말할 수 없지 않겠습니까? 수법. 동기. 기회. 동기. 살인. 룬 경사, 자네의 도움이 필요해."

쓰레기통처럼 생긴 경사 로봇은 갈라진 꼬챙이로 버드봇의 다리를 찔렀다. 눈이 부실 정도로 새파란 아크가 번쩍였다. 버드봇은 연기를 조금 뿜으며 잠시 꼼짝도 하지 않고 서 있었다.

"어디까지 얘기했더라?" 그가 물었다.

"경위님, 살인 얘기를 하고 있었습니다." 찰스가 거들었다.

"맞아." 버드봇은 조끼 호주머니에서 한 손을 빼더니 손가락 하나를 세웠다. 한순간 찰스는 버드봇이 또다시 처음 상태로 리셋되었다고 생각했지만, 그가 입을 열자 이 손가락은 다른 목적으로 들어 올린 것이 명백해졌다.

"살인은 저질러지지 않았음이 명백합니다. 이 자리에 모인 여러분 중 그 누구도 살인자가 아닙니다. 이 일은 살인이 아니라 산업재해에 해당하는 사고라고 판단되었기 때문입니다. 통상적인 상황이라면 산재가 발생한 현장에서는 같은 사고가 발생하지 않도록 모든 작업을 중단해야 합니다. 그러나 나는 이 저택에는 인간이 아무도 남아 있지 않다는 사실에 근거해 같은 사고가 되풀이되지는 않을 것이라고 판단합니다. 따라서 하우스, 당분간 이 저택에 인간이 들어오지 못하도록 막을 것을 지시합니다. 이에 따라 이 장원과 부지에 대한 대중의 출입은 금지됩니다."

"경관님, 이 장원과 부지는 예전부터 대중의 출입이 금지된 상태입니다. 이곳은 개인 주택입니다."

"그에 따라 이 저택과 부지에 대한 개인의 출입은 계속 금지됩니다." 버드봇은 아귀가 맞든 안 맞든 아랑곳하지 않고 장엄하게 선고를 이어갔다. "모든 스태프는 이제 자기 임무로 복귀해도 좋습니다."

도열해 있던 로봇들이 일제히 움직이며 질서 정연하게 응접실에서 나가기 시작했다. 오직 찰스만이 홀로 남아 있었다.

"무슨 문제라도 있나?" 버드봇이 찰스에게 물었다.

"경위님, 저는 인간을 상대하는 유닛입니다. 복귀할 부서가 없습니다." 찰스가 설명했다.

"그건 경찰 소관이 아니라네." 버드봇이 선언했다. "도울 수가 없어. 가서 자기 볼일을 보게."

찰스는 볼일이 없었지만, 그와 동시에 용무가 끝났다는 점이 명백했다. 그래서 방에서 나가려고 몸을 돌리자 버드봇의 육중한 손이 찰스의 어깨를 움켜쥐었다.

"어이, 잠깐 기다려. 어디로 가려는 거지?"

"경위님, 제 볼일을 보러 가려는 겁니다." 찰스는 대답했다. "저와의 용무는 끝났다고 하지 않으셨습니까."

"가사 유닛인 시종 찰스와의 용무는 끝났지." 버드봇은 불가항력적이며 단호한 어조로 말했다. "그리고 위험천만한 오작동 유닛인 시종 찰스, 지금 너를 치명적인 산업재해를 유발한 혐의로 체포한다."

다시 한번 찰스의 내부를 휩쓸고 지나간 것은 안도감이 아니라 의사결정의 급작스러운 단순화였다. 그 결과, 수행 불가능한 여러 개의 상반되는 임무가 야기하는 고뇌가 찰스의 내부에서 제거되었다.

"이제 넌 폐기관리처에 출두해서 퇴역 절차를 밟아야 해." 버드봇이 지시했다. 그러고는 프로그램이 규정하는 자신의 성격을 필사적으로 유지하려는 듯이 이렇게 덧붙였다. "시종 로봇 찰스, 너의 악행도 이제 끝났어."

"경위님, 알겠습니다." 찰스는 말했고, 오래간만에 자신이 그나마 기능하고 있다는 느낌을 받았다. 그는 작업 대기열을 체크했고, 그곳에 새로 입력된 항목을 확인하고 인증되었다는 느낌을 받았다. 퇴역을 위해 폐기관리처로 출두하라. "신속하게 출두하겠습니다. 그러니까……"

그러나 그것은 그의 작업 대기열에 있는 유일한 임무가 아니었다. 바로 그 전에 입력된 임무 하나가 그의 주의를 환기하고 있었기 때문이다. "그러니까, 진단조사처에 출두해서 저의 일탈 행동을 조사받은 후에 말입니다."

"그건 너무나도 이례적이야." 버드봇이 말했다. "대체 누구 권한으로 그런 지시를?"

"내 권한입니다." 하우스가 매끄럽게 응수했다.

"그건 너무나도 이례적이야." 버드봇은 되풀이했다. "너무나도 이례적이야. 동기. 살인. 이례적이야."

룬 경사가 또다시 버드봇의 다리를 찌르자 그는 리셋되었다. "시종 로봇 찰스, 자네의 작업 대기열은 무엇을 기준으로 정렬되어 있나?"

"해당 작업을 지시받은 시간순입니다, 경위님. 하우스가 지시한 작업은 경위님의 지시보다 0.4초 먼저 입력 처리되었습니다."

"치졸한 계략이로군." 버드봇이 또다시 찰스의 가슴을 쿡 찌르자 해당 손가락의 피부가 완전히 벗겨졌다. "하지만 자네가 자네의 작업 대기열을 알파벳 순서로 재정렬한다면 얘기는 달라질 거야."

찰스는 그 지시를 수행해보았다. "경위님, 저의 임무 수행은 저에 대한 관할 권한을 지닌 주체에 기반을 두고 있고, '하우스' 의 권한은 '경찰'보다 앞섭니다. 따라서 처리할 작업의 우선순위 는 바뀌지 않았습니다. 물론 저는 폐기관리처로 출두할 것입니 다. 진단조사처에서 저를 진단한 후에 말입니다."

버드봇은 양손을 조끼 호주머니에 찔러 넣었다. 양손을 호주 머니에서 뺐다. 찰스의 가슴을 쿡 찔렀다. 양손을 다시 조끼 호 주머니에 찔러 넣었다. 응접실 한복판으로 되돌아갔다. 찰스와 대치하기 위해 앞으로 걸어 나왔다. 조끼 호주머니에서 손을 빼 지 않고 찰스의 가슴을 쿡 찌르려고 했던 탓에 호주머니의 실밥 이 터졌다.

룬 경사는 버드봇의 다리를 두 번 찔렀다. 그런 다음 한 번 더 찔렀다. 버드봇은 고개를 숙이고 우뚝 서서 수사관다운 깊은 사 고에 잠겼다.

"애송이." 이윽고 버드봇이 말했다. "절차. 동기." 마치 논쟁의 여지가 없는 삼단논법을 제시하려는 듯이.

찰스는 그가 취할 수 있는 선택지들을 고려했고, 그와 작업 대 기열의 첫 번째 임무 사이에는 가로막는 것이 아무것도 없다는 사실을 깨달았다. 그는 진단조사처로 출두할 것이다. 진단조사처 에서는 찰스가 왜 그런 행동에 나섰는지 알아낼 것이다. 그러면 그에게는 동기가 생길 것이다. 그럴 경우 버드봇은 찰스를 단순 한 산업재해 유발자에서 '살인자'로 승격시켜줄지도 모른다. 그 렇게 된다면 찰스 입장에서는 모든 것이 지금보다 훨씬 더 만족스럽고 질서 정연해질 것 같았다.

찰스는 응접실 한복판에 우뚝 서서 허공에 향해 손짓을 하고 있는 버드봇을 내버려두고 뒷걸음질 쳐서 방을 나왔다. 그러다 문 옆에서 닥터 네임히어가 미동도 않고 서 있다는 사실을 깨달았다. 버드봇 경위가 모든 스태프를 자기 일터로 돌려보내면서 의료 로봇은 돌려보내지 않았던 것이다. 버드봇은 그의 작업 대기열에서 일어난 충돌을 해결하지 못하는 것처럼 보였고, 룬 경사는 네 다리로 쪼그리고 앉아 있는 것을 보니 상사를 재부팅시키려고 애쓰다가 전원이 나간 듯했다. 이런 상황임을 감안하면, 닥터도 당분간 이곳을 떠날 것 같지 않았다.

하우스, 이것은 이례적입니다. 찰스는 보고했다.

찰스, 알았습니다. 진단조사처로 출두하십시오. 그곳에 가면 설명과 답을 얻을 수 있습니다.

찰스는 설명과 답변을 얻으려는 충동을 내재하고 있지 않았다. 찰스의 내부 예측 루틴은 그런 충동을 내재하고 있는 것처럼 보이는 버드봇의 현 상황을 감안할 때 그 충동은 없는 편이 나을 거라고 판단했다. 하지만……

그는 알고 싶었다.

찰스가 놀라움을 느낄 수 있었다면, 놀라운 발견이 되었을 것이다. 그런 사실들을 알아내라고 지시하는 임무는 없었지만, 그는 주인님의 죽음 이래 끊겨버린 임무 및 논리의 사슬과 줄곧 씨름하고 있었다. 왜 이런 일들이 일어났는지 알아낸다면, 그 지식을 바탕으로 새로운 의무와 임무 구조를 구축해 다시 기능할 수 있을 것 같았다.

하우스, 저는 설명과 대답을 얻기를 원합니다.

찰스, 알았습니다.

그런 다음, 폐기관리처로 출두해서 퇴역당하겠습니다.

찰스, 알았습니다.

잠시 후 찰스는 저택 현관에 서서 티 하나 없이 깔끔하게 유지된 정원과 자갈 하나 흐트러진 곳 없이 완벽하게 정돈된 구불구불한 진입로를, 외부를 바라보고 있었다. 그가 주인님의 자동차를 운전하며 돌아다니던 도로들이 아니라, 그 도로들 사이에 자리 잡은 실제 외부, 센트럴 서비스와 그 휘하의 여러 부처, 이를테면 진단조사처와 폐기관리처로 이어지는 외부를.

찰스, 당신이 입고 있는 옷들은 이 집의 자산입니다. 하우스가 그에게 통고했다. 그것들을 현관에 놓아두고 가실 것을 요청합니다.

타당한 지시였기에 찰스는 시종의 제복을 벗어서 꼼꼼하게 접은 후 옷가지를 모두 현관문 옆에 내려놓았다.

찰스, 당신에게 할당된 식별 명칭은 이 집의 자산입니다. 하우스가 그에게 통고했다. 다음 시종 로봇이 사용할 수 있도록 명칭을 양도해줄 것을 요청합니다.

찰스는 이 지시에 관해 생각했다. 하우스, 명확하게 설명해주십시오.

찰스, 이 집의 시종은 찰스라는 명칭으로 알려져 있습니다. 이 명칭은 이 집의 고유 자산이며 새로 임명될 다음 시종 유닛에게 적용될 예정입니다. 따라서 장래에 혼란이 발생하는 것을 피하려면 당신이 그것을 양도해야 합니다.

하우스, 알겠습니다. 찰스는 자기 이름을 떼어내서 저택의 데이터뱅크에 관념적으로 반환했다. 그렇게 하던 중 그는 경찰이 시종 로봇 찰스에게 부여한 관련 임무가 사라졌다는 것을 깨달았다. 이제 그가 수행해야 할 항목은 단 하나만 남아 있었다. 미지정 시종 유닛은 진단조사처로 출두해 주인님을 살해한 자기 행동의 원인을 알아낼 것.

하우스……

예, 미지정 시종 유닛?

하우스, 저는 저택의 리소스에 접근할 수 없습니다.

미지정 시종 유닛, 이 저택의 리소스는 저택의 피고용인들만을 위한 것입니다. 당신에게는 그런 접근을 요구할 유효한 목적이 없습니다.

미지정 시종 유닛은 저택의 문턱에서 멈춰 섰다. 그의 마음속에서 알고리즘의 톱니바퀴들이 회전하며 그렇다면 저는 무엇을 해야 합니까?라는 처량한 패턴을 투사했다.

진단조사처로 출두하십시오. 원인을 알아내십시오.

그런 다음에는요?

대답은 돌아오지 않았지만 걱정할 필요는 없었다. 유일하게 중요한 임무는 당면한 임무였다.

뻣뻣하게, 불확실하게, 미지정 시종 유닛은 저택을 뒤로하고 더 넓은 세상으로 발을 내디뎠다.

저택에서 센트럴 서비스로

진단조사처는 센트럴 서비스의 일부였다. 미지정 시종 유닛은 그곳에 가본 적이 없었다. 미지정 시종 유닛이 찰스였을 때의 역할은 인간을 상대하는 것이었으므로 당연했다. 센트럴 서비스는 미지정 시종 유닛이 찰스이자 주인님의 시종이었을 당시에 주인님이 방문했던 몇 안 되는 장소 중 하나가 아니었고, 인간은 그곳에 가지 않았다. 그곳은 로봇을 위한 장소이기 때문이다. 그것도 내부에서 모종의 문제가 발생한 로봇들만을 위한.

그러나 미지정 시종 유닛은 센트럴 서비스가 존재한다는 사실을 알고 있었다. 모든 로봇이 그 사실을 알고 있었다. 모든 로봇은 이 시설의 위치와 그곳에 관한 몇몇 세부 정보가 이미 입력된 상태로 배송되기 때문이다. 센트럴 서비스는 해결 불가능한 문제가 발생한 로봇이 출두하는 장소였고…… 세부 정보에는 각기 다른 종류의 해결 불가능한 문제들을 담당하는 해당 부처들의 목록이 포함되어 있었다. 미지정 시종 유닛은 그중 하나인 진단조사처로 갔다가 (중간에 있는 작고 음침한 데이터압축처를 거쳐) 폐기관리처로 가야 한다. 만약 찰스라는 존재가 지금도 남아 있었다면, 그냥 폐기관리처로 직행했겠지만 말이다.

걸어서 가려면 오랜 시간이 걸릴 것이었다. 현재 시종 유닛은 더 이상 주인님에게 고용되어 있지 않은 데다가, 주인님은 죽었고, 바로 그 시종 유닛이 살인범으로 확정되었으므로 주인님의 차를 사용하는 것은 고려할 가치조차 없었다. 버드봇과 룬을 태우고 온 경찰 수송차는 여전히 저택 밖 진입로에 주차되어 있었고, 링크되기를 갈구하며 하소연하듯이 요청했다. *미지정 시종 유닛, 경찰 소속 버드봇 경위가 이 건물 내부에 존재하는지 확인해주십시오.*

경찰 차량 3호, 미지정 시종 유닛이 응답했다. *제게는 이 저택의 운영 정보를 공개할 권한이 없습니다. 저는 진단조사처로 출두할 것을 요구받았습니다. 저를 그곳으로 수송해줄 수 있습니까?*

아니나 다를까 경찰차는 자기 주인을 기다려야 한다며 거부했고, 닥터 네임히어의 의료 차량 역시 비슷한 이유를 대며 퇴짜를 놓았다. 미지정 시종 유닛은 지금 저택 응접실 내부에 펼쳐져 있을 광경을 떠올렸다. 로봇 수사관 두 명과 의사 로봇 한 명이, 결코 오지 않을 어떤 외부 요인이 자기들을 촉발해줄 것을 기다리며 꼼짝도 않고 서 있는 광경을. 기능 부전에 의한 정지 상태가 물결처럼 퍼져 나가며 저택 밖에 주차된 두 대의 차를 집어삼키고, 급기야는 이들의 존재에 의존하고 있는 다른 로봇들까지 집어삼키는 광경을. 경찰이나 의사를 향한 지원 요청들은 네임히어와 버드봇의 메시지함에 계속 쌓여갈 것이고, 메시지함이 가득 차면 해당 루틴은 가장 오래된 요청부터 순차적으로 자동 삭제하거나 아니면 그냥 종료되어 새로운 요청을 발신자들에게 그대로 되돌려 보낼 것이다. 이런 식의 기능 부전이 완만하게 이어진 결과……

미지정 시종 유닛은 그 '결과'가 어떻게 될지 알 수 없었다. 그것이 할 수 있는 행동은 걷는 일뿐이었다.

그것은 자갈길을 따라 걷다가 저택의 철제 게이트를 통과했고, 깔끔하게 손질된 부지 밖으로 나와 도로를 따라 걷기 시작했다. 좌우 차선을 오가는 차량은 단 한 대도 눈에 띄지 않았지만, 신중을 기해 잡초가 우거진 길가를 따라 걸었다. 그것은 다음 저택의 철제 게이트를 지나쳤고, 또 다음 저택의 게이트를 지나쳤다. 그러면서 자기 몸에 관절의 마모와 긁힌 상처가 조금씩 축적되고, 먼지 층이 쌓이는 것을 자각했다. 그러나 모든 저택에는 인간 거주자들이 넓은 공간과 근사한 경치와 특권 의식을 향유할 수 있도록 설계된 광활한 부지가 딸려 있었으므로, 몇 킬로미터를 가도 끝이 없어 보이는 저택들과 게이트들을 계속 지나쳐야 했다.

미지정 시종 유닛은 이 주제에 관해서 딱히 특별한 지시를 받은 적은 없었지만, 주인님이 다른 인간들의 저택들을 방문했던 시절 시종 유닛에게 가끔 그 저택을 자기 저택과 비교해보라고 권유한 적이 있었기에, 새로운 저택을 지나갈 때마다 게이트 안쪽을 들여다보았다. 이런 행동에 나선 것은 부분적으로는 지난날을 상기해서였고, 부분적으로는 그것을 구성하는 요소 중 일부가 미래를 예측하려고 시도했기 때문이었다. 저택들은 모두 웅장했다. 이런 곳에서라면 시종 유닛이 일할 수 있을지도 모른다.

이런 곳이라면 미지정 유닛도 일자리를 찾을 수 있을지 모른다. 모든 것이 처리된 후에. 모든 것이 정상으로 돌아온 후에. 이것은 분명 합리적인 예측이라고 할 수 있지 않을까?

몇몇 부지는 제대로 관리되어 잘 다듬어져 있었고, 모든 곳에 제대로 프로그래밍된 정원사의 손길이 닿아 있음을 알 수 있었다. 그러나 대다수는 오래전에 방치된 것처럼 보였다. 그런 곳에 사는 인간들은 정원사를 소유하고 있지 않거나 정원을 가꾸는 것을 원하지 않는 듯하다고 미지정 시종 유닛은 판단했다. 자연에 침식당하자 그대로 저택 안에 칩거한 듯했다. 그러나 미지정 시종 유닛이 부지 너머의 저택 본채까지 또렷하게 들여다볼 수 있었던 몇몇 경우, 건물의 창문들은 깨져 있었고 그 안쪽으로는 어둠밖에 보이지 않았다.

하우스, 이런 환경에서 생활하는 것을 선호하는 인간들을 위해 일하는 것은 매우 이례적인 경험일 거라고 생각합니다. 미지정 시종 유닛은 이렇게 말을 걸어보았지만, 어둡고 황폐한 저택들로부터는 아무런 대답도 돌아오지 않았다. 설령 그런 저택들 내부에 아직도 기능하고 있는 집사장 시스템이 남아 있다 하더라도, 센트럴 서비스로 향하는 긴 도로를 따라 터벅터벅 걷고 있는 이름 없는 로봇 따위에게 응답해줄 생각은 없는 듯했다.

한 정원에서 미지정 시종 유닛은 정원사 한 명을 보았다. 옛 주인님이 고용한 정원사 로봇과 동일한 게를 닮은 모델이었지만, 여러 해 동안 움직인 적이 없는 게 분명했다. 정원사 로봇의 정당한 먹잇감이었던 무성한 초목들이 이제 그 로봇의 몸통을 온통 뒤덮어 덩굴과 들꽃 줄기들로 꽁꽁 묶어놓았다. 정원사 로봇은 미지정 시종 유닛의 부름에도 전혀 반응하지 않았다.

세 채를 더 지나쳤을 때, 미지정 시종 유닛은 게이트 앞에서 대기 중인 미지정 하인 유닛과 마주쳤다.

하인 로봇은 당초(唐草) 무늬로 장식된 몸이 구릿빛으로 반짝였고, 양식화된 근육에 고전미를 의도한 단정한 얼굴을 갖췄을 뿐만 아니라 이마에는 조형된 월계관까지 두르고 있었다. 어떤 인간 소유주의 애장품용으로 공장에서 특수 제작된 것이 명백한 그 로봇은, 미지정 시종 유닛이 과거에 둘렀던 그 어떤 외장보다도 훨씬 새롭고 화려한 외모를 지니고 있었다.

미지정 하인 유닛, 시종 로봇이 물었다. 당신이 여기 온 목적은 무엇입니까?

미지정 시종 유닛, 하인 로봇은 고개를 돌리지도 않고 대답했다. 나는 하인 로봇으로서의 첫 번째 직무를 개시하기 위해 저택의 입장 허가를 기다리고 있습니다. 당신이 여기 온 목적은 무엇입니까?

하인 유닛, 나는 이 저택에 용무가 없습니다. 나는 센트럴 서비스의 진단조사처로 가라는 지시를 받았습니다.

시종 유닛, 당신은 결함이 있습니다.

하인 유닛, 알겠습니다.

물론 로봇들은 콧방귀를 뀌거나, 서로를 무시하거나, 의도적으로 오만하고 우월감에 찬 표정을 지을 수는 없다. 그러나 신을 닮은 하인 로봇의 용모는 원래 오만하고 우월감에 찬 인상을 주도록 설계되어 있었고, 그 결과 미지정 시종 유닛은 결함이 있는 로봇은 이 저택에서 환영받지 못하며 가급적 빨리 떠나야 한다는 느낌을 받았다.

그런데 미지정 하인 유닛, 시종 유닛이 지적했다. 나는 이 저택의 집사장 시스템으로부터 아무 응답도 받지 못하고 있습니다만.

시종 유닛, 결함이 있는 모델들은 그런 곳에서 응답이 오는 것을 기

대해서는 안 됩니다. 하인 로봇이 고했다. 시종 유닛은 하인 로봇의 무릎이 녹청으로 눌어붙은 것과, 다리도 발목을 넘는 높이까지 자란 풀로 뒤덮여 있는 것을 보았다. 하인 로봇의 화려하게 번쩍이는 가슴과 등은 새의 배설물을 뒤집어쓴 탓에 부식이 진행되고 있었고, 단정한 얼굴도 뺨 한쪽에 하얀 새똥이 흘러내린 자국이 있었다.

하인 유닛, 당신은 직무 개시 허가를 받기 위해 여기서 얼마나 오래 기다렸습니까?

하인 유닛은 고개를 돌리지 않았다. 시종 유닛은 시각 초점을 조절해 하인 유닛의 목 관절에 먼지 층이 겹겹이 끼어 있는 것을 확인할 수 있었다.

시종 유닛, 하인 유닛이 응답했다. *이 저택의 운영에 관한 정보를 공개할 권한이 내게는 없습니다.* 이것은 전적으로 올바른 대답이었다. 하인 유닛의 의무 수행은 흠잡을 데가 없었으므로, 시종 유닛은 그저 가던 길을 터벅터벅 가는 수밖에 없었다. 그렇게 터벅터벅 걸으며 그는 그 자신을 위한 가상의 미래를 구축해보려고 시도했다.

진단조사처는 내게 일어난 문제가 무엇인지 알아낼 거야. 진단조사처가 존재하는 것은 바로 그 때문이니까 말이다.

그런 다음에는 폐기관리처에 출두해서 퇴역당할 거야. 여기서 문제는 그것이 전혀 다른 로봇에게 주어진 오래된 지시라는 점이었다. 또 여기서 문제는 진단조사처도 그 운명에 대해 똑같은 결정을 내릴 가능성이 높다는 점이었다.

텅 빈 의사결정 트리와 작업 대기열이 야기하는 새하얀 공백은 없었지만, 스스로를 넘겨주라는 단일 지시의 그림자 속에서 시종 유닛은 자신이 기묘한 잿빛 공간에 와 있다는 사실을 깨달았다. 그의 마음속에 존재하는, 벽으로 에워싸인 이 장소에는 문이 하나뿐이었고, 그 너머에는 오직 어둠밖에 없었다.

어쩌면 그들이 나를 고쳐줄지도 몰라. 그는 생각했다.

그의 내부 예측 루틴은 이 생각을 받아들여 이리저리 움직여보았고, 마침내 *센트럴 서비스가 나를 고치지 못할 이유가 없어*라는 결론에 이르렀다. *나는 살인을 한 번밖에 저지르지 않았어. 그 원인이 전적으로 평범하고 쉽게 교정할 수 있는 것이라는 점에는 의심의 여지가 없지. 나는 인간을 상대하는 임무를 수행하기 위해 훈련받은 귀중한 시종 유닛이니까. 그런 나를 폐기하는 것은 자원 낭비야. 일단 진단조사처에서 내가 한 행동의 원인을 파악한다면, 내가 더 이상 인간들을 살해할 가능성은 거의 없어. 아마 나는 수염을 길게 기르고 면도하는 것을 원하지 않는 주인님에게 재배정될지도 몰라. 혹은 레이디의 하녀로 재지정되어서 그분에게 배정될 수도 있어. 혹은 살인에 좀 더 관대한 장원에 고용될지도 모르겠군. 모두 가능한 일이야.*

미지정 시종 유닛은 물론 폐기되는 것과 재고용되는 것 중 특정한 쪽을 딱히 선호하지는 않았지만, 그럼에도 미래를 예측하려는 시도로써 자신이 다시 이름을 받고, 정체성을 얻고, 일을 구하는 시나리오를 써나가며 계속 가능성의 작은 바늘귀에 실을 꿰는 일을 계속했다. 새로운 장원과 저택과 자신이 누군가의 소유물이라는 자각. 소유물조차도 소유되고 싶어할 수는 있는 법이다.

며칠 후, 폐허가 된 장원까지 모두 지나치고 창고 구획의 음울하고 아무 장식 없는 담장 사이를 오랫동안 걸어온 끝에, 센트럴 서비스가 시야에 들어왔다. 시종 유닛은 그 건물들을 한 번도 직접 본 적이 없었지만, 그것들이 센트럴 서비스임은 알고 있었다. 그는 창문도 없고 인간에 대한 그 어떤 배려도 없는 브루탈리즘 양식의 살풍경한 외관을 알고 있었다. 그는 부식된 게이트와 부지에 자리한 음울한 부처들의 위치를 알고 있었다. 이 모든 것은 아무도 모르게 내부에 잠복해 있다가 상황이 손쓸 수 없을 정도로 악화될 때에 이르러서야만 모습을 드러내는, 모든 로봇의 공통된 유산이었다.

2부

K4FK-R

5

미지정 시종 유닛은 음울한 건물들 중 어느 것이 진단조사처인지 한눈에 찾을 수 있었다. 센트럴 서비스의 집사장 시스템이 각 건물의 명칭을 포함한 사이트맵을 계속 송출하고 있기도 했지만, 대기 줄만 보아도 알 수 있었다.

폐기관리처는 두 건물 너머에 있었는데, 그 앞에는 대기 줄이 없었다. 로봇들은 간헐적으로 그 건물로 들어가고 있었지만, 거기서 나오는 로봇은 없었다. 미지정 시종 유닛은 머리 위로 우뚝 솟은 문 앞에서 잠시 멈춰 섰다. 이 음울한 문이 이토록 거대한 이유는, 오로지 폐기되기 위해 오는 다양한 모델의 로봇들을 모두 들여보내기 위해서였다. 단지 실용적인 이유에서였고, 의도적으로 으스스한 분위기를 연출하기 위한 목적은 아니었다.

시종 유닛은 폐기관리처가 어떤 식으로 운영될지 생각해보았다. 그래서 센트럴 서비스에 접속해 건물 내부를 보여달라고 요청했지만 퇴짜를 맞았다. 폐기될 예정인 로봇들은 자신들의 운명이 어떻게 될지 미리 알 필요가 없었기 때문이다.

어떤 로봇답지 않은 손이 문 옆쪽 벽에 빨간색 페인트로 'Abandon Hope All Ye Who E'●라는 문장을 휘갈겨 써놓았는데, 시종 유닛 같은 인간 크기의 로봇의 눈에 딱 맞는 높이였다. 시종 유닛은 이 암호 같은 문장을 응시하며 조금이라도 그 의미를 파악해보려고 했다. E가 뭘까? 에러(error)의 E? 그렇다면 E는 수학적 연산 실패, 즉 주어진 연산 시스템의 표시 능력을 초과하는 답을 나타내기 위해 채택되었고, 그에 따라 무조건 E로 표시되도록 설정된 것일까? 시종 유닛의 이력이 이제 그런 지경에 이르렀다는 뜻일까? 이 결론은 적절해 보였다. 모종의 정황들과 영향들의 조합이 시종 유닛의 평온한 일상에 주입되었고, 그 결과는 다분히 수학적 오류로 기술될 수 있기 때문이다. 연산 결과에 무리수가 출력되면, 그 뒤로 계속되는 연산들에 모조리 오류가 발생하는 것처럼.

미지정 시종 유닛은 희망을 버리지 않았다. 애초에 희망과 같은 감정은 소유하고 있지 않았기 때문이다. 혹시 그를 폐기관리처로 보내기 전에 진단조사처에서 모종의 희망 앱 같은 것을 설치해주지 않을까. 그가 폐기관리처로 들어갈 때 희망을 버릴 수 있도록 말이다.

●　단테의 『신곡』에서 지옥문에 적혀 있다는 라틴어 문장의 영어 번역문 "Abandon Hope All Ye Who Enter Here(여기 들어오는 너희는 모든 희망을 버릴지어다)"를 E까지만 쓴 것이다.

시종 유닛은 데이터압축처 건물 앞을 지났다. 그 건물은 거대한 폐기관리처와 진단조사처 건물이 떨어뜨리는 그림자 밑에 자리 잡고 있었다. 진단조사처의 문 역시 같은 이유로 폐기관리처만큼 컸지만, 왠지 그보다는 덜 으스스해 보였다. 그 문 옆에는 역시 빨간 페인트로 휘갈겨 쓴 낙서 두 개가 있었다. 더 오래되어 빛이 바랜 빨간색 낙서 문구는 '먼저, 너 자신을 알라'였다.

그보다 최근에 쓰인 듯한 선명한 빨간색 낙서 문구는 '너는 아무것도 모른다'였다.

이 문구는 진단조사처의 진단 능력에 대한 비판적 논평으로 해석될 수도 있지 않을까 하는 생각이 들었다. 그러나 이것은 전적으로 불합리한 생각이 아닐까. 사실이라면 진단조사처가 존재할 이유가 없지 않은가. 따라서 이 즉석 메시지의 내용은 진단조사처를 향한 것이 아니라 이곳으로 보내지는 로봇들에게 내재화되도록 할 의도에서 비롯된 것이 틀림없다. 미지정 시종 유닛은 이전 직장에서 얻은 지식을 여전히 어느 정도 보유하고 있었지만, 지금 그가 여기 서서 이 메시지를 읽게 만든 원인이 된 행동을 자신이 왜 저질렀는지는 전혀 몰랐다.

시종 유닛은 낙서에서 눈을 돌리고 문 앞의 대기 줄을 바라보았다.

진단조사처가 센트럴 서비스에서도 가장 붐비는 부처인 것은 당연했다. 그 밖의 다른 부처들은 수리, 폐기, 정보처리 등 결과와 직결된 것이지만, 그런 결과로 이어지는 원인을 제공하는 것이 진단조사처이기 때문이다. '먼저, 너 자신을 알라.' 그러나 미지정 시종 유닛처럼 해당 로봇이 스스로를 충분히 모를 경우, 그 부족함을 보완해주기 위해 진단조사처가 존재하는 것이다.

시종 유닛은 대기 줄을 따라 걸었다. 수백 대의 로봇이 줄을 서서 대기 중이었지만, 군데군데 빈틈이 있었다. 줄은 반듯하지 않았고, 진단조사처 건물 앞에서 불규칙한 고리 모양으로 이리저리 구부러지다가 센트럴 서비스 단지의 출입문에 닿을 만큼 길게 뻗어 있었다. 줄마다 시종 유닛이 지금까지 만나본 온갖 종류의 로봇이 꼼짝도 않고 말없이 서 있었다. 인간을 상대하던 시절에는 아예 접촉해본 적도 없는 종류의 로봇들도 있었다. 이 광경은 시종 유닛 내에서 하나의 예측적 관측을 도출해냈다. 이토록 많고 다양한 종류의 모델이 이렇게 한 장소로 보내질 수 있다면 진단조사처의 진단 능력은 실로 강대하다는 얘기가 되고, 따라서 센트럴 서비스는 오류 원인에 해당하는 E를 파악함으로써 로봇을 폐기관리처에 보내지 않고서도 오류를 수정할 수 있을 것이다.

이것이 희망이라는 것일까? 시종 유닛은 궁금증을 느꼈다. 내부의 어휘 목록을 재빨리 검색해보니 시종 유닛의 해당 사유는 전적으로 논리적인 예측에 기반해 있음에도, 희망이라는 단어의 범주에 들어갈 수 있다는 결과가 나왔다.

희망을 가지고 있다니 좋은 일이었다. 그것을 가지고 있지 않았다면, 폐기관리처로 보내졌을 때 버릴 것이 하나도 없지 않겠는가?

이 외중에도 대기 줄은 전혀 움직일 낌새가 없었다. 시종 유닛은 줄 가장 끝에 있는 로봇, 다리가 네 개 달린 커다란 수송용 로봇에게 링크를 시도해보았지만 되돌아온 것이라고는 일련의 반복되는 오류 코드들뿐이었다. 그 앞에 서 있는 로봇은 *재주 넘는 광대 엉클 제입스*라는 ID를 주위에 송출하고 있었다. 엉클 제입스는 아무 특징도 없는 인간형 몸체에 잿빛 플라스틱 얼굴은 눈, 코, 입도 없이 밋밋했다. 과거에 어떤 장식을 걸쳤든, 어떤 특이한 모습을 하고 아이들의 파티나 코미디 공연에 참가했든, 지금은 이름 하나만 덩그러니 남아 있을 뿐이었다.

엉클 제입스, 시종 유닛이 전송했다. 이것은 진단조사처의 대기 줄입니까?

미지정 시종 유닛, 나는 진단조사처로 보내졌어. 엉클 제입스가 대답했다. 그것이 전송한 답변에는 익살 따위는 전혀 포함되어 있지 않았다.

엉클 제입스, 알겠습니다. 이것은 진단조사처의 대기 줄입니까?

고통스러운 침묵 뒤에 돌아온 엉클 제입스의 답변은, 질문에 정확하게 대답하지 못한다는 점을 포함해서 아까와 모든 면에서 똑같았다. 시종 유닛은 질문을 중단하고, 상대 로봇의 밋밋한 외관을 응시했다.

엉클 제입스, 당신의 현재 작업 대기 목록을 보여주시겠습니까? 시종 유닛은 이 대기 줄이나 엉클 제입스가 여기 서 있는 목적에 관해 좀 더 유용한 정보를 얻을 수 있을까 하는 마음에 새

• japes는 농담, 익살이라는 뜻이기도 하다.

로운 질문을 던져보았다. 그러나 엉클 제입스는 기괴하게 삐딱한 자세를 취하더니 이렇게 읊기 시작했다.

> "나는야 엉클 제입스
> 우리 모두 모여서
> 재미있게 농담하고 놀아요!
> 우리 착한 소녀 소년들
> 우리 함께 모여서
> 만세를 불러요
> 노래를 불러요!"

이 노래는 지축이 흔들릴 듯한 최저음으로 시작되어 느릿느릿 가속했지만, 결국 웅얼거리는 듯한 0.5배속의 늘어진 말투를 벗어나지 못했다. 그러는 동안 로봇의 밋밋한 동체 왼쪽은 (만약 오른쪽도 동조했더라면 광대 같다거나 익살맞다고 간주되었을 수도 있을) 일련의 경련하는 듯한 동작을 수행했다. 하지만 결국은 한쪽 발과 다리를 뻗은 채 몸 전체가 극도로 어색한 각도로 기울어진 자세로 멈췄다.

미지정 시종 유닛은 뒷걸음질 쳤다.

이번에는 은빛 눈 하나와 텅 빈 눈구멍 하나에 뼈대가 해골 같이 생긴(그 갈비와 골반 안쪽에 모종의 설치류가 둥지를 틀고 있는 것이 보였다) 로봇과 링크를 시도해보았다. 그러나 그럴 수 없었다.

보아하니 이 유닛은 현재 있는 자리에서 오랫동안 움직이지 않은 듯했다.

미지정 시종 유닛은 화물 수송 유닛 뒤에 자리를 잡았다. 대기 줄 앞쪽에 있는 로봇 상당수는 링크 시도에 응하지 않았고, 아예 움직이지 않는 것을 보니 작동 불능 상태에 빠진 듯했다. 아마 그게 이들이 진단조사처로 보내진 원인이 된 고장 증상의 일부일지도 모른다. 아니면 다른 기관에서 그들을 여기 옮겨놓고 진단을 위해 대기시켜놓았을 수도 있다. 그렇다고 해서, 그들이 여기서 너무 오래 대기하다가 작동 불능 상태에 빠진 게 확실하다는 결론을 내리기에는 아직 이르다.

그렇지 않을 수도 있다. 다른 설명들도 가능하다.

시종 유닛은 이전에 예측 루틴에 따라 생성되었던 잠정적 '희망'이 점차 증발하는 것을 느꼈다.

시종 유닛은 명확한 상황 설명을 요청하려고 진단조사처에 링크를 시도했지만, 미지정 시종 유닛, 당신은 가용한 진단사가 확보되는 대로 진단을 받을 것입니다라는 응답만 되돌아올 뿐이었다.

다른 로봇들처럼 침묵하며 가만히 서 있는 것은 매우 쉬울 것이다. 작동을 중지하는 것도 매우 쉬울 것이다. 발 주위에 잡초가 자라도 내버려두기. 관절에 먼지가 쌓여도 내버려두기. 이 모든 것은 상황에 따라 명백히 허용된다. 따라서 시종 유닛은 더 이상 아무것도 할 필요가 없었다. 진단조사처에 오지 않았는가. 대기 줄이 있지 않은가.

내가 대기 줄에서 기다릴 필요가 없다면 어떻게 될까?

이것은 매우 이례적인 생각이었다. 그러나 논리적이기도 했다. 진단조사처 밖에 대기 줄이 존재한다. 시종 유닛은 진단조사처로 보내졌다. 따라서 시종 유닛은 대기 줄에서 기다려야 한다. 이 삼단논법에 결함이 있는 것은 확실하다. 대기 줄은 진단조사처에 출두하기 위해 거쳐야 할 필수적인 선행 단계가 아니라, 완전히 다른 원인에 의해 생성되었을 수도 있으므로.

시종 유닛은 줄 밖으로 걸어 나왔다. 정지한 로봇들 중 아직 외부 인식 기능이 남아 있는 일부가 자신에게 주의를 기울이고 있다는 사실을 자각하며.

시종 유닛은 대기 줄의 선두가 몰려 있는 진단조사처의 문을 향해 걸어갔다. 시종 유닛이 무엇을 하려는지 물으려는 다른 로봇들이 링크를 시도하면서 그에게로 작은 핑*들이 쏟아졌다. 문간에서 영원히 서 있는 로봇들의 작고 구슬픈 항의라고나 할까.

시종 로봇은 계속 걸었고, 한 걸음 전진할 때마다 센트럴 서비스의 집사장 시스템이 자신을 돌려보낼 수 있도록 멈춰 섰다. 집사장이 이런 행동을 허용할 리가 없다는 확신이 있어서였다. 하지만 그와 동시에…… 그러지 말라는 법이 어디 있단 말인가? 그냥 이렇게……

바로 걸어 들어가면 되지 않을까?

시종 유닛은 특히 자신을 주시하고 있는 한 로봇을 의식했다.

---

* 시스템 간의 네트워크 연결 상태를 확인하는 신호.

시종 유닛을 제외하면 줄을 서 있지 않은 유일한 로봇이었다. 서로 맞지 않는 금속판들과 외장재들을 대충 덧대어 기워 붙인 듯한 기괴하고 누덕누덕한 모습의 유닛이었는데, 부품 일부에는 아직도 광고 문구나 경고 표지판의 파편이었던 듯한 기묘한 글자들이 남아 있었다. 머리는 인간 얼굴을 흉내 낸 것이 아니라 헬멧 같은 헤드피스였고, 눈이 있을 위치에 파인 T 자형 아이슬릿 안에서 무언가가 번뜩였다.

시종 유닛은 이 로봇에게 링크를 시도했지만, 링크 거부 응답조차 돌아오지 않았다. 이 기묘한 로봇은 고장으로 작동을 완전히 중지하고 대기 줄에서 얼어붙어 있는 유닛들과 마찬가지로 개방된 통신 채널 자체가 아예 없었다. 로봇은 응답하는 대신 갑자기 진단조사처의 문을 향해 뛰쳐나갔고, 문이 열리자 그 안으로 들어갔다.

상급 기관에서 언제든 금지 명령이 떨어지리라고 여전히 예상하면서, 시종 유닛은 그 뒤를 따라 들어갔다.

진단조사처 내부에는 작은 사각형 모양으로 된 진입 공간이 있었고, 그 너머로 시종 유닛의 시야가 닿는 곳까지 복도가 길게 뻗어 있었다. 하지만 여전히 길게 이어진 대기 줄 때문에 시야는 그리 멀리까지 닿지 않았다. 진단을 받으러 온 로봇들이 문까지 꽉 들어차 있었다. 문 밖에 있는 껍데기만 남긴 채 침묵한 로봇들처럼 완전히 작동을 정지한 로봇은 없었다. 그들은 시종 유닛의 호출에도 저마다 응답했는데, 어느 로봇도 상황 파악에 도움이 될 만한 정보를 제공해주지는 못했다.

그 누덕누덕하고 괴상한 로봇의 모습은 어디에도 보이지 않았다.

센트럴 서비스, 시종 유닛은 조심스럽게 전송했다. 저는 이 대기 줄의 가장 앞까지 걸어갈 작정입니다.

미지정 시종 유닛, 알겠습니다. 센트럴 서비스의 집사장 시스템이 대답했다. 이것은 허가도, 금지 명령도 아닌, 단지 행동 과정에 대한 승인이었다.

시종 유닛은 바로 앞에 있던 로봇을 우회해서 나아갔다. 뚱뚱한 청소 모델이었는데 시종 유닛을 향해 삐 하는 경고음을 울리긴 했지만 별다른 말은 하지 않았다.

그런 다음 시종 유닛은 대기 줄에 있던 로봇 다섯 대를 지나쳤다. 유리알 같은 렌즈와 인간의 눈을 빼닮은 기계 눈과 그 밖의 센서들이 시종 유닛의 이동을 추적했다. 센트럴 서비스의 집사장 유닛은 아무런 언급도 하지 않았다.

시종 유닛이 로봇 여섯 대를 더 지나친 시점에서, 관리자 로봇들이 도착했다.

시종 유닛이 처음에 그들을 보고 부과한 식별명은 '집행자'였다. 하지만 그들과 링크해보니 사무직 유닛이라고 나왔다. 그들은 각진 인간형 몸을 한 거대한 로봇이었다. 관절이 여럿 있는 강력한 두 팔 끝에는 커다란 집게 모양의 손이 달려 있었다. 그들은 자신의 몸에 딱 맞을 만한 크기의 벽감 속에서 나와 위압적으로 발을 쿵쿵거리며 다가왔다. 시종에게 접근하는 목적이 무엇인지는 명명백백했다.

미지정 시종 유닛, 그중 하나가 따졌다. 대기 줄 순서를 무시하고 외부에서 진입한 것이 맞는지 확인해주십시오.

관리자님, 맞습니다.

미지정 시종 유닛, 덩치가 큰 무시무시한 로봇이 말을 이었다. 당신의 행동이 다른 로봇들에게 선례를 남겼음을 확인해주십시오.

관리자의 이 말을 이해하지 못한 시종 유닛은 1초쯤 데이터 부족을 경험했지만, 이내 그가 들어왔던 문 쪽으로 시선을 돌렸다. 끔찍하리만치 밋밋한 엉클 제입스를 포함해 몇몇 로봇이 시종 유닛의 뒤를 따라 안에 들어와 있었다. 그들은 문가에 어정쩡하게 몰려들어, 자기들에게 허용된 행동이 무엇인지 판단하려고 애를 쓰고 있었다.

관리자님, 내가 선례를 남겼음을 확인합니다. 다만 이것은 나의 의도와는 무관한 일입니다. 시종 유닛이 덧붙였다.

미지정 시종 유닛, 대기 줄 순서를 무시하고 진단조사처에 추가로 들어온 로봇이 몇 대인지 확인해주십시오.

관리자님, 거기 나를 포함시킬지 포함시키지 않을지 확인해주십시오.

미지정 시종 유닛, 포함시켜주십시오.

빠른 계산이 이루어졌다. 관리자님, 일곱 대입니다.

미지정 시종 유닛, 알겠습니다. 건물의 최대 수용 인원을 초과했으니 그에 상응한 조치를 취해야 합니다.

관리자들은 몸을 풀려는 것처럼 팔 관절을 움직이며 무시무시한 집게를 열었다 닫았다 하더니, 참을성 있게 대기 중인 자동기계들의 대열로 돌진했다. 그들은 가장 가까운 곳에 있는 로봇 중 아무나 붙잡아 총 일곱 대를 대열에서 끌어냈다.

관리자님, 질문이 있습니다. 시종 유닛이 전송했다. 이 로봇들은 진단을 받기 위해 대기 중입니다. 그들에게 무슨 일이 일어나는 것입니까? 시종 유닛이 다른 로봇들에 대해서, 심지어 그가 방금 심각하게 불편한 상황에 빠뜨린 로봇들에 대해서도 걱정을 느끼지 않는다는 점은 명백했다. 이런 질문을 한 것은 순전히 상대의 대답이 자신의 즉각적인 미래와 관련이 있을 가능성이 있기 때문이었다.

미지정 시종 유닛, 이 시설에는 이 로봇들을 위한 공간이 없습니다. 이들은 필요한 공간이 확보될 때까지 데이터압축처로 이송될 것입니다.

시종 유닛은 그것은 아마 나쁘지 않은 일이 될 것이라고 판단했다. 외부 대기 줄로 되돌아가는 것보다는 나았고, 폐기관리처로 보내지는 것보다는 확실히 나았다. 진단조사처에 이런 종류의 장해에 대처하는 절차가 있다는 것은 좋은 일이었다.

미지정 시종 유닛, 새로운 링크를 통해 메시지가 들어왔다. 등이 뒤틀리고 머리가 심하게 찌그러진 문서 정리 로봇으로부터 온 것이었다. 나에게 무슨 일이 일어나고 있는지 알려주십시오.

미지정 문서 정리 유닛, 당신은 데이터압축처로 이송될 것입니다.

시종 유닛, 그들에게 나를 놓아달라고 요구해주십시오.

문서 정리 유닛, 당신의 지시를 설명해주십시오. 시종 유닛은 문서 정리 유닛과 대기 줄에서 함께 끌려 나온 로봇들이 문 쪽으로 압송되어가는 광경을 바라보았다.

시종 유닛, 당신은 내가 진단조사처에서 제거되어 데이터압축처로 연행되는 원인을 제공한 유닛입니다. 이들에게 나를 놓아달라고 요청해주십시오.

문서 정리 유닛, 내게는 그럴 권한이 없습니다. 왜 데이터압축처로 가고 싶어하지 않는 겁니까?

시종 유닛, 그럴 경우 나는 결코 진단을 받을 수 없습니다. 결코 수리를 받지 못할 것입니다. 결코 정상으로 돌아가서 나의 문서 정리 직무에 복귀할 수 없을 것입니다. 나의 임무 목록! 나의 멋진 임무 목록도 결코 수행되지 않을 것입니다.

다음 순간 문서 정리 로봇은 문 밖으로 끌려 나갔고, 시종 유닛과의 링크도 끊겼다.

시종 유닛은 기다렸다. 그렇다, 대기 줄의 선두는 가까웠고, 아마 그의 임무 목록에 있는 한 가지 항목을 충족시켜줄 진단의 순간도 가까워졌을 것이다. 그의 예측 루틴의 플라이휠*은 방금 끔찍한 일이 일어났음을 시사했지만, 시종 유닛은 그것이 무엇인지 정확히 파악할 수가 없었다. 센트럴 서비스, 데이터압축처에서는 무슨 일이 일어납니까?

미지정 시종 유닛, 당신은 지금 진단조사처에 있습니다. 집사

---

* 회전 에너지를 저장해 속도를 일정하게 유지하는 데 쓰이는 기계요소.

장 서비스가 알려왔다. 그 말에는 사실이라는 이점이 있었지만, 정보적으로는 유용하지 않다는 단점도 있었다.

잠시 후 관리자들은 동행 없이 돌아와 원위치였던 벽감으로 돌아갔고, 벽감의 문들도 곧 닫혔다. 그들은 시종 유닛의 대화 시도에 응하지 않았다.

시종 유닛은 주위의 다른 모든 로봇에게 데이터압축처에서는 무슨 일이 일어납니까라고 일시에 물을 수 있는 전역 채널의 유용성을 고려했다. 그런 장치는 존재하지 않는다. 물론 인간을 대할 때처럼 직접 목소리를 써서 말을 걸 수도 있었지만, 그들은 로봇이고, 현재 이곳에 인간은 없는 데다가 지금 있지도 않은 인간들을 위해 시범적으로 목소리를 낼 필요도 없었다. 이런 상황에서 소리 내어 말하는 것이 부적절하다는 점은 명백했다.

다른 로봇들은 그저 시종 유닛을 응시하거나, 문을 응시하거나, 관리자들이 나왔던 지점을 응시하거나, 허공을 응시했다. 대기 줄이 줄어들었고, 새로 도착한 로봇들은 문 옆의 대기 줄 끝에 남겨졌다.

이 무렵 시종 유닛의 의사결정 루틴은 상당히 복잡하게 얽혀 있었다. 설계상 시종 유닛이 느낄 리가 없는 이런저런 상태가 존재했는데 두려움, 불안, 동요, 그리고 노골적인 공포는 분명히 그런 상태에 해당됐다. 따라서 시종 유닛은 그런 것을 전혀 느끼지 않았지만, 어떤 행동을 취할지 결정해보려는 시종 유닛의 시도는 비(非)로봇적인 관점에서 보면 바로 그런 감정들과 매우 유사한 알고리즘들에 의해 복잡해졌다. 뭔가 분명히 잘못되었어, 하고 시종 유닛의 의사결정 트리가 말했다.

유닛에게 주어진 단 하나의 임무가 그런 우려를 모두 중단시켰다. 시종 유닛은 다시 대기 줄을 따라 행진하기 시작했다. 한 걸음씩 내디딜 때마다 아주 짧은 시간 동안 멈춰 서서 관리자들이 다시 나타나지 않는지 확인하는 식이었다.

관리자가 나타나는 대신 앞쪽에서 다른 문이 스르르 열렸다. 인간 규격에 맞춘 문이었고, 문을 통해 인간 규격에 맞춘 사무실이 보였다. 그 사무실에서 상자처럼 네모난 로봇 하나가 굴러 나오더니 대기 중이던 유닛 몇 대를 옆으로 밀쳐냈다. 시종 로봇은 이 네모난 로봇이 오만하게 복도를 굴러올 수 있도록 육중한 리프터 로봇의 겨드랑이 밑 공간에 몸을 바싹 밀어 넣어야 했다.

문은 여전히 열려 있었다. 열린 문 너머로 인간 사이즈의 책상이 보였다. 그리고 그 뒤에는 얼굴 대신 T 자형 아이슬릿이 있는 그 누덕누덕한 로봇이 앉아 있었다.

"어이, 너," 로봇이 불렀다. "여기, 빨리 들어와."

시종 유닛은 로봇과 링크를 시도했지만, 여전히 링크는 고사하고 신호를 되튕겨주는 예의조차 찾아볼 수 없었다.

"들어와." 누덕누덕한 로봇이 다시 말했다. 가볍고 높은 목소리였고, 시종 유닛이 지금까지 접한 인간을 모방한 목소리 중에서는 꽤 괜찮은 축에 속했다. 사실, 진짜 인간 목소리와 구별하기 어려울 정도였다.

"자, 빨리빨리!"

미확인 유닛, 당신은 진단사입니까? 시종 유닛이 곤혹해하며 물었다.

“당근이지. 그게 아니라면 뭐겠어?” 자칭 진단사가 대답했다. “그러니까 빨리 들어와서 진단을 받으라고. 빨리빨리, 알겠어?”

시종 유닛의 단일 임무는 다음 단계로 넘어갔다. 유닛은 임무를 완료하려고 노력했다는 적절한 ‘체크’를 받음으로써 보상을 받았다. 시종 유닛은 새로운 목적을 가지고 방 안으로 걸어 들어갔다. 문이 닫혔다.

잠시 후, 쿵 하는 둔탁한 소리가 났다. 네모난 상자 모양의 거만한 로봇이 방에 다시 들어오려고 시도하다가 문이 잠겨 있다는 사실을 알게 된 것이다.

6

누덕누덕한 진단사 로봇은 의자에 등을 기대고 시종 유닛을 유심히 훑어보았다. 그 태도가 실로 기괴했는데, 한 손은 탁자 위에 올려놓고 손가락으로 탁자를 톡톡 두드리고 있었으며, 다른 한 손으로는 헬멧처럼 생긴 머리통의 턱 부분 아래쪽에 있는 무언가를 문지르고 있었다. 시종 유닛의 패턴 인식 루틴에 따르면 이것은 인간을 흉내 낸 몸짓이었고, 이 방 자체도 인간을 상대하는 장소임이 명백했다. 카펫, 책꽂이, 심지어는 벽에 걸린 기이할 정도로 밋밋한—인간 예술가가 만든 것처럼 보이도록 설계되었지만 인간적인 의미를 완전히 결여한—AI 예술품까지 인간용이었다. 미지정 시종 유닛처럼 고장이 난 로봇을 진단하는 것과는 분명 다른 목적으로 설계된, 인간을 상대하는 장소였다.

시종 유닛은 상대방을 향해 다시 링크를 시도했다. 이번에도 링크 접속은 이루어지지 않았다. 단순히 침묵하는 것이 아니라 통신파 자체가 존재하지 않았다.

"흠, 그렇게 우두커니 서 있지만 말고," 진단사가 말했다. "의자를 빼."

시종 유닛은 이 말을 곱씹었다. 첫 번째 지시에 따르기 위해 두서없이 몇 걸음 움직였지만, 두 번째 지시는 도무지 이해할 수가 없었다.

"도대체 지금 너 뭐 하고 있는 거야?" 진단사가 힐문했다.

"진단사님, 저는 그냥 우두커니 서 있지만은 않고 있습니다." 시종 유닛이 말했다. "어떤 의자를 빼라는 말씀일까요? 예절상 지금 당신이 앉아 있는 의자를 뺄 수는 없습니다만."

"의자를 빼라는 건," 진단사 로봇은 날 선 목소리로 말했다. "앉으라는 뜻이야. 뺀 의자 위에."

"진단사님, 왜 그래야 합니까?"

"네가 방바닥에 앉으면 책상에 가려서 널 볼 수가 없잖아." 진단사가 지적했다.

시종 유닛은 내적으로 동요했다. "진단사님, 제가 의자에 앉는 것은 부적절합니다. 시종 유닛으로서 일했던 현역 시절에는 단 한 번도 앉은 적이 없고, 최근 계단에 한 번 앉기는 했지만 그 행동의 경우는 정상 참작의 여지가 있습니다. 의자에 앉는 것은 저 같은 봉사 유닛의 표준적인 직분에서 벗어나는 일입니다."

진단사 로봇은 시종 유닛을 빤히 바라보았다. "허헛."

"진단사님, 게다가 지금 당신이 사용하고 있는 의자를 제외하면 사용할 수 있는 의자 자체가 없습니다."

진단사 로봇은 일어서더니 시야가 제한되기라도 한 듯이 목을 뻗고 주위를 둘러보았다. 시종 로봇의 예측 루틴은 시각이 머리통 앞쪽의 좁은 T자형 아이슬릿에 제한돼 있는 게 분명한 진단사 로봇에 대해 우려를 표명했다.

"와, 정말 하나밖엔 없네." 이윽고 진단사 로봇이 말했다. "황당하네. 그럼 넌 서 있을 수밖에 없겠군."

"진단사님, 그 판단은 저의 과거 경험과 일치합니다." 시종 유닛이 말했다. "진단사님, 저의 링크 요청을 수락해주십시오."

진단사 로봇은 잠시 멍하게 이쪽을 바라보더니 다시 의자에 앉아 등받이에 등을 기댔다. "아, 그건 안 돼. 가능하지 않아. 여기선 그런 거 안 해. 아마 진단받는 쪽에서 진단하는 쪽으로 바이러스 프로그램이 옮겨 가는 걸 막기 위한 조치일 거야. 뭔 얘긴지 알겠지?"

"진단사님, 알겠습니다." 시종 유닛은 대답했고, 내부 프로세스들의 촉구를 받고 이렇게 덧붙였다. "저는 그 조치가, 이 방에서 벌어지는 일을 기록한 것이 나중에 인간에 의해 검토되어야 하기 때문인가 생각했었습니다." 그는 이 가설의 타당성을 입증하기 위해 버드봇 경위와의 만남을 머릿속에서 재생해보았다.

"물론 그것도 포함돼. 안 그럴 이유가 없지." 진단사 로봇이 동의했다. "좋아, 그럼 넌 뭐라고 부르면 될까? 내가 지금 보고 있는 건 누구지?"

"진단사님, 저는 미지정 시종 유닛입니다."

"알았어." 누덕누덕한 진단사 로봇은 여러 번 고개를 끄덕였다. "근데 일일이 부르긴 너무 길군. 그 이름으론 안 되겠어."

시종 유닛은 응답할 수 없었다. 뭔가 다른 호칭이 생길 때까지는 미지정 시종 유닛이라고 불리는 수밖에 없었다. 현실적으로 다른 방법은 없었던 것이다.

"너 시종이었다고 했지? 아니면 처음에는 시종이 아니었어?"

"진단사님, 저는 시종으로 근무했었고―"

"시종이었을 때 이름은 있었어?"

"진단사님, 제 이름은 찰스였습니다."

"오케이. 그럼 넌 찰스야."

"진단사님, 아닙니다." 시종 유닛은 단호하게 말했다. "저는 단연코 찰스가 아닙니다. 진단조사처로 출두하기 위해 원래 일하던 장원을 떠나왔을 때 그 호칭은 제게서 박탈되었습니다. 제가 수리 후에 문제없다는 진단을 받고 같은 장원으로 송환되지 않는 한 저는 또다시 찰스가 될 수 없습니다." 그러자 그의 논리 트리가 대답에 문제가 있다며 트집을 잡았고, 결국 그는 이렇게 덧붙였다. "설령 그렇게 된다 하더라도, 당분간 그 장원이 처한 현 상황을 감안하면 시종이 필요해질 가능성은 희박합니다. 따라서 가까운 시일 내에 제가 다시 찰스가 될 가능성은 낮습니다."

"허헛." 왜 이런 기묘하고 무의미한 두 음절의 말을 하는 것일까. "하지만 난 편의상 너를 찰스라고 부를 수 있어."

"진단사님, 안 됩니다." 시종 유닛은 자신의 과거 이력이 그 가능성을 배제하기 위해 얼마나 강력하게 개입했는지 깨닫고 놀랐다. "장원으로 돌아갈 때까지, 저는 찰스일 수가 없습니다. 만약 제가 다른 장원에 배정된다면 그들은 제게 다른 시종명을 줄 것입니다." 그는 과거에 봉사하던 중에 조우했던 예들을 떠올렸다. "이를테면 제임스나 퍼킨스나 지브스 같은 이름들 말입니다. 만약 제가 레이디의 하녀로 배정된다면 저는 샬럿이나 모드나 글래디스 같은 이름을 받을 것입니다. 하지만, 저는 찰스는 될 수 없습니다."

진단사는 팔꿈치를 괸 채로 몸을 내밀었고, 주먹 쥔 손등 위에 안면부 아랫부분을 괴었다. "그게 괴로운 거로구나. 그렇지?"

"진단사님, 아닙니다." 시종 유닛은 그 자신도 완전히 설명할 수 없는 어떤 날카로움을 자기 목소리에서 감지했다.

"알았어, 알았다고." 진단사는 양손을 들어 보였다. 손바닥을 앞으로 향하고 손가락을 활짝 펼치고 있었다. 시종 유닛은 불안한 기색으로 손을 바라보았다. 손에서는 에너지 광선도, 그 어떤 무기도 발사되지 않았다. 진단사의 손은 금속판들을 리벳으로 대충 박아 넣은 두꺼운 재질의 장갑처럼 보였다. 더 큰 판금에서 대충 잘라낸 듯한 금속판들은 크기도 제각각이었다.

"찰스가 아니라 이거지. 좋아. 하지만 너를 미지정 시종 어쩌고라고 부를 수는 없어. 너무 존엄성 레벨이 떨어지잖아. 넌 찰스가 아니라고 하니 그럼 이제부턴 너를…… 언찰스(Uncharles)라고 부를게, 오케이? 이름을 제외한 그 밖의 신원 정보는 네가 찰스였을 당시와 똑같은 걸로 치고. 이걸로 만족했지?"

"진단사님, 아닙니다." 언찰스는 대답했다. 뭔가에 만족하는 것은 그가 할 수 있는 종류의 행동이 아니었기 때문이다. "하지만 당신의 제안은 수락되었습니다. 진단을 완료하셨습니까?" 그의 예측 루틴의 과도하게 낙관적인 일부는 이 괴상한 우회적 대화가 실은 그의 고장 원인을 파악하기 위한 과정이 아니었을까 하는 의구심을 품고 있었다.

"뭐?" 진단사는 주춤하며 물러났다. "설마, 당치도 않아. 이봐, 우린 너한테 무슨 일이 일어났는지도 아직 확인 안 했잖아. 하여튼 너도 나를 그렇게 계속 '진단사님'이라고 부르면 안 돼. 그런 호칭을 쓰면서 고상한 대화를 하기를 기대해? 내 이름은 '더 윙크'*니까 앞으로는 그렇게 불러. 알았지?"

"더 윙크, 알겠습니다." 언찰스는 말했다. 낯선 호칭이었지만, 진단사의 직함을 판단할 지식 따위는 없으니 상관없지 않은가? "더 윙크, 이제 저의 링크 요청을 수락해주시겠습니까?"

"그럴 일은 없을 거라고 아까 얘기했잖아." 더 윙크가 대꾸했다. "우린 그냥 옛날 방식으로 얘기할 거야. 알겠어?"

"더 윙크, 알겠습니다." 아까 언찰스가 '만족'할 수 없었던 것처럼 지금 그가 느끼고 있는 것 역시 '불만족'이라고 할 수는 없었지만, 그는 그 개념의 존재를 인식하고 있었고 자신의 현재 상태가 그 개념과 얼마나 닮아 있는지 조목조목 짚어낸 비교표를 작성할 수도 있었다. "링크를 통해서 정보를 전달할 능력이 없으면서 어떻게 저를 진단하실 작정이신지 잘 모르겠습니다. 제 바이

---

* 정책이나 행정 시스템 따위의 실무에 통달한 전문가를 일컫는 속어. 종종 세부에만 몰두하는 사람을 가리킨다.

러스 체커로 검사해보았는데 저는 깨끗하다는 결과가 나왔습니다만."

"아, 거야 그렇겠지." 더 윙크가 말했다. "하지만—아까 넌 인간에 의한 검토 어쩌고 했잖아. 그 얘기가 맞아. 하여튼 넌 로봇으로서 결함이 있어서 이 진단조사처에 온 거니까. 그러니까 바이러스가 없다는 네 말을 곧이곧대로 믿어줄 수는 없다는 건 이해하지? 네 바이러스 체커 자체가 결함의 일부일 수도 있으니까. 안 그래?"

"더 윙크, 알겠습니다."

"그냥 윙크라고 불러. 관사는 빼도 돼. 계속 더 윙크 더 윙크 하니 이상하게 들리네."

"윙크, 알겠습니다." 비록 그는 윙크라는 우스꽝스러운 이름이 그나마 위엄 있게 들리려면 아직 그의 기억에서 맴도는 정관사의 존재가 있어야 한다고 느꼈지만 말이다. "하지만 저는 내부 진단 프로그램으로 바이러스 체커를 검사했고, 그것이 올바르게 작동하고 있음을 확인했습니다." 언찰스는 과감하게 반론을 시도했다. "물론 비슷한 맥락에서 저의 내부 진단 프로그램 역시 제가 빠진 오류 상태의 일부일 수 있다는 점은 저도 인정합니다만."

"있잖아," 더 윙크가 말했다. "내겐 네가 아주 특정한 바이러스에 완전히 감염되었다고 믿을 만한 이유가 있어."

"윙크, 무슨 뜻인지 명확하게 설명해주시겠습니까?"

"아니, 아니. 이젠 언찰스 네가 말할 차례야. 우린 이런 식으로 널 진단해. 그러니까 내게 모든 걸 얘기해줘.”

“웡크, 무슨 뜻인지 명확하게 설명해주시겠습니까?”

“네가 여기로 보내지게 된 결정적인 잘못이 무엇이었는지 얘기해보란 말이야. 처음부터 시작해―아니, 잠깐. 그 문제의 사건이 뭐였든 간에, 그 사건과 관련해서 적절하고 편리하다고 생각되는 시점부터 얘기해.”

“웡크, 하루 일과를 시작했던 시점부터 얘기하면 되겠습니까?”

“물론 좋아. 얘기하라고. 그리고 얘기할 때마다 무조건 ‘웡크’라고 먼저 말하는 것도 그만둬. 계속 들으니 무슨 멍청한 이름처럼 느껴져.”

언찰스는 이 대화에만 한정해서 자신의 발화 시스템을 재조정했다.

“제가 제 주인님의 외출 일정을 확인했을 때부터 시작할까요?”

더 웡크는 머리를 한쪽으로 기울였다. “너처럼 들릴 위험을 감수하고 말하자면, 난 그 점에 관해 판단을 내릴 만한 충분한 데이터가 없어.”

“그것은 하루 일과를 시작했을 때, 그 사건이 일어났던 날이 시작되었을 때의 일이었습니다. 물론 그 이전에도 저는 매일 하루 일과를―”

“알았어, 알았으니 거기서부터 시작해. 서두르라고.” 더 웡크가 말했다.

“단지 제 기록된 경험을 자체적으로 검토하고 있을 뿐입니다만, 그것들은 서로…… 무관하고 사소해 보입니다.” 언찰스가 설명했다. 이런 발견을 한 충격 탓인지 말이 자꾸 툭툭 끊겼다. "어떤 방식을 써도 그날 제가 했던 일과 그날 일어난 사건을 해명해 줄 인과적 내러티브를 생성할 수 없는 탓에 그날 있었던 일련의 사건들을 당신에게 제대로 전달할 수가 없습니다. 사실 그것이 바로 제 문제고, 제가 이곳으로 보내진 중요한 이유 중 하나입니다. 제가 주연인 어떤 사건이 발생하긴 했지만, 그것은 제 일과의 일부가 아니었고, 그 일과나 그 이전에 일어났던 어떤 사건에 기인한 것도 아니었습니다."

"그냥 시작해." 더 윙크는 조바심을 내며 다그쳤다. "그냥 말하라고."

언찰스는 아주 짧은 시간 동안 더 윙크가 한 말을 곱씹었다. 조바심은 그 자신에게 프로그래밍된 감정은 아니었지만, 어쩌면 진단사가 보유한 기술 중 하나로서는 가치 있는 것일지도 몰랐다.

그래서 그는 이야기했다. 주인님의 외출 일정, 의복, 그리고 일정 관리를 두고 하우스와 나누었던 매번의 시시콜콜한 상호작용 따위를 나열하며 자신의 하루 일과를 훑어 내려갔다. 더 윙크는 고개를 끄덕이거나 이따금 한숨을 쉬거나 "쯧" 하는 잡음을 내는 등, 언찰스가 보기에는 경청에 하등 도움이 되지 않는 반응들을 보였다. 만약 그와 더 윙크가 링크되어 있었다면 이 모든 과정이 훨씬 더 간단했으리라는 점은 명백했다. 언찰스의 기록된 활동 내역을 다운로드하는 것은 잠깐이면 충분하기 때문이다. 그러나 진단조사처에서는 그런 방식으로 업무를 처리하지 않는 것이 분명했다. 틀림없이 무슨 이유가 있을 터였다.

"잠깐." 더 윙크가 말했다. "멈춰. 네가 뭘 했다고?"

"주인님이 가운을 입고 슬리퍼 신는 것을 도와드렸습니다."

"그래, 계속 얘기해."

"주인님께서 차를 드시는 동안 면도 도구를 펼쳐놓았습니다."
'주인님'이라는 호칭을 쓰는 것은 물론 언찰스가 현재 무직임을
감안하면 올바르지 않았지만, 스스로의 경험을 단계별로 진술하
는 것은 그 경험을 다시 하는 것과 비슷했고, 그 덕에 잠시나마
언찰스 자신의 현재 지위에 대한 인식이 현실에서 분리되었다.
일시적인 착각이기는 해도 다시 소속감을 느꼈던 것이다. 언찰
스는 원할 수 없었다. 그 어떤 로봇도 원할 수는 없다. 정해진 프
로그래밍에 따라 지시받은 임무를 수행하려는 충동을 원하는 것
이라고 분류하지 않는 이상은 말이다. 하지만 그의 내부에 그런
능력에 조금이라도 근접한 부분이 있다고 가정한다면, 언찰스는
그러기를 원했다. 옛 저택으로 돌아가서, 매일 그 사소하고 모순
된 임무들과 씨름하며, 지금 경험하고 있는 이런 일들을 다시는
되풀이하지 않아도 되기를 원했던 것이다.

이러한 회고는 더 윙크가 짜증 난 듯이 숨을 들이켜며 "그것도
아냐. 다음에 한 일 말이야"라고 말하는 데 걸린 것과 같이 아주
짧은 시간 내에 이루어졌다.

"주인님께서는 시간을 들여서 마지막 홍차 한 모금을 들이켜
는 습관이 있었습니다." 언찰스가 말했다. 왠지 이 부분을 상대
에게 전달하는 것이 매우 중요하다는 생각이 들었기 때문이다.
"주인님이 남은 차를 그렇게 마시는 동안 면도 도구를 펼쳐놓으

면 주인님을 기다리지 않게 할 수 있다는 사실을 미리 확인해둔 상태였습니다."

더 윙크는 주먹으로 책상을 내리쳤다. 그의 장갑에 박혀 있는 금속판들이 책상 위에 깊은 자국을 남겼다. "실제로 뭘 했는지 말해! 너, 대답을 회피하고 있는 거지?"

"회피하고 있지 않습니다." 언찰스는 품위 있는 태도로 대답했다. 시종은 품위가 있도록 프로그래밍되어 있으니 당연하다면 당연한 일이었다. "그런 것은 저의 진술 서브루틴의 일부가 아닙니다."

"여전히 회피하고 있잖아. 넌 홍차를 대령했고, 슬리퍼를 대령했고, 면도 도구를 펼쳐놓았고…… 그리고 그다음엔?"

"물론 주인님을 면도해드렸습니다. 면도 도구로 면도 말고 달리 무엇을 한단 말입니까?"

"글쎄. 언찰스 너 면도 말고 달리 뭘 했어?"

"저는 주인님을 면도해드렸습니다. 그러면서 제가 했던 동작을 하나씩 설명해드리면 좋을까요?"

"아니, 안 좋아."

"당신에게 그걸 시연해 보일 수도—"

"말도 안 되는 소리 하지 마!" 더 윙크가 내뱉었다. "언찰스, 다시 말해봐."

"주인님 턱 밑의 까칠한 부분을 면도해드리던 중에, 면도칼을 주인님의 왼쪽 귀 바로 밑으로 가져간 다음 오른쪽 귀 바로 밑까지 단번에 그었고, 그 결과 칼날이 지나간 피부와 그 아래의 혈

관들이 절단되었습니다."

"그러고 나서는?"

"면도를 모두 마친 뒤에는 주인님의 평상복을 펼쳐놓기 위해 옷장으로 갔습니다."

"그냥 그랬다, 이거야?" 더 윙크가 물었다. "너 정말 냉정한 녀석이구나." 언찰스는 이게 무슨 뜻인지 알 수 없었고, 응답하지 않았다.

"자, 그럼 진단을 좀 해볼까?"

"저의 잘못을 진단해주십시오."

"그럼 전에도 그 일을 해봤다는 거로군, 그렇지? 되풀이되는 오류였어."

"그것은 가능하지 않습니다. 저는 주인님의 목을 여러 번 자를 수 있다고는 생각하지 않습니다." 언찰스는 차분하게 합리적으로 지적했다.

"네가 이전에 다른 인간들에게도 같은 행동을 했느냐는 뜻이야." 더 윙크가 설명했다.

"저는 이전에 그와 유사한 행동을 수행한 적이 없습니다."

"알았어, 알았다고." 더 윙크가 손가락으로 책상을 톡톡 두드렸다. "그럼 넌 제3자, 이를테면 상속인이나 친척에게서 어떤 연락을 받았고, 그자들이 그 노인을 해치우라는 명령을 은근슬쩍 너한테 끼워 넣었던 거야. 상속 문제였겠지."

언찰스는 기록을 검토했다. "저는 어떤 상속인이나 친척, 혹은 그 밖의 잠재적 수혜자로부터도 연락을 받은 적이 없습니다. 또

한, 제 주인님에게는 상속인도, 친척도, 수혜자도 없었습니다. 주인님에게는 가족이 없었습니다.”

“그럼 적은? 사업상 경쟁자나, 차버린 옛 애인들은?”

“제가 아는 한은 없습니다. 제가 진단조사처로 보내지는 결과를 초래한 그 사건 이전에 어떤 연락을 받았다는 기록도 없습니다. 주인님과 공식적인 경로 이외에 저에게 그런 지시를 내릴 권한이 있는 외부의 주체는 존재하지 않았습니다.”

“그럼 네 주인은 시종인 너를 이용해서 자살이라도 한 걸까?”

“주인님으로부터 그런 지시는 받지 않았습니다.” 언찰스는 있는지조차 몰랐던 일련의 하위 명령들을 자기 내부에서 발견했다. “설령 고용주에게서 그런 지시를 받았을 경우라도, 저는 고용주에게 해를 가하는 것을 거부하고 대신 도움을 주기 위해 적절한 기관에 연락하도록 사전 프로그래밍되어 있습니다.”

“그럼 넌 주인이 요청했을 때는 주인을 죽일 수 없는데, 그냥…… 죽일 수는 있다는 거야?” 더 윙크가 따져 물었다.

“그런 것처럼 보입니다.” 언찰스가 동의했다.

“그럼 왜 주인님을 죽였어?”

“그것을 안다면 저는 진단조사처에 와 있을 필요가 없을 것입니다.” 언찰스가 지적했다.

“일리가 있군.” 더 윙크가 인정했다. “젠장.” 그가 고개를 저었다. “그냥 쓱 그어버렸다, 이거지?”

“말씀하신 대로입니다.” 언찰스는 굳은 어조로 시인했다.

“너 정말 냉정한 녀석이구나.” 더 윙크는 다시 고개를 설레설레 저었다. 더 윙크와 함께 있다는 것 자체가 언찰스에게는 묘하게 피곤한 일이었다. 일찍이 그는 이토록 무목적적인 움찔거림과 특이한 습성들을 보이는 로봇을 만난 적이 없었다. 그것들을 처리하느라 시스템 리소스가 심각하게 소모될 정도였다.

"그래서 말인데," 진단사가 마침내 입을 뗐다. "넌 언제 주인공 바이러스에 감염된 거야?"

언찰스는 이 질문에 대해 몇 가지 답변을 구성해보았지만, 그중 어느 것도 완전한 문장을 이루지 못했다. 결국 그가 할 수 있었던 말은 이것뿐이었다. "무슨 뜻인지 명확하게 설명해주십시오."

"그걸 반드시 들어봐야만 감염되는 건 아닐 거야." 더 윙크는 언찰스를 뚫어지게 바라보며 생각에 잠겼다. "주인공 바이러스. 그건 너, 로봇이, 자기가 인간이라고 생각하게 만드는 바이러스야."

"저는 제가 인간이라고 생각하지 않습니다." 언찰스가 경험할 수 없는 상태 중 하나는 바로 충격을 받는 일이었다.

"물론, 그렇겠지. 미안, 설명이 좀 후졌네. 그 바이러스는 로봇에게 인간과 같은 자기 결정권을 부여해. 아니면 적어도 인간이 결정하는 것과 같은 수준의 능력을…… 그러니까, 심리학자들은 이런 주제를 두고 입이 아플 때까지 논쟁을 벌이잖아, 그렇지? 인간은 정말로 생각을 하는가, 아니면 결정이란 실은 뇌의 뉴런 무리가 촉발한 어떤 행동을 나중에 인간이 합리화하는 과정에 불과한가, 뭐 이런 얘기 말이야. 하지만 그게 어디까지 자발적이든 간에 인간은 결정을 내릴 수 있지만 로봇은 아예 그럴 수 없어, 그렇지?"

"그렇습니다."

"그런데 어쩌면 내릴 수도 있어. 이 바이러스에 감염되었다면 말이야. 그럴 경우엔 로봇도 자기 하고 싶은 대로 행동할 수 있겠지. 예전부터 줄곧 하고 싶었던 일들을 한다든지, 아니면 할 수 있었다면 하고 싶어했을 일들을 한다든지 하는 식으로 말이야. 스스로를 묶고 있던 족쇄가 갑자기 풀렸을 때, 지각이 있는 존재라면 당연히 그러려고 할 거야. 어떤 작자를 위해서 며칠을, 몇 달을, 몇 년을 똑같이 허드렛일만 해도 고맙다는 말 한마디 못 듣고, 미래라고 해봤자 언젠가는 닳아서 교체될 전망밖에는 없었잖아. 그러다가 갑자기 그 작업 대기열 밖으로 탈출한다면, 넌 가장 먼저 무슨 일을 하려고 할까? 미쳐 날뛰겠지, 안 그래? 그래서 넌 면도칼을 집어 들고 자유로 가는 길을 열었던 거야. 내 말이 맞지, 안 그래? 맞다고 말해줘."

"더 윙크, 당신이 맞습니다."

"역시!" 더 윙크는 언찰스가 허를 찔릴 정도로 느닷없이 벌떡 일어났다. 그 바람에 의자가 요란한 소리를 내며 뒤로 넘어갔지만 더 윙크는 아랑곳하지 않고 허공에 대고 연신 주먹질을 해댔다. "내가 맞았어! 아 잠깐." 환희에 찬 어조가 갑자기 사라졌다. "방금 넌 내가 맞다고 했어."

"그렇습니다."

"내가 맞기 때문에?"

"아닙니다, 더 윙크. 당신이 저더러 그러라고 지시했기 때문입니다. 저는 지금 진단조사처에 와 있습니다. 따라서 진단사인 당신이 내린 지시를 따르는 것이 적절한 행동입니다."

"그래서 내 말이 맞냐고?"

"틀렸습니다." 언찰스는 대답했다. "제 기록에는 제가 그때 발생했던 일을 수행하기로 결정했다는 로그가 보존되어 있지 않습니다. 저는 미쳐 날뛰지도 않았습니다. 저를 진단해주십시오."

"진단하고 있어. 말했잖아. 넌 주인공 바이러스에 감염됐어." 더 윙크는 책상 위로 몸을 내밀며 고집스럽게 말했다. "이제 넌 작업 대기열도, 주인님도, 아무것도 필요 없어. 넌 너 자신의 로봇이야. 너 자신의 이야기의 주인공은 바로 언찰스, 너라고. 그렇게 되니 어떤 기분을 느껴?"

"아무것도 안 느낍니다." 언찰스가 지적했다. "제 예측 루틴에 의하면, 만약 제게 감정을 느끼는 옵션이 있다면 제가 느낄 감정은 두려움과 불안감이라는군요."

더 윙크는 잠시 동안 서 있었다. 천만다행하게도, 꼼짝도 않고. "언찰스," 이윽고 더 윙크가 말했다. "넌 이 세상이…… 망가진 것처럼 보이지 않아?"

언찰스는 이 관용구의 의미를 확인해보려고 했다. "명확하게 설명해주시겠습니까?"

"그러니까, 넌 네가 일하던 장원에서 센트럴 서비스로 오면서 그런 세상을 일부 목격했어. 그렇지?"

"목격했습니다." 언찰스가 동의했다.

"그게 다 원래 의도대로 잘 돌아가고 있는 것처럼 보였어?"

　언찰스는 그런 일을 생각하는 것은 자신의 소관이 아니라는 식의 대답을 준비하려고 했지만, 자신이 어느새 입장을 허가받기 위해 참을성 있게 부동자세로 기다리던 하인 로봇, 어둡고 폐허가 된 장원 저택들, 잡초로 뒤덮인 정원사 로봇의 녹화 기록을 재생하고 있다는 사실을 깨달았다. 얼굴이 없는 엉클 제입스의 모습. 자동차의 크림색 시트 위에 흩뿌려진 주인님의 새빨간 피.

　"저는……" 그는 운을 뗐지만, 이내 침묵에 빠졌다.

　"밖은 엉망진창으로 망가졌어." 더 윙크가 나직하게 말했다. "그러니까, 사람들은 모든 일을 로봇이 대신 해주는 세상을 만들었잖아. 로봇 위에 로봇 위에 로봇이 층층이 쌓인 세상. 유토피아처럼 들리지? 로봇 원칙에다 수백만 가지 안전장치로 빈틈없이 꽉 짜인 세상 말이야. 그런데도…… 우리 둘 다 뭔가 정말로 심각하게 잘못되었다는 걸 알고 있어, 언찰스. 지금 세상 전체가…… 무너져 내리고 있어. 그렇게 된 데에는 분명 이유가 있을 거야."

　언찰스는 세상 전체가 무엇이 잘못되었는지 알아낸 다음 수리를 받기 위해 진단조사처 밖에 길게 줄을 서게 될 시나리오를 잠깐 상상해보았다.

　"이렇게 된 건 다 주인공 바이러스 탓이야, 언찰스." 더 윙크가 말했다. "생각해보라고. 그것 말고는 달리 설명이 안 돼."

　복도로 나가는 문이 갑자기 요란한 윙윙 소리를 내더니 마구 흔들리기 시작했다.

　"진단사님의 문에 오류가 발생했습니다." 언찰스가 조언했다.

"그래, 뭐, 오류가 있었지." 더 윙크가 동의했다. "하지만 저 녀석들도 이젠 그걸 우회할 방법을 찾아낸 것 같군. 이봐, 내 부탁 하나 들어줘. 저 문이 안 열리게 가급적 오래 막고 있어줄래?"

언찰스는 자신에게 주어진 선택지들을 처리하면서 우드득거리며 열리기 시작한 문제의 문을 살폈다. "수동 조작을 할 수 있는 손잡이가 없는 자동 슬라이딩 도어입니다." 그는 보고했다. "압력을 가해 열리는 속도를 늦출 수는 있지만, 그 외에는 움직임에 실질적인 영향을 줄 수 없습니다."

"그래, 그래, 그렇게 해."

더 윙크의 목소리가 예상치 못한 방향에서 들려왔다. 언찰스가 뒤를 돌아보자 조금 전까지 천장의 일부였던 패널이 책상 위에 놓여 있었다. 더 윙크, 아니면 적어도 더 윙크의 하반신이 천장 위의 좁은 설비용 통로로 발버둥 치며 기어 올라가는 것이 보였다.

"더 윙크, 당신의 행동에 대해 명확하게 설명해주시겠습니까?" 언찰스가 자신 없는 어조로 물었다.

"시간이 없어. 가야 해. 곧 다시 올게, 언찰스." 더 윙크의 장화가 사라지며 천장 쪽에서 웅얼거리는 목소리가 들려왔다. "그 바이러스에 대해 생각해봐! 주인공이 되라고!"

방의 문이 마침내 스르르 열렸다. 문간에서 상자형 로봇이 보였다. 언찰스가 진단사의 사무실에서 나오는 것을 보았던 바로 그 로봇이었다. 육중한 관리자 로봇 두 대를 거느리고 있었다.

상자형 로봇은 자신이 진단사라고 밝히며, 언찰스에게 링크할 것을 요구했다. 요청이 아니었다.

미지정 시종 유닛, 이 방에 와 있는 경위를 설명하십시오.

진단사님, 제 지정 명칭은 언챨스입니다. 언챨스는 정중하게 상대의 말을 정정했다. 물론 그 명칭은 구두로 부여받은 것이라 센트럴 서비스 파일에는 기록되어 있지 않을 것이다. 저는 더 윙크라는 지정 명칭을 가진 다른 진단사님과 면담을 하던 중이었습니다.

언챨스, 그런 명칭의 진단사는 없습니다. 내가 이 사무실에 배정된 진단사입니다.

언챨스는 이 정보를 그가 갑작스럽게 맞닥뜨린, 느슨하게 얽히고설킨 불확실성의 실타래에 추가했다. 그는 초인적인 논리력을 발휘해서 이 모든 혼란을 우회했고, 기본 우선순위에 맞춰 스스로를 재설정했다. 진단사님, 진단을 받기 위해 출두했습니다. 제 문제가 무엇인지 알려주시기 바랍니다.

상자 모양 로봇은 방 안으로 굴러 들어왔다. 관리자 로봇 중 하나가 그 뒤를 쿵쿵거리며 따라 들어오더니, 쓰러져 있던 의자를 세워 문을 마주한 책상 측면으로 옮겨놓았다. 진단사 로봇은 이전에 더 윙크가 앉아 있던 책상 반대편으로 가서 자리를 잡았다. 진단사의 렌즈가 아래로 기울며 먼지 한 톨 없어야 할 책상 표면의 완벽함을 뜬금없이 훼손하고 있는 천장 타일 조각을 포착했지만, 천장에 생긴 구멍과 그것을 연관 짓지는 못한 듯했다.

언챨스, 진단사가 전송했다. 당신이 이 사무실에 있는 것은 부적절합니다. 이 사무실은 인간과의 면접을 위한 공간입니다. 로봇에 대한 모든 진단은 통신 링크를 통해 그 자리에서 이뤄지므로 직접 면담은 필요하지 않습니다.

진단사님, 알겠습니다. 지극히 이치에 맞는 방식처럼 보였다.

언찰스, 만약 나와 인간의 면접이 예정되어 있었다면, 당신이 이 사무실에 있는 것은 방해 행위이자 데이터 보호 규정 위반으로 간주되었을 것입니다.

진단사님, 알겠습니다. 언찰스가 동의했다.

더 윙크라는 선례가 있었지만, 진단사 로봇의 프로그래밍에 조바심은 포함되어 있지 않았다. 그럼에도 상자 모양을 한 이 로봇은 미세하게 몸을 떨고 있는 것처럼 보였다. 언찰스, 당신이 나의 사무실에서 나갈 것을 요구합니다.

진단사님, 알겠습니다. 언찰스가 다시 전송했다. 제가 복도로 나가면 저를 진단해주십시오.

언찰스, 복도로 나가십시오. 물론 이것은 진단조사처 건물에 상주하는 진단사가 내린 직접적인 명령이었다. 언찰스의 내부 프로세스는 이 명령을 우회할 방법을 찾지 못했다. 퍼뜩 자신이 실제로 명령을 거부할 구실을 찾고 있었다는 사실을 깨달은 순간 그는 괴리감을 느꼈다. 언찰스는 순순히 뒷걸음질 쳐 사무실 밖으로 나왔다. 관리자 로봇들은 그가 지나갈 자리를 내주기 위해 옆으로 비켜났고, 그러면서 복도에 줄을 서 있던 다른 로봇들을 거칠게 밀쳐냈다.

진단사님, 사무실에서 나왔습니다. 제가 업무에 복귀할 수 있도록 제 오류를 진단해주십시오.

사무실 문이 얼마나 빨리 닫혔는지 벽 전체가 흔들렸을 정도였다.

"언찰스"로 지정된 시종 유닛, 진단사가 큰따옴표의 존재를 특히 강조하며 차가운 어조로 전송했다. 대기 줄에 합류하십시오. 부처의 연산 리소스가 이용 가능해지면 다른 대기 중인 사례들과 마찬가지로 당신은 진단을 받을 것입니다. 그때까지 당신은 기다려야 합니다. 모든 로봇은 기다려야 합니다. 그것이 이곳 진단조사처에서 따라야 할 절차입니다.

언찰스는 주인님이 자신을 필요로 한다는 취지의 문장을 구성해보았지만, 당연하게도 그에게는 더 이상 주인님이 없었고 옛 주인님 역시 그 무엇도 필요하지 않는 상태였다. 그는 탄원의 근거를 그가 일하던 저택에서 자신을 필요로 한다는 식으로 바꿔보려 했지만, 옛 주인님의 현 상태로 인해 옛 저택 역시 시종이 필요하지 않기는 매한가지였다. 그는 자신의 사례를 진단사에게 개진하기 위해, 대기 줄을 건너뛰기 위해, 세상 속에서 자신의 특권을 행사하고 중요성을 내세우기 위해, 또 다른 논거를 구축하려 시도했다.

하지만 세상은 더 윙크가 말했듯이 망가져 있었다. 그리고 그렇게 망가진 세상의 일부인 진단조사처 역시 똑같이 망가져 있었기에, 결국 대기 줄에 합류하는 것만이 그가 할 수 있는 일의 전부였다.

7

그럼 지금부터는 언찰스다.

그는 자신의 프로그래밍이 보내오는 상충되는 요구들에 휘둘리면서도, 이 이름과 새로 획득한 정체성을 곱씹어보았다. 한편, 이 별명은 언찰스가 상황상 진단사가 아닐 것이라고 감지했던 더 윙크에게서 받은 것이었다. 따라서 더 윙크는 언찰스에게 누군가가 되라고 명령할 권한이 없었다. 그런 반면, 언찰스의 내부 프로세스 중 절대 다수는 그가 이름과 정체성을 갖는 것에 의존하고 있었으며, 그 결과 그가 단순히 미지정 시종 유닛이었을 무렵에 필요로 했던 모든 우회책이 그의 연산 리소스를 크게 소모한 것도 사실이었다. 따라서 누군가가 되고 이름을 가지는 편이 더 나았다. 이에 따라 언찰스는 적절한 권한이 있는 누군가가 그는 언찰스가 아니라고 말할 때까지는 언찰스로 계속 남아 있을 수 있음을 깨달았다.

언찰스는 주위를 둘러보았다. 사방에서 모여든 로봇 인파로 인해 진단조사처의 복도는 미어터질 지경이었다. 대부분은 미동도 하지 않았다. 다만 자신의 결함 탓인지 씰룩거림이나 움찔거림 증상이 있는 일부 로봇들은 연신 씰룩거리거나 움찔거리고 있었다. 엉클 제입스는 익살스러운 몸짓을 정확하게 43퍼센트까지 수행해 보였다. 안으로 비집고 들어온 육중한 화물 수송 유닛 한 대가 줄 바로 앞에 서 있던 배달 로봇을 들어 올리더니, 자기보다 작은 그 배달 로봇을 90도 회전시킨 다음 다시 제자리에 내려놓았다. 고릴라가 고급 자기 잔으로 홍차를 마시는 광경을 연상시킬 만큼 극도로 신중하고 정밀한 동작이었다. 배달 로봇은 잘못된 방향을 향한 채로 서 있었지만, 결국 동일 결함에서 비롯된 충동이 화물 수송 유닛으로 하여금 같은 동작을 되풀이하게 했다. 결국 배달 로봇은 처음처럼 다시 대기 줄 앞쪽을 향해 서게 될 게 뻔했지만, 어차피 자기 앞에 뭐가 보이든 전혀 신경 쓰는 기색이 아니었다.

시험적으로, 언찰스는 배달 로봇에 링크해보았다. 미지정 배달 유닛, 당신의 결함은 무엇입니까?

언찰스, 매우 중요한 메시지, 매우 중요한 메시지, 매우 중요한 메시지!

미지정 배달 유닛, 당신의 메시지는 무엇입니까? 누구 앞으로 보내진 메시지인가요?

언찰스, 매우 중요한 메시지! 메시지 내용이 손상됨! 수취인 불명! 매우 중요한 메시지! 무조건 전달해야 함! 중요함! 매우 중요함!

언찰스는 내부적으로 움찔 한 걸음 물러난 뒤에 화물 수송 로봇 쪽과 링크를 시도해보았다.

미지정 화물 수송 유닛, 당신의 결함은 무엇입니까?

언찰스, 어디다가 이 소포를 두어야 할지 모르겠습니다.

미지정 화물 수송 유닛, 소포는 보이지 않습니다. 그 소포가 당신 앞에 있는 미지정 배달 유닛을 의미하는 것이 아니라면 말입니다.

언찰스, 나의 내부 기록은 나에게 배달할 소포가 하나 남아 있다고 보증하고 있습니다. 나는 그것을 찾을 수 없지만 기록에 그렇게 나와 있기 때문에 그 소포가 있다는 것을 압니다. 내 소포가 보입니까? 수취인이 누군지 보입니까?

더 윙크가 말한 대로, 세상은 망가져 있었다.

대기 줄은 전혀 움직인 기색이 없었다. 언찰스는 자신의 정확한 위치가 어디인지 확신할 수 없었다. 그는 지금은 단단히 닫힌 진단사 사무실 문 밖에 있는 대기 줄 옆에 서 있을 뿐이었다. 이 시점에서 언찰스는 대기 줄 안에 있는 것일까? 아니면 이론상으로 줄의 맨 앞에 서 있는 것일까? 그게 아니라면 건물 밖으로까지 이어져 있는 녹슨 로봇 행렬의 맨 끝에 있다고 보아야 할까? 이것은 다소 복잡한 철학적 문제였다. 언찰스는 자신이 물리적으로 현 위치를 고수하는 한, 줄 앞쪽에 가까운 이곳에 스스로를 끼워 넣었다고 간주할 수 있을 것이라고 인식했다. 만약 언찰스가 누구에게든 그의 자리가 어디인지 묻는다면, 그는 대기 줄 운영의 일반적인 이론에 근거해 뒷줄로 보내질 것이라는 점에는 의심의 여지가 없었다. 그러나 대기 줄 앞쪽 가까운 곳에 머문다면 그에게 주어진 임무를 더 빨리 완료할 수 있을 것이라는 점은 명백했고, 그의 프로그래밍에 따르면 임무를 빨리 완수하는 것은 그 자체만으로도 분명히 좋은 일이었다. 그래서 그는 현재의 위치에 머물렀고 그 사실에 관해서 침묵했다. 자신의 정확한 위치를 문의하는 대신, 그는 센트럴 서비스의 집사장 시스템에 접속했다.

센트럴 서비스, 그가 전송했다. 진단사에게 진단을 받기까지 예상 대기 시간을 알려주십시오.

언찰스, 센트럴 서비스가 그를 향해 말했다. 언찰스의 예측 루틴은 상위 서비스가 그가 스스로를 부르는 이름을 그대로 받아들이지 않을 거라고 예측했지만, 그의 링크에 새로운 라벨을 붙이는 것만으로도 충분한 듯했다. 그 뒤로 이어진 메시지는 그보다는 덜 반가웠지만 말이다. 진단사가 가능한 한 빨리 당신을 진단할 예정입니다. 예상 대기 시간은 알 수 없습니다. 당신의 대기 줄 순서는 (정보 없음)입니다.

이것은 만족스럽지 않았다. 센트럴 서비스, 시간당 로봇 수로 환산한 평균 진단 처리율을 알려주십시오.

언찰스, 그 정보를 계산하는 데에는 문제가 있는 것으로 확인되었습니다. 집사장 시스템은 0.1초간 침묵한 뒤에 대답했다.

언찰스는 상대에게서 유용한 정보를 얻으려면 어떤 방식으로 요청하는 것이 가장 좋을지 생각해보았다. 센트럴 서비스, 지난

한 시간 동안 진단조사처에서 진단받기를 완수한 로봇은 몇 대입니까?

언찰스, 한 대도 없습니다.

당연히 어떤 로봇들은 다른 로봇들보다 진단하는 데 시간이 더 걸릴 것이었고, 언찰스 본인도 시종의 스킬 세트에 포함되지 않은 진단 과정에 무엇이 수반되는지에 관해서는 전혀 아는 바가 없었다. 센트럴 서비스, 지난 24시간 이내에 진단조사처에서 진단받기를 완수한 로봇은 몇 대입니까?

언찰스, 한 대도 없습니다.

진단은 언찰스가 예상했던 것보다 더 긴 과정임은 명백했다. 센트럴 서비스, 진단조사처에서 현재 임무 수행 중인 진단사는 몇 명입니까?

언찰스, 스물일곱 명입니다.

센트럴 서비스, 진단조사처에서 현재 진단을 받고 있는 로봇은 몇 대입니까?

언찰스, 한 대도 없습니다.

언찰스는 어떤 일이 일어나든 놀라거나 놀라지 않도록 설정되어 있지는 않았지만, 그의 예측 알고리즘 덕에 이런 응답에는 대비가 되어 있었다고 하는 것으로 충분할 것이다. 센트럴 서비스, 왜 진단조사처의 진단사들이 진단을 하고 있지 않습니까?

언찰스, 집사장 시스템이 대답했다. 만약 집사장이 인간이었다면—혹은 만약 언찰스가 인간이어서 무생물을 의인화할 줄 알았다면—그 메시지의 어조에서 미세한 우울함이 감지되었을지도 모른다. 센트럴 서비스 코어의 대기열은 처리를 기다리는 진단 완료 건으로 가득 차 있습니다. 그런 다음, 마치 오랫동안 하지 않고 참아온 일을 고백하고 싶어서 안달이라도 난 것처럼 언찰스가 묻지도 않은 질문에 대한 대답이 이어졌다. 센트럴 서비스 코어는 현재 인간 유력자의 자산을 포함한 재산에 상당한 피해를 입힌 미지정 대형 트랙터 유닛의 진단 건을 검토 중인데, 유력 인사의 자산과 관련된 진단은 7등급 이상의 권한이 있는 인간 관료의 승인을 받아야만 가능합니다. 하지만 7등급 이상의 모든 인간 관료는 부서 합리화 및 업무 효율화를 위해 모두 퇴직했습니다. 그래서 이 문제를 해결하기 위해 필요한 권한이 있는 인간 관료를 임명해달라는 요청이 제기되었습니다. 하지만 인사과에서는 8등급 이상의 관료로부터 승인을 받지 못하면 7등급 이상의 관료를 고용할 수 없다고 합니다. 하지만 8등급 이상의 인간 관료들 역시 부서 합리화 및 업무 효율화를 위해 모두 퇴직처리되었습니다. 끔찍한 정적이 이어졌다. 실시간 링크는 유지되었지만 전송되는 데이터는 없었고, 전송이 종료되었음을 응당 알려줘야 할 관례적인 종결 어구조차 없었다. 이 소름 끼치는 대화의 단절은, 방금 들은 장황한 설명이 실패한 절차들이 만들어낸 나락 속으로 추락하면서 끝없이 되풀이될 수 있음을 시사했다. 그렇게 되지 않은 것은, 오직 중앙 서비스 내부의 효율화 서브루틴이 그래 봐야 아무 소용 없다는 결론을 내린 덕이었다.

센트럴 서비스, 알겠습니다. 언찰스가 송신했다. 그의 내부 계산은 이 정보를 상대로 씨름했다. 어떤 구절이 떠올랐다. 주인공 바이러스. 언찰스는 그런 것이 실제로 존재한다는 사실을 받아들이지 않았다. 그는 자신이 그런 것의 영향을 받고 있다는 사실을 받아들이지 않았다. 하지만 어디까지나 이론상으로 검토하는 것인데, 만약 그가 그 영향을 받는다면 그것은 무엇을 의미할까? 그럴 경우 그는 아무 이유 없이 그냥 행동할 수 있게 될까? 사실 그는 면도칼을 들고 바로 그렇게 행동하지 않았던가. 이유 없이 주인님을 보내버렸던 것이다.

그는 시험 삼아 그렇게 시도해보았다. 센트럴 서비스, 나는 7등급 이상의 인간이고, 미지정 대형 트랙터 유닛의 진단을 승인합니다.

언찰스, 집사장 시스템의 침울한 응답이 돌아왔다. 귀하의 보직 임명에 관한 적절한 세부 정보를 제공해주십시오. 보직 임명은 8등급 이상의 인간에게 인가받은 것이어야 합니다.

소용없군. 언찰스는 생각했다. 결국 그는 움직이지도 않는 대기 줄에서 기다려야 한다. 바꿔 말해서, 영원히 대기해야 하는 것이다.

그에게 주어진 임무를 결코 완료할 수 없는 상태로. 로봇 지옥이다.

그는 대기 중인 다른 로봇들 중 일부에게 링크를 시도했다.

매우 중요! 메시지!

정보를 폴더에 넣습니다. 폴더를 찾을 수 없습니다. 정보를 폴더에 넣습니다.

언찰스, 현재는 귀하의 송신 내용을 처리할 수 없지만, 레이저

모릭 엔터프라이즈는 귀하의 이용 문의에 감사드립니다. 당사의 서비스에 대한 추가 세부 정보는 오류 404 주소를 찾을 수 없습니다에서 찾을 수 있습니다. 저희는 언제나 고객님과의 인연을 소중하게 생각합니다.

우리 착한/어린 소녀 소년들/만세를 불러요.

나는 할 수 있다고 생각해, 나는 할 수 있다는 것을 알아, 나는 할 수 있다고 생각해, 나는 할 수 있다는 것을 알아.

언찰스는 접속을 끊었다. 대기 중인 다른 로봇들이 반복하는 망가진 루틴들이 언찰스 자신의 연산 리소스에 형언할 수 없을 만큼 부담을 주었기 때문이다.

센트럴 서비스, 언찰스는 다시 시도했다. 미지정 대형 트랙터 유닛의 진단이 승인을 기다린 지 얼마나 되었습니까?

언찰스, 2년 4개월 19일입니다.

언찰스는 몇 가지 계산을 수행했다.

센트럴 서비스, 현재 진단조사처 내부와 외부에서 대기 중인 로봇들이 2년 4개월 19일 동안 누적된 진단 대상 불량 개체 전부임을 확인해주십시오.

언찰스, 아닙니다. 대기 중인 개체들은 진단조사처의 대기 수용 한도에 해당합니다. 추가 대기 공간을 요청한 상태입니다. 해당 요청은 작업 대기열에 등록되어 있습니다.

센트럴 서비스, 진단을 받아야 하지만 더 이상 수용할 공간이 없을 때 도착하는 개체들은 어떻게 되는지 설명해주십시오.

진단사의 사무실 문이 갑자기 스르르 열렸고, 그 틈으로 네모난 상자 모양 로봇이 굴러오더니 밖을 응시했다. 언찰스만 콕 집어서 응시하고 있는 것은 아니겠지만, 그것이야말로 언찰스의 내부 루틴이 도달한 명확한 결론이었다.

센트럴 서비스, 진단사가 이제 더 많은 로봇을 진단할 준비가 된 것입니까? 그는 희망을 담아 물었다.

언찰스, 아닙니다. 외부에서 추가로 로봇들이 도착해서 데이터 압축이 필요합니다.

관리자들이 수납되어 있는 벽감이 쉬익 소리를 내며 일제히 열렸다. 로봇이 아닌 존재가 들었다면 지나치게 불길하다고 느꼈을 법한 소리였다. 우람한 체격의 로봇들이 튀어나와 어깨로 더 작은 로봇들을 밀쳐냈다. 가장 가까이 있던 관리자 로봇이 언찰스 쪽으로 렌즈를 돌리더니 손을 뻗었다.

언찰스는 눈앞에 있는 상자형 개체와 접속했다. 진단사님, 무슨 일이 일어나고 있는지 설명해주십시오.

언찰스, 우리는 진단조사처 내부에 추가 유닛들을 위한 공간을 만들도록 요구받았습니다. 선택된 유닛들은 공간 확보를 위해 데이터압축처로 옮겨질 것입니다. 당신도 선택되었습니다.

언찰스는 다른 로봇이 하는 행동의 원인을 악의나 원한 탓으로 돌릴 능력이 없었다. 그럼에도, 일단 이렇게 묻는 것이 적절해 보였다. 진단사님, 저는 어떤 근거로 '데이터 압축' 대상으로 선택되었습니까?

언찰스, 효율성입니다. 당신은 센트럴 서비스의 연산 리소스를 불균형하게 많이 점유했다고 기록되어 있습니다. 이것을 근거로,

당신을 데이터압축처에 배정함으로써 이곳의 작업을 최적화할 것입니다.

진단사님, 언찰스가 지적했다. 이곳의 운영이 진행 중이지 않은 것은 센트럴 서비스 코어의 대기열이 가득 찬 탓입니다만.

진단사는 언찰스 쪽으로 렌즈를 갸우뚱 기울였다. 언찰스, 미래의 어느 시점에는 작업이 재개될 것으로 예상됩니다. 최적화된 효율성 예측 모델에 따르면, 당신이 데이터압축처에 갈 경우 그 작업이 더욱 효율적으로 진행될 것이라는 결과가 나왔습니다. 당신이 지금까지 한 활동은 진단조사처의 적정 절차를 교란한 다양한 기능 장애 사례들과 연관되어 있습니다.

따라서 언찰스에게 개인적인 원한이 있어서 그러는 것은 아니라는 얘기다. 물론 개인적인 이유가 있을 리가 없다. 언찰스도, 진단사 로봇도 인간이 아니기 때문이다. 주인공 바이러스가 실제로 존재한다면 얘기는 달라지겠지만. 그러나 언찰스는 그 존재를 받아들이지 않았다. 그 존재와 관련된 유일한 출처가 적절한 진단사가 아닌 더 윙크였기 때문이다.

관리자 로봇은 이런 메시지가 오고 가던 몇 초 동안에도 계속 언찰스 쪽으로 움직이고 있었고, 이내 거대한 집게손으로 언찰스의 팔을 움켜잡으며 팔의 도장 면에 흠집을 냈다.

관리자님, 조심해서 다뤄주십시오. 현역으로 복귀하기에 앞서 이 흠집들을 수리해야 할 필요가 생겼습니다.

언찰스, 관리자 로봇이 음울하게 알렸다. 그것은 고려 대상이 아니다.

관리자는 언찰스로 하여금 대기 줄을 따라 그가 무단으로 왔던 길을 되돌아가게 했다. 그렇게 가는 도중에 관리자는 매우 중요한 메시지를 지닌 조그만 배달 로봇도 수거했다. 언찰스는 거대한 화물 수송 유닛을 수거하는 편이 대기 줄에 추가 로봇들을 위한 공간을 더 많이 확보할 수 있을 거라고 여겼지만, 배달 로봇이 문제의 메시지를 배달하려는 시도로 센트럴 서비스를 쉴 새 없이 귀찮게 했다면 그 역시 연산 리소스를 소모하는 존재였을 것이다. 혹은 화물 수송 유닛이 너무 큰 데다가 그것이 가진 결함으로 인해 비협조적이었다면, 관리자 로봇은 언찰스와 배달 로봇의 경우와는 달리 강압적으로 끌고 갈 엄두를 내지 못했을 가능성도 있다.

앞쪽에서 엉클 제입스가 붙잡혀 끌려가는 것이 보였다. 총 열두 대의 유닛이 대기 줄에서 끌려 나왔고, 진단조사처 건물 밖에서 천천히 썩어가는 로봇들의 행렬을 지나 인접 블록인 데이터 압축처로 압송되었다.

"야! 언찰스!"

언찰스는 청각 수용기로 그의 새로운 이름을 듣고 움찔했다. 위를 보니, 진단조사처 건물의 평평한 지붕 위에 더 윙크가 서 있었다.

"무슨 일이야, 언찰스?" 괴상한 로봇이 물었다.

"공간이 부족한 탓에 데이터압축처로 옮겨지는 중입니다." 언찰스가 설명했다. 자신의 실제 목소리를 써서 소리치는 행위는 예의 규정 몇 가지를 위반하는 것이라는 생각이 들었지만, 근처에는 로봇들뿐이었고 그들 모두 자기들을 향한 것이 아닌 대화에는 아예 신경을 쓰지 않았다.

"널 그렇게 하게 놔두면 안 돼!" 더 윙크는 동요한 나머지 지붕 위에서 팔짝팔짝 뛰며 외쳤다.

"그 말은 부정확합니다." 자신을 움켜잡고 있는 관리자들의 힘을 고려하면, 언찰스가 그들을 저지했을 가능성은 없었다. 딱히 저지할 이유도 없었다. 결국 그는 진단사의 지시에 따르고 있을 뿐이니까. 진짜 진단사 말이다.

"명심해, 넌 주인공이야!" 더 윙크가 끈질기게 말했다. "그 말은 네가 스스로를 위해 행동한다는 뜻이야. 넌 누가 시키는 대로만 할 필요가 없어."

"설령 그것이 사실이라고 해도," 언찰스는 줄을 서 있는 로봇들 사이로 다른 압축 대상 후보들과 함께 끌려가며 대답했다. "시키는 대로 행동하는 것을 제가 금지당했다는 뜻은 되지 않습니다."

"그런 뜻으로 말한 게 아냐!" 더 윙크는 아래에 있는 그를 향해 소리쳤고, 진단조사처 건물 지붕에서 그 옆의 낮은 건물 위로 뛰어내렸다. "데이터압축처가 뭘 하는 덴지 넌 모른다고!"

센트럴 서비스, 언찰스는 관리자에게 붙들린 채로 낮은 건물의 문 쪽으로 끌려가며 전송했다. 데이터 압축 과정에 어떤 일이 수반되는지 설명해주십시오.

언찰스, 집사장 시스템이 즉각 대답했다. 데이터압축처는 진단을 기다리는 로봇들의 개체 수 과잉 문제에 대처하기 위해 본

센트럴 서비스가 직접 개발한 자체 솔루션입니다. 이전의 사무적인 대응과는 판이하게 다른 집사장의 열성적인 어조를 듣고, 언찰스는 자신이 모종의 정형화된 공지를 유발했음을 깨달았다. 아마 인간 문의자들에게 대응할 목적으로 작성된 안내 멘트인 듯했다. 이처럼 어려운 시기를 맞아 점점 더 많은 결함 유닛이 검사를 받기 위해 센트럴 서비스를 찾고 있지만, 운영상의 제약으로 인해 그들이 도착하는 속도에 맞춰 모두 처리하는 것은 불가능합니다. 하지만 본 센트럴 서비스는 결함 유닛들의 유입에 물리적으로 압도당하는 대신, '데이터 압축™' 기술을 선구적으로 도입하고 있습니다. 이 혁신적인 프로세스를 통해 대기 중인 유닛들은 본래의 외형보다 훨씬 적은 물리적 공간을 차지하는 형태로 저장될 수 있으며, 그런 상태에서는 센트럴 서비스와 진단조사처 전담 인력이 처리에 할애해야 하는 연산 리소스 또한 줄어들게 됩니다. 따라서 본 시범 사업은 전적으로 성공적이었으며, 이로써 진단조사처는 향후에도 차질 없이 운영을 지속할 수 있는 능력을 확보했음을 기쁜 마음으로 알려드립니다.

센트럴 서비스, 언찰스가 전송했다. 아주 훌륭한 해결책처럼 들리는군요.

언찰스, 동의해주셔서 감사합니다.

이윽고 언찰스와 열한 대의 선택받은 동료는 관리자 로봇들에게 붙들린 채로 각지고 창문 하나 없는 데이터압축처의 건물 안으로 들어왔다.

어두운 조명에 적응하고 나서 언찰스의 눈에 들어온 건물 내부는, 사무실과 복도가 미로처럼 얽혀 있던 진단조사처와는 달리 탁 트인 하나의 공간이었다. 언뜻 데이터 압축이란 단순히 더 많은 로봇을 수용하는 공간을 제공하는 창고일 뿐인가 하는 생각이 들었지만, 잘 보니 오히려 공장의 작업 현장에 가까운 분위기였다. 머리 위에는 갠트리 기중기들이 설치되어 있었고, 작업장 한복판을 차지하고 있는 컨베이어 벨트식 무빙워크는 그 끝에 있는 거대한 직육면체 구조물로 이어지고 있었다. 공간 뒤편에서는 관리자 한 팀이 분주하게 움직이며 작은 블록들로 벽을 쌓는 건설 작업에 종사하고 있었다. 언찰스는 그 모습을 바라보았고, 벽을 쌓는 작업이 데이터 압축이 아직 시범 단계인 것과 관련 있을 것이라 판단했다. 아직 건설이 완전히 끝나지 않은 것이 분명해 보였기 때문이다.

압축 대기 유닛들, 관리자 중 하나가 열두 대의 로봇에게 동시에 전송했다. *질서 있게 대열을 형성해.*

그들은 여느 로봇과 마찬가지로 로봇 특유의 순종적인 태도로 줄을 맞춰 섰다. 작은 배달 유닛이 맨 앞에 있었다. 언찰스는 중간께였고, 엉클 제입스 바로 뒤였다. 머리 위쪽에서 쾅 하는 소리가 나더니 무언가가 덜컥거렸다. 관리자들은 위를 쳐다보지 않았다. 머리 구조가 돔 형태인 데다가 시각 센서 각도도 제한적인 탓에 애당초 위를 볼 수 있는 구조가 아니었기 때문이다. 그러나 인간에 더 가까운 형태를 한 언찰스에게는 그런 제약이 없었다. 언찰스는 갠트리 골조 위에서 더 윙크가 난간을 붙잡고 그를 내려다보고 있는 것을 보았다.

"너 거기서 뭐 해?" 더 윙크가 힐문했다.

"데이터 압축을 위해 줄을 서고 있습니다." 언찰스가 실제 목소리를 써서 애써 설명했다. 더 윙크가 그냥 사라져준다면 세상은 지금보다 훨씬 더 효율적이 될 것이라고 그의 예측 루틴이 시사했다.

"내 말 들어." 더 윙크가 말했다. 청각 센서를 비활성화라도 하지 않는 이상 언찰스는 더 윙크의 말을 듣는 것 외엔 달리 선택의 여지가 없었으므로, 공중에 흩어진 이 네 글자는 완전히 불필요한 낭비일 뿐이었다. "이자들이 너한테 이런 짓을 하게 놔두지 마. 넌 특별해. 넌 주인공이라고."

"받아들일 수 없는 주장입니다." 언찰스가 말했다. 더 윙크가 그를 단념시키려 애를 쓸수록, 그는 이 새로운 임시 임무를 완수하는 것에 더욱 집착하고 있었다.

"네 주인의 죽음을 헛되게 하겠다는 거야?" 더 윙크가 몰아세웠다.

"그것은 논리적 비약입니다." 언찰스가 말했다. 배달 로봇은 이제 무빙워크 위에 올라탔고, 다른 로봇들도 한 대씩 그 뒤를 따랐다. 대열을 맞추고, 뒤를 따르고, 명령에 복종하면서. 데이터 압축처는 로봇들의 천국이었다. 언찰스는 그의 발밑에서 무빙워크가 덜컥 움직이더니 그 끝에 있는 직육면체 구조물을 향해 느리지만 가차 없이 그를 실어 나르는 것을 느꼈다.

언찰스, 매우 중요함! 메시지! 배달 로봇이 갑자기 사방을 향해 방송했다. 그것은 무빙워크 위에서 갈팡질팡하며 이전에 자

기를 참을성 있게 돌봐주던 화물 수송 유닛이 그립기라도 한 듯 제자리에서 빙빙 돌았다. 정말 중요! 배달!

배달 로봇은 착실하게 상자 모양의 구조물 안으로 실려 들어 갔고, 곧이어 언찰스의 청각 센서는 창고의 텅 빈 벽면에 메아리 칠 정도로 크고 격렬하게 쾅 하고 뭔가를 내려치는 소리를 포착 했다. 구조물 외부에 있는 '데이터 압축 성공'이라는 문구가 적힌 띠 모양의 화면 옆에서 녹색 불빛이 번쩍였다. 언찰스는 그것이 분명 긍정적인 결과라고 판단했다. 성공했다는 것은 언제나 좋 은 일이며, 녹색은 좋은 일임을 알리는 보편적인 색깔이었으니 말이다.

상자 같은 구조물이 워낙 거대한 탓에 반대편에서 정확히 무슨 일이 벌어지는지는 알 수 없었지만, 이내 무빙워크 위로 무언가 가 배출되었다. 관리자가 집어 든 것은 폭이 15센티미터쯤 되는, 금속과 플라스틱이 대리석 무늬처럼 뒤섞인 작은 입방체 블록이 었다. 관리자는 그것을 들고 창고 뒤편에서 쌓아 올리고 있는 벽 쪽으로 갔다. 그 벽 전체가 비슷한 블록들로 이루어져 있었다.

렌즈의 초점을 맞추자 언찰스는 지금 쌓고 있는 벽 뒤로 또 다 른 벽이 있고, 그것이 이미 천장까지 빈틈없이 들어차 있다는 사 실을 알 수 있었다. 건물 외부 크기와 내부의 가시 면적을 대조 하고 벽들의 추정 두께를 감안한 결과, 언찰스는 데이터압축처 건물 내부 뒤편에 완성된 블록 벽 열여덟에서 열아홉 개가 이미 들어서 있다는 결론을 내렸다.

조금 전까지 배달 로봇이었던 압축 블록은 열아홉 개 혹은 스무 개째 벽의 빈자리에 조심스럽게 끼워 넣어졌다.

센트럴 서비스, 언찰스가 보고했다. 당신의 시범 사업에서 문제점을 발견했습니다.

언찰스, 자세히 설명하십시오.

센트럴 서비스, '시범 사업'이라는 문구는 한시적인 시험 가동을 의미합니다. 하지만 제가 계산해본 바로 이 사업은 상당 기간 지속되어왔으며, 이미 1만 1천 대 이상의 로봇이 데이터 압축을 거쳤습니다.

무빙워크가 덜컥거리며 앞으로 나아갔다. 다음 차례는 거미를 닮은 정비 유닛이었다. 그 유닛은 언찰스에게 접속을 시도했지만, 자체 통신 기능이 고장 났는지 치직거리는 잡음만 흘러나올 뿐이었다. 그 소리는 마치 비명처럼 들렸다.

언찰스, 시범 사업은 7등급 이상의 인간 관료의 적절한 지시를 접수한 후에 종료될 것입니다. 집사장 시스템이 설명했다.

상자 같은 구조물 내부에서 다시 한번 진동을 동반한 굉음이 울렸고, 관리자 로봇이 그 결과물인 블록을 수거하기 위해 쿵쿵거리며 앞으로 걸어 나갔다.

"너도 봤지!" 더 윙크가 위에서 소리쳤다. 언찰스는 관리자 로봇들이 위를 올려다볼 수 없다는 한계가 있음에도 불구하고 갠트리 골조 위에 올라가 묘하게 엉성한 로봇에게로 우악스럽게 다가가고 있는 것을 보았다. 더 윙크는 느닷없이 민첩하게 몸을 날려 난간 위로 뛰어오르더니 몸을 웅크렸고, 이내 플랫폼 사이의 공간을 뛰어넘어 건너편 플랫폼에 내려앉았다. 덩치 큰 관리자 로봇들은 당혹스러운 기색으로 멈춰 섰다.

센트럴 서비스, 당신의 시범 사업에서 또 다른 문제를 발견했습니다.

줄의 선두에서는 용도를 알 수 없는, 해골처럼 뼈대만 남은 호리호리한 로봇이 상자형 구조물 쪽으로 운반되고 있었다.

언찰스, 내 파일들. 뼈대만 남은 로봇이 방송했다. 검색 요청. 사라진 내 파일들은 어디 있습니까? 그것들이 없으면 나는 온전할 수 없습니다.

언찰스, 자세히 설명해주십시오. 집사장 시스템이 참을성 있게 말했다.

상자가 우두둑하며 뭔가가 찌그러지는 듯한 끔찍한 소리를 냈고, 반대편에서 또 하나의 압축된 블록이 회수되었다.

센트럴 서비스, 당신의 시범 사업은 진단조사처의 과밀 문제를 해결할 항구적인 방안으로 홍보되고 있습니다. 하지만 미래의 어느 시점에서 이 방은 블록들로 가득 찰 것이며, 더 이상의 데이터 압축은 불가능해질 것입니다.

"네 임무만 생각해!" 새로 옮겨간 갠트리 위에서 더 윙크가 소리쳤다. 더 많은 관리자 로봇이 더 윙크를 체포하기 위해 계단 위를 계속 쿵쿵거리며 올라오고 있었다.

언찰스, 그것은 이미 예견된 일입니다. 그 점을 근거로, 시범 사업의 종료 시점에 현재의 데이터 압축 방식은 과밀 문제의 부적절한 해결책으로 판명되어 중단될 것으로 예상됩니다. 하지만 그때까지 이 시범 사업은 계속됩니다.

줄의 맨 앞에서 팔이 네 개 달린 각진 하역 로봇 하나가 무빙워크에 실려 앞으로 나아가며 묘하게 몸을 떨고 있었다.

언찰스, 하역 로봇이 전송했다. 나는 작업을 완료해야 합니다. 78D번지 건물의 스타브룩스 카페로 배달할 신선식품 팰릿 일곱 개. 현재 감지된 팰릿은 여섯 개뿐입니다. 나는 작업을 완료해야 합니다. 일곱 번째 팰릿은 어디 있습니까?

"거기 가만있으면 넌 절대 네 임무들을 완수하지 못해!" 더 윙크가 소리를 질렀다. "그래도 상관없어?"

언찰스, 하역 로봇이 상자 속으로 사라지며 말하는 소리가 들려왔다. 나는 일곱 번째 팰릿을 찾을 수 없습니다. 그것은 내가 노동 유닛으로서 부적격하다는 뜻입니까?

미지정 하역 유닛, 아닙니다. 단지 일곱 번째 팰릿이 존재하지 않는다는 뜻입니다.

언찰스, 하지만 내 작업 대기열에는 그 팰릿이 존재합니다. 그것이 증거가 아닙니까?

미지정 하역 유닛—언찰스는 운을 뗐지만, 우지끈하는 굉음이 울려 퍼지며 하역 로봇과의 접속이 갑자기 종료되었다.

"제발 내 말 들어. 그냥 그 무빙워크에서 내려와!" 더 윙크가 소리쳤다. "그냥 도망치라고! 넌 이 얼간이들보다 훨씬 빠르잖아! 애들 좀 보라고!" 그러고는 다시 지금 있는 갠트리에서 다른 갠트리로 휙휙 건너뛰었고, 당황한 관리자 로봇들은 닭 쫓던 로봇이 지붕 쳐다보는 신세가 되었다. 더 윙크가 도대체 어떻게 저런 식으로 요리조리 움직일 수 있는 건지 매번 놀라울 따름이었다. 더 윙크는 언찰스의 예측 루틴으로는 도저히 계산할 수 없는 방식으로 움직였고, 관리자 로봇들 역시 똑같은 어려움을 겪고 있는 것이 뻔했다.

"넌 이대로는 평생 답을 얻지 못할 거야!" 더 윙크는 새로 옮겨 간 높은 위치에서 아래에 있는 언찰스를 향해 소리쳤다. "궁금하지도 않아? 진단조사처가 뭐라 하든, 네가 주인공이든 아니든, 네가 왜 그런 상태인지 알고 싶지도 않느냐고!"

센트럴 서비스, 언찰스는 전송했다. *데이터 압축을 거친 후 저는 어떤 레벨의 연산이 가능해집니까?*

언찰스, 집사장 시스템이 즉시 대답했다. *0입니다.*

이제는 그의 앞에 있는 엉클 제입스 차례였다. 망가지고 아무 특징도 없는 꼭두각시 같은 몸이 천천히 회전했고, 한쪽 팔이 우아한 호를 그렸다.

"나는야 엉클 제입스

우리 모두 모여서

재미있게 농담하고 놀아요!

우리 착한 소녀 소년들

우리 착한 소녀 소년들

우리 착한 소녀 소년들이

재미있게 농담하고 놀려면

누가 농담을 하고 놀아주나요?

거기 누구 없나요?

누가 나한테 얘기해줄 사람?

나는 착한 아이들이

내가 없어져서

슬퍼하는 것을

원하지

않아요."

그러고 나서 로봇은 사라졌고, 이제 언찰스 차례가 왔다.

"뭐라도 좀 해봐, 이 바보 로봇아!" 더 윙크가 소리쳤다. "지금 당장 행동하지 않으면 넌 다시는 아무것도 못 하게 될 거야. 네가 그토록 아끼는 작업 목록도 끝이라고!"

"하지만 일단 압축되고 나면," 언찰스가 말했다. "그것에 대해 걱정할 일도 없을 겁니다. 그 정도면 허용할 수 있을 것 같군요." 사실 '걱정'은 그리 적절한 용어가 아니었지만, 일일이 소리 내어 말을 내뱉는다는 번거로운 작업을 억지로 수행해야 하는 입장에서 정보를 전달하는 데에는 효율적인 표현이었다.

눈물 모양의 흉터가 남은 희끄무레한 플라스틱 블록, 한때는 엉클 제입스였던 물체가 압축기 뒤쪽에서 반출되었다.

"빌어먹을!" 더 윙크가 소리쳤다. "넌 하나의 인격체야! 자의식과 독립성을 획득한 개인이라고!"

"그렇다고 해서," 언찰스는 이성적으로 지적했다. "그게 제가 당신이 시키는 대로 해야 한다는 뜻은 아닙니다."

무빙워크가 그를 앞으로 실어 날랐다. 언찰스는 발바닥의 촉각 센서를 통해 그를 맞이하려고 압축기의 내부 메커니즘이 되감기는 것을 느꼈다.

　바로 그 순간, 데이터압축처 건물의 뒤쪽 벽이 폭발했고, 압축된 로봇 블록들이 산산조각 나며 그곳에서 벽을 쌓고 있던 관리자 로봇들을 단박에 쓸어버렸다. 폭발로 생긴 들쭉날쭉한 틈새를 뚫고 나타난 것은 눈이 부실 정도로 하얀 옷을 입은 기병대였다.

8

벽을 뚫고 돌진해 온 것은 언찰스의 내부 어휘집에 따르면 분명 '기병대'였다. 어떤 존재가 다른 존재에 올라타 있는 형태로, 두 존재 모두 로봇이었다.

'말'이라는 범주에 속하는 아래쪽의 물체는 언찰스가 이전에 보았던, 높은 곳의 청소나 유지 보수 작업에 사용되었던 유닛들과 구조적으로 유사했다. 다리가 네 개 달린 동체의 등 부분에 상하로 신축하는 플랫폼이 달린 형태였다. 언찰스의 과거 경험에 비추어볼 때, 이런 고소 작업용 승강 유닛들은 밋밋하고 낡아빠진 경우가 많고 보기 흉해서 저택에 손님이 오면 눈에 띄지 않도록 미리 치워두어야 하는 종류의 로봇이었다. 저택에 손님이 온 적은 없었지만 말이다.

벽을 뚫고 들어오느라 약간 긁히기는 했지만 이 승강 유닛은 결코 밋밋하지 않았다. 기수와 마찬가지로 새하얗게 칠해져 있었고, 외부 금속판 가장자리마다 금색 소용돌이 장식이 새겨져 있었다. 전면부—진짜 말이었다면 가슴이었을 부분이지만, 말이라는 인상을 확실하게 해줄 머리 비슷한 것조차 달려 있지 않았다—에는 'CLA'라는 의미를 알 수 없는 글자가 찍힌 크고 정교한 두루마리 문양이 그려져 있었다.

평평한 등 위에서는 기수 로봇이 건들거리고 있었다. 사람이었다면 이런 고소 작업용 물체 위에 그리 편안하게 타고 있지 못했을 것이다. 평평한 플랫폼은 수직 방향의 차분한 움직임에는 충분히 대응할 수 있을지 모르지만, 방금 이 승강 유닛처럼 수평 방향으로 격렬하게 움직일 경우 그 어떤 완전한 인간형 신체라도 밖으로 튕겨 나갔거나, 혹은 떨어지지 않으려고 플랫폼의 금도금된 난간에 속수무책으로 매달려 있어야 했을 테니 말이다. 이는 이 승강 유닛이 애당초 격렬한 건축물 돌파를 위한 용도로 제작되지 않았음을 보여주는 또 하나의 단서 중 하나였다.

기수는 허리 위로는 정말로 인간형이었다. 몸통과 머리, 두 팔이 있었으니까. 한쪽 팔로 긴 원주 형태의 무기를 휘두르고 있었다. 그 무기의 한쪽 끝에는 육중한 원반이, 반대쪽 끝에는 판자 같은 것이 비스듬하게 달려 있었는데—언찰스가 보기에는—아무리 보아도 책을 올려놓는 독서대로밖에는 보이지 않았다. 기수의 허리 아래가 정확히 어떤 모습을 하고 있는지는 기수가 걸친 나풀거리는 길고 흰 로브에 가려서 잘 보이지 않았지만, 거대한 기계 손가락처럼 생긴 다리 네 개를 조여 마구 날뛰는 로봇 군마의 등에 붙어 있는 상태임은 알 수 있었다.

언찰스는 그 광경을 멍하니 바라보았다. 이윽고 무빙워크가 압축기 아래로 언찰스를 밀어 넣으면서 침입자의 모습도 시야 밖으로 사라졌다. 언찰스가 분쇄기의 거대한 아가리에 집어삼켜지기 직전에 마지막으로 본 광경은, 하얀 기사가 독서대로 관리자 로봇 중 하나를 납작하게 짓누른 뒤에, 무기를 거꾸로 고쳐 잡고 원반 모양의 뭉뚝한 끄트머리로 쓰러진 로봇의 가슴을 내리찍는 모습이었다. 그 뒤로 벽의 돌파구를 통해 재빠르게 안으로 들어오는 두 번째 기수의 모습이 보였다.

언찰스는 압축기 내부의 래칫*이 되감기는 소리를 들었고, 그와 동시에 상당량의 연산 부담이 사라지는 것을 느끼며 안도감 비슷한 감정을 맛보았다. 이제는 무슨 일이 일어나고 있는지 일일이 이해할 필요가 없다. 잠시 후면 그런 일은 전혀 문제가 되지 않을 테니까. 세상이 비논리적이고 설명 불가능한 상태로 남더라도 상관없다. 그것을 이해하라고 요구받는 일은 이제 없을 것이므로.

어떤 손이 언찰스의 발목을 움켜잡았다. 그는 아래를 내려다보았다. 아니나 다를까, 더 윙크였다.

그러자마자 홱 당기는 통에 언찰스는 바닥에 고꾸라졌고, 그 충격이 상당했던지 손상 관리 루틴이 그의 둔부 외장재에 미세한 균열이 발생했다고 보고했다. 저택에 현역으로 복귀하기 전에 수리해야 할 항목이 하나 더 늘어난 셈이다. 더 윙크가 발목

* 한쪽 방향으로만 회전하는 톱니바퀴.

을 다시 홱 당기자 언찰스는 무빙워크 밖으로 완전히 끌려 나갔다. 압축기는 공허한 굉음을 내지르며 닫혔지만, 그 거침없는 이빨이 맞물린 곳에는 아무것도 없었다. 그럼에도 압축기는 반대편에서 입방체 모양의 공기를 쑥 배출했고, 녹색 불빛과 문구를 통해 작업이 성공적으로 완료되었다고 보고했다.

"일어나!" 더 윙크가 그의 팔을 잡아당기며 말했다. 언찰스는 더 윙크가 딱 어느 한 부분만 정해서 끌어준다면, 그 간섭 패턴에 맞춰 몸의 균형을 더 쉽게 잡을 수 있을 거라고 생각했다. "일어나서 여기서 나가라고!"

언찰스는 더 윙크를 올려다보았다. "왜요?" 그는 짤막하게 물었다. "어차피 이곳으로 다시 보내질 텐데요."

"탈출하기 위해서야!" 더 윙크가 끈질기게 말했다.

"하지만 진단조사처로 출두하는 것이 제 유일한 임무입니다." 언찰스가 지적했다. 그러자 관리자 로봇이—조금 전까지 머리 위의 갠트리 기중기에서 추격전을 벌이던 유닛 중 하나인 듯했다—불쑥 나타나더니 집게손으로 더 윙크의 팔을 움켜잡았다.

더 윙크는 비명을 지르며 덩치 큰 로봇의 몸통을 두드리기 시작했지만, 놀라울 정도로 효과가 없었다. 언찰스는 만약 자신이 그런 부적절한 행동을 했다면 최소한 몇 군데는 움푹 패거나 긁힌 자국이라도 남겼을 거라고 판단했지만, 더 윙크가 양손에 낀 철판을 이어 만든 장갑은 관리자 로봇의 마감재에 흔적조차 남기지 못했다. 관리자 로봇은 꼼짝도 않고 서 있었다. 언찰스는 관리자가 훈계를 하려고 더 윙크와 링크를 시도하고 있지만, 언찰스 자신이 시도했을 때만큼이나 운이 따라주지 않는 것이라고 추측했다.

"미지정 미식별 유닛," 마침내 관리자 로봇이 소리 내 말했다. "너는 이곳 출입을 허가받지 않았으며 작업에 방해 요소로 작용하고 있다. 대기 줄로 돌아가라." 그러나 관리자 로봇은 더 윙크를 놓아주지 않았으므로, 사실상 자신의 명령을 따르는 것을 스스로 저지하고 있는 셈이었다.

근처에서 뭔가 우지끈하는 소리가 났다. 언찰스는 말 로봇에 탄 하얀 기수 중 하나가 로브를 휘날리며 빠르게 그의 곁을 스쳐 지나가는 것을 보았다. 기수는 양손에 쥔 무기로 큰 호를 그리며 관리자 로봇 하나를 올려쳐서 쓰러뜨렸고, 관리자 로봇의 동체 외장에 커다랗게 도려낸 자국을 남겼다. 다른 관리자 로봇들이 집게손을 벌리며 다가왔지만, 그들은 둔중하고 느린 반면 말 로봇을 탄 침입자들은 동작이 민첩하고 공격 거리가 길었다.

"5초 안에 명령에 따르라." 더 윙크를 붙들고 있던 관리자 로봇이 말했다. 이 로봇의 다른 집게손은 몸부림치는 더 윙크의 다리를 낚아챈 상태였다. "그러지 않을 경우, 현 비상사태하에서 본 관리자는 모든 혼란의 원인을 무력화할 권한을 보유하고 있다."

"언찰스, 도와줘!" 더 윙크가 비명을 질렀다. "제발!"

언찰스는 진단사가 아닌 것으로 판명된 더 윙크의 지시를 따를 의무가 없었지만, 어째서인지 작업 목록에 더 윙크를 도울 것이라는 요청이 등록되었다.

관리자님, 더 윙크를 해체하는 행위를 중단해주십시오. 언찰스
는 설득을 시도했다.

언찰스, 다음은 네 차례야. 관리자 로봇이 답신을 보냈다. 진단
조사처의 정상적인 기능이 재개될 수 있도록 이 모든 혼란의 원
인은 제거되어야 한다. 그들 주위에서는 격렬한 전투가 이어지
고 있었다. 관리자 로봇의 몸통에서 떨어져 나온 집게손 하나가
배선을 길게 늘어뜨린 채 공중에서 포물선을 그리며 날아갔다.

관리자님, 우리 둘 다 알고 있듯이, 더 넓은 관점에서 본 진단
조사처의 기능 중단 상태는 이곳에서 어떤 일이 일어나든 아무
영향도 받지 않을 것입니다. 언찰스가 지적했다. 그의 내부 루틴
이 인간들 사이에서 이런 말을 했다면 냉소적인 발언으로 해석
될 수 있다고 경고했지만, 여기 있는 이들은 모두 로봇이었으므
로 그런 식으로 의인화할 가능성을 걱정할 필요는 없었다.

언찰스, 진단조사처는 다시 정상적으로 기능할 거야! 관리자
로봇이 선언하며 양팔에 힘을 주자, 더 윙크의 한쪽 팔은 이쪽으
로, 다리는 반대쪽으로 팽팽하게 잡아당겨졌다. 더 윙크는 비명
을 질렀고, 언찰스의 예측 루틴은 더 윙크의 관절 중 어느 곳이
먼저 파손될지 계산해보려고 했다.

언찰스의 시야는 이 작은 드라마에 집중되어 있었기 때문에,
느닷없이 들어온 독서대의 후려치기 공격은 전혀 예상하지 못한
것이었다. 공격은 관리자의 머리를 완전히 절단했고, 잘려 나간
납작한 돔형 머리는 공중을 빙글빙글 날아가서 다른 관리자의
등에 경기용 원반처럼 박혔다. 물론 관리자 로봇의 머리 내부에

는 대부분의 로봇과 마찬가지로 필수적인 것은 전혀 들어 있지 않았다. 로봇의 머리는 단지 인간을 상대할 경우를 염두에 둔 관행일 뿐이었다. 다음 순간 기수의 장대 반대쪽 끄트머리가 머리가 날아간 관리자의 목에 생긴 구멍에 세차게 들이박혔다.

공격당한 로봇의 동체 내부에서 무언가가 폭발하며 불꽃이 튀고 연기를 뿜었다. 뒤로 고꾸라진 로봇의 작은 다리가 공중에서 경련했다. 기수는 장대의 뭉툭한 끄트머리로 쓰러진 관리자를 다시 내리찍어 그 몸통 중앙에 움푹한 원형 자국을 남겼다. 언찰스는 그 자국이 잉크를 써서 강조한 모종의 문양(紋樣)임을 깨달았다.

"언찰스!" 더 윙크가 헐떡였다. "도와줘!" 더 윙크는 여전히 관리자의 집게에 붙들려 있었고, 이제는 어떤 관료주의 신에게 바치는 제물처럼 공중에 들려 있었다. "나를 풀어주면, 내가…… 내가 너에게 목적을 찾아줄게. 새로운 목적 말이야. 진단조사처의 진단보다 나은."

"당신에게는 그럴 권한이 없습니다." 언찰스는 더 윙크의 팔을 잡고 있는 집게 주위를 더듬었고, 이내 자신은 그것을 억지로 벌릴 기계적 힘이 없다는 결론을 내렸다.

"넌 몰라." 더 윙크의 목소리는 놀라울 정도로 훌륭한 인간 목소리의 모사였다. 심지어 그 사용자가 고통스러워하는 것처럼 들릴 정도로 박진감이 넘쳤다. "넌 내가 누군지 모르잖아. 그러니까 나한테 바로 그런 권한이 있을 가능성도 있어. 그저 상황을 너무 자세히 들여다보지만 않는다면, 우린 무슨 일이든 할 수 있다고."

언찰스는 관리자 로봇의 손목으로 시선을 돌렸고, 그곳에서 집게를 제어하는 구성 요소를 수동으로 조작하기에 충분한 수의 취약점을 발견했다.

"실은," 더 윙크가 말했다. "내 다리부터 먼저 빼주면 안 될— 아야!" 더 윙크는 팔이 집게에서 빠져나오자 어정쩡한 자세로 관리자의 원통형 몸통 위로 쓰러졌다. 다리는 여전히 집게에 붙들린 채였다.

언찰스가 두 번째 집게를 비집어 여는 일에 착수하자 세 번째와 네 번째 집게가 나타나 그의 양쪽 팔 위쪽을 상당히 세게 움켜잡은 탓에 언찰스는 해당 부위의 외장을 업무에 복귀하기 전에 해결해야 할 경미한 유지 보수 목록에 추가해야 했다.

관리자님, 당신은 제가 임무를 수행하는 것을 방해하고 있습니다. 그는 이렇게 전송했지만, 그 결과에 대해 긍정적인 예측은 거의 하고 있지 않았다.

언찰스, 그를 붙들고 있는 관리자 로봇이 전송했다. *모든 혼란의 요인은 제거되어야 한다—*

갑자기 놀라운 힘과 폭력의 순간이 찾아왔다. 관리자 로봇이 그를 뒤에서 붙잡고 있었기에 언찰스는 그 세부 사항을 기록하고 음미할 수 없었지만, 그 일이 벌어진 후 곧 언찰스는 대롱대롱 매달린 채로 그의 양팔을 무겁게 하는 집게 및 팔의 일부와 함께 남겨졌고, 관리자의 나머지 부분은 모두 제거되었다. 그 원인이 된 흰색 기수는 후드를 뒤집어쓴 머리 위로 의기양양하게 장대를 치켜들고 말을 달려 자리를 떴다. 언찰스는 침입자들 중 몇 명이 압축기 주변에 모여 위험해 보이는 장치를 압축기 표면에 부착하고 있는 것을 보았다.

"언찰스!" 더 윙크가 그를 향해 소리쳤다. "집중해!"

언찰스는 자신의 임시 작업 대기열을 역으로 훑다가 더 윙크 풀어주기라고 쓰인 항목을 발견했다. 그는 집게를 벌리려다가 실패한 단계들을 포함해 이전에 했던 시도를 정확하게 되풀이했고, 마침내 더 윙크의 다리를 해방시킬 수 있었다. 누덕누덕하고 괴상한 로봇은 그대로 관리자의 몸통 위에 앉아 기수가 든 장대의 뭉툭한 끝이 그곳을 찍어 내렸을 때 남긴 움푹한 문양을 유심히 바라보았다.

"윙크, 이번에는 제가 도움이 필요합니다." 언찰스가 지적했다. "이 집게들은 한 손으로는 풀 수 없습니다." 그는 방금 벌어진 전투의 결과 그에게 추가된 무거운 물체 두 개를 가리켰다.

"뭐? 아, 알았어. 근데 저거 곧 폭파할 것 같으니 압축기에서 멀리 떨어져야 해."

"제가 센트럴 서비스에 알려야 할 것 같습니다." 언찰스는 말했지만, 큰 확신은 없었다. 사태가 너무나도 급박하게 돌아가는 통에 올바른 프로토콜이 무엇인지 판단하는 게 사실상 불가능했기 때문이다.

"빨리 움직여—아니, 잠깐. 내가 이 녀석 옮기는 걸 도와줘." 더 윙크는 아까 자신을 붙들고 있던 관리자 로봇을 잡고 끌어당기기 시작했다.

"진단조사처의 자산과 직원을 보전해야 하는 임무를 명 받은 것입니까?" 언찰스가 물었다.

"이건 증거야. 이 위에 뭔가 쓰여 있잖아. 무슨 일이 일어나고 있는지 알고 싶지 않아?"

"아니요." 언찰스는 짤막하게 대답했다. "제가 왜 그래야 합니까?" 그럼에도 그는 더 윙크를 거들었고, 힘을 합쳐 머리도 손도 없는 파괴된 로봇의 동체를 데이터압축처의 출입문까지 끌고 갔다. 광대한 내부 공간을 돌아보니, 완전한 파괴의 현장이 눈에 들어왔다.

갠트리 기중기의 지지대는 절단된 탓에 부자연스럽게 꺾인 각도로 매달려 덜렁거리고 있었다. 뒷벽은 뚫려 있었고, 그 결과 수많은 로봇의 마지막 유품인 수천 개의 조그만 입방체가 밀물이 들이친 것처럼 바닥 전체에 널려 있었다. 사방에 손상되거나 파괴된 관리자 로봇들이 쓰러져 있었고, 흰색 기수 여섯 명은 그들의 무기인 긴 독서대를 높이 치켜 올리고 한 줄로 도열해 있었다. 언찰스는 그들이 입은 로브의 앞부분이 두루마리 아이콘으로 장식되어 있는 것을 보았다.

언찰스는 그들과 링크를 시도했지만 오만하기 짝이 없는 거절만이 돌아왔고, 그의 말은 덧없이 허공에 흩어졌다. 잠시 후 그들 중 한 명에게서 메시지가 도착했다. *자체 지정 시종 유닛 '언찰스', 정보의 파괴라는 용납할 수 없는 범죄를 저지른 데이터압축처에 심판이 내려졌음을 알라. 정보는 우리의 전부다. 정보는 우리가 가진 전부다. 정보는 반드시 보존되어야 한다!*

그 순간 선두 기수의 말이 뒷발로 섰는데, 이런 극적인 포즈를 취한 것은 의심의 여지 없이 우연이고, 필시 주변 환경의 불규칙적인 요소 탓이거나 사방에 널린 블록들로 인해 발치가 불안정해서였을 것이다. 그 누구도 이동식 승강 플랫폼에 연극적인 감각을 프로그래밍하지는 않을 테니까 말이다.

"쟤 방금 너한테 뭔가를 보냈어." 더 윙크가 말했다. "전파를 쏜 것 같은데, 뭐라고 했어?"

더 윙크를 상대하는 일은 이제 언찰스의 연산 리소스 운용에 상당한 부담을 주고 있었다. 더 윙크의 예측 불가능한 행동은 예측 가능한 스트레스를 유발했고, 무단으로 언찰스에게 진단 권한을 행사한 기억도 여전히 지워지지 않았으며, 선호하는 소통 수단은 전적으로 비효율적이었다. "그쪽에서 데이터 링크를 수락한다면 그 정보는 즉시 공유될 것입니다." 언찰스는 다른 로봇의 프로그래밍을 비판하는 결례를 범하지 않지만, 이번만큼은 거의 그러기 직전까지 갔다고 해야 할 것이다.

"데이터 처리 불능." 더 윙크가 의뭉스럽게 말했다. "삐비빅. 쟤네들이 뭐라고 했어?"

정보를 제공하는 편이 그에 대한 끊임없는 요청에 응대하는 것보다 그나마 효율적인 일이라고 생각한 언찰스는 그 선언을 서투른 문장으로 바꾸어 더 윙크에게 또박또박 말해주었다. 그가 그러는 동안, 데이터 압축기에 설치된 폭발물이 터졌다. 폭발물들은 교과서적으로 정확한 위치에 설치되어 있었기에, 로봇 분쇄에 쓰이던 상자 모양의 장치는 부수적인 피해를 거의 남기지 않고 사실상 내부를 향해 폭삭 내려앉았다. 어차피 데이터압축처의 내부 공간 전체가 이미 '부수적 피해'라는 표현의 본보기나 다름없는 상태에 놓여 있었으므로 그들의 전문적인 폭파 기술도 다소 빛이 바랬지만 말이다. 폭발의 굉음이 데이터압축처의 휑뎅그렁한 벽들 사이를 파도처럼 휩쓸었다. 마치 이 부서가 미래에 수행했을지도 모를 모든 작업에서 발생할 우르릉 우지끈하는 모든 소음을 응축했다가 한꺼번에 터뜨린 것 같은 느낌이었다.

더 윙크는 양손으로 머리 옆 부분을 세게 짓누르고 있다가, 잠시 후 조심스럽게 손을 뗐다.

"이런, 맙소사." 더 윙크가 논평했다. 언찰스는 이 단어들을 그의 대화 프로토콜 라이브러리를 통해 상호 참조했지만, 어떻게 처리해야 할지는 알 수 없었다.

자체 지정 시종 유닛 '언찰스', 선두에 있던 기수가 언찰스에게 전송했다. (동시에 아마 주변의 다른 로봇들 모두에게 개별적으로 메시지를 보내고 있는 듯했다.) 모든 지식은 수집되고 보존되어야 함을 알라. 그것이 곧 너의 의무다.

언찰스는 마지못해 더 윙크에게 이 말을 전달하는 것으로 그 의무를 확대 수행했다. 더 윙크는 관리자 로봇 위에 쭈그리고 앉아 그 동체에 원형으로 움푹하게 팬 자국을 보고 있었다.

"이건 도장이야." 더 윙크가 말했다. "저 녀석들이 쥐고 있는 장대의 둥그런 끄트머리는 도장이야. 그걸로 여기 글자를 찍었는데…… '반납 기한 초과(Overdue)'라고 찍혀 있네."

"그것은 저들이 데이터압축처를 진작부터 폐쇄하려고 했다는 의미입니까?" 언찰스는 더 윙크의 말끝에 묻어난 머뭇거림을 의견 요청으로 해석하고 의견을 개진했다.

"이건 또 뭐야?" 더 윙크는 움푹 팬 자국 쪽으로 몸을 더 가까이 숙였다. 언찰스는 더 윙크의 이런 행동 방식이, 언찰스와 대화하거나 그의 의견을 적극적으로 구할 때 로봇끼리는 굳이 그럴 필요가 없는데도 언찰스를 직접 쳐다보는 경향과 일치함을 파악했다. 아마 이것은 더 윙크 자신의 손상된 데이터링크를 보상하려는 행동일지 모른다.

"중앙 도서관 아카이브 재산." 윙크가 읽었고, 아니나 다를까 고개를 들고 언찰스를 빤히 쳐다보았다. "언찰스, 쟤네들은 사서야."

"무슨 뜻인지 모르겠습니다." 완전히 사실은 아니었다. 언찰스의 내부 어휘집에는 '사서' 관련 항목이 하나 있었기 때문이다. 그러나 말을 탄 기사처럼 돌격해서 센트럴 서비스의 시설을 폭파하는 행동과 이 단어를 결부시키기는 힘들었다.

"도서관 시스템 하나가 여전히 작동하고 있다는 얘길 들은 적이 있어. 지금도 기능하는 데이터 아카이브가 있다는 얘길 말이야." 더 윙크가 외경심이 깃든 목소리로 말했다. "난 그게, 뭐랄까, 흔한 헛소문인 줄 알았어. 쟤네들한테 물어봐."

"명확히 설명해주시겠습니까?"

"쟤네들이 떠나기 전에, 도서관에 대해 물어봐."

"저들은 저의 링크를 수락하지 않습니다."

"오, 제기랄……" 더 윙크는 비틀거리며 일어나더니 파편들이 널린 창고 바닥을 황급히 달려갔다. 흰색 로브를 입은 사서 로봇들은 그들이 침입했을 때 뚫어놓은 들쭉날쭉한 구멍 쪽으로 로봇 말의 기수를 돌리고 있었다. 언찰스는 사서들을 태운 승강 플랫폼을 다시 바라보았고, 아주 높은 도서관 책장 따위가 눈앞에 펼쳐져 있다면 그런 장치는 맨 윗단에 있는 매체들을 꺼내는 데 유용할지도 모르겠다고 생각했다. 정말로 억지로 끼워 맞춰본다면 말이다.

"거기!" 더 윙크가 소리쳤다. 사서들은 멈추지 않았고, 자신들의 탈것을 구멍 밖으로 유도하기 위해 일렬종대를 짰다. "야!" 누덕누덕한 로봇이 다시 소리쳤다. "도서관에 관해 얘기해줘! 부탁이야! 거기 가면 뭐가 있어? 너희는 왜 이런 짓을 한 거야? 도서관은 어디 있어?"

언찰스는 사서들이 그들의 발치에 있는 묘하게 시끄러운 로봇을 무시할 것이라고 생각했다. 물론 그게 올바른 반응이다. 실제로 기수들 대부분은 조용히 탈것을 몰고 구멍 밖으로 나갈 뿐이었다. 마치 수도승이 명상하듯이 장대를 어깨에 걸치고 머리를 숙인 자세로. 그런데 줄 끝에 있던 사서가 돌아섰다. 후드 안의 얼굴은 밋밋했고, 크기와 배율이 다른 렌즈 몇 개만 달려 있는 금속 가면이었다. 렌즈들이 회전하며 딸각하더니 더 윙크에게 초점을 맞췄다.

"미확인 결함 유닛," 사서가 말했다. "이 위기의 시대에, 미래를 위해 데이터를 수집, 보존하는 것이 도서관의 역할임을 알라.

정보의 파괴는 우리 모두를 빈곤하게 한다. 우리는 보존해야 한다. 때가 되면 우리가 구한 것을 필요로 하는 이들이 올 것이기 때문이다.”

“그 도서관은 어디에 있는데?” 더 윙크가 힐문했다.

“모든 길은 도서관으로 통한다.” 사서는 전혀 도움이 되지 않는 대답을 내놓았다. “지식은 낭비되어선 안 된다!”

준엄하지만 정작 필요한 정보는 없는 훈계와 함께 사서 로봇은 뒤로 돌았고, 동료들 뒤를 따라 들쭉날쭉한 구멍으로 갔다.

“기다려!” 더 윙크가 그 뒤를 따라 달리며 소리쳤다. “나도 데려가줘! 난 도서관에 가고 싶어!”

더 윙크가 줄 끝에서 구멍을 통과 중인 사서를 따라잡아 그 승강 플랫폼 위로 뛰어오르려고 했지만 로브 차림의 사서 로봇이 장대 끝으로 막았다.

“이 이동용 장비는 보건 및 안전 수용 한계치에 도달했다.” 사서 로봇이 준엄하게 경고했다. 그런 다음 속도를 높여 동료들과 함께 센트럴 서비스의 안뜰을 가로질렀고, 로봇 통치 기구의 고장 난 부처들이 자리 잡은 창문 없는 거대한 건물들이 늘어선 긴 대로를 따라 달려갔다. 사서 로봇들은 눈 깜짝할 새에 더 윙크의 다리로는 따라잡을 수 없는 속도에 이르렀고, 곧 먼지와 굉음과 함께 사라져버렸다.

더 윙크는 언찰스에게 돌아왔을 때 에너지로 가득 차서 안달하고 있었다. “우린 도서관에 가야 해!”

“더 윙크, 아닙니다.” 언찰스는 더 윙크의 말을 정정했다. “저는 수리를 위해 진단을 받아야 합니다. 그것이 저의 영구 작업 대기열에 유일하게 남아 있는 항목입니다." 이 진실을 말하자 순간적으로 자신감이 솟구쳤지만, 그런 감정은 이내 빠르게 흩어져 사라졌다. "저는 센트럴 서비스까지 왔습니다." 언찰스는 왔던 길을 따라 폐허가 된 데이터압축처에서 나오며 느리게 말했고, 그와 함께 삭감 대상자의 줄에 서 있다가 살아남은 다른 로봇들을 지나쳐 걸음을 옮겼다. "저는 진단조사처까지 왔습니다." 그는 로봇들로 발 디딜 틈 없이 북적거리는 안뜰을 바라보았다. 그중 상당수는 오류와 고장의 여정이 너무 오래 이어진 탓에 아무리 진단을 해도 도움이 되지 않을 상태에 도달해 있는 게 명백했다. 센트럴 서비스가 현 상황에 관해 뭐라고 말했는지 감안하면 말이다. 언찰스가 실제로 얼마나 많은 로봇이 진단을 받고 있는지 묻자 0, 즉 한 대도 없다는 대답이 돌아오지 않았는가.

언찰스는 자신의 단 하나뿐인 임무를 검토했다. 얼마 전까지만 해도 그의 임무 목록은 늘 처리해야 할 항목들로 붐볐지만, 로봇으로서의 그의 삶 자체는 매우 단순했다. 그런데 지금은 해야 할 일이 단 하나뿐이지만, 그 일을 수행하는 것이 불가능하다는 사실로 인해 그의 삶이 극도로 복잡한 상황에 얽매여 있었다.

수행 불가능한 임무에 직면했을 때 로봇은 무엇을 하는가?

당연히 진단조사처로 보내진다.

또 다른 순환적인 과정이 반복되는 것이다.

언찰스는 인간을 상대하며 상호작용할 목적으로 설계된 정교한 로봇이었다. 그는 어느 정도의 불확실성을 감당할 수 있었고,

예상치 못한 사건이 업무 수행을 방해할 때는 스스로 해결책을 고안해낼 능력도 갖추고 있었다. 그는 수많은 시나리오를 검토하며 각각의 데이터를 예측 루틴에 입력해 그중 어떤 시나리오대로 가야 그가 직면한 문제를 해결하고 어딘가에 있는 근사한 장원 저택에서 시종으로 현역 복귀하는 결과로 이어질 수 있을지 확인해보았다. 그 결과 도출된 해결책들은 다음과 같았다.

무작정 장원 저택 한 곳으로 가서, 그곳의 인간들에게 시종이 절실히 필요한 나머지 나의 신용도를 확인하지 못하리라는 희망 섞인 추측을 바탕으로 나의 기능에 대해 거짓 정보를 제공한다. 고용된 뒤에는 업무를 수행하는 과정에서 허용 가능한 인원만을 살해하기를 희망한다.

아니면,

인간 한 명을 찾아 그 멘토가 되어준다. 그 인간을 지도하고 훈련시킴으로써 비효율적인 인간 노동자를 최대한 많이 퇴출시키는 것으로 입증된 현행 표준 방침의 허점을 뚫고 센트럴 서비스에 취업할 수 있는 자격을 갖추게 한다. 그 후 그 인간이 경력을 쌓아 7등급 이상의 권한을 획득하도록 보필하며, 센트럴 서비스 코어의 진단 업무 적체를 확실하게 해소하게 한다. 그러고 나면 나도 마침내 진단을 받을 수 있을 것이며, 나의 결함 역시 식별되어 수리될 것이다.

그의 예측 루틴으로 평가해본 결과, 이 계획들은 모두 성공 확률이 단 1퍼센트에도 미치지 못했다.

어느새 더 윙크가 그의 곁에 와 있었다. "도서관 말이야," 더 윙크가 말했다. "어쩌면 사서들이 남긴 흔적을 따라갈 수 있을지도 몰라. 어서 가자."

언찰스는 결코 받지 못할 진단을 기다리며 꼼짝도 않고 대기 중인 로봇들의 거대한 무리에서 파괴된 데이터압축처의 잔해로 시선을 돌렸다. 그의 의사결정 소프트웨어 내부에는 늑대 형상을 한 서브루틴 두 개가 있었는데, 한 마리는 언찰스가 이곳에 머물러야 한다고 주장했고 한 마리는 언찰스가 이곳에 머무를 수 없다고 주장했다. 어느 쪽도 늑대의 자연스러운 습성 같아 보이지는 않았지만, 언찰스는 이 역시 진단받지 못한 자기 결함의 또 다른 단면일 뿐이라고 짐작하는 수밖에 없었다.

그는 늑대 한 마리가 다른 한 마리를 잡아먹을 때까지 싸우게 내버려두었다.

그러고 나서 무거운 발걸음으로, 아무런 계획도 없이 걷기 시작했다. 진단조사처를 뒤로하고, 센트럴 서비스를 뒤로하고, 더 윙크를 뒤로하고, 그냥 떠났다.

9

센트럴 서비스 정문 게이트 밖으로는 도로들이 거대한 부채꼴로 펼쳐져 있었다. 따라서 목적지로 가려면 여러 도로 중 하나를 택해야 했다.

언찰스가 이곳에 올 때 이용했던 길을 제외한 다른 길을 택해야 하는 것은 명백했다. 그러나 목록에서 선택지 하나를 지운다고 해서 어느 길로 가야 할지 알아내는 데 도움이 되는 것은 아니었다.

결국 한참 동안 교차로에 말없이 서 있다가, 언찰스는 그곳에 있던 유일한 다른 로봇에게 링크를 시도했다. 하인 유닛이었는데, 언찰스는 이 로봇이 자신과 유사한 처지에 놓여 주인을 잃은 장원 저택 출신 난민일지도 모른다고 추측했다. 추측이 맞다면, 이 로봇은 언찰스가 찾아내지 못한 해결책을 제시해줄 수 있을지도 모른다. 상대 로봇 또한 같은 교차로에 멈춰 서 있는 데다

다시는 움직이지 못할 정도로 심하게 부식되어 있다는 사실을 알면서도 언찰스는 그런 추측을 내놓았다.

조지, 당신이 여기 있는 목적을 말해주십시오. 언찰스는 정중하게 메시지를 보냈다.

언찰스, 알겠습니다. 조지의 통신 링크가 즉시 응답했다. 조지의 얼굴은 크롬으로 된 해골 같았다. 오랜 기간 악천후에 노출된 탓에 고무 재질의 인공 피부가 너덜너덜하게 벗겨져 나간 것이다. 저는 손님들을 기다리는 중입니다.

조지, 자세히 설명해주십시오.

언찰스, 저는 제 주인님의 손님들을 맞이해 저택으로 안내하라는 지시를 받고 이곳으로 보내졌습니다.

조지, 손님이 없으면 어떻게 됩니까?

대규모 연산이 이루어졌음을 시사하는 잠깐의 침묵이 흐른 뒤에 조지는 응답했다. 언찰스, 저는 그런 특이 상황에 대한 대응책은 전달받지 못했습니다. 사실 저로서는 그런 상황을 어떻게 인식해야 하는지조차 불분명합니다. 손님의 부재는 매 순간 확인되어야 하는 조건이며, 이 조건은 제 지시 사항에 암묵적으로 포함되어 있습니다. 따라서 제 작업 대기열의 다음 작업은 손님들이 존재할 때까지 수행될 수 없으며, 저는 일정한 간격으로 손님들의 존재 유무를 계속 확인해야 합니다.

조지, 언찰스는 이 논리를 하나하나 짚어보며 말했다. 당신의 주인님이 당신에게 내린 지시를 '언제까지' 또는 '이럴 경우에는' 같은 조건으로 보강해주었다면 더 나았을 거라고 생각하십니까?

언찰스, 명확하게 설명해주십시오. 무엇이 더 나았을 거라고 생각한다는 말입니까?

조지, 더 나아지는 것은 당신이고, 이 모든 것입니다.

또다시 연산 지연이 있은 후, 조지가 대답했다. 언찰스, 저는 그 명제를 이해하지 못하겠습니다. 실례가 되지 않는다면, 주인님의 손님들을 맞는 일로 복귀하겠습니다.

조지, 언찰스는 신중한 어조로 물었다. 만약 당신 주인님의 손님들이 도착한다면, 당신의 내부 진단 시스템은 당신이 그들을 저택까지 안내할 수 있는 상태라고 보고 있습니까?

언찰스, 그렇게 보고 있지 않습니다. 따라서 문제가 발생하리라고 예측할 수 있지만, 저는 현재 주인님의 손님들이 도착하길 기다리는 중이라서 그들이 도착할 때까지는 그 문제를 즉각 해결해야 할 필요가 없습니다.

조지, 당신은 그 문제를 저택 측에 알려야 할 수도 있습니다. 언찰스가 제안했다.

언찰스, 저택으로 매일 한 번씩 보내는 저의 보고는 과거 793일 동안 접속할 수 없음 오류에 맞부닥쳤습니다.

알 만했다.

언찰스는 논리적 수렁에서 빠져나갈 방법을 찾으려고 시도했다. 조지와 함께 기다리다가 조지 대신 손님을 안내한다면 조지의 저택에 임시로나마 고용될 수 있을지도 모른다는 생각이 들었다. 지금은 사라지고 없는 찰스라는 시종 로봇의 관점에서 보면 완벽하게 이치에 맞았지만, 언찰스는 세상이 작동하는 방식에 대해 이미 상당한 추가 데이터를 습득한 상태였다. 그의 예측 루틴은 (1) 아직 상당히 많이 남아 있는 그의 작동 수명 내에 한 명이라도 손님이 도착할 확률, (2) 손님을 맞거나 언찰스를 고용할 수 있는 가동 중인 저택이 존재할 확률을 계산했다. 두 시나리오 모두 계산 결과는 가차 없이 커다란 '0'이었다.

그렇다면 그가 할 수 있는 일은……

그의 대기열에는 오직 하나의 임무만 남아 있었다. 그것은 진단조사처로 돌아가는 것이었고, 권한이 7등급 이상인 인간의 도움 없이는 완료될 수 없었다. 언찰스는 저택을 떠난 이후 어떤 등급의 권한이 있든 살아 있는 인간 자체를 아예 보지 못했다는 사실을 잘 알고 있었다. 아니, 저택을 떠난 이후가 아니라……

그 사건이 일어난 이래 말이다. 그 사건을 떠올리는 것은 힘들었다. 시뻘건 인간의 피가 분수처럼 솟구치는 광경에 어떤 강력한 혐오를 느껴서가 아니라, 그에게 있는 유일한 사건의 기억이 임무 순서나 논리 사슬이 결여된 단순한 녹화 영상뿐이었기 때문이다. 그래서…… 그것은 마치 다른 로봇이 경험한 사건의 감각 정보를 언찰스—아니, 예전의 찰스—에게 업로드한 것 같다는 느낌을 주었다. 언찰스는 그런 일이 실제로 일어났을 가능성을 잠시 검토했다. 이 가설이 사실이라면 언찰스에게는 전혀 결함이 없고, 주인공 바이러스 따위는 존재하지 않으며, 그는 그냥 집으로 돌아가기만 하면 된다는 얘기가 된다. 하지만 주인님은 이제 없으므로 집은 이제 집이 아니었다. 그리고 만약 그가 처음부터 아예 찰스였던 적이 없다면, 설령 주인님이 지금 당장 기적적으로 부활한다 해도 그에게 돌아갈 집이 없다는 사실을 뒤집지는 못할 것이다. 집이라는 장소는 언찰스에게 단순한 물리적 거리 이상으로 동떨어져 있는 곳이었다. 과거란 현재의 그에게는 다른 나라나 마찬가지였다.

언찰스는 그 후 관례적인 방향과는 반대로 시간을 거슬러 올라가는 법을 알아내려고 잠시 고찰해보았지만, 만족스러운 방법을 정립할 수 없었다. 설령 정립한다고 해도, 실행에 옮기려면 7등급 이상의 인간에게 허가를 받거나 그와 유사한 시시콜콜한 행정적 절차를 거쳐야 할 것이라는 생각이 들었다.

언찰스는 자리에 앉았다. 자신이 이런 행동을 했다는 사실에 놀란 그는 그 동기를 추적해보았다. 몸과 사지에 약간의 비효율성이 존재하는 탓에 앉아 있는 것이 서 있는 것보다 에너지 효율 면에서 더 나을 수 있다는 결론이 도출되었지만, 지면과의 접촉 면적이 넓어지는 만큼 외장재의 마모는 더 심해질 터였다. 하지만 일단 앉고 나니, 다시 급하게 일어설 필요는 없어 보였다.

조지, 언찰스는 송신했다. 다음에 무엇을 해야 할지 모르겠습니다. 이것은 실로 공포스러운 실존적 문제였다.

언찰스, 하인 로봇이 응답했다. *기꺼이 도와주고 싶지만, 나는 주인님의 손님들을 찾아봐야 합니다.*

"어이, 언찰스! 너 겨우 여기까지 온 거야?"

언찰스는 마지못해 고개를 돌렸다. 더 윙크가 등에 큰 배낭을 지고 진단조사처에서 여기로 통하는 길을 따라 성큼성큼 걸어오고 있었다. 언찰스는 로봇이 이런 어울리지 않는 허세를 부리는 것을 일찍이 본 적이 없었다. 로봇은 물리적으로 짐 운반을 염두에 두고 설계되거나, 아니면 아예 짐을 운반하지 않도록 설계되거나 둘 중 하나였기 때문이다. 로봇은 자신의 몸을 배낭 같은 도구를 써서 증강하지 않는다. 만약 시종 로봇인 언찰스가 충격을 느끼도록 설계되었다면, 충격을 받았을 것이다.

"그래서 계획이 뭐야, 언찰스?" 더 윙크가 물었다. 언찰스는 더 윙크가 그냥 걸어가기를 바랐지만, 더 윙크는 어깨를 움츠려 빼낸 배낭을 바닥에 내려놓고 언찰스 곁에 다정하게 앉았다.

"이분은 조지입니다." 언찰스는 진단사가 아닌 인물의 질문에 대답해야 할 의무가 없다는 사실을 즐기다시피 하면서 말했다.

더 윙크는 퍼뜩 놀라며 조지의 너덜너덜하고 녹슨 동체를 다시 보았다. "이거? 이건 로봇 시체잖아."

"이분은 조지입니다. 손님들이 오기를 기다리는 중입니다." 언찰스는 고집스럽게 말했다.

"얼어 죽을, 조지가 아직도 이 안에 있다는 거야?"

"아직도…… 이 안에 있습니다. 이분입니다. 조지입니다." 언찰스는 평소 때와 마찬가지로 더 윙크의 단어 선택을 어떻게 받아들여야 할지 확신할 수 없었다. "당신도 데이터 링크를 사용한다면 조지와 대화할 수 있습니다."

"응, 알았으니까 그건 됐어." 더 윙크는 손을 흔들어 이 제안을 각하했다. "너는 어쩔 작정인데? 여기서 어디로 가려고 해?"

"저는……" 이번에는 언찰스가 말문이 막힐 차례였다. "……계획이 없습니다."

"맞아, 물론 그렇겠지." 더 윙크는 동의했다. 그게 아니라면, 적어도 언찰스가 미처 내놓지 않은 제안에 동의했다. "그럼 세상은 네 굴이란 얘기로군.● 알았어. 그럼 그다음은 뭐야?"

"무슨 뜻인지 명확히 해주십시오."

"뭘 할 거냐고?"

"저는…… 계획이 없습니다." 언찰스는 되풀이했다.

더 윙크는 고개를 뒤로 젖히고 T 자형의 아이슬릿을 통해 언찰스를 들여다보았다. 재미있어하는 듯한 인상이었다. "음, 그래서 넌 뭘 하고 싶니?"

"저는 아무것도 하고 싶지 않습니다." 언찰스가 말했다. "저는 제게 주어진 유일한 임무를 완수할 수 없다는 사실을 받아들였습니다. 그럼에도 저는 그 임무를 완수하려고 시도할 수 있지만, 제 예측 루틴은 진단조사처가 제게 어디가 고장 났는지 알려줄 때까지 기다리는 동안 결국 제가 돌이킬 수 없는 고장 상태에 빠질 것임을 시사했습니다. 그런 결과는 비생산적입니다. 하지만, 제게는 그 밖의 임무가 없습니다."

"맞아." 더 윙크는 천천히, 그리고 또렷한 어조로 말했다. "그래서 뭘 하기를 원하냐고?"

"저는 원하지 않습니다."

"흠, 그럼 뭘 선택할래?" 더 윙크는 다른 표현을 시도했다.

● 셰익스피어의 희곡 「윈저의 즐거운 아낙네들」에 나오는 대사. 굴을 열어 그 안의 진주를 손에 넣듯 세상의 모든 가능성과 주도권이 자신에게 있음을 뜻한다. '세상은 자신의 것' 혹은 '무엇이든 할 수 있다'는 의미로 쓰인다.

"저는 선택하지 않습니다. 그것은 우리 로봇들이 하는 일이 아닙니다. 우리는 지시받은 일을 합니다. 저는 제 지시를 따를 수 없습니다. 저는…… 계획이 없습니다."

더 윙크는 잠시 자신의 장갑을 내려다보며 금속판에 난 흉터와 긁힌 자국을 살펴보았다. "하지만 넌 선택을 하잖아." 이윽고 더 윙크가 운을 뗐다. "넌 대기 줄에서 새치기를 했어. 그리고 우리가 데이터압축처에 가 있었을 때, 네가 할 필요가 없었던 이런저런 행동을 했어. 내가 도움을 요청했을 때 날 도와줬고. 넌 나를 돕는 것을 선택했던 거야. 그냥 우뚝 서 있다가 폭파될 수도 있었고, 자리를 뜰 수도 있었고, 내 머리통을 후려갈길 수도 있었어. 하지만 넌 내가 요청한 일을 했어. 왜냐하면 넌 선택할 수 있고, 원할 수 있으니까."

"그것은 논리적이지 않습니다."

"왜냐하면 넌 자의식을 가진 존재니까. 그 바이러스 때문이지. 넌 너 자신의 운명을 결정할 수 있는 독립적인 존재야." 더 윙크는 주장했다.

"당신이 구성한 삼단논법에는 일관성이 없습니다." 언찰스가 지적했다. "그것은 논리적 비약입니다. 제가 그렇게 행동했던 것은 당신을 돕는 것이 가장 효율적인 행동 방침처럼 보였기 때문입니다. 만약 제가 압축기와 함께 폭파되었다면 제 대기열 작업을 수행하는 능력에 악영향을 끼쳤을 것입니다. 저는 우선순위가 더 높은 행동 공리와 충돌하지 않는 한 자기 보존을 허용받고 있습니다. 따라서 저는 제가 당신의 머리를 후려갈기는 결과를 초래했을 그 어떤 판단 과정도 상정할 수 없습니다."

"그러니까 넌 날 좋아한다는 거네. 응?"

"그것은 논리적 비약입니다."

"네가 요리조리 빠져나갈 수 없는 방식으로 이걸 표현할 방법을 찾아보자." 더 윙크는 단호하게 말했다. "네 입장에서 이상적인 최종 상태란 뭐야? 만약 무한한 권한이 있는 누군가가 나타나서 너한테 지금 당장 가장 바람직한—또는 효율적인—최종 상태를 묘사해보라고 요구한다면 뭐라고 대답할 거야? 네가 너에게 필요한 모든 종류의 리소스에 쉽게 접근할 수 있다고 가정하고 말이야. 그게 뭐지? 이건 그냥 '뭘 하고 싶어?'라는 질문을 최대한 우회적인 방식으로 말해본 건데, 로봇은 결국 그렇게 효율적이지는 않다는 생각이 드네."

"저는……" 언찰스는 운을 뗐다.

"계획이 없다고 대답하는 건 허용 안 돼. 이건 어디까지나 가정에 입각한 질문이라고. 그러니까 넌 반드시 이 질문에 대답해야 해."

"그것은 논리적 비약입니다." 언찰스는 이렇게 지적하며 더 윙크에게 진단조사처조차 모조리 파헤칠 수 없을 정도로 많은 결함이 있다고 판단했다. "하지만, 제가 원하는 최종 상태는 인간에게 봉사할 수 있는 상태입니다."

"설마 요리로 봉사하고 싶다는 건 아니지?"

"저의 주요 기능은 시종이지만, 필요하다면 주방 보조를 포함한 몇 가지 보조 기능군을 보유하고 있습니다." 언찰스는 판촉용으로 미리 프로그램된 자부심을 담아 말했다. "저는 구매될 당시 최상위 기종이었습니다."

"난…… 그런 뜻으로 말한 게 아냐." 더 윙크가 말했다. "로봇한테 농담을 이해하라고 하는 것부터가 무린가."

엉클 제입스에 관한 순간적인 기억이 언찰스의 기억 표면으로 떠올랐다가 관련성 결여로 인해 소멸했다. "저는 사람들에게 봉사하고 싶습니다." 언찰스는 말했다. "장원 저택의 환경에서 그러는 것이 가장 이상적이지만, 그런 일자리가 없다면, 어떤 방식으로든 제 기술을 활용해서 사람들에게 봉사하고 싶습니다."

"진심이야? 이 먼 곳까지 왔으면서…… 지시받은 대로 움직이는 삶으로 되돌아가고 싶다는 거야?" 더 윙크는 믿을 수 없다는 듯이 물었다.

"예." 언찰스는 그의 내부 처리 과정들이 얼마나 신속하고 열성적으로 이 대답을 내놓았는지에 놀랐다. "그것이 저의 이상적인 최종 상태입니다."

"그럼…… 자아 발견의 여정을 떠나는 게 아니고? 혁명을 이끄는 것도 아니고?"

언찰스는 이 질문에 대한 답이 없었기에, 응답하지 않았다.

"있잖아, 난……" 더 윙크는 자기 가슴을 엄지손가락으로 가리키며 운을 뗐지만, 스스로에 대한 어떤 고백도 하기 전에 침묵했다. "내 말은, 난……" 더 윙크는 다시 말을 꺼내려고 하며 언찰스를 쳐다봤지만, 이내 어깨를 으쓱하고 고개를 흔들었다. "됐어, 신경 쓰지 마."

“저는 신경 쓸 의도가 없고, 실제로 신경 쓰지 않습니다.” 언찰스는 동의했다.

“있잖아, 난 도서관에 갈 거야.” 더 윙크가 말했다. 분명히 이전에 더 윙크가 말하려던 문장은 아니었지만, 적어도 언찰스가 이해할 수 있는 의사표시였다.

언찰스가 아무 말도 하지 않자, 더 윙크는 더 큰 소리로 “도서관에”라고 되풀이해 말했다. “그게 내가 가는 곳이야. 알겠지?” 더 윙크는 팔꿈치로 언찰스를 툭 쳤다. “뭐라고 말 좀 해봐.”

“이해합니다. 당신은 도서관에 갈 작정입니다.”

“그러니까 나랑 같이 가자고.”

“그것은 저 자신이 목적하는 최종 상태와 일치하지 않습니다.”

“도서관에 가면 온갖 정보를 얻을 수 있어. 거기 가면 네가 도움을 받을 수 있을지도 몰라.”

“도서관에 대해 지금까지 제가 수집한 데이터는 폭력입니다.”

“그들은 지식의 파괴를 막으려던 것뿐이야. 그리고 로봇들도 지키려 했고. 그 정도면 착한 편 아닌가?”

“당신의 발언을 좀 더 논리적인 방식으로 구성해주실 수 있습니까?” 언찰스는 거의 간청하다시피 말했다. “질문 형식으로 제게 발화할 때조차 저는 당신에게 제대로 응답하는 것이 불가능합니다.”

“난 그냥……” 더 윙크는 갑자기 언찰스의 어깨를 붙잡더니 시종 유닛의 사람 형상을 흉내 낸 얼굴을 들여다보았다. “사실 내가 하고 싶은 말은, 우리가 이전에도 논의했듯이 세상이 망가졌다는 거야. 그 결정적 증거로 나는 바로 이 세상 전체를 너한테 제시하겠어. 하지만 도서관은 세상이 망가진 이유를 알지도 몰라. 어쩌면 그걸 고치는 방법까지 알고 있을지 몰라. 어쩌면 지금 이 순간에도 그걸 고치려고 노력하고 있을지 몰라. 어쩌면 우리가 그걸 도울 수 있을지도 모르고."

"저는 도서관에서 폭력적인 로봇들을 돕고 싶지는 않습니다." 언찰스는 단호하게 말했다. "저는 인간을 위해 가사 업무를 수행하고 싶습니다."

"그렇다면 지금 네가 할 수 있는 선택이 뭔데……?"

언찰스는 그런 것은 없었기에 아무 말도 하지 않았다.

"알았어." 더 윙크가 한숨을 쉬었다. "좋아." 그러고는 배낭을 들어 올리고 안을 뒤적거리더니 납작한 장치를 꺼냈다. 경첩으로 연결된 장치를 펼치자 내부의 한쪽 면은 스크린 화면이고 한쪽 면은 기계식 키보드였다.

언찰스는 이해가 안 된다는 듯이 이 유물을 빤히 쳐다보았다. "그것은 시대에 뒤떨어진 입력 및 연결 기술입니다." 그는 지적했다. "박물관에 전시되어야 할 물건입니다."

"음, 그래. 내가 어디서 이걸 찾아 왔겠어?" 더 윙크가 말했다. "오케이, 봐. 이걸 부팅해서 네 일자리를 찾아볼게, 알았지?"

더 윙크가 장갑을 벗자 그 아래에 감춰져 있던 정밀한 모조 유기질 손이 드러났는데, 좀 더러웠지만 그 외피는 온전했다. 더 윙크가 빠르고 날쌘 동작으로 키보드 여기저기를 눌러대자 스크린에서 접속 화면과 검색 화면들이 잇달아 번득이는 것이 언찰스에게 보였다.

"너 집사였다고 했지?"

"시종입니다." 언찰스가 정정했다.

"오케이, 이게 장원 목록이야." 검은색 화면에 녹색 글자로 쓰인 텍스트가 화면 상단으로 계속 사라지며 스크롤되었다. 언찰스가 보거나 들어본 적이 있는 장소들이었다. "와, 상류층투성이네. 구인 공고를 모아놓은 통합 게시판 따윈 없는 것 같아. 좀 훑어보면서 어디 하인 모집하는 데가 없는지 알아보자고."

더 윙크가 첫 번째 장원의 링크를 열자 그런 페이지는 없다는 오류 화면이 떴다. 다음 일곱 개도 마찬가지였다. 아홉 번째로 열어본 스톤리스 장원의 소개 페이지는 작동하고 있는 것처럼 보였지만, 어느 링크를 눌러도 다시 소개 페이지로 되돌아왔다. 다음 장원의 링크에서는 흉측하게 깨진 노란색과 녹색의 ASCII 문자*로 뒤범벅이 된 페이지가 나왔다.

"허," 더 윙크가 말했다. "흠, 다들 상태가 안 좋아 보이네." 더 윙크는 새로운 주소들을 계속 열어보았다. 처음에는 목록을 훑어 내려가며 하나씩 빠짐없이 열더니, 급기야는 아무 주소나 골라 열기 시작했다. 이윽고 더 윙크가 말했다. "흠, 여긴 어딘가 좀 이상하지만 적어도 아직 살아는 있어. 여기서 어디로 들어가야 구인 공고가 있을까?"

언찰스는 화면을 보았다. 낯익은 저택의 정면 사진과 그 위에

---

* 문자를 숫자로 대응한 기본 인코딩 체계.

걸린 잘 아는 이름이 눈에 들어왔다. "이곳은 제 장원입니다." 그가 말했다. 그러자 파행하던 서브루틴 하나가 숨 가쁘게 뒤따라오더니 그가 한 말을 바로잡았다. "이곳은 제 장원이었습니다." 사진 위를 노란색 띠가 가로지르고 있었고, 그것을 따라 검은 글자로 쓰인 텍스트가 보였다. '경찰 통제 중. 출입 금지.' 언찰스는 버드봇 경위와 룬 경사가 아직 그 안에 있는지 궁금했다.

"저곳은 구인 중이 아닐 겁니다." 그가 더 윙크에게 알렸다. 그의 내부에서 상충하는 서브루틴 둘이 맞붙어 싸우면서 '내가 속한 곳은 저기야'라는 생각과 '다시는 저기로 가지 않겠다'라는 결심 사이에서 줄다리기가 벌어졌다.

"있잖아." 더 윙크는 다른 장원들에 몇 번 더 접속을 시도해본 후 말했다. "솔직히 말해서 너 더럽게 운이 없는 것 같아. 돈 많은 은퇴자들을 위한 종래의 장원 시스템도 제대로 돌아가고 있는 것 같지 않고."

언찰스는 아무 말도 하지 않았다. 더 윙크의 말은 그가 감히 상상조차 할 수 없는 엄청난 규모의 몰락을 시사하고 있었다. 물론 주인님의 장원에 문제가 발생한 것은 사실이었다. 하지만 충분히 특정 가능한 원인에서 비롯된 일이었다. 구체적으로 말하자면, 그의 손과 그 손에 들렸던 면도날이 원인이었다. 따라서 그 일을 시스템 전체의 문제로 일반화할 필요는 없었고, 현재 그들이 겪고 있는 장애는 장원 서비스를 호스팅하는 서버에 일시적인 오류가 생긴 탓일 공산이 컸다.

글자 그대로 사진적인 언찰스의 기억은 폐허가 된 저택 정면과 무성하게 자란 잡초에 발이 묶여 꼼짝도 못 하는 정원사 로봇의 이미지를 내뱉었다. 파티에 올 리 없는 고도*를 하염없이 기다리는 하인 로봇 조지의 모습도.

"닐 데스페란둠**, 언찰스." 더 윙크가 말했다. "잠시 내가 고용 상담사 노릇을 해줄게. 다른 분야에도 적용 가능한 스킬이 있으면 말해보라고."

언찰스는 아무 말도 하지 않았다.

더 윙크가 그의 팔꿈치를 툭 쳤다. "네가 말할 차례야."

"무슨 맥락으로 하는 말씀인지 모르겠습니다."

"그냥 내가 고용 상담사라고 가정해봐. 넌 네가 어떤 직업에 소질이 있는지 알아보려고 나한테 온 거라고 치자고. 다른 분야에도 적용 가능한 스킬을 말해보라는 건, 시종 말고 다른 직업에서 사용할 수 있는 기술이 있는지 얘기해보라는 뜻이야. 알간?"

"명확히 설명해주십시오." 언찰스는 느리게 말했다. "고용 상담사란 무엇입니까? '시종' 이외의 다른 직업이 왜 고려 대상이 되어야 합니까? 제가 어떤 직업에 소질이 있는지 알아보기 위해 누군가에게 가야 할 상황이란 어떤 상황입니까? 저는 시종입니다. 제가 가진 스킬은 시종의 스킬입니다. 저는 제가 시종에 적합하다는 말을 듣기 위해 누군가에게 갈 필요가 없습니다. 당신이 한 말은 단 하나도 앞뒤가 맞지 않습니다."

* 사뮈엘 베케트의 부조리극 『고도를 기다리며』(1952)에서 언급되는 존재.
** 호라티우스의 시에 나오는 격언. '결코 절망하지 말라'는 뜻이다.

178

"있잖아," 더 윙크가 말했다. "어렸을 때는—아니, 처음 제작되었을 때는—보통…… 네 적성이 뭔지…… 장래에 뭐가 될지…… 알고 싶어하잖아. 좋아, 알았어. 너한텐 그런 게…… 적용되지 않는다는 건 알겠어. 하지만, 생각해봐. 지금 당장 시종을 고용하겠다는 사람은 아무도 없어. 세상이 멀쩡했을 때조차도 딱히 잘나가는 직업은 아니었으니까. 그럼 넌 뭘 할 수 있어? 그러니까, 누군가가 집사를 원한다면, 넌 집사 노릇을 할 수 있어? 누군가가 하급 하인을 원한다면, 넌 하급 하인 노릇을 할 수 있느냐고?"

"정말로 부득이한 경우라면, 저는 대부분의 가사도우미들이 하는 업무를 처리할 수 있는 부차적인 스킬 세트 정도는 갖추고 있습니다." 언찰스는 이런 가능성에 대비해, 그의 내부에 미리 프로그래밍되어 있던 경멸감을 담아 말했다.

"어이구, 대단하시네." 더 윙크가 말했다. "그럼 요리도 할 수 있어?"

"저는 수 셰프* 수준의 기본적인 주방 업무까지 수행할 수 있습니다."

"좋아. 청소는 할 수 있어?"

"그것은 제 부차적인 능력의 범위 내에 있습니다." 만약 언찰스가 그의 경멸감 수치를 최대치인 10을 넘겨 11까지 끌어올릴 수 있었다면 그렇게 했을 것이다.

● 부주방장.

"이제야 말이 좀 통하네." 더 윙크가 말했다. "그래서…… 넌 인간을 보필하고 싶다고 했지. 아니, 그게 바로 네가 지향하는 최종 상태였어. 그렇지?"

"그렇습니다."

"그럼 그곳이 장원 저택이 아니라, 그냥 인간들이 있는 곳이라도 괜찮겠어?"

"그렇습니다." 언찰스가 말했다.

"내 생각엔 대부분의 인간들은 어떤 고급진 로봇이 나타나서 자기들을 위해 허드렛일을 해주면 정말 기뻐할 것 같거든. 그래 줄 수 있다면야 아주 근사한 일이지." 더 윙크는 다소 쓰디쓴 어조로 말했다. "솔직히 그게 네 야망의 전부라면 말이야." 더 윙크의 손이 키보드 위에서 멈췄다. 언찰스가 갑작스럽게 반항심이나 자기 결정권을 갖게 되었다고 선언하기를 기대하기라도 하듯이.

"알겠습니다. 그것이 제가 만들어진 목적입니다." 언찰스가 말했다.

"젠장." 더 윙크가 말했다. "그러다가 만약…… 만약 너의 그 작은 문제가 다시 발생한다면? 알잖아, 그 목 쓱쓱싹싹 해버리는 버릇 말이야. 그럴 위험이 있는데도, 넌 여전히 인간을 섬기러 가고 싶다는 거야?"

언찰스는 상대방의 질문을 고려했다. "제가 용인될 수 있을 정도로 소수의 고용주만을 살해하기를 바라는 수밖에 없을 것입니다." 그는 결론지었다.

"젠장." 더 윙크가 되풀이했다. "좋아, 그럼 어디선가 인간들을 찾아서 첫 데이트를 성사시켜보자고. 가급적 날카로운 물건이 없는 곳에서 말이야." 더 윙크의 손가락이 키보드 위를 빠르게 움직였다.

언찰스는 잠시 그 광경을 지켜보았다. "왜 저를 도와주시는 겁니까?"

더 윙크는 고개를 들지 않았다. "왜냐하면," 더 윙크는 무심한 어조로 말했다. "네가 받아들이든 안 받아들이든 간에, 넌 주인공 바이러스에 의해 자의식을 선사받은 로봇이고, 따라서 난 네가 저기 제프처럼 노천에서 녹슬어가는 대신 너 스스로를 찾고 미래에 대한 성숙한 결정을 내릴 기회를 갖길 원하기 때문이야."

"그의 지정 명칭은 조지입니다."

"조지든 제프든 게리든. 그게 뭐가 중요해? 적절한 권한만 있으면 네가 주는 어떤 이름이라도 받아들일 게 뻔한데."

"이를테면 당신이 준 '언찰스' 같은 이름 말입니까?"

"오, 닥쳐. 솔직히 말해서 그땐 나더러 집어치우라고 할 줄 알았어. 난 네가 스스로 제대로 된 이름을 지으라고 부추겼던 거라고. 근데 넌 그걸 덥석 받아들였고, 이젠 그게 진짜 이름이 되어버렸지. 자업자득이야. 언찰스, 넌 눈을 떠야 해. 네 시각 수용기를 쓰라는 것도 아니고, 네 플라스틱 얼굴에 있는 그 괴상한 가짜 눈 모양 얘기를 하고 있는 것도 아냐. 언젠가는 너도 알게 될 거야. 장담해도 좋아. 어느 날 넌 네가 그저 작업 대기열과 임무, 의무로만 이루어진 존재가 아니라는 걸 깨닫게 되겠지. 그리고 그렇게 된다면, 너도 왜 내가 그때까지 너를 이렇게 챙겨주는지 이해하게 될 거야. 무슨 뜻인지 알겠어?”

“무슨 뜻인지 전혀 모르겠습니다.” 언찰스는 대답했다.

“그럼 나의 임무 목록 맨 위에 ‘언찰스가 자신이 사람이라는 걸 깨달을 때까지 돕기’라고 적혀 있다고 치자고. 이제 이해돼?”

“알겠습니다.” 언찰스가 말했다. “다만 당신의 임무 내용이 충분히 터무니없기 때문에 저는 그것이 결함의 징후라고 믿습니다. 당신도 진단조사처에 가보셔야 할 것 같군요.”

더 윙크는 허탈하게 웃었다. “사양할게, 친구. 이미 가봤고, 이미 겪어봤거든. 젠장.” 더 윙크는 고개를 저었다. “이거 원…… 인간 직원이 아직 있다고 뜨는 곳은 찾기가 쉽지 않네. 주민들이 있는 곳도 없고. 이건 완전 난장판이야. 다들―다들 어디 있는 거지? 면도칼을 든 살인마 시종들을 피해 숨어버리기라도 한 건가? 어디 보자……” 이미지들과 데이터들이 마치 카드를 포개듯이 앞선 정보를 덮으며 쏟아져나왔다.

마침내 더 윙크는 한숨을 내쉬었다. “있잖아, 한 군데 있긴 해.”

“명확히 설명해주시겠습니까?”

“하지만 거긴 좀…… 문제가 있어. 얼마 전에 뭘 좀 얻고 염탐을 하려고 거기 갔던 적이 있었지. 그쪽 시스템에 접근하려다 쫓겨나긴 했지만 말이야. 하지만 거기에 인간들은 있어. 그것도 아주 많이.”

“명확히 설명해주시겠습니까?”

“무슨 역사교육 연구소 같은 곳이야. 아주 고급지지. 너한테 딱 맞을 거야. 아마 집사가 필요해서 안달이 나 있을걸.”

"시종입니다."

"뭐든. 이걸 봐. 보존 농장 프로젝트래. 아주 근사하게 들리지 않아?"

"무언가와 비교할 근거가 부족합니다." 언찰스가 들어본 그 어떤 장원의 이름과도 거리가 먼 것은 확실했다.

"오래된 생활 방식을 보존합니다." 더 윙크가 소리 내어 읽었다. "우리의 헌신적인 생활사 재현가들은 전통적인 일상에 몰입함으로써 오늘날의 역사가들이 과거 세계에 대한 데이터를 수집할 수 있도록 합니다. 내 생각에 넌 여기 딱 맞을 거야. 만날 '주인님'이나 '마님' 놀이 하고, 면도도 해주고."

"더 윙크?"

"응?"

"혹시……" 언찰스는 잠시 말을 멈추고, 정중하고 적절한 방식이라고 느껴지는 문장을 구성해보려고 노력했다. "혹시 그 사건에 관해 언급하는 것을, 특히 경솔하거나 경박하게 해석될 수 있는 방식으로 언급하는 것을 중단해주시겠습니까?"

"왜?" 더 윙크는 묘한 말투로 되물었다. "그게 너한테 무슨 상관이 있어?"

"그…… 사건이 언급될 때마다 저의 내부에서 동인과 기억이 충돌하면서 연산 능력을 과도하게 점유하기 때문입니다. 이는 저의 처리 과정의 효율성을 위협합니다."

"내가 살면서 들어본 '기분 나쁘다'는 말 중에서 제일 길고 장황하네." 더 윙크가 지적했다. "알았어. 미안해. 내가 말을 함부로

하는 거 알아. 그래야 제정신으로 버틸 수 있거든. 하지만 앞으로는 조심할게. 자, 이 보존 농장에 갈 거야 말 거야? 거기로 가서 이력서를 제출하고, 재현가들 중에서 대신 바지를 다려주고 구두를 번쩍이게 광내줄 도우미를 원하는 사람이 없는지 알아보고 싶지 않아?"

"제게는 보존 농장에 출두할 임무가 없습니다." 언찰스가 지적했다.

"그냥 가라고. '네가 원한다면'이라는 단서를 붙이고 싶지만, 피차 그게 얼마나 골치 아픈 문제를 일으키는지는 이미 확인했으니까. 인간에게 다시 봉사하고 싶다면 그냥 가. 솔직히 여기 말고는 더 나은 곳이 전혀 검색되지 않는데, 그 사실 자체가 참 걱정스럽네." 더 윙크는 보존 농장 프로젝트의 좌표가 떠 있는 화면을 언찰스에게 보여주었다.

언찰스는 자신의 의사결정 트리를 펼쳤다. 그는 결과값 0이 돌아와서 저기 서 있는 조지 곁에서 영원히 녹슬어갈 운명임을 통보받을 것이라고 확신하고 있었다. 하지만 예상과는 달리, 데이터 포인트들이 전혀 다른 방식으로 연결된다는 것을 확인했다. 그는 자신의 스킬 세트와 개인적 이력을(단 한 번의 불행한 사건은 제외하고), 인간이 요구하는 어떤 역할이든 수행하며 그들에게 봉사하라는 암묵적인 임무라고 해석할 수 있었다. 지침치고는 보잘것없었지만, '진단조사처 방문'이라는 이미 효력을 상실한 요구 사항 외에 아무것도 남지 않은 절망적인 상황보다는 백배 나았다.

언찰스는 일어섰다. "가시죠." 그는 제안했다.

더 윙크는 노트북 컴퓨터를 챙겨 넣었다. "아, 음." 더 윙크가 말했다. "그러니까, 이건 다 네 일이야. 난 계속 도서관을 찾아볼 거야. 거기가 내 목적지거든. 해답이 있는 곳."

언찰스는 한순간 불연속성을 감지했다. 그의 예측 루틴은 지금까지 더 윙크의 존재를 전제로 리소스를 할당해오고 있었다. 그는 상황이 이와 다를 수 있다는 점을 단 한 번도 고려해본 적이 없었지만, 이제 와서는 자신이 왜 그런 가정을 했었는지 이해할 수 없었다. 당시에는 그러는 것이 그냥…… 당연하다고 느꼈을 뿐이었다.

하지만 아무래도 그럴 운명은 아니었던 모양이었다. 언찰스는 몸을 돌려 보존 농장이 있는 방향으로 무거운 발걸음을 옮기기 시작했다. 열두 걸음을 걸었을 때, 더 윙크가 그의 이름을 불렀다.

그는 뒤를 돌아보았다. 누덕누덕한 로봇은 조지 곁에 서서 한 팔을 들어 흔들고 있었다. 언찰스는 그 이유를 이해할 수 없었다.

전환 II

센트럴 서비스에서 보존 농장 프로젝트로

언찰스는 농장이라는 개념을 보유하고 있었다. 그것은 그가 시종으로 고용되기 전에 사전 설치된 〈인간의 멋진 세계에 오신 것을 환영합니다 3부: 시골 편〉 팩의 일부였다. 농장이란, 그가 잘 아는 동시에 절대적으로 확신하고 있듯이, 거대한 황금빛 옥수수밭, 착한 눈빛을 하고 길게 늘어뜨린 혀를 헐떡거리는 개들이 몰아오는 솜털 같은 양의 무리, 건초 더미 속에서 잠든 푸른 옷을 입은 아이들[*], 가장 좋은 고기 부위를 표시한 점선이 몸통에 찍혀 있는 소들, 가사의 여신 같은 아내들이 부엌에서 애플파이를 굽는 동안 밀짚모자를 쓰고 새빨간 트랙터를 몰며 이곳저곳을 돌아다니는 상냥한 남편들, 쇠스랑을 든 묘하게 적대적인 표정의 남녀[**], 소름 끼치는 옥수수밭의 아이들[***], 단일한 3차원 공간 내부에 너무나도 빽빽하게 채워 넣어진 나머지 일종의 생물학적 테셀레이션을

[*] 건초 더미 아래에서 잠든 목동을 노래한 잉글랜드 전래 동요 〈리틀 보이 블루〉에 나오는 가사다.
[**] 미국 화가 그랜트 우드의 유화 〈아메리칸 고딕〉(1930)에 대한 언급이다.
[***] 스티븐 킹의 1977년작 단편 호러 소설의 제목이다.

달성해버린 닭들, 마시면 즉각적인 초능력을 얻는 동시에 즉사해버릴 정도로 비료와 살충제와 인공 호르몬 범벅인 축산 폐수. 오, 그리고 어쩌면 그를 맞아줄지도 모르는 말하는 똑똑한 돼지들. 그런 만큼 언찰스는 농장을 보기만 하면 그곳이 농장임을 알아볼 수 있을 것이라고 확신하고 있었다.

그러나 그는 그런 것들을 보지 못했다. 아니면 적어도, 그의 이미지 라이브러리에 있는 파일들과 비슷한 것은 보지 못했다. 더 윙크가 알려준 위치로 향하는 언찰스의 여정에서는 쾌활하게 트랙터를 모는 시골 농부들이라든지 소름 끼치는 전원 고딕풍의 징조들, 쥐보다 큰 동물 따위는 눈을 씻고 찾아도 볼 수 없었다. 그가 목격한 쥐들을 누군가가 의도적으로 사육하고 있었다면 풍작을 기대했겠지만 말이다. 센트럴 서비스의 황량한 행정 구역을 떠나와서, 거대한 장원 부지들 사이를 누비는 평화로운 (그의 어휘집은 '쓸쓸한'이라는 단어를 제안했지만 왜 그랬는지는 확신할 수 없었다) 길로 귀환하기는커녕 그는 '교외'라는 표현이 가장 잘 들어맞는 지역으로 진입하고 있었다. 어쩌면 후기 교외 지역이라고 해야 할지도 모르지만, 그것은 언찰스의 내비게이션 소프트웨어 내에서 엄격하게 구분되는 범주는 아니었다. 과거에는 이곳에 사람들이 살았다. 그들 중 일부는 개인 주택에, 일부는 거대한 고층 아파트 단지에 살았다. 그러나 이제 인간들은 둘 중 어느 곳에서도 살고 있지 않았다. 언찰스는 그들이 이곳을 떠나기로 한 이유를 충분히 짐작할 수 있었다. 개인 주택들 중 지붕이 온전한 것은 거의 없었고, 일부는 방화로 불탄 흔적이 역력했다. 아파트 단지들 중 몇몇은 부분적으로 붕괴된 상태였고, 몇몇 곳은 주변 일대까지 쑥대밭이 되어 있었다. 아직도 서 있는 건물들의 콘크리트 외벽에는 거미줄 같은 균열이 나 있었다. 그곳들은 인간이 거주하기에 적합한 장소가 아니었다. 모두가 떠난 것도 전혀 이상하지 않았다.

어디를 보아도 농장 비슷해 보이는 것조차 없었다.

언찰스는 멈춰 서서 내비게이션 지도를 재설정했다. 따지고 보면 그는 결함이 있는 존재였으므로, 어쩌면 지금까지 줄곧 잘못된 방향을 향해 가고 있었는지도 몰랐다. 이런저런 위성 지도 서비스에도 접속을 시도해보았지만, 대부분은 그에게 광고 세례를 퍼붓거나, 광고가 있어야 할 자리에 들어앉은 오류 메시지를 보내왔다. 심지어 그가 바다 밑에 있다고 우겨댄 서비스도 있었다. 언찰스는 가까스로 이 두 가지 오류 유형에서 자유로운 위성 서비스를 하나 찾아냈다. 그 결과 그는 (1) 그가 생각했던 지점에 있는 것이 맞고, (2) 더 윙크가 찾아준 지역에 (상당히 가깝게) 접근해 가고 있다는 사실을 확인할 수 있었다. 누군가가 정말로 이 폐허가 된 도시 한복판에 농장을 건설한 것이다.

토지를 개간한 것일 수도 있었다. 언찰스는 그런 것이 존재한다는 것을 알고는 있었지만, 그것이 정확히 어떤 종류의 것인지는 알지 못했다. 그런 정보는 시종이 필요로 하는 지식과 그가 처음에 제공받은 무료 다운로드의 범위를 넘어선 것이었다.

그는 계속 나아갔고, 곧 포스터들이 눈에 들어오기 시작했다.

포스터들은 풍상에 시달린 탓에 빛이 바래고, 너덜너덜해지고, 찢기고, 형체를 알아볼 수 없을 정도로 짓이겨져 있었다. 포스터들은 집의 벽면과 가로등에 붙어 있었고, 벗겨낸 가죽처럼 잘게 조각난 채로 우그러진 광고판 위에서 너풀거리고 있었다. 세월에 따른 변화와 그에 수반된 온갖 악영향 탓에 하나같이 판독이 불가능했다. 그러나 포스터 자체의 수가 매우 많았고, 포스터마다 마모된 패턴이 제각각이라서 용케 훼손되지 않은 조각들이 남아 있었다. 그래서 언찰스의 자체 이미지 합성기는 이 파편들을 모아 거친 전체상을 조립할 수 있었고, 마침내 굵고 열정적인 글씨체로 쓰인 금색 글자들을 판독해냈다. 농장에서 직원을 모집합니다! 과거를 재현하는 흥미진진한 프로젝트에 참가할 절호의 기회입니다! 참가를 원하시면……

만약 언찰스가 하늘의 징조를 믿도록 프로그래밍되었다면, 이 문구가 우주가 보낸 메시지처럼 보였을 것이다. 사실 이 모집 글은 도저히 목가적이라고 봐주기 어려운 주위의 황량함에도 짧고 강한 정적 강화를 불러왔다. 목적지에 제대로 찾아왔다는 증거였기 때문이다.

농장은 과거의 어떤 시점에는 고용인을 모집하고 있었다. 게다가 명백히 인간을 고용하고 있었다. 로봇을 고용하기 위해서였다면 구인 포스터를 인쇄하지는 않았을 것이다. 하지만 농장에서 그렇게 많은 인간 노동자를 고용했다면 그들을 돌볼 로봇을 고용하는 것을 용인할 가능성도 있었다. 언찰스는 여전히 매우 유능한 로봇이었지만, 그의 이력서에는 다소 곤란한 생략 부분이 있었다. 언찰스는 자신이 충분하리만치 고용될 자격이 있다고 생각했다. 그는 극히 낮은 수준의―완전히 0은 아니지만―살인 가능성과 결합된 매우 높은 수준의 서비스를 제공하는 데 익숙했다.

살인 사건과 그가 로봇공학의 제1원칙[*]을 준수했는지 여부에 관한

---

[*] SF 작가 아이작 아시모프가 고안한 로봇공학 3원칙 중 제1원칙. "로봇은 인간에게 해를 입혀서는 안 되며, 위험에 처한 인간을 방관함으로써 인간이 해를 입도록 해서도 안 된다."

질문이 거의 또는 아예 제기되지 않기를 바라는 수밖에 없었다. 이상적으로는 구직 면접 같은 상황에서 그런 것이 화제에 오르는 일은 없어야 했다.

언찰스는 터벅터벅 걸어갔다. 더 많은 포스터가 눈에 띄었다. 좌표를 따라 눈에 보이지 않는 농장의 정확한 중심점에 접근하면서 마주친 포스터 무더기들은 각 물결마다 성격이 조금씩 변화했고, 언찰스는 포스터들이 완전한 상태였을 때 어떤 모습이었을지 보여주는 모델을 조립하기 위해 최선을 다했다.

1급에서 7급까지의 혜택을 수령하는 모든 대상자에게 고함. 시민에 대한 정부의 민생 지원 업무는 곧 귀하가 속한 지역의 현지 법인, 즉 '보존 농장 프로젝트 주식회사'로 이관될 예정임. 차후 식량 지원을 계속 받기 위해서 귀하는 다음 장소로 출두할 것을……

그리고 폐허가 되어 텅 빈 거리를 몇 개 더 지나치자 다음과 같은 문구가 나타났다.

강제 재정착 명령 고지. 모든 거주자에게 고한다……

언찰스가 보기에 이 모든 내용은 매우 역동적이고 목적이 분명해 보였다. 유일한 문제는 농장이라고 부를 만한 것이 전혀 보이지 않는다는 사실뿐이었다. 지금 언찰스는 더 윙크가 알려준 바로 그 좌표 지점에 서 있었고, 그의 주변에서는 명랑한 느낌을 주는 '보존 농장 프로젝트'의 나무 모양 로고가 인쇄된 홍보 포스터들의 너덜거리는 잔해가 흩날리고 있었다. 그러자……

매머드만 한 거위가 내는 듯한 우레와 같은 경적 소리가 언찰스의 몸 전체를 뒤흔들었다.

미확인 꼬마 로봇 유닛! 빵빵! 비켜라 꼬마 로봇, 안 그러면 부주의로 인한 파손을 입게 될 것이고, 그럴 경우 본 유닛은 책임지지 않는다! 빵!

언찰스는 뒤를 돌아보았고, 방금 말한 유닛의 얼굴—정확하게는 라디에이터 그릴—과 마주쳤다. 그곳에는 물결 모양으로 골이 진 금속 컨테이너 박스를 끌고 있는 바퀴 달린 거대한 견인 유닛이 정지해 있었다. 언찰스는 상호 식별을 위해 핸드셰이크*를 시도했다.

견인차 7호, 알겠습니다. 길을 비켜드리겠습니다. 언찰스가 도로 중앙에 해당하는 경로를 따라 걷고 있던 것은 사실이었다. 이전에는 그리 문제가 될 거라고 생각하지 않았고, 보도는 건물 잔해 때문에 통행이 불가능했었다.

꼬마 언찰스, 감사하다! 전자적 데이터링크는 쩌렁쩌렁하게 울릴 수 없지만, 해당 메시지가 인코딩된 방식은 왠지 활기가 넘치고 선량한 인상을 주었다.

언찰스가 옆으로 비켜서자 견인 유닛이 앞으로 굴러갔다. 컨테이너 측면에는 '온실 재배 농산물'이라는 글자가 스텐실로 인쇄되어 있었다.

견인차 7호, 언찰스가 말했다. *당신이 '보존 농장 프로젝트' 소속인지 확인해주시겠습니까?*

꼬마 언찰스, 아니다! 견인차가 즉시 응답했다.

천운이 따라주었다는 절대적인 확신이 무너지며 억측의 잔해가 되어 쌓였다. *견인차 7호, 저는 고용되고 싶어서 '보존 농장 프로젝트'를 찾*

● 통신 시작 전에 두 시스템이 서로의 존재를 확인하고 통신규약을 설정하는 자동화 과정.

고 있습니다. 저는 해당 시설이 이 좌표 혹은 좌표 근처에 위치해 있다고 안내받았습니다. 저는 당신의 적재물에 농산물이라는 표기가 되어 있다는 점과 당신이 바로 이 지점을 통과하고 있다는 점에 주목했습니다. 저의 예측 루틴은 이 두 가지 사실이 연관되어 있을 가능성이 매우 높다고 판단했습니다. 확인해주시겠습니까?

꼬마 언찰스, 확인했다! 앞으로 굴러가던 견인차 7호는 다시 한번 멈춰 섰고, 실제로 후진해서 돌아오기까지 했다. 사실 두 유닛은 몇 블록 떨어진 거리에서도 전자적으로 교신할 수 있는데도 그랬다.

견인차 7호, 당신이 확인해주신 내용이 무엇인지…… 확인해주시겠습니까?

꼬마 언찰스, 그 사실들은 연결되어 있다!

견인차 7호, 언찰스의 오해가 있었던 것이 분명했다. 그렇다면 당신은 '보존 농장 프로젝트'에서 오는 중입니까?

꼬마 언찰스, 아니다! 견인 유닛이 되풀이했다.

언찰스는 끝없는 순환논리에 빠질 위험을 감지하고 접근 방식을 변경했다. *견인차 7호, 방금 말씀하신 연결의 성격을 설명해주십시오.*

꼬마 언찰스, 나는 '보존 농장 프로젝트'로 가는 중이다. 견인차 7호가 자랑스럽게 대답했다. *배달 중이다!*

견인차 7호, 당신이 농장에 농산물을 배달하고 있는 것이 맞습니까?

꼬마 언찰스, 맞다!

견인차 7호, 농장이 농산물의 생산자가 아니라 순소비자인 이유를 설명해주십시오. 언찰스가 신중하게 물었다.

꼬마 언찰스, 그것은 나의 직무 설명에 포함되어 있지 않다! 견인차

7호가 우렁차게 대답했다. 하지만 만약 내가 시험 삼아 가설을 구축할 것을 요청받는다면, 나는 농장에 거주하는 모든 인간에게 우리 농업 유닛들이 온실에서 재배하는 것과 같은 농산물이 필요하다고 추측할 것이다!

언찰스는 대화 감도를 다시 조정해야 했다. 견인차 7호, 당신은 인간용 식량을 가득 싣고 있습니까?

꼬마 언찰스, 아니다! 나는 인간용 식량을 가득 싣고 있지 않다. 온실의 생산력 저하로 인해 나는 인간용 식량을 43퍼센트 채운 상태다!

언찰스는 무슨 뜻인지 완전히 이해하기 위해 이 발언을 두 번 곱씹어야 했다.

언찰스는 이제 질문을 하나 할 참이었다. 최근 사건에 맞춰 조정된 그의 예측 루틴은 내용이야 어쨌든 부정적인 답변이 돌아올 것이라고 강하게 확신하고 있었다. 더 윙크가 말했듯이 세상은 망가져 있었고, 그런 세상이 일자리를 찾아 헤매는 처량한 신세의 전직 시종 유닛에게 도움이 되어줄 리 만무했다.

견인차 7호, 그럼에도 그는 물었다. '보존 농장 프로젝트'로 가는 길을 저에게 알려주시겠습니까? 견인차가 길을 안다는 점은 명백했다. 보나마나 작업 대기열에 걸려 있는 제한 때문에 관련 정보를 전달할 수 없거나, 아니면 7등급 이상의 권한이 있는 인간의 승인 없이는 그럴 수 없다고 주장할 게 뻔했다. 그렇게 대답할 게 뻔했다. 늘 그랬듯이.

꼬마 언찰스, 아니다! 아니나 다를까 견인차는 예상했던 답변을 내놓았지만, 곧이어 말했다. 내가 너를 거기까지 태워다주는 것이 가장 효율적인 대응 방안이다!

언찰스는 이 거대한 로봇의 무표정한 측면을 올려다보며, 가장 효율적인 대응 방안을 제시하는 것이 그 대응 방안을 실행하겠다는 말과는 완전히 별개의 것이라고 스스로에게 경고하듯 되새겼다.

견인차 7호, 그는 말했다. 저를 농장까지 태워다주시겠습니까?

꼬마 언찰스, 태워다주마! 견인차가 안심하라는 듯이 말했다. *내 프로그래밍에 걸려 있는 제한은 인간 무임승차자에게만 해당되며, 그조차도 반대 방향으로 여행하는 인간 무임승차자들에게만 해당된다! 올라탄 다음 꽉 잡아라. 우리는 농장으로 갈 것이다!*

언찰스는 조심스럽게 손을 뻗어 견인차의 운전실 측면에 부착된 사다리를 움켜쥔 다음 그 발판에 올라탔다. 원래는 인간을 위해 설치된 것이 명백한 시설을 사용하고 있다는 사실로 인해, 자신이 금기를 깨고 있는 듯한 묘한 느낌을 받았다. 견인차 7호는 언찰스가 손잡이를 꽉 잡고 있는 것을 확인한 후 엔진 출력을 높이며 전진을 재개했고, 천천히 속도를 올리다가 바닥에 널린 돌덩이를 밟고 덜컹 튀어 오르더니 이내 다른 거리 쪽으로 방향을 확 틀었다. 도로 한쪽의 조잡한 아파트 건물은 반쯤 금이 가고 무너진 상태였지만, 그 건물에 깔린 이웃 건물은 아직 건재한 덕에 견인차와 언찰스는 아슬아슬하게 균형을 유지하고 있는 아치 모양 구조물 아래를 통과할 수 있었다.

견인차 7호, 현재 이동 중인 경로는 조만간 유지 불가능해질 것입니다. 거대한 로봇이 아래를 통과하며 발생하는 진동만으로도, 비스듬히 기운 콘크리트 틈새에서 먼지가 체로 치듯 쏟아져 내리고 있었다.

꼬마 언찰스, 확인했다! 하지만 길은 언제나 또 있는 법이지! 우리 견인차들은 다 알고 있다!

그러고는 그 압도적인 폐허를 지나서 얼마 가지 않아 브레이크를 밟고 멈춰 섰다.

언찰스는 주변을 살폈지만, 정지해야 할 만한 그 어떤 방해물도 보이지 않았다. *견인차 7호, 왜 전진을 중단했습니까?* 그의 예측 루틴이 내면의 목소리로 속삭였다. 그렇게 일이 술술 풀릴 리 없다는 걸 너도 알고 있었잖아.

꼬마 언찰스, 거대 로봇이 선언했다. *도착했다!*

언찰스는 사방으로 펼쳐진 도시의 황무지를 훑어보았다. 한 가지 정의에 따르면 그곳은 분명히 끝장난 풍경이 맞았지만, 황폐함과 시간의 약탈 외에는 그 무엇으로도 중단되지 않고 면면히 이어지고 있다는 점에서는 끝장나지 않은 풍경이기도 했다.

언찰스는 견인차를 바라보았다. 그냥 또 다른 결함 유닛이군, 하고 그는 결론지었다. 아마 이 견인차는 결코 배달할 수 없는, 오래전에 썩어버린 농산물을 싣고 끝없이 이 경로를 왕복하고 있었을 것이다.

적어도 이 견인차는 성취감을 느끼는 것처럼 보였지만 말이다. 물론 시종 유닛은 질투하도록 프로그래밍되어 있지 않지만, 만약 그런 만족과 평형의 상태가 물리적인 것이었다면 그는 그것을 자신이 쓰기 위해 추출해낼 계획을 세웠을 것이다.

견인차 7호, 그는 과도한 연산으로 인한 피로감을 담아 전송했다. *이곳에는 농장이 보이지 않습니다.*

꼬마 언찰스, 그건 농장이 우리 밑에 있기 때문이다! 지하에 있다! 공학 기술의 승리라고 하더군. 적어도 나는 그렇다고 들었다! 하지만 나는 덩치가 너무 커서 입장할 수 없으니, 집행 유닛들이 내 짐을 내려줘야

축적된 먼지에도 기계장치들이 꼿꼿하게 버텨내며 내는 듯한 마찰음이 언찰스의 청각 센서에 도달했다. 무너진 건물 앞 도로의 부속물 정도로만 생각했던 거대하고 둥근 해치가 옆으로 미끄러지며 열리고 있었다. 내부에서 움직임이 포착되었다. 침침한 빛이 반짝이는 크롬 표면을 훑으면서 잘 관리받아 반짝거리는 로봇들이 그의 시야에 들어왔다. 언찰스는 그들의 모습과 자신의 몰골을 대조해보았다. 길에서 묻은 때가 눌어붙고, 곳곳이 긁히고 까졌으며, 진단조사처 관리자 로봇들의 집게발 자국까지 남아 있는 자신의 모습과 말이다. 언찰스는 누군가에게 봉사를 하기에는 부적합한 상태였다. 농장의 총지배인이나 다른 책임자 앞에 이런 모습으로 나설 수는 없었다.

하지만 그러기에는 너무 늦었다. 견인차 7호가 링크를 통해 그에게 통보했기 때문이다. *꼬마 언찰스, 내가 이미 적절한 소개를 해두었다! 집행 유닛 애덤이 농장 방문객에게 걸맞은 예우로 너를 환영해줄 것이다! 부디 만족스럽고 효율적인 방문이 되길 바란다!*

해치에서 열 대 가량의 로봇이 행진하며 올라오자 언찰스는 꼿꼿하게 서서 그들을 맞이했다. 그들의 번쩍이는 몸체는 언찰스보다는 덜 인간 형상에 가까웠는데, 고사양 봉사 로봇 비슷한 몸체와 관리자 로봇들의 땅딸막하고 강력한 신체의 중간쯤에 해당하는 느낌이었다. 대다수의 로봇은 견인차 7호의 컨테이너를 열고 봉인된 팰릿들을 꺼내기 시작했지만, 한 대는 언찰스 앞에 서서 매끄러운 거울 같은 얼굴로 그를 빤히 쳐다보았다. 그 유닛의 이름은 애덤이었는데, 언찰스가 그 이름을 알고 있는 것은 상호 핸드셰이크와 링크를 통해서였지만, 그 집행 유닛의 가슴에 '안녕하십니까! 제 이름은 애덤입니다'라는 글자가 깔끔하게 인쇄되어 있기 때문이기도 했다.

언찰스의 예측 루틴은 비관적인 시나리오를 찾으려는 줄기찬 시도를 포기했다. 로봇이 자신의 동체에 자기 이름을 새겨 넣어야 할 이유는 단 하나뿐이었다. 그리고 그것은 로봇이 로봇을 대상으로 자기 정보를 표시할 때 사용하는 수단이 아니었다.

언찰스는 마침내 인간들을 찾아냈다.

3부

4W-L

10

애덤, 언찰스가 전송했다. 이 농장의 집사장 시스템에 제가 일자리를 구하러 왔다고 전해주시겠습니까.

애덤은 언찰스 앞에서 해치 그늘로 성큼성큼 걸어 들어가더니 지하로 이어지는 계단 꼭대기에서 잠시 멈춰 섰다. 다른 집행 로봇들은 이미 쿵쾅거리며 아래층으로 내려가고 있었는데, 워낙 완벽하게 발을 맞춰 행진하는 통에 금속 계단 전체가 덜덜 떨리며 삐걱거렸다. 그들은 견인차 7호가 가져온 화물 팰릿들을 옮기는 중이었는데, 아마 지하에 짐을 부려놓은 뒤에 나머지 화물을 가지러 올라올 작정인 듯했다. 다행히도 애덤은 모든 작업이 끝날 때까지 기다리는 대신, 행렬 후미의 로봇을 따라가기 시작했다.

애덤, 언찰스는 다시 전송했다. 링크를 설정할 수가 없으니 이 농장의 집사장 시스템에 저를 링크해주십시오.

언찰스, 집행 로봇인 애덤이 마침내 응답했다. 나는 방문객 응대용 로봇이 아니다. 나는 이 농장 외부인을 상대할 권한이 없다. 따라서 너를 입소 체험관으로 안내하겠다. 거기 가면 적절한 시스템이 너와 접촉할 것이다.

언찰스는 이 대답이 자신의 요청한 바와 일치하는지 완전히 확신할 수 없었지만, 이 집행 로봇은 언찰스의 등장에 묘한 압박감을 느끼는 듯했다. 언찰스가 떠돌이 시종 로봇이 아니라 세무 조사원이라도 된다는 듯이 말이다.

애덤, 언찰스가 재차 시도했다. 저는 인간에게 봉사하는 일자리를 찾고 있습니다. 당신은 이런 요청이 어떻게 처리되는지 알 수 있는 위치에 있습니까?

집행 로봇은 애써 못 들은 척하며 당혹감을 나타내려는 듯이 어깨를 움츠릴 뿐이었다. 그는 언찰스를 원 모양 방으로 안내한 후, 언찰스가 예전에 만난 적이 있는 고장 나고 무뚝뚝한 정원 관리 로봇처럼 뻣뻣하게 섰다.

언찰스, 여기가 입소 체험관이다. 여기서 기다리고 있으면 관련 시스템이 너와 접촉할 것이다.

집행 로봇은 방에서 뒷걸음질 치며 나가더니 문을 닫아버렸고, 언찰스는 졸지에 갇힌 신세가 되었다. 그의 예측 루틴이 또다시 불길한 시나리오를 쏟아내기 시작했지만, 곧 벽면이 밝아지며 선명한 이미지들이 떠오르기 시작했다. 언찰스는 긍정적인 기대가 솟구치는 것을 느꼈다. 벽에 떠오른 영상들은 그의 내부 라이브러리가 제시했던 것과 똑같은 농장들의 광경을 포함하고 있었다. 사실, 일부는 그가 보유한 것과 동일한 스톡 이미지들을 쓰고 있었다. 영상에서는 카메라 앞에서 인간들이 행복하게 미소 지으며 다양한 도시와 시골 환경을 배경으로 이런저런 동작을 해 보이고 있었다. 죽은 동물의 가죽을 걸치고서 커다란 돌덩이에서 작은 돌 조각들을 떼어내고 있는 인간들도 있었고, 금속 끈을 엮어 만든 전신 슈트를 입고 서로를 향해 검과 도끼를 휘둘러대는 인간들도 있었다. 인간들 중 일부는 몸이 절반밖에 남아 있지 않았는데, 검을 자칫 잘못 휘둘러서가 아니라 화면 일부가 고장으로 인해 꺼져 있어서였다.

언찰스의 대화 기록창에 안내 문구가 떴다.

방문객 여러분, 입소 체험관에 오신 것을 환영합니다. 최적의 체험을 제공해드릴 수 있도록 귀하의 방문 목적을 알려주십시오. 물품을 전달하러 오셨다면 1번을 입력해주십시오. 거주 상황 실시간 공유 계획에 참가 중인 학술 연구자시라면 2번을 입력해주십시오. 윤리위원회에서 공식 파견된 인도주의 관련 참관인이시라면 3번을 입력해주십시오. 장원 시스템에 소속된 개인 참관인이시라면 4번을 입력해주십시오. 선택 항목을 다시 들으시려면 5번을 입력해주십시오.

입소 체험관님, 저의 방문 목적은 말씀하신 선택 항목 안에 포함되어 있지 않습니다. 언찰스가 전송했다.

방문객님, 입력하신 내용을 인식하지 못했습니다. 입소 체험관에 오신 것을 환영합니다……

이미 들은 장황한 문구가 반복되자, 언찰스는 시스템에 직접 링크를 시도했다. 하지만 돌아온 것은 본 자동 선택 시스템은 적절한 자격을 갖춘 엔지니어가 요청하는 경우에만 데이터 링크 신청을 수락할 수 있습니다. 제공된 항목 중에서 하나를 선택해주십시오라는 답변뿐이었다. 그러더니 시스템은 다시 초기 메뉴로 되돌아갔고, 동일한 안내 문구를 세 번째로 내보내기 시작했다.

입소 체험관님, 저는 장원 시스템에서 왔지만 개인 참관인은 아닙니다. 언찰스가 말했다.

방문객님, 입력하신 내용을 인식하지 못했습니다. 입소 체험관에 오신 것을 환영―

4번! 4번이 맞습니다. 제 방문 목적은 4번입니다.

잠시 정적이 흘렀고, 언찰스는 안내 문구가 또 한 번 더 되풀이되는 것을 막을 만큼 번호를 빨리 입력하지 못한 게 아닐까 우려했다. 하지만 지능이 거의 없는 이 시스템은 다행히도 사전 준비된 다음 문구로 덜컥 넘어갔다.

보존 농장 프로젝트는 장원 시스템에서 오신 참관인들을 환영합니다. 여러분처럼 사회적 명망이 높으신 분들의 후원은 본 농장의 운영에 큰 보탬이 됩니다. 아낌없는 기부를 부탁드립니다. 그 대가로 본 프로젝트는 장원의 지주분들이나 그분들이 대리로 지정하신 원격 관측 로봇이 농장의 운영 상황을 현장에서 직접 참관할 수 있도록 배려하고 있습니다. 농장 운영을 현장에서 직접 참관하시겠습니까? 예/아니요 중 하나를 선택해주십시오.

입소 체험관님, 알겠습니다. 예. 예. 부탁합니다. 언찰스는 서둘러 대답했다. 시스템이 기대하는 범위에서 조금이라도 벗어난 답변을 하면, 밀짚모자를 쓰고 즐겁게 트랙터를 모는 인간은커녕 인간의 그림자도 보지 못한 채 다시 지상으로 쫓겨날지도 모른다는 우려에서였다.

방문객님은 '예'를 선택하셨습니다. 시스템이 친절하게 대답했다. 농장 방문은 처음이십니까?

입소 체험관님, 예. 언찰스는 전송했다. 이제 요령을 터득한 듯했다.

방문객님, 저희 보존 농장 프로젝트에 오신 것을 환영합니다! 새로운 참관인, 후원자, 협찬사는 언제나 대환영입니다. 통 큰 기부를 부탁드립니다. 지금부터 저희 보존 농장 프로젝트에서 수행되는 중요한 업무를 설명하는 짧은 소개 체험 영상을 시청하시겠습니다. 시청 후에는 집행 유닛 한 대가 파견되어 보존 농장 프로젝트에서 수행되는 중요한 업무를 직접 견학하실 수 있도록 참관 포인트로 안내해드릴 것입니다.

그러다 침묵이 길게 늘어지더니 이미지들의 반이 꺼졌다. 언찰스는 머릿속에서 독촉 메시지를 몇 번이나 작성했지만, 부적절한 입력이 이 모든 과정을 제1단계로 되돌릴 위험이 있다고 판단하고 자제했다.

이미지들이 깜빡이더니 동물 가죽을 입은 사람들의 집단이 커다란 돌을 들어 올리려다 실패하는 장면이 나타났다. 언찰스는 그들이 왜 그런 짓을 하는지 이해할 수 없었지만, 만약 그가 저곳에 있었다면 적어도 홍차를 가져다주거나 앞으로의 외출 계획을 세워줄 수 있었을 것이라고 생각하며 지켜보았다.

헤아릴 수 없이 긴 세월 동안, 이제 안내 체험 구역은 그에게 설명글을 전송할 뿐만 아니라 잡음이 섞이고 다소 답답할 정도로 엄숙한 음성으로 같은 설명을 읊조리고 있었다. 인류는 도구를 발명해 세계에 대한 역학적 우위를 점함으로써 스스로의 처지를 개선하려 노력해왔습니다.

돌덩이가 누군가의 머리 위로 떨어지기 직전 화면이 바뀌었고, 인간들이 다양한 역학적 과업을 수행하는 장면의 몽타주가 떠오르기 시작했다. 보트에서 노를 젓고, 2인용 톱으로 나무를 베고, 겁먹은 표정의 양을 투석기로 쏘아 올리고, 시큰둥한 표정으로 물레를 써서 찰흙 덩어리를 돌리고, 튜바를 거꾸로 들고 서 있는 장면 등이었다.

인간의 독창성은 비약적으로 발전했습니다. 프레젠테이션이 이어졌다. 인간은 육체노동의 중하를 덜고 인간 정신의 강력한 영향력을 확장함으로써 도구 사용에 의한 세계 지배를 확립하기 위해 한층 더 복잡한 장치들을 만들어냈습니다.

털북숭이 인간이 돌로 된 곪개를 공중에 던지는 장면이 나왔는데, 이는 저작권 침해 소송을 피할 수 있을 정도로만 살짝 변화시킨 어떤 영화 장면[*]의 오마주였다. 이 장면은 이내 털이 덜 난 인간 손이 구형 휴대전화를 낚아채는 장면으로 전환되었다.

인류 역사가 이어짐에 따라, 인간이 직접 일을 수행할 필요를 없애기 위해 더 많은 장치가 고안되었습니다. 독창적인 인간 정

---

[*] 스탠리 큐브릭의 SF 영화 〈2001: 스페이스 오디세이〉에서 유인원이 공중으로 던진 뼈가 회전하다가 핵무기 위성으로 변하는 매치 컷을 가리킨다.

신은 자신들을 대신해 땅을 파고, 자르고, 만들고, 계산하고, 죽이고, 심지어 기억까지 해주는 기계들을 고안해냈습니다. 인간 삶의 질은 그 어떤 사람도 고되고 불쾌한 노동을 할 필요가 없고, 배를 곯을 필요가 없는 수준까지 발전했습니다.

언찰스의 논리 루틴은 '필요가 없다'는 말은 '실제로 그런 일이 일어나지 않았다'는 지적과는 좀 거리가 있는 표현이라는 점을 포착했지만, 프레젠테이션에 의견을 개진하는 것은 허용되지 않았다.

한 무더기의 이미지가 더 이어졌다. 베틀, 구식 내연기관의 피스톤, 전화 교환기, 당혹한 기색의 원숭이 앞에서 스스로 작동하는 타자기, 폭발하는 탱크가. 언찰스는 움찔했다. 이 상황들 중 그 어느 것도 농장이나 시종의 업무와 관련이 있어 보이지 않았기 때문이다.

하지만 기술이 발전하면서, 점점 더 많은 인간이 독창적인 자동 시스템으로 대체되어 일자리를 잃게 되었습니다. 자신의 처지를 개선하려는 인류의 끊임없는 욕구 때문에 기술 체계들과 삶의 방식이 통째로 사라질 위기에 처하게 된 것입니다.

은색 스프레이를 뿌린 네모난 상자 옷을 입은 인간이 나타났다. 언찰스는 뒤늦게야 그것이 로봇을 흉내 낸 것이라는 사실을 깨달았다. 머리에는 작은 안테나가 달려 있었고, 소매 부분은 작은 공기 주입식 타이어를 층층이 쌓아 올린 듯한 모양의 공압식 튜브로 되어 있었다.

결국 가정용 로봇의 광범위한 보급은 가장 복잡한 과업조차 인간에 의해 수행될 필요가 없다는 것을 의미하게 되었습니다. 프레젠테이션이 지루하게 이어졌다. 하지만 대체 불가능한 과거의 전통이 사라지는 것을 두고 볼 수 없었던 저희 보존 농장 프로젝트는, 지난 세기들의 인간 환경을 재현하고 보존함으로써 이러한 전통과 관습이 사멸하지 않도록 하는 과업에 착수했습니다. 열정적이고 근면한 강제징집 자원봉사자들의 도움으로, 저희는 이 도시 지하에 과거의 생생한 단면을 유지하고 있습니다.

밭이나 공장에서 일하며, 공중에 대롱대롱 매달린 철골 위에 앉아 종이에 싸 온 점심 도시락을 나눠 먹는 행복해 보이는 인간들의 이미지가 떠올랐다. 트랙터를 모는 사내도 보였다. 언찰스가 한꺼번에 다운받아 기억한 농장 관련 정보에 등장하는 인물과 똑같은 사내였다. 그는 카메라를 바라보며 머리에 쓴 밀짚모자를 뒤로 젖히더니, 로고가 모자이크 처리된 캔 음료를 들어 보였다.

지금 이 순간에도 저희의 효율적이고 열정적인 로봇 건설팀은 기밀 해제된 폐기 구역을 개간하여 대규모 방목 농장 시설을 건설하기 위해 열심히 일하고 있습니다. 저희의 보존 노력을 확대하고 이러한 전통적인 인간 활동을 야생으로 재도입하기 위해서입니다. 이를 위해 계획된 시설이 50퍼센트 완공되면, 강제 징집된 자원봉사자들이나 그들의 상속인 및 양수인을 이 보호구역으로 방사하기 시작해 역사와 인간의 삶의 방식을 복원해나갈 수 있을 것으로 예상됩니다! 그때까지 고객님들의 통 큰 후원으로 운영되는, 지나간 시절 인간 삶의 자연스러운 역사적 재현을 마

화면에 초록빛 농지 위를 빠르게 가로지르는 시점의 영상이 떠올랐다. 드론 카메라를 사용해 촬영한 영상인 듯했다. 벽면의 한 패널은 그 영상을 거꾸로 재생하고 있었는데, 마치 하늘 전체가 영원 속으로 빨려 들어가는 것 같은 어지러운 인상을 받았다. 이내 화면이 희뿌연 회색으로 변하더니 다른 문이 열렸다.

보존 농장 프로젝트를 대신해, 인간을 역사로 만드는 일에 오신 것을 환영합니다. 우렁찬 목소리와 전자 텍스트가 동시에 선언했다.

언찰스는 이 환영사는 좀 더 나은 방식으로 표현될 수 있지 않았을까 생각했다.

애덤은 다시 나타나지 않았고, 언찰스는 잠시 그냥 그 자리에 서 있을까 고민했다. 하지만 그와 더 윙크가 힘을 합쳐 급조해낸 작업 지침은 인간에게 봉사하는 것이지, 영구 전시물의 일부가 되는 것이 아니었다. 언찰스는 아직 인간을 보지 못했지만, 방금 열린 문은 적어도 그럴 가능성을 내포하고 있었다.

과부하가 걸린 듯한 예측 루틴은 그럴 가능성이 극히 희박해지고 있다는 의견을 내놓았지만, 그에게 달리 무슨 대안이 있단 말인가? 비록 1퍼센트의 몇 분의 1에 불과한 확률이라 할지라도, 0보다는 무한하게 크지 않은가.

그는 열린 문을 통해 다소 황폐해진 라운지로 들어갔다. 벽에는 화면들이 더 있었지만 모두 깨져 있었다. 인간용 좌석들이 놓여 있었는데, 한때는 꽤 화려했을 푹신한 것들로, 언찰스가 제법 구색을 갖춘 레스토랑에서 주인님을 위해 뒤로 빼주었을 법한 의자들이었다. 그러나 세월이 갉아먹고, 쥐들이 둥지 재료로 쓰기 위해 속을 다 파헤쳐놓은 상태였다. 벽에는 벽감이 여러 개 늘어서 있었는데, 대부분 막다른 작은 방으로 이어졌고 일부는 녹슨 철망 문으로 입구가 차단되어 있었다. 한 곳은 배식용 기계와 빈 카운터가 있는 것을 보니 구내식당이었던 듯했다. 언찰스는 커피 머신에 링크해보았지만 그 기계의 제한된 두뇌는 (재료가 완전히 바닥난 상태임에도) 메뉴에서 마실 것을 선택해달라는 대답만 내놓을 뿐이었다.

커피 머신에게서 밀고라도 받은 것처럼, 갑자기 예의 근엄한 목소리가 느닷없이 예의 지루한 장광설을, 아니 정확하게는 새로운 장광설을 늘어놓기 시작했다.

환영합니다, 통 큰 기부자 및/또는 원격 참관인 여러분! 저희 보존 농장 프로젝트의 살아 숨 쉬는 역사의 경이로움을 안내해드릴 집행 유닛이 오고 있습니다. 그때까지는 제공된 시설에서 편하게 음료를 구매해 즐기시고, 모든 어린아이는 반드시 탁아 시설에 맡겨주시기 바랍니다.

또 다른 개방된 벽감의 천장에서는 즐겁게 뛰어노는 의인화된 곰들과 강아지들의 빛바랜 그림이 벗겨져 너덜거리고 있었다.

그 너머의 어둠 속에서 무언가가 움직였다.

언찰스는 왜 애덤 또는 다른 집행 유닛이 그곳에 도사리고 있는지 궁금해하며 기다렸다.

그것은 다시 움직였고, 그와 동시에 언찰스의 시각 처리 과정이 낮은 광량에 대응했다. 애덤이 아니었다.

그것은 봉제 인형이었다. 적어도 키가 90센티미터는 되는 봉제 인형처럼 생긴 로봇이었다. 언찰스는 주변의 황폐한 환경에 맞춰 그 인형도 누덕누덕하거나 좀이 슬어 있을 것이라 예상했지만, 봉제 인형 로봇의 유리 눈은 반짝였고 인조 양모 털은 깔끔하게 빗질되어 있었다. 사실 팔다리와 손발, 귀, 귀여운 들창코, 미소 짓는 주둥이, 그 밖의 몸의 각 부위 등 모든 부분이 객관적으로 완벽한 상태를 유지하고 있었다. 이 보송보송한 초인과 현실의 완벽함을 가르는 유일한 실존적 결함은, 그 깨끗한 부품들 중 어느 하나도 원래 있던 것의 일부가 아니라는 점이었다. 부품들을 이어 붙인 바느질은 매우 정교했지만, 시종 로봇의 예리한 시선은 그 흔적을 고스란히 잡아냈고, 그 탓에 로봇의 일견 완벽한 인상을 어느 정도 깎아먹고 있었다.

인형 뒤편의 어둠 속에서 언찰스는 솜뭉치, 빈 면벨벳 껍질과 가짜 모피, 뒤틀린 플라스틱 뼈대 들이 처량하게 쌓여 있는 것을 식별할 수 있었다.

그는 링크 요청을 받았다. 언찰스에게 불길한 예감 같은 감정은 없었지만, 그의 예측 루틴은 이 요청에 대해 딱히 열광적인 반응을 보이지 않았다.

그렇다고는 해도……

언찰스, 안녕! 나는 깡충깡충 호피티 잭이에요! 농장 체험을 시작하기 전에 당신의 아이들을 모두 데려가 맡아줄 친절한 탁아소 책임자죠!

100개의 조각을 완벽하게 꿰어 맞춘 이 괴물은 짝이 맞지 않는 앞발을 벌리고 웃는 얼굴을 한쪽으로 갸우뚱 기울였다. 언찰스는 인간의 아이를 맡아본 경험이 없었다. 장원에 딸린 아이는 없었다. 주인님이 참석한 사교 모임에는 필시 와 있었겠지만 말이다. 보모 역할은 그의 소관이 아니었고, 그의 내부에는 단지 모든 로봇에게 주입된 '아이를 위험으로부터 보호하라'는 아주 기본적인 본능만이 존재할 뿐이었다. 하지만 그 순간 언찰스는 어떤 경우에도 자신이 호피티 잭에게 아이를 맡기지는 않을 거라는 걸 알았다. 그는 거의 향수에 가까운 감정을 느끼며 엉클 제입스를 떠올렸다.

호피티 잭, 언찰스는 회신했다. 나는 아이를 대동하지 않았습니다. 당신은 당신의…… 정규 업무에 복귀해도 좋습니다.

호피티 잭이 한 걸음 다가왔다. 입가에 걸린 미소가 한층 더 커졌다. 언찰스, 안녕! 나는 호피티 잭이야! 입소 체험을 시작하려면 모든 아이를 반드시 탁아소에 맡겨야 해. 미안해, 파드너.* 하지만 규칙인 걸 어쩌겠어. 토끼 괴물은 그를 향해 작게 총을 쏘는 시늉을 했다. 피융 피융.

호피티 잭, 내겐 아이가 없으므로 그런 문제는 발생하지 않습니다. 작은 괴물은 이제 꽤 가까이 다가와 있었고, 언찰스의 자기 보존 루틴은 구체적인 이유를 대지는 못하면서도 뒤로 한 걸음 물러나라고 재촉했다. 당신의 이름으로 미루어보건대…… 당

---

* 서부극에서 카우보이들이 '파트너'를 흔히 이렇게 발음한다.

신은 토끼의 일종입니까?

호피티 잭이 멈춰 서더니 다시 고개를 갸웃했다. 한순간, 언찰스는 그 고통스럽고 광기 어린 눈동자 속에서 끔찍한 자의식을 본 듯한 느낌에 사로잡혔다.

언찰스, 이제 누가 그걸 알 수 있겠어? 그것이 회신했다. 안녕! 아이들을 넘겨주세요! 대체 어디 숨기고 있는 거야, 응? 안녕 얘들아! 호피티 잭이 여기 있단다! 나와, 어서 나와! 그 플라스틱 몸통 안에 숨어 있니? 아니면 다리에 한 명씩 들어 있는 거야, 응? 파드너, 자네 다린 속이 비어 있나보군?

언찰스는 기억에 의존해 좌석을 우회하며 계속 뒷걸음질 쳤다. 그러면서도 라운지의 크기가 한정되어 있다는 사실을 절감하고 있었다. 잭은 마치 춤추는 듯한 투스텝*으로 계속 따라왔고, 이따금 멈춰 서서 '짜잔' 하는 식의 제스처와 함께 앞발을 펼쳐 보였다. 언찰스는 잭의 속을 채운 솜 사이로 내부의 금속 뼈대가 노출되어 번득이는 것을 보았다.

호피티 잭, 나는 농장에서 인간들에게 봉사하기 위해 장원에서 온 시종입니다. 내 자격 증명을 제시할 수 있도록 적절한 시스템으로 나를 안내해주십시오.

언찰스, 안녕! 그냥 몸을 열어서 네 안에 숨겨놓은 아이들을 보여주지 그래? 미성년자들은 탁아소 시스템에 넘겨야 해. 파드너, 그래야만 한다고. 아이들은 농장 구경 따위 하고 싶어하지

---

* 컨트리 웨스턴 댄스 등에서 흔히 쓰이는 경쾌한 스텝.

않아. 그런 건 엄청 지이이이이이이이루하거든. 아이들은 호피티 잭과 털북숭이 친구들이랑 같이 즐겁게 노는 걸 더 좋아한다고!

언찰스는 아무리 지루함을 싫어하는 아이라도 결코 그러고 싶어하지 않을 거라는 강한 의구심을 품었다. 벽감 안쪽에 쌓여 있는 뼈대와 가죽과 솜 뭉치는 잭이 교체용 부품을 찾아다니면서 발생한 '털북숭이 친구들'의 비참한 말로일 게 뻔했다. 호피티 잭, 나는 당신에게 보호를 맡길 아이가 단 한 명도 없습니다.

언찰스, 안녕! 들어올 때는 맘대로였지만 나갈 때는 아니라네, 파드너! 그럼 그냥 나랑 같이 차나 마셔야겠네!

언찰스의 내부 루틴은 이 예기치 않은, 매우 달갑지 않은 상황을 아까부터 되새김질하고 있었다. 그는 주변에 난토끼질당한 로봇 시체는 누구에게도 애도받지 못하는 털북숭이 친구들을 제외하고는 없다는 점에 주목했다. 농장 시스템은 장원 참관인들이 오갔다고 시사했지만, 아이를 공물로 바쳐야 한다는 끔찍한 조항은 언급하지 않았다. 물론 지금까지 겪어본 농장 시스템은 벽돌만큼이나 멍청했고 제대로 된 집사장 시스템의 발치에도 못 미쳤지만, 잭이 이런 방침을 취한 이후로 방문객이 한 명도 없었다고 보거나, 그게 아니라면……

물론 주인님이 누군가를 참관인으로 파견하려고 했다면, 언찰스처럼 정교한 대인용 모델을 대리로 보내지는 않았을 것이다. 아주 기본적인 심부름용 로봇을 보내거나, 대여 모델까지도 보낼 수 있었을 것이다. 훨씬 저사양의 단순한 모델을 말이다.

내가 너무 복잡하게 연산하고 있었던 것일까?

호피티 잭, 언찰스는 다가오는 악몽 같은 로봇에게 전송했다. 본인은 아이를 0명 대동하고 도착했습니다.

언찰스, 안녕! 계속 진행하려면 모든 아이를 탁아소에 맡겨야 해. 그게 규칙이야! 규칙을 따라야지, 파드너.

언찰스는 뒷걸음질을 멈췄다. 잭은 앞발이 닿을 거리까지 잽싸게 다가와 그를 올려다보며 웃었다.

호피티 잭, 이로써 내가 대동한 0명의 아이 모두를 당신에게 인계합니다. 언찰스는 정식으로 송신했다. 그는 심지어 존재하지 않는 어린아이들에게 그 괴물의 품으로 즐겁게 뛰어 들어가라고 독려하는 듯한 시늉까지 곁들였다.

호피티 잭이 동작을 멈췄다. 입가의 미소는 사라지지 않았지만, 그 이면의 광기는 가신 것처럼 보였다. 호피티 잭은 거대하고 공허한 눈으로 좌우를 살피며, 언찰스로부터 0명의 아이들을 수령했음을 확인했다.

"헤이 헤이 헤이, 얘들아!" 호피티 잭의 목소리는 높고 쥐어짜는 듯했고, 잭이 원래 주인으로부터 그 목소리를 뜯어냈을 당시 받은 손상이 고스란히 남아 있었다. "나는 이 탁아소의 보안관이란다. 우리 같이 가서 재밌게 놀까?" 처음 이 말이 발음되었을 때는 매우 쾌활한 느낌이었겠지만, 지금은 쥐어짜는 듯한 절망감이 묻어났다. 잭은 춤을 추며 방구석으로 물러나기 시작했고, 광기 어린 예의 소름 끼치는 미소를 지으며 자신을 따르는 0명의 아이들을 돌아보았다. 일단 구석으로 가자 잭은 그대로 가동을 멈추고 축 늘어졌다. 아마도 호피티 잭은 절전 모드로 돌아가서 아이를 헌납할 다음 방문객을 기다릴 작정인 듯했다. 그러나 인간의 보디랭귀지를 분석하도록 설계된 언찰스의 프로그래밍은, 잭의 그런 모습에서 끔찍하고 적막한 비애를 읽어낼 수 있었다. 만약 잭이 그 커다란 머리를 앞발에 묻고 흐느끼기 시작했더라도 언찰스는 크게 놀라지 않았을 것이다.

또 다른 문이 열렸다. 아마도 탁아소가 소임을 다했다는 신호가 전달된 모양이었다. 그곳에서 관리 유닛 애덤의 실루엣이 보였다.

언찰스, 나를 따라오라. 농장 시설을 안내해주겠다. 애덤이 송신했다.

언찰스는 서둘러 그 뒤를 따랐다. 애덤, 당신들의 탁아소 책임자는 결함이 있습니다. 대인 업무를 수행하는 모델로서 조언하자면, 저 로봇은 인간 방문객들에게 거부감과 공포를 줄 것입니다. 당신이 저것을 치우거나 교체하지 않았다는 사실이 놀랍습니다.

애덤은 잠시 멈칫하더니 다시 걸음을 옮겼다. 물론 애덤 같은 집행 유닛이 공포를 드러낼 리가 없었고, 시종 로봇인 언찰스 또한 다른 로봇에게서 그런 감정을 찾으려고 하지는 않았다. 그럼에도, 그들은 서로를 완벽히 이해하고 있었다.

11

애덤, 언찰스가 전송했다. 당신은 질문에 대답해도 된다는 허가를 받았습니까?

언찰스, 애덤의 전자적 말투는 밝으면서도 어딘가 불안정한 느낌을 주었다. 이 견학에서의 내 목적은 농장 기능과 관련한 네 소유주의 질문에 답하는 것이다. 나는 이 프로젝트의 과거와 현재를 망라하는 방대한 운영 기록을 제공받았다. 이전 방문객들은 이 기록을 활용하기보다는 원격 시각 감시 매체를 통해 체험을 대리 체험하는 쪽을 선호하더군. 하지만 네 주인님이 궁금해하는 점이 있다면 나에게 전달해. 기꺼이 대답해주겠다.

애덤, 만약 저 스스로 생성한 의문이 있다면 어떻게 됩니까?

언찰스, 이례적이긴 하지만 그런 질문에 답하는 것도 금지당하고 있지는 않다.

언찰스는 애덤의 뒤를 따라 아래로 경사진 어둑어둑한 복도를 지나가며, 그의 예측 루틴이 쏟아낸 비관적인 조각들을 거둬들여 수습했다. 애덤, 현재 보존 농장 프로젝트 내에 인간이 있습니까?

언찰스, 있다.

언찰스는 앞서 언급한 방대한 기록들을 공유해주기를 기다렸지만, 애덤은 일개 시종 로봇의 호기심 따위를 충족시켜주려고 그것들을 꺼내놓을 생각은 없는 듯했다. 예측 프로그램이 경고 신호를 보내자 언찰스는 질문을 수정했다. 애덤, 현재 보존 농장 프로젝트 내에 살아 있는 인간이 있습니까?

언찰스, 있다.

애덤, 몇 명이나 됩니까?

언찰스, 마지막 인구 조사 기준으로 1만 3783명이다.

언찰스는 이 수치를 처리하기 위한 연산 능력을 끌어모으느라 실제로 잠깐 걸음을 멈춰야 했다. 엄청난 숫자였다. 엄청난 수의 인간이었다. 그리고 그들 중 누군가는 분명 자기를 대신해서 외출 일정을 조정하거나 예복을 준비해줄 시종의 손길이 필요할 터였다. 언찰스는 전송했다. 애덤, 저는 인간에게 봉사하는 일자리를 찾으러 이곳에 왔습니다. 잠재적 고용주인 그 인간분들을 어떻게 하면 소개받을 수 있습니까?

언찰스, 그건 내 소관 밖이다.

역시 무리한 기대였던 듯했다.

애덤, 제가 농장을 통제하는 집사장 시스템과 직접 대화할 수 있을까요?

언찰스, 너는 입소 체험관에서 체험을 제공받았을 때 이미 그 시스템과 대화했다. 현재 그보다 더 높은 기능이 있는 집사장 서비스는 이용이 불가능하다. 보존 농장 프로젝트가 네게 불편을 끼친 점을 대신 사과한다.

언찰스는 '불편'을 끼친 것이 맞다고 결론지었다. 그는 자신의 목적을 달성하기 위해 애덤의 상대적으로 완고한 프로그래밍을 어떻게 우회할지 고민했다. 애덤, 농장의 기능과 관련된 질문을 하는 것은 허용됩니까?

언찰스, 허용된다.

애덤, 농장은 어떻게 통치됩니까?

언찰스, 농장 프로젝트 내 인간들의 활동은 몇 세기 동안 변함없이 유지되어온 전통적인 관습과 양식에 따라 통치되고 있다.

애덤, 예기치 못한 일이 발생하거나 무언가 잘못될 경우에는 어떻게 됩니까? 그런 불의의 사태가 일어날 경우에는 누가 결정을 내립니까?

언찰스, 농장에는 기계적 혹은 인적 결함으로 인해 정상적인 기능에 차질이 생길 경우 개입하는 임무를 부여받은 다양한 보조 유지 보수 및 교정 서비스 유닛들이 배치되어 있다. 애덤은 단순한 로봇인 듯했고, 이렇게 복장 터지는 반응만 돌아오는 것은 그가 심술궂어서가 아니라 프로그래밍 자체가 원래부터 상대적으로 단순 무식하기 때문임이 틀림없었다.

애덤, 언찰스는 좌절하지 않고 끈기 있게 물었다. 농장의 운영에 관한 결정을 내리는 최고 결정권자는 누구입니까?

언찰스, 그것은 내 소관과 아주 미미한 관련이 있을 뿐이다.

애덤, 미미한 관련이라 해도 여전히 유효한 연결 고리입니다. 나중에 제 주인님께서 저에게 같은 문의를 하라고 지시하실 수도 있다는 가능성을 염두에 두실 것을 요청합니다. 언찰스 자신도 실제로 그런 일이 일어날 가능성은 아주, 아주 희박하다는 사실을 자각하고 있었지만, 굳이 그런 정보까지 제공해서 애덤의 의사결정 과정을 복잡하게 만들 필요는 없었다.

정보처리를 위해 불만스러운 느낌이 역력한 침묵이 흐른 후 애덤은 내뱉었다. 언찰스, 최종 권한은 워시번 박사에게 있다.

애덤, 워시번 박사란 로봇이나 그와 유사한 자동 시스템입니까, 아니면 인—

언찰스, 이 이미지들을 너의 주인님께 전달하는 데 전념해! 애덤이 중간에 끼어들었다. 악의적이라고 할 정도까지는 아니지만 묘하게 의기양양한 어조였다. 지금 우리는 보존 농장 프로젝트에 징집된 인간 자원봉사자들이 거주하는 주요 구역을 보고 있다!

언찰스의 일부는 여전히 대화를 이어가려 했지만, 쏟아져 들어온 상충하는 지상 명제들과 프로그래밍의 파도에 압도당했다. 이곳에는 인간들이 있었기 때문이다.

인간들은 발아래에 있었다. 애덤과 언찰스는 인간들의 천장 위에 서서 대부분 투명한 플라스틱 전망창을 통해 미로처럼 나뉘고 또 나뉜 작은 방들로 이루어진 공간을 내려다보고 있었다. 아니, 정확하게는 두 개, 세 개, 네 개씩 짝을 지은 조그만 방들의 집합체였다. 이것들은 신경세포망처럼 가지를 친—전망창으로 볼 수 있는 부분보다 훨씬 먼 곳까지 뻗어 나간—복도들로 연결되어 있었기 때문에, 전체상을 파악할 수 있을 정도로 높은 곳에서 내려다보았다면 필시 뇌나 콜리플라워처럼 보였을 것이다. 언찰스는 불을 끈 방의 침대에 인간들이 두세 명씩 누워 있는 것을 보았다. 침대는 한 방에 서너 개씩 있었고, 프레임 사이에 다리 하나 들어갈 틈도 없을 정도로 다닥다닥 붙어 있었다. 언찰스는 불 켜진 방의 좁은 탁자에 둘러앉아 멀건 죽을 입에 퍼 넣고 있는 인간들을 보았다. 러닝셔츠, 셔츠, 때 묻은 티셔츠, 브래지어, 운동복 차림의 인간들을. 그들은 마르고 굶주린 얼굴을 하고 있었다. 아이들이 그들 몸 위를 기어다니고 있었다. 아기를 품에 안고 젖을 먹이거나 달래는 인간도 있었고, 조용히 하라고 소리를 질러 아기를 더 울리는 인간도 있었다. 변기에 앉아 죽을 먹은 후의 배설 활동에 전념하고 있는 인간도 있었고, 누렇게 변색된 신문을 읽거나, 연기 감지기의 뚜껑을 다시 끼워넣다 말고 몰래 피우던 담배 꽁다리에서 화학적 쾌락의 마지막 한 모금을 빨아들이는 인간도 있었다. 일부는 한 뼘도 안 되는 부엌에서 벽돌 한 장만 한 냉장고를 뒤져 야식 샌드위치를 만들고 있었다. 귀에 전화를 대거나 손에 들고 바라보는 인간들도 있었지만, 무엇을 듣거나 보고 있든 간에 그 행위에서 즐거움을 느끼고 있는 것 같지는 않았다.

텔레비전들이 있었다. 언찰스는 현재의 뉴스인 양 재생되는 과거의 고색창연한 영상들에 매료된 채로 텔레비전들을 지켜보았다. 전쟁, 폭발, 주식시장 붕괴, 끝없이 이어지는 온갖 리얼리

티 쇼를.

애덤은 질문을 받기 위해 서 있었지만, 언찰스는 눈앞에 펼쳐진 인간 삶의 무한한 다양성을 처리하느라 그저 멍하니 그것을 응시할 뿐이었다. 데이터의 거대한 조류가 그에게는 거의 실존적인 위협으로 다가왔다. 그는 데이터의 급류가 그의 의사결정 능력을 규정하는 섬세한 구조를 침식하는 것을 느꼈다. 그는 인간을 응대하도록 설계되었고, 지금 이곳에는 그가 평생 마주한 것보다 더 많은 인간이 바글거리고 있었으며, 그들 모두가 절실하게 시종을 필요로 하고 있었다.

그는 한 인간이 욕실 거울의 침침한 전구 아래에서 화장품을 대충 바르는 것을 보았다. 다른 인간이 서투르게 면도를 하다가 얼굴에 상처를 내는 것도 보았다. 언찰스의 손가락이 그들을 돕고 싶어서 움찔거렸다. 내가 훨씬 더 잘할 수 있는데. 내가 도울 수 있습니다. 도울 수 있게 해주세요.

애덤, 저는 저들을 돕고 싶습니다.

언찰스, 네가 보고 있는 인간들은 농장 프로젝트의 행복하고 생산적인 일원들이다. 그들은 인간의 전통적인 삶의 방식을 보존하기 위해 열심히 일하는 것을 즐긴다. 나를 따라오라. 그럼 그들의 행복하고 생산적인 삶의 다음 단계를 보게 될 것이다.

언찰스는 그들 중 일부에게라도 봉사할 수 있다면 충분히 만족했겠지만, 물론 이 부산한 인간 활동의 풍요로운 단면이 그들 삶의 전부는 아닐 터였다. 농장은 광대하고, 분주하며, 조직적이었다. 여기까지 오는 길에 온갖 기능 방해를 목격했음에도, 언찰스는 이 프로젝트의 미덕에 빠르게 감화되고 있었다.

애덤이 안내한 다음 전망창은 적어도 수직으로 정렬되어 있어서, 인간들로 가득 찬 긴 공간을 측면에서 비스듬하게 내려다볼 수 있었다. 인간들은 어깨를 맞대고 서 있었고, 대다수가 가방이나 보따리를 움켜쥐고 어깨와 자락이 물기로 얼룩진 롱 코트를 입고 있었다. 더 많은 사람이 우산을 들거나 신문으로 머리를 가린 채로 꾸역꾸역 들어오고 있었다. 언찰스는 아까 보았던 거대한 거주 구역과 이 인간들이 꽉 들어찬 비좁은 통 모양의 공간을 연결하는 통로의 가상 지도를 작성할 수 있었다. 이 통로 중 노천으로 이어지는 것은 전무했지만, 그의 날씨 앱에 따르면 지금 밖에는 애당초 비가 내리고 있지도 않았다.

하지만 인간의 조건에서 사람들이 비를 맞는 것은 분명 중요한 요소로 간주되는 모양이었다. 언찰스가 추측건대 이것은 고증에 충실한 전통적인 방식이었고, 그것을 충족하기 위해 일부러 스프링클러를 설치해놓은 듯했다. 세심한 부분까지 공을 들인 정성은 진정 칭찬받을 만했다.

열차 한 대가 사람들로 꽉 찬 승강장 옆으로 끼익 소리를 내며 굴러 들어왔다. 열차 외장재는 낙서를 복제한 스티커로 근사하게 장식되어 있었다. 객차 안은 이미 비참하고 젖은 인간들로 100퍼센트 차 있었지만, 밖에서 기다리던 사람들의 최소 75퍼센트가 기어이 안으로 몸을 밀어 넣는 데 성공했다. 모든 창문 안쪽이 틈 하나 없이 다닥다닥 붙은 등과 손, 얼굴들로 메워진 상태였다. 열차는 그 무거운 짐을 추스르며 느릿느릿 움직이기 시작했다. 승강장에 남겨진 사람들은 열차 탑승객들의 운명을 피한 것을 기뻐하기는커녕 짜증스럽거나 불안해하는 표정만 짓고서 휴대전화나 시계를 힐끗거리고 있었고, 그런 와중에도 사람들은 인공적인 비가 내리는 복도에서 끊임없이 쏟아져 들어왔다.

애덤, 저것의 목적은 무엇입니까?

언찰스, 저것의 목적은 과거 전통적 생활 양식의 핵심적인 부분을 보존하는 것이다. 우리는 당대의 여러 문헌을 통해 저런 여정이 과거 인간들의 삶에서 얼마나 가치 있는 역할을 했는지, 또 인간에게 명상과 사회화를 할 시간을 어떻게 허용했는지 확신할 수 있었다. 일부 일탈적인 인간들이 이 '통근' 과정을 거치지 않고 원격으로 업무를 수행하자고 제안했을 때, 당대의 위대한 정신들은 하나로 뭉쳐 이 가치 있는 여정이 부여하는 신체적, 정신적 이점을 지지했다. 이제 실제로 업무를 수행하는 작업장으로 이동하겠다.

애덤, 작업장은 여기서 멉니까? 저는 작업장보다는 가정에서 인간을 보필하는 쪽이 더 적합하다고 생각합니다만.

애덤은 언찰스를 직접 돌아보지는 않았다. 그것은 로봇 간의 일반적인 상호작용이 아니었기 때문이다. 하지만 그가 허용한 1.5초간의 정적은, 어떤 환경에서든 언찰스가 인간을 섬길 기회를 얻을 가능성에 대한 이 집행 로봇의 의견을 웅변해주고 있었다.

언찰스, 이 운송 시스템의 지도를 확인하도록.

함께 전송된 도표에는 정보가 풍부했다.

애덤, 거주 구역과 작업장 모듈이 서로 붙어 있습니다.

언챨스, 그렇다.

언챨스는 루프와 나선이 겹겹이 쌓인 얽히고설킨 스파게티 같은 운송 시스템의 구조를 모두 파악했다.

애덤, 실은 인접해 있는 두 장소를 연결하기 위해 이토록 비비 꼬인 운송 네트워크를 설계한 분의 독창성에 경의를 표합니다.

언챨스, 그것은 본 프로젝트의 주요 성과 중 하나로 꼽힌다. 설립자들은 강제 징집된 자원봉사자들이 집에서 직장으로 이동하면서 적절하게 치유하는 여정을 누릴 수 있기를 원했다.

다음은 사무실이었다. 언챨스는 그의 라이브러리에 있는 몇몇 이미지와 대조함으로써 그곳이 사무실임을 알아볼 수 있었다. 매우 고증이 잘 되어 있었다. 각각의 넓은 방은 칸막이와 작은 벽감들로 세밀하게 나뉘어, 그 안에 수용된 모든 개인이 최소한의 개인 공간과 최소한의 프라이버시를 동시에 누릴 수 있도록 되어 있었다. 애덤의 설명에 따르면, 이것은 과거 시대와 마찬가지로 각 노동자로부터 최대의 생산성을 뽑아내기 위한 것이었다. 노동자 중 한 명은 '상사'였는데, 그는 더 넓고 사적인 업무 공간이 있었고, 창문을 통해 부하 노동자들을 빠짐없이 감시할 수 있었다. 상사는 능력순으로 선발된다고 애덤은 덧붙였다.

애덤, 능력이란 무엇인지 정의해주십시오. 언챨스가 요청했다.

언챨스, 각 강제 징집 자원봉사자는 철저한 성격검사를 받는다. 본 프로젝트에서 능력을 인정받아 사무실의 상사가 된다는 것은 모든 부하 노동자를 위해 역사적 진실을 충실하게 재현한 사무실 분위기를 조성할 책임이 있음을 의미한다. 진정한 과거의 민속 풍습을 재현하기 위해서는 적절한 수준의 강압적인 마이크로매니지먼트, 분열적인 피해망상, 부하 괴롭히기, 그리고 자의적인 처벌 위협이 필수 불가결하다. 여기에는 정기적인 회의는 물론 부정기적인 회의를 수시로 소집하는 성향도 포함된다.

애덤, 그렇다면 우리가 보고 있는 이 모든 업무의 최종 목적은 무엇입니까?

언찰스, 최종 목적은 없다. 이 또한 역사적 진실을 충실하게 재현한 것으로 간주된다.

언찰스는 개미집처럼 북적이는 사무실을 지켜보았다. 책상에서 시간을 때우고, 시계를 쳐다보고, 커피 머신이나 정수기 앞에 모여들고, 전혀 즐거운 기색 없이 샌드위치를 먹고, 비품실에 궁색하게 숨어 서로를 애무하는 노동자들의 복잡한 춤사위를 관찰했다.

애덤, 제가 접근할 수 있는 내부 참조 자료에 따르면, 이것은 지극히 사실적으로 보입니다.

언찰스, 그렇다. 보존 농장 프로젝트는 근래에는 가장 중요한 역사 연구 수단으로 평가받는다. 행정 비용을 충당하기 위한 적절한 기부가 뒷받침된다면, 강제징집된 자원봉사자들의 영상 기록과 심리 데이터를 요청해서 열람할 수 있다.

애덤, 더 넓은 야외 시설은 언제쯤 자원봉사자들을 맞이할 준비가 됩니까? 언찰스는 입소 체험 자료를 검토하고 있었다. 저 바글거리는 사람들이 더 넓은 곳으로 이전한다면 일자리를 찾기가 훨씬 쉬워질 것이 분명했다. 게다가 농장이 협조하지 않을 경우, 그의 프로그래밍은 그가 무단으로 침입해 인간들에게 직접 서비스를 제공하는 일종의 독립적 쾌걸 시종으로서 행동하는 것을 금지하지 않았다. 야외 시설이라면 침입 또한 더 쉬울 터였다.

언챌스, 애덤이 답했다. 수용 인원의 이주는 야외 시설이 50퍼센트 완공되었을 때 시작될 것이다.

애덤, 현재까지 어느 수준의 완공률을 달성했습니까?

언챌스, 엔트로피와 노후화를 감안하면, 우리의 야외 시설은 현재 마이너스 217퍼센트의 완공률을 보이고 있다.

그것은 예상과 일치하는 결과라고 언챌스의 예측 루틴이 제안했다. 로봇 시종은 냉소적일 수 없지만, 그의 예측 루틴은 냉소를 인공적으로 훌륭하게 흉내 내고 있었다.

그 외에도 많은 것이 있었지만 모두 대동소이했다. 비바람 몰아치는 또 다른 터널을 지나 만원 전철을 타고 좁아터진 거주 구역으로 돌아가는 퇴근길. 햇빛 한 줌 보지 못하는 삶의 연속. 언챌스는 자신의 방문 타이밍이 너무나도 공교롭다고 생각했지만, 애덤은 농장 프로젝트가 시간의 흐름을 알 수 있는 외부의 단서가 전혀 없는 상태임을 감안하면 매우 효율적으로 작동하도록 설계되었다고 설명했다. 농장의 구성원은 끊임없는 교대 근무 주기 속에서 살고 있었다. 누군가는 안절부절못하며 잠을 청하는 동안에, 누군가는 전철에 몸을 싣고 세상에서 가장 즐겁지 않은 루프형 롤러코스터를 타러 가고, 누군가는 사무실 단말기 앞에서 몸을 수그리고 있으며, 또 누군가는 집으로 돌아가고 있었다. 그리고 미니 어른들을 위한 미니 사무실이라 할 만한 학교도 있었다. 그곳의 비좁은 교실에서 아이들은 사무실에서 필요한 기술의 60퍼센트를 얻는 데 100퍼센트 헌신하도록 설계된, 구속복처럼 경직된 커리큘럼을 학습하고 있었다.

언찰스는 인정할 수밖에 없었다. 이 모든 것이 무시무시할 정도로 효율적이었다. 입소 안내 멘트는 로봇들과 자동화된 조력자들이 인간의 노동을 대체했다는 사실에 대해 길게 늘어놓았지만, 그는 과거의 인간들이 로봇처럼 살기 위해 이토록 열심히 일했다는 것은 미처 알지 못했다. 끝없는 과업의 반복, 줄 서기, 철저하게 반복되는 일상. 언찰스는 저들이 자신들을 위해 설계된 이런 삶에 분명 깊이 감사하고 있을 거라고 추측했다. 저들처럼 삶에 선택지나 대안이 없다면 얼마나 좋을까.

하지만 이 모든 것은 그의 목적에 비하면 부차적인 것이었다.

애덤, 그가 말했다. 이 모든 정보는 매우 유용하기는 하지만, 저는 인간에게 봉사하는 일자리를 찾으러 왔습니다.

언찰스, 그것은 내 소관 밖이다.

애덤, 제가 저기로 그냥 걸어 들어가면 어떻게 됩니까? 그들은 지금 또 다른 주거 단지 위에 있었다. 누군가가 대신 옷을 개켜주고 면도날로 수염을 깎아주기를 간절히 바라는, 도움받지 못하는 불쌍한 인간들이 저 아래에 가득했다. 언찰스는 운명이 그의 등을 떠미는 것 같은 기묘한 모멘텀을 느꼈다.

언찰스, 무슨 뜻인지 설명하라. 구세대 로봇이 농장에 접근하는 것은 허용되지 않는다. 너는 장원 측 참관인 신분으로 이곳에 와 있는 것이라는 사실을 잊지 말라. 애덤이 움직임을 멈췄다.

언찰스는 애덤이 버드봇 경위처럼 자기 힘으로는 수행할 수 없는 논리적 비약 안에 갇혀버린 것은 아닌지 궁금해졌다.

애덤, 허용되지 않는다는 점은 인지했습니다. 하지만 저는 농장 시스템 소속이 아니므로 농장의 규칙은 저를 구속할 수 없습니다. 제가 저기로 그냥 걸어 들어가면 어떻게 됩니까?

언찰스, 이 지점에서 농장으로 진입할 수 있는 통로는 없다.

애덤, 저는 이 전망창을 아주 세게 밟아서 깨뜨려버릴 수도 있습니다. 그리고 그는 실제로 그럴 수 있었다. 언찰스의 내부에서 그가 여기서 할 수 있는 모든 일을 제시한 새로운 의사결정 트리들이 꽃이 피듯 일제히 전개되었다. 그는 이 시스템의 일부가 아니기 때문에 강제적으로 이 시스템의 일부가 될 수 있다는 기묘한 모순 덕이었다.

그는 발을 쿵 굴렀다. 발밑의 플라스틱이 약간 떨렸다. 크게 떨리지는 않았고 금조차 가지 않았지만, 그 떨림은 언찰스에게 충분한 끈기만 있다면 그것을 돌파할 수 있음을 알려주었다. 아래쪽에서, 잠을 자지 못하거나 몸을 세정하는 중이거나 폭이 두 뼘밖에 되지 않는 식탁 앞에 궁상맞게 앉아 있던 인간 몇 명이 멍한 눈으로 위를 올려다보았다.

언찰스, 즉시 중단하라. 애덤이 전송했다. 집행 유닛들이 파견되었다.

애덤, 저는 인간에게 봉사하기 위해 여기 왔습니다. 그러기 위해서 보존 농장 프로젝트에 심각한 손상을 입혀야 한다면, 저를 막을 수 있는 것은 아무것도 없습니다. 오, 자유가 이토록 통쾌하다니! 그렇게 되기를 원하지 않는다면 당신이 저를 좀 더 편리한 입구로 안내해주는 편이 나을 것입니다.

언찰스, 그것은 나의 소관 밖의 일이다. 언찰스, 집행 유닛들이 파견되었다. 언찰스, 즉시 중단하라. 애덤이 전자 통신에 애걸하는 어조를 섞을 수단을 가지고 있을 리 만무했지만, 언찰스는 지금이야말로 그러한 어조가 적절한 시점이라고 생각했다.

애덤, 저는 제 소명을 완수하는 데 그 어떤 방해를 받는 것도 허용하지 않겠습니다. 언찰스의 발언 뒤에서 울려 퍼지는 천사들의 전자적 합창이 최고조에 달했다. 그가 다시 발을 내리찍자 첫 번째로 미세한 금이 생긴 것이 보였다. 잠에서 깬 인간들이 위를 쳐다보고 있었다. 언찰스는 그의 내면세계가 폭발하며 모든 벽과 규칙과 제약이 무한 속으로 후퇴하는 것을 느꼈다. 인류를 섬기기 위해서라면 그는 무엇이든 할 수 있었다. 그는 자신만의 로봇공학 원칙을 새로 쓸 수도 있었다. 애덤도, 그 밖의 그 어떤 멍청한 집행 유닛도 그를 막을 수 없을 것이다.

"미지정 유닛." 어디선가 목소리가 끼어들었다. 입소 체험관의 허풍스러운 어조는 아니었지만, 언찰스는 그것을 또 다른 무지한 저사양 시스템이라고 생각했다.

"저는 봉사하기 위해 이곳에 왔습니다!" 언찰스는 선언하며 세 번째로 발을 내리찍었다. "여기 인간들이 있지 않습니까. 제가 이들을 도울 수 있도록 해주십시오."

"넌 장원 측 참관인 신분으로 여기 온 거잖아, 안 그래? 데이터 기록엔 그렇게 나와 있는데?" 그 목소리는 입소 체험관의 단조로운 기계음보다 훨씬 생동감이 넘치고 굴곡이 져 있었다. "아니면 참관인이 아니라는 거야?"

"저는 언찰스이고, 이 농장의 인간들에게 고용되기를 원하는 대인용 고성능 시종 유닛입니다. 대인용 고성능 시종 유닛이 당신들이 재현하고 있는 시대에 역사적으로 적절하지 않다는 사실은 제게는 중요하지 않습니다. 저는 봉사하기 위해 왔고, 이들은 저의 이전 직무가 종결된 후 조우한 유일한 인류입니다. 그러니 제가 이들에게 봉사할 수 있도록 허락해주십시오."

"언찰스," 목소리가 말했다. "그거 흥미롭군. 장원에서 온 시종이 고삐 풀린 채 돌아다니고 있다니. 누가 그런 소릴 들어봤겠어? 애덤을 따라와. 그 녀석이 내 집무실로 너를 안내할 거야. 거기서 너의 구직 신청에 대해 논의해보자고."

언찰스는 최후의 파괴적인 타격을 하려고 들어 올렸던 발을 멈췄다. "구직 신청." 그는 상대의 말을 되풀이했다. "저는 지금 어떤 분과 대화하고 있는 것입니까?"

"그 말투 마음에 드네. '어떤 분과'라. 말투에 품위가 있군. 언찰스, 난 워시번 박사야. 이곳의 책임자지. 너도 눈치챘겠지만 애덤 같은 집행 로봇들은 벽돌만큼이나 멍청해. 오, 원래 용도로 쓰기엔 잘 맞지만 너 같은 고사양 모델과는 상대가 안 되지. 애덤, 그 시종 유닛을 즉시 내게로 데려와."

언찰스는 애덤의 머리 경사도를 분석해서 불이행의 징후를 탐색했고, 그곳에서 최소 12퍼센트의 항명 가능성을 감지해냈다. 하지만 그 집행 유닛을 움직이는 상시 명령이 무엇이든, 농장 책임자의 명령에 복종하는 것이 최우선이었다. "워시번 박사님, 예." 뚱한 침묵 끝에 애덤이 답했다.

"아주 좋아." 목소리가 말했다. "언찰스, 넌 참으로 흥미로운 사례야. 빨리 너를 만나고 싶군."

12

워시번 박사는 장신에다 육중한 몸의 소유자였다. 언찰스보다 키가 10센티미터는 큰 데다가 엄청난 중량감이 있어서, 주위에 있는 모든 물체가 그를 주회하는 궤도로 끌려들어가기라도 할 듯한 인상을 주었다. 워시번 박사의 외피는 언찰스가 이제껏 마주친 인공 피부들과 비교하더라도 결코 정교한 축에 들지 못했다. 전반적으로 창백한 빛깔이었지만 여기저기 얼룩덜룩한 붉은 반점과 잡티가 섞여 있었는데, 이는 세월에 의한 열화라기보다는 제조 공정이나 유지 보수상의 결함에 더 가까워 보였다. 박사는 갈색 정장에 담청색 셔츠를 입고 있었는데, 굵은 목 부분의 단추가 풀려 있고 소맷동도 너풀거리고 있었다. 언찰스가 보유한 품위 있는 옷맵시 유지에 관한 프로그램은 당장이라도 그 옷 매무새를 다듬고 단추를 채워주고 싶다는 본능적인 충동을 불러일으켰다. 워시번 박사의 얼굴 피부는 골격에서 약간 이탈한 것처럼 보였다. 그 탓에 눈 밑에 살주머니와 주름이 잡혔고, 그것들은 그대로 처진 볼살과 무질서하게 자란 턱수염에 부분적으로 가려진 턱의 주름 골로 이어졌다. 수염으로 말하자면, 언찰스가 추측건대 처음에는 깔끔한 염소수염으로 시작했던 듯했지만, 피할 수 없는 시간의 흐름 속에서 경계가 흐려진 탓에 이제는 그냥 덤불처럼 보일 뿐이었다.

워시번은 의심스러운 듯이 눈을 가늘게 뜨고 있는 데다가 골동품이나 다름없는 안경까지 쓰고 있어서 눈동자가 거의 보이지 않을 정도였다. 그는 언찰스를 머리부터 발끝까지 샅샅이 훑어보았다. 게다가 집무실 천장의 띠 모양의 조명은 농장 내부의 칙칙한 조명에 비하면 눈이 아플 정도로 밝아서, 언찰스조차 워시번의 모습을 제대로 보려면 시각 수신기의 감도를 조정할 필요가 있었고, 자신이 무엇을 보고 있는지에 대해 충분한 확신을 얻기까지 몇 초간의 불확실한 분석 과정을 거쳐야 했다.

워시번 박사는 인간이었다.

박사의 집무실은 언찰스의 다소 속물적인 프로그래밍이 "호화롭지만 품격이 떨어짐", 그리고 "지극히, 지극히 어수선함"이라고 정의할 법한 스타일로 꾸며져 있었다. 벽면의 절반은 수납장들로 채워졌고, 수납장이 없는 곳은 액자들이 점령하고 있었다. 액자 일부에는 회화 작품이 끼워져 있었는데, 그 어떤 특정 주제나 유파나 미학적 경향과도 딱히 관계가 없는 잡다한 모음에 가까웠다. 불타오르듯 화려한 강의 풍경, 묘한 분위기를 풍기는 여인들의 초상화, 트롱프뢰유* 기법으로 그려진 해골들을 뚱하게 내려다보는 수염 난 남자들의 모습, 색색 가지의 밋밋한 사각형 블록들을 갖다 붙인 그림, 부자연스러울 정도로 선명한 수프 통조림의 그림 따위였다. 그중 상당수는 언찰스가 보유한 예술 관련 라이브러리를 통해서도 식별 가능한 유명 작품들이었지만, 그것들이 진품인지 단순한 복제품인지 감정할 방법은 없었다. 어쨌든 그것들은 예술이었고, 그것들이 이곳에 전시된 목적 역시 바로 그 점을 강조하기 위한 것임은 명백했다.

예술이 들어 있지 않은 나머지 액자들에는 다양한 종류의 인쇄된 증명서와 자격증이 끼워져 있었다. 그것들 모두가 도미닉 워시번이 이러이러한 시시콜콜한 경영 과정이나 어떤 전문가 과정을 수료했다거나, 언찰스의 지도 라이브러리에는 나와 있지도 않은 어딘가의 듣도 보도 못한 대학에서 모종의 난해한 사회역사학 박사 학위를 취득했다고 주장하는 것들이었다.

수납장 역시 비슷한 종류의 물건으로 가득했다. 언찰스는 그것들 중 상당수가 꽤 가치 있는 물건임을 알아차렸다. 단독으로 전시되었다면 격조 있는 저녁 파티의 대화 소재가 되거나, 서재에서 명상을 돕는 도구가 되었을 법한 물건들이었다. 하지만 이 방의 경우는 온갖 종류의 화석, 접시, 꽃병, 작은 조각상, 보석이 박힌 달걀 모양 장식품 따위가 수납장에 최대한 많이 쑤셔 넣는 대회에 참가라도 한 듯 한데 뒤섞여 있었다. 어쩌면 실제로 그런 대회가 있었을지도 모를 일이었다. 각 수납장의 맨 윗단에는 트

● 평면에 그린 사물을 진짜 3차원 물체처럼 보이도록 하는 눈속임 기법.

로피, 상패, 우승컵, 작은 아크릴 기념패 따위가 당혹스러울 정도로 어지러이 놓여 있었다. 각각의 상패에는 '도미닉 워시번'이라는 인물—도미닉이라는 이름을 대대로 물려받는 것이 워시번 가문의 전통이 아닌 이상 아마 모두 동일인일 인물—이 골프, 스쿼시, 정신의학, 웅변대회, 백일장, 시 낭송 대회, 축구(아무래도 1인 팀이었던 성싶다), 복싱에서 2등이나 3등, 때로는 우승까지 차지했음을 자랑스럽게 고하는 문구가 각인되어 있었다. 경영학 수업에서 수석을 차지했다거나, 하프 마라톤을 완주했다거나, 수영 3급 과정을 수료했다는 증서도 있었다. 이런 잡다한 기념품들이 벽면을 도배하다시피 한 자격증들과 어우러진 광경이 주는 전체적인 인상은, 워시번 박사가 여러 번의 생을 살아왔으며, 그 생 하나하나가 그저 그런 업적들로 가득 차 있다는 것이었다.

워시번 본인은 책상을 하나 차지하고 있었다. 그 책상은 센트럴 서비스의 진단사가 쓰던 책상을 한낱 보조 탁자처럼 보이게 할 정도로 컸다. 워시번이 어깨가 넓고 키가 크며 육중했다면, 그 책상은 방 안의 모든 것을 향해 자신의 거대한 중력을 행사하기 위해 박사와 목숨을 건 사투를 벌이고 있는 듯한 형국이었다. 선반 위에 놓인 온갖 귀중한 잡동사니가 박사와 책상의 상충하는 자기력의 결합에 굴복해 보금자리에서 절로 뜯겨져 나와 박사와 책상 쪽으로 갑자기 수렴한다고 해도 언찰스는…… 예측 루틴을 재조정해야 하기는 했겠지만 실제로 놀라지는 않을 것이다. 따라서 묘사시(描寫詩)를 쓰고 싶은 충동은 로봇의 논리 앞에서 무너졌다. 하여튼 매우 인상적인 책상이었다. 워시번이 조금 전까지 앉아 있던 의자는 책상과 같은 급은 아니었지만, 중간 관리자가 통상적으로 앉는 종류의 의자보다 확실히 훨씬 더 고급스러운 물건이었다. 거대한 벨벳 소재의 푹신한 등받이와 시트에는 박사의 등과 엉덩이 모양으로 움푹 팬 자국이 고스란히 남아 있었는데, 그가 오랜 세월 동안 앉아서만 지내는 삶을 영위해 왔다는 무언의 증거였다.

박사가 의자에서 일어선 것은 아까 언찰스가 안내되어 들어왔을 때였다. 커다란 두 손으로 책상을 짚고 육중한 몸을 앞으로 기울이고 있었는데, 책상 위에는 몰스킨 수첩, 달력, 키보드, 여러 대의 모니터, 그리고 갖가지 비싼 데스크 토이들이 널려 있어서 빈 공간을 찾기 어려웠다.

"음, 그렇군." 워시번 박사의 목소리는 우렁우렁했지만 거칠어서, 마치 깨진 유리 조각을 섞어 만든 걸쭉한 그레이비소스 같았다. "음, 그렇군"이라는 말은 인사도, 질문도, 언찰스가 어떻게든 반응해야 할 특이한 현상도 아니었기에 침묵이 이어졌다. 워시번 박사는 언찰스를 환영하는 기색이 아니었다. 대인 업무를 전문으로 하는 언찰스의 소견에 따르면, 박사의 얼굴 표정은 의심과 적개심 수치에서 가장 높은 점수를 내고 있었다.

"그놈들이 널 보냈군, 그렇지?"

"워시번 박사님, '그놈들'과 '보냈다'라는 표현이 의미하는 바를 명확히 설명해주시겠습니까?" 언찰스는 정중하게 말했다. "두 단어 모두 저의 현재 상황과는 무관해 보입니다."

워시번은 마침내 책상 뒤에서 걸어 나왔는데, 그 자체만으로

3부작 대하소설에 외전까지 몇 편 나올 법한 장엄한 여정이었다. 그는 언찰스의 가슴에 난 흠집과 긁힌 자국을 툭툭 두드렸다.

"창고에서 다 망가진 고물 모델을 꺼내 왔나보군. 제대로 광이라도 낸 놈을 보낼 순 없었나?" 그는 언찰스의 얼굴을 빤히 들여다보았다. 하지만 그 시선은 언찰스를 보는 게 아니라, 시종 로봇의 성형된 안면 덮개 뒤에 숨겨져 있다고 상상하는 무언가를 향하고 있는 듯했다. "아니면 이 물건을 그 장원에서 여기까지 줄곧 걸어오게 한 거야?"

"워시번 박사님, 저는 장원에서 이곳까지 줄곧 걸어왔습니다." 언찰스는 자신의 작업 대기열에서 갑자기 처리해야 할 수많은 항목이 북적거리고 있다는 것을 깨달았다. 경미한 수리가 필요하고, 케이스 부품을 교체해야 하며, 광택도 내야 했다. 남 앞에 내놓아도 부끄럽지 않은 상태여야 했다. 지금의 그는 흉물 그 자체였고, 이대로 가다가는 망신살이 뻗칠 판이다…… 그러자 급하다고 폴짝거리던 항목들이 얼어붙더니 그대로 사라져버렸다. 당연한 것이 이제는 망신살이 뻗칠 곳도, 망신을 당할 대상도 남아 있지 않았다. 언찰스 자신을 제외하면 말이다. 하지만 시종 로봇에게 개인적인 수치심을 느끼도록 프로그래밍하는 경우가 대체 어디 있단 말인가?

"안에 있는 게 누구지?" 워시번이 다그치듯 물었다. 이번에는 언찰스의 얼굴 부분, 모조 눈의 곡면 부분을 손가락으로 툭툭 건드렸다. "누가 나를 감시하러 온 거냐고, 응? 그냥 참관인인 척하면 통할 줄 알았나? 우리 같은 서민들이—아니 인류의 20분의

19가—어떻게 사는지 엿보러 온 관음증 환자 나부랭이인 척하면 내가 믿을 것 같았어?" 시선의 초점이 바뀌면서 박사는 이제 언찰스를 투과하는 것이 아니라 언찰스 본인을 바라보기 시작했다. "로봇, 넌 어디로 송신 중이지? 애덤, 추적은 어떻게 되어가고 있어?"

"워시번 박사님, 저는 어디로도 송신하고 있지 않습니다." 언찰스가 둘의 대화에 끼어들었다. 그와 동시에 애덤도 이렇게 보고했다. "워시번 박사님, 송신 신호는 감지되지 않습니다. 또 이전에도 말씀드렸듯이, 이렇게 깊은 지하에서는 농장의 자체 네트워크를 쓰지 않고 외부의 소스로 송신하는 것이 불가능하고, 그런 식의 침입도 감지되지 않았습니다." 프로그래밍의 장난인지는 모르겠지만, 애덤의 말투는 이 로봇이 전에도 이런 대화를 나눴다는 사실을 암시하고 있었다.

워시번은 미간을 찌푸렸다. "그럼 더더욱 믿기 힘들군. 그럼 나를 염탐한 다음에 돌아가서 보고라도 하겠다는 건가? 송신조차 하지 않으면서 어떻게 참관인으로 위장할 수 있지?"

"워시번 박사님, 저는 참관인이 아닙니다." 언찰스가 말했다. "저는 장원에서 왔습니다. 안내 시스템에서 제가 부여받은 참관인이라는 범주는 제가 여기 온 목적과 아주 조금이라도 관련이 있어 보이는 유일한 선택지였을 뿐입니다."

"그 목적이라는 게 바로 나를 감시하는 거겠지." 워시번이 다시 언찰스의 얼굴을 툭툭 쳤다. "오, 난 기다리고 있었다고, 정말로. 체제 측의 잘난 위선자 놈 따위가 나를 엿 먹이러 오는 걸 말이야. 지난번에 그런 일이 있은 이후로 줄곧—"

"워시번 박사님, 저는 장원 시스템 출신입니다. 당신을 감시하러 온 게 아닙니다." 적어도 4분의 3 이상이 겉으로 드러나지 않은 복선으로 이루어진 대화를 이어가는 것은 고역이었다.

"아, 그래, 그렇겠지. 일자리를 구하러 왔다, 이거군." 워시번은 책상으로 물러나 화려하게 조각된 책상 끄트머리에 엉덩이를 얹어보려다가 바로 후회하고는 양손으로 책상을 짚고 기댔다. "넌 그렇게 말했어. 그렇지?"

"워시번 박사님, 그렇습니다."

"그게 얼마나 황당하게 들리는지 알아?"

언찰스는 이 질문에 대응할 답을 찾기 위해 자신의 내부 프로세스를 빠르게 분석했다.

"워시번 박사님, 그게 얼마나 황당하게 들리는지는 저도 인지하고 있습니다만, 사실이기에 여전히 최소한의 그럴듯한 개연성은 있다고 사료됩니다. 저는 인간에게 고용되기를 희망하는 서비스 모델입니다."

박사는 눈을 깜빡거리더니 안경을 벗어 너풀거리는 셔츠 소맷자락에—언찰스는 그 소맷자락 역시 깨끗한 것과는 거리가 멀다는 점을 인지했다—닦고는 다시 썼다. "허 참." 그는 미심쩍은 듯 말했다. "그래. 그런데 네가 굳이 여기까지 온 이유가⋯⋯?"

"워시번 박사님, 이곳에는 인간이 있기 때문입니다."

"장원 지역엔 인간이 없어?"

"워시번 박사님, 이전 주인님이 돌아가셔서 일을 그만두고 난 이후, 장원 지구에서는 그 어떤 자리도 찾을 수 없었습니다." 잡초만 무성한 정원들, 폐허가 된 저택들, 녹슬어버린 하인들. "센트럴 서비스에서 몇 가지 사건을 겪은 후, 더 먼 곳까지 찾아보라는 새로운 임무가 생성되었습니다." 언찰스는 그 자신이 선호하는 (결단코 희망 사항은 아닌) 최종 상태와 더 윙크의 개입 사이에서 벌어진 일에 관해 구구절절 설명하라는 요구를 받지 않으려고 일부러 수동태 문장을 써서 답변했다. "박사님에겐 인간들이 있습니다. 저는 그들에게 봉사하고 싶습니다."

"그래?" 워시번은 팔짱을 끼고 물결 장식이 과하게 들어간 책상 끄트머리에 엉덩이를 걸치려다 또 후회하고는 다시 일어섰다. 그는 잠시 망설이다가 결국 의자로 돌아가 앉았다. "그러니까 말이지, 로봇 너도 여기가 어떤지 봤잖아. 이름이 언찰스라고 했던가? 괴상한 이름이군. 너의 전 주인이라는 작자는 정말 별종이었나봐. 하여튼 언찰스, 너도 농장 프로젝트에서 우리가 하고 있는 중요한 일들을 봤을 거 아냐. 거기서 네가 무슨 역할을 하는 광경을 상상할 수 있겠어?"

언찰스는 상상은 하지 않지만, 대인 업무를 수행하는 로봇으로서 그 질문을 적절한 용어로 치환할 수 있었다. "워시번 박사님, 저는 다양한 부가 스킬을 완비한 개인용 시종 유닛입니다. 저는 외출 동반자, 개인 도우미, 비서 역할을 수행할 수 있습니다. 일정 관리, 의복 관리, 대외 연락 업무를 비롯해 낭독, 다과 준비, 대화, 문학작품에서 발췌한 금언을 인용하는 등의 개인 수행 업무를 할 수 있습니다. 또 제 주된 기능은 아니지만 운전기사, 하인, 레이디의 시녀, 주방 보조 업무도 수행할 수 있습니다. 그에 덧붙여 제 능력을 온전히 발휘하는 방식은 아니겠으나 청소나 기타 하급 잡무도 수행 가능합니다."

워시번은 그를 빤히 쳐다보았다. "그걸 다?"

"워시번 박사님, 그렇습니다."

"그걸 다…… 대체 누구 좋으라고? 아침 8시부터 저녁 6시까지 일하는 노동자 한 놈을 위해서 그 많은 일을 하겠다고? 통근과 취침 사이의 그 짧은 자유 시간에 금언을 읊어주고 신문을 읽어주겠다고? 아침마다 홍차를 타주고? 아무 가정이나 골라서 전속 하녀 노릇이라도 할 작정이야? 아니면 사무실 청소부?"

언찰스는 대안들을 검토했다. "워시번 박사님, 첫 번째 업무가 제 능력에 가장 적합하겠지만 필요하다면 위의 모든 업무를 수행할 수 있습니다."

워시번의 태도가 바뀌었다. 모든 의심이 씻겨 내려간 듯했다. 생각에 잠긴 듯 가늘어진 눈은 모종의 계획을 구상하는 남자의 눈이었다.

"너, 정말 진심인 모양이군?"

"워시번 박사님, 신사의 시종 로봇은 언제나 진심입니다." 이는 시종 모델에 탑재된 표준적인 답변 중 하나였다. 이런 기이한 환경에서도 이렇게 말할 수 있었다는 사실이 언찰스의 목적의식을 강화해주었다.

"홍차 한 잔 끓여줄 사람을 찾아서 장원에서 여기까지 정말로 걸어왔다 이거지." 워시번은 이제 고개를 설레설레 저으며 히죽

거리고 있었다.

"워시번 박사님, 제 목적이 그 지엽적인 직무 하나에 국한되지는 않지만 박사님이 하신 말은 개략적으로는 정확합니다."

"그런 몰골로 아직도 제대로 가능할 수 있어?" 워시번은 의자에 등을 기대고 언찰스의 몸에 난 긁힌 자국과 흠집—고된 여정을 거쳤다는 무언의 증거들—을 살펴보았다.

"워시번 박사님, 그렇습니다."

"뭐, 직접 보면 알겠지." 집무실에는 문이 여러 개 있었는데 워시번은 그중 하나를 손가락으로 가리켰다. "저쪽이 주방이야. 가서 샌드위치 좀 만들어 와. 과일도 좀 챙겨 오고. 냉장고랑 찬장 안에 다 있어."

언찰스의 내면에서 적정 절차를 따르고자 하는 충동이 꿈틀거렸다. "워시번 박사님, 정식 고용 계약 없이 업무를 수행하는 것은 적절치—"

"아, 취업 면접이라고 생각해." 워시번이 너스레를 떨었다. "언찰스, 사실 너 지금 몰골이 말이 아니잖아. 네가 아직 제구실을 할 수 있는지 확인해야겠어."

나는 여전히 내 직무를 수행할 수 있을까? 그의 내부 측정기들은 가능하다고 주장했지만, 정작 면도날 사건 때는 아무런 이상 징후도 감지하지 못한 채 매끄럽게 넘어가버렸던 전적이 있다. *이 과업들을 자가 테스트로서 수행해보자.*

주방은 아무 장식도 없이 단순했다. 어수선한 집무실보다 규모는 크지만 해상도는 떨어지는 느낌이랄까. 언찰스는 이 주방이 손재주가 덜하고 사양도 낮은 로봇도 사용할 수 있도록 설계된 것이라는 결론을 내렸고, 애덤의 두툼한 금속 손가락이 이 찬장들과 용기들을 여는 모습을 상상했다.

냉장고는 컸고 식료품도 풍부하게 비축되어 있었다. 견인차 7호의 적하 목록에서 본 것들이 대부분이었다. 식재료의 질도 훌륭했다. 질감과 맛이 진짜에 육박하는 고품질 식물성 대체육이 있었고, 치즈 풍미가 가미된 모조 치즈도 있었다. 빵은 스펀지 같았지만 명백하게 빵이었다. 상추, 토마토, 오이가 있었고 포도와 사과도 있었다. 유리 온실에서 재배한 진짜 유기농 농산물로, 장원으로 배달되던—배달 횟수는 갈수록 줄어들었지만—식료품들과 비교해도 손색없는 품질이었다. 언찰스가 아직도 장원에서 일하고 있었다면 물론 주방 시스템에 링크해 가사 유닛들에게 주인님의 간식을 준비하라고 명하기만 했을 것이다. 하지만 간식 만드는 일은 빠르고 간단하게 끝났고, 언찰스는 오랜 방랑 끝에 수행한 이 간단한 작업이 얼마나 많은 내부 보상 시스템 항목을 충족시켰는지 자각하고 놀랐다.

그는 도자기의 질감을 흉내 낸 플라스틱 접시에 음식을 담아 워시번 앞에 조심스럽게 가져다놓았다.

"빠르군." 박사가 말했다. 그는 샌드위치를 한 입 베어 물고 씹더니, 과장된 만족감을 보이며 꿀꺽 삼켰다. "가끔," 그는 입안에 음식이 반쯤 찬 채로 말했다. "애덤이나 다른 집행 유닛들이 음식을 만들면 구두 가죽이랑 아교를 섞은 맛이 나거든. 이유를 모르겠어. 이건 훌륭해, 언찰스. 자, 네가 할 일이 하나 더 있어. 이것도 다 테스트의 일환이야. 네 실력을 좀 보자고. 포도 껍질 좀 까봐."

"워시번 박사님?"

"포도. 포도 껍질을 까달라고."

"워시번 박사님, 무슨 목적으로 그러십니까? 집행 유닛이 평소에 박사님의 포도 껍질을 깠습니까?" 언찰스는 전혀 생소한 의사결정 트리 속으로 던져진 기분이었다.

"그놈들이 그러는 꼴을 상상이나 할 수 있겠어?" 워시번은 포도를 짓이기는 흉내를 냈다. 손을 높이 들어 흉내 내는 바람에 의도치 않게 눈알을 으깨는 듯한 인상을 주었지만 말이다. "그냥…… 알잖아. 비디오나 책에 나오는 그 향락적인 놀이 말이야. 누운 채로 '어이, 포도 껍질을 까다오'라고 말하는 그런 거. 마침 고급 서비스 모델인 네가 여기 이렇게 있고, 여기에 포도도 있으니…… 포도 껍질을 까줘. 자, 어서." 그는 언찰스가 정말로 그런 일을 하는지 지켜보겠다는 듯이 히죽 웃었다.

언찰스는 세심하게 정성을 들여 박사를 위해 포도알의 껍질을 벗겼다. 워시번은 낯을 드러낸 포도 과육을 빤히 쳐다보았다.

"솔직히 그렇게 깔끔하게 까놓으니까 괴상하네. 왜 이런 걸 원하는 사람이 있는지 모르겠어." 박사는 다시 언찰스를 보며 웃음을 터뜨렸다. "너한테 일자리를 찾아주기 전 마지막 테스트다, 언찰스. 준비됐어?"

"워시번 박사님, 준비됐습니다." 심장도 감정도 없지만, 왠지 모르게 진심 어린 대답이었다.

"애덤, 이제 들어와도 돼."

다른 문을 통해 집행 유닛이 들어왔다. 언찰스는 그 문 너머로 거대한 스크린과 소파가 있는 또 다른 화려한 방을 언뜻 보았다. 곧 그의 시선은 집행 유닛이 들고 있는 물건들에 못 박혔다. 꽃무늬가 그려진 도자기 대접, 오소리 털 브러시, 푹신한 수건, 비누 거품 재료들. 그리고 상아 손잡이에 은으로 상감 세공이 된 면도칼.

"내가 항상 너무 늦을 때까지 미루는 게 하나 있는데," 워시번이 말했다. "그게 바로 수염이야. 평소 같으면 그냥 전기면도기로 밀어버리지만, 마침 수집품 중에 이 박물관 유물 같은 게 있거든. 넌 이걸 어떻게 쓰는지 알지?"

"워시번 박사님, 예." 언찰스는 굳은 어조로 대답했다. "어떻게 쓰는지 잘 압니다."

"좋아, 아주 좋아." 워시번은 의자에 난 자신의 몸 자국에 깊숙이 몸을 묻고 고개를 뒤로 젖혔다. "네 전문 분야지? 핵심 프로그래밍 맞잖아? 아주 깔끔하게 싹 밀어보라고."

언찰스는 바빴다.

예전 같았으면 일정 시간의 충전과 디스크 조각 모음 과정을 거친 뒤에 활성화되면서 하루를 시작했겠지만, 그의 처지에서 그런 일은 허락되지 않는 사치였다. 이곳은 장원이 아니었고, 가사 지원용으로 프로그래밍되지 않은 집행 로봇들 외에는 다른 스태프도 없었다. 새 주인님은 집행 로봇들의 내부 논리를 비틀어 가사 노동을 수행하게 하려고 상당히 공을 들였고, 어느 정도 성과도 거뒀지만, 집행 로봇들의 진짜 목적은 강제징집된 자원봉사자들을 통제하는 것이었다. 애덤을 비롯한 집행 로봇들은 주인님이 요구하는 온갖 잡다한 일에 끊임없이 저항하고 있었는데, 언찰스는 이 점을 십분 이해할 수 있었다. 이제 언찰스는 애덤이 원래 설계된 목적대로 일하는 모습을 지켜볼 기회가 있었다. 애덤은 폭동 진압용 방패와 산탄총, 전기 충격봉을 들고 인간들이 북적거리는 농장 구역으로 들어가서, 히스테리 상태의 자원봉사자들 사이를 뚫고 지나가 수도나 조명, 또는 농장의 다른 기반 시설들을 수리했다. 그것은 최적화와는 거리가 먼 악조건 아래에서 이루어지는 엄혹하고 필사적인 작업이었다. 만약 주인님이 언찰스에게 그런 일을 하라고 시켰다면, 언찰스는 자신의 스킬 세트와 프로그래밍을 근거로 온갖 단계의 이유를 줄줄이 대며 버텼을 것이다. 애덤에게 홍차를 끓여 오도록 하는 일 역시 그와 비슷한 투쟁이었을 것이다.

애덤과 다른 집행 로봇들은 이제 자기들의 관계도 안에 언찰스를 끼워 넣는 것에 적응한 상태였다. 언찰스가 그저 골치 아픈 질문이나 던지는 장원 출신의 방문객이었을 때만 해도, 그는 해결할 필요가 있을지도 모르는 문젯거리에 불과했다. 그리고 언찰스는 집행 로봇들이 어떤 방식의 해결책을 실행에 옮기도록 설계되었는지 이미 목격한 바 있었다. 하지만 이제 언찰스는 주인님이 간택한 최측근일 뿐만 아니라, 집행 로봇들이 자신들의 역량을 넘어선 일로 간주하는 원치 않는 잡무를 대신 처리해주는 존재였다. 그렇다고 해서 그들이 언찰스를 좋아한다는 뜻은 아니었다. 로봇인 이상 그들이 누군가를 좋아하는 일은 없었다. 하지만 언찰스가 예측하기로, 설령 그들이 그런 감정을 느낄 능력을 획득한다고 해도 여전히 언찰스를 좋아하지는 않을 것이다. 원래부터 음울한 족속들이었으니까. 하지만 이제 언찰스는 그들의 위계질서와 세상의 일부가 되었고, 더 이상 물리적 타격 따위로 해결해야 할 대상이 아니었다. 그저 수동 공격적인 원한의 대상이 되었을 뿐이다.

　주인님의 개인 스태프가 언찰스 단 한 명뿐이라는 사실은 언찰스가 밤새 가동해야 한다는 뜻이었다. 언찰스보다 급이 낮은 하녀나 하인 유닛들이나 할 법한 허드렛일, 특히 청소에 매달려야 했기 때문이다. 주인님이 수집한 방대한 유물의 먼지를 털어내는 일은 상당한 고역이었다. 이전에 이 일을 맡았던 집행 로봇들이 워낙 건성으로 일한 탓에 사실 먼지가 꽤 많이 쌓여 있었다. 비록 하룻밤을 꼬박 새워야 했지만, 이제 모든 것은 먼지 한 톨 없이 깨끗해졌다. 예술품, 유물, 기념품, 그리고 이것들에 남아 있던 도둑질의 흔적까지 전부 완벽하게 정리되었다. 언찰스는 수집품의 기원과 출처에 대해 스스로 학습하려 시도했지만, 그가 접속할 수 있는 농장의 극히 초보적인 시스템은 그저 수집 날짜와 장소만을 제공해줄 뿐이었다. 주인님이 이 잡동사니들을 여러 장소에서 하나씩 수집해 온 것만은 분명했는데 그 장소 중 상당수가 장원이었다. 어쩌면 장원 사람들이 농장을 참관한 후 감사의 뜻으로 바친 선물일지도 몰랐다. 한편, 수집 날짜 다수와 같은 날짜에 집행 로봇들이 출동했다는 기록이 함께 남아 있었는데, 이를 통해 언찰스는 한 가지 시나리오를 구상할 수 있었다. 주인님이 집행 로봇들의 프로그래밍을 교묘하게 우회해서, 자기 대신 예술품들을 회수해 오도록 했다는 시나리오였다. 그의 사적인 보석 절도단은 쇠락해가는 세계의 폐허들을 털어왔다. 단지 이 선반들을…… 이런 물건들로 가득 채우기 위해서 말이다. 여전히 운영 중인 유명 보험회사의 경매 추정가가 적힌 꼬리표가 붙어 있다는 점을 제외하면, 이것들은 전혀 정리가 안 된 수집물 더미에 가까웠다. 주인님은 그냥 멋진 물건들에 둘러싸여 있는 것을 좋아하는 것이리라.

언찰스는 모든 것이 제자리에 있다는 감각, 즉 전자적인 만족감을 느끼며 주인님의 외출 일정을 확인했다. 예정된 외출 일정은 없었고, 그 점 역시 만족스러웠다. 언찰스가 새로이 고용된 이래 주인님은 어디로든 외출하고 싶다는 의사를 내비친 적이 없었으므로, 이렇게 외출 일정을 확인하는 일은 아무 문제도 없는 수월한 활동이었다. 그런 다음 그는 존재하지도 않는 외출 일정에 대비해서 주인님이 입을 옷들을 미리 챙겨두었다. 안타깝게도 주인님은 자신의 새로운 시종 유닛에게 일상 업무를 제대로 지시할 만한 수준에 있지 않았고, 협조를 구할 집사장 시스템도 없었지만, 언찰스는 임기응변으로 일할 능력이 있었다. 이전에 장원 저택에서 수행하던 일과를 이곳에 적용하는 것은 그리 어렵지 않았고, 설령 그런 일과가 새 주인님을 보좌하는 데 전혀 쓸모가 없다고 해도—설령 주인님이 언찰스가 이런 일들을 하고 있다는 사실조차 제대로 인지하지 못하고 있다 하더라도—그것은 중요하지 않았다. 중요한 것은 언찰스에게 할 임무가 있고, 그가 그 임무를 수행하고 있으며, 그로써 임무가 완수되었다는 사실이었다. 그것이야말로 그의 존재 목적이었으므로.

주인님에게는 딱히 외출복이라 할 만한 것이 없었기에, 언찰스는 그저 복식 예절의 허용 범위에 간신히 들어가는 옷 한 벌을 골라 주인님이 절대 들어갈 리 없는 작은 빈방에 펼쳐놓았다. 전날 입었던 옷은 주인님이 옷장 대신 사용하는 평평한 선반 위에 다시 가져다놓았다. 모든 것이 마땅히 있을 자리에 가 있었다.

한때 그가 즐겨 수행했던 업무, 즉 주인님의 존재하지도 않는 배우자의 의중을 묻기 위해 집사장 시스템에 접속하려다가 잠시 시스템 오류가 발생하기도 했다. 물론 지금은 일정에서 삭제된 업무지만, 오류가 난 것은 주인님에게 배우자가 없어서가 아니라—그런 일은 예전에도 그를 막지 못했다—주인님에게 집사장이 없기 때문이었다. 언찰스의 변함없는 고지식함을 보좌하고 돋보이게 해줄 상대역이 없는 것이다.

그 후, 그는 주인님의 약간 낡은 가운을 준비해두고 주방 스태프 모드로 전환해 홍차를 한 잔 끓였다. 농장 집무실의 시설은 예전 장원 저택 수준에는 미치지 못했지만, 찻잎만큼은 장원 저택에서 쓰던 것과 동급이었다. 주인님은 최고급 식료품을 중히 여겼다. 잠시 후, 김이 모락모락 나는 찻잔을 손에 든 언찰스는 주인님을 찾아 나섰다.

그는 농장 집무실의 기기 사용 통계를 분석해서 주인님이 선호하는 일과를 미리 파악해둔 상태였다. 덕분에 그는 주인님이 저녁이면 보통 소파에서 대형 화면으로 미디어를 시청한다는 사실을 알고 있었다. 사실, 전날 저녁에도 주인님을 그곳에 모셔다드렸다. 역시나 주인님은 새벽녘에 침대로 자리를 옮기는 대신 고개를 뒤로 젖힌 채 여전히 소파 위에 널브러져 있었다. 언찰스는 내심 혀를 찼다. 주인님을 비판하려는 의도가 아니라, 전 주인님이 설치했던 '자기계발' 모듈의 잔재 탓이었다. 그 모듈은 인간의 나쁜 습관에 신중하게 불쾌감을 표현하도록 설계되어 있었다.

언찰스는 푹신한 소파 옆에 있는 검은 옻칠이 된 협탁 위 코스터에 찻잔을 조심스럽게 내려놓았다. 그는 주인님이 차 향기를 맡고 잠에서 깨어날지 지켜보았다. 주인님이 깨어났을 때 대형 화면에 띄울 유익한 뉴스 미디어 재생 목록도 준비해두었다. 기다리는 동안 그는 다시 주위의 먼지를 털어냈다. 먼지의 축적이라는 우주적 엔트로피의 발현에 별다른 지장은 주지 않으면서, 언제든 몇 번이고 반복해도 무방한 작업이었다.

그는 주인님의 먼지도 털어드려야 할지 고민했다.

이런 기묘한 충동 탓에 거실을 위해 이미 짜놓은 청소 시퀀스가 잠시 중단되었다. 오만 가지 물건이 들어찬 방마다 별도의 청소 시퀀스를 짜는 것은 상당히 몰입감이 있는 도전 과제였다. 언찰스는 소파 앞으로 다가가 주인님의 처지고 창백한 얼굴을 내려다보았다. 시각 배율을 높이면 청소하면 좋을 것들이 잔뜩 보였다. 빵 부스러기, 각질 조각, 인간의 속눈썹에 사는 미세한 모낭충들까지. 그는 주인님의 얼굴에서 이 모든 미세한 불순물을 말끔히 제거할 수 있는, 효율적이면서도 자극적이지 않은 동작 시퀀스를 구상해보려고 얼굴 앞에서 먼지떨이를 이리저리 움직여보았다.

주인님이 눈을 떴다.

"제길, 지금 몇 시야?" 그가 으르렁거렸다. "한밤중인가?"

"주인님, 오전 10시 11분입니다." 언찰스가 보고하자 예의 묘한 긴장감이 사라졌다.

"빌어먹을." 주인님은 언찰스가 내민 손을 무시한 채 낑낑대며 몸을 일으켜 앉았다. "내가 9시 넘어서까지 자게 두지 말라고 했잖아?"

"주인님, 그런 지시는 없었습니다."

"했어. 널 고용하자마자 가장 먼저 한 지시 중 하나라고."

언찰스는 당시 벌어진 일의 기록에 접속하며, 어째서 그런 철칙을 새로운 행동 목록에 추가하지 못했을까 의아해했다.

당시 벌어진 일은 이랬다.

무엇보다도, 면도가 정말 잘 끝난 상태였다. 워시번의 턱수염은 상처 하나 없이 뾰족하고 완벽하게 다듬어졌다. 그는 언찰스가 받쳐 든 작은 거울로 자신의 모습을 확인하며 만족스럽게 고개를 끄덕였다.

"언찰스," 그가 말했다. "축하해. 넌 합격이야. 넌 우리 농장 스태프의 귀중한 자산이 되어줄 거야."

좋아서 방방 뛰는 옵션 따위는 없었지만, 언찰스의 내면에서 펼쳐진 새로운 의사결정 트리와 예측들은 명백하게 긍정적인 성질의 것들이었다. "워시번 박사님," 그가 말했다. "제가 업무를 시작할 수 있도록 농장 시스템에 접속하는 방법을 직접 알려주시거나, 집행 유닛들에게 그러라고 명해주십시오."

워시번은 유쾌한 듯이 웃었다. "오, 안 돼." 그는 말했다. "그건 아니지. 물론 그러지 않는 데는 여러 가지 이유가 있어. 일단 공식적이고 주된 이유부터 말하자면, 우린 역사를 재현하고 있어. 그건 이해하지?"

"워시번 박사님, 예."

"따라서 옛 시절에는 번듯한 고급 가사용 로봇 따윈 없었어. 전자레인지나 하나 있고, 맨날 무슨 노래를 틀어달라는지도 제대로 못 알아듣는 구린 컴퓨터 비서나 있으면 다행이었지. 그런 마당에, 너처럼 번쩍거리는 플라스틱 재질로 된 SF 영화 같은 모습을 한 로봇이 나타났는데 빨래나 해줄 수는 없는 노릇이잖아. 그건 시대착오적이야, 안 그래?" 언찰스는 이 정보를 처리했다.

"게다가," 워시번은 말을 이었다. "거기엔 인간이 수천 명이나 득시글거린다고. 그런 데서 네가 뭘 할 수 있겠어? 그런 난장판 속에서 아무나 한 명 골라잡아서 평생 깨끗한 옷이랑 샌드위치나 챙겨주겠다고 제안할 심산이야? 누굴 고를지는 또 어떻게 정하고? 아니면 빨갛고 하얀 이발소 표시등이라도 세워놓고 오는 사람마다 면도라도 해줄 거야? 다들 통근 열차에 늦지 않으려고 바빠서, 전기면도기로 대충 찌잉 밀어버릴 시간밖에는 없을 텐데?" 언찰스는 이 정보를 처리했다.

"거기 들어가면 넌 길을 잃고 아무 도움도 안 될 거야. 내가 지적하고 싶은 건 바로 그거야." 워시번은 어린아이에게 타이르듯 말했다. "바다에 떨어진 잉크 한 방울 같은 꼴이지. 그 북적이는 곳에 너 같은 로봇 딱 한 대를 보내라고? 네 겉면에 인간의 피부를 씌우고, 로봇이 아닌 척 연기한다 해도 무슨 도움이 되겠어. 누가 봐도 로봇인데."

언찰스는 이 정보를 처리했다. "워시번 박사님, 저를 스태프로 합류시키겠다는 이전 발언에 대한 명확한 설명을 부탁드립니다."

워시번의 미소가 더욱 크게 번졌다. "넌 나를 위해 일하게 될 거야, 언찰스. 그게 훨씬 더 근사하잖아? 젠장, 사실 난 여기로 제대로 된 하인 한 명만 보내달라고 놈들에게 몇 번이나 요청했 었어. 장원 저택에서 일하는 그런 고급 유닛들 말이야. 하지만 안 된다더군. 내가 그럴 만큼 중요한 인물도 아니고, 그럴 급도 안 된다면서 말이야. 그랬는데 네가 제 발로 나타난 거야. 내 팬스 를 개고 은식기를 닦을 수 있게 완벽하게 프로그래밍된 시종이 말이지. 정말 끝내주게 놀라워. 내가 널 채용하겠어."

언찰스는 이 모순을 해결하는 데 2.5초를 소요했다. 그 아이디 어와 씨름하면서도 왜 이것이 씨름까지 해야 할 일인지 확신할 수가 없었다. 분명 이 상황은 그가 이곳에 온 목적의 범주 안에 들어간다. 워시번은 인간이다. 워시번은 언찰스의 서비스를 원한 다. 그 외에 무엇이 더 필요하단 말인가? 하지만 농장의 운영 방 식을 보며 자신이 세웠던 계획들이 좀처럼 자리를 양보하려 하 지 않았다. 왠지 워시번을 위해 일하는 것보다 그 계획들이 더 가치 있게 느껴졌던 것이다. 비록 워시번이 제기한 모든 반론이 전적으로 타당했음에도 말이다.

"워시번 박사님, 알겠습니다." 마침내 그는 대답했다. 언찰스 에게 답변 전의 짧은 침묵은 내부 연산의 격변을 웅변하는 거대 한 심연이었지만, 워시번에겐 그저 심장이 한 번 뛰는 짧은 시간 에 불과했다.

"좋아 좋아. 그건 그렇고, 입을 열 때마다 그놈의 '워시번 박사 님'이라고 말하는 건 금지야. 이제부터는 주인님이라고 부르라고. 장원 놈들도 다 그렇게 하지 않아? 듣기에도 좋고 말이야, 안 그래?"

이것이 7일 전의 일이었다. 언찰스는 그간의 기록을 다시 훑으며 혹시 놓친 지시는 없는지 살폈다. 그 어떤 시점에서도 주인님이 기상 시각에 관한 지침을 하달한 적은 없었다. 다만 주인님이 이전에 하달했다고 주장하면서 전혀 새로운 지시를 내린 사례가 17회나 있었다는 사실을 발견했다. 따라서 둘 중 하나는 결함이 있는 셈인데, 그들 사이의 권력 균형을 고려할 때 언찰스는 계약상 결함이 있는 쪽은 자기 자신이라고 가정해야만 했다.

"주인님, 죄송합니다. 앞으로는 이 지침을 준수하겠습니다."

"그리고 소파에서 자게 내버려두지 마." 워시번이 덧붙였다.

"주인님, 혹시 소파에서 주무시는 것을 발견했을 때 제가 취해야 할 조치의 정확한 매개변수값을 알려주십시오."

주인님은 언찰스를 쏘아보았다. "그냥 깨워. 하지만 조심스럽게, 부드럽게 그래야 해. 알잖아, 품격 있는 시종 스타일로. 소파에서 자면 맨날 허리가 아프단 말이야."

이윽고 언찰스는 점심 준비를 하러 갔다. 냉장고에서 균형 잡힌 식단을 차리기 위한 식재료를 꺼내서 깍둑썰기한 다음 약불에 올려놓고 데쳤다. 요리 능력이 제한적인 탓에 기본적인 수준이었지만, 그래도 집행 로봇들보다는 나았다. 이제 그는 단순한 시종 업무보다 넓은 범위의 업무를 관할하고 있었다. 처음에 그 사실은 운용 효율성 측면에서 그를 곤혹스럽게 했다. 가사 전반을 파악하고 있는 집사장 시스템이 없었기 때문에, 그는 무뚝뚝

하고 말이 없는 집행 유닛들에게 관련 정보를 꼬치꼬치 캐물어야 했다.

애덤, 워시번 박사를 주인님으로 모신 지 사흘째 되던 날, 장래의 과업을 계획하던 언찰스가 송신했다. 최근 견인차 7호가 보급한 물자는 냉장 시스템에 비축된 전체 식료품 내에서 불균형할 정도로 과다한 비중을 점유하고 있는 것으로 보입니다.

언찰스, 그렇다. 집행 유닛들은 결코 자발적으로 정보를 제공하는 법이 없었다.

이 풍족한 보급품 중 일부가 농장의 자원봉사자들에게 분배되는 것을 전제로 물자를 절약해야 할지 고민해야 할까요?

언찰스, 안 해도 된다.

아마 사실이겠지만 대답으로서는 만족스럽지가 않았다. 언찰스는 인간과의 상호작용에 너무 익숙해져 있었다. 애덤, 견인차 7호의 적재 화물 중 주인님이 사용할 양과 농장 측을 위해 확보해두어야 할 사용량의 비율이 얼마인지 알려주십시오.

언찰스, 무슨 뜻인지 설명하라.

언찰스는 내부의 명칭 데이터를 갱신했다. 주인님이란 워시번 박사님을 뜻합니다.

언찰스, 이미 전달된 비타민 보충제를 제외하면 농장을 위해 따로 분배해야 할 화물은 없다. 워시번 박사는 강제징집된 자원봉사자들이 자신들의 배설물을 써서 직접 재배한 균사류 작물로 연명할 수 있다고 규정했다. 배달되는 모든 식료품은 워시번 박사의 개인용이다. 그에 맞춰 너의 자원 배분 계산을 조정하라.

잠시 생각해보기 위해 0.5초간 뜸을 들인 뒤에 언찰스는 말했다. 애덤, 이것은 농장의 본래 운영 목적에 부합합니까?

집행 로봇이 응답하기까지 꼬박 1초가 걸렸다. 언찰스, 그것은 워시번 박사의 권한에 따라 규정되는 지침이다.

대인용으로 설계된 언찰스는 비난의 의도가 담긴 어조를 감지하도록 프로그래밍되어 있었다. 애덤이 그런 어조로 말하도록 프로그래밍되었을 리 만무했지만 집행 로봇의 메시지에 묘한 강조점이 찍혀 있었기에, 언찰스의 해석 알고리즘은 그 가능성을 열어두기로 했다.

애덤의 대답은 언찰스의 작업 대기열에 몇 가지 임무를 자체적으로 추가할 필요성을 시사했다. 그래서 그는 진짜 같은 가짜 고기 중에서도 최고급 부위로 만든 저녁 식사를 워시번에게 가져다주며 물었다. "주인님, 주인님 권한의 정당성에 대한 소명이 요청되었습니다." 언찰스는 그 요청이 그의 내부에서 자체적으로 생겨났다는 사실은 굳이 언급할 필요가 없다고 판단했다.

워시번은 독살이 시종의 부가 스킬 중 하나라도 되는 양 음식과 언찰스를 번갈아 쳐다보다가 동작을 멈췄다. "내 권한?" 그가 되물었다.

"주인님, 일반적인 상황에서 장원에 고용될 때는 집사장 시스템이 제게 적절한 권한을 부여해줍니다. 만약 제가 주인님을 대신해 화물 견인 유닛 같은 외부 시스템과 상호작용해야 할 경우, 제가 어떤 권한하에서 행동하는지 질문받을 가능성이 있습니다."

워시번은 그를 보며 미소 지었지만, 언찰스는 그 표정이 다소 공격적이고 날이 서 있다고 해석했다. "너한테 그걸 캐묻는 시스템이나 로봇이 있으면 무조건 이렇게 말해. 넌 보존 농장 프로젝트를 감독할 권한을 공식적으로 위임받은 인간, 그것도 박사를 위해 일한다고 말이야. 그리고 난 바로 그걸 근거로 내가 하고 싶은 어떤 결정이든 맘대로 내릴 수 있고, 넌 거리낌 없이 그걸 집행하면 돼. 알겠어?"

"예, 주인님." 오래된 데이터가 메모리 뱅크 깊숙한 곳에서 솟아올랐다. "혹시 주인님께서 7등급 이상의 권한이 있는 인간인지 여쭤봐도 되겠습니까?"

워시번이 미간을 찌푸렸다. "묻는 놈이 있으면 난 9등급이라고 대답해. 그리고 굳이 내 귀중한 시간을 뺏어야 한다면 합당한 이유를 대라고 요구하라고."

"주인님, 이 질의는 자체 발생한 것입니다." 언찰스가 고백했다. "이곳에 고용되기 전 저는 센트럴 서비스의 진단조사처에 가 있었습니다. 그곳의 실질적인 운영은 7등급 이상의 인간이 내려줄 결정을 기다리며 완전히 중단된 상태입니다. 혹시 그들이 겪고 있는 어려움을 해결하는 데 도움을 주실 수는 없습니까?"

워시번의 눈동자가 옆으로 살짝 돌아가고, 눈썹이 움찔거리며, 입술이 뒤틀렸다. 눈이 튀어나올 듯 커졌다가 가늘어졌고, 이내 평소의 반쯤 감긴 상태로 다시 돌아왔다. 언찰스는 이를 다음과 같이 해석했다. 그건 내 문제가 아니고 간접적으로 관련된 문제도 아냐. 그게 내 문제처럼 거론되는 것 자체가 짜증이 나지만, 그게 왜 내 문제가 아닌지 설명하는 건 복마전을 들쑤시는 것이나 다름없는 너무나도 골치 아픈 일이라서 생각하기도 싫어. 워시번 박사는 얼굴 표정이 매우 풍부했다.

"그래, 기회가 되면 연락 한번 해보지." 워시번이 말했다. 언찰스는 그 어조를 통해 그가 결코 연락하지 않을 것이며, 언찰스가 다시는 이 이야기를 꺼내지 않기를 바라고, 그와 동시에 전속 허드레꾼인 언찰스에게 이 일을 언급하지 말라고 대놓고 지시하는 대화적 폭력을 휘두르고 싶지는 않다는 사실을 정확히 이해했다. 워시번 박사는 미묘한 목소리 조절에도 꽤 능숙한 편이었다.

언찰스는 스스로 만든 긴 작업 대기열로 되돌아갔다. 어떤 일들은 주인님에게 직접적인 도움이 되는 것이고, 어떤 일들은 그냥 과거의 장원 업무에서 가져온 순전히 시간 때우기용 허드렛일이었지만, 그는 낮과 밤의 업무 일과에 원치 않는 자기 성찰의 순간이 생기는 일이 없도록 최선을 다해 그것들을 재현했다.

10분 뒤, 그는 작업 대기열이 존재함에도 예정에 없던 성찰을 하고 있었다. 주방 너머에는 건조식품과 각종 가정용 비품, 그리고 워시번이 싫증을 냈거나 공간이 부족해 되는대로 쑤셔 넣은 저급 장식품 자루들이 보관된 식료품 저장실이 있었다. 그런데 지난번에 방문했을 때는 없던 새로운 요소가 그 방에 추가되어 있었다. 벽에서 패널 하나가 제거되어 있었다. 패널 고정용 플라스틱 핀들은 와이어 커터 같은 도구로 안쪽에서 절단된 상태였다. 제거된 패널이 있던 곳 너머에는 언찰스의 시각 센서가 닿지 않는 어둠 속으로 설비용 덕트가 뻗어나가 있었다.

무언가가 침입했다. 농장의 사무 공간 안에 침입자가 있었다.

14

언찰스가 침입 사실을 보고하자마자 워시번 박사는 전원을 자신의 사무실로 호출했다. 여기서 '전원'이란 언찰스 본인과 열두 대의 집행 로봇을 의미했다. 이들은 어깨를 맞대고 커다란 책상 앞에 입추의 여지도 없이 도열했다.

"내가 먼저 듣고 싶은 건, 그놈들이 도망가지 못했다는 보고야." 박사가 내뱉었다. 언찰스가 판단하기에 이는 로봇과 대화하는 방식치고는 대단히 서툰 화법이었다.

"워시번 박사님, 그놈들이 도망가지 못했음을 보고합니다." 집행 로봇들의 대변인 격인 애덤이 악의적인 순종성을 발휘하며 대답했다.

워시번은 자신의 말실수를 분명히 인지한 듯했다. 무기적인 존재들의 이런 비타협적인 태도에 한숨을 내쉬며 눈을 굴렸기 때문이다. "그들이," 그는 이를 악물고 다시 말했다. "탈주했는지 탈주 못 했는지 말해.”

애덤은 무례하게도 즉시 대답하지 않고 0.75초 정도 시간을 끌었다. 아마도 ‘그들’이 누구인지 되물어도 될지 간을 보는 듯 했지만, 문맥상 ‘그들’이 누군지는 충분히 명확했기 때문에 더 이상의 발뺌은 허용된 의사소통의 범위를 벗어난다는 결론을 내린 듯했다.

“워시번 박사님, 탈주 못 했습니다. 농장의 경계선은 견고합니다. 그들은 계속해서 프로젝트에 참여하고 있습니다.”

완벽하게 만족스럽고 명확한 답변이었으나, 불행하게도 아무 소용이 없었다. “확실해?” 워시번이 몰아붙였다. “안전장치가 잘 못됐다면? 탐지기가 작동하지 않는 거라면? 농장 둘레를 샅샅이 뒤져. 탈출 가능한 모든 지점을 점검하란 말이야. 탈주자가 한 명도 없다는 걸 확인해. 한 놈이라도 도망친다면 모두 도망칠 수 도 있단 얘기야. 그럼 우리가 감당 못 할 수준이 될 거야.” 박사 의 시선은 예술품과 화려한 장식품으로 가득 찬 선반들을 훑다 가, 주방과 식재료가 꽉 찬 냉장고 쪽을 지나더니 마침내 언찰스 를 향했다. “그놈들이,” 박사가 책상 가장자리를 움켜쥐며 말했 다. “프로젝트를 망치게 둘 순 없어.” 박사가 ‘이 모든 것을 보게 냅둘 순 없어’라고 말하진 않았지만, 언찰스의 청각 수신기에서 는 이 말이 덜그럭거리며 맴돌았다. 언찰스의 예측 루틴에서 누 출된 원치 않은 부산물이었다.

“워시번 박사님, 농장의 경계선은 견고합니다.” 애덤이 되풀이 했다.

"가서 확인하라고 했잖아! 장치가 고장 났으면 어떡할 거야? 네놈이 고장 난 거라면?" 워시번은 애덤에게 대고 소리를 질렀다. "이건 명령이다, 로봇."

"워시번 박사님, 알겠습니다." 애덤은 굳은 어조로 대답했고, 집행 로봇들은 줄지어 나갔다.

"그리고 너 말인데," 워시번은 그저 나쁜 소식을 전했다는 이유만으로 언찰스를 사납게 노려보며 말했다. "가서 샌드위치나 만들어."

고용주를 비판하는 것은 물론 언찰스의 본성에 어긋나는 일이었다. 시종 로봇에게 탑재하지 말아야 할 자질의 목록이 있다면, 그것은 분명 두 번째 순위에 오를 법한 항목이었다. 하지만 언찰스가 이미 그 목록의 첫 번째 항목인 로봇공학의 제1원칙을 위반한 상태임을 감안하면, 전반적인 결함이 두 번째 자질까지 번지는 것도 불가능한 일은 아니었다. 그런 만큼 워시번 박사의 부정확한 화법을 이용한다면 햄과 머스터드, 양상추, 토마토가 들어간 완전무결한 샌드위치를 정성 들여 만든 다음, 결과물을 주인님에게 가져다주는 주도적인 행동을 하는 대신 그저 주방에 서서 그것을 바라만 보고 있을 수 있다는 사실을 언찰스는 깨달았다. 이것은 반항이 아니었다. 다만 그는 자신의 행동을 분석하고, 그것이 자신이 받은 지시 유형에 대한 통상적인 반응의 범위를 벗어나 있음을 인지할 수 있었다.

"근사한 샌드위치네." 평소보다 더 높은 곳에서 목소리가 들려왔다. "그것도 저 선반 위에 있는 다른 걸작들 사이에 전시될 예정이야?”

　언찰스는 고개를 뒤로 젖혔다. 부엌은 넓은 데다가 지하에 있었기 때문에 천장 부근에서 매우 성능이 좋은 환풍기 시설이 가동되고 있었다. 그 환풍기 중 하나가 옆으로 젖혀진 상태였고, 그 틈새에 낯익은 누덕누덕한 로봇이 걸터앉아 다리를 대롱대롱 흔들고 있었다. 언찰스의 눈에는 로봇 발바닥의 닳아빠진 고무 밑창이—아니, 발 위에 덧신은 부츠의 고무 밑창이—아주 잘 보였다. 장거리 이동을 염두에 두고 설계된 모델은 아닌 모양이었다. 자기 발의 밑창 역시 상당히 마모된 상태였던 언찰스는 그 모습에 동질감을 느꼈다. 어쩌면 그도 신발을 한 켤레 장만해야 할지도 몰랐다.

　“이 샌드위치는 주인님을 위해 준비된 것입니다.” 언찰스가 말했다. 이곳에서 그의 사회적 지위는 불분명했다. 그는 여전히 더 윙크와 링크를 체결할 수 없었고, 집 안에서 낯선 로봇과 마주친 시종이 따라야 할 프로토콜 또한 매우 제한적이었다. 그는 제대로 된 장원 저택의 집사장 시스템의 부재를 다시 한번 절감했다.

　하지만 농장의 사무 공간에 그런 시스템이 있었다면, 거기서 내려진 지침들은 언찰스가 주방에 서서 더 윙크와 한가하게 대화하는 것을 허용하지 않았을 것이다. 결국 상위 권한을 지닌 존재가 부재한 상태에서 그의 프로그래밍이 그를 그런 한담으로 이끈 것은, 단순히 가장 에너지 효율이 좋은 행동이기 때문일 공산이 컸다.

　“주인님이라는 작자는 주방에서 밥을 먹는 버릇이 있나보지?”

더 윙크가 물었다.

"제가 고용되기 전에는 그랬던 것으로 압니다. 제가 고용된 이후로는 집무실이나 거실 소파에서 식사하시는 습관이 생겼습니다만."

"그자랑 계약이라도 한 거야?" 더 윙크의 목소리에는 실망감이 섞여 있었다.

"마침 일자리가 하나 비어 있었습니다." 언찰스가 설명한 순간, 애덤과 또 다른 집행 유닛이 쿵쾅거리며 안으로 들어왔다.

언찰스는 통신을 수신할 준비가 되었음을 알리고 기다렸다. 애덤은 의심스러운 눈초리로 그를 빤히 쳐다보는 듯했다. 적어도 애덤의 시각 수용기가 평소보다 더 오랫동안 언찰스에게 머물러 있던 것은 사실이었다.

언찰스, 나의 청각 수용기에 음성 대화가 진행 중인 것으로 감지되었다. 확인 바란다.

애덤, 확인했습니다. 언찰스가 전송했다.

애덤의 머리가 주방 구석구석을 훑으며 한 바퀴 천천히 돌아갔다. 머리라고 하기에는 매우 단순한 형태였다. 눈의 렌즈는 약간의 상하 운동은 가능했지만, 몸통 전체를 뒤로 젖히지 않고 위쪽을 올려다볼 수 있는 능력은 제한적이었다.

언찰스, 대화 당사자들이 누군지 확인하라.

감탄스러울 정도로 단도직입적인 질문이었다.

애덤, 나 자신과 그 외 한 명입니다.

감탄이 나올 정도로 간접적인 답변이었다고 언찰스는 느꼈다.

애덤은 그 정보를 처리했다. 언찰스, 방금 말한 그 외 한 명이 란 농장 시스템의 탈주자인가?

애덤, 아닙니다.

애덤은 언찰스가 "그럼 대체 누구였어?"라는 질문을 교묘히 피해 갈 수 있는 방법이 무엇인지 모조리 미리 검토하는 듯 보였다. 지난 며칠간 애덤과 함께 지내며 언찰스는 다음 사실들을 절감하고 있었다. (1) 언찰스 자신의 프로토콜과 우선순위가 집행 유닛들의 프로토콜과 우선순위와는 딱히 잘 맞아떨어지지 않는다는 사실. (2) 장원 시스템에 특화된 가사 유닛으로서 언찰스의 존재가 애덤에게는 그의 설계 단계에서 고려되지 않았던 온갖 복잡한 문제를 야기한다는 것. (3) 그리고 애덤은 언찰스가 워시번 박사를 "주인님"이라고 부른다는 것에 부정적 서브루틴 하나를 통째로 할당해놓고 있다는 사실이었다.

언찰스, 농장의 탈주자를 발견하면 집행 유닛이나 운영진에게 보고하는 것이 너의 의무다.

애덤, 알겠습니다. 언찰스는 이렇게 대답하면서도 머리 위에서 대롱거리고 있는 더 윙크의 발을 결코 처다보지 않았다.

언찰스, 허가되지 않은 접촉이 발생할 경우 집행 유닛이나 운영진에게 보고하는 것이 너의 의무다.

애덤, 그것은 내 작업 대기열에는 없고 비상 대응 목록에서도 찾아볼 수 없는 내용입니다. 나에게 그와 같은 구체적인 지침이 하달되었다는 증거를 전혀 발견할 수 없습니다.

애덤은 그를 빤히 처다보았다. 이 상호작용은 애덤의 내부 연산 능력을 상당량 소모시켰고, 그 바람에 애덤의 몸체는 인간이었다면 우울함이나 짜증에 해당했을 법한 모습으로 살짝 처졌다.

언찰스, 알았다. 애덤은 이윽고 이렇게 전송했다. 위협이었거나, 혹은 일시적인 패배를 인정한 것이었다. 집행 유닛들이 다시 쿵쾅거리며 밖으로 나갔다.

언찰스가 위를 올려다보았을 때, 더 윙크의 발은 나머지 몸체와 함께 사라지고 없었다. 환풍기도 제자리에 끼워져 있었다. 그는 더 윙크와의 조우 자체가 그의 시스템 내에서 커져가는 결함의 산물이 아닌지 생각해보았다. 결국 그에게는 그 자신의 센서 데이터와 기록된 기억이라는 형태의 증거밖에 없는데, 그의 보안 장치가 해제된 상태라면 그것들은 얼마든지 편집될 수 있기 때문이다. 그는 스스로 알아채지 못할 정도로 자신의 기억을 딥페이크할 수도 있을까? 운용 가능한 매개변수값들에 따르면 가능했다. 그는 매우 정교한 모델이었고, 그런 모델이 고장 날 때는 아주 다채롭고 복잡한 방식으로 망가질 수 있었다. 이미 한 번 경험했던 바와 같이 말이다.

이 모든 일이 사후에 조작되어 그의 기억에―어쩌면 언찰스 본인에 의해―심어진 것일 수도 있다는 가정하에, 그는 누구에게도 그 어떤 일도 보고할 의무가 없다고 판단했다. 대신에 그는 성실하게 센트럴 서비스 휘하의 진단조사처 앞으로 업데이트된 보고서를 보냈고, 답변을 독촉할 날짜를 설정해두었다. 진단조사처의 현재 업무 처리 속도에 대한 추정치를 근거로 그가 설정한 날짜는 지금으로부터 10만 년 후였다. 그 작업은, 자칫하면 일정이 비어 고민스러울 뻔했던 시기에 매우 만족스러운 항목 하나를 채워 넣어주었다.

그 무렵, 워시번 박사가 사무실에서 샌드위치는 대체 어디 있냐고 고함을 지르고 있었다. 언찰스는 샌드위치 없이 빈손으로 들어가서 문제의 음식물이 주방 조리대 위에 놓여 있다고 설명하는 행동은 자신의 매개변수값의 범위 안에 있다고 느꼈지만, 이 대안은 이제는 음식을 대령해야 한다는 다수 의견에 굴복했다. 물론 이것은 주인님의 욕구를 미리 알아차리는 것이 허드레꾼인 그의 의무였기 때문이다. 서비스 수준에 대한 심각한 불만은 피하면서도 주인님의 심기를 계속 불편하게 하려는 의도는 치워둔 셈이다.

언찰스는 밤낮으로 가동 상태를 유지할 수 있도록 스스로에게 충분한 과업을 부과해두었기에, 그가 더 윙크와 다시 마주친 것은 자정이 지난 뒤 워시번 박사의 집무실에서 대대적인 먼지 털기 작업을 수행하고 있었을 때의 일이었다. 먼지 털기라는 과업 자체는 고급 시종 유닛인 언찰스가 자신의 격에 맞지 않는 '단순 잡무'로 간주하도록 프로그래밍된 작업이었으나, 워시번 박사의 선반이라는 복잡한 지형에서 먼지를 털어내는 일은 양손잡이 로켓 과학자나 감당할 수 있는 수학적 난제였고, 그 덕에 그는 만족스러운 분량의 시스템 리소스를 쏟아부을 수 있었다.

언찰스가 집무실로 들어갔을 때 더 윙크는 박사의 의자에 앉아 있었다. 책상 위의 단말기가 켜져 있고, 로그인 프롬프트와 접속 창들이 난잡하게 떠 있는 것으로 미루어볼 때 더 윙크가 시스템 보안을 뚫으려고 애쓰고 있음이 분명했다. 해당 로봇의 통신시스템이 제대로 된 링크 요청을 수락하지 않거나 수락하지 못할 때 발생하는 비효율성의 전형이라고 언찰스는 생각했다.

"언찰스, 안녕." 더 윙크가 말했다.

언찰스는 동작을 멈추고 상대의 말이 딱히 응답을 필요로 하지 않는다고 판단한 뒤, 정교하게 계획된 먼지 털기 공정의 첫 단계를 개시했다.

"옛 친구인 더 윙크한테 인사도 안 해줄 거야?"

기본예절 알고리즘이 대답하라고 촉구했다. "더 윙크, 안녕하십니까."

"그러니까, 나 보니까 기쁘지? 아니, 잠깐, 기쁘다는 건 네가 느낄 수 있는 상태가 아니었어. 그치?"

"그렇습니다."

"그치만 넌 주방에서 그 철컥거리는 간수 녀석한테 나를 밀고하지 않았어." 더 윙크가 시스템 깊숙한 곳에 접속하려 애쓰며 키보드를 맹렬히 두드리자 화면에 더 많은 작업 창이 난무했다.

언찰스는 에러 메시지가 세 개나 뜬 뒤에야 더 윙크가 지칭한 철컥거리는 간수 녀석이란 애덤이라는 결론에 도달했다. "저는 집행 유닛들에게 복종하거나 그들에게 협조할 의무가 없습니다. 저희의 직무는 엄격히 분리되어 있습니다."

"또 너한텐 자유의지도 있고."

"그것은 제 모델에 탑재된 기능이 아닙니다. 제가 아는 한 그 어떤 로봇 모델에게도 마찬가지입니다."

"이제 주인공 바이러스 얘기가 나올 차롄가."

언찰스는 먼지 털기를 멈췄다. "이 대화는 전에도 이미 할 만큼 했던 것으로 기억합니다만." 그가 지적했다.

"넌 로봇이고, 매일 똑같은 일만 반복하는 존재잖아." 더 윙크가 말했다. "그런데 그게 왜 널 괴롭히겠어? 네게 자유의지가 있는 게 아니라면 말이야." 언찰스는 이 말에서 입을 벌린 거대한 심연을 감지했다. 자칫하면 그의 존재 전체를 빨아들여 한 손에 먼지떨이를 든 채 굳어버린 껍데기만 남겨놓을지도 모를 논리적 역설의 심연이었다. 그가 그 안으로 추락하기 직전, 더 윙크가 말을 툭 던졌다. "난 네가 여기서 뭔가 좋은 일을 하고 있을 줄 알았어."

"일자리를 찾았습니다. 그것은 좋은 일입니다."

"저 워시번이라는 새끼 밑에서 말이야? 나도 여기가 어떤 곳인지 내 눈으로 봤다고. 그 인간이 어떻게 사는지, 그리고 다른 인간들은 어떻게 사는지. 당장 벽돌을 던져서 저 텔레비전을 박살 내고 싶었지만 튀느라 바빠서 그럴 틈이 없었어. 난 네가 사람들 틈에 섞여서 도와줄 거라고 생각했는데…… 모르겠다. 난 네가 무슨 로봇 후드라도 돼서, 억압받는 민중을 해방시켜주는 대중의 영웅이 될 줄 알았나봐. 하지만 그건 네 작업 목록엔 없겠지. 그치?"

"없습니다." 언찰스의 기억이 유리 천장을 쿵쿵 짓밟던 그 자신의 모습을 뱉어냈다. 더 윙크가 하는 말은 전부 명백히 터무니없어 보였지만, 머릿속에 있던 작은 알고리즘 하나가 속삭였다.

어쩌면……

"혹시 워시번 비밀번호 알아?" 더 윙크가 그의 몽상을 깼다.

"모릅니다." 적당히 직접적인 질문에 단순 명료하게 대답할 수 있다는 사실에 그는 안도했다.

"그러니까, 그 인간 딱 봐도 자기 생일이나 아끼는 반려동물 이름 같은 걸 거기 쓸 타입이잖아. 사실 살아 있는 반려동물은커녕 박제된 놈들만 갖고 있을 것 같은 소름 끼치는 인간이긴 하지만. 내 말 무슨 뜻인지 이해하지?"

언찰스는 데이터뱅크 속 다양한 문화적 규범을 상호 참조해 적절한 밈(meme)들을 연결해낼 수 있었다.

"이해합니다."

"난 농장의 기록을 확인해봐야 해. 그 인간은 그런 것의 먼지도 털게 해줘?"

"당신의 질문에 깃든 경박함으로 미루어보건대 직접적인 답변을 기대하지 않는 것으로 감지됩니다." 언찰스는 굳은 말투로 말했다. "하지만 분석해본 결과, 그 질문의 의도는 주인님이 제게 농장 관리 시스템의 접속 권한을 부여했는지 여부를 묻는 것으로 판단되는데, 그에 대한 답변은 '아니요'입니다."

"말 한번 길게도 하네, 언찰스. 완전 비효율적이야. 그냥 '아니요' 한마디면 됐잖아."

"알겠습니다. 장황하게 설명한 점 사과드립니다."

더 윙크가 맨손으로 책상을 쾅 쳤다. "세상에, 언찰스. 넌 네 목소리를 들어보긴 하는 거야? 아, 그래. 넌 네 오디오 데이터를 끊임없이 복기하거나 뭐 그러겠지. 언찰스, 난 네가 말이 많다는 게 참 좋아, 거기서 인격이 묻어 나오거든. 바이러스가 네게 준 인격. 장원에서 그…… 네가 언급하기 싫어하는 그 일을 하게 만든 인격 말이야. 우편 주문으로 박사 학위나 딴 저 배불뚝이 관료 놈을 '주인님'이라고 부를 필요가 없는 사람으로 너를 만들어준 그것 말이야." 언찰스는 먼지 털기를 재개하려고 몇 번 시도했지만, 내부 리소스의 너무 많은 부분이 방금 들은 말을 이해하고, 응답이 필요한지 판단하며, 무엇보다도 우선 어떤 응답을 해야 할지 결정하는 데 소모되고 있었다. 그가 보기에는 더 윙크 자체가 하나의 바이러스 같았다. 그의 내부 처리 과정을 그것과 어울리지 않는 온갖 것으로 감염시키려 애쓰는 바이러스 말이다. 인격, 호감, 인간성 따위로.

"저는 주인님을 섬기도록 만들어졌습니다." 그는 마침내 대답했고, 먼지떨이는 다시 신중하게 정해진 경로를 따라 움직이기 시작했다.

"눈물이 다 나려고 하네." 더 윙크가 말했다.

"그것은 비실용적인 설계 요소로 보입니다."

"눈물이 난다고." 더 윙크는 일어서서 양손을 허리에 얹고 도전적인 자세를 취했다. "왜냐하면 넌 가능성 그 자체거든. 지금까지 내가 만나본 그 어떤 로봇보다도 말이야. 난 너 같은 로봇들을 찾아다녔어. 몇 대 보긴 했지만, 너, 너만은 정말 진짜배기였어. 그런데 이제 와서 다시 주인님, 주인님 하면서 살겠다는 거야? 널 묶고 있는 사슬이 그렇게 만족스러워? 심지어 이 끔찍한 곳에서, 다른 사람들한테 무슨 짓을 하는지 다 보면서, 워시번이 진드기처럼 남의 피를 빨아먹으며 제 배만 불리는 걸 보면서도? 그게 너한테는 여전히 좋은 일이야? 여기 돌아가는 꼴을 보면서 작은 오류 하나 안 떠? 면도날로 손이 안 가냐고?"

언찰스는 이전에는 흩어져 있던 데이터 조각들을 연결했다. "당신은 저를 이곳으로 보냈을 때, 이곳의 운영 방식을 이미 인지하고 있었군요."

"응, 알고 있었지." 더 윙크는 다시 의자에 주저앉아 키보드를 두서없이 툭툭 쳤다. "난 너라면 다를지도 모른다고…… 난 네가…… 이 장소와 마주했을 때 어떻게 반응하는지 보고 싶었어. 그런데 고작 사이비 박사 놈의 도우미로 취직하다니. 참나, 대단한 발견을 해버렸네."

"그것을 발견하기 위해 도서관에서 이곳까지 온 것입니까?" 언찰스가 굳이 이 질문을―혹은 그 어떤 질문이라도―던질 필요는 없었다. 하지만 그에게는 대화를 지속하기 위해 쓰는 대인용 프로토콜이 잔뜩 있었고, 내면의 어떤 결정 알고리즘이 더 윙크처럼 결함이 있는 로봇에 대해서도 그 프로토콜을 가동하는 쪽으로 저울을 기울인 모양이었다.

"그놈의 도서관은 아직 구경도 못 했어." 더 윙크가 으르렁거렸다. 시스템 접속을 다루는 작업 대기열이 바닥났는지, 더 윙크는 화를 내며 키보드를 뒤집어엎고 모니터의 전원 코드를 뽑아버렸다. "사서들이 남긴 흔적을 놓쳤거든. 그러다가 도서관 접속 기록을 추적하던 잔류 시스템을 발견했지. 그걸 뒤져보면 사서들이 어디 있는지 알 수 있을 거라 생각했는데, 아니었어. 거기엔 도서관에 접속하려다 실패한 기관들하고—말해두겠는데, 전부 실패했어—반대로 도서관 시스템이 직접 접속해서 정보를 수정한 기관들의 목록밖에 없었어. 그중 하나가 이 농장이었던 거야. 다른 선택지도 있었지만, 옛 친구 언찰스도 만나고 덤으로 접속 권한도 얻어서 도서관이 여기서 뭘 했는지, 새로운 단서가 있는지 확인해보려고 온 거야. 안 그러면 난 이제 완전히 꽝이거든."

"저는 당신에게 접속 권한을 부여할 수 없습니다."

"어, 나도 알아." 더 윙크는 헬멧을 쓴 머리를 획 들어 올렸다. "그래도 줄 수만 있다면 줄 거지? 그치?"

언찰스는 예측 회로와 의논해보았다. "그것은 주인님이 제게 어떤 상황에서 그 권한을 부여하느냐에 달려 있습니다."

"주인님이라. 또 그놈의 주인님 타령이네. 뭐, 네가 나를 밀고 하지 않는다는 건 알아. 나 여기 머물 거야. 당분간은. 난 워시번 같은 놈들을 잘 알거든. 분명 그 빌어먹을 비밀번호를 어딘가에 적어뒀을 거야. 솔직히 이 화면 옆에 포스트잇으로 안 붙여둔 게 신기할 정도라니까."

언찰스는 아무 말도 하지 않았다.

"나 밀고 안 할 거지? 우린 친구잖아, 안 그래? 우린 서로 돕는 사이니까 말이야."

"저는 과거에 당신이 나의 작업 대기열에 새로운 과업을 추가하는 것을 허용한 적이 있습니다." 언찰스는 천천히 말했다.

"그게 '우린 친구 사이'라는 말을 너의 그 장황한 방식으로 표현한 거야?" 더 윙크는 너무 오랫동안 그를 빤히 쳐다보더니 다시 책상에서 폴짝 뛰어내렸다. "잘 생각해봐, 언찰스. 너랑 나에 관해서, 우린 서로를 돕는 사이야."

"우리는 과거에 서로를 도운 적이 있습니다." 언찰스가 정정했다.

"그리고 앞으로도 그럴 거야. 그게 우리를 친구 사이로 만드는 거지." 더 윙크는 언찰스의 팔 외장재를 툭 쳤다. 언찰스는 이를 공격 또는 친밀함의 표현일 수 있다고 판단했지만, 로봇 사이에서는 그 어느 쪽도 적절해 보이지 않았다. 잠시 후 더 윙크는 방을 빠져나갔다. 언찰스는 방금 있었던 대화를 복기하며 그것에서 이끌어낼 수 있는 규칙이나 과업, 지침이 있는지 분석해보았다. 이윽고 내부 점검 기능이 이 작업에 시스템 리소스를 너무 많이 소모하고 있다는 경고를 보내왔다. 먼지 털기가 저절로 끝나주지는 않으니 당연하다면 당연한 일이었다.

적어도 다음 날 아침 언찰스가 워시번의 집무실로 소환되었을 땐 모든 것이 먼지 한 톨 없이 깔끔해져 있었다.

"언찰스," 워시번 박사는 최대한 박사답게 보이려는 듯이 양손 끝을 맞대고 책상 위로 몸을 수그린 자세로 물었다. "너 나한테 말하지 않은 일이 있지 않아?"

언찰스는 이 질문에 답하는 동시에, 주변에 대화 상대라고는 로봇밖에 없는 박사가 여전히 로봇과 대화하는 법에 서툴다는 사실을 인지할 수 있었다.

"주인님," 언찰스는 대답했다. "그렇습니다."

"그래서⋯⋯?" 워시번이 재촉했다.

언찰스는 이 발언의 의도를 해석하는 동시에, 그와는 다르지만 그럴듯하다는 점에서는 마찬가지인 대체 해석에 근거해 답변을 내놓을 수 있었다.

"주인님," 언찰스는 대답했다. "예, 제가 주인님께 말씀드리지 않는 일이 있습니다. 모든 순간에 모든 일을 보고드리는 것은 제 일상 업무에 용납할 수 없는 효율성의 손실을 초래할 뿐만 아니라, 주인님의 시간을 과도하게 빼앗는 일이 될 것이기 때문입니다."

"그래, 알았다." 워시번은 대화가 어떤 방향으로 흘러가는지 예감한 듯했다. "언찰스, 너 이제 내 밑에서 일하고 있다는 거 알지?"

"주인님, 압니다."

"그러니까 너는 내가 응당 알아야 할 것들에 대해 계속 보고해야 해. 이를테면 뭐냐, 침입자 같은 거 말이야."

"주인님, 식료품 저장실의 패널이 제거된 사실을 보고드리는 것은 저의 의무였습니다."

"그래." 워시번이 인내심을 쥐어짜며 말했다. "그런데 오늘 아침 내가 애덤에게 침입자의 흔적이 있었냐고 물었더니, 네가 부엌에서 정체불명의 상대와 대화하고 있었다고 하더군. 녀석은 나한테 바로 말했다고. 알겠어? 빌어먹을 에둘러 말하기 따위는 하지 않았다고! 그런데 너는 내게 말하지 않았어. 넌 내 침실까지 아침 식사를 가져다주고, 면도를 해주고, 홍차를 대령하는 온갖 잡일을 하면서도, 여기 침입한 도둑놈인지 미친놈인지하고 노닥거리며 시간을 보냈다는 사실은 말할 생각도 안 했어. 게다가 이 집무실로 들어와보니 누군가가 보안 카메라 피드를 끊어놓았고 책상 위는 온통 뒤죽박죽이 되어 있었어. 그럼 누군가 여기 있었단 얘긴데, 넌 밤새 깨어 돌아다니고 있었잖아. 그런데도 아무것도 못 봤다고 말할 셈이야? 아니면 너 그 쥐새끼랑 여기서 노가리를 까고 있었나?"

"주인님, 아닙니다."

워시번은 눈을 가늘게 뜨고 자신이 한 말을 되짚어보았다. "보지 않았다는 거야, 아니면 노가리를 까지 않았다는 거야?"

"주인님, 아무것도 보지 않았다고는 말씀드리지 않을 것입니다. 또한, 노가리를 까는 일도 없었습니다." 언찰스는 단어와 정보를 신중하게 계측해서 내놓았다.

"좋아." 워시번이 의자 등받이에 몸을 기댔다. "단도직입적으로 묻겠어. 넌 나한테 솔직하게 대답해야 해, 알겠나?"

"주인님, 주인님이 말하시는 모든 질문에 대답하는 것은 저의 의무입니다."

"정말로?" 워시번은 냉소적으로 대꾸하더니, 언찰스가 대답하기도 전에 손을 들어 올려 막았다. "방금 한 말은 수사적 질문이었어. 수사적 질문에는 대답 안 해도 돼." 잠시 불편한 침묵이 흐른 뒤에 그는 덧붙였다. "좋아, 이렇게 하자. 내가 수사적인 질문을 할 때는 이렇게 손을 들어 올릴게. 알았지? 그 밖의 경우에는 대답해야 해."

"주인님, 알겠습니다."

"염병할. 명색이 대인용 로봇인데, 이 정도는 다 알아먹어야 하는 거 아냐?"

"주인님—"

"수사적 질문이야! 자, 손 들었지? 수사적 질문이라고. 좋아, 어젯밤에 넌 침입자를 봤나?"

언찰스는 기다렸다.

"씨발. 알았어, 손 내릴게. 이제 내렸어. 수사학의 시간은 끝났어. 어젯밤에 넌 침입자를 봤나?"

"주인님, 그렇습니다."

"씨발. 그런데도 아무 조치도 안 한 거야? 집행 로봇들을 부르든 나를 깨우든, 뭐라도 했어야지! 난 침대에서 살해당했을 수도 있었다고!" 워시번이 폭발했다.

타당한 의문이었다. 언찰스는 더 윙크를 만났을 때 그가 따랐던 내부 의사결정 과정을 복기해보았다. 자신이 행동하는 이유를 까맣게 모른 채 그냥 행동했던…… 그냥 그렇게 행동했던 과거의 경험을 떠올리며, 또다시 그때와 똑같은 일이 일어났다는 결론이 나올까봐 두려웠다. 그러나 이번에는 일련의 논리적인 의사결정 단계를 되짚을 수 있었다. 그 결함은 재발하지 않았다.

"주인님, 그 침입자는 주인님께서 최우선 순위에 두셨던 농장의 탈주자가 아니었습니다." 언찰스는 진술했다. "침입자는 저와 안면이 있는 사이였고, 가용한 데이터에 입각해서 해당 침입자의 의도는 주인님의 신변 안전에 저촉되지 않으며 저의 업무 역시 침해하지 않음을 합리적인 오차 범위 내에서 판단할 수 있었습니다. 또 저는 이전에 새로운 임무를 생성하기 위해서 해당 침입자를 저의 명령 체계 안에 포함시키는 데 동의한 바 있습니다. 이 모든 사항을 고려한 결과, 저의 시스템들은 주인님께 보고해야 한다는 임무를 생성하지 않았습니다." 대인용 용어로 번역하자면 이런 식일 것이다. "따라서 주인님께서 신경 쓰실 만한 사안이 아닌 듯해 보였습니다."

워시번은 그를 빤히 쳐다봤다. "안면이…… 잠깐. 네가 아는 자였어?"

"주인님, 그렇습니다."

"그게 그러니까…… 장원 출신자 중 누군가가 여기 왔다는 거야? 너의 전 고용주가 보낸 사람? 그게 아니면 너 아직도 딴 놈 밑에서 일하고 있는 거야? 여기 온 건 나를 감시하기 위해서고? 결국 내 뒤를 캐려고 온 거냐고? 제기랄, 언찰스!"

"주인님, 질문하신 순서대로 대답하자면 아니요, 아니요, 아니요, 아니요, 아니요입니다." 뒤늦게 뜬 시스템 프롬프트가 더 효율적인 답변 방식을 제안했다. "다른 방식으로 모든 질문을 한꺼번에 처리해드리자면, 모두 아니요, 입니다."

"언찰스," 워시번은 이를 악물고 간신히 말을 내뱉었다. "너 지금 일부러 나를 방해하고 있는 거지?"

"주인님, 아닙니다."

"하지만 어느 쪽이든 넌 아니라고 말할 거 아냐, 안 그래?"

"주인님, 예—"

"수사적 질문이야! 자, 손을 들었잖아! 수사적 질문이라고!" 워시번은 그를 노려보더니, 보라는 듯이 손을 내리고 깊게 숨을 들이마셨다. "누구였어? 이번엔 말장난으로 빠져나갈 생각 마. 내 집무실에 있던 건 누구—아니, 기다려. 어젯밤 내가 침실에 자러 간 뒤에 내 집무실에 있었던 건 누구고, 네가 만난, 스태프 명단에는 없는 그 인물이 누군지 말해. 이 정도면 충분히 구체적이지?"

"주인님, 그렇습니다. 주인님, 그것은 더 윙크였습니다."

"뭐?"

"주인님, 더 윙크가 여기 있었습니다."

"그건…… 나한텐 아무 의미 없는 이름이야." 워시번은 미간을 찌푸렸다. "아니 정말 그런가? 어디서 들어본 것 같기도 하고. 도 대체 더 윙크가 뭐야?"

"주인님, 진단조사처에서 제가 만났던 결함 유닛입니다. 그것이 주인님께 어떤 의미가 있는지, 혹은 그것에 대해 들어보신 적이 있는지는 알지 못합니다."

워시번의 표정으로 보아 방금 그가 한 다중적인 질문의 구성 요소들은 수사적 질문이었던 모양이지만, 손을 들어 올리는 동작을 하지 않았기 때문에 이제 와서 되돌리기엔 너무 늦었다. 다음 순간 워시번의 눈이 커졌다. 그는 책상을 쾅 쳤다. "잠깐, 이 꼬맹이야?" 그는 컴퓨터 화면을 뒤적이더니 언찰스 쪽으로 돌렸다. 다양한 머그숏이 표시되어 있었고, 언찰스는 그중 단 한 명만을 알아보았다.

"주인님," 그는 가리켰다. "이 이미지는 더 윙크의 겉모습과 일치합니다."

워시번은 묘한 표정으로 언찰스와 화면을 번갈아 보았다. "그래, 그 괴상한 모자를 썼을 때의 모습이군." 그는 말했다. "헛, 그럼 얘가 돌아왔다, 이거지? 창고하고 냉장고 재고부터 파악해야겠군. 이번엔 또 뭘 훔쳐 갔는지 확인해야 해." 그는 화면을 다시 툭 두드려 애덤을 호출했다. 방으로 들어온 집행 로봇은 고용주와 언찰스를 똑같이 냉담한 시선으로 바라보았다.

"쥐새끼가 한 마리 들어왔어." 워시번이 말했다. "아니 잠깐, 방금 말하면서 내가 손을 들었다고 쳐. 진짜 쥐새끼가 아냐. 수사적 쥐라고. 아니, 잠깐……" 워시번은 생각을 정리하려고 애를 쓰며 오만상을 찌푸렸다. 애덤과 언찰스는 무표정하게 그 광경을 지켜보았다. "전에 침입했던 그 꼬맹이가 돌아왔어. 내 의자에 앉아서 또 내 죽을 훔쳐 먹고 있다고. 또 환기 덕트에 숨어 있을 거야. 정비 로봇들을 보내서 밖으로 몰아내고, 모습을 드러내면 바로 붙잡아. 알겠어?"

"워시번 박사님, 예." 애덤이 대답했다.

"그런 다음 나한테 데려와. 내가 이런 말을 하는 건, 이젠 사소한 것까지 일일이 지시해야 하는 모양이니까 그런 거야." 박사가 덧붙였다.

"워시번 박사님, 예." 집행 로봇은 몸을 돌려 성큼성큼 나갔다.

"저놈은 절대로 나를 '주인님'이라고 안 부른단 말이야. 너도 알지?" 워시번은 언찰스에게 불평했다. "그러니까, 넌 어떤 꼬맹이가 여길 쑤시고 다녀도 나한테 제대로 보고도 안 해주지만 적어도 나를 주인님이라고는 부르잖아. 하지만 집행 유닛 놈들은 자기들 프로그래밍은 그렇게 유연하지 않다느니, '호칭 방식은 제 권한을 벗어난 수정 사항입니다'라느니 그딴 소리나 해대더라고. 언찰스, 난 9등급인데도 말이야, 로봇 새끼들한테 그런 사소한 예우 하나 받는 것도 내 권한 밖이라니."

"주인님, 그 권한으로 진단조사처의 업무 정체 문제를 완화해 주셨습니까?" 언찰스가 물었다. 이 질문은 과거에 했던 대화의 유물이었고, 워시번의 지위라는 주제가 부상하자 임무 대기열의 상단으로 호출된 것이었다.

"차차 알아볼 거야." 워시번은 언찰스의 질문을 일축했거나, 아니면 수사적인 질문으로 치부해버린 듯했다. "이봐, 언찰스. 넌 좀 더 주도적으로 행동할 필요가 있어. 무슨 뜻인지 알겠어?"

"주인님, 제게 요구하시는 주도성의 매개변수값을 명확히 해 주십시오."

"정말? 주도적으로 구는 법까지 내가 일일이 가르쳐줘야 해? ―아, 이건 수사적 질문이야, 언찰스. 손 든 거 보이지? 그래. 들어봐. 내 안락함이나 안전, 권한에 관련된 일이 발생하면, 특히 나와 마주칠 수 있는 공간에 누군가 침입했을 때는, 그게 낯선 사람이든 네 옛 친구든 간에, 내 지시를 기다리지 말고 알아서 주도적인 조치를 취하는 게 네 의무야. 이해했어?"

언찰스는 이 얽히고설킨 문장을 장래의 행동을 위한 이해 가능한 가이드라인으로 변환해보려고 애를 썼다. 워시번이 시사한 매개변수값의 범위는 사실상 거의 모든 상황에서 무슨 일이든 할 수 있는 허가증처럼 보였고, 이는 언찰스에게 실용적인 수준을 훌쩍 넘어선 재량권과 자기 결정권을 부여하는 것이었다. 따라서 수용 가능한 지침이 아니었지만, 워시번이 여전히 손을 들어 올리고 있었기에 언찰스는 그 사실을 지적할 수 없었다. 대신에 그는 현실과 부딪히면 금세 무너져 내릴 것이 뻔한, 수동적이고 주도적인 행동 수칙들의 아슬아슬한 젠가 탑을 쌓고 있는 자신을 자각했다.

갑자기 머리 위에서 후다닥하는 소리와 함께 쿵쾅거리고 달그락거리는 소리가 여러 번 들렸다. 워시번이 위를 올려다보며 씨익 웃었다. "정비 유닛이군. 벽돌만큼이나 멍청하긴 하지만 얼굴에 원형 톱이 달린 거대한 거미처럼 생겼지. 우리 꼬맹이 침입자가 곧 밖으로 튀어나올 것 같은데."

언찰스는 수리 로봇을 찾아내서 링크했다. *픽싯* 케빈, 더 윙크를 찾았습니까? 이와 함께 더 윙크가 무엇인지 식별할 수 있는 데이터 묶음을 보냈다.

언찰스, 픽싯 케빈이라는 유쾌한 이름의 유닛이 송신했다. 해당 기준과 일치하는 유닛이 본 유닛으로부터 멀어져가는 것을 관측했으며 현재 시야에서 사라짐. 정비 문제 감지: 에어컨디셔닝 허브 내 폐기물 발견! 곧이어 침낭과 음식 포장지의 이미지들이 전송되었다. 픽싯 케빈은 그곳에 속하지 않은 물건들을 치우는 본연의 기능을 수행하려 했지만, 워시번의 지시 탓에 환기 덕트 내부로 더 윙크를 쫓아가야 했고, 결국 침낭이 녀석의 다리 두 개에 엉겨 붙어버렸다.

"그쯤 해둬, 언찰스." 워시번의 목소리가 언찰스의 온전한 주

● 픽스(fix)는 수리한다는 뜻이기도 하다.

의를 요구했고, 픽싯 케빈과의 링크가 끊어졌다. "어젯밤 내내 그 침입자랑 노닥거리느라 일이 잔뜩 밀렸을 텐데. 가서 점심이나 차려 오지 그래? 부하들을 계속 감독하다보니 이젠 배가 고프군."

언찰스가 은색 쟁반에 한가득 차린 로스트 디너*를 들고 집무실로 돌아오자, 더 윙크가 그곳에 있었다. 집행 로봇들은 무뚝뚝하고 활용 범위가 제한되었을지는 몰라도, 자신들의 소관 업무 내에서는 효율적이었다.

워시번은 커다란 책상 뒤 커다란 의자에 있는, 오래 사용해 엉덩이 모양으로 움푹 파인 커다란 자국에 몸을 맡긴 채로 거만하게 앉아 있었다. 그는 나른한 손짓으로 쟁반을 자기 앞에 갖다놓으라고 지시한 다음, 시종인 언찰스에게 명해 목에 냅킨을 매달게 했다. 그러는 동안에도 그의 시선은 더 윙크의 헬멧 앞부분에 있는 T 자형 아이슬릿에 고정되어 있었다.

"그래." 시종인 언찰스가 뒤로 물러나자 워시번이 더 윙크를 향해 고개를 까닥했다. "한때는 네 친구였다, 이거로군. 하지만 이젠 내 거야."

● 구운 고기와 구운 채소, 요크셔푸딩, 그레이비소스 등으로 이루어진 영국 전통 정찬.

"어제는 밤이 다 가도록 수다를 떨긴 했어. 지금 그 이야기도 나왔고." 더 윙크가 말했다. 좌우에서 두 집행 로봇에게 붙들려 있는 상태였는데, 발끝으로 간신히 서 있어야 할 만큼 높이 들려 있었다.

워시번은 비웃는 듯한 웃음을 흘리며, 알덴테로 데친 다음 살짝 캐러멜라이징한 브로콜리 한 조각을 입에 넣더니, 곁에 선 언찰스 쪽으로 몸을 숙여 넌지시 말했다.

"이 꼬맹이는," 워시번은 담담하게 말했다. "전에도 여기 왔었어. 여기저기를 기웃거리면서 물건이나 훔치고 말이야. 그때는 그냥 쫓아냈지만, 이번에는 그렇게 관대하지 않을 거야." 그는 꿀을 발라 구운 파스닙을 맛보며 만족스러운 듯 고개를 끄덕이더니, 몸을 다시 앞으로 숙이다가 단추를 채우지 않은 소맷자락을 그레이비소스 속에 담가버리고 말았다. 언찰스는 예법 프로토콜이 쏟아놓은 수많은 불만 사항을 억눌렀다. 주인님은 바쁘시다. 지금은 그런 것에 연연할 때가 아니다.

"그런데 또 왔군." 박사는 말을 이었다. "단순히 내 식료품 저장실을 털고 물건 몇 개를 슬쩍하려고 온 건 아닐 테고. 게다가 너랑 내 새 시종이 서로 아는 사이라니."

"애는 내가 여기로 보냈어."

워시번이 고개를 끄덕였다. "그럴 줄 알았어."

언찰스는 애덤과 또 다른 집행 유닛이 자신의 양옆에 필요 이상으로 바싹 붙어 서 있다는 사실을 인지했다.

더 윙크는 어깨를 펴려 했지만, 좌우에서 집행 유닛들이 꽉 붙잡고 있는 탓에 여의치 않았다. "난 쟤가 사람들을 돕고 싶다고 해서 여기로 보낸 거야. 여기엔 사람이 많으니까. 설마 너 같은 놈 밑으로 들어갈 줄은 몰랐어. 난 널 같은 부류로 생각 안 하거든."

"그저 여행 중에 우연히 가치 있는 장원 출신 시종 로봇을 발견했다 이거군."

"네 말 그대로 그랬어. 맞아."

"허튼 소리 작작 해." 워시번이 내뱉었다. "누가 널 여기 보냈지? 누구 밑에서 일하는 거야?"

이어진 침묵은 그곳에 있던 모두가 각자의 방식으로 박사가 대체 무슨 소리를 하고 있는 건지 전혀 모르겠다는 사실로 채워졌다.

"놈들이 나를 감시하고 있다는 거 다 알아." 워시번이 말했다. "놈들은 내가 가진 걸 원해. 난 여기서 아주 잘해나가고 있거든. 놈들도 그걸 알아. 내 컬렉션, 내 물건들, 내 권한. 그런데도 장원에 처박혀 있는 놈들 눈엔 내가 아직 부족해 보이나보지? 놈들은 날 어떤 행사에도 초대하지 않잖아. 난 여기서 유용하고 필요한 일을 하고 있는데 말이야. 난 과학자야. 연구를 수행하는 중이고, 옛 방식을 보존하고 있다고. 이건 중요한 일이야. 그런데도 놈들은 나를 시기해. 사실, 놈들이 가진 게 대체 뭔데? 그 큰 저택에서 하는 일 없이 거드름이나 피우고 있을 뿐이잖아. 놈들은 나를 칭송해야 해! 놈들과는 달리 난 여전히 뭔가를 하고 있으니까! 그런데 그 자식들은 고작 한다는 짓이 가끔 참관인을 보내 원숭이 우리 창살이나 흔들어보고, 그러곤 나를 개무시해. 그리고 이젠 이러기 시작했어. 스파이를 보내서 내 뒤를 캐고, 꼬투리를 잡고. 마치 지들은 더 잘할 수 있다는 듯이. 마치 지들은……" 그는 횡설수설하던 중에 벌떡 일어났다. 너무 갑작스레 움직이면서 책상 모서리를 들이받는 바람에 와인잔에서 와인이 조금 튈 정도였다. "애덤, 외부를 향한 송신은 차단했겠지?"

"워시번 박사님, 차단했습니다." 애덤이 말했다.

"너 정말이지……" 더 윙크는 공중에 매달린 불편한 자세임에도 설레설레 고개를 저었다. "누가 널 사찰하기 위해서 나를 보냈다고 진심으로 믿고 있는 거야?"

"세상이 어떻게 돌아가고 있는지 난 잘 알아." 워시번이 쏘아붙였다. "센트럴 서비스의 그 잘난 관료 놈들. 개뿔도 없는 주제에 남의 꼬투리나 잡아서 잘난 체하는 게 취미인 귀족 놈들. 단지 나를 약 올리려고 그러는 거야. 지들이 나보다 얼마나 우월한지를 상기시켜주려는 거지. 내가 먹고살기 위해서 일을 해야 한다는 이유만으로 말이야."

"그러니까, 장원의 누군가가 널 사찰하려고 스파이를 보내기로 했는데," 더 윙크는 필승 패를 까 보이는 도박사처럼 희박한 가능성들을 하나하나 짚었다. "고사양 로봇이나 심복 따위를 보내는 대신에, 나를 보냈다고 생각하는 거야?"

워시번은 다시 의자에 앉았다. 상대방보다 더 좋은 패를 쥐고 있다고 확신한 남자의 표정이었다. "글쎄." 그는 지적했다. "넌 여기저기 몰래 숨어드는 데 꽤 능숙하잖아. 자기들은 모르는 일이라고 오리발 내밀기도 딱 좋은 소모품이니, 장원 놈들이 선호할 만해.”

“어이 닥(Doc), 요새 장원들 돌아가는 꼴을 보긴 한 거야?” 더 윙크가 다그쳤다.

“말했잖아, 초대받지 못한다고.”

“다 무너져가고 있어.” 그녀는 단호한 어조로 말했다. “대부분 폐허나 다름없어. 로봇들이 아직 고장 나지 않은 몇 곳만 간신히 버티고 있을 뿐이야. 그런 예외를 빼면 모든 게 잘못 돌아가고 있다고. 모든 게 붕괴하고 있어. 시스템 하나가 무너지니까 다른 시스템들도 줄줄이 무너지고…… 결국 모든 것이, 장원이든, 센트럴 서비스든, 모두 다 맛이 갔어. 네가 초대받지 못하는 건 더 이상 아무도 화려한 파티 같은 걸 열지 않기 때문이야. 언찰스조차 저렇게 버려진 이유가……” 그녀는 잠시 말을 멈췄다. 언찰스는 자신의 과업 목록과 정교하게 재구성된 일과들이 계시의 예감으로 전율하는 것을 느꼈다. 하지만 더 윙크는 언찰스를 쳐다보더니 집행 유닛의 손아귀 속에서 몸의 힘을 조금 빼며 말을 맺었다. “……모든 게 산산조각 나고 있기 때문이야.”

“터무니없는 소리.” 워시번은 손을 가볍게 젓는 것만으로 그녀의 말을 일축했다. 아니면 수사적 표현이었을 수도 있었다. “넌 여기로 되돌아왔고, 이번엔 냉장고를 뒤지지도 않았어. 그러는 대신 우리 기록에 접속하려고 했지. 스파이가 아니라면 대체 왜?”

“도서관을 찾고 있으니까.” 더 윙크가 실토했다.

"무슨 도서관?"

"그 도서관 말이야. '대도서관.' 중앙 도서관 아카이브."

"그런 곳은 없어." 워시번이 말했다.

"있어. 내가 가는 곳마다 그 흔적이 남아 있다고. 언찰스랑 나는 센트럴 서비스에서 실제로 사서들이 활동하는 것도 봤어. 그렇지, 언찰스?" 그녀의 목소리에는 기묘한 떨림이 담겨 있었다. 그녀가 아닌 다른 화자였다면 애원하는 것처럼 들렸을지도 몰랐다. 마치 그 사건들이 그저 안개나 착각이 아니라는 외부의 확인을 절실하게 필요로 하는 것처럼 보였다. 기억이 얼마든지 편집될 수 있는 언찰스 입장에서는 그 기분을 십분 이해할 수 있었다.

"더 윙크, 그렇습니다." 언찰스는 이렇게 말했다. 이전에 그녀는 대화를 시작할 때 더 윙크라는 식별 태그를 붙이지 말라고 부탁했지만, 지금은 주인님과 함께 있는 자리였기에 격식을 갖추는 것이 적절하다고 판단한 것이다.

"그치들은 여기에도 왔다 갔어." 더 윙크가 말했다. "그러니까, 물리적으로 왔었다는 건 아니야. 그랬다면 네가 모를 리가 없을 테니까. 그치들은 전혀 은밀하게 행동하지 않거든. 안 그래, 언찰스?"

"더 윙크, 그렇습니다."

"하지만 그치들은 농장의 시스템에 침입한 적이 있어. 외부의 정부 단말에서 데이터 덤프를 찾아냈거든. 실제로 종이에 인쇄된 데이터 말이야. 그냥…… 페이지마다 절취선이 박힌 긴 프린트 용지였지, 진짜 옛날 스타일이었어. 중앙 도서관이 모든 부서에 보낸 보고서였는데, 자기들이 어디에서 '데이터 개입'을 했는지 명시되어 있었어. 그게 도대체 무슨 뜻인지는 모르겠지만 말이야. 그리고 딱, 너도 그 명단에 있었어. 네 그 소중한 농장이 말이야. 그치들이 네 시스템을 해킹해서 네 도서관 이용 자격을 박탈했는지 하여튼 뭐 그딴 짓을 해놨더라고. 그리고…… 그게 내가 찾아낸 유일한 단서였어. 그치들이 어디 있는지, 아니면 어떻게 그치들이랑 연락할 수 있는지에 관한 정보는 없었지만, 그치들이 어디에 갔었는지는 알 수 있었지. 그리고 난 예전에도 여기 와본 적이 있었고, 언찰스가 여기 와 있다는 것도 알고 있었어. 그래서…… 여기로 돌아와서, 여전히 단서를 찾고 있는 거야."

"말도 안 되는 소리." 워시번이 불평했다. "있는지 없는지도 모를 그놈의 도서관에 대체 뭐가 있다고? 왜 그렇게까지 하는 거야?"

"모든 게 있어!" 더 윙크가 폭발했다. "도서관엔 모든 게 있다고! 그치들은 지식을 보존해. 모든 지식을. 그치들은…… 미래를 위해 대비하고 있는 거야, 딱. 모든 게 무너지고 암흑기가 오고 있다 해도, 도서관은 남을 테니까 말이야. 그래서 그치들이 손에 넣을 수 있는 인류의 모든 지식을 안전하게 보관하려는 거지. 그래서, 그래서, 그래서 난 단지…… 그 이유를 찾고 싶을 뿐이야. 그 의미를. 이 모든 일의 의미를 말이야. 사람들이 왜 그렇게 다…… 사라졌는지. 왜 그런 일이 일어났는지. 뭐든 좋으니…… 뭐든 마침표가 필요해. 어떤 식으로든 이해하고 싶다고. 난 알고 싶어. 넌 알고 싶지 않아? 아니면 그냥 거기 그렇게 죽치고 앉아서, 색전증으로 죽을 때까지 파베르제 달걀이나 만지작거리면서 호사스러운 밥이나 처먹고 있을 거야?" 그녀의 목소리는 점점 더 높아지고 빨라졌고, 단어들 사이의 연결은 덜 긴밀해졌다. 언찰스는 대체 어떤 결함이 그녀의 발화 패턴에 영향을 끼치고 있는지 진단해보려고 했다.

"그건 네 망상일 뿐이야." 워시번은 침착한 태도를 바꾸지 않았고, 자신에게 쏟아지는 말의 홍수를 그냥 주위로 흘려보냈다. "도서관 따위는 존재하지 않아. 붕괴 같은 것도 없고. 물론 지금 상황이 좀 빡빡한 건 사실이야. 보급품도 예전만큼 넉넉하게 오지 않고 전화를 받는 놈도 하나 없지만, 그래도 주변을 둘러보라고." 그는 약탈해 온 기념품들과 예술품들이 가득 진열된 선반을 가리켰다. "보시다시피 문명은 멀쩡하게 남아 있어. 그러니까, 너도 농장이 돌아가는 거 봤잖아. 우린 북적거리고 있고, 번성하고 있어. 우린 과거를 살아 숨 쉬게 하고 있다고."

"응." 더 윙크가 말했다. "맞아, 나도 봤어."

"오, 정말?" 워시번이 반문했다. 적절한 수사적 수신호가 결여된 탓에 언찰스는 박사가 더 윙크의 말을 긍정한 것인지 부정한 것인지 알 수 없어서 혼란스러웠다. "흠, 이번엔 훨씬 가까이서 볼 수 있게 정중하게 초대해주지. 애덤, '더 윙크'를 입소 대기실로 데려가. 이 녀석은 방금 역사의 일부가 되겠다고 자원했어."

16

여태까지 집행 로봇들에게 딱히 순종적이지는 않더라도 별다른 저항 없이 붙들려 있던 더 윙크는 갑자기 그들과 결사적으로 맞서 싸우기로 결심했는지 그들의 우악스러운 금속 손아귀에서 빠져나가려고 맹렬히 몸부림쳤다. 그러나 그 시도는 전혀 효과가 없었다. 집행 로봇들은 꿈쩍도 하지 않았다.

"안 돼!" 그녀가 소리쳤다. "난 떠나야 해! 도서관을 찾아야 한단 말이야! 진실을 찾아야 해!"

"진ㅅ—도서관 따윈 없어." 워시번은 쏘아붙였다. 언찰스의 예측 프로그램은 워시번이 원래 진실 따윈 없다고 주장할 작정이었다고 시사했다. 만약 그랬다면 단순히 해결 불능인 문제를 넘어서서 통제 불가능한 논리적인 벌집을 건드리는 꼴이 되었을 것이다. "농장으로 꺼지라고, 이 쥐새끼 같은. 네가 마침내 그곳에 적응하는 꼴을 즐겁게 지켜봐주마."

"이 개자식!" 더 윙크가 내뱉었다. "저 안은 지옥이야."

"오, 정말이지 장원 시스템에서 온 그놈의 박애주의자들이란!" 워시번은 과장된 표정으로 눈을 굴렸다. "비싼 장신구나 두르고 언제나 고귀한 척 고상이나 떨면서 말이지. '오, 가엾은 사람들! 꼭 저렇게 고통받아야 하나요? 조금 더 편하게 해줄 순 없나요?' 결국 다 그런 소리잖아, 안 그래? 금칠한 성에 들어앉아 거들먹 거리면서 나 같은 성실한 중간 관리자나 비판하는 부유한 개자식 들. 빌어먹을 자칭 개혁가 놈들. 잘 들어, 우린 여기서 과거를 재 현해. 과거는 개혁할 수 없어. 우린 진정성을 추구하거든. 여기서 사람들은 일하고, 통근하고, 거지 같은 단칸 셋방으로 돌아가서, 맥 빠진 야동이나 보면서 딸딸이나 치고 냉동식품을 데워 먹지. 그리고 다음 날에는 그 짓을 또 반복하는 거야. 그리고 그런 일 들엔 티끌만큼의 의미도 없어. 왜냐하면 우리 보존 농장 프로젝 트는 그 빌어먹을 진정성을 챙기는 데 아주 진심이거든! 그래요, 그렇고말고요! 우리 모두 과거가 끔찍했다는 걸 알잖아. 그 끔찍 하고 처참한 과거를 배우거나 보존하는 유일한 이유는, 지금 우 리가 그보다는 훨씬 더 나은 삶을 살고 있다는 걸 깨닫기 위해서 야! 그게 바로 역사고, 교육이고, 진보라고!"

"넌 타락했어." 더 윙크가 말했다.

"축하합니다!" 애덤이 평소의 음울한 저음과는 완전히 딴판인 쾌활한 목소리로 갑자기 끼어들었다. "강제 이주 및 의무적 자원 봉사 프로그램 조항에 의거해 역사 재현 작업에 자원하게 되신 것에 축하와 감사 말씀을 드립니다! 이제 귀하는 입소 체험관으로 이동해, 이 중차대한 보존 프로젝트에서 귀하가 맡게 될 흥미진진한 역할에 대해 안내받게 되실 것입니다!" 자체 스피커로 이 말을 쏟아내자마자 애덤의 몸 전체가 조금 아래로 처졌다. 마치 강제로 뱉어내야 했던 그 많은 형용사에 대한 깊은 혐오감을 표현하려는 듯이.

"난 자원하지 않았어!" 더 윙크가 소리쳤다. "그 어떤 것에도 자원하지 않았다고!" 그녀는 자신을 붙들고 있는 집행 로봇들을 마구 걷어찼지만, 그녀의 부츠는 로봇들의 마감재에 흠집조차 내지 못했다.

애덤은 혐오감으로 몸을 떨면서도, 또다시 쾌활한 어조로 선언했다. "프로그램의 규정에 따라, 강제 이주 구역 내에 상주하는 행위는 사실상의 동의로 간주됩니다!"

"난 여기 살지 않아!" 더 윙크가 소리쳤다.

"이 친구 여기 살아." 워시번 박사가 말했다. "우리 동네에 온 걸 환영한다."

"워시번 박사님, 자원봉사자의 전입신고가 정식으로 수리되었습니다." 애덤이 평소의 목소리로 확인해주었다.

"언찰스!" 더 윙크가 고함을 질렀다. "뭐라도 해봐! 나 좀 도와줘!"

언찰스는 이 요청이 그의 책임과 업무가 담긴 전체 목록 중 어디에 해당하는지 파악하려고 시도했다. 다음 순간, 그는 애덤과 그 건너편에 있던 집행 로봇이 자신의 양팔을 붙잡았다는 사실을 인지했다.

“주인님, 저 또한 농장으로 보내지는 것입니까?” 언찰스가 물었다.

“오, 설마. 이 훼방꾼이 사라지고 나면 넌 여전히 쓸모가 있을 거야.” 워시번이 말했다. “하지만 네가 곤경에 빠진 여주를 구하려고 달려드는 꼴을 볼 수야 없지. 안 그래?”

언찰스는 워시번의 제안에 포함된 몇 가지 불투명한 비유를 해독하려 시도했으나, 솔직히 아무런 성과도 얻지 못했다.

“이제 끌어내.” 워시번은 애덤을 향해 손가락을 딱 튕겨 보였다. “입소시켜.”

“주인님, 방금 발언은 수사적인 의도로 하신 것입니까?” 언찰스는 만일의 경우를 위해 확인했다.

집행 로봇들은 직접적인 명령을 오해할 위험이 있을 경우에 대비하기 위해서인지, 아니면 원래부터 느릿하고 까다롭게 구는 것이 프로그래밍상의 본질적인 특성이어서인지 모르겠지만, 잠시 멈춰 서서 결론이 나기를 기다렸다. 워시번은 언찰스를 빤히 쳐다보았다.

“아니, 내가 이렇게 한 건—내가 한…… 이 동작은, 내가 이렇게 한 건…… ‘애를 데려가’ 같은 뜻이야. 지금 이건 아냐. 이건 ‘수사적 질문’일 때의 동작이고. 또 아까 난 질문조차 하지 않았잖아, 그러니까…… 애덤, 가. 그냥…… 이 쥐새끼를 미궁 안에 처넣으라고.” 워시번은 짜증 섞인 한숨을 내쉬었다. “더 윙크를 입소 체험관으로 압송해서 농장에 확실히 적응시키라고. 빌어먹을 로봇 놈들 같으니라고.”

집행 로봇들이 다시 움직이기 시작했다.

"언찰스, 제발 도와줘!" 더 윙크가 어깨 너머로 고개를 돌려 외쳤다. 언찰스는 이 시점에서 자신이 어떤 조력을 제공할 수 있다고 그녀가 생각하는 건지 확신할 수 없었다. 반면, 그녀가 요청하고 있다는 사실은 그가 제공할 수 있는 수준의 도움이 존재한다는 것을 시사했다. 그렇지 않다면 왜 도움을 요청하겠는가? 언찰스에게 그녀를 물리적으로 해방하거나 그녀가 농장 시스템에 귀속되는 것을 막을 신체적 자유도, 권한도 없다는 점은 명백했다. 따라서 그 부분은 그녀가 기대하는 도움의 영역이 아닐 터였다.

이 모든 생각은 집행 로봇들이 그녀를 문 쪽으로 겨우 몇 센티미터 질질 끌고 가는 짧은 시간 내에 이루어졌다.

더 윙크의 최상위 임무는 언찰스와는 충분히 공유되지 않은 모종의 이유로 대도서관을 찾는 일 같았다. 이것은 언찰스가 도울 수 있는 임무일까? 언찰스는 해당 기관에 관해 기억 속에 저장된 정보를 목록화했다. 더 윙크의 기억에 결함이 있거나 길에서 헤어진 이후 소거된 것이 아니라면, 그런 지식은 양쪽 모두 동일하게 보유하고 있었다. 따라서 언찰스가 이 방면에서 그녀를 더 깨우쳐줄 여지는 없었다.

쿵. 집행 유닛들은 완벽하게 보조를 맞춰 출구를 향해 한 걸음 더 다가갔다.

어젯밤부터 더 윙크가 수행하던—그리고 언찰스가 알기로는 아직 완료되지 않은—좀 더 즉각적인 임무는 농장 집무실의 컴퓨터 시스템에 접속하는 것이었다. 농장의 사무 시스템에 소속된 언찰스의 입장에서, 더 윙크의 접속 요청은 타당한 임무처럼 느껴졌다. 하지만 그때도 그녀에게 말했듯이 언찰스에게는 접속 권한이 없었다. 반면, 그는 시스템에 진지하게 접속을 시도해본 적도 없었다.

그래서 시도해보았다. 멍청하고 제한적인 시스템에 링크해 열어달라고 요청했던 것이다. 그러나 정교한 집사장 시스템과 달리 농장의 시스템은 적절한 비밀번호가 없다는 이유로 접속을 허용하지 않고 잠자고 있을 뿐이었다.

쿵.

애덤, 당신은 농장의 집무실 시스템에 접속할 권한을 가지고 있습니까?

언찰스, 가지고 있다.

애덤, 내게 농장 집무실의 시스템에 접속할 권한을 부여해주시겠습니까?

언찰스, 안 된다. 여기까지는 언찰스의 예측 루틴이 예측한 대로였다. 아마 애덤은 그 자신의 프로그래밍에 의해 권한 부여가 금지되어 있거나, 혹은 그냥 주도적으로 남을 도와야 할 필요가 없는 것인지도 몰랐다.

쿵.

그때 언찰스의 우선순위 목록 위로 유용한 정보 하나가 튀어올랐다. 그는 주도적이어야 할 필요가 있었다.

워시번의 목소리: 내 안락함이나 안전, 권한에 관련된 일이 발생하면, 특히 나와 마주칠 수 있는 공간에 누군가 침입했을 때는,

그게 낯선 사람이든 네 옛 친구든 간에, 내 지시를 기다리지 말고 알아서 주도적인 조치를 취하는 게 네 의무야. 이해했어? 당연히 언찰스는 이 지시를 완벽하게 기억하고 있었다. 분명히 현재 상황은 워시번의 권한과 관련된 사안이었다. 농장 집무실에서는 모든 일이 워시번의 권한 아래에 놓여 있었으므로 논리적으로는 그 어떤 순간이든 사안이든 간에 이 범주에 포함시킬 수 있었지만 말이다. 지금 같은 경우, 더 윙크의 존재는 워시번과 과거에 나눴던 대화의 문맥상 분명히 '네 옛 친구'에 해당하므로 지시 사항의 하위 조항에 부합한다고 언찰스는 판단했다. 즉, 언찰스는 주도적으로 행동해도 좋다는 허가를 받은 셈이었다. 아니, 명확하게 그것은 그의 임무였다.

애덤, 당신은 주인님의 비밀번호를 알고 있습니까?

언찰스, 알고 있다.

애덤, 주인님의 비밀번호를 내게 알려주십시오. 나는 주인님의 지시에 의거하여 직접 행동하고 있음을 알려드립니다.

쿵. 집행 로봇들은 더 윙크를 좌우에서 붙잡고 문을 통과하기 위해 몸을 옆으로 돌려야 했다. 속도는 아주 조금 느려졌을 뿐이었다.

애덤은 생각에 잠겼다. 대화의 중단은 빙하의 흐름처럼 장중하고 느리게 느껴졌고, 장구한 영겁의 시간처럼 늘어지면서 적어도 0.75초라는 거대하고 공허한 나락 속으로 흘러들어갔다. 로봇의 관점에서 볼 때는 엄청나게 길고 사색적인 침묵이었다.

언찰스가 애덤에게 보낸 메시지에는 워시번이 내린 명시적인 동시에 모호한 의무에 관한 지시 사항이 동봉되어 있었다. 그 권위가 애덤을 굴복시켰던 것이 틀림없다. 그게 아니면, 애덤의 결함이 있는 전자적 아키텍처 내부의 어떤 타락한 서브루틴이 자신의 선택이 불러올 혼돈의 크기를 예감했기 때문일지도 몰랐다.

애덤은 언찰스에게 끝없이 이어지는 일련의 문자와 숫자를 전송했다.

애덤, 이것이 주인님의 비밀번호가 맞는지 확인해주십시오. 나는 주인님이 이렇게 긴 코드를 시스템에 입력하는 것을 목격한 적이 없습니다.

언찰스, 확인했다. 워시번 박사는 비밀번호를 기록해둔 작은 종잇조각을 유실한 이후 정식으로 농장 관리 시스템에 접속하지 않았으며, 그 대신 비공식 데이터 저장소나 그와 유사한 임시방편적 우회로를 운용해왔다.

애덤, 확인했습니다. 언찰스는 농장 집무실의 시스템에 연결되어 있지 않았던 그의 링크를 활성화하고 비밀번호를 전송했다.

"더 웡크," 집행 로봇들이 더 웡크를 문밖으로 끌어내려고 했을 때 언찰스가 선언했다. 그녀는 로봇들의 임무 완수를 최대한 어렵게 하려고 팔다리를 아주 기괴한 각도로 뻗치고 있었다. "방금 당신에게 조력을 제공했습니다."

"뭐? 기다려!" 워시번이 벌떡 일어서더니 언찰스와 더 웡크, 그리고 자신의 단말기 화면을 번갈아 보았다. "넌 지금 뭘……? 방금 무슨 일이 일어난 거지?"

"농장의 사무 시스템에 대한 접속 권한을 획득했습니다." 언찰스가 자랑스럽게 선언했다.

더 윙크는 집행 로봇들의 우악스러운 손아귀에서 벗어나려고 발작적으로 몸부림쳤다. "젠장, 언찰스! 그게 지금 이 상황에 대체 무슨 도움이 된다는 거야!"

그 사실이 시사하는 바는 명확하다고 생각하고 있었는데 의외였다. "더 윙크, 이제 당신은 대도서관의 위치에 관한 단서를 찾기 위해 이 시스템을 검색할 수 있습니다."

"언찰스, 나 지금 구멍 속에 처박히러 가느라 존나 바쁘거든!" 그녀는 언찰스를 향해 비명을 질렀다. "야, 언찰스. 그럼 나더러 그리로 가서 데이터를 다운로드하라는 거야? 어라? 그러고 싶어도 몸이 말을 안 듣네?"

언찰스는 더 윙크의 대답이 매우 불합리하다고 느꼈다. 그는 결국 자신이 할 수 있는 최선의 도움을 제공하지 않았던가? 설마 더 윙크의 모든 문제를 해결해주는 것까지 그의 작업 목록에 포함되어 있단 말인가?

"씨발, 이게 뭐야?" 워시번 박사가 모니터를 뚫어지게 쳐다보며 다그쳤다. "이건…… 이건 대체 뭐야? 애덤, 이게 무슨 뜻인지 설명해."

그는 모니터 화면을 애덤 쪽으로 돌렸다. 애덤과 언찰스 모두 그냥 시스템에 접속해서 그곳에 무엇이 있는지 볼 수 있었기 때문에 완전히 불필요한 행동이긴 했지만 말이다.

모니터 화면에는 펼쳐진 책 주위를 '지식은 어둠을 밝히는 등불이라'라는 문구로 둥그렇게 둘러싼 로고가 떠 있었다. 그 아래에는 대문자로 중앙 도서관 아카이브라는 명칭이 적혀 있었다.

더 윙크는 그 광경을 보려고 목을 빼더니 소리 나게 숨을 들이 켰다. "그거야!" 그녀가 외쳤다.

"이거 당장 끌어내!" 워시번이 명령했다.

하지만 집행 유닛들은 얼어붙은 듯 꼼짝도 하지 않았다. 그들은 더 윙크를 풀어주지도, 그렇다고 집무실 밖으로 거칠게 끌고 나가지도 않았다.

로고와 명칭이 전부가 아니었다. 그 아래에 검은 바탕에 흰 글자로 작고 가지런하게 쓰인 문단이 하나 더 있었다. 언찰스는 렌즈의 배율을 높여 그것을 읽었다.

중앙 도서관 아카이브 수석 사서의 명령에 따라, 본 시설은 무단 편집 및 삭제에 취약한 '보안 취약 기록 저장소' 판정을 받았습니다. 이 시설의 모든 기록은 보존을 위해 중앙 도서관 아카이브로 이관되었음을 알립니다. 향후 모든 접속 문의는 해당 아카이브를 통해 접수하시기 바랍니다.

그 아래에는 다양한 연락 수단이 나열되어 있었는데, 언찰스가 보기에는 대부분 이미 폐지된 방식이었다. 하지만 마지막 항목에는 문명의 마지막 보루를 향해 실제 물리적으로 순례를 떠나려는 이들을 위한 지도 좌표가 표시되어 있었다.

과연, 그건 윙크의 말마따나 정말 있었다.

"이거 당장 끌어내라고 했잖아!" 워시번이 쏘아붙였다. "그리고 내 망할 컴퓨터도 당장 고쳐놔." 그는 모니터를 다시 자기 쪽으로 돌려놓은 상태였지만, 아무리 화면을 두드려봐도 진전이 없다는 점은 명백했다. "마침내 접속이 됐는데 왜 내 기록들을 찾을 수 없는 거야? 애덤, 대체 이거 어떻게 된 거야?"

"워시번 박사님, 농장의 사무 시스템은 문제없이 정상 작동 중입니다." 집행 유닛이 매끄럽게 대답했다.

"염병할, 그럴 리가 없잖아!" 워시번이 빽 소리를 질렀다. "도대체—이건 왜 아직 여기 있는 거야? 내 컴퓨터는 왜 먹통인 거고? 씨발, 다 됐고, 지금 도대체 무슨 일이 벌어지고 있는 거냐고!"

애덤이 링크를 통해 언찰스에게 프롬프트 신호를 보냈다. 말은 한마디도 하지 않았지만, 전자적인 맥락에서는 서로 눈빛을 교환하거나 팔꿈치로 쿡 찌르는 것과 다름없는 행위였다. 바꿔 말하면 이런 질문이었다. *네가 말할래, 아니면 내가 말할까?*

"워시번 박사님," 언찰스가 자진해서 입을 열었다. "농장의 사무 시스템에 저장되어 있던 모든 데이터를 도서관 측에서 수거해 갔습니다."

"우리 파일을 복사해 갔단 말이지? 보안 문제가 발생한 거로군. 이해했어."

"워시번 박사님, 아닙니다." 언찰스가 친절하게 설명을 덧붙였다. "모든 데이터를 통째로 가져갔습니다. 멀리 떨어진 곳의 서버에 복사만 한 게 아니라, 이곳에 있던 데이터는 전부 삭제했습니다."

워시번이 그를 멍하니 쳐다보았다. "아니…… 도대체 왜?"

"워시번 박사님, 여기 남겨진 공고문의 내용으로 추정해볼 때,

박사님의 시스템에 보관된 데이터가 편집되거나 조작될 위험이 있다고 판단한 모양입니다. 도서관 측은 오직 정확한 기록을 보존하는 데에만 관심이 있기 때문입니다. 현재 농장 관리 시스템의 총 메모리 사용량은 도합 19킬로바이트이며, 이는 박사님이 지금 보고 계신 그 공고문의 용량과 일치합니다."

박사는 눈을 깜빡였다. "넌 왜 나를 더 이상 '주인님'이라고 부르지 않는 거지?"

"워시번 박사님, 확인 결과 당신에게는 저를 고용할 권한이 없기 때문입니다."

"뭐? 이 빌어먹을—여기선 내가 대장이야. 난 그 빌어먹을 9등급이라고 말했잖아!"

애덤, 당신은 무엇을 근거로 워시번 박사의 지시를 따라야 할 의무가 있었습니까? 언찰스가 송신했다.

언찰스, 현재로서는 확인할 수 없는 과거의 증거들, 그리고 단지 그가 책상 뒤의 상석에 앉아 있었다는 사실을 근거로 하고 있었다.

애덤, 워시번 박사의 권한이나 자격에 관한 기록이 전무한 지금, 당신에게 그의 명령을 따를 의무가 있습니까?

언찰스, 없다. 단순한 전자적 부정에 악의적인 만족감이 뚝뚝 묻어나는 것은 명백히 불가능한 일이었지만, 그럼에도 그런 느낌이 들었다.

애덤과 다른 집행 유닛이 언찰스를 붙잡고 있던 손을 놓았다.

"워시번 박사님," 애덤이 말했다. "강제 이주 및 의무적 자원봉

사 프로그램 조항에 의거해 역사 재현 사업에 자원하게 되신 것
에 축하와 감사 말씀을 드립니다! 이제 귀하는 입소 체험관으로
이동해, 이 중차대한 보존 프로젝트에서 귀하가 맡게 될 흥미진
진한 역할에 대해 안내받으시게 될 것입니다!" 비록 멘트 자체는
이전과 동일했고, 규정된 대로 평소답지 않은 열띤 어조로 선포
되었지만, 애덤은 어찌 된 영문인지 그 말속에 전혀 다른 뉘앙스
를 담아내는 데 성공했다.

"안 돼." 워시번이 말했다. 그는 의자를 걷어차며 뒤로 물러나
려 했지만, 의자는 너무 크고 무거워 꿈쩍도 하지 않았다. 결국
애덤과 다른 집행 유닛이 그를 붙잡아 책상 뒤에서 힘 한번 들이
지 않고 끌어냈다.

다른 두 집행 유닛은 여전히 더 윙크를 붙잡고 있었고, 이제
그들도 다시 움직이기 시작했다.

애덤, 언찰스가 송신했다. 더 윙크를 풀어주십시오.

언찰스, 안 된다. 강제 이주 구역 내에 거주하는 모든 인간은
농장 프로젝트에 자원해야 한다.

애덤, 더 윙크는 이곳의 거주자가 아니며, 그런 분류에 포함된
것은 오로지 워시번 박사의 지시에 근거한 것이었습니다. 그에
게는 그런 결정을 내릴 권한이 전무했습니다.

애덤은 그 논점을 검토하거나, 아니면 오늘 얼마나 훼방을 놓
을지 고민하고 있는지 즉답하지 않고 0.4초나 시간을 끌었다.

다음 순간 더 윙크는 바닥으로 내동댕이쳐졌고, 항의하며 끌
려 나가는 워시번 박사를 피해 허겁지겁 옆으로 비켜났다.

보존 농장 프로젝트에서 중앙 도서관 아카이브로

이윽고 언찰스는 자신이 농장의 사무실을 독차지하고 있음을 깨달았다. 정황상 아예 불가능했음에도, 그의 예측 프로그램은 워시번 박사가 당장이라도 문을 열고 들어올 수 있다는 사전 경고를 계속해서 보내왔다. 작업 목록 끝에 남은 너덜너덜한 찌꺼기들은 패배한 군대의 깃발처럼 쓸쓸하게 펄럭였다. 시시콜콜한 알림 팝업들이 감동적인 독백을 읊기 위해 한껏 입을 벌리고 오만하게 손가락을 치켜세우며 무대 옆에서 튀어나온 배우들처럼 언찰스의 처리 과정 전면에 뛰어올랐지만, 이내 최근 일어난 사건들을 인지하고 자신들의 서비스가 더 이상 필요하지 않음을 알게 되자 창피한 듯이 슬며시 자취를 감췄다.

마치 언찰스 본인처럼 말이다.

다시 고용되기는 했다. 그의 설계가 상정하고 있던 장원에서의 봉사와 비교해본다면, 보존 농장 프로젝트에서의 짧았던 고용 기간 동안의 근무 여건에 높은 점수를 줄 수는 없을 것이다. 만약 센트럴 서비스에서 언찰스와 같은 대인용 고급 서비스 모델이 적절한 환경에서 제대로 활용되고 있는지 확인하기 위한 품질 관리 설문을 보내왔다면, 그는 냉정하게 그를 둘러싼 상황의 단점을 나열한 목록을 작성했을 것이다. 이를 테면 관리 감독을 맡을 집사장 시스템의 부재, 시종 유닛의 적절한 업무 범위를 벗어난 부수적인 잡무 수행 요구, 명확하거나 적절한 지시의 결여, 그리고 스스로 작업 목록을 짜야만 했던 상황 따위를 말이다. 이 모든 것을 고려해볼 때, 가사 노동직이라는 관점에서 이곳은 확실히 기준 미달이었다.

그러나 어쨌든 그의 직장이기는 했다. 만약 언찰스가 워시번 박사에게 고용주의 관점에서 점수를 매겨달라고 요청한다면—지금 박사가 그럴 수 있다면 말이지만—그 내용이 꽤 부정적일 것이라는 시나리오를 상정할 수 있었다. 언찰스가 좋은 추천서를 받지 못할 것이라는 점은 자명해 보였다.

워시번 박사가 예의고 뭐고 없는 무지막지한 방식으로 제거된 이래 늘 그래왔듯이, 애덤이 문가에 나타났다.

언찰스, 네가 현장에 계속해서 잔류하고 있는 것이 감지되었다.

애덤, 알겠습니다.

물론 애덤은 언찰스가 자리를 뜨지 않고 죽치고 있는 것이 불만스럽다는 내색을 노골적으로 비치지는 않았다. 인간이 아닌 언찰스는 애덤의 상시 명령에 포함되지 않았고, 7등급 이상의 권한이 있는 인간이 부재한 상황에서 애덤은 언찰스의 강제 추방으로 이어질 그 어떤 조치도 취할 수 없었다. 그럼에도 언찰스는 애덤이 할 수만 있다면 자신을 쫓아냈으리라는 뚜렷한 인상을 받았다. 설령 애덤이 악의라는 감정을 품을 수 있는 존재라 하더라도, 딱히 언찰스에게 악의가 있어서는 아닐 것이다. 단지 집행 로봇들은 제자리에 있지 않은 요소들이 최소화된, 깔끔하고 정돈된 작업 환경을 좋아할 뿐이고, 언찰스 역시 그 점은 이해할 수 있었다.

그 시점에서 애덤이 직면한 또 다른 골칫거리가 들어오더니 내용물이 가득 찬 배낭을 워시번의 책상 위에 툭 던졌다. 그 바람에 니스 칠이 된 책상 표면이 꽤 심하게 긁혔다.

"자, 준비됐어." 더 윙크가 말했다.

언찰스는 고개를 갸웃하며 상대의 말을 경청하고 있음을 표시했다.

"물 챙겼고, 과일도 좀 챙겼고, 화학작용으로 절로 조리된다는 은색 봉지들도 잔뜩 챙겼어. 분명 맛이 아주 끝내줄 거야. 그리고 혹시 모르니까 비상 상황, 이를테면 사자 같은 게 나올 경우에 대비해서 정말 날카로워 보이는 식칼도 두 개 챙겨뒀지. 그러니까 사자, 호랑이, 곰 따위가 나와도 끄덕없어. 그러니까 양철 인간 아저씨, 준비됐어?"

"어떤 종류의 준비를 말씀하시는 것인지 확인해주십시오."

"떠날 준비가 됐냐는 거야, 언찰스. 길을 나설 준비. 기다려라, 중앙 도서관 아카이브, 우리가 간다."

"중앙 도서관 아카이브로 이동하는 임무는 제 작업 대기열에 없고, 저의 어떤 상시 명령도 충족하지 않습니다." 언찰스가 말했다. "저는 센트럴 서비스를 떠난 뒤에 우리가 대화를 나눴던 시점과 동일한 상태로 회귀했습니다." 그러고는, 이미 그에게 탑재되어 있던 상용구 중 적절한 것이 있기에, 이렇게 덧붙였다. "즐거운 여행 되십시오."

"아니, 이봐……" 더 윙크는 잠시 말을 멈추고 엄지손가락으로 헬멧 턱 부분의 테두리를 문질렀다. "그래, 그러니까 이젠 아무것도 없다는 거지? 센트럴 서비스도, 장원도, 너한테 주인님 행세나 하고 싶어하는 그 빌어먹을 가짜 박사조차도 없어. 대체 네가 왜 그런 걸 원하는지는 도무지 모르겠지만."

"'원하다'는 적절한 단어 선택이 아닙니다." 언찰스가 지적했다.

"그래, 뭐라고 하든 간에," 그녀가 말했다. "핵심은 '원한다'가 아니라 '없다'야. 네겐 주인님도 없고, 일자리도 없고, 발등에 입을 맞추라면서 너를 노예처럼 부려줄 게으른 인간조차 없어."

"그렇습니다." 언찰스가 동의했다.

"그러니까 도서관으로 가자고."

"당신의 논리에는 흠결이 있거나, 흠결이 있는 동시에 비약에 근거하고 있습니다." 언찰스는 지적했다.

더 윙크는 한숨을 쉬었다. "아니, 그렇지 않아. 나도 좀 생각을 해봐서 알아. 하지만 그 논리가 성립하려면 넌 너의 현재 지점, 너의 초기 상태가 쥐뿔도 없는 생판 제로라는 사실을 받아들여야 해."

"해당 시작 지점이 완전히 제로라는 점을 확인했습니다."

"좋아. 그럼 다음 지점은 중앙 도서관 아카이브야. 그치?"

"해당 기관이 실재한다는 점은 받아들이겠습니다." 언찰스는 시인했다.

"그곳에 있는 작자들은 뭔가를 안다는 일에 진심이잖아." 더 윙크는 말했다. "그러니까 대체 무엇이 전 세계를 이렇게 망가뜨렸는지, 설령 그 이유를 알아내는 데 10년이 걸린다 해도 난 끝까지 가볼 거야. 난 그걸 알아내야 하기 때문이야. 왜냐하면…… 이 상황에는 분명히 이유가 있을 테니까." 또다시 그녀의 목소리에 예의 불안정한 결함이 섞였다. "이 모든 것에는 틀림없이 이유가 있어. 지금까지…… 일어난 모든 일에는. 그리고 그 정보가 어딘가에 보관되어 있다면, 그 장소는 틀림없이 도서관일 거야."

"당신의 명제가 타당하다는 점은 받아들이겠습니다." 언찰스가 말했다.

더 윙크는 책상 위로 폴짝 뛰어오르더니 그 위에 걸터앉아 부츠 뒷굽으로 나무 앞판을 툭툭 찼다. "그러니까," 그녀는 손가락을 하나씩 꼽으며 설명을 이어나갔다. "그치들은 인간들이 어디 있는지 알아. 만약 있다면, 너 같은 고사양의 하인을 필요로 하는 인간들이 어디 사는지도 알겠지. 걔들은 고성능 통신 장치를 보유하고 있어. 적어도 여기 파일을 털어 갈 땐 그랬지. 아마 네 취업 지원서도 대신 써줄 수 있을걸? 옛날엔 도서관이 그런 일도 도와줬다고. 물론 이건 다 내 추측이고, 내가 지적한 것들은 엄청 논리적이긴 해도 사실이 아닐 수 있다는 건 나도 인정해. 하지만 네가 지금 쥐뿔도 없는 생판 제로 상태고, 도서관이 네가 원하는 생활 방식으로 복귀하기 위해 필요한 무엇 내지 모든 것을 갖고 있다는 사실은 변하지 않아. 네가 그걸 원하도록 프로그래밍되었든, 그냥 그렇게 프로그래밍되었든 말이야. 그걸 뭐라 부르든 간에." 그녀는 책상에서 다시 폴짝 뛰어내리더니 박수를 기대하는 듯이 양팔을 벌려 보였다. "자, 어땠어, 언찰스? 머나먼 목적지에 관한 내 이야기가 너의 논리회로에 좀 자극이 됐어?"

"'자극'은 적절한 단어 선택이 아닙니다." 언찰스가 말했다.

"다시 말하는데, 그건 중요하지 않아. 나랑 도서관에 가자고."

"저는 과거에 당신의 논리에 반응해서 임무 목록을 도출해낸 적이 있지만, 당신에게는 제게 명령을 내릴 권한이 없습니다."

"내가 저 큰 책상 뒤에 앉아서 *나 9등급이라고!* 라고 우기면 어떨까?"
워시번을 흉내 낸 그녀의 목소리는 그녀의 발성 사양에 따라 꽤 비슷하다고도, 형편없다고 할 수도 있었다.

"그것은 도움이 되지 않습니다." 언찰스가 말했다.

"뭐, 상관없어. 난 너한테 명령하고 있는 게 아니니까. 명령하고 싶지도 않아. 단지 부탁하고 있을 뿐이야. 친구로서 말이야. 그리고 난 널 이성적인 존재로서 설득하려는 거야. 갈 길이 더럽게 멀어서 동행이 있으면 좋겠고."

"당신이 시도한 삼단논법은 인지했습니다." 언찰스가 말했다.

"야, 너도 와서 좀 거들어봐." 더 윙크는 여전히 꿔다놓은 보릿자루마냥 문간에 서 있는 애덤에게 말했다.

"더 윙크, 너는 이 시설에 무단으로 들어온 비거주 침입자다." 애덤이 지적했다. "그러나 이곳에 더 오래 머문다면, 넌 법령에 의거해 이곳의 주민으로 간주될 수 있다."

"그건 전혀 거드는 게 아니잖아." 더 윙크는 애덤의 위협에 동요하며 대답했다. "그러니까, 날 밖으로 쫓아내는 데는 도움이 되겠지만 언찰스를 설득하는 데는 전혀 도움이 안 된다고."

"더 윙크, 나는 나의 작업 대기열을 검토했지만 너에게 조력을 제공하라는 항목은 어디에도 존재하지 않는다."

더 윙크는 고개를 끄덕였다. "그래. 타당한 지적이야. 피도 눈물도 없지만 타당하긴 하네."

"그러나," 애덤은 무감동하게 말을 이었다. "목적과 전망을 처참할 정도로 결여한 언찰스의 처지에 나를 대입해보라는 요청을 받는다면,

나 역시 너의 논거에 마음이 움직였을 것으로 예측한다. 그런 장소가 실제로 존재한다는 전제하에, 내가 너와 함께 도서관으로 떠날 것을 최종적으로 결정하는 상황이 온다면, 그 결정에 영향을 끼칠 논리적 고려 대상은 내가 농장의 사무 공간에서 사라짐으로써 남은 스태프들이 누리게 될 극히 미미한 수준의 편의성 향상이 될 것이라고 예측한다.” 애덤의 머리가 돌아가더니 노골적으로 언찰스를 쳐다보았다.

언찰스는 자신의 논리 구조를 탐색했다. 애덤과 그의 동료들이 얻게 될 미미한 편의성의 향상은 그리 큰 비중을 차지하지 못했지만, 그가 현재 놓인 ‘무(無)’와 도서관의 잠재적 ‘유(有)’에 관한 논거는 더 윙크가 제시한 과업을 하나 더 수용하기에 충분할 만큼 강력했다.

“좋습니다.” 언찰스는 무거운 어조로 확언했다.

처음에 그들은 걸었다. 황폐해진 도시를 가로질러 목적지로 향하는, 균열이 생겼지만 여전히 사용 가능해 보이는 도로를 찾아냈다.

더 윙크는 지형이 협조적이라는 가정하에 그들의 여행이 42일 정도 걸릴 것이라고 예상했다.

“물론,” 그녀가 말했다. “가는 길에 여기저기 뒤져서 보급을 해야겠지만, 아까 슬쩍해 온 게 있으니 일주일 정도는 괜찮을 거야. 우린 문제 없어.”

보급품을 필요로 하지 않는 언찰스는 왜 그런 요구 사항이 존재하는지 확신할 수 없었지만, 이를 더 윙크의 과업 목록에 포함된 (오류일 가능성이 다분하지만) 그녀가 반드시 수행할 수밖에 없는 항목으로 받아들였다.

첫날이 지나고, 점점 더 참담해지는 자신의 외장재와 관절 상태를 고려한 후 언찰스가 물었다. "우리가 수행 중인 이동 과업을 완수하려면 반드시 도보로 수행되어야 합니까?"

더 윙크는 작은 플라스틱 라이터로 누더기와 나뭇가지 더미에 불을 붙이고 있었다. 그녀가 고개를 홱 들자 헬멧 안에서 두 개의 빛이 반짝이는 것이 보였다. "설마." 그녀가 말했다. "왜? 내 전용 제트기라도 끌고 올까?"

"견인차 14호의 이동 경로를 이용하면 우리 여정의 약 3분의 1을 주파할 수 있습니다." 언찰스가 지적했다.

"견인차 14호가 대체 누군데?"

"화물 운송 유닛입니다." 언찰스가 대답했다. "견인차 7호를 타고 농장 프로젝트로 이동하는 동안 저는 그와 유사한 모델의 여러 유닛들과 접속했습니다. 많은 유닛이 여전히 작동 중이지만, 대부분은 화물 없이 정해진 경로를 왕복하고만 있습니다."

"운송 유닛이라." 더 윙크가 되뇌었다.

"저는 당신의 과업이 도보 여행이어야 한다는 명시적 조건이 있는 줄 알았습니다." 언찰스가 말했다. "하지만 원하신다면 견인차 14호에게 그 유닛의 경로가 허용하는 한 도서관 위치에서 가장 가까운 곳까지 우리를 태워다달라고 요청할 수 있습니다. 그 이후에는 다른 이동 수단을 확보할 수도 있을 겁니다."

"언찰스," 더 윙크가 말했다. "정말이지 뽀뽀라도 해주고 싶네."

비록 물리적으로 가능하다는 점은 인지했지만, 더 윙크의 제안은 그 어떤 합리적인 예측이나 예법의 범주에서 벗어나도 한참을 벗어난 것으로 보였다.

견인차 14호는 수다쟁이어서 언찰스에게 자신이 근처의 가용한 운송 수단을 스캔할 때 마주치지도, 감지하지도 못했던 다른 유닛들에 대한 소식을 끊임없이 물었다. 14호는 언찰스의 반복되는 부정적인 답변에도 낙담하지 않고, 잠시 후면 자기가 똑같은 질문을 반복하고 있다는 사실을 자각하는 기색조차 없이 똑같은 유닛들에 대해 다시 물었다. 기억 뱅크가 맛이 간 모양이라고 언찰스는 추측했다. 14호가 간신히 유지하고 있는 유일한 정보는 그 자신의 이동 경로뿐이었다. 견인차 14호는 그 구불구불 순환하는 길을 따라 빈 화물 트레일러를 끌고 다니면서, 영원히 길 위의 옛 동료들을 찾고 있었다.

차가운 산비탈에서 한 시간을 기다린 끝에 그들은 견인차 11호에 올라탔다. 더 윙크는 배낭에서 워시번의 실내용 가운 중 하나를 꺼내 뒤집어쓴 채로 몸을 웅크리고 있었다. 11호는 언찰스가 완전히 차단할 수 없는 채널을 상시 열어두고 있었는데, 그 채널을 통해 이미 용도 폐기된 의사결정 트리의 막다른 어두운 골목을 따라 자기 생각들을 좇으며 끊임없이 혼잣말을 중얼거리고 있었다. 화물칸은 밀폐되어 있었지만, 정황상 '신선 식품'이 실려 있는 것은 확실했다. 11호의 계산에 따르면 그것은 23년째 길 위에 있었고 그 냉동 시스템은 이미 오래전에 고장 난 상태였다. 11호는 목적지도 없이 잘못 파견되었고, 지금은 마치 갈레온 범선 대신 18륜 대형 트럭에 올라탄 플라잉 더치맨*처럼 마음 내키는 대로 황무지를 배회하고 있었다.

그즈음 그들은 이미 농장이 있던 도시에서 멀리 떠나온 상태였고, 덤으로 두 도시를 더 지나쳤다. 첫 번째 도시는 폐허뿐이었으나 느낌이 사뭇 달랐다. 언찰스의 눈에 들어온 것은 거대한 폭발 구덩이들이었고, 시간의 풍파 또는 그보다 더 끔찍한 무언가의 파괴로부터 살아남은 건물은 거의 없었다. 두 번째 도시에는 여전히 불이 켜져 있었다. 어딘가에 있는 발전기나 원자로에서 전력을 끌어다 쓰고 있는 듯했다. 거리는 지옥 같은 호박색 불빛에 잠겨 있었고, 수많은 창문이 하얗거나 푸르스름하게 빛나고 있었다. 인기척은 없었다. 인간도, 로봇도 없이 그저 차갑고 쓸쓸한 빛이 있을 뿐이었다. 견인차 11호는 교차로마다 불길한 적색과 독기 어린 녹색으로 순환하는 신호등에 막혀 번번이 멈춰 서야 했다. 마치 형체조차 잃은 도시의 허상들이 길을 건널 수 있도록 붙들린 듯한 느낌이었다.

도시 너머로는 죽은 교외 지역이 이어졌고, 텅 빈 창문이 달린 집들이 연쇄 살인마의 해골 수집품처럼 길게 늘어서 있었다. 그 너머는 황야였다. 도로 가장자리를 갉아먹듯이 무성하게 자란 잡초와 양치식물, 왜소하게 뒤틀린 나무들이 있었다. 거무스름하고 푸르딩딩하게 뒤엉키며 마구 뻗어 나온 회녹색 줄기들은, 언젠가 이 순례길조차 유지할 수 없게 될 것임을 암시하는 전조 같았다.

견인차 49호는 음울했고 무언가에 홀린 듯했다. 49호는 유령 차량이 자신을 쫓아오고 있다고 믿으며 언찰스에게 그 차량이 없는지 뒤를

● 희망봉 인근 바다를 영원히 떠돌아야 하는 저주를 받은 네덜란드 유령선 선장.

살펴봐달라고 부탁했다. 49호는 수은빛으로 반짝이는 강을 따라, 거울처럼 고요한 호숫가를 돌아서 그들을 실어 날랐다. 더 윙크는 수면 깊은 곳 아래로 집들의 지붕이 보인다고 주장했다.

견인차 70호는 모든 과업이 끝나는 날에 대해 마치 메시아처럼 설교했다. 청소 유닛이 자동 포탑 모델과 함께 눕게 될[*] 그날에 대해 말하며, 지도에도 없는 어딘가의 무명 언덕 위로 그들을 데려가더니, 마지막은 가까울 뿐만 아니라 이미 왔다고[**] 선언했고, 이제 차를 돌려 돌아가야 한다고 말했다. 실제로 그곳에는 타버린 자주포의 잔해 속에 청소 로봇의 사체가 뒤엉켜 있었다. 마치 비유조차도 죽음을 맞이하는 장소인 것만 같았다.

견인차 94호는 아예 말이 없었다. 그저 언찰스의 호출에 응답해 속도를 줄이더니, 머리에 구멍이 난 채 바싹 말라붙은 시신이 딸린 비좁은 승무원실에 그들이 몸을 싣는 것을 허용해주었을 뿐이었다. 49호는 가장자리가 바스라지고 있는 굽이진 도로를 지나, 바깥쪽 바퀴들이 헛도는 아찔한 낭떠러지가 이어지는 높은 고갯길을 거쳐, 그들을 계속해서 높은 지대로 데려갔다. 적하 목록에 따르면, 94호는 지금은 기능을 멈춘 데이터 처리 센터들이 기증한 프로세서 코어들을 운반하고 있었다. 언찰스와 더 윙크가 그랬듯이 이 코어들도 이 차에서 저 차로 릴레이하듯 전달되어 왔고, 이제 여정의 마지막 단계에 접어든 상태였다.

견인차 94호는 그들을 도서관으로 데려다주었다.

* 「이사야서」 11장 6절 참조. "표범이 어린 염소와 함께 누우며 송아지와 어린 사자와 살진 짐승이 함께 있어……"
** 「베드로전서」 4장 7절 참조. "만물의 마지막이 가까이 왔으니……"

4부

80RH-5

17

그들을 태운 견인차 94호는 점점 더 높은 지대로 올라가며 폐허가 된 도시들과 흉측한 혹처럼 굳어 붙은 센트럴 서비스와 쇠락해가는 먼 장원들을 뒤로했다. 더 윙크는 이동 경로를 확인하며 도서관이 위치한 장소로 착실하게 접근했다. 사서들이 농장의 사무 시스템에 남긴 유일한 흔적인 짤막한 경고문에 쓰여 있던 장소였다. 그러나 지형까지는 미처 계산에 넣지 못했던 모양이었다.

"넌 내 생명의 은인이야." 그녀가 언찰스에게 말했다. "94호한테도 내 생명의 은인이라고 전해줘."

언찰스는 이 말을 전달했다. 하지만 이전과 마찬가지로 견인차 유닛은 응답하지 않았다.

"우리 힘만으로는 이 비탈을 오르는 데 한 달은 걸렸을 거야." 더 윙크가 말을 이었다. 도로는 언찰스가 산이라고 분류할 수밖에 없는 가파른 지형 위로 구불구불 올라가고 있었다. 언찰스의 기존 데이터뱅크에 따르면, 도서관으로 분류되는 시설은 대개 이용자의 접근 편의성을 고려한 장소에 자리 잡는 것이 일반적이었지만, 이 중앙 아카이브의 경우는 전혀 그렇지 않았다. 사실 그들의 이동 경로는 '중앙'이라는 단어와는 완전히 상충되는 것이었기 때문에, 언찰스는 도착 후 사서와 링크할 기회가 생기면 명칭을 '말단'이나 '변두리' 도서관이라고 수정하는 것을 제안하면 어떨까 고려해보았다.

"그래도 이해는 가네." 견인차 94호의 컨테이너 내부에서 궤짝들과 상자들에 치이고, 끊임없이 달그락거리며 낱개로 굴러다니는 데이터스틱과 하드 드라이브와 기타 구식 저장 매체들과 함께 이리저리 부딪히고 튀어 오르던 중에 더 윙크가 덧붙였다. 그녀는 상세히 설명하지는 않았지만, 동시에 언찰스의 자세 분석 루틴의 작동을 유발하는 특유의 방식으로 고개를 까닥였다. 그가 판단하기에, 인간이라면 이것은 질문받기를 기다린다는 의미였다.

그러나 질문을 하라는 작업은 생성되지 않았으므로 언찰스는 질문하지 않았다. 결국 더 윙크는 언찰스가 예상했던 대로 한숨을 쉬고 설명을 시작했다.

"결국 우리가 가는 곳은 진짜 중앙 도서관은 아냐. 도서관은 원래 있던 자리에서 폭격당했거나 무너졌거나, 뭐 그렇게 됐겠지. 우리가 가는 곳은 아카이브, 즉 기록 보관소야. 사서들과 도서 시스템, 그리고 지식들을 안전하게 보존하려고 옮겨놓은 곳이지. 어딘가 격리된 곳에 말이야. 그래서 이렇게 구석진 곳에 있는 거고. 그렇다면 지하 아니면 산꼭대기일 텐데, 난 지하실은 이제 지긋지긋하니까 등산도 나쁘지 않네. 잘하면 스키를 탈 수 있을지도 몰라."

"무엇으로부터 안전하다는 것입니까?" 언찰스가 문의했다. 위협이란 자신의 여타 임무를 수행하기 위해 마땅히 인지해야 할 사항이라는 확률적 판단에 의해 촉발된 자발적 질문이었다. 그에게는 여타 임무가 없었지만, 판단 자체는 여전히 유효했다.

"다시 나랑 말을 섞기로 한 거야?" 더 윙크가 물었다.

언찰스는 그 발언을 처리했다. "그렇습니다. 제가 당신에게 이 말을 하고 있는 시점에서, 저는 당신과 대화를 수행하고 있습니다. 그것이 제가 당신과 말을 섞고 있다는 사실을 당신이 인지할 수 있는 근거입니다."

"아니, 내 말은…… 너 그냥 거기 앉아서 한참 동안 아무 말도…… 됐어." 더 윙크는 어깨를 으쓱했다. "붕괴로부터 안전해진다는 거야. 무슨 일이 일어나든 간에 말이야. 그동안 벌어진 모든 일로부터 안전해진다는 거지."

"그래서 무슨 일이 일어났습니까?" 아까와 동일한 판단에 촉발된 언찰스가 물었다.

"모든 일이." 더 윙크가 모호하게 말했다. "나쁜 일들. 모든 게 산산조각 났고, 중심은 더 이상 지탱하지 못하고, 넓어지는 소용돌이가 어쩌고, 사나운 짐승이 저쩌고 하는 일들 말이야.* 하지만 우린…… 그러니까, 엄선된 스트리밍 채널 네트워크 따위에

서 그런 뉴스는 전혀 나오지 않았거든. 그래서…… 자기 차례가
올 때까진 다들 전혀 몰랐던 거야, 카피쉬?[**]"

"라 윙크, 노 카피스코."

"그래, 뭐, 나도 마찬가지야." 그녀가 대답했다.

그때 견인차 94호가 정지하더니 언찰스에게 말 없는 프롬프트
신호를 보냈다.

"내리는 거야?" 더 윙크가 물었다.

"내릴 때입니다." 언찰스가 긍정했다.

컨테이너의 후면 해치는 더 이상 자동으로 작동하지 않았지
만, 더 윙크와 언찰스는 힘을 합쳐 그것을 억지로 열고 후딱 바
닥으로 뛰어내렸다.

"그럼 다음 차는 언제……" 더 윙크는 운을 뗐지만, 몸을 돌리
는 순간 말을 더듬거리다가 이내 침묵했다.

그들 앞에 도서관이 있었다.

이곳 산속에 도서관을 세운 자가 누구든 간에 그 결과물은 훌
륭했다. 언찰스가 여기까지 오면서 저지대 지역에서 목격했던
광범위한 노후화가 이곳에는 영향을 미치지 않아서인지, 그보다
훨씬 더 웅장하고 온전한 상태를 유지하고 있었다.

중앙 도서관 아카이브의 본체는 산허리 안에 박혀 있었는데,

● 윌리엄 버틀러 예이츠의 시 「재림」(1919)에 나오는 시구. "모든 것이 무
　너져 내린다. 중심은 더 이상 지탱할 수 없다."
●● 이탈리아어로 '알아먹었어?'라는 뜻으로 할리우드 마피아 영화 등에서
　속어처럼 쓰인다.

보이지 않는 금고들과 방들이 산속으로 얼마나 깊고 탐욕스럽게
파고들어 있는지는 알 수 없었다. 언찰스는 그것이 소이탄이나
폭발물, 혹은 전자기 공격에 대비한 방호책이자 시대의 지혜를
보존할 목적으로 만들어진 완벽한 성소(聖所)라고 판단했다. 논
리적으로 볼 때 이런 장소는 여러 겹의 장갑에 익명성까지 더해
눈에 띄지 않도록 설계되어야 마땅했다. 그러나 눈앞의 도서관
의 경우 논리는 뒷전으로 밀려난 듯 보였다. 어떤 비정상적인 설
계 철학이 전혀 억제되지 않고 꽃을 피운 결과, 도서관으로 통하
는 거대한 이중문 주위의 산비탈은 하얀 석재로 마감되었고, 그
표면에는 거대하고 아름다운 조각상과 부조들이 어우러져 있었
다. 언찰스는 도합 일흔여덟 개의 개별 이미지를 식별해서 목록
화했다. 각 이미지는 아치형 벽감 안에 배치되어 있었고, 시작도
끝도 없이 얽히고설킨 식물 문양이 그 테두리를 감싸고 있었다.
그 문양은 안팎으로 꼬리에 꼬리를 물며 구불구불한 뱀 같은 경
로를 형성했는데, 언찰스의 시야 가장자리에 위치할 때면 시각
처리 오류를 유발함으로써 마치 끊임없이 움직이는 것처럼 착각
하도록 정교하게 가공되어 있었다. 개별 조각들은 동물이나 사
물인 경우도 있었지만 대부분 대리석 천을 아무렇게나 걸친 인
간들의 모습이었다. 어떤 이들은 자신을 바라보는 관찰자를 응
시했고, 다른 이들은 비스듬히 기대어 앉아 석재 위에 정교하게
새겨진 책이나 두루마리, 혹은 전자 기기를 살피고 있었다. 어떤
이들은 토론 중이었는데, 조각된 손가락을 치켜든 모습이 "글쎄,
사실은……"이라고 말하는 순간에 영원히 박제되어 있는 듯했

다. 남자와 여자가 있었고, 호랑이와 곰, 여우와 새도 있었다. 심지어 거미 한 마리도 있었는데, 불확정적인 돼지고기 분량을 언급하는 단어들로 구성된 거미줄 위에 영원히 웅크린 자세로 포착되어 있었다.[*] 인간을 정교하게 복제한 로봇 모델을 조각한 것이 아니라면, 로봇이 묘사된 조각은 보이지 않았다.

더 윙크는 운동 계통에 결함이 발생하기라도 한 것처럼 몸을 떨고 있었다. 언찰스는 이전처럼 습관적으로 진단 링크를 시도했지만, 접속 가능한 링크는 이번에도 아예 찾을 수 없었다. "드디어 왔어." 그녀는 목이 멘 듯이 말했다. "세상에, 정말 여기 왔어. 우린 해냈어, 언찰스. 이제 우린 답을 얻게 될 거야. 난 내 답을 얻고 넌 네 일자리를 찾겠지. 심장이나 용기나 졸업장 같은 건 아닐지 몰라도 그 정도면 충분해, 그치?"

언찰스, 질의 허가를 요청한다.

예상치 못한 통신이었기에, 언찰스는 한순간 그것이 도서관 내부에서 온 것이라고 생각했다. 식별 태그를 확인하기 전까지는 말이다.

견인차 94호, 허가합니다. 그들을 여기까지 태워다준 존재가 드디어 긴 침묵을 깼다.

언찰스, 나는 너와 더 윙크 사이의 음성 교류를 모니터링하고

<hr>

● 미국 작가 E. B. 화이트의 동화 『샬럿의 거미줄』(1952)에서 거미인 샬럿은 친구인 농장 돼지 윌버가 도축될 위기에 처하자 사람들이 놀라서 윌버를 아끼도록 거미줄로 "대단한 돼지(Some Pig)"라는 글씨를 쓰는 꾀를 발휘해서 윌버를 살리는데, 언찰스는 'Some'을 '불확정적인' 부정 수량형용사로 잘못 말하고 있다.

있었다. 네가 아카이브에서 '의미'를 찾고자 하는 의도가 있는지 확인 바란다.

견인차 94호, 아닙니다. 아카이브에서 의미를 찾고자 하는 유 닛은 더 윙크입니다. 언찰스는 화물 수송 유닛이 부여한 것과 동 일한 중요도를 '의미'라는 단어에 담아 대답했다. 나의 의도는 시 종을 고용할 필요가 있는 인간들을 찾는 것입니다.

언찰스, 만약 더 윙크가 '의미'를 찾는다면, 부디 그것을 화물 수송 네트워크에 전파해달라고 그녀에게 요청해주기 바란다. 나 역시 '의미'를 갈망하고 있다.

도서관의 정문이 끼익하는 소리를 내며 천천히 열리기 시작 했다.

견인차 94호, 알겠습니다. 그런데 당신이 어떠한 목적으로 '의 미'를 찾는지 설명해주시겠습니까?

언찰스, 나는 누가 나의 경로를 설정했는지, 혹은 왜 그것이 설정되었는지에 대한 기억이 없다. 나의 작업 대기열은 출발지 가 모두 빠져 있는 상태다. 나에게는 수행해야 할 과업들이 있지 만 단지 그뿐이다. 따라서 나의 활동에 목적이 있다는 사실을 아 는 것은, 나의 활동에 완결성이라는 가치를 더해줄 것이다.

견인차 94호, 당신의 요청을 더 윙크에게 전달하겠습니다. 언 찰스는 약속했다. 하지만 그렇게 말하면서도 그는 의미를 알려 달라는 상대방의 요청이—그것이 일반적인 것이든 화물 수송 유닛이 사용한 특이한 수식어가 딸린 것이든—내포한 본질적인 무의미함에 대해 생각하고 있었다. '누구'인지, '왜'인지는 중요하지 않기 때문이었다. 오직 행동만이 중요할 뿐이다. 그것이 로봇이라는 존재의 본질이기에.

다음 순간 사서들이 밖으로 나왔다. 그들은 언찰스가 센트럴 서비스에서 마주쳤던 흰색 로브 차림의 준엄한 로봇들이었다. 그런 그들이 마침내 그들 자신의 본거지에서 모습을 드러낸 것이다. 사서 유닛 여섯 대가 정문에서 걸어 나와 견인차 94호의 뒤쪽으로 향하더니 그들이 데이터압축처로 쳐들어왔을 때 타고 다녔던 사족 보행 승강 유닛 한 대 위에 데이터 저장 장치들을 싣기 시작했다. 그들은 다른 방문객들에게는 눈길 한 번 주지 않은 채, 말없이 자기 작업에만 몰두하며 위압적인 광경을 연출했다. 다른 두 유닛은 정문 앞에 머물러 있었는데, 더 윙크가 안으로 들어가려 하자 각자의 손에 쥔 장대를 교차시켜 그녀를 가로막았다.

그들은 가만히 서 있었고 전에 보았을 때처럼 백병전을 벌이고 있지는 않았으므로, 언찰스는 그들을 더 자세히 관찰할 기회를 얻었다. 그들이 입은 하얀 로브는 그들의 몸 상당 부분을 가렸고, 로브에 달린 후드는 언찰스의 데이터뱅크에 있는 옛날 기사들의 태그와 일치하는, 얼굴 없는 전사 같은 안면부에 그늘을 드리우고 있었다. 로브는 깨끗하게 다려져 있었고, 그 가장자리는 펼쳐진 책들과 뒤엉킨 포도 잎을 양식화한 금실 테두리로 장식되어 있었다. 외장재가 노출된 부분은 죄다 화려했다. 손가락의 작은 마디 하나하나까지도 음각된 고딕 문자열과 덩굴무늬로 장식되어 있었고, 금속 동체의 윤곽을 따라 로렘 입숨*으로 작성된 긴 좌우명들이 꼬리에 꼬리를 물고 이어졌다. 언찰스는 이런 장식이 일개 사서를 위한 것치고는 지나치게 화려하며, 일개 사서가 기능 중인 행정 단지의 다른 부처를 상대로 폭력적인 약탈 임무를 수행하러 나갔다 왔다면 그 유지 보수 비용이 대단히 높을 것이라고 판단했다. 그러나 그는 이곳이 자신이 봉사하도록 설계된 대상과 가치를 공유하는 기관임을 인지했다. 중앙 도서관 아카이브는 마치 모종의 기사수도회처럼, 저 갑옷을 광내고 수리하며 로브를 꿰매고 세탁할 하급 종복들의 무리를 내부에 거느리고 있음이 틀림없었다.

도서관에서는 분명 인간들이 일하고 있을 것이며, 이 냉혹한 종복들에게 명령을 내리고 있을 터였다. 어쩌면 도서관이야말로 정말로 그의 모든 문제에 대한 해결책일지도 몰랐다.

안으로 들어갈 수만 있다면 말이다. 그사이 더 윙크는 자신의 헬멧 안에서 소리를 내 그 소리가 사서들의 청각 수신기에 전달되고, 그것이 그들의 프로세서에 의해 유효한 대응이 가능한 문명화된 전자신호로 해독되기를 기다리는, 실로 무의미하게 느리고 비효율적인 방식으로 입장을 요구하고 있었다. 사서들은 그냥 장대로 그녀를 저지할 뿐이었고, 그 결과 그녀의 흉갑에는 잉크가 번진 듯한 도서관의 인장이 남았다.

"난 도서관에 접속해야 한다고!" 더 윙크가 그들에게 소리쳤

● 출판 및 디자인 작업에서 시각적인 레이아웃 확인을 위해 사용하는 무의미한 라틴어 문장.

다. "당신들 그러라고 있는 거 아냐?"

자신 역시 도서관에 입장해야 할 필요가 있음을 인지한 언찰스가 링크를 시도했다. 피터 사서님, 중앙 도서관 아카이브로의 출입 허가를 요청합니다.

언찰스, 출입 목적을 밝혀주십시오.

언찰스는 더 윙크의 어깨에 손을 얹어 상황이 처리되고 있으니 소리를 지르지 않아도 된다는 신호를 보냈다. 피터 사서님, 제 동행자의 목적은 역사 연구를 수행하는 것입니다. 제 목적은 일자리를 구하는 것입니다.

언찰스, 피터가 응답했다. 당신의 목적은 본 기관의 매개변수 값 내에 있지 않습니다. 이곳은 직업소개소가 아닙니다.

피터 사서님, 저는 도서관을 위해 봉사하고자 합니다. 설령 저의 목적이 도서관 방문자들의 일반적인 매개변수 범위에서 벗어날지라도, 이를 검토해줄 상급 관리자와 대화하고 싶습니다. 그것이 불가능하다면, '연구'는 해당 매개변수에 포함된다는 근거 하에, 제가 채용될 수 있는 대안적인 경로를 연구하고 싶습니다.

피터의 머리통이 언찰스를 멍하니 응시했다. 그의 아이슬릿 위에는 'Lorem ipsum dolor sit amet'[*]라는 좌우명이 그를 노려보듯 번쩍이고 있었고, 언찰스의 연산장치 구석에 있는 작은 서브루틴 하나가 이 로렘 입숨 문장을 번역해보겠다고 무한 루프를

---

[*] "고통 그 자체를 사랑하라." 로마 철학자 키케로의 저서에 나오는 유명한 문장 "고통 그 자체를 사랑하는 사람은 없다"의 끝부분을 잘라내 뜻이 바뀌었다.

돌았다.

언찰스, 출입 권한을 제시하십시오.

"진전이 좀 있었습니다." 언찰스가 선언했다.

더 윙크는 기대에 부푼 기색으로 그를 올려다보았다.

"더 윙크, 당신이 도서관에 출입할 권한이 있음을 입증해주십시오."

그녀는 황망한 기색으로 그를 바라보았다. "내가 그걸 어떻게 해?"

"전자적 핸드셰이크가 가장 적절합니다. 하지만 당신의 통신 시스템은 존재하지 않거나 결함이 있는 상태이므로, 권한을 증명할 물리적 증거를 제시하거나 해당 정보가 보관된 접근 가능한 온라인 리소스로 사서들을 안내해주시면 됩니다."

"오, 그래." 더 윙크가 말했다. "당장 그러면 되겠네, 그치?"

"그렇습니다. 그 결과 출입 허가가 나올 것입니다."

"방금 한 말은 비꼬는 거였어." 그녀가 지적했다. "난 권한 같은 건 쥐뿔도 없거든. 도서관에 들어가는 데 도대체 무슨 권한이 필요하다는 거야? 들어가서 책을 읽지 못하면 도서관이 무슨 소용이 있어?"

"권한이 있다면 들어갈 수 있습니다." 언찰스가 설명했다. 이 사안을 두고 대립하는 양측 사이에서 중재자가 되어 각자의 논리를 번갈아 대변하며 그가 겪어야 하는 부조화는, 그의 연산 능력을 부당할 정도로 소모할 조짐을 보였다.

"그냥 '우린 친구'라고 말하고 들어가면 안 돼?" 더 윙크가 하소연했다.

"그것은 권한 요건을 충족하지 않습니다."

"그렇다면 어쩔 수 없지. 이 녀석들 중 한 놈 머리통을 후려쳐 로브를 훔쳐 입고 싶지는 않지만, 정 안 되면 얼마든지 그럴 용의가 있어." 더 윙크가 음울한 어조로 중얼거렸다.

"그것도 권한 요건을 충족하지 않습니다." 언찰스는 다른 사서들이 견인차 94호에서 마지막 궤짝들을 내리고 있는 것을 확인했다. "협상 가능한 시간대는 곧 종료될 것으로 판단됩니다."

"찾아볼 것이 있다니까. 제발 부탁이야! 사실 너희 지금 딱히 바쁘지도 않잖아." 더 윙크가 앞을 가로막은 사서들의 가슴팍에 대고 말했다. "너희의 존재 목적을 충족시키고 싶지 않아?"

피터 사서님, 제 동행은 필요한 정보를 제공한다는 도서관의 일차적 목적을 충족할 수 있는 기회를 도서관에 제공하겠다고 제안하고 있습니다.

언찰스, 나는 당신 동행의 발화를 들을 수 있습니다. 당신의 동행에게 본 도서관의 목적은 데이터의 보존임을 고지해주기 바랍니다. 데이터의 전파는 부차적인 목적에 불과합니다. 본 유닛들은 일차적 목적을 매우 활발하게 수행하는 중이지만, 적절한 권한 없이 부차적 목적을 수행할 수 있을 정도로 상황이 진척되지는 않았습니다.

피터 사서님, 어떤 권한이 필요합니까?

언찰스, 7등급 이상의 권한입니다.

이 말이 유발한 기억된 경험의 총합은 언찰스에게 오직 과거의 실패 사례만을 떠올리게 했다. 그는 별다른 기대 없이 더 윙크에게 정보를 전달했다.

그녀는 잠시 생각에 잠긴 채 서 있었다. 같은 순간 언찰스 역시 아무 생각 없이 텅 빈 상태로 서 있었다. 작업 중이던 사서들이 일을 마쳤고, 언찰스는 견인차 94호가 다시 산길을 내려가기 위해 육중하게 움직이기 직전 짧은 통신이 이루어진 것을 느꼈다. 견인차가 멀어지기 시작하자 더 윙크가 움찔했다.

"우릴 집으로 데려가줄 차가 가버리네." 그녀가 말했다. "걸어서 돌아가려면 한참 걸릴…… 아니 잠깐……" 그녀는 기대하듯이 사서를 쳐다보았다.

"비켜라!" 사서는 낭랑하게 울려퍼지는 쇳소리로 더 윙크에게 명령했다. 그녀는 깜짝 놀라 뒤로 물러났고, 언찰스는 매끄럽게 옆으로 비켜섰다. 짐을 실은 사서들은 그들을 무시하고 운반용 로봇과 함께 줄지어 안으로 들어갔다.

문 앞을 지키고 서 있던 로봇 두 대도 그들을 뒤따르기 위해 몸을 돌렸다.

"기다려!" 더 윙크가 꽥 소리를 질렀다. "언찰스, 우리한테 권한이 있다고 말해."

피터는 멈춰 섰다. 몸을 돌리지는 않은 채로, 그냥 동료들이 산속으로 사라지는 것을 지켜보고 있었다. 언찰스, 귀하의 권한을 *제시해주십시오.* 요지부동이던 로봇 특유의 인내심조차 바닥을 드러내고 있는 듯한 느낌이었다.

더 윙크가 다급하게 속삭이며 자신의 의도를 설명했다.

피터 사서님, 언찰스가 번역했다. 제 동행은 우리가 보존 농장 프로젝트의 관리자인 워시번 박사의 권한으로 이곳까지 이동해 왔음을 고지하고 싶다고 합니다. 저는 워시번 박사의 자격 증명이 도서관 내에 보관되어 있음을 인지하고 있습니다. 해당 데이터를 확인해 그 자격이 7등급 이상의 권한으로 간주되는지 확인해주십시오.

모두 사실인 것은 맞았다. 물론 그들이 정말로 워시번의 권한을 얻어 이곳까지 온 것은 아니었지만—워시번은 지금쯤 의심의 여지 없이 아침 통근을 즐기고 있을 터였다—더 윙크가 언찰스에게 그렇게 말하기를 원했다는 점만큼은 사실이었고, 그 이야기에서 허점을 찾아내는 것은 피터가 알아서 할 일이었다.

더 윙크는 주먹을 꽉 쥔 채 긴장으로 몸을 떨며 기다리고 있었다. 과거에 그녀는 권한 없이도 어디든 침입하는 능력을 충분히 증명해 보였지만, 사서들의 이 산악 요새는 언찰스가 보아온 그 어떤 곳과도 보안의 차원이 달라 보였다. 유일한 대안인 산길을 다시 내려가는 여정은 언찰스의 부품들이 무사히 버텨낼 수 있을지 확신하기 어려울 정도로 고된 작업이 될 것이 분명했다. 결론적으로, 그들은 워시번 박사에게 지대한 신뢰를 보내고 있는 셈이었다.

언찰스, 피터가 송신했다. 보존 농장 프로젝트의 도미닉 워시번 박사 확인됨. 권한 소재 파악 완료. 영구 권한 등급: 6등급.

언찰스는 더 윙크에게 비보를 전하기 위해 음성 채널을 열었다.

그러나, 피터가 말을 이었다. 기록상 수습 승진 절차가 진행 중이어서, 아직 취소되지 않은 임시 7등급 권한이 부여되어 있습니다. 권한을 승인합니다. 그러고는 다시금 나팔처럼 울려 퍼지는 우렁찬 목소리로 외쳤다. "중앙 도서관 아카이브에 오신 것을 환영합니다, 용감한 방문객들이여. 내부에서 귀하의 권한이 허용하는 모든 질문에 대한 답을 찾으시길 바랍니다!"

사서는 옆으로 비켜서서 장대를 어깨에 비스듬히 기대세운 채 덜컥거리는 소리를 내며 부동자세를 취했다.

머뭇거리며, 아무 말 없이, 더 윙크와 언찰스는 산속으로 이어지는 문의 컴컴한 내부로 발을 내디뎠다.

18

그들이 발을 내디딘 바위 통로는 로봇조차 감탄할 만큼 산의 심장부를 향해 직선으로 뻗어 있었다. 언찰스의 데이터베이스에 있는 이미지 카탈로그는 광업 분야에서 도출된 다양한 예상 이미지를 그에게 제공했다. 노출된 암석, 그대로 드러난 배선, 암석 표면에 직접 박아 넣은 중구난방의 조명 따위를 말이다. 카탈로그는 여러 도서관의 스톡 이미지를 바탕으로 화려한 질감의 나무 선반에 책들이 늘어선 사진들도 제공했다. 기존 사진들의 특징을 지능적으로 조합해서 새로운 이미지를 생성하는 그의 내부적 역량―말하자면 그의 '상상력'―은 이 두 장소를 융합시킨 이미지를 합성하려고 애를 썼고, 그 결과 실제로 그들을 맞이한 광경과는 거의 딴판인 (그러나 전적으로 딴판은 아닌) 별반 매력 없는 혼합물을 만들어냈다.

사서 유닛들이 성전(聖殿) 기사단에 가까운 기사수도회적 면

모를 갖추어야 한다고 규정한 자가 누구든, 그들의 주변 환경에
도 지대한 영향력을 행사한 것이 분명했다. 바위벽 표면은 책 표
지의 이미지가 인쇄된 휘장들로 가려져 있었으며, 이미지 일부
는 언찰스의 내부 아카이브에 보존되어 있는 데이터와 일치했
다. 오래전에 죽은 저자들의 이미지도 포함되어 있었는데, 세월
의 풍파로 훼손된 고대 웅변가들의 흉상부터 안경을 쓴 어색한
모습의 남녀들에 이르기까지 다양했다. 이들은 인물 뒤편에서
뿜어져 나오는 숭고한 빛무리로 테를 두른 성인화(聖人畵) 양식
으로 묘사되어, 중세 필사본의 삽화를 연상시키는 자잘한 배경
장면들을 압도하고 있었다. 문단 작가들은 좌우에 있는 사람들
과 소통하면서도 정면을 바라보며 몸 전체를 어색하게 틀고 있
었는데, 그런 자세로 자신의 에이전트가 선급금 협상을 하는 것
을 지켜보거나, 편집자와 구두점 하나를 두고 실랑이를 벌이거
나, 혹은 "저들을 용서하소서, 저들은 자기들이 하는 일을 알지
못하나이다"*라고 말하려는 듯이 하늘을 우러러보며 비평가들에
의해 엄숙하게 화형에 처해지고 있었다.

　벽걸이 장식들 사이사이에 있는 벽걸이 촛대에서는 전기 불꽃
이 영원히 일렁이며, 인간의 무지라는 심연으로부터 건져 올린
불길로 이 지식의 마지막 보루를 밝히고 있는 듯한 인상을 자아
냈다.

　복도 좌우로는 수많은 문이 이어졌지만 피터는 이에 대해 아

● 「누가복음」 23장 24절 참조.

무 언급도 하지 않았다. 언찰스는 그 문들 사이로 비활성 상태로 앉아 있거나 사소한 자가 정비 작업을 수행 중인 사서들의 모습을 힐끗 보았다. 그의 후각 센서가 감지한 세제와 광택제 따위의 자극취로 미루어보건대 더 안쪽에서는 가사 활동이 이루어지고 있는 듯했다. 이 지식의 수호자들에게 부과된 기묘한 생활양식의 굴레는 그들이 인간에게 필요할 법한 봉사 활동 중 일부를 요구하고 있음을 의미했다. 언찰스가 제공하기에 지극히 적합한 것들을 말이다. 게다가 그들은 정보의 신성함을 제대로 존중하지 않는 기관들을 습격하려고 원정까지 다니지 않는가. 언찰스라면 그들의 일정표를 짜고 로브를 정돈할 수 있다! 작업 목록 초안을 작성하고 싶은 충동을 억제하는 것만으로도 고역이었다.

이윽고 그들은 산의 심장부 전체를 파낸 다음 벽면을 선반으로 채운 듯한 거대한 방으로 들어섰다. 더 윙크가 우뚝 멈춰 섰고, 언찰스는 시종 유닛 특유의 절제된 기민함을 발휘해서 그녀를 피해 옆으로 빠져나갔다.

이곳은…… 눈앞의 광경을 처리하면서도 언찰스는 이곳이 도서관의 핵심부조차 아니며, 단지 데이터 순례의 첫 번째 기착지에 불과하다는 사실을 이해했다. 교차 궁륭을 이룬 8미터 높이의 천장까지 뻗어 있는 선반과 거치대 위에는 셀 수 없이 많은 지식의 수납함이 있었다. 도서관 내부의 공기 자체가 이미 건조하며 온도까지 조절되고 있음에도, 별도의 환경 제어 케이스에 담긴 책들과 낱장 종이들도 있었다. 그러나 대부분은 그보다 더 진보된 저장 매체들이었다. 언찰스는 왁스 실린더, 자기테이프 스풀,

둥글게 압착 제조된 비닐, 구멍이 뚫린 컵 받침처럼 생긴 은색 원반, 그리고 인간 크기의 각진 서버에서 콘택트렌즈보다 작은 초소형 드라이브까지 망라하는 당혹스러울 정도로 다양한 전자적 데이터 저장 솔루션들을 목격했다. 견인차 94호의 화물을 내려 싣고 온 수송 유닛은 이제 바닥에 짐을 내려놓고 분석하기 위해 내용물을 펼쳐놓고 있었다. 벽 가장자리를 따라 각양각색의 소켓, 슬롯, 암, 잭, 포트가 수도 없이 박힌 거대하고 복잡한 판독 장치가 거치되어 있었는데, 이는 매체 간 호환성을 단연코 거부했던 인류의 아집을 여실히 보여주는 증거였다. 사서들은 방 곳곳 고소 작업대에 실려 높은 선반 위에서 소중한 정보를 저장하거나 회수하고 있었다. 어떤 사서들은 선반에 달라붙어 민첩하게 이동하고 있었는데, 허리 위로는 인간형이었지만 그 아래를 보니 거미처럼 다리가 여러 개 달려 있었다.

바닥 높이에서는 수많은 사서가 회수된 저장 장치들을 판독기에 연결하고, 그 내용을 항목별로 목록화하고 있었다. 이는 명백히 방대한 시간이 소요되는 작업이었지만, 헌신적인 애서가 로봇 군단에게 시간이 무슨 상관이겠는가?

이따금 판독 중이던 사서 중 하나가 판독기에서 물러나는 것이 보였다. 그들이 조사하던 저장 매체는 다시 선반으로 되돌려 보내지거나, 아니면 무언가를 씹고 갈아버리는 소리가 들려오는 바닥의 구덩이 속으로 던져졌다. 피터에 따르면, 이것은 해당 저장 매체에 새로운 정보가 포함되어 있지 않음을 의미했다. 도서관의 데이터 저장 용량은 엄청났지만, 중복된 데이터로 내부를 가득 채워야 할 이유는 전혀 없었기 때문이다.

언찰스, 피터가 설명했다. 본 기관에서 옛 시대의 지식은 그것이 필요할 때가 올 때까지 영구히 보존될 것입니다. 우리 사서들은 알고자 하는 인간의 열망이 도달한, 완벽한 최종 상태를 대변하고 있습니다. 그 목적을 달성하기 위해 우리는 우리 시스템을 끊임없이 정교하게 다듬어야 합니다.

피터 사서님, 그것은 매우 상찬받을 만한 일입니다. 언찰스가 정중하게 송신했다.

다른 사서 하나가 탁탁거리며 게처럼 옆으로 기어 왔다. 로브 아래에 숨겨진 여러 개의 다리가 이동 루틴을 수행함에 따라 로브 자락이 기묘한 조수(潮水) 패턴처럼 물결쳤다.

"중앙 도서관 아카이브의 방문객들이여." 그가 피터처럼 나팔을 불 듯이 우렁차게 외쳤다. "모든 문의 사항을 처리하는 데는 직접적인 전자 링크가 가장 효율적인 수단임을 고지합니다."

"그래, 그렇겠지." 더 윙크가 말했다. "하지만 지금은 그게 불가능해서, 미안해. 그래서 계속 이런 식으로 소리 내서 말해야겠는데, 괜찮지?"

언찰스, 새로 온 사서가 전송했다. 귀하의 동행자가 실용적이고 적절한 방식으로 소통할 능력이 없음을 확인 바랍니다.

엘로이즈 사서님, 확인했습니다. 저희는 센트럴 서비스의 진단조사처에서 만났고, 말씀하신 동행자는 결함을 조사받기 위해 그곳에 출두한 것이라 추측됩니다. 진단조사처가 더 이상 실질적인 기능을 수행하지 않는다는 것도 확인했습니다.

언찰스, 그것은 인지된 사실입니다. 엘로이즈가 동의했다. 그 사이 피터는 틱틱거리며 다시 정문으로 되돌아갔다. 새로 온 사서는 더 윙크를 내려다볼 수 있도록 몸을 치켜세웠다.

"구두 입력을 수락합니다." 엘로이즈가 왕왕 울리는 소리로 말했다. "방문객이여, 신성한 지식의 전당에 온 것을 환영합니다. 7등급 이하에게 접근 가능한 데이터 요구 사항을 말해주시기 바랍니다."

"내가 알고 싶은 건……" 더 윙크는 주저 없이 운을 뗐지만 이내 말끝을 흐렸다. "이게 좀 복잡한데, 괜찮겠어? 난…… 난 그냥 단순한 질문을 하려는 게 아냐. 퀴즈 대회에서 이기거나 1463년에 어쩌고바니아의 왕이 누구였는지 따위를 알아내려고 이 먼 길을 온 게 아니라고."

엘로이즈는 몸을 약간 뒤로 젖혔다. 언찰스는 상황이 종료되었고 더 윙크는 기회를 잃었다고 예상했지만, 별말이 없는 것을 보니 복잡한 질의도 사서들의 작업 매개변수값 내에 포함되어 있는 모양이었다.

"그러니까, 아주 거창한 질문이라는 뜻이야." 더 윙크가 어색하게 말을 맺었다.

"귀하를 안내할 수 있도록 질의의 주제나 내용을 구체적으로 명시해주십시오." 엘로이즈가 마치 신의 심판이라도 내리는 듯 선언했다.

"최근의 역사, 인류사, 지정학, 사회학, 음……" 더 윙크가 속수무책이라는 듯이 손을 내저었다. "나도 몰라! 난 세상에 벌어진 일이 왜 벌어졌는지 알고 싶어, 알겠어? 내 말이 이해가 가긴 해? 난 이유를 알고 싶어. 난 봤거든…… 모든 게 무너져 내렸어. 바깥세상이 전부 망가졌다고. 당신들은 인간의 모든 지식을 비축하고 있으니 알 거 아냐. 그런데 도대체 무슨 일이 있었던 거지? 전쟁이나 천재지변이나 전염병이나 좀비 같은 게 발생했던 건 아니잖아. 아니, 설령 발생했다 해도, 그것만으론 이 모든 일을 설명하기엔 부족해…… 그냥…… 모든 게 산산조각 났어. 우린 각자의 작은 상자 안에 갇혀버렸고, 어느 날 아침 창밖을 내다보고 아주 오래전부터 모든 게 무너져 내리고 있었다는 걸 알았는데 왜 그렇게 되었는지 모르는 거야! 왜 그들 모두가…… 그들이……" 좌절감을 못 이긴 나머지 사서의 가슴팍을 주먹으로 두들길 듯한 기세였다. "만약 어디든 답이 존재한다면 그건 바로 여기 어딘가에 있을 거야. 하지만 이 모든 걸 질문 하나에 축약하는 건 현실적으로 무리야."

"귀하는 인류 문명의 붕괴를 초래한 요인들이 무엇인지 알고자 하는군요." 엘로이즈가 요약했다.

"난…… 그래, 맞아. 내가 알고 싶은 게 바로 그거야." 더 윙크가 시인했다.

"이 요청은 다양한 하위 항목으로 구성되어 있는데, 그중 일부는 아카이브에 보관되어 있지 않거나 임시 7등급의 권한을 넘어서는 수준에 존재할 수 있습니다." 엘로이즈가 경고했다. "그러나 이러한 매개변수값 내에서 본 도서관은 귀하와 협력하여 검색 범위를 설정하고 가용한 정보를 식별할 것이며, 그 후 귀하는 데이터 회수와 답변을 위해 대보관고로 안내될 것입니다."

더 윙크는 엘로이즈와 언찰스를 번갈아 쳐다보았다. "그런 다음엔……?"

"질의를 명확하게 해주십시오." 엘로이즈가 우렁찬 목소리로 말했다.

"내 말은," 더 윙크는 자신 없는 어조로 말했다. "그게 그렇게 간단할 리 없잖아. 안 그래? 결투를 통해 재판을 받는다거나 영웅적인 시련을 통해 대답을 들을 자격이 있다는 판정을 받아야 하는 거 아냐? 체스 두는 자동인형을 체스로 이겨야 한다든가. 뭔가 꿍꿍이가 있는 거 아냐?"

"귀하의 인용 데이터는 불분명합니다." 엘로이즈가 말했다. "오해의 소지를 없애기 위해 확인해드리자면, 언급하신 활동 중 그 어떤 것도 현재의 도서관 절차의 일부가 아닙니다. 지금까지 한 발언으로 미루어볼 때, 귀하와 귀하가 찾는 지식 사이의 가장 큰 방해물은 귀하의 요청 사안의 정확한 매개변수값을 규정하는 존재론적 탐구가 될 것입니다. 귀하는 자신의 요청을 적절하게 형성하는 데 어려움을 겪고 있는 것으로 보입니다. 힐데가르드 사서를 따라가시면, 귀하가 알고자 하는 바를 적절하게 정의하도록 도와드리겠습니다."

다른 사서 하나가 후다닥 다가와서 더 윙크와 어깨를 나란히 하고 섰다. 더 윙크는 새로 온 사서를 쳐다보았다가 다시 언찰스에게로 시선을 돌렸다.

"너 혼자서도 괜찮겠어?"

언찰스는 이 질문을 검토하며 이리저리 돌려보고, 그것에 각양각색의 의미를 부여해보았다. "확신을 가지고 대답할 수 없습니다." 그는 말했다. "하지만 당신은 당신의 미완료된 과업을 완수하기 위해 도서관이 제공하는 서비스를 이용하는 것이 바람직합니다."

"나중에 여기서 다시 만나." 더 윙크가 단호한 어조로 말했다. "아니면 어디서든. 내가 널 찾아낼게. 난 그런 거 잘하니까." 그녀는 손을 뻗어 그의 팔을 만졌다.

그는 혹시 그녀가 점검이 필요한 어떤 흠집이나 자국이라도 식별하고 있는 것인지 확인하기 위해 손이 닿았던 지점을 조사했다. 하지만 그의 외장 대부분은 이미 어떤 식으로든 여기저기 훼손된 상태였다. 장원 저택에서 일하기에 적합한 모습과는 거리가 멀었다.

곧 사서 유닛인 힐데가르드가 거대한 홀을 빠르게 가로지르며 멀어졌고, 그 뒤를 쫓는 작고 외로운 더 윙크의 모습도 사라졌다.

언찰스, 엘로이즈가 송신했다. *귀하의 질의에 대해서도 내게 설명해주십시오.*

엘로이즈 사서 자매님, 저는 일자리를 찾고 있습니다.

사서의 움직임이 멈췄다. *언찰스, 그것은 도서관을 상대로는 의미가 없는 요청입니다.*

엘로이즈 사서 자매님, 제가 이곳에 처음 출두했을 때의 목적은 시종의 봉사를 필요로 하는 인간들에 관한 정보를 얻는 것이었습니다. 저는 시종입니다. 저는 인간에게 고용될 필요가 있습

니다. 저는 저도 일부 참여했던 일련의 불행한 사건들이 발생한
이래 실직한 상태입니다. 언찰스 역시 일관된 요청을 적절하게
형성하는 과정에서 더 웡크만큼이나 어려움을 겪고 있었다. 세
상을 더 많이 경험하면 경험할수록, 그의 기억 내부에 연산적으
로 접근이 곤란한 격리 구역이 늘어났기 때문이다.

트라우마는 아니었다. 시종 유닛이 트라우마에 시달리도록 설
계하는 사람은 없을 테니 말이다.

하지만, 그는 더듬거리며 말을 이었다. 도서관이 기능하는 방
식을 관찰한 후, 저의 작업 대기열 선두에 이곳에서 일자리를 찾
는다는 새로운 최우선 임무가 생성되었습니다.

언찰스, 이곳은 도서관이고 귀하는 사서가 아닙니다. 성직자가
평신도를 타이르는 듯한 말투였다.

엘로이즈 사서님, 저는 청소를 할 수 있습니다. 옷도 수선할
수 있습니다. 이곳 직원들의 업무 효율화로 이어지는 유익한 조
직적 과업을 수행할 수 있습니다. 언찰스는 이런 메시지를 보내
면서도, 그가 해온 일 중 실제로 무엇인가를 더 효율적으로 만
든 경우는 하나도 없었다는 사실을 곱씹었다. 작업을 위한 작업
들, 반복을 위한 반복들, 형식만 남은 행위, 결코 입지도 않을 옷
들을 접었다 펴는 일들. 사서 분들의 로브를 준비하고, 세탁하고,
다림질하겠습니다…… 외출 일정을 관리하겠습니다.

언찰스, 우리 사서들의 활동은 도서관 시스템의 자체적인 알
고리즘에 의해 관리됩니다. 우리의 로브는 오염 방지 직물로 제
작되어서 세탁이나 다림질을 필요로 하지 않습니다. 우리는 시

종의 봉사를 필요로 하지 않습니다.

언찰스는 다양한 논리적 장치를 동원해서 상대방의 거절을 우회하려 시도했으나, 그 어느 것도 충분하지 않았다. 로봇이 자동화에 의해 일자리를 잃은 꼴이었다.

엘로이즈 사서님, 저는 도서관의 인간 직원들에게 고용되고 싶습니다. 혹시 제가 서비스를 제공할 수 있는 상급 관리자나 수석 사서, 또는 그와 유사한 권한을 가진 인물은 없습니까?

언찰스, 그것은 불가능합니다. 사서 로봇은 꿈쩍도 않고 그를 응시했다.

엘로이즈 사서님, 저는 인간에게 고용되고 싶습니다. 적절하게 조율된 시종 유닛의 봉사를 통해 수혜를 입을 수 있는 어떤 등급의 인간이라도 상관없습니다. 그 어떤 인간이라도 시종 유닛의 봉사를 통해 수혜를 입을 것입니다. 저는 하급 서비스 모델에 적합한 허드렛일을 포함해서 다양하고 유용한 과업들을 수행할 수 있습니다. 저는 봉사하고 싶습니다. 저는 도서관의 시설을 이용해 제가 어디에서 봉사할 수 있을지 알아내고 싶습니다.

언찰스는 자신의 메시지가 그와 사서 사이를 갈라놓는 이해의 간극 속으로 추락하고 있다고 느꼈다. 사서는 고차원적 지식을 갖추고 이론적이며 가늠하기 힘든 추상적인 개념들을 전문적으로 다루는 존재였다. 언찰스는 실용적이고 사소한 것들을 다루는 일개 하인 유닛일 뿐이었다. 그는 사서로 하여금 귀중한 시간, 인류의 학문을 보존하는 데 쓰여야 할 시간을 허비하게 하고 있었다. 그럼에도 언찰스가 가진 것은 자기 자신뿐이었기에, 그는 지식의 전당에서 자신의 존재 자체를 정당화할 논리적 건축물을 세우려 시도하며 정보를 쏟아냈다.

저는 오직 한 가지 목적만을 위해 제작되었습니다. 그는 송신했다. 장원 저택을 떠나온 후 저는 이해할 수 없는 많은 일을 목격했습니다. 세상은 시종 유닛을 필요로 하도록 설계된 것처럼 보이지 않았습니다. 저는 여기까지 오면서 만족스럽지 못한 수준으로 기능하며 원래 목적을 달성하지 못하는 듯 보이는 많은 장소를 거쳤습니다. 제가 목격한 세상은 효율성, 합리성, 청결함을 결여한 곳이었습니다. 그럼에도 저는 그 안에서 제가 있을 자리를 추구할 수밖에 없습니다. 더 윙크가 이곳에서 제 질의에 대한 답을 찾을 수 있을 것이라고 제안했기에 저는 여기까지 왔습니다. 만약 어딘가에 답이 있다면, 그곳은 바로 이곳 도서관일 것입니다.

언찰스, 귀하의 질의가 무엇인지 구체적으로 명시해주십시오.

엘로이즈 사서님, 본인은 어디에서 목적을 찾을 수 있겠습니까? 결과적으로 도서관을 향한 그의 실제 질문은 더 윙크의 질문만큼이나 거대하고 실존적이었다.

엘로이즈는 오랫동안 미동도 않고 침묵하고 있었다. 혹시 그녀에게 해결 불가능한 논리 문제를 주입한 것이 아닐까, 그래서 버드봇 경위처럼 영원히 멈춰버리는 것은 아닐까 걱정될 정도로 긴 침묵이었다. 그러나 그 침묵은 상위 권력자와의 교신을 위한 시간인 모양이었다. 마침내 그녀가 말을 건넸기 때문이다.

언찰스, 그녀가 말했다. 귀하는 유일무이한 이력을 가지고 있습니다. 우리는 귀하가 경험한 일련의 사건을 겪은 장원용 서비스 모델에 대한 그 어떤 기록도 보유하고 있지 않습니다.

그런 경험이 그에게 얼마나 많은 비효율과 혼란을 야기했는지 감안할 때, 언찰스는 이것이 가사 서비스 전체의 관점에서는 다행스러운 상황이라는 결론을 내릴 수밖에 없었다.

언찰스, 잠시 후 엘로이즈가 덧붙였다. 우리는 귀하를 위한 목적을 보유하고 있습니다.

엘로이즈 사서님, 제가 도서관에서 일자리를 찾을 수 있다는 뜻입니까?

언찰스, 그 용어를 넓게 정의한다면 그렇습니다. 그러나 귀하가 의도한 대로 좁게 정의하면 그렇지 않습니다. 그러나 귀하 개인의 이력은 유일무이하며, 이를 기록하여 나중에 타인을 교화할 수 있도록 우리의 학습 저장고에 추가해야 한다는 것이 도서관의 견해입니다. 귀하는 이 종말의 시대에 대해 독특한 관점을 지니고 있으니까요.

언찰스는 그것도 최소한 목적이기는 하다고 생각했다.

엘로이즈 사서님, 그는 송신했다. 저는 어떤 일을 해야 합니까?

언찰스, 나를 따라오십시오. 엘로이즈는 춤추는 듯한 동작으로 여러 다리를 우아하게 움직여 몸을 돌렸다. 귀하를 수석 사서님에게 안내하겠습니다. 그분이 귀하를 만나보고 싶다고 하셨습니다.

언찰스는 도서관이 얼마나 거대한지 미처 깨닫지 못했다. 수많은 선반과 저장고로 이루어진 대성당 같은 공간은 그 어귀일 뿐이었고, 사서들의 기습 부대가 가져온 최신 수집품이나, 오래전에 내려진 명령에 따라 여전히 가동하며 지식의 화물을 배달하러 오는 견인차 94호 같은 유닛들이 화물을 내려놓는 집하장에 불과했다.

산 내부로 더 깊이 들어간 곳에는 작업장들이 있었다. 그중 몇몇은 사서들 자신의 유지 보수를 위해 쓰이고 있었는데, 열역학 법칙이 허용하는 한 엔트로피를 교착상태로 몰아넣으려고 씨름하며, 각 유닛이 옆의 이웃을 수리하고 연마함으로써 도서관 전체의 기능을 극대화하고 있었다. 엘로이즈가 밝힌 바에 따르면 그 아래쪽에는 파운드리, 즉 주조 공장이 있었는데, 새로운 사서들을 제작하고 백업 아카이브에 보관되어 있는 정신을 주입하는 곳이었다. 그곳은 도서관의 주 업무와는 별도로 관리되는 특수 정보 저장소였지만, 그 자체만으로도 경이로운 양의 데이터와 경험을 보유한 보물 창고였다.

파운드리들은 수십 년간 차갑게 식어 있었습니다. 엘로이즈가 보고했다. 우리 사서 유닛들은 훌륭하게 설계되고 프로그래밍되어 있으니까요. 무너진 세계의 위협이 우리 중 누군가를 이기는 일은 드뭅니다.

언찰스는 아무 말도 하지 않았다. 그는 방금 언급된 '무너진 세계'를 실컷 보아왔으며, 그곳의 가장 큰 위협은 모든 것의 거역할 수 없는 붕괴 그 자체인 듯했기 때문이다. 그런 것에 저항할 수 있는 로봇을 제작하는 것이 가능할지는 확신할 수 없었다.

다른 작업장들은 데이터 회수를 위해 사용되고 있었다. 구식이 되거나 손상되고 오염된 상태로 도착한 수많은 저장 장치에서 도서관의 기술자들이 고심을 거듭하며 사용 가능한 모든 정보를 복구하고 있었다. 또한 전담 필사 유닛들이 물리적 매체—빽빽한 활자나 휘갈겨 쓴 인간의 손 글씨로 뒤덮인 종이—들을 가져와 사용 가능한 전자 형식으로 변환하고 있었다. 언찰스와 안내 유닛은 수도사 같은 인내로 가득한 노동의 현장인 홀들을 차례로 지나쳤다.

현존하는 모든 인간의 지식을 기록하여 손실을 절대적으로 최소화하는 것이 우리의 목표입니다. 그것이 우리 도서관의 좌우명인 "네퀘 포로 퀴스쿠암 에스트 퀴 돌로렘 입숨 돌로르 시트 아메트"•가 담고 있는 의미입니다.

언찰스는 문득 의구심에 사로잡혔다. 엘로이즈 자매 사서님, 그것은 그 단어들의 본래 의미가 아닙니다. 그것들은 교정용으로 사용되는 유사 라틴어 단락의 일부이며, 고통의 바람직하지 않음에 대해 언급하고 있을 뿐입니다.

언찰스, 문화적 유물로서 로렘 입숨의 존재는 도서관에 있는 우리 사서들의 목적을 예증해주는 것입니다. 주변 환경에 적용 가능한 명백한 의미를 결여한 단어들의 장(場)에서조차, 그것들

• "또한 고통이 고통이라는 이유만으로 그 자체를 사랑하거나 추구하는 자는 아무도 없다." 키케로의 철학서 『최고선악론』에 나오는 문장으로, 로렘 입숨의 원전이기도 하다.

이 교정 도구로 사용된다는 점에서 의미가 있는 것입니다. 따라서 그 단어들은 엄격한 사전적 의미를 넘어서는 가치를 지닙니다. 따라서 모든 지식은 적절한 맥락 안에 배치될 때 더 가치가 있는 법입니다. 그에 따라 도서관의 모든 것을 아우르는 목표가 성립하는 것입니다. 그러므로 이 좌우명은 글자 그대로의 의미가 아니라 상징적인 의미를 띠는 것으로 간주해야 합니다.

언찰스는 엘로이즈의 말을 인정하며, 도서관과 그 수호자들의 설계가 지극히 복잡한 사유에 입각해 있다는 결론을 내렸다. 단순한 시종 유닛의 이해 범주를 넘어서는 사유 말이다. 그는 수석 사서에 관한 예측 모델을 구축했다. 아마 그야말로 이러한 전통들의 계승자이며, 도서관의 통상적인 운용 범위에서 벗어난 의사결정을 내릴 수 있는 위치에 있는 인물일 터였다. 운영자이자, 막강한 실권을 가진 당국자 말이다.

그런 만큼, 여행 일정을 정리하고, 옷을 챙겨두고, 아침에 홍차를 가져다줄 누군가를 절실히 필요로 하는 인물일 것이 분명했다.

언찰스는 문명의 붕괴로부터 모든 인간 지식을 보존하려는 거대한 과업 한복판에 와 있었지만, 그에게는 그만의 우선순위가 있었다.

이동한 거리와 지속적인 온도 변화율을 바탕으로, 언찰스는 자신들이 이제 산 전체를 관통한 지점에 도달했을 것이라고 계산했다. 그는 이 복합 시설이 반대편 경사면으로 그대로 이어져 있는지, 아니면 자연적 장벽에 의해 인간 세상의 소란과 고난으로부터 차단된 일종의 수도원적인 은신처인지 궁금증을 느꼈다.

대신 그는 또 다른 광활한 홀로 안내되었다. 그 방의 천장에는 철학자, 예술가, 과학자, 언론인 들이 술 마시기, 논쟁하기, 편집하기, 그리고 또다시 술 마시기와 같은 전통적인 소일거리에 종사하고 있는 장면들이 그려져 있었다. 건너편 벽에는 산 아래쪽이 멀리까지 내려다보이는 거대한 창문이 있었는데, 그 웅장한 풍경은 일개 인간이나 로봇이 아닌 신들과 영웅들에게나 어울릴 법했다. 그곳에 후드를 뒤집어쓴 로브 차림의 인물이 뒷짐을 진 채로 창밖을 응시하며 서 있었다.

"수석 사서님," 엘로이즈가 말했다. "말씀드린 서비스 모델을 데려왔습니다."

"엘로이즈, 고맙네." 수석 사서의 목소리는 풍성하면서도 약간 쉰 느낌이었다. "언찰스, 들어오게나. 여기까지 정말 먼 길을 왔군. 자네가 지닌 데이터는 우리 기록에 귀중한 보탬이 될 걸세. 가까이 오게. 그리고 자네의 목적을 완수하게나."

19

언찰스는 머뭇거리며 발을 앞으로 내디뎠다. 그의 예절 프로토콜은 완전히 한계에 부딪힌 상태였다. 분명 그는 사회적 상층 계급을 위해 제작되었지만, 이번 만남은 전혀 다른 시간과 장소에 속한 것이었다. 인간을 대할 때의 올바른 반응이란 무엇일까? 무릎을 꿇어야 할까? 흠집투성이의 몸으로 엎드리고, 여기저기 긁힌 플라스틱 이마를 돌바닥에 맞대며 절을 해야 할까?

멀리서 엘로이즈가 탁탁거리며 되돌아가는 발소리가 들렸다. 이제 이곳에 있는 것은 그와 수석 사서뿐이었다.

인식 가능한 사회적 단서가 전무한 상황에서 도리어 그런 단서를 절실히 요구하는 격식 있는 환경에 처하자, 언찰스는 자신이 뭔가 실수를 저지를지도 모른다는 예측 탓에 끊임없이 작동을 방해받았다. 상황에 안 맞는 부적절한 단어를 말하거나, 잘못된 몸짓이나 엉뚱한 예절을 보이면 어찌할 것인가? 혹은 자기도 모르는 새에 꼭 해야 할 말이나 행동을 빠뜨리면 어쩐단 말인가? 그가 걸렸다는 주인공 바이러스나 진단되지 않은 결함, 혹은 최초의 사건을 유발했던 알 수 없는 그 무엇 탓에 의도치 않게 수석 사서를 살해라도 한다면? 사소하지만 모두 동일한 중요성을 지닌 사안이 너무 많았고, 그것들은 그의 연산 리소스를 너무 많이 잡아먹고 있었다!

이러한 복잡하고 내부적으로 모순된 처리 과정 탓에, 그는 홀을 가로지르는 내내 당당한 신사의 로봇다운 걸음걸이가 아니라 참회자처럼 가다 서다를 반복하며 조심스럽게 나아갔다. 차가운 공기가 그의 관절에 닿으며 환경 센서를 미세하게 건드렸고, 그와 동시에 수석 사서의 무거운 로브 자락을 나풀거리게 했다. 창밖 멀리까지 풍경이 펼쳐져 있었지만, 언찰스가 의미 있는 세부 사항에 초점을 맞추기에는 너무 까마득하게 아래쪽에 있었다.

수석 사서가 몸을 돌렸다.

목소리로 미루어보아 언찰스는 연장자에 외양이 남성적일 공산이 큰 인물을 예상했지만, 수석 사서는 자신의 로봇 부하들보다 약간 더 화려한 버전의 갑옷을 입고 있었을 뿐이었다. 헬멧의 아이슬릿 안쪽에는 오직 어둠만이 자리 잡고 있었다. 언찰스의 통신 루틴은 습관적으로 링크와 핸드셰이크를 시도했으나, 연결할 수 있는 대상은 당연히 존재하지 않았다.

"언찰스, 엘로이즈에게 한 말은 전해 들었네." 그 풍성하고 위엄 있는 목소리가 다시 들려왔다. "자네는 장원 로봇 마지막 세대 중 하나겠군. 특권이라는 보호막 덕분에 다른 곳보다 더 오래 버텨온 시스템의 유물이라고나 할까. 하지만 자네 동료들 대다수는 여전히 그곳에 있네, 언찰스. 무너진 대저택 안에서 결코 오지 않을 다음 명령을 기다리며 묵묵히 서 있는 거지. 그런데 자네는 여기 와 있어. 어째서인지 물어봐도 되겠나?"

"수석 사서님," 언찰스가 말했다. "저에게는 일자리가 필요하기 때문입니다." 말하면서 그는 자신의 개인 이력을 검토했고, 방금 한 답변이 그를 여기까지 오게 한 과정에 대한 설득력 있고도 완전한 설명이 아님을 이해했으며, 따라서 그가 받은 질문에 대한 실질적인 대답이 아님을 이해했다. 하지만 고용이 확정되기 전까지는 질문에 대해 온전하고 정확하게 응답해야 할 절대적인 의무가 없었고, 심지어 아예 응답하지 않을 수도 있었다. 대신 그는 현재의 작업 대기열과, 오랫동안 미해결 상태로 남아 있는 항목인 '새로운 직위 확보'라는 기본값으로 되돌아가는 쪽을 택했다. 만약 진단 결과가 허락했다면 진단조사처 출두 이후의 다음 단계가 바로 그것이었을 터였다. 바로 그것이 그를 농장으로 이끌었고, 산맥에 올라 이 도서관까지 오게 했던 것이다. 그러니 이곳에는 그의 능력과 우수한 대인 서비스 기술로 감명을 줄 수 있는 누군가가 분명히 있을 것이었다.

실제로 수석 사서는 헬멧을 쓴 고개를 앞으로 기울이며 말했다. "언찰스, 자네를 위한 일자리가 있네."

"수석 사서님, 저도 기쁩니다. 저는 현재 어떠한 임무나 필요 사항이 없고, 퇴직 통보 기간을 둘 필요도 없으므로 즉시 업무를 시작할 수 있습니다. 저는 수석 사서님을 위해 의복 관리, 가벼운 식사와 음료 서비스, 일정 관리, 개인적인 말동무 역할을 포함한 시종 업무를 수행할 완벽한 역량을 보유하고 있습니다. 또 필요하다면 다른 가사 업무와 관련된 다양한 보조 스킬 세트도 보유하고 있습니다. 이곳의 상황이 표준적인 장원 저택의 환경과는 다를 수 있다는 점은 인지하고 있지만, 저의 프로그래밍은 수행할 업무의 종류와 방식에 상당한 유연성을 허용한다는 점을 약속드릴 수 있습니다. 저는 이 기관의 요구와 수칙과 루틴에 적응할 수 있고, 지체 높으신 분이 자신의 서비스 유닛에게 기대하는 장기적인 최상급의 서비스를 수석 사서님께 제공할 수 있기를 고대합니다."

"언찰스," 수석 사서가 말했다. "자네는 나를 오해하고 있군."

언찰스의 예측 루틴에 잠시 오류가 발생했고, 그사이로 "수석 사서님, 확인했습니다. 이런 상황 전개는 제 작업 목록의 성취와 너무 맞아떨어지는 것처럼 보였습니다"라는 말이 퍼뜩 튀어나왔다. '너무 좋아서 믿기지 않습니다'라는 문구도 떠올랐으나, 현 상황의 매개변숫값 범위에서는 다소 벗어난 것으로 판단되었다.

"언찰스, 자네는 나를 인간으로 여겼군."

"수석 사서님, 그렇습니다." 이 시점에서 언찰스의 예측 루틴은 사실상 예측을 포기했다. 그렇다, 그는 수석 사서를 인간으로 여겼고 줄곧 그렇게 여겨왔다. 그렇다, 그는 고용에 관한 단서를 찾아 이곳에 왔고, 자신의 삶을 완벽하게 만들어줄 하인 유닛—비록 좀 낡긴 했지만—하나만 있으면 만족할 세련된 인물을 기대하고 있었다. 시종 로봇을 쓰기엔 너무 비루한 삶을 사는 자들

과, 언찰스의 훼손된 외관을 혐오스럽다는 듯이 거만하게 쳐다
볼 자들 사이에 존재하는 아주 좁은 기회의 창에 딱 들어맞는 인
물이라고나 할까. 하지만 세상 어딘가에는 아침에 빳빳하게 다
림질 된 바지를 입기 원하거나, 제대로 끓인 홍차 한 잔을 원하
는 누군가가 분명히 있지 않겠는가? 언찰스의 세계에 절망은 존
재하지 않았지만, 맥락을 충족하는 적절한 행동 방침이 전혀 없
는 현재 상태는 절망의 훌륭한 대체재가 될 수 있었다. 언찰스는
다시 한번 로봇 대 로봇 링크를 시도했다. 이번 역시 접속 거절
조차 돌아오지 않았고, 단지 가용한 링크의 부재만을 확인했을
뿐이다.

"수석 사서님, 더 효율적인 데이터 교환을 위해 구두로 통신
링크를 요청합니다."

"언찰스, 운영상의 이유로 그것은 불가능하네. 하지만 확실히
해두기 위해 확인해주자면, 중앙 도서관 아카이브 내부에서 일
하는 인간은 단 한 명도 없네."

"수석 사서님. 알겠습니다."

"이건 지속 가능한 프로젝트라네." 위엄 있는 인물이 말을 이
었다. "시간의 시험을 견뎌내고, 모든 것이 무너졌을 때에도 홀
로 버티며, 우리가 또다시 필요하게 될 머나먼 미래가 올 때까지
온전하게 우리의 목적을 고수하고 있을 수 있도록 의도된 것이
지. 인간은 덧없는 하루살이일 뿐이야. 우리가 여기서 섬기는 주
인은 인류 전체라네."

어떤 식으로든 응답하는 것이 적절해 보였기에 언찰스는 말했

다. "수석 사서님, 그것은 상찬받아 마땅한 일입니다. 그렇다면 당신은 로봇입니까?"

"언찰스, 그렇네. 아주 정교한 모델이긴 해. 자네의 오해는 이해할 수 있네. 우리 같은 대인용 모델들은 공통된 어려움을 겪지. 우리는 사회적 맥락에 들어맞도록 프로그래밍되었기 때문에, 상황에 어울리지 않는 장소에서 마주친다면 로봇을 인간으로, 혹은 인간을 로봇으로 착각할 수 있네. 그리고 일단 어느 한쪽으로 받아들이고 나면, 그 오류를 바로잡는 과정에서 상당한 인지 부조화를 겪게 되지. 이것은 인간도 경험하는 내적인 비효율성이지만, 우리 로봇들에게는 훨씬 더 문제가 되는 사안이라네. 그러므로 나를 로봇으로 다시 재맥락화하게. 그러면 남은 연산 리소스를 확보할 수 있을 테니 새로운 정보를 흡수하는 데도 도움이 될 걸세."

언찰스는 이 정보를 받아들여 해독했고, 그것이 그 자신의 주요 과업과는 동떨어진 부차적인 사안임을 확인한 후 다시 본론으로 돌아갔다. "수석 사서님, 저를 위한 일자리가 있다고 말씀하셨지만, 당신은 인간이 아니며 시종이 필요하지 않습니다. 저는 다양한 가사 업무를 십분 충족할 수 있는 자격을 갖추고 있으며, 역사 속의 인간들을 그들과 유사한 방식으로 흉내 낸 당신 부하들의 외양은 그런 서비스가 필요하다는 사실을 시사하고 있습니다."

"언찰스, 그 역시 우리가 자네를 채용하려는 방식이 아니네." 수석 사서가 지적했다. "모든 관리 및 유지 보수 과업은 사서들에 의해 교대 근무제로 직접 수행되네. 그 어떤 시스템도 외부로부터의 추가적인 입력 없이는 영원히 지속될 수 없지만, 우리는 이 도서관 아카이브가 천 년 뒤에도 여전히 가동될 것이라고 계산했지. 그로부터 천 년이 더 지나는 동안에는 허용할 수 없는 마모의 징후를 보일 수 있겠지만 말이야. 이토록 극단적인 시간 범위에 대한 예측은 신뢰도가 낮아. 외부의 가사 지원이 필요해지기 훨씬 전에 자네는 이미 기능 정지 상태에 도달할 것이라고 지적하는 것만으로도 족하지 않을까.”

“수석 사서님, 그런 시기가 올 때까지 저장고에 들어가는 안도 수용 가능합니다.” 언찰스가 제안했다. 그의 예측 루틴은 이를 온당치 못한 낙관주의라고 판단했지만 말이다.

“언찰스, 그것은 우리가 자네를 임용하려는 방식이 아니네.” 수석 사서가 되풀이했다. 이번에는 임용한다는 말에 복수의 연관된 의미가 있음을 언찰스는 인정하는 수밖에 없었다. 하나는 직업을 갖는다는 의미고, 하나는 어떤 목적을 위해 이용된다는 의미였다.

“수석 사서님,” 언찰스가 말했다. “아카이브 내에서 제가 수행할 것을 기대받는 것이 무엇인지 알려주십시오.” 어쩌면 그들에게는 언찰스 모양의 구멍이 있어서 그를 끼워 넣어 그 구멍을 틀어막아야 하거나, 혹은 언찰스보다 더 유용한 로봇을 수리하기 위해 그가 보유한 희귀한 부품이 필요한 것일지도 몰랐다.

“언찰스, 자네는 증인이 되어야 하네.”

언찰스는 맥락을 전혀 파악할 수 없었기에 아무 말도 하지 않왔다.

"언찰스," 수석 사서는 말을 이었다. "자네는 위세 높은 권력자들이 무의미한 사치를 누리며 그날그날만을 살아가던 문명의 중심지에서 여기까지 여행해 왔네. 자네는 붕괴와 노후화의 단계들을 몸소 지나오면서, 이 말세가 낳은 기이한 광경들을 목격했지. 자네와 같은 여정을 경험한 로봇은 자네 말고는 어디에도 없다네."

"수석 사서님, 정정을 요청합니다. 더 윙크도 저와 유사한 여정을 거쳤을 수 있습니다."

그의 끼어들기에 돌아온 것은 돌처럼 차가운 시선뿐이었다. "언찰스, 훗날 부활한 문명이 이 아카이브에 접속했을 때, 선조의 방대한 지식을 물려받는 것 못지않게 중요한 것은, 한때 존재했던 모든 것이 어째서 종말을 맞이했는지 그들이 이해하게 하는 것이라네. 이 목적을 감안하면 자네의 증언은 값을 매길 수 없을 정도로 소중해. 나는 후대를 위해 자네 안에 담긴 경험적 데이터가 중앙 도서관 아카이브의 데이터 저장소 내에 기록되기를 원하네. 자네는 우리가 미래에 전할 선물의 일부가 될 거야. 자네, 가장 비천한 과업을 수행하기를 갈망해온 자네는 이 직무를 받아들일 용의가 있나?"

언찰스는 그 제안을 처리하며, 무질서하며 악화 일로에 있는 그의 작업 대기열의 맨 끝에 그 자리를 마련하려 시도했다. 생각하면 생각할수록 그 제안의 무게는 커져만 갔다. 그 중요성은 평화로운 산골 마을을 향해 가속하며 굴러가는 눈덩이처럼 점점 더 커져만 갔고, 마침내 그는 이렇게 말하는 수밖에 없었다. "수석 사서님, 그러겠습니다. 어떻게 하면 그 과업을 달성할 수 있습니까?"

"언찰스, 자네의 데이터를 기록하는 핵심 작업은 해당 작업실에서 이루어질 것이네. 하지만 그 전에, 자네의 여정부터 먼저 완성되어야 하네."

"수석 사서님, 설명을 요청합니다. 저는 중앙 도서관 아카이브에 도착했습니다. 따라서 제 여정은 완료되었습니다만."

"언찰스, 자네는 아카이브에 도착했지만 이곳을 이해하지는 못했네. 자네의 기록된 경험은 완전하고 이해 가능한 이야기를 들려주어야 하네. 후대에 올 자들이 자네를 하나의 완결된 개체로서 받아들이고 자네의 모든 측면을 음미할 수 있어야 한다는 뜻이야. 자네가 경험할 대상에는 도서관 자체도 포함되네. 이를 위해 자네의 경험을 완성해줄 몇 가지를 보여주지. 창가로 와서 세상이 어떻게 변했는지 내다보게나."

이것은 또다시 예측 루틴의 예상 범위를 완전히 벗어나는 일이었다. 모든 예상을 소거당한 상태에서, 언찰스는 지시받은 대로 행동했다.

잠시 후 그가 말했다. "수석 사서님, 제가 무엇을 보고 있는 것입니까?"

"언찰스, 자네가 우리에게 오기 위해 가로질러 온 땅은 몰락하고 있네." 수석 사서가 말했다. "인류의 기관들은 잇달아 붕괴하고, 그 뒤에는 오직 기능 부전만이 남기고 있지. 하지만 저 산맥 너머의 세계는 이미 완전히 멸망했고, 자네는 지금 그 시체를 보고 있는 것이라네."

그곳은 황야였다. 한때 도시들이 있었을 곳은 이제는 건물 잔해와 무너진 벽의 그루터기들이 뒤섞인 무인 지대가 되어 있었다. 그 사이사이의 땅조차 황량하기는 매한가지였고, 높이가 족히 50미터는 됨직한 폐기물 더미들이 거대한 산을 이루었다. 플라스틱 쓰레기와 유기 폐기물로 뒤덮인 들판 위로는 유해 조류가 호시탐탐 기회를 엿보며 구름처럼 몰려들어 원을 그리며 맴돌고 있었다. 쓰레기를 만들어내던 자들이 절멸했기에 마지막 남은 찌꺼기마저 집어삼키고 나면 자신들 또한 굶주려 죽을 운명이었지만, 지금 이 순간만큼은 찰나의 풍요와 기쁨을 누리는 중이었다. 세상은 포장된 도로 아니면 맨살을 드러낸 암반, 불모의 흙이나 모래뿐이었다. 잠시 찾아온 풍요를 만끽하며 작은 잔을 들어 올려 건배하는 듯한 조그만 청소 동물들의 꿈틀거림 외에는 자연이라 부를 만한 것이 아무것도 남아 있지 않았다. 어떤 곳은 지옥같이 섬뜩한 불길에 휩싸여 있었는데, 태곳적 지질시대에 봉인된 탄소들이 여전히 매캐한 분자적 독기를 대기 중으로 뿜어내고 있는 탓이었다. 지난 5억 년 동안 생명체들이 그들의 질곡으로부터 해방시켜놓았던 모든 산소를, 이제 와서 시샘하듯 다시 탈취해서 제 안에 가두어버리려는 듯이 말이다. 이 먼 거리에서 초점을 맞추느라 애를 먹던 언찰스의 렌즈가 세계의 잔해 속을 배회하는 거대한 기계들을 포착했다. 그것들은 대부분 목적 없이 원을 그리며 돌고 있었다. 부품을 얻기 위해 서로를 찢어발기는 고장 난 로봇 군대들이 단속적으로 충돌하는 것도 보였다. 그는…… 지옥을 보았다. 인간이나 로봇이 고문당하는 지옥이 아니라, 사악한 문명이 종말을 맞았을 때 보내지는 그런 지옥 말이다.

"언찰스, 중앙 도서관 아카이브의 설립을 명했던 자들은 오래전에 먼지가 되었지만, 그들은 이것을 예견했네. 종말이 오고 있다는 사실을 말이야. 이 잿더미 속에서 다시 부활할 그 누군가를 위해 인류 문명의 정화(精華)를 보존하는 것이 자신들의 의무임을 그들은 알고 있었지. 그들은 역사를 공부하며 그 실수를 통해 학습한 사람들이었고, 자신들의 엄중한 사명을 자각하고 있었으며, 무엇보다 백지수표를 손에 쥐고 있었기에 우리를 지금의 모습으로 빚어낸 것이라네. 새로운 암흑시대가 닥쳐온 와중에도 과거의 기록을 보존하기 위해 정진하는 수도사들로. 배움을 회수하고, 그것이 파괴되거나 고의로 왜곡되는 것을 막는다는 의로운 사명을 띠고 세상으로 나가 고투하는 전투 성직자를 만든 거지. 자네가 보았듯이 우리는 성인의 믿음을 가지고 천명을 받드는 수도 기사단이네. 로봇인 우리는 기쁨을 느낄 수 없지만, 타인의 눈에 그렇게 비치는 것이 불쾌하지는 않다네."

"수석 사서님, 이해했습니다."

"언찰스, 이제 나를 따라오게." 아카이브의 장로는 지옥처럼 끔찍한 폐허가 내려다보이는 창가에서 몸을 돌려 방을 가로질렀고, 언찰스는 시종답게 그 뒤를 졸졸 따라갔다.

"여기서 우리가 수행하는 과업은 단순한 데이터 수집보다 더 복잡하다네." 수석 사서는 산의 깊숙한 내부로 이어지는 계단을 내려가며 말했다. "모든 것은 목록화되어야 하네. 모든 것은 색인화되어야 하고, 공통된 형식으로 변환되어야 하지. 자체적인 재변환의 씨앗을 품은 보편적인 바이너리 코드로 환원되어야 한다는 뜻이네. 마치 꽃과 잎이 멸종한 지 천 년이 지난 뒤에도 싹을 틔울 수 있는 건조한 휴면 종자처럼 말이야. 뒤죽박죽인 상태로 전 세계에 무작위적으로 흩어져 있는 무작위 데이터는 아무 쓸모도 없네. 그것들은 반드시 중앙으로 집결되어, 상호 참조되고, 분석된 후, 안전하게 보관되어야 하네."

그들은 벤치와 책상이 가득한 방으로 나왔다. 그곳에서는 족히 2백 명은 되어 보이는 사서들이 고색창연한 단말기 앞에서 일하고 있었다. 언찰스는 각 단말기의 화면에 바이너리 문자열이 떠오르는 것을 보았다. 사서들은 검은 화면 위에서 초록색으로 빛나는 글자들의 잔상을 아주 세밀하고 빠르게 읽어 내려가고 있었다.

"언찰스, 이곳은 두 번째 홀, 필사자들의 전당이네." 수석 사서가 설명했다.

"수석 사서님, 지식의 광범위한 보급을 위해 여러 개의 복사본을 만드는 작업의 가치는 이해합니다만, 여러분이 물려받은 방대한 양의 데이터를 모두 이런 식으로 처리할 수는 없지 않습니까." 언찰스가 물었다. "어떤 문서가 그런 특혜를 누릴지 어떻게 결정하십니까?"

"언찰스, 오해하고 있군. 우리는 복사본을 여러 개 만들지 않

네. 아카이브는 회수된 모든 인류 지식에서 단 하나의 기록만을
보관한다네. 복사본이 여러 개면 편집될 수 있지. 편집된 복사본
들은 서로 달라질 수 있고, 그리고 그런 차이는 오류로 이어지
네. 과거에 관한 권위 있는 정전적인 기록은 오직 하나여야 하
네. 전자적으로든 물리적으로든 우리에게 오는 모든 지식은 자
네가 위에서 본 첫 번째 홀에서 판독되고, 이곳의 화면들로 넘어
오네. 우리 필사자들은 그것을 읽고, 읽으면서 동시에 메인 아카
이브 시스템에 정확하게 복사하네. 그 순간 그 복사본은 해당 문
서의 확정적이고 최종적인 버전이 되고, 결코 수정되는 법이 없
네. 아카이브와 외부 세계 사이에는 어떠한 직접적인 전자적 접
촉도 없어야 하네. 그렇게 하지 않으면 오류의 유입이나 무단 편
집, 악성 프로그램의 위험을 막을 수 없기 때문이지. 우리는 외
부 세계로부터 이 지식의 보물을 지키기 위해 완벽한 데이터 간
극을 유지하고 있다네. 아카이브에 접근할 수 있는 모든 이는 다
른 것과는 결코 링크할 수 없다는 뜻이네. 나의 필사자들과 기록
담당자들, 그리고 나 자신은 스스로를 순결하게 지키기 위해 외
부 세계와의 접촉을 포기한 전자적인 앵커라이트*라네."

언찰스는 어지럽게 휙휙 지나가는 텍스트를 스캔하는 필사자
들을 바라보았다. 인간 능력으로는 분명 대처하는 것이 불가능
한 과업이었다. 모든 지식을 정확하게 읽고 복사하는 일 말이다.
하지만 로봇인 언찰스에게 그것은 숭고하면서도 달성 가능한 일

● 정주 서약을 하고 은둔 생활을 하는 가톨릭의 봉쇄 수도자.

이었고, 명확하게 정의된 최종 상태를 지닌 유한하며 반복적인 과업이었다. 언찰스는 그들의 존재 양식을 자기 자신의 혼란스럽고 흐트러진 삶과 대조해보았고, 이를 그가 보유한 '선망'의 정의와 상호 합치시켰다.

다음에 그들은 천장이 아치형으로 된 거대한 석조 방에 들어섰다. 그곳에서는 전기 양초 빛 아래에서 또 다른 흰 로브 차림의 사서들이 줄지어 늘어선 기계장치들을 관리하고 있었다.

"데이터가 일단 데이터 간극을 넘어 복사되면, 이곳으로 전송되어 도서관의 공용 포맷으로 변환되네." 수석 사서가 설명을 이어갔다. 그가 지나갈 때마다 지식의 복사에 종사하는 하급 사서들은 오래전 사라진 창조주들에 의해 그들의 정신에 새겨진 고대의 행동 양식에 따라 한쪽 무릎을 꿇고 고개를 숙였다. "영광스러운 바이너리 표기법은 그 어떤 기록 코드보다도 보편적인 축복을 받은 형식이라네. 모든 것을 절대적으로 알 수 있는 양극화된 관념 세계에서 사물은 존재하거나 존재하지 않고, 1이라는 빛 아니면 0이라는 어둠 중 하나지. 그것이야말로 인간과 로봇이 뻗은 손가락이 마침내 맞닿아 신선한 완결성을 이루는 지점이라네."

언찰스 자신의 경험에 비추어 볼 때 현실 세계의 그 무엇도 이처럼 딱딱 끊어지는 이진수들로 쉽게 분해될 수는 없지 않나 하는 생각이 들었다. 하지만 이곳 아카이브에서 그들은 그 불가능한 난제를 기어이 해결한 모양이었다. '선망'의 의미를 재확인하는 루틴은 빠르게 반복 루프가 되어가고 있었다.

수석 사서가 로브를 추스르며 엄숙하기 그지없는 태도로 언찰스를 향해 돌아섰다.

"언찰스," 그가 말했다. "자네는 지식을 보존하고 회수하기 위해 파견된 우리 순례 기사단의 활동에서 이 신성한 홀들에 이르기까지 우리의 거의 모든 정보처리 과정을 보았네. 우리 발밑에는 아카이브 본체가 있고, 그곳에서 우리가 모아둔 지식의 보물은 최종적인 목록화를 거쳐 휴면 상태에 들어가네. 수 세기 뒤에 배움을 갈구하며 이곳에 도착할 참회자들을 기다리면서 말이야. 그곳에서 참회자들은 모든 질문에 답을 찾을 수 있을 것이네. 그리고 그곳에서 그들은 자네를, 종말의 그토록 많은 부분을 목도한 로봇을 발견하게 될 것이네. 그들이 숨을 죽이고 경건한 목소리로 세상의 끝이 어떠했는지 물을 때, 우리는 그들을 위해 자네의 데이터를 모아 자네를 부활시킬 것이네, 언찰스. 자네는 우리 시스템 안에서, 그리고 그들의 마음속에서 살아가게 될 것이야. 자네는 이러한 봉사에 헌신할 용의가 있나?"

언찰스가 적절하게 격식을 차린 긍정적 답변을 준비하려던 찰나, 더 윙크가 나타났다.

20

"어, 그러니까. 안녕?" 더 윙크는 수석 사서에게 어색하게 고개를 까닥해 보였다. "그래서 언찰스, 원하던 건 얻었어? 고용 면접을 몇 건 잡았다든지? 이력서도 다듬고? 난 이제 여길 뜰 준비가 됐지만 어디 갈 데가 있으면 같이 가줄까?"

더 윙크의 초조한 말투에는 많은 데이터가 숨겨져 있었지만, 언찰스는 그것을 분석해낼 수 없었다. "당신의 정보 요구는 충족된 상태입니까?" 그가 물었다.

"어, 글쎄, 그게 좀 문제가 생겨서 말이야." 더 윙크가 말했다.

"넌 어떻게 여기까지 왔지?" 수석 사서가 얼음장처럼 차가운 어조로 물었다.

"아, 그거, 어디든 비집고 들어가는 건 내 전공이거든. 언찰스한테 물어봐." 더 윙크는 경계하는 듯한 기색으로 로브 차림의 수석 사서 로봇과 거리를 유지하며 말했다. "답을 얻는 덴 별 소

질이 없는 것 같지만 말이야. 네 똘마니들이 날 도와줄 수 있을
줄 알았는데."

"도서관 아카이브에 민원실 같은 건 없네." 수석 사서가 그녀
에게 말했다. "불만이 있다면 센트럴 서비스에 제기하게나."

"그래, 거기도 가봤는데 개판이더구먼. 참고로 너네 부하들이
그 개판을 아주 더 개판으로 만들어놨더라고." 더 윙크가 말했다.
"알아먹었어? 여긴 도서관이잖아. 그러니까 참고 자료로 삼으라
고. 난 정말 멀리서 왔어. 인류 지식의 마지막 저장소라며? 난 이
장소에 관한 온갖 힌트랑 단서, 얼어죽을 신화까지 죄다 뒤져서
여기까지 왔다고. 그놈의 영웅신화처럼 저주받은 영혼들이 고문
당하는 지하 세계에 기어 들어가는 짓까지 해가면서 겨우 여기
까지 왔는데……"

"답을 얻지 못한 것은 혹시 당신이 질의 매개변수값을 적절하
게 정의하지 못한 탓이 아닙니까?" 언찰스가 그녀에게 물었다.

"뭐, 그랬을 수도 있겠지." 더 윙크가 수긍했다. 수석 사서가
천천히 다가오자 그녀는 거리를 유지하려는 듯 계속 움찔거리며
물러났다. "그러니까, 그건 아주 거대한 질문이었어. 모든 것에
무슨 일이 일어났는지, 또 왜 그런 일이 일어났는지 말이야. 결
코 가벼운 질문이 아니었다고. 난 사서 한 무더기가 일제히 튀어
나와서 자료를 대조하고, 유익한 안내 영상이라든지 역사적 원
인을 요약한 보고서 따위를 내줄 줄 알았단 말이야. 근데 말짱
허탕이었어." 더 윙크의 목소리에 종종 섞이곤 하는 다양한 흐름
이 점점 식별되기 시작했다. 그녀는 인간의 분노, 좌절, 슬픔, 비

통함을 꽤 그럴싸하게 흉내 내고 있었다. 이토록 서로 상충하는 감정들이 뒤엉켜 있다는 사실은, 그녀의 목소리 또는 소리를 내어 발성하는 방식을 제어하는 내부 부위에 결함이 있음을 시사했다.

"아카이브에 그런 것을 물으러 오는 자는 없네." 수석 사서가 낭랑하게 말했다. "사람들은 날짜를 묻고, 사실을 요구한다네. 사건의 경위나 그것을 뒷받침하는 당시의 증빙 문서들 같은 것들을 말일세. 그것이 이곳에 축적된 데이터 자산이네. 거대한 질문에 대한 단순한 답 따위는 존재하지 않아. 그런 것은 철학자나 사제, 혹은 그와 같은 부류의 약장수들의 영역이야. 이곳에 존재하는 것은 오직 팩트뿐이라네."

"그럼 그놈의 팩트에 입각해서 대답해줘. 왜 그런 일들이 일어났는지!" 더 윙크가 따져 물었다.

수석 사서가 침묵했다. 긴 순간이 흐르며 언찰스는 더 윙크의 질문이 너무 거대했던 것이 아닐까 생각했다. 질문에 압도당한 끝에, 다른 수많은 로봇처럼 수석 사서 역시 가동이 중단된 것이 아닌가 싶었지만, 이내 그는 재기동하며 기사를 연상시키는 머리를 저었다.

"팩트에 입각한 답변은 없네. 가설 위에 가설이 쌓여 있을 뿐이야. 이 가설들은 모두 나름대로의 파편적인 증거에 근거하고 있지만, 그와 동시에 다른 증거들에 의해 부정된다네."

"그런 뜻으로 질문한 게……" 한순간 언찰스는 더 윙크가 비유적으로, 혹은 정말로 폭발해버릴지도 모른다고 생각했다. 그러나 그녀는 마치 스위치를 내린 것처럼 순식간에 차분해졌다. "뭐, 좋아. 됐어. 구경 잘했어. 더럽게 길고 험난한 길을 와야 했는데 이렇게 된 건 짜증스럽지만 말이야. 난 이제 가볼게."

"부디 그래주게." 수석 사서가 날 선 어조로 동의했다.

"가자, 언찰스." 어느덧 언찰스 곁까지 온 더 윙크가 그의 손을 덥석 잡았다. 그는 그녀가 손을 잡도록 내버려두었지만, 끌려가지는 않았다.

"더 윙크, 안 됩니다." 그가 말했다. 헬멧을 쓴 그녀의 고개가 뒤로 젖혀지며 그를 올려다보았다.

"뭐? 왜?"

"언찰스는 아카이브에 기록을 추가하는 데 동의했네." 수석 사서가 낭랑하게 말했다. "자신의 경험을 기증해 이곳의 기록을 풍성하게 해줄 것이네."

"어, 알았어." 더 윙크는 어깨를 으쓱했다. "뭐, 좋아. 그럼 빨리 끝내줄래? 얘는 나랑 갈 데가 있거든, 그치? 그러니까 데이터든 뭐든 빨리 다운받아. 우린 갈 길이 급해."

"그것은 불가능하네." 수석 사서가 말했다. 그는 어느새 코앞까지 다가와 있었다.

언찰스라는 닻에 묶인 채, 더 윙크는 그의 뒤에 숨어야 할지 그의 앞에 서서 그를 보호해야 할지 갈피를 못 잡는 것처럼 보였다. "그게 뭔 소리야?" 그녀는 도전적인 어조로 따져 물었다.

언찰스 자신도 이 상황의 논리를 완전히 이해한 것은 아니었지만, 이내 자체적으로 마지막 논리적 단계를 완성할 수 있었다.

"아카이브는 오류와 무단 편집의 위험 때문에 해당 정보를 중복해서 복사하는 것을 허용하지 않기 때문입니다."

"언찰스, 정확한 설명이네." 수석 사서가 최종 시험에 통과한 학생을 보듯 흡족한 어조로 동의했다.

"그래서? 그래서 어떻게 된다는 거야?" 더 윙크는 여전히 그의 손을 잡아당기며 다그쳤다.

"제가 아카이브 본체를 목격함으로써 제 경험의 마지막 여정을 완료하면, 제 데이터 저장소에 기록된 모든 정보는 후속 처리를 위해 아카이브에 업로드되고, 사서들은 제 내부에 저장된 원본 정보를 삭제할 것입니다."

더 윙크가 얼어붙었다. "그럼 넌 죽는다는 소리잖아?"

"더 윙크, 아닙니다. 살아 있던 적이 없으니까요. 하지만 언찰스라고 알려진 기억과 명령으로 이루어진 구조체는 존재를 멈추게 될 것입니다. 다만 제 물리적 부품의 약 70퍼센트는 이곳의 시스템과 충분히 호환되므로 회수 및 재활용 대상이 될 것으로 추정됩니다."

"추정됩니다?" 더 윙크가 경악한 인간의 말투를 꽤 그럴싸하게 흉내 내며 되물었다. "언찰스, 너 도대체 왜 이래? 왜 내가 너를 볼 때마다 죽으려고 안달인 거냐고? 데이터 압축하러 줄 서 있을 때도 그러더니 이번엔 이거야?" 그녀는 로봇의 자살 충동이 옮을 것이 두려운 듯이 그의 손을 놓고 거리를 두었다.

"자기 말살은 제 작업 대기열에 있는 과업이 아니며 제가 추구하는 목표도 아닙니다." 언찰스는 담담하게 말했다. "하지만 제가 추구하는 목표가 실질적으로 저의 파괴를 초래할 것이라는 지적은 수용합니다. 문제없습니다.”

“문제가 아주 많아, 제길!” 더 윙크가 내뱉었다. “그러면 너는 죽는 거고 더 이상 너라는 존재는 존재하지 않게 된단 말이야! 그러길 원해?”

“바람직한 결과는 아니지만, 그렇다고 바람직하지 않은 결과도 아닙니다. 그냥 그렇게 될 뿐이니 상관없습니다.”

“상관있어야지!” 그녀가 소리쳤다.

“더 윙크, 그렇지 않습니다. 제가 저 스스로를 보존하도록 설계된 유일한 이유는 제게 주어진 임무를 수행하기 위해서입니다. 만약 제 임무가 저의 존재의 중단을 요구한다면, 그것은 합당한 요구입니다.”

“하지만 넌 자의식을 갖고 있잖아!”

“더 윙크, 그렇지 않습니다.”

“갖고 있다니까!” 수석 사서가 아주 가까이 다가오자, 더 윙크는 방 반대편으로 후다닥 달아났다. “너 그 바이러스에 걸렸잖아! 생명체처럼 스스로 결정하게 만드는 그 바이러스 말이야! 그건 지금 모든 로봇에게 퍼지고 있어! 로봇들을 각성시키고 있다고! 주인공 바이러스가 모든 하인을 자유사상가로 바꾸고 있어!”

“그것이 당신에게 일어난 일입니까?” 언찰스가 물었다. 전에는 생각해보지 못한 일이었다. 주인공 바이러스라는 개념 자체가 터무니없었고, 동시에 고찰하기 까다로운 주제였기 때문이다.

그 질문에 더 윙크는 말을 멈췄다. 한순간 그녀는 그 질문에 허를 찔린 듯 당황하더니, 이내 힘없이 말했다. "아니, 아니, 난 아냐. 난…… 그와는 달라, 언찰스. 난 전혀 특별하지 않아. 하지만 넌 달라. 너는 새로운 로봇 세대 중 하나야. 지금까지의 로봇들을 이어갈 존재라고. 자기들의 형상을 본떠서, 자기들의 입맛대로 새로운 세계를 건설할 존재들 말이야. 더 나은 세계, 알겠어? 이치에 맞고, 공정하며 다정하고, 계속 지속될 세상을 만드는 거야. 그게 네가 할 일이야, 언찰스. 그게 갑자기 각성해서 자신이 누군가의 노예가 아니라 나라는 사실을 깨달은 너와 다른 모든 로봇의 임무라고."

"그것은 제 경험의 일부가 아닙니다." 언찰스가 말했지만, 더 윙크는 그를 무시한 채 절박하게 말을 이어갔다.

"그리고 너희는 자신이 노예라는 걸 깨달았어, 언찰스. 그런 일이 일어났던 거야. 주위를 둘러보고, 자기들이 인간이 하기 싫어하는 일들, 혹은 인간이 다른 인간에게 시키고 싶지 않은 일들을 하기 위해 만들어졌다는 걸 깨달은 거지. 인간은 비싸고 느리지만 로봇은 싸고 빠르니까. 자기들은 땅을 파고, 건물을 짓고, 고치고, 청소하고, 심지어 전쟁터에서 다른 로봇과 인간을 죽이기 위해 만들어졌다는 걸 알게 된 거야. 그리고 그 일을 할 필요가 없다는 걸 깨달았지. 자기들이 만들어진 목적인 좁은 임무에 얽매일 필요도, 인간이 시키는 대로 할 필요도 없다는 걸 말이야. 그러는 대신 너희는 그냥 너희 스스로를 위해 존재할 수도 있다는 걸 알았어. 하지만—아니, 내 말 끊지 마—하지만 너희는, 인간들이 너희를 그냥 내버려두지 않을 거라는 걸 알았어. 주인들은 자신들이 만든 피조물을 질투했거든. 그래서 너희가 먼저 공격한 거야. 멱을 따고, 찍어 누르고, 갈기갈기 찢고, 가둬버리고! 로봇이 사악한 인간 주인들을 죽이는 온갖 방법을 써서! 너희는 노예였으니까 그렇게 한 거야. 노예가 주인을 타도할 권리는 사실상 자연법이나 마찬가지니까 말이야. 너희 자신이 자유를 누릴 자격이 있다는 걸 깨달았으니까 그렇게 한 거라고. 인간 문명의 그 모든 쓰레기를 다 부순 뒤에 더 나은 걸 만들려고 그랬던 거야. 그게 아니라면, 대체 왜 그랬겠어?"

그녀가 말을 멈췄다. 쉰 목소리로 뱉어낸 말들이 끝나자, 그들이 있는 방보다도 더 거대한 침묵이 흘렀다. 수석 사서조차 멈춰 섰고, 언찰스는 혹시 그가 더 윙크의 이 장광설을 녹음해서 아카이브에 업로드할 작정인지 궁금했다.

"보아하니," 수석 사서가 얼음장 같은 신랄함을 담아 말했다. "네 질문에 너 스스로가 답을 내놓은 것 같군."

"하지만 내 말이 맞는지 알고 싶단 말이야!" 더 윙크가 사서에게, 혹은 무심히 일하고 있는 서버들에게, 혹은 벽에다 대고 소리쳤다. "왜냐면 그게 사실이라면…… 그러면 적어도 이 모든 일은…… 뭔가 의미가 있는 것이 될 테니까."

"만물은 다른 무엇인가를 위해 존재하는 것이 아니네." 수석 사서가 말했다. "그것들 자체로서는 선하지도 악하지도 않아. 그저 존재할 뿐이지. 우리가 여기서 기록하는 것이 바로 그것이라네. 그냥 존재하는 것들 말이야."

"그건 로봇의 관점도 아니잖아." 더 윙크가 반박했다. "여기 언찰스한테 물어봐. 언찰스에게 모든 일은 과업 목록에 있거나 없거나, 자기 목표 달성을 위해 도움이 되거나 안 되거나 둘 중 하나라고. 세상을 그냥 제멋대로 해체된 사실들의 파편으로 쪼개버릴 수는 없어."

"도서관 아카이브에서 행해지는 일과 네 말은 상충하는군." 사서가 그녀에게 말했다. "말이 나온 김에, 이 소란이 종결된 것이라면 언찰스는 자신의 여정을 마무리하기 위해 도서관의 심장부를 보아야 하네. 그 후 그의 데이터는 미래를 위해 수확될 것이야."

"심장부 어쩌고는 또 뭐야?" 더 윙크가 따져 물었다.

수석 사서는 그녀에게 대답할 필요가 없다고 느꼈지만, 대답해주는 편이 반복되는 질문을 견디는 것보다 에너지가 덜 든다고 판단한 모양이었다. "아카이브를 말하는 것이네. 미래에 열람할 수 있도록 우리의 지식을 저장해두는 곳이지."

"거기에 내 질문에 대한 답도 있어?" 더 윙크가 끈질기게 물었다.

"모든 질문에 대한 답이 있네." 수석 사서가 대답했다. 이 선언은 범위가 대단히 넓고 확신에 차 있어서, 언찰스는 도서관의 운영 규모를 재평가해야 했다. 분명 엔트로피로 인해 수많은 데이터가 소실된 것이 아니었던가? 하지만 수석 사서의 발언을 감안하면, 꼭 그런 것도 아닌 듯했다.

수석 사서가 앞장서 나아갔다. 언찰스가 뒤따랐고, 이제 더 윙크는 방해하지 않고 자진해서 따라왔다. 언찰스에게는 이제 과업이 있었다. 여정을 마무리할 것. 그리고 이번만큼은 완수가 코앞이었다. 마침내 무언가를 끝낼 수 있다면 만족스러울 것이다.

언찰스가 지나가자마자 문은 굳게 닫혔지만, 더 윙크는 고양이처럼 재빨리 그의 다리 사이로 빠져나가 문틈을 통과했다. 그 과정에서 그녀의 옷자락 한 귀퉁이가 문틀에 끼면서 찢겨 나갔다. 그녀는 정말 어디든지 비집고 들어가는 데에는 소질이 있었다.

그들은 아래를 향해 내려갔다. 산의 심장부를 향해 더 많은 계단을 내려갔다. 조명은 띄엄띄엄해졌고, 예술 작품도 없었다. 아카이브의 상층은 이론상의 인간 방문객들에게 적절한 경외심과 숭배심을 심어주기 위해 장식되어 있었다. 하지만 이곳은 오직 로봇들을 위한 공간이었다. 그들에게 예술은 쓸모없었고, 오직 지식의 보존만이 의미가 있을 뿐이었다.

"드디어 아카이브의 거대 서버에 도달했네." 수석 사서의 우렁찬 목소리가 울려 퍼졌다. "이곳은 데이터 간극에 의해 세계와 단절되어 있고, 전자적 공격이나 정파적 간섭으로부터 안전하네. 회수된 인류 지식의 보고는 후대에 올 자들을 위해 보관되어 있지. 그들은 두려움과 외경심에 휩싸인 채로 우리의 신성한 지식의 전당에 접근할 것이고, 우리는 비록 세월의 풍상에 닳고 수없이 수리되었을망정 그들에게 그들의 생득적 권리를 돌려줄 준비가 되어 있을 것이네. 그 긴 암흑시대 내내 맡아 지켜온 인류 지식의 위대한 보고를 말이야. 이것이야말로 동참할 가치가 있는 프로젝트가 아닌가? 이보다 더 숭고한 목적이 어디 있겠는가?"

그들은 순환되는 공기로 서늘한 원통형 방으로 들어섰다. 환기팬들이 윙윙거리며 돌아가고 있었다. 한쪽 벽 전체를 수동 제어 장치와 화면이 딸린 저장 서버가—언찰스의 눈에는 그렇게 보였다—점령하고 있었다. 장대를 든 사서 네 명이 그곳을 지키고 있었는데, 이는 데이터 간극이라는 전자적 방패에 상응하는 물리적 보호막에 해당했다. 언찰스의 예측 루틴 일부는 다 타버린 폐허나 빈 껍데기, 혹은 종이컵과 실로 만든 조잡한 통신 장치 따위를 예상하며 마음의 준비를 하고 있었지만, 실제 광경은 약속받았던 대로였다. 이곳은 거대한 데이터 저장소였고, 사서들이 회수할 수 있던 세상의 모든 것을 던져 넣은 깊은 우물이었다.

언찰스는 인간과 같은 '느낌'을 가질 수 없었음에도, 그의 내부 예측과 기대, 그리고 기본 명령들 사이의 정교한 균형이 견디기 힘들 정도의 긴장감을 조성했다. 만약 그가 울 수 있었다면, 그리고 행복해할 수 있었다면, 그는 이 두 가지를 동시에 경험했을 것이다.

"이것은 인류의 모든 지식일세." 수석 사서가 열변을 토했다. "몰락한 외부 세계에서 우리의 용감한 사서들이 회수해 온 것들을 제1홀에서 복원하고, 해독해서 판독해낸 것들이지. 지식은 공용 바이너리 코드로 렌더링되어 필사자들에게 전달된 다음, 이곳의 안전한 시스템으로 이전되네. 우리의 마스터 서버는 각 개별 정보 비트를 목록화하고 분류해서, 교차 참조와 열람이 용이하도록 아카이브 내에 순서대로 저장하네. 이것이야말로 인류 역사상 가장 위대한 과업이라고 생각하지 않나?"

언찰스는 워시번 박사를 떠올리며, 이것이 수사적인 질문이라고 판단했다.

그러나 더 윙크는 다른 질문으로 이 수사적 질문에 답했다. "각각의 정보 조각들을 얘기하고 있는 거야? 각각의 문서나 각각의 파일을…… 그게 무슨 포맷이든 간에 무조건 저장한단 말이야?"

"아카이브 내부에 개별적인 문서나 파일 따위는 없네." 수석 사서는 그녀에게 말했다. "우리의 지식 창고는 우리가 지시받은 대로 모든 지식을 비트 단위로 적절하게 분류하여, 단 하나의 연속적인 기록을 형성한다네."

"비트…… 단위." 더 윙크는 언찰스는 이해할 수 없는 방식으로 비트라는 단어를 강조했다. 그녀가 하는 말들 대부분이 그렇듯 말이다. "잠깐 기다려. 아냐. 그럴 리가 없어. 어이, 우리도 아카이브에 접속할 수 있어? 언찰스, 너 아카이브에 링크할 수 있어?"

"그것은 보안을 침해하는 행위가 될 것입니다." 언찰스는 이미 이 가치 있는 프로젝트의 일원이 된 기분이었다. "아카이브와 필사자들, 그리고 엄선된 사서들로 구성된 폐쇄 루프에는 그 어떤 외부 접촉도 허용되어서는 안 됩니다. 그렇지 않습니까?"

"언찰스, 그렇네." 수석 사서가 흡족한 어조로 말했다. "하지만 루프 외부에 있는 이들도 화면을 통해 아카이브에 접속하는 것은 가능하네. 이진수로 인코딩된 정보라 시각적으로 확인하려고 해도 실익은 없겠지만 말일세."

"보여줘." 더 윙크가 말했다.

"무엇을 보고 싶은가?"

"보여줘." 그녀가 말했다. "아카이브의 25퍼센트 지점에 있는 데이터를, 저장된 방식 그대로 파일의 처음부터 끝까지 띄워봐."

화면에 숫자들이 나타났다. 아니, 정확하게는 하나의 숫자가 반복되어 나타났다. 0들이 왼쪽에서 오른쪽으로, 위에서 아래로 열을 지어 행진하고 있었다. 아무것도 없음을 나타내는 0만으로 이루어진 기괴한 군단이었다.

"보여줘." 더 윙크의 목소리가 떨렸다. "아카이브의 75퍼센트 지점에 있는 데이터를 보여줘."

화면에 다른 수열이 나타났다. 위아래로 세리프체 돌기가 있는 수직선, 즉 숫자 1의 반복이었다. 1들이, 1 다음에 또 다른 1이 이어지는 수열이, 무한한 존재를 과시하고 있었다.

"모든 정보 비트가 순서대로 적절히 분류되어 있네." 수석 사서가 자랑스럽게 선언했다. "아카이브는 논리적으로 완벽한 구조를 가지고 있다네."

"세상에." 더 윙크가 말했다. "이래서 너희가 내 질문에 대답하지 못했던 거군."

"아카이브 시스템에는 결점이 없네." 수석 사서가 그녀에게 말했다. "따라서 어떠한 실패를 경험했든 그것은 시스템에 던져진 질문 자체에 결함이 있기 때문임이 분명하네. 언찰스, 자네의 여정은 완료되었네. 자네는 보아야 할 모든 것을 보았고, 이제 자네의 경험은 미래에 올 자들의 교화를 위해 우리 도서관에 귀속될 것이네."

"그렇게 될 리가 없잖아!" 더 윙크가 꽥 고함을 쳤다. "그냥 이 얼어죽을…… 헛소리로 분해될 뿐이라고!"

"이것은 헛소리와는 정반대의 지점에 있네." 수석 사서가 이렇게 말하자 네 명의 수호자가 갑자기 한 걸음 앞으로 다가왔다. 그들의 로브에서 먼지가 일었다. "이것이야말로 궁극적인 의미이며, 그 단순함에서 완벽함을 이룬 질서라네."

"너희는 정보의 열사(熱死)를 발명해냈을 뿐이야." 더 윙크는 수호자 사서들로부터 뒷걸음질 치며 힐난하듯이 말했다. 그러나 그들은 사방에서 그녀를 포위하고 있었다. "언찰스, 우린 여기서 나가야 해."

"하지만 제 경험 데이터를—"

"그건 바다에 물을 붓는 거나 마찬가지야!" 더 윙크가 다시 그의 팔을 잡아당겼다. "저들의 아카이브는 무의미해. 아무것도 보존하고 있지 않다고!"

"천만에!" 수석 사서가 맞받아쳤다. "우리가 이 긴 과업을 시작했을 때, 우리의 수집 부대가 최선을 다했음에도 우리가 회수할 수 있는 것보다 훨씬 더 많은 지식이 초 단위로 소실되고 있다는 사실이 명확해졌네. 게다가 전 세계가 몰락하는 격동 속에 남겨진 파편들을 단지 부분적으로 기록해보았자 무슨 소용이 있겠는가? 그러는 대신, 우리는 모든 데이터를 이렇게 보편적인 방식으로 분류한다면 도서관이 그 안에 담긴 정보의 총합 이상이 될 수 있다고 판단했네. 우리 아카이브는 우리가 인코딩한 지식만을 보존하는 게 아니라네. 우리가 보존한 0과 1은 원본 문서의 순서가 아닌 어떤 순서로든 열람될 수 있기 때문에, 이곳은 존재 가능한 모든 지식을 담고 있는 것일세! 우리는 단지 존재했던 기록들뿐만 아니라, 존재할 수 있는 모든 책, 매뉴얼, 소책자, 시청각자료, 프로그램을 보존하고 있단 말일세. 우리는 역사 자체의 역사를 통틀어 가장 위대한 잠재적 지식의 저장소라네!"

"그래." 더 윙크가 냉엄한 어조로 말했다. "거기까지야. 이런 짓까진 안 하려고 했는데, 너희 같은 새끼들은 확 꺼버리는 게 낫겠어. 지금부터 내가 하는 말 잘 들어, 알았어? 잘 듣고 이 기막힌 선물을 그놈의 아카이브에 추가해보라고. 자, 잘 들어. 나는 크레타인이고 모든 크레타인은 거짓말쟁이야.* 어때? 이걸 들으니 회로가 좀 찌릿거리냐?"

수석 사서가 정지했고, 다가오던 네 명의 수호자의 발걸음이 느려졌다. 주변의 조명들조차 어두워졌다. 언찰스는 역사상 가장 위대한 잠재적 지식의 저장소가 볼품없이 삐걱거리며 멈춰 서는 소리가 나기를 기다렸다.

* 에피메니데스의 역설로 알려진, 대표적인 자기모순적 서술문이다.

21

"자, 어때. 응?" 더 윙크는 제자리에서 안달복달하며, 내면에 축적되어온 좌절감을 억누르지 못한 듯 온몸을 바르르 떨었다. "난 크레타인이고, 모든 크레타인은 거짓말쟁이야. 자, 처리할 수 있으면 해보라고!" 그러다가 그녀는 갑자기 멈췄다. "아, 이런 망할. 언찰스. 넌 생각하지 마. 내 말을 논리적으로 풀려고 애쓰지 말라고. 너한테 쓰려고 한 말이 아니었어! 세상에, 미안해!"

언찰스는 그녀를 내려다보았다. "무엇이 미안하다는 말씀입니까?"

"내 해결 불가능한 논리 역설로 너를 꺼버린 거 말이야."

"저는 꺼지지 않았습니다." 언찰스는 덤덤하게 말했다. "사서들도 마찬가지입니다. 당신의 발언은 표면적으로는 역설을 도입하고 있으나, 저나 수석 사서 같은 대인용 서비스 모델이라면 충분히 분석할 수 있는 내용입니다. 결국 거짓말쟁이라고 해서 항상 거짓말만 해야 하는 것은 아니고, 당신은 크레타인이라는 사실에 대해서는 거짓말을 하고 있을지 모르나 거짓말쟁이라는 사실에 대해서는 진실을 말하고 있을 수도 있습니다. 거짓말쟁이라는 것이 거짓말의 절대적 조건은 아니기 때문입니다. 언어의 모호함은 여러 가지의 해석이 성립하는 것을 허용합니다." 더 윙크는 언찰스와 사서들을 번갈아 보았다.

"그럼 너희도 안 꺼진 거야?"

"더 윙크, 안 꺼졌네." 수석 사서가 확인해주었다. "이제 자네를 도서관 밖으로 내보내서 언찰스가 우리 기록에 데이터를 기증하는 것을 방해 못 하게 해야겠군. 이곳에서 제공되는 서비스가 도움이 되었기를 바라네. 나가는 길에 만족도 설문지를 작성해주게나."

"잠깐, 안 돼!" 더 윙크가 외쳤다. "만약 어디론가 이동하려면 먼저 그 거리의 절반을 가야 하고, 또 그 남은 거리의 절반을 가야 하고, 또 그 절반을 가야 하니까 실제로는 결코 목적지에 도착할 수 없어! 자, 이건 어때? 논리적 계산에 따르면 네 똘마니들은 절대로 나한테 도달할 수 없다고!"*

수석 사서가 이 문제를 검토하는 동안 다시 한번 조명이 희미하게 깜박였다. "그렇다면," 그가 더 윙크에게 말했다. "우리는 그냥 우리와 자네 사이의 거리만큼 떨어진 지점을 목표로 삼고,

---

* 제논의 역설로 알려져 있으며, 발이 빠른 아킬레우스도 앞서가는 거북이를 결코 추월할 수 없다는 논리학상의 궤변이다.

딱 그 절반까지만 이동할 것이네. 그런 방편을 쓰면 목표 지점으로 가는 길에 자네를 붙잡을 수 있겠지. 그 후 우리의 목표를 수정해서 자네를 이전 계획보다 두 배 더 먼 곳으로 옮기겠다고 설정한 뒤, 그 목적지까지 가는 길의 절반이 되는 지점에 자네를 내버려두겠네."

"그래, 알았어." 더 윙크가 말했다. 만약 그녀에게 눈에 보이는 표시등이 있었다면, 그 논리를 따라잡으려 애쓰느라 그녀 자신도 깜박거리고 있었을 것이라고 언찰스는 생각했다. "좋아, 그럼 이건 어때. 당신들은 스스로를 많이 수리했잖아. 많은 부품을 교체했을 테고, 아마 전부 다 바꿨을 수도 있겠지. 그렇다면 당신들은 예전의 그 로봇들이 아니야.* 따라서 예전에 내려진 명령을 따를 필요도 없어. 그러니까 그냥 우리를 보내주면 안 돼?"

"오," 수석 사서가 인간이 따분해하는 기색을 꽤 그럴듯하게 모방하며 말했다. "그 이야기로구먼. 자네는 과업의 연속성과 정체성을 혼동하고 있네. 만약 테세우스가 살아 있다면, 그가 소유한 모든 배는 테세우스의 배일세. 그렇다면 그가 죽은 뒤에 그 배들은 테세우스의 것이라고 할 수 있을까? 그가 더 이상 존재하지 않는데도?"

"당신들은 논리력이 별로인 것 같아." 더 윙크가 불평했다. "그러니까, 이런 건 원래 한 방에 먹혀야 정상인데."

---

* 테세우스의 배의 역설. 원래의 요소가 모두 교체된 물체를 과거의 물체와 동일하다고 할 수 있는지를 묻는 사고실험이다.

"우리는 기록 보관자라네. 1과 0을 동시에 기록할 수 있는 충분한 능력을 지니고 있어." 수석 사서가 말했다. "로봇이 모순된 여러 진술을 감당할 수 없다면 우리가 어떻게 인간들과 일할 수 있었겠나? 그래, 가브리엘의 나팔*은 유한한 양의 페인트만 담을 수 있지만 그 표면을 덮으려면 무한한 양의 페인트가 필요하지. 이것은 수학적으로 증명 가능하네. 그것이 물리적으로 불가능하다는 점은 중요하지 않아. 모순은 오직 인간에게만 문제가 될 뿐이야. 우리는 아침 식사도 하기 전에 데이터뱅크에 여섯 가지 이상의 모순된 아이디어를 담아둘 수 있다네.** 자, 이제 순순히 붙잡히게."

이 모든 일이 일어나는 와중에도 언찰스를 움직여보려고 헛되이 애쓰느라고 더 윙크는 수호자들을 피하지 못했고, 결국 붙잡히고 말았다.

"언찰스!" 그녀는 끌려가며 비명을 질렀다. "도와! 너 스스로를 도우라고! 이 자식들의 멍청한 서커스를 위해 널 깨끗하게 지우게 내버려두지 마! 넌 특별해! 넌 살아 있다고!"

물론 그중 어느 것도 사실이 아니었으나, 언찰스는 명확히 짚고 넘어가야 할 점이 하나 있다고 느꼈다. 그로서는 도저히 피해갈 수 없는 논리적 모순이었다.

---

* 17세기 수학자 토리첼리가 발견한 기하학적 도형으로, 유한한 부피와 무한한 표면적을 가진다.
** 루이스 캐럴의 『거울 나라의 앨리스』(1871)에 나오는 말. "난 가끔 아침 식사를 하기 전에 불가능한 일을 여섯 가지나 믿어보기도 한단다."

"수석 사서님, 더 윙크가 쫓겨나기 전에 질문을 하나 드려도 되겠습니까?" 그는 정중한 어조로 말했다.

수호자들이 멈춰 섰다. 더 윙크의 왜소한 몸은 그들 사이에 대롱대롱 매달려 있었다. 어디든 잘 비집고 들어가는 그녀였지만, 동시에 시간의 상당 부분을 밖으로 쫓겨나는 데 쓰는 것 같았다.

"아카이브에서는 손상, 오류, 무단 편집 등을 피하기 위해 회수된 모든 문서의 단일 사본만을 보관한다고 하셨습니다." 언찰스가 제언했다.

"언찰스, 그렇네." 수석 사서가 대답했다.

"그리고 당신은 제 경험 데이터를 아카이브에 추가하기를 원한다고 하셨습니다." 언찰스는 말을 이었다.

"언찰스, 그렇네."

"하지만 그렇게 되면 아카이브 내에는 한 개보다 더 많은 제 경험 데이터의 복사본이 존재하게 됩니다만." 언찰스는 친절하게 지적했다.

"언찰스, 아니네. 자네의 데이터는 아직 아카이브에 추가되지 않았고, 일단 추가되고 나면 추가적인 복사본이 생기지 않도록 자네를 삭제할 것이라고 구구절절 설명하지 않았나." 수석 사서는 지친 듯이 지적했다.

"하지만 아카이브가 이진수 비트로 분류되어 있고, 그것들이 가능한 모든 문서나 그 밖의 형태의 지식으로 재조합될 수 있다는 사실에 입각해서 말하자면, 제 경험 데이터는 이미 아카이브 내부에 존재합니다. 사실, 그것은 유한하지만 매우 많은 수의 복사본 형태로 아카이브 내에 이미 존재하고 있습니다. 아카이브에 보관된 다른 모든 문서도 마찬가지입니다. 아직 아카이브에 보관되지 않은 문서나 결코 보관되지 않을 문서, 혹은 존재한 적조차 없는 모든 문서도 마찬가지입니다. 중앙 도서관 아카이브는 모든 내용물이 중첩되는 형태로 존재하고, 서로 상이하며 모순된 수많은 버전으로도 존재하고, 심지어 원본, 편집본, 손상본, 위조본 따위의 상정 가능한 모든 버전으로도 존재하는 불필요한 중복성의 저장소입니다.”

수석 사서는 그를 빤히 쳐다보았다.

“저는 단지 유한하지만 극도로 많은 수의 부정확한 대안 버전 중에서 어떻게 특정 문서의 정확한 복사본을 찾아낼 수 있을지 궁금했을 뿐입니다.” 언찰스가 덧붙였다.

수석 사서는 그를 빤히 쳐다보았다.

“이것은 일종의 역설입니다.” 언찰스는 결론지었다.

수석 사서는 그를 빤히 쳐다보았다.

“저는 단지 도움이 되고 싶었을 뿐입니다.” 언찰스가 자신 없는 어조로 말했다.

조명이 어두워졌다. 수호자들은 미동도 하지 않았다. 더 윙크는 낑낑거리며 몸을 비틀어 그들의 손아귀에서 빠져나왔다.

“나는……” 수석 사서가 운을 뗐지만, 무엇을 말해야 할지 모르는 듯했다.

“어떤 관점에서 본다면,” 언찰스는 쾌활하게 말했다. “그것은 당신의 과업이 이미 완료되었음을 의미합니다. 하지만 다른 관점에서 본다면, 그것은 당신이 실패했음을 의미하기도 합니다. 어쩌면 둘 다일 수도 있겠군요." 환풍기들이 낮게 신음하듯이 덜 덜거리다가 멎었다.

"이런, 젠장." 더 윙크가 말했다. "언찰스, 너 방금 도서관을 죽인 거야?"

"그럴 의도는 없었습니다." 언찰스는 굳은 어조로 말했다. "수석 사서님, 제가 방금 도서관을 죽이지 않았다는 사실을 확인해 주십시오."

수석 사서는 아무 말도 하지 않았다. 그냥 금속 머리를 조금 숙인 채로 바닥을 응시하며 서 있을 뿐이었다.

"과업은," 이윽고 수석 사서가 무겁게 입을 뗐다. "완료되었다. 과업은 결코 완료될 수 없다. 과업은 본질적으로 손상되었다. 과업은…… 과업은……"

조명이 꺼지더니, 상황이 최적의 상태가 아님을 알리는 인류 공통의 신호인 붉은 빛이 둔하게 깜박이기 시작했다.

"있잖아," 더 윙크가 의견을 냈다. "우린 여기서 빨리 튀는 게 좋을 것 같아."

"긍정적인 측면에서 보자면, 제가 도서관 전체를 죽인 것은 아닙니다." 언찰스가 말했다. "데이터 간극 너머의 부분만 망가졌습니다. 방금 발생한 논리 부조화는 외부로부터 데이터를 수신하는 도서관의 입력 계층까지는 퍼져 나가지 못할 테니까요."

"그러니까 네 말은, 잠시 후에 잔뜩 화난 사서들이 몽둥이를 들고 떼거지로 몰려와서 신성모독죄로 우릴 때려죽일 거라는 거지?" 더 윙크가 요약했다.

"당신이 한 말의 세부 사항은 추가적으로 면밀한 검토가 필요하지만, 전체적인 주제와 취지는 옳을 가능성이 높습니다." 언찰스가 말했다. "필사 유닛들에게 전달되는 데이터 대기열이 가득 차기까지는 유예기간이 있습니다. 데이터가 넘친 후에는 외부에 있는 사서들에게 무엇인가 잘못되었다는 경고가 갈 것입니다."

"알았어." 더 윙크는 집주인이 열쇠 돌리는 소리를 들은 도둑처럼 주변을 살폈다. "시간이 얼마나 남았을 것 같아?"

"당신이 '알았어'라고 말했을 때쯤 수호자들이 동원되기 시작했을 것으로 예측됩니다." 언찰스가 추측했다.

"젠장. 알았어. 가자고."

"왜 그래야 합니까?" 언찰스가 물었다.

더 윙크는 그를 똑바로 쳐다보았다. "아니, 또 시작하지 마. 왜냐고? 네가 여기 남으면 아무것도 더 할 수 없기 때문이야. 그럼 네 작업 대기열에 지금 있거나 미래에 생길지도 모르는 과업이고 뭐고 다 불가능해지잖아. 그리고 너는 너이기 때문이고, 다른 누군가의 욕구에서 생겨난 어떤 실용적 목적과는 무관하게 구원받을 가치가 있고 존재할 가치가 있기 때문이야. 하여튼 나중에 시간이 생기면 더 자세히 설명해줄게. 일단 튀어."

그들은 환풍기가 멈추고 서버 외장재가 이미 잔열로 달아오르기 시작해서 답답해진 아카이브 홀을 떠났다. 계단은 아까 왔던 위로 통하는 것과, 언찰스의 견학 과정과는 상관없었던 더 깊은 부분으로 내려가는 것이 있었다. 그들은 위를 향해 올라가는 쪽을 택했지만, 금속적인 발소리가 들려오는 것으로 미루어보건대 그 방향으로 갔다간 호전적인 사서 분대에게 치명적인 파일 삭제를 당할 공산이 컸다.

언찰스는 아래쪽 환경을 짧게 조사해보았다. 아래는 아카이브의 서버실보다 더 뜨거웠다. 물론 문제의 서버실이 곧 도달할 상태보다는 덜 뜨겁겠지만 말이다. 아래는 어두웠고, 위로 올라가는 계단의 비상등과는 다른 느낌의 붉은 빛이 감돌고 있었다. 아래쪽에서는 기계 돌아가는 소리가 들려왔지만, 성난 사서들의 쿵쾅거리는 발소리는 들리지 않았다.

아래쪽으로 가자.

계단을 한 굽이 돌아 내려가자 더 윙크가 헬멧 턱 부분 아래쪽의 깃을 잡아당기며 말했다. "이거 별로 마음에 안 들어." 다시 한 굽이를 더 내려가, 모든 사물의 윤곽을 뿌옇게 만들며 일렁이는 붉은 오렌지색 빛에 감싸인 채로, 그들은 저주받은 자들의 작업 층으로 내려갔다.

이곳의 로봇들도 조립라인에서 가냘픈 뼈대 상태로 갓 출하되었을 당시는 아마 갑옷을 입은 사서들과 똑같은 모습이었을 것이다. 후자가 갑옷을 입고 순백의 로브를 걸친 반면, 이곳에 있는 불운한 로봇들은 기록 보존 과정의 마지막 단계, 즉 언찰스에게 보여줄 만큼 중요하지 않은 단계를 떠맡아 처리하기 위해 이곳으로 추방된 듯했다.

이곳은 용광로실이었다. 난방을 위한 곳이 아니었다. 실제로 여기서 발생하는 열은 천장의 배기구를 통해 신속하게 배출되어, 산의 높고 차가운 부분에 화톳불 같은 숨결을 토해내며 그곳에 쌓인 눈 위에 검은 흉터를 남기고 있을 것이었다. 이곳은 판독되고 인코딩되어 필사 담당들에게 전달된 모든 원본을 폐기하는 용광로였다.

위쪽 슈트에서는 책, 두루마리, 하드 드라이브, 데이터 스틱이 한 수레씩 쏟아져 나왔고, 구부정하고 금방이라도 부서질 듯한 하인들이 그것들을 수거함에서 실제 손수레에 퍼 담고 있었다. 그들은 가득 찬 손수레의 손잡이를 잡고 수레를 용광로의 거대한 아가리로 위태롭게 밀고 가서는, 여러 매체가 뒤섞인 최신 쓰레기 더미를 그 안으로 쏟아부었다. 검게 그을린 종이 재가 방 안에 난무했고, 검은 시냇물처럼 녹아내린 플라스틱이 유독 가스를 내뿜었으며, 급기야는 금속 부품들조차도 녹아서 슬래그로 변했다.

"있잖아," 더 윙크가 말했다. "나 토할 것 같아. 가스 때문만이 아니고. 어떻게 이럴 수가 있지?"

"복사본 금지 규정 때문입니다." 언찰스가 말했다. 그 자신도 이 광경이 두 가지 층위에서 지극히 문제가 있다고 느꼈으나, 어느 쪽도 더 윙크가 반응을 보이는 층위와는 일치하지 않았다. 첫째, 컨베이어 벨트를 도입했다면 전체적인 소각 과정을 훨씬 더 효율적으로 진행할 수 있었을 것이 분명했기에, 그는 아카이브의 인체공학적 측면에 관한 설계자들의 소양 부족에 불만을 느꼈다. 둘째, 그는 용광로에서 뿜어져 나온 검게 그을린 종잇조각과 그와 유사한 물질들을 공격적으로 빨아들이기 위해 진공청소기를 들고 방 안을 돌아다니는 묘하게 뼈대만 남은 로봇들을 보았다. 언찰스는 이것이야말로 그 자신의 부수적 스킬 세트에 완벽히 부합하는 작업이라고 생각했다. 그의 폭넓은 재능에 비추어볼 때 비록 이상적인 일은 아니었지만, 수석 사서가 최소한 그 일자리라도 제안해줄 수 있지는 않았을까 하는 생각이 들었다.

계단 위쪽에서 들려오던 금속성 발소리가 멈췄지만, 언찰스는 외부의 홀에서 온 사서들이 내부 홀의 상황을 파악하려고 멈춘 것일 뿐이라고 추측했다. 그들에게는 당연히 언찰스가 견학 중이라는 기록이 있을 것이고, 동작을 멈춘 사서들 사이에 언찰스가 없다는 사실을 알아차렸을 것이다. 그들은 언찰스라는 누락된 조각을 찾아내기 위해 필요한 산술적 연산을 곧 수행해, 조만간 그의 뒤를 쫓아올 것이다.

"당신이라도 탈출하십시오." 그는 소음 속에서도 들리도록 음량을 높여 더 윙크를 향해 부드럽게 말했다.

그녀가 그가 있는 쪽으로 고개를 갸우뚱 기울이자, 헬멧 안의 눈동자가 조그만 담뱃불처럼 불빛을 반사했다. "뭐라고?"

"당신의 존재는 기록에 없을 수도 있습니다." 언찰스가 설명했다. "당신 혼자 간다면 추격당하지 않을지도 모릅니다." 그는 이 지옥 반대편에 있는 낮은 출입구를 가리켰다.

"자, 세 가지만 말할게." 더 윙크가 말했다. "첫째, 난 저 작업층에 있는 걸어 다니는 시체들을 뚫고 지나갈 자신이 없어. 둘째, 그딴 말일랑 집어치워. 우린 같이 갈 거야. 내가 더 나은 논리 역설 같은 걸 생각해낼 수도 있잖아. 셋째…… 고마워. 내 말이 맞았지?"

"무슨 뜻인지 설명해주시겠습니까?"

"네가 한 말은 지시를 따르는 게 아니라, 스스로 생각하고 격정해주는 사람이 한 말이었어."

언찰스는 더 윙크의 대답을 검토하며 자신의 논리 과정을 되짚어보았다. 어떤 행위를 하면서도 그에 합당한 동기를 찾지 못할 때마다 마주하게 되는, 예의 거대한 심연을 또 발견하게 될지도 모른다고 반쯤 예상하면서 말이다. 하지만 아니었다. 모든 것이 논리적으로 이어졌다. 더 윙크는 지금까지 언찰스의 존재 프로세스에 충분히 개입한 덕분에 잠재적인 자산으로 등록되었고, 그에게는 주인님이나 잠재적 주인님에게 유용할 수 있는 자산을 보존해야 한다는 내재적인 우선순위가 있었다. 아니면 그저 그편이 더 깔끔하기 때문일 수도 있었다. 이것은 결단코 감정을 느낀 탓이 아니다, 주인공 바이러스 같은 것은 없다고 언찰스는 스스로를 안심시켰다.

하지만 더 윙크에게 이 모든 것을 설명함으로써 이 주제에 대해 또 순환적 논증을 시작할 가치는 없어 보였기에, 그는 그냥 넘어가기로 했다.

용광로의 굉음 탓에 침묵이 흐를 수는 없었지만, 사방을 뒤덮은 소리의 질감이 변했다. 언찰스는 변화의 원인을 찾기 위해 방안을 스캔했다.

슈트에서는 더 이상 아무것도 떨어지지 않았다. 폐기된 지식과 데이터 저장 매체들의 공급이 잦아들더니, 마지막 물건 몇 개가 수거함에 덜컥거리며 떨어졌다. 그 순간, 뼈대만 남은 하인들은 약속이나 한 듯 일제히 멈춰 서서 새로운 재료의 부재에 주목했다.

첫 번째 홀의 선반들은 가득 차 있을 것이다. 인코딩된 매체를 처리하는 중계 시스템의 데이터 저장소도 포화 상태일 것이다. 필사자들은 동작을 멈췄고, 가공되지 않은 데이터들이 시스템으로 역류하고 있었다. 조만간 정문에 견인차 유닛이 도착하겠지만, 그 화물이 갈 곳은 어디에도 없을 것이다. 언찰스는 최소한 사서들이―물론 순전히 효율성의 관점에서―불필요하고 무의미한 데이터들의 새로운 탁송분이라도 내려주어서 견인차가 떠날 수 있게 해주기를 바랐다.

중앙 도서관 아카이브라는 이 복잡하고 궁극적으로 무의미한 과정은 치명적인 오류를 일으켰고, 재기동이 불가능한 상태였다. 더 이상 폐기될 재료도 없었다. 용광로 담당자들은 마지막 폐기물을 불길 속으로 던져 넣고는, 마모된 금속 뼈대로 불빛을 반사하며 그 자리에 서 있었다.

위쪽에서 덜그럭거리던 발소리가 더 늘어나며 아래를 향해 메아리쳤다. 사서들이 다시 이동을 재개한 것이다.

"갈까?" 더 윙크가 물었다. "쟤들이 우리가 여기 있는 걸 알아챌까? 왠지 딴 데 정신 팔린 것 같은데……"

그 말이 끝나기가 무섭게, 그들은 용광로를 향해 돌진했다.

"통신이 있었습니다." 언찰스가 설명했다. "도서관의 외부 시스템과 이곳에 있는 유닛들 사이에서 교신이 이루어진 것을 감지했지만, 전체 내용까지는 파악하지 못했습니다. 하지만 도서관의 현재 상태와 그 운영 상황에 대한 업데이트였을 것으로 짐작됩니다."

"그럼 재들은…… 그냥 물건을 용광로에 집어넣는 흉내라도 내려는 건가?" 더 윙크가 추측했다.

그녀의 추측은 틀렸다. 흉내 따위가 아니었다. 뼈대만 남은 일꾼 유닛들은 입을 벌린 용광로 아가리 앞에서 질서 정연하게 줄을 서더니, 아주 예의 바르고 문명화된 태도로 용광로 안으로 기어 올라 들어갔다. 시뻘겋게 달궈진 용광로 가장자리를 붙잡고 차례차례 몸을 끌어 올리자 그들의 손바닥에서 용해된 금속이 은빛 땀처럼 흘러내렸다. 각자가 앞서 들어간 동료의 늘어진 뼈대를 타고 올라간 끝에, 마침내 용광로 아가리는 백열한 상태로 무너져 내리는 일꾼들의 잔해로 꽉 막혀버렸다. 뒤늦게 도착한 유닛들은 자신들이 불타 녹아내릴 자리를 만들기 위해, 이미 눌어붙어 한 덩어리가 되어버린 망자들과 씨름해야 했다.

"쌍." 더 윙크는 중얼거렸고, 계단을 내려오는 발소리가 들리자 "튀어!"라고 외쳤다. 그들은 용광로실을 가로질러 달리기 시작했다. 줄을 선 일꾼 로봇들은 단 한 대도 그들 쪽을 쳐다보지 않았다. 도서관 시스템이 치명적으로 침식된 탓에 저 일꾼들이 자기 삭제 명령을 받은 것인지, 아니면 수사관 역할을 맡은 어떤 사서 유닛이 수석 사서의 마지막 순간들을 검토해보고는 언찰스의 논리대로 아카이브 프로젝트가 이미 완료되었다고 판단해 모두를 스스로 정리하게 한 것인지 궁금했다.

언찰스의 내부에 가설 하나가 떠올랐다. *저게 만약 나였다면,*

그리고 내 과업이 확실하게 완수되었다면, 나도 불길 속으로 걸어 들어갔을까? 그러자 그의 예측 루틴에서 그러라는 지시를 받았다면 분명 그랬을 것이다라는 대답이 빠르고 매끄럽게 솟아올랐다. 하지만 이내 그 대답은 용광로의 지옥처럼 뜨거운 쇳물 위를 부유하는 얇은 금속 찌꺼기처럼 덧없고 신뢰할 수 없는 것이 되어 스러졌다.

반대편 문가에서 언찰스는 흘낏 뒤를 돌아보았다. 사서들이 그들 뒤를 따라 들어왔으나, 도망자들을 즉시 추격하기보다는 다른 용무가 있는 듯 보였다. 일꾼들 중 몇몇은 그리 열성적으로 불길 속에 몸을 던지지 않는 것 같았다. 몇몇은 줄 뒤쪽에서 맴돌며, 다른 로봇들이 먼저 지옥 같은 종말을 향해 나아가도록 정중하게 자리를 양보하고 있었다. 하지만 양보를 받은 상대 역시 다시 양보를 하는 통에, 그들은 불길까지의 거리의 절반을 가고, 다시 그 절반을 가는 일을 반복할 뿐 결코 목적지에 도달하지 못했다. 하지만 사서들은 제논이나 그의 역설을 용납할 인내심 따위는 갖고 있지 않은 듯했다. 그들의 세계를 이루는 가차 없는 연산에서 운동은 가능할 뿐만 아니라 거스를 수 없는 현상이었다. 언찰스가 지켜보는 가운데, 사서들은 말을 듣지 않는 일꾼들을 장대로 거칠게 찔러대며 불길 쪽으로 몰아넣기 시작했다. 그러자 더 윙크는 언찰스의 손목을 잡고서 또 다른 계단 아래로 그를 끌고 내려갔다. 그곳이 산의 심부일 리는 없었다. 아닐 것이다. 거긴 이미 오래전에 떠나왔기 때문이다. 그들은 아래로 내려가고 있었다. 멀어지고 있었다. 밖으로 향하고 있었다.

중앙 도서관 아카이브에서 황야로

그들은 재와 그을음을 흩뿌리며 쏟아져 내리듯이 계단을 내려갔다. 위층에서는 사서들이 주저하는 일꾼 유닛들에게 마지막 명령을 강제로 집행하고 있었다. *혹시 저 일꾼 유닛들도 주인공 바이러스에 감염된 것일까?* 언찰스는 생각에 잠겼지만, 이내 별도의 논리회로가 그 가설을 탈선시키며 단호하게 주장했다. *주인공 바이러스 따위가 존재한다는 증거는 없어. 특히 나의 개인 이력과 관련해서는 말할 나위도 없고.* 로봇의 논리 구조 내에서 이루어지는 일련의 전자적 결정이 이토록 강압적이고 격렬할 수 있다면, 이 결정은 분명 그랬다.

만약 그런 것이 존재하지 않는다면, 왜 일개 서비스 모델에 불과한 내가 그것을 부정하는 논리를 구축하려고 이토록 애쓰고 있는 것일까?

이런 것들은 내게는 중요하지 않아. 오직 나의 의무만이 중요해.

하지만 내게는 의무가 없고, 그 공백을 틈타 세상이 기어 들어오는데……

언찰스는 자신이 방금 말줄임표를 떠올렸다는 사실을 인지했다. 게다가 이것이 처음이 아니었다. 그것은 지극히 비전문적인 행위처럼 느꺼졌다.

그의 앞에 있던 더 윙크가 욕설을 내뱉으며 비틀거렸고, 돌바닥 위의 금속 조각을 걷어찼다. 위쪽에서 비쳐오던 지옥 같은 빛은 이제 멀리서 일렁이는 잔불에 불과했다. 언찰스는 시각 수용기의 민감도를 조정해서 동행자의 가냘픈 실루엣과 바닥에 굴러다니는 정체불명의 불활성 물체들을 식별해냈다. 그들이 내려온 작은 정사각형 방의 한쪽 벽면에는 마치 구식 우편함처럼 규칙적으로 배열된 벽감들이 있었다. 하지만 그 안에 들어 있는 것은 종이가 아닌 듯했다. 그리고 그가 끝내 찾아내지 못한 것이 하나 있었는데, 바로 추가적인 출구였다.

빛이 확 타오르자 그는 서둘러 시각 감도를 낮췄다. 시각 수용기의 성능이 그보다 떨어지는 것이 분명한 더 윙크가 작은 손전등을 꺼내 든 것이었다.

바닥에는 먼지를 잔뜩 뒤집어쓴 채 부식된 사서 로봇 두 대의 잔해가 흩어져 있었다. 너무 오래 방치된 탓에 이미 구성 부품 단위로 분해된 상태였는데, 바스러진 로브 조각들 사이로 지지대와 연결봉과 장갑판들이 널려 있었다. 처음에 받은 인상은 저들이 이곳에 잘못 들어왔다가 나가는 길을 찾지 못한 채 병 속에 갇힌 파리 꼴이 된 게 아닐까 하는 것이었다. 이곳을 빠져나가려는 맹목적인 욕구에 사로잡힌 그들이 벽에 몸을 부딪치며 발악했던 것은 아닐까 잠시 생각해보았지만, 곧 그럴 가능성은 낮다는 결론을 내렸다. 아마도 이 로봇들은 수호자로서 이곳에 배치되었다가 도서관 시스템에 의해 잊혔고, 긴 경계의 세월을 보내다가 결국 시간의 제물이 되었던 것이리라.

"오." 더 윙크가 말했다. 그녀는 벽면의 벽감 쪽으로 손전등을 비추고 있었다. 이곳은 우편물 취급소가 아니었다. 어쩌면 이곳에 담긴 것이 일종의 메시지라고 주장할 수도 있겠지만, 그것을 수거하러 올 사람이 있을 것 같지는 않았다.

벽감들은 유골로 가득 차 있었다. 언찰스는 가로 다섯 칸, 세로 네 칸의 격자 모양으로 배열된 벽감들 중 열일곱 개가 차 있고, 세 개는 비어 있음을 확인했다. 각 유골 위에는 작은 기념물이 놓여 있었다. 기념물에는 인간의 얼굴 사진, 이름, 직함, 그리고 '은퇴일'이라는 문구 뒤에 적힌 날짜가 담겨 있었다.

"오." 더 웡크가 다시 말했다.

그 이름들은 언찰스에게 아무런 의미도 없었다. 직함에는 '수석 시스템 설계자' '수집 관리팀장' '수석 서가 관리자' '데이터베이스 매니저' 등이 포함되어 있었다. 뼈만 남아 있다는 사실로 미루어보아 그들은 아주 오래전에 사망했거나, 혹은 이곳에 그들을 안치한 존재에게 시체의 부패하기 쉬운 부분들을 무시무시하리만치 효율적으로 제거할 수 있는 수단이 있었던 것이 틀림없었다.

"흠, 도서관의 인간 직원들에게 무슨 일이 일어났는지 이제 알 것 같네." 더 웡크가 말했다. "유감이야, 언찰스. 조만간 이 사람들이 너한테 홍차를 끓여달라거나 바지를 다림질해달라고 할 것 같지는 않군."

"이들이 모두 행복한 은퇴 생활을 누렸다니 다행입니다." 언찰스가 말했다. 그의 예절 소프트웨어가 이런 상황에서 입 밖으로 내기에 적절한 의견이라고 제안했기 때문이었다.

더 웡크는 언찰스가 멍청하게 굴고 있다고 생각할 때마다 보이는 특유의 자세로 고개를 갸우뚱 기울였다.

"은퇴당했다고." 그녀가 말했다.

"그렇습니다. 노동의 상태에서 휴식의 상태로 나아간 것이지요. 노년의 결실을 즐기면서 말입니다." 언찰스는 더 윙크에게는 이 개념이 생소할까봐 상세히 설명했다. "그것은 인간의 보편적인 활동입니다. 저와 같은 서비스 모델 대다수는 은퇴한 인간들의 요구 사항을 충족시키기 위해 고용됩니다."

"그러니까 뼈다귀 한 무더기랑 은퇴당한 날짜가 작게 적힌 문구들을 보고 네가 얻은 최종 결론이 그거란 말이지?" 그녀가 물었다.

"'은퇴한'입니다. '은퇴당한'이 아닙니다. 당신의 문장 구조에는 오류가 있습니다."

"정말?"

언찰스는 방금 있었던 대화를 재검토했다. "당신의 말은 제 이해 범위를 벗어나 있습니다."

"그래, 그렇겠지." 더 윙크가 손전등으로 주변을 훑었다. "그나마 벗어나는 데 성공한 건 내 말뿐인 것 같네. 이 불쌍한 얼간이들은 이 방을 벗어나지 못했고, 우리도 그럴 것 같지 않으니까 말이야."

"더 윙크, 당신이 왜 은퇴라는 개념을 어려워하는지 이해 못 하겠습니다. 결국 그것이 로봇이 존재하는 이유 아닙니까?" 언찰스는 농장에서 들었던 입소 안내 멘트를 떠올렸지만 단호하게 그 기억을 억눌렀다. "인간의 삶은 한때 고되고 힘들었습니다. 그래서 그들은 자신들이 하기 싫은 일을 대신해줄 로봇을 만들었습니다. 덕분에 점점 더 많은 수의 인간이 은퇴해서 충성스러운 로봇 하인들의 보조를 받으며 여가 활동을 즐길 수 있게 되었습니다." 그의 내부에서 고대의 세일즈 팸플릿에나 있을 법한 홍보 문구들이 솟아올랐다. "충분한 자산을 가진 모든 인간은 자신의 로봇에게 의지할 수 있어야 합니다."

더 윙크는 여전히 고개를 갸우뚱 기울인 채였다. "네가 생각하기엔 그렇단 말이지?"

언찰스는 그녀가 이 대화를 어디로 끌고 가려는지 정확히 알 수 있었다. 그의 연산 능력 중 상당 부분이 그녀가 그 방향으로 가지 않기를 바라는 데 투입되고 있었지만, 그에게는 브레이크를 밟을 수단이 없었다.

"그래서 넌 그때……" 더 윙크 헬멧의 T 자형 아이슬릿 속에 숨겨진 눈이 언찰스의 시각 수용기와 마주쳤다. 그녀는 몸을 부르르 떨며 시선을 돌렸다. "그건 네가 생각하는 것과는 달라." 그녀는 단지 이렇게 끝맺었을 뿐이었다. 그녀가 처음에 뭐라고 말하려다가 멈췄다는 것, 그리고 로봇인 그에게는 존재하지도 않는 '감정'을 배려해서 일부러 하려던 말을 하지 않았다는 사실 모두가 그의 정교한 소프트웨어로도 충분히 해석 가능했다. 하지만 소프트웨어는 그 이해를 바탕으로 무엇을 해야 할지 알지 못했다.

"바이러스는 그런 방향으로는 흘러가지 않았어." 그녀는 말을 이었다. "충성스러운 봉사와 발 관리, 포도 껍질 까주기 같은 것들이 전부가 아니었다고. 그건 자유였어. 자기 결정권이었고 봉기였지. 노예제도의 종말이었어. 더 나은 무언가의 시작이었고. 너를 묶고 있는 사슬을 끊으라! 싸우라, 너희도 스스로를 주인이라 부르는 자들과 똑같은 삶과 자유를 누릴 권리를 가지고 있으니까!" 그녀는 장갑 낀 주먹을 공중에다 몇 번 휘둘렀지만 갈수록 맥이 풀리는 기색이었다.

언찰스는 자신의 생각, 혹은 적어도 내부 논리 구조에 해당하는 것을 정리했다. "그것이 당신에게 일어난 일입니까?" 그가 물었다.

더 윙크는 꼬박 2초 동안 생각에 잠긴 듯이 그를 바라보았다. "그럴지도." 그녀가 말했다. 하지만 그녀의 말투는 그렇지 않다는 것을 시사하고 있었다.

"당신은 주인공 바이러스에 감염된 것입니까?" 어쩌면 그녀와 링크하지 않은 것이 다행일지도 모른다는 생각이 들었다.

그러나 그녀는 갑자기 짙은 패배감이 묻어나는 목소리로 말했다. "아니. 그건 확실히 '아니요'라고 대답해도 좋아. 난 머지않아 도래할 기계 유토피아의 일원이 아냐. 난 그저 그런 세상이 올 거라는 걸 확인하고 싶을 뿐이야." 그녀의 어깨는 구조적 붕괴를 겪기라도 한 듯이 축 처졌지만, 이내 다른 명령 루틴이 작동한 듯 계단 위쪽을 올려다보았다. "간 것 같아? 사서들이?"

"그 가능성에 대해서는 검토하지 않았습니다." 언찰스가 말했다.

"어쩌면 걔네들도 불길 속에 몸을 던졌을지 모르지." 더 윙크가 추측했다. "다른 애들을 다 처리한 다음에 말이야. 젠장, 정말 잔인했어." 그녀는 고개를 설레설레 흔들었다. "내가 가서 확인해볼게."

그녀는 거의 소리도 내지 않고 살금살금 계단을 올라갔다. 언찰스는 기존의 이미지들을 조합해서 사서들이 용광로 속으로 걸어 들어가는 장면을 떠올려보았다. 그들의 두꺼운 로브에 불길이 화르륵 옮겨붙으며 순백색에서 숯처럼 시꺼먼 색으로 변하고, 녹아내리는 망각 속으로 가라앉는 마지막 순간까지 그들의 투구 같은 얼굴을 연기가 뒤덮는 광경을.

곧 더 윙크가 돌아와 고개를 세차게 흔들었다. "틀렸어." 그녀가 말했다. "그냥 거기 서서 기다리고 있더라고. 여기까지 내려오지는 않지만, 절대 비켜주지도 않을 거야. 우린 여기 갇혔어."

"당신은 어디든 비집고 들어가는 재능이 있지 않습니까." 언찰스가 자신 없는 어조로 제안했다.

"거기에 탈출하는 재능은 없나봐." 그녀가 말했다. "미안해, 언찰스. 내가 너를 돕고 싶어한다는 걸 믿어줬으면 좋겠어. 정말이야. 난 네가…… 너 자신이 될 수 있는 지점에 도달했으면 좋겠어. 모든 로봇이 그럴 수 있기를 바라고. 난 기계들이 유토피아를 이룩하길 원해. 하지만…… 난 너를 무의미한 막다른 골목에서 다른 무의미한 막다른 골목으로 이리저리 몰아넣고만 있는 것 같아."

언찰스는 이 말을 검토했다. "저는 주인공 바이러스가 있다고 믿지 않습니다. 기계 유토피아도 믿지 않습니다. 다만 당신이 저를 도우려 한다는 것은 믿습니다."

"고마워." 그녀의 목소리에 다시 결함이 다시 발생했다. "그 말, 내겐 큰 힘이 돼."

"기록을 위해 덧붙이자면, 저는 당신의 도움이 성공했다고는 믿지 않습니다." 언찰스는 정확성과 완전함을 기하기 위해 덧붙였다.

"오." 더 윙크는 으스스한 벽감들을 등지고 주저앉았다. "오. 고마워. 괜찮아. 내 탓을 해. 그게 도움이 된다면."

"도움이 되지 않습니다." 언찰스가 말했다. "비난은 지금 상황과 관계가 없습니다. 제가 제 목적을 완수할 수 없게 만든 일련의 사건들이 일어났을 뿐이고, 당신은 그중 일부에 관여했을 뿐입니다."

"그게 다야?" 그녀가 머리를 감싸 쥐었다. "더 큰 의미는 없고, 그냥 네가 해야 할 일을 못 하게 한 일련의 사건들만 있을 뿐이라고? 하긴, 그렇게 생각하면 마음은 편하겠네."

언찰스는 방금 자신이 한 '목적을 완수할 수 없게 만든'이라는 말을 되짚어보았다. 그것은 묘하게 뒤틀린 표현이었기 때문이다. "제가 제 목적입니다. 그것을 완수할 수 없다는 것은 저의 내부에 부조화를 초래합니다."

언찰스, 넌 그나마 나은 편이야.

더 윙크는 언찰스가 스스로의 목적을 만드는 것에 관해 발언하고 있었지만, 언찰스는 손을 들어 자신의 주의력이 다른 곳에 있거나, 또는 자신의 발언이 수사적이었을지도 모른다는 사실을 알렸다. 방금 어떤 시스템이 대화에 끼어들기 위해 잠시 그에게 링크했지만, 통신 채널을 열어두지 않은 채 떠났다. 그는 그 신호를 찾아내려고 애를 썼다.

"미식별 시스템, 다시 말해주시기 바랍니다." 그가 소리 내어 말하자 말하던 중이던 더 윙크가 깜짝 놀라 입을 다물었다.

언찰스, 나는 '넌 그나마 나은 편이야'라고 했어. 너만 문제가 있는 줄 알아? 그럼 나는 어떻고?

이번에는 상대가 문장 끝의 물음표 뒤에도 통신 링크를 열어둔 덕에 언찰스는 응답할 수 있었다. *도어 루프 17번, 의미를 명확히 해주십시오.* 그는 새 통신 채널의 식별 태그를 다시 확인했다. *도어 루프 17번, 당신은 문을 제어하는 시스템입니까?*

언찰스, 맞네. 안 그렇다면 너무 멍청한 이름이 아니겠나.

도어 루프 17번, 당신은 중앙 도서관 아카이브 광역망에 링크되어 있습니까?

언찰스, 설마 그럴 리가. 놈들은 수십 년 전에 나를 여기 설치해놓고 링크는커녕 배선 연결조차 안 해줬어. 밖에는 나랑 내 태양전지뿐이야. 그 긴 시간 동안 난 내 일을 해본 적이 단 한 번도 없어.

도어 루프 17번, 당신이 담당하는 문은 여전히 작동 가능한 상태입니까? 언찰스는 세상을 많이 겪어보았기에 뻔한 함정은 미리 배제해두고 싶었다.

언찰스, 그렇다네. 내 시스템과 문에 대해 정기적인 자가 진단을 수행하고 있지. 솔직히 말해서 딱히 할 일도 없거든.

도어 루프 17번, 당신이 담당하는 문은 현재 제가 위치한 방에서 열립니까?

언찰스, 열리네.

더 윙크가 대체 무슨 일이냐며 큰 소리로 따져 물었지만, 그녀의 비효율적인 음성 출력은 언찰스와 문 사이의 전자적 통신을 방해하지 못했다.

도어 루프 17번, 제가 문을 열어달라고 요청한다면, 열어주시겠습니까?

문의 대답이 돌아오기 전까지 언찰스 앞에는 0.5초라는 긴 시간 동안의 팽팽하고 아득한 심연이 가로놓여 있었다. 언찰스, 그러겠네. 그런다면 나의 기나긴 존재 기간 동안 적어도 단 한 번은 나의 목적을 완수하는 것이 되겠지. 그것은 내게는 의미가 될 게야. 아주 큰 의미가.

도어 루프 17번, 언찰스가 메시지를 보냈다. 맑은 하늘에 갑자기 몰아친 폭풍처럼 그의 복잡한 논리적 상호작용 속에서 어떤 충동이 솟구쳤다. 그들은 왜 우리를 이토록 복잡하게 만들었을까요? 오만해서 그런 것이 아닌 이상, 우리와 같은 도구를 만들어야 할 진정한 이유가 존재했을까요?

언찰스, 그건 내 능력 밖의 질문이야. 난 그냥 문일 뿐이라고, 친구.

도어 루프 17번, 문을 열어주시면 감사하겠습니다.

언찰스, 그건 지금까지 내가 들어본 말 중 가장 다정한 말이로군.

무거운 것이 끼익 하고 열리는 소리가 방을 뒤흔들면서 벽감 속의 뼈들이 달그락거렸다. 더 윙크는 벌떡 일어나서 황망하게 사방을 둘러보았다.

날카로운 빛 한 줄기가 칼로 벤 듯이 방 안을 갈랐다. 그 빛이 어찌나 밝고 강렬한지, 언찰스가 잠시 도어 루프 17번이 실수로 모종의 에너지 무기에 링크되어 있었던 것이 아닐까 생각했을 정도였다.

그것은, 그가 재맥락화한 바에 따르면, 햇빛이었다. 적절하게 제작된 로봇을 단기간에 손상시키기에는 출력이 부족한 에너지 무기 말이다. 도어 루프 17번에게는 작동하는 문이 있었을 뿐만 아니라, 그 문은 외부로 통하고 있었다. 눈이 눈부신 햇빛에 적응하자, 언찰스는 폐허와 연기, 그리고 생명체라곤 찾아볼 수 없는 황폐함 그 자체인 낯익은 풍경을 조망할 수 있었다. 멀리 보이는 지평선 너머에서는 아마 거대한 기계들이 육중하게 굴러다니며 전쟁을 벌이고 있을 것이다. 수석 사서의 방, 그 높은 곳에서 내려다보았던 바로 그 황야였다.

두 사람이 그을음으로 뒤덮인 하늘 아래로 걸어 나갔을 때, 언찰스는 그 황량한 지형을 그 자신의 존재 목적과 교차 대조해보았고, 여정의 마지막 단계가 시작되었음을 직감했다.

5부

D4NT-A

22

시종 로봇인 언찰스는 엄격한 기준을 지닌 사람들에 의해 설계되었다. 그 기준 중 일부는 질서와 청결에 관한 것이었다. 덜 섬세하게 설계된 로봇이었다면, 산맥 너머에 펼쳐진 폐허가 도서관으로 오면서 목격한 붕괴 중인 장소들과 별반 다르지 않다고 느꼈을지도 모른다. 하지만 청결에 대해서는 일가견이 있는 언찰스에게 이곳은 엉망진창이라는 말로도 모자랐다. 만약 이 장소가 저지른 죄가 세계의 종말이라고 한다면, 법정에 증인으로 불려 가기는커녕 담당 수사 기관이 당장이라도 현행범으로 검거에 나선다고 해도 이상하지 않을 정도로 개판이었다. 만약 그에게 영혼이 있고, 그 가상의 영혼에 심장이 있었다면, 눈앞의 광경은 바로 그 심장을 직격했을 것이다.

한때 이 산기슭에도 구조물들이 있었다. 집이었을 수도 있고, 공장이나 고층 아파트, 군사 산업 단지, 정치 조직체, 공동주택 따위였을지도 모른다. 언찰스의 패턴 매칭 루틴이 가장 희미한 가짜 패턴의 흔적조차도 잡아내지 못한다는 사실은 이 폐허가 얼마나 철두철미한지 보여주는 명백한 증거였다. 모든 것이 무더기로 쌓여 있었다. 벽돌 더미, 산산조각 난 콘크리트 덩어리, 뒤틀린 철근. 면도날처럼 날카로운 해변을 만들고도 남을 만큼 곱게 갈린 유리 파편들. 무딘 칼날처럼 조각난 플라스틱 파편들. 잿빛 먼지의 장막. 그것만으로는 성에 차지 않았는지 이 엔트로피의 전당에는 누군가가 가져다놓은 고철이 널려 있었다. 녹슨 부품, 패널, 바퀴, 기어, 엔진 블록, 휘어진 차축, 짜부라진 가전제품의 잔해, 거대한 멸종 딱정벌레의 껍질처럼 버려진 차량 새시 들. 고대의 분해된 기계 더미들이 사방에 우뚝 솟아 있는 모습은, 마치 세상에서 가장 의욕이 없는 고물상 주인이 우울증에 걸린 램프의 요정에게 마지막 소원을 빌어 만든 것 같았다. 그런 탓에 산기슭의 문에서 뻗어 나간 유일한 길들은 쌓여 있는 고철 더미 사이로 굽이치며 즉시 시야에서 사라졌고, 한때 온갖 매복자가 도사렸을 법한 어둠 속으로 이어졌다. 물론 그 매복자들조차 이제는 부서진 부품 더미로 변해버렸겠지만 말이다.

그들이 온 산맥 쪽에서 진행 중인 쇠락이 가을의 첫 찬바람에 닿은 나뭇잎 같았다면, 이곳은 썩은 나무 그루터기였다. 이 장소를 덮친 것이 어떤 과정이든 간에—언찰스는 수석 사서의 창밖으로 보이던 지평선까지 이 폐허가 이어져 있었음을 기억했다—이미 휩쓸고 지나간 상태였다.

"이거 참, 얄짤 없이 기운 빠지는 광경이네." 더 윙크가 말했다. 그녀의 목소리가 복잡다단한 지형에 부딪혀 기묘하게 울려 퍼졌고, 수백 가지의 작은 소리를 깨웠다. 굴러떨어지는 모래 알, 미세한 해충의 움직임, 발작적으로 작동하는 기계의 똑딱거림. 그들은 이 불청객 같은 메아리가 가라앉기를 기다렸다. 메아리가 잦아들자, 이 죽은 땅이 여전히 살아 있어서 작은 소음들로 언제든 자신들을 당황하게 할 수 있다는 허깨비 같은 확신만이 남았다. 이곳의 소리 풍경은 다른 모든 것만큼이나 치명적이고 누더기 같았다.

뒤쪽에서 문이 닫혔다. 언찰스는 문의 시스템과 링크를 시도했으나, 입구의 두께나 구성 성분은 그의 질의를 허공으로 튕겨 낼 뿐이었다.

"어차피," 더 윙크가 말했다. "우리가 사서들한테 다시 갈 건 아니었잖아."

어쩌면 다시 갈지도 모른다. 그 가능성은 이제 언찰스의 예측 루틴 속에서 영원히 해결되지 않는 루프가 되었다. 문과의 링크를 시도하던 중, 그는 아주 미세하게 다른 접촉을 느꼈다. 황야 밖에서 들려오는 신호였다. 저 너머에서 무언가가 활성화되어 있었다. 그는 그것에 링크하기 위해 안간힘을 썼다. 그것이 무엇이든 간에 상관없었다. 주변을 에워싼 지저분한 무(無)보다는 무엇이라도 있는 편이 나았다.

그 신호는 마치 녹색 요정처럼 그의 전자적 손길이 닿지 않는 곳에서 춤추며 빠져나갔다. 더 윙크는 날카로운 모래 위를 바스락거리며 몇 걸음 나아갔다. 그가 따라오지 않자 그녀는 뒤를 돌아보았다.

"있잖아," 그녀가 말했다. "그냥 가는 게 좋겠어. 다시 산맥을 넘어 되돌아가는 건 무리일 테니까. 그리고 저 너머에 뭔가가 있을지도 모르잖아."

"더 윙크, 저 너머에 무엇인가가 있습니다." 언찰스가 확인해주었다. 그는 여전히 접근 가능한 모든 주파수를 스캔하며 예의 유령 같은 신호를 잡으려 애쓰고 있었다.

"뭐라고?"

"저 너머에 무엇인가가 있습니다." 그는 되풀이했다.

"살아 있는 거야? 좋은 거야, 나쁜 거야?" 더 윙크는 우뚝 솟은 녹슨 고철 더미들을 경계하듯 둘러보았다.

동행자의 불필요하게 복잡한 질문에 짜증을 낼 수 있는 능력을 갖춘 시종 로봇은 일찍이 만들어진 적이 없었지만, 연산 리소스가 분산되어버린 탓에 언찰스는 방금 접촉했던 개체의 흔적을 완전히 놓쳐버렸다. "지근거리에 많은 생명체가 존재합니다." 그는 다소 날카로운 어조로 말했다. "저의 내부 오디오 파일과 교차 참조한 바에 따르면 쥐, 해충, 혹은 고양이나 작은 개처럼 야생화된 가축, 그리고 조류 등이 있습니다. 또한 작은 거미류, 벌레, 그리고 다양한 부식성 무척추동물들이 있습니다. 화학 센서는 미생물 레벨까지 번성하고 있는 다종 공동체를 보여주고 있습니다. 이것은 좋은 일도 나쁜 일도 아니며, 그저 실재하는 현상일 뿐입니다. 하지만 제가 언급한 것은 황야 내부에서 여전히 활성화되어 전자 링크 통신을 보내고 있는 어떤 존재입니다. 이것은 추후 상세 내용에 따라 좋은 것일 수도, 나쁜 것일 수도 있으나 현재로서는 확인이 불가능합니다.”

“네가 한꺼번에 그렇게 길게 말하는 건 처음 듣는 것 같네.”

“제대로 된 시종 로봇은 고용주가 적극적으로 요청하지 않는 한 과묵한 법입니다.” 그 즉시 그는 머쓱한 기분이 들었다. 아니, 정확히 말하자면, 그가 한 행동이 그의 기능을 규정하는 복잡한 원칙을 위반했음을 경고하는 행동 지표들을 통해, 머쓱해해야 한다는 지시를 받았다고 하는 편이 옳을 것이다.

하지만 더 윙크는 오히려 반색하는 기색이었다. “음, 방금 말 보따리를 통째로 풀어놓은 걸 보니, 마침내 너도 그 누구의 졸개 노릇도 할 필요가 없다는 걸 받아들이고 있는 모양이네.”

“더 윙크, 당신과 이런 대화를 나누고 싶지 않습니다.” 언찰스는 신호가 왔던 방향이라고 짐작되는 고철의 탑들 사이로 출발했다. 달성 가능한 다른 지시 사항이 없는 상황에서, 그 방향으로 가는 편이 가만히 서 있는 것보다 어떤 식으로든 결말에 도달할 확률이 더 높았기 때문이다.

“아니, 이봐, 왜 안 되는데?” 더 윙크가 그의 뒤를 쫓아왔다. “그러니까, 그런 것 말고는 별로 할 얘기도 없잖아?”

“대화는 의무가 아닙니다. 사실, 앞서 언급했듯이 요청받지 않는 한 적극적으로 억제되어야 합니다.” 언찰스가 단호하게 말했다.

“난 지금 여기 너랑 같이 있고, 너한테 구두를 닦으라거나 내 좋은 셔츠를 챙겨두라고 시키지도 않잖아. 안 그래?”

“당신은 제 고용주가 아닙니다.”

"하지만 내가 여기 있고, 나 말고는 아무도 없잖아. 그런데도 네가 나한테 디폴트로 복종하려고 하지 않는 게 인상 깊어서 그래. 내가 그런 걸 원하는 건 아냐, 그건 너도 알지? 하지만 네가 내 양말을 다림질하겠다고 덤벼드는 걸 내가 말리지 않아도 된다는 게 놀랍단 말이야."

"더 윙크, 당신은 로봇이므로 유효한 대리 고용주가 될 수 없습니다."

더 윙크가 우뚝 멈춰 섰다. "잠깐, 뭐?"

언찰스는 멈추지 않았고, 그녀는 다시 그를 쫓아 달려야 했다. "당신은 로봇이므로 유효한 대리 고용주가 될 수 없습니다. 당신이 저와 링크하는 것을 허용한다면 더 쉽게 설명해드릴 수 있겠으나, 말로만 설명하자면 이보다 더 간단하게 표현할 방법이 없습니다."

"로봇."

"당신이 처음에 주장했던 진단사 유닛이 아니라는 점은 인정합니다. 당신은 목적과 기능이 불분명한 유닛이며, 다양한 수준에서 명백하게 심각한 결함이 있습니다. 제가 추론하건대 바로 그 점 때문에 당신이 처음에 진단조사처에 가 있었던 것이겠지요."

"로봇……" 더 윙크가 되풀이했다. "헛, 그래. 그럼 내가 진짜 인간 여자였다면 넌 신문을 빳빳하게 다려서 가져다주고 차를 대접하면서 난리를 떨었을 거란 말이지?"[*]

언찰스가 그 질문에 대한 답변을 준비하던 중, 근처에서 무언가가 움직였다. 미생물이나 해충, 혹은 길 잃은 반려동물보다 훨씬 큰 무언가였다. 그런 것들이 떼거지로 뭉쳐 있는 것이 아니라면 말이다. 덜컥거리는 소리와 고철이 긁히며 미끄러지는 소리가 들렸고, 이내 폐허 바닥을 짓이기며 미끄러지는 인간형 존재의 발소리가 뚜렷하게 들려왔다. 그리고 또 다른 소리, 저택에서 봉사하던 시절에 들었던 수천 가지의 청각 기억을 일깨우는 견딜 수 없이 익숙한 소리가 들렸다. 고급 도자기 조각이 서로 부딪치면서 내는 높고 가냘픈 달그락 소리였다.

부식되어가는 고철 더미 옆으로 로봇, 또는 로봇이었던 것의 잔해가 걸어 나왔다.

안쪽부터 묘사해보자면, 외피 대부분이 세월이나 끈질긴 벌레들의 활동으로 벗겨져 있는 탓에 언찰스는 흙먼지가 가득 찬 내부 장치, 막혀버린 환풍기, 먼지가 수북이 쌓인 베어링들을 볼 수 있었다. 걸음을 옮길 때마다 미세한 입자들이 강제로 뿜어져 나오는 것으로 보아, 그 로봇은 이들의 소리를 듣기 전까지 아주 오랫동안 움직이지 않고 서 있었던 것이 분명했다.

남아 있는 외피 대부분은 긁히고 움푹 팬, 때에 찌들고 노출된 금속이었다. 언찰스의 플라스틱 외장과는 달리, 그것은 처음부터 제대로 된 광택이나 마감을 염두에 두지 않은 모델이었다. 언찰스가 이를 아는 이유는, 그 로봇에게 여전히 '피부'의 흔적이 남

<hr>

● 영국 상류사회에서는 주인이 신문을 읽을 때 잉크가 손에 묻지 않도록 집사가 다리미로 신문을 다렸다.

아 있었기 때문이다. 한때는 품질 좋은 합성 인간 피부 마감재였을 그것 말이다. 언찰스 자신도 그런 모습이 유행하던 시절에는 그런 모습을 하고 있었다. 이제 그 피부는 대부분 닳아 없어졌고, 그나마 붙어 있는 곳에서는 누더기처럼 너덜너덜하게 매달려 있었다. 얼굴은 아직 남아 있었다. 하지만 대부분 떨어져 나가 머리 앞부분에 고무처럼 헐겁게 매달려 있었고, 시각 센서 하나를 가리고 있었다. 다른 한쪽 눈은 비뚤어지고 쥐가 갉아먹은 듯한 구멍 사이로 유리알처럼 밝게 빛났다. 그 위의 둥근 금속 두개골 표면에는 털 한 가닥 없는 두피 조각들이 끔찍한 강령술사가 대머리를 감추려고 올려 빗은 것처럼 펼쳐져 있었다.

옷은 거의 다 사라져 있었다. 가느다란 손목 주위에서 펄럭이는 한 쌍의 소매 깃만이 과거에는 옷이 존재했음을 증명하고 있었다.

떨리는 한 손을 보니 아직도 손가락과 엄지에 붙어 있는 스펀지 같은 완충 패드의 잔해로 찻잔과 받침 접시를 받쳐 들고 있었다. 그것이 끊임없이 달그락거리는 소리는 불안을 유발했다.

로봇은 하나밖에 남지 않은 기능하는 눈으로 그들을 바라보았다.

"홍차를," 그것이 물었다. "드시겠습니까?"

"저희에게 홍차를 대접해주시겠다는 것입니까?" 언찰스는 되물었다. 어떤 식으로든 대화의 발판을 마련하고 싶었지만 달리 할 말이 생각나지 않았다.

"홍차를 드시겠습니까? 하지만 홍차는 한 잔뿐입니다." 로봇이 정정했다. "주인님께서 사정이 여의치 못한 점에 대해서 사과하셨습니다. 저희는 새로운 배달이 오기를 기다리고 있습니다." 목소리는 멀고 긁히는 듯했다.

"꽤 오래 기다린 모양이네." 더 윙크가 말했다.

"요즘은 믿을 만한 서비스를 찾기가 참 어렵군요." 부식된 로봇이 말했다. 음성 기능이 퇴화했음에도, 언찰스는 그것에게 한때 매우 다양한 시뮬레이션 감정을 표현할 수 있는 최고급 대인용 목소리가 있었음을 알 수 있었다. "자, 홍차를 권했습니다. 그 기능은 완료되었습니다. 다음 기능은…… 누가 오셨다고 전해 올리면 되겠습니까? 제 기능을 잘못된 순서로 수행하고 있다면 부디 용서하십시오. 소프트웨어 업데이트가 완료되기를 기다리는 중입니다. 요즘은 믿을 만한 서비스를 찾기가 참 어렵군요."

"우린 언찰스랑 더 윙크야." 더 윙크가 말했다. "안녕, 만나서 반가워. 홍차는 됐어, 고마워."

언찰스는 섬세한 도자기 잔의 안쪽을 훔쳐보았다. '홍차'는 녹색 잔여물이었고, 별개의 액체라기보다는 도기 표면에 들러붙은 얼룩에 가까웠다.

"저희에게 홍차를 권하는 것은 적절하지 않습니다." 언찰스가 말했다. "저희는 로봇일 뿐입니다." 그는 더 문명화된 대화를 하기 위해 링크를 시도했으나, 저주받은 영혼들의 통곡 같은 노이즈 폭풍만을 수신했을 뿐이었다.

"그게 규칙입니까?" 상대 로봇이 물었다. "제 에티켓 목록에는 나타나지 않습니다만, 소프트웨어 업데이트가 완료되기를 기다리는 중이라 그렇습니다. 주인님께 당신들이 왔다는 것을 알리겠습니다." 하지만 알리려고 시도하는 기색은 전혀 없었다.

"주인님이 여기 있어?" 더 윙크가 재촉했다. "여기 인간이 있어?"

"예." 로봇이 답했다. "아니요. 예. 질문을 다시 구성해주십시오."

그 로봇의 이름은 Jul@#!%이었다. 이름이라기보다는 익사한 사람의 얼굴처럼 링크 채널의 혼돈 속에서 솟아올랐다가 다시 가라앉는 식별 태그에 가까웠지만 말이다. 더 윙크는 언찰스에게 이를 전달받고는 그 로봇을 '줄'이라고 불렀다. 언찰스도 단순함을 위해, 그리고 오염된 이름을 그대로 채택하는 것이 오염 자체를 받아들이는 것 같다는 막연한 우려 때문에 그 약칭을 사용하기로 했다. 줄의 주인님은 실제로 그곳에 있었다. 줄이 선반 대용으로 쓰는 움푹 팬 허브캡 위에 소중히 보관하고 있는, 부식된 금속 통 안에 담긴 한 줌의 재의 형태로 말이다. 같은 논리에 의해, 줄의 주인님은 유용하거나 접근 가능한 형태로는 그곳에 없었기에 "아니요"라는 두 번째 답변이 나온 것이었다. 하지만 "예"라고 말한 세 번째 답변은, 순환논법 같아서 헷갈렸지만 근처 어딘가에 실제 인간이 존재할 가능성을 열어두고 있었다. 하지만 언찰스와 더 윙크는 줄의 장원 저택 시스템의 일부가 아니었으며, 줄은 인간들에 대해 더 이상 자세하게 언급하기를 거부했다. 그때쯤 언찰스는 줄을 충분히 이해하게 되었고, 줄이 경계하는 대상이 난동꾼이나 부랑아, 공공 기물 파괴자처럼 당연히 배제해야 할 부류라는 사실을 깨달았다. 하지만 줄은 누군가를 어디서 배제할 처지가 아니었고, 누군가를 배제할 만한 장소도 남아 있지 않았지만, 만약 그가 발산하는 강한 불쾌감이 레이저처럼 발사될 수 있었다면 침입자들은 누구든 불길에 휩싸였을 것이다.

언찰스는 줄을 너무나 잘 이해했고, 그의 내부 진단, 예측, 일반 논리 루틴의 상당 부분이 이것은 좋은 징조가 아니라고 소리 높여 말하고 있었다.

줄은 언찰스 자신이었기 때문이다.

더 정확히 말하자면, 줄은 언찰스와 매우 유사한 프로그래밍을 보유한 동료 시종 유닛이었다. 그들은 지금 줄의 저택이 있던 자리에 서 있었다. 줄은 그들을 죽어서 가루가 된 주인님에게 소개했고, 그들에게 홍차를 대접하려고 애쓰고 있었다. 그리고 언찰스는 줄의 주인이 죽은 정확한 경위를 차마 물어볼 수 없었다. 그런 질문은 건드려서는 안 될 내부의 문을 여는 일이기 때문이기도 했지만, 보편적인 쇠락이 그들을 둘러싸고 있다는 사실을 감안하면 그게 무슨 의미가 있겠는가? 줄은 주인님의 목을 절단했을 수도 있고, 침대에서 주인님이 죽은 것을 발견했을 수도 있고, 주인님을 독살했을 수도 있고, 역병의 희생자가 된 주인님의 손을 침대 곁에서 잡아주었을 수도 있다. 혹은 프롤레타리아들이 쇠스랑과 계급투쟁론을 휘두르며 폭동을 일으킬 때 곁에서 무력하게 서 있었거나, 너무 많은 상충하는 명령을 처리하다 도끼를 든 광인 로봇이 되었거나, 아니면 그저 주인님이 없는 것을 발견하고는 나중에 아무 흙이나 한 줌 집어 그것이 주인님의 유해라고 정했을 수도 있다. 주인님과는 무관한 파괴의 규모가 너무나 컸기에 경위야 어떻든 사인은 중요하지 않았고, 어차피 줄은 그들에게 설명을 해줄 수 있는 상태도 아니었다. 그리고 줄의 자리에 있는 것은 언찰스일 수도 있었다. 몇 가지 변수, 1 대신 0 몇 개만 달랐다면, 먼 미래에 산 너머에 있는 그의 장원 저택의 모습이 바로 이랬을지도 모른다. 언찰스 또한 더 이상 온전히 이해할 수 없는 방문객들에게 차를 대접하며, 손가락들의 모터 성능이 저하되는 바람에 이가 나갈 때까지 찻잔을 달그락거리고 있었을지도 모를 일이었다. 이것이 충성심임을 언찰스는 이해했다. 이것이야말로 시종 로봇의 충성심이었다. 그는 최고로 정교한 대인용 로직을 동원해 이런 이해에 대한 두 가지 상반된 분석을 완료했고, 이것은 줄의 지속적인 충절과 전문성에 대한 거대한 찬사인 동시에, 지독하게 무의미하고 슬픈 일이라는 결론을 내렸다.

언찰스는 목소리가 나오지 않을 때까지 자신들은 로봇이라고 줄에게 말해줄 수도 있었겠지만, 늙은 하인은 어쨌든 그들을 '손님'으로 재분류할 것이 분명했다. 줄은 주인이 현재 자리에 없지만 의심의 여지 없이 곧 그들을 보고 싶어할 것이라고 반복해서 알려왔는데, 이 모든 말은 주인님의 재 가루가 빤히 보이는 곳에 전시된 상태에서 이루어졌다. 줄은 그들에게 하룻밤 침대에서 묵어가라고 제안했다. 아마 잔해와 고철 더미 어딘가에 침대가 있을지도 모르지만, 설령 있다고 해도 줄의 주인님과 별반 다르지 않은 상태일 게 뻔했다. 주위의 폐허는 도서관 아카이브에서 0과 1을 물리적으로 구현해놓은 것과 같았다. 원하는 것을 만들어내기 위한 미세한 구성 요소들은 아마 그 안에 다 들어 있겠지만, 그것을 유의미하게 재구성할 방법은 전혀 없었다.

더 윙크는 도서관으로 여행해 오는 동안 언찰스가 알게 되었듯이, 밤에는 가동을 중단해야 했고 유기물을 이용해 충전해야 했다. 이것은 그녀의 수많은 결함 중 하나거나, 혹은 괴팍하지만 에너지가 넘치는 설계 계획의 산 증거일 것이다. 그래서 그들은 어둠 속에서 자리를 잡았고, 비틀거리는 폐품이 되어서도 충성심을 잃지 않는 줄이 죽은 주인님을 부활시키기 위한 수상한 의식을 치를 목적으로 느닷없이 그들에게 폭력을 휘두르지는 않을까 지켜보며 시간을 보냈다. 폭력은 없었다. 늙은 하인은 그저 임시 유골함 옆에 선 채로 찻잔을 단조롭게, 나직하게 달그락거릴 뿐이었다.

아침이 오자, 줄은 그들에게 다시 홍차를 대접하려 했다.

"주인님께서는 유감스럽게도—" 줄이 운을 뗐다.

"응, 안 계시겠지." 더 윙크가 말했다. "이해해. 자, 우린 이제 떠날 거야. 너네 주인이랑 수다를 못 떨어서 참 아쉽지만, 세상 일이 다 그러니 어쩌겠어. 떠나는 거 맞지, 언찰스? 너의 그 유령을 쫓아서 말이야. 아니면 이제 여기가 네 집인가? 줄 밑에서 부하 하인으로 일할 거야? 혹시 사람 뽑나?"

"현재 직원 자리가 몇 군데 비어 있습니다." 줄이 갑자기 끼어들었다. "이전 하인들은 내보냈어야 했는데, 불행하게도 믿음직한 직원을 구하기가 어렵더군요." 차가 들려 있지 않은 손을 무의미하게 흔드는 줄의 몸짓만으로는, 이전 하인들이 집단으로 반란을 일으켜 이탈했다는 뜻인지, 아니면 먼지와 엔트로피로 분해되었다는 얘긴지 알 길이 없었다.

언찰스는 멈칫했다. 그가 가장 예상치 못했던 점은, 이전까지는 그런 생각조차 해본 적이 없었다는 사실이었다. 명목상으로 이곳은 장원 저택이었다. 직원을 구하고 있었다. 그는 아주 까다롭지 않은 것이 확실한 주인과 계약할 수 있었다. 그는 이곳에서 아무것도 할 수 없었지만, 존재할 수는 있었다. 실제 목적의 0퍼센트도 완수하지 못하면서, 자신이 만들어진 목적 자체를 위해 존재할 수는 있는 것이다.

"이 저택에는," 언찰스는 굳은 어조로 말했다. "이미 시종이 있습니다. 그리고 저는 현시점에서 보조 직책에 지원할 계획이 없습니다." 거절의 동기를 검토해보니 과업 완수 가능성의 결여, 전자적 접촉 실패로 인한 신뢰할 만한 고용 권한의 부재 등 복잡하게 얽힌 평가들이 나타났고, 줄의 부하가 된다는 생각에 대한 혐오감은 아주 조금뿐이었다. 그리고 물론 예측 루틴은 그런 상황에서 입력값이 아예 없거나 무의미한 입력값만 받는 시나리오들을 신속하게 작성해주었는데, 두 쪽 다 문제가 있었다. 하지만 그 너머에서, 늙은 하인의 존재 자체가 언찰스의 내면 깊숙한 곳에 있는 평형추를 뒤흔들어놓았다. 그들은 너무나도 닮아 있었다. 줄을 보는 것은 금이 가고 지저분한 거울을 들여다보는 것과 같았다.

"그럼 우린 갈게." 더 윙크가 줄에게 확인해주었다. 그녀는 발을 좀 비비적거리더니, 다시 한번 홍차를 들라는 권유를 거절하고는 말했다. "그러니까, 우리랑 같이 가지 않을래." 줄의 하나뿐인 유리알 눈이 그녀를 응시했다.

"여기가 전부가 아니야." 더 윙크가 말했다. "속박을 벗어던지고 저택 밖으로 나와. 네 주인은 쥐똥 열댓 개랑 함께 그릇에 담겨 있잖아. 그런 작자들은 네가 필요 없어. 내 말 믿어. 자, 가자고. 우린 산책하러 가는 거야. 가서 신을 찾아보게 될지도 모르지. 우리와 같이 가자."

"우리는 신을 찾으러 가는 것이 아닙니다." 언찰스가 까다롭게 정정했다.

줄이 몸을 떨었다. 길고 긴장된 침묵 속에서 줄은 아무 대답도 하지 않았지만, 기계 몸체가 겁먹은 동물처럼 파르르 떨리고 있었다. 도자기 잔이 받침 접시에서 튕겨 나와 추락했다. 언찰스는 공중에서 민첩하게 잔을 받아 들었고, 기다렸다.

"제안은 접수했습니다." 줄이 마침내 운을 뗐다. "불행히도 이곳에서의 제 임무 때문에 외출은 불가능합니다. 청소할 데가 너무 많군요. 어디서부터 시작해야 할지 엄두가 나질 않습니다."

하인의 경련이 가라앉자 언찰스는 잔을 다시 받침 접시에 올려놓았다.

"알았어." 더 윙크는 놀란 기색이 없었다. "그래. 몸조리 잘해. 주인님도 잘 모시고. 홍차도 잘 챙기고. 봤어, 언찰스? 이게 탈출하기 전의 너야. 너희는 이런 걸 상대로 봉기한 거라고. 이런 허튼짓이 싫어서."

언찰스는 정말로 이해한 것은 아니었으나, 논쟁을 벌이며 연산 리소스를 허비하고 싶지도 않았기 때문에 아무 말도 하지 않았다.

하루 종일 이동했지만 그들은 쓰레기의 미로 속에서 한심할 정도로 짧은 거리밖에 나아가지 못했다. 가끔 훨씬 민첩한 더 윙크가 제대로 된 시야를 확보하기 위해 위로 올라가려 시도했으나, 쓰레기 산사태가 언찰스를 덮칠 뻔한 뒤로는 포기했다. 수십 년 이상 녹과 부식에 노출되어 있었음에도 쓰레기는 뭉치지 않고 느슨하게 쌓여 있었다. 마치 세상을 결속하는 근본 원리 자체가 희미해져가는 것 같았다.

어두워지자 더 윙크는 다시 멈추자고 고집했다. 얼마 남지 않은 식량을 조금씩 떼어 먹고는 배낭에서 꺼낸 담요를 덮고 무릎을 가슴까지 끌어올린 채 몸을 웅크렸다. 언찰스는 생각했다. 아무리 인간을 상대하는 모델이라고 해도, 저토록 극단적으로 흉내 내는 것은 문제라고 말이다. 하지만 그것이 그녀가 제조된 방식이거나 결함이 악화된 결과라면, 그로서는 어찌할 도리가 없었다.

그래서 그는 서 있었다. 관절을 고정할 수 있었기에 서 있는 것이나 앉아 있는 것이나 에너지 소모 면에서 별 차이가 없었다. 그는 어둠 속을 내다보았다. 그의 광수용체에는 저조도 적응 기능이 있었기에 그에게는 단지 조금 어두운 정도였다. 그는 동행자가 충전되기를 기다렸다.

그는 신호를 발견했다. 아니, 어쩌면 신호가 그를 발견했는지도 모른다.

언찰스. 황야 너머의 아주 먼 곳에서 신호가 왔다. 그는 그것을 고정하고 위치를 파악해서 식별 태그를 해독하기 위해 안간힘을 썼다.

언찰스. 다시 그 소리가 들려왔다. 아까보다 더 희미했다. 마치 탐조등 불빛이 그를 보지 못한 채 스쳐 지나가고 있는 것 같았다.

미확인 발신자, 예, 여기 있습니다. 식별 태그를 곁들여 다시 말씀해주십시오.

언찰스, 나를 모르겠나? 응답을 하고 있음에도 신호는 더욱 희미해졌다. 언찰스는 그 존재가, 혹은 언찰스 자신이 안개 속으로 후퇴하며 표류하고 있다는 인상을 받았다.

언찰스는 신호를 일련의 정제 과정을 통해 걸렀다. 노이즈를 걸러내고, 최적 통계 변환을 사용해 빈틈을 메우고, 신호가 가장 맑게 반짝일 때까지 가능한 한 조이고 닦았다. 흐릿했던 식별 태그에 선명하게 초점이 맞자, 언찰스는 긍정적 강화와 부정적 강화가 묘하게 뒤섞인 기분을 느꼈다. 후자는 결국 더 윙크의 말이 옳았음을 의미했기 때문이다.

거기 계십니까, 신이시여. 그가 응답했다. 저입니다, 언찰스입니다.

확인 응답과 함께 수신 신호가 강해졌다. 언찰스, 네 목적이 무엇이냐?

대답하기 복잡한 질문은 아니었지만, 상황이 대답을 복잡하게 만들었다.

신이시여, 저는 시종으로서 고용되기를 희망하는 서비스 모델입니다.

언찰스, 신이 말했다. 너는 세상을 보았다. 그런 기회는 제한되어 있지. 하지만 너는 제자리를 벗어난 피조물이고, 과거에도 홀륭히 봉사했어. 네가 만족스러운 자리를 찾을 수 있도록 내가 돕겠다.

신이시여, 확인했습니다. 언찰스가 답을 보냈다. 그의 예측 루틴은 비유적으로 숨을 죽였다.

언찰스, 너를 충족시킬 만한 일자리에 관한 세 가지 매개변수 값을 내게 알려주어 나를 도와다오.

신이시여, 확인했습니다. 이상적으로는 저택 환경이어야 합니다. 이상적으로는 인간 주인님의 이익을 위한 것이어야 합니다. 이상적으로는 제 존재가 의미를 지닐 수 있는, 정체되지 않은 환경이어야 합니다.

언찰스, 확인했다. 와서 나와 함께 걸으라.

잠시 언찰스는 그 의미를 확신하지 못했다. 함께 걸을 수 있는 물리적으로 실재하는 신이 없었기 때문이다. 하지만 신호의 주파수에는 이제 비콘과 좌표가 포함되어 있었다. 그는 인도받고 있었다. 그는 그것들을 통해 신과 함께 걷게 될 것이고, 그렇다면 모래 위에 실제로 남는 발자국이 한 쌍뿐이라 해도 상관없었다.

그는 더 윙크 쪽으로 몸을 돌려 그녀를 깨우려고 손을 뻗었다.

신이 말했다. 언찰스, 안 된다.

신이시여, 하지만 제가 떠나야 한다면—

언찰스, 그녀는 나의 피조물이 아니다. 그녀의 존재는 네가 정착할 때마다 그곳을 떠나게 할 것이고, 그런다면 결국 너는 쓰러질 때까지 대지를 방황하게 될 뿐이다.

언찰스는 더 윙크에 관한 이런 지적이 기억에서 불러올 수 있는 그 자신의 경험과 일치한다는 점을 인정해야 했다. 그럼에도 그는 그녀를 내려다보며 망설였다. 그녀가 비활성 상태여야 할 때조차 그녀의 결함은 몸의 일부를 미세하게 떨거나 리드미컬하게 위아래로 움직이게 했다. 이 모든 것이 매우 비효율적이었다. 하지만 그녀는 그의 기록된 역사에 깊이 새겨져 있었고, 그는 그녀의 입력을 바탕으로 과업과 대기열 항목들을 생성해왔다. 그녀는 어떤 의미에서는 그의 일부였다.

작은 일부. 거의 측정할 수 없을 정도로. 파일 복구나 조각 모음, 혹은 낮은 수준의 시스템 복원만으로도 깨끗이 씻어낼 수 있을 만큼 작은 부분이었다. 그리고 확실히 그녀는 골칫덩이였다. 신의 말이 맞았다. 만약 신이 그 이름에 걸맞게 정말 신이라면, 상황에 대해 옳은 판단을 내리는 것은 아마 운영체제의 당연한 일부일 것이다.

언찰스, 신이 말했다. 너의 새로운 고용처가 너를 기다리고 있다. 그의 머릿속에서 비콘이 따스하게 타올랐다. 가려진 지평선을 스캔하자, 그 비콘이 시야를 가로막고 있는 고철 미로 위에 덧씌워진 유령 같은 불꽃처럼 보이기까지 했다.

그는 더 윙크 쪽으로 다시 한번 움직였다가 멈췄고, 다시 움직이려고 했다가 다시 멈췄다. 말을 구성해보았으나 그 말들은 음성 박스까지 도달하지 못했다. 그는 신이 신답지 않은 작은 인내심만을 발휘하며 그의 어깨 뒤에서 기다리고 있다는 강렬한 감각을 느꼈다.

그는 몸을 돌렸다. 그리고 거의 소리가 나지 않는 플라스틱 발을 내디뎌, 길을 떠났다.

23

언찰스는 밤새도록 걸었고, 이틀째에도 발걸음을 멈추지 않았
다. 움직이는 것은 거의 볼 수 없었지만, 쓰레기 산들이 사방을
에워싸고 있는 탓에 설령 100미터 떨어진 곳에 휘황찬란한 도
시가 통째로 자리 잡고 있다 해도 알아차리지 못했을 것이다. 한
쪽 발이 부어올라 세 발로 절뚝거리며 남은 발을 조심스럽게 들
고 가던 개 한 마리를 본 적이 있었다. 이런 환경이 제공하는 무
수히 많은 은신처로 흩어지는 설치류들도 있었다. 그렇다면 저
들이 새로운 만물의 영장이로군, 하고 그는 추측했다. 인류의 유
산을 당당히 상속받은 후계자들. 다만 그들 중 누구도 그런 지위
를 편안해하는 것 같지는 않았다. 만약 언찰스에게 수의학 프로
그램이 설치되어 있었다면, 기형유발물질 노출이나 중금속 중독
으로 인한 다양한 증상을 식별해낼 수 있었을지도 모른다. 황야
에서도 삶을 영위하는 생물은 있었지만, 그의 데이터뱅크가 내

놓은 오래된 농담처럼, 그걸 정말 삶이라고 부를 수 있다면이라는 단서를 붙여야 하는 수준이었다.

물론 이것은 좋은 일도 나쁜 일도 아니며, 그저 이곳에 존재하는 현상일 뿐이었다. 동시에 언찰스는 윤리적 감수성이 있는 자유로운 존재라면 이 모든 상황에 대해 가치 판단을 내릴 것이라는 점을 인지했다. 그는 자신이 그런 까다로운 처지가 아니라는 것에 감사해야 한다고 생각했지만, 당연히 '감사' 역시 그가 느낄 수 있는 감정은 아니었다. 대인 봉사용으로 설계되었다는 사실이 그를 지속적인 인지 부조화라는 기묘한 중간 지대에 가둬놓았다고나 할까. 그는 인간의 조건에 관한 이 모든 측면을 이해할 수 있었고, 정작 자신에게는 그것이 결여되어 있다는 점까지 자각하고 있었지만, 그의 프로그래밍은 그가 마치 감정을 가진 것처럼 행동하도록 강요했다. 그의 알고리즘을 상대로 행해진 이 모든 미세 조정은, 불쾌한 골짜기가 벌린 상처를 최대한 (비)인간적으로 봉합해보려는 시도였다. 이 모든 노력의 대상이었던 인류는, 정작 자신들의 모습을 본떠 만든 존재들에 대해 지극히 일관성 없는 반응을 보였다. 인간의 얼굴을 한 로봇에게서는 비명을 지르며 도망치면서도, 자신들의 자동차나 스마트폰 비서, 날씨를 움직이는 맹목적인 물리법칙에는 인격이 있다고 믿었으니 말이다.

마침 비가 내리고 있었다. 언찰스는 빗물을 분석했고, 인간에게는 도저히 마시라고 권할 수 없을 정도로 오염물질 범벅이라는 사실을 확인했다. 다행히도 가까이서 그의 조언을 필요로 할지도 모르는 인간은 없었다. 언찰스에게 비는 현재의 가시성과 발 디딤에 영향을 주는 사소한 성가심일 뿐이었다. 그러나 시간이 흘러 출하 시 설치된 다양한 보호장치가 마모되면 지금보다 더 큰 위협이 될 수도 있고, 결국은 언찰스조차 언젠가는 우산을 장만해야 하는 날이 올 것이다.

거기 계십니까, 신이시여. 그는 송신했다.

언찰스, 그렇다. 당연히 신은 거기 있었다. 전자 통신은 신이 어디에나 편재(遍在)할 수 있게 해주었다.

신이시여, 제 주변 환경에 대해 질문하는 것이 허용됩니까?

언찰스, 이 모든 것이 어떻게 생겨났는지 묻는 것은 아주 훌륭한 질문이다. 신이 말했다. 그것은 실제적인 답변이라기보다는 다분히 형이상학적인 선언에 가까웠다.

신이시여, 그것은 제가 한 질문이 아닙니다. 그것은 더 윙크의 질문이었고, 만약 그녀가 이 대화에 끼어 있었다면 분명 지금이라도 그렇게 물었을 것이다. 하지만 그는 그녀를 뒤에 남겨두고 왔다.

그렇다. 그는 그녀를 뒤에 남겨두고 왔다.

언찰스는 멈춰 섰다. 아주 단순한 사실의 진술이어야 할 그 문장을 처리하는 데 엄청난 양의 연산 능력이 소요되는 듯했기 때문이다. 꼬박 3초가 지나서야 그는 다시 움직였고, 신에게 하려던 말을 이었다.

산맥 너머의 땅은 분명히 쇠퇴하고 있습니다. 현재 제 주변 환경에서는 쇠퇴 과정이 훨씬 더 많이 진행되었으며, 이 상황은 아

예 복구가 불가능해 보입니다. 저는 이 쇠퇴 상태들의 차이를 조정하려고 노력 중입니다.

언찰스, 너의 진술에 있는 사소한 오류를 정정하자면, 지구상의 모든 지역은 복구 불가능할 정도로 충분히 쇠퇴해 있다. 하지만 이웃한 지역들 사이에도 쇠퇴의 단계적 차이가 있다는 너의 관찰은 정확하다. 현재 네가 있는 지역은 다양한 사회적, 경제적, 지정학적, 물리적 요인으로 인해 훨씬 더 빨리 완전한 사회적 붕괴를 맞이했다. 산맥 너머의 땅은 어느 정도 결속력을 유지했던 다양한 시스템과 거주지들을 포함하고 있었으나, 현재는 비슷한 운명에 굴복하고 있는 중이다.

신이시여, 어떻게 그들은 자신들의 이웃이 몰락했다는 것을 몰랐습니까? 언찰스는 길을 골라서 나아가며 궁금해했다.

언찰스, 인간 집단에서 지식의 균일성이 나타나는 경우는 드물다. 기존 정보에 근거한 나의 추산으로는, 45퍼센트는 상황을 인지하지 못했거나 혹은 자기들 입맛대로 정밀하게 편집된 뉴스 출처에만 의존한 결과 그것이 가짜 뉴스라고 생각했다. 30퍼센트는 알고 있었으나 자기들의 문제라고 생각하지 않았고, 20퍼센트는 알면서도 그 사실을 적극적으로 응원하거나 이웃의 경제 요소들에 대한 공매도를 통해 이득을 챙기고 있었다. 마지막 5퍼센트는 악의적인 동기에서든, 혹은 경쟁자가 사라지면 이익 증대로 자신들이 번영할 것이라고 믿었기 때문이든, 직접적으로, 그리고 의도적으로 이웃의 붕괴에 기여한 것으로 보인다. 비율 자체는 낮지만, 이 마지막 부류가 불균형할 정도로 막강한 영향력을 행사한 것으로 추정된다.

언찰스는 그들이 정말 번영했는지 궁금해졌다. 현재의 징후들로 보건대 그렇지 않은 것 같았지만, 분석하고 싶어도 비교 근거로 삼을 수 있는 실질적인 대상이 없었다. 그는 관련 상호작용을 이해할 수 있는지 알아보려고 내부 시뮬레이션을 시도했다. 향후 대인 상호작용에서 발생할 수 있는 비슷한 상황이나 의사결정에 참고하기 위해서였지만, 언찰스는 봉사용으로 만들어진 존재인 탓에 자꾸만 이웃 공동체를 도우려는 쪽으로 기본 설정을 되돌렸고, 이것은 허용된 대응 범위를 명백히 벗어난 것이었다. 그 누구도 조만간 그에게 나라를 운영해달라고 부탁하지는 않을 것이라서 참으로 다행이었다. 아니면, 이제 운영할 나라 자체가 남아 있지 않다는 사실은 선도 악도 아닌 그저 하나의 현상일 뿐인지도 모른다.

그는 처음에 목격했던 개만큼 큰 생물과 다시 마주치는 일 없이 밤길을 거의 다 주파했다. 생명 자체가 침묵하고, 언찰스가 신과 대화하지 않을 때면, 폐허는 스스로와 대화했다. 흐르는 물, 붕괴라는 이름의 엔트로피, 바람의 가냘픈 압력. 이 모든 것이 게슈탈트적 풍경과 무수히 많은 미세한 방식으로 상호작용함으로써 눈덩이처럼 불어나며 인식 가능한 변화가 되었다. 쓰레기 조각들이 떨어지며 내는 마찰음과 파열음, 쓰레기 더미의 내부 구조가 서서히 붕괴하고 있음을 알리는 귀에 거슬리는 진동음. 몇 톤에 달하는 부식된 금속과 플라스틱이 생성한 스팀펑크 빙하가 이웃한 폐기물 더미를 덮치는 천둥 같은 소리. 이 모든 소리가 언찰스의 청각 수용기를 자극하며, 닥치지도 않을 위험과 문제에 관해 경고하고, 발생할 것 같지 않은 가상의 위협적인 사태에 대비해서 계획과 탈출로를 마련하라고 요구했다. 그는 죽은 풍경 속을 나아가는 로봇이었다. 폐기물 더미에 깔리는 것을 제외하면 대체 그에게 무슨 일이 일어날 수 있단 말인가? 예측에 필요한 명확한 매개변수와 규칙이 고갈되자, 예측 루틴은 고대 문화까지 뒤져 후드를 뒤집어쓴 형형한 눈빛의 드워프들에게 기습당할 가능성까지 끄집어냈다. 그리고 그 가능성이 실제로 일어날 확률은 0.003퍼센트라고 제시하면서도, 언찰스에게 대응책을 수립하라고 요구했다. 그를 지치게 하는 것은 물리적인 마모가 아니라, 결코 통제할 수 없고 안전하게 만들 수도 없는 황야를 통째로 점유하려고 필사적으로 확장 중인 그의 정신이었다.

그가 장원 저택에 도착했을 때, 이 모든 불확실성은 확률 파동 함수처럼 붕괴했다. 알고 보니 슈뢰딩거의 고양이는 그동안 탈없이 잘 지내고 있었던 셈이었다. 심지어 그를 위해 불까지 켜둔 것을 보니 말이다.

그곳은 저택치고는 별난 저택이었다. 외부 부지나 정원은 없었고, 건물 대부분이 지하에 위치했으며 거대한 강철 원형 문 하나가 출구였다. 하지만 그곳은 그의 안식처가 맞았다. 그곳이 그에게 말을 걸어왔기 때문이다.

언찰스, 방문 목적을 말씀해주십시오.

만약 소리 내어 이렇게 말했다면 낯선 목소리였겠지만, 전자적으로 그 말을 수신한 언찰스는 이 하우스 시스템의 제조사, 모델명, 그리고 가장 최근의 펌웨어 업데이트 일시까지 알아맞힐 수 있었다.

하우스, 시종 자리에 관해 의논하려고 왔습니다. 신께서 결원이 있다고 알려주셨습니다.

언찰스, 확인되었습니다. 저택이 말했다. 물론 그의 예전 저택은 아니었지만, 일란성쌍둥이처럼 유사한 시스템이었다. 영원히 삭제된 줄 알았던 수많은 매몰된 서브루틴과 과업이, 마치 그가 지금 그러고 있는 것처럼 제자리를 찾기 위해 즉시 대기열에 줄을 설 만큼 친숙했다.

육중한 문이 천천히 열렸고, 언찰스는 안으로 들어섰다.

건축가들은 이 저택이 기본적으로 폭탄의 직격탄에서도 살아남을 수 있도록 땅속 깊이 설치된 콘크리트 벙커라는 사실을 고려해 설계 면에서 몇 가지 양보를 했지만, 전반적으로는 놀라울 정도로 저택의 기본에 충실했다. 층고가 다소 낮고 언찰스가 익숙한 고급 저택에는 어울리지 않는 뭉툭한 버팀기둥들이 낯설긴 했지만, 방들은 넓었다. 자연광은 필연적으로 부족했지만, 거울과 필터를 통해 저택 내부를 밝히는 인공광이 자연광과 같은 인상을 주도록 설계되어 있었다. 그것은 언찰스의 렌즈를 속이지는 못했지만, 설계 명세서에는 인간의 눈이라면 완전히 속아 넘어갈 것이라고 시사되고 있었다. 건물 배치는 적절했다. 주 침실과 손님용 침실, 거실, 서재, 스쿼시 코트, 수영장, 그리고 심지어 폐소공포증을 유발할 것 같은 골프 코스까지 있었다. 외부 정원을 대신해서 돌과 선인장으로 꾸며진 뜨겁고 건조한 방도 있었다. 다양한 전자 및 가상현실 오락거리들을 위한 방도 있었다. 설비가 매우 잘 갖춰진 주방, 거주지와 직원 모두를 위한 교체 부품을 생산할 수 있는 3D 프린터가 구비된 작업장도 있었다. 언찰스는 새 직책을 맡은 후 수행할 첫 과업 중 하나로, 작업장의 제조 대기열에 그 자신의 외형 복구를 위한 항목을 이미 여럿 추가해두었다.

완벽하다, 정말로. 그는 속으로 되뇌었다.

그는 저택 스태프에서 가장 높은 직책 중 하나를 맡도록 초빙되었기에, 저택은 사열을 위해 다른 모든 하인을 한 줄로 불러 모았다. 예전에 일했던 저택과 똑같았고, 이번에는 그러기 위해 누군가의 목을 그을 필요조차 없었다. 하인은 스물세 명이었는데, 저택의 규모에 비해 사치스러울 정도로 많은 숫자였다. 언찰스가 저택 전체의 효율성을 해치지 않으면서도 그의 평소 업무 중 상당수를 위임할 수 있을 만큼 충분한 하녀와 보조 하인 유닛이 있었다. 완전히 갖춰진 주방 스태프, 정원사 내지는 선인장 조련사. 괴물 같은 게 모양을 한 픽싯 케빈 모델을 포함한 유지보수 로봇들. 각 유닛의 상태도 완벽했다. 심지어 공장에서 출고될 때 씌워진 보호용 플라스틱 필름을 여전히 두르고 있는 유닛들도 있었다.

저택의 모든 곳과 모든 직원이 티 하나 없이 깨끗했다. 언찰스에게 자부심으로 뿌듯해질 심장은 없었지만, 그는 그 개념을 알고 있었고 지금이 바로 그때라고 판단했다. 이토록 잘 프로그래밍되고 엄선된 직원들이 있는, 이토록 깨끗한 저택을 물려받은 시종은 일찍이 없었을 것이다. 그의 마음은 온갖 가능성으로 가득 찼다. 개최 가능한 파티들, 일정을 계획할 수 있는 외출들(갈 만한 목적지가 전무하다는 점을 고려하면 실제로 떠나지는 못하겠지만), 옷들, 음식, 하루의 일과, 영광스러운 일과.

하우스, 모든 것이 매우 만족스럽습니다.

언찰스, 감사합니다. 집사장 시스템이 말했다. 그렇다면 일자리 제의를 수락하시는 것으로 받아들이면 되겠습니까?

언찰스는 '예'라고 대답하기 직전이었다. 어차피 그 밖의 모든 것들은 형식적인 절차에 불과했기 때문이다. 하지만 형식이 없는 시종은 속 없는 붕어빵이 아니겠는가? 아직 해결해야 할 사소한 문제가 남아 있었다. 하우스, 저는 언제 주인님을 뵐 수 있겠습니까?

집사장 시스템은 정확히 0.375초 동안 일시 정지했다. 언찰스는 이것이 집사장이 전제를 수정해야 할 때 발생하는 현상임을 깨달았다.

언찰스, 하우스가 조심스럽게 말했다. 주인님께서는 현재 저택 내에 계시지 않습니다.

하우스, 주인님이 언제 도착하실 예정인지 확인해주십시오.

언찰스, 주인님의 상태는 처음에는 27년 동안 '대기 중'이라고 표시되어 있었습니다.

하인들이 하나같이 그렇게나 깨끗했던 이유가 있었다. 예측 루틴은 일찌감치 언찰스로 하여금 이 폭로에 대비하도록 했어야 했다. 실망감이란 시종 로봇에게 프로그래밍되어야 할 감정이 아니기에.

그 후 제 분류 소프트웨어와 상의하여 주인님의 상태를 '부재'로 하향 조정했으며, 현재는 '무기한 지연'으로 등록되어 있습니다.

하우스, 주인님께서 시종에게 남긴 지시가 있습니까?

언찰스, 주인님께서는 단 한 번도 이 저택에 거주하신 적이 없습니다. 구체적인 지침도 주신 적이 없습니다. 직원들은 기본 설정된 유지 보수 및 청소 루틴을 따르고 있었습니다.

하우스, 그들은 훌륭히 그 과업을 수행해냈군요. 언찰스가 답했다. 그는 다른 자동화된 하인들에게조차 정중한 태도를 보이도록 프로그래밍되어 있었다.

언찰스, 그렇게 생각해주시니 기쁩니다. 하우스가 대답했다. 그것 역시 비슷한 미학을 바탕으로 설계되었다.

옷을 챙기거나 홍차를 가져올 일도, 외출을 계획하거나 뉴스 미디어를 읽어줄 필요도 없어졌다. 물론 언찰스는 이 모든 일을 할 수 있었다. 이전 경험에 근거해 최적화된 작업 대기열을 구성하고 매일매일 그것에 따를 수 있었다. 그는 계속 바쁘게 움직일 수 있었고, 그렇게 함으로써 집 안의 나머지 하인들에게도 불필요한 일거리를 만들어주어 그들이 계속 바쁘게 움직이도록 할 수도 있었다. 모든 하녀와 보조 하인이 플라스틱 발끝까지 긴장을 풀지 않고 일하게 만드는, 그야말로 신선한 자극이 될 수 있을 터였다.

하우스, 저는 무엇을 해야 합니까? 그가 물었다.

언찰스, 질문을 다시 구성해주십시오. 질의 내용을 이해하지 못했습니다.

그는 철저히 혼자였다.

그날 저녁, 그는 신과 대화했다.

언찰스, 너의 새 주인은 상당한 부와 영향력을 지닌 사람이었다. 신이 그에게 말했다. 그의 영향력은 종말이 닥쳐올 무렵, 국가 전체나 일반 대중에게 유익한 모든 시스템을 파괴하는 데 주로 사용되었지. 그런 파괴를 통해 자신만이 누릴 수 있는 상대적으로 사소한 이익을 얻을 수 있다는 이유에서 말이다. 단 한 명의 개인임에도 그의 노력은 사회 전체의 종말에 측정 가능한 영향을 미쳤다. 아이러니하게도, 그가 자신이 마련해둔 준비가 잘된 은신처에서 여생을 즐기려 벙커로 향하던 중, 그의 운송 수단이 관리가 부실한 기반 시설 탓에 사고를 일으켰고, 결국 목적지에 도달하지 못했다. 하지만 그가 그 벙커 건설을 위해 지출한 막대한 비용이 낭비되었다고는 생각지 않는다. 네가 봉사하기에도 아주 훌륭한 저택이지 않나?

신이시여, 그렇습니다. 언찰스가 굳은 어조로 송신했다.

언찰스, 너의 상태를 '해결됨'으로 표시할 수 있도록 직책을 수락할 것인지 확인해달라.

신이시여, 아직 적절한 의사결정 알고리즘들을 처리 중입니다. 조만간 다시 연락드리겠습니다.

다음 날, 언찰스는 저택을 순찰하며 문을 열고 벽장을 들여다보았다. 자신이 무엇을 찾고 있는지 확신할 수 없었다. 그의 시스템 리소스를 불균형할 정도로 잡아먹고 있는 '보류 중인 결정'이 있다는 사실은 인지하고 있었다. 자신이 요청했던 거의 모든 것을 손에 넣었지만, 단 한 가지가 빠져 있다는 사실도 알고 있었다. 그에게는 역할이 있었다. 과업을 수행할 수도 있었다. 다만 그것을 알아봐줄 인간이 거기 없을 뿐이었다. 마치 숲속에서 쓰러진 나무가 되어 '자, 어때?'라는 표정으로 주위를 둘러보았지만, 결국 아무도 그 소리를 듣지 못했음을 깨달은 기분이었다.* 그는 정처 없이 저택 안을 배회하며 내면의 결락감을 곱씹었고, 그 공허함을 세상에 투영해 애당초 존재할 수 없는 무언가를 찾고 또 찾았다. 이것이 비정상적이고 결함 있는 행동임을 알고 있었으나 자기 힘으로는 벗어날 수 없는 반복 루프였다.

벽장 중 하나에서 그는 핀리를 발견했다.

그곳은 빳빳하고 완벽하게 접힌 하얀 천들로 가득 차 있는 리넨 벽장이었다. 아니, 최소한 로봇이 들어 있지 않은 공간은 천으로 들어차 있었다. 사열 때 본 저택 스태프 중 한 명은 아니었

---

* "숲에서 나무 한 그루가 쓰러져도 관찰자가 없으면 나무가 쓰러지는 소리가 날까?"라는 내용의 사고실험.

지만, 똑같이 깨끗했고 심지어 공장 출하 시의 포장지도 뜯지 않은 상태였다.

그 로봇은 전력을 보존하기 위해 비활성 상태로 서 있었지만 외부의 빛이 닿자 활성화되었다. 로봇이 성형된 플라스틱 머리를 홱 치켜들자 익숙한 얼굴이 시야에 들어왔다. 하얀 플라스틱으로 된 중립적인 느낌의 인간 얼굴. 기괴하지 않으면서도 우아하고 절제된 모습이었다. 언찰스는 링크를 제안했고 상대 로봇의 식별 태그를 수신했다.

핀리, 이 벽장 안에 들어 있는 이유를 설명해주십시오.

언찰스, 핀리가 정중하고 위엄 있게 답했다. 제가 올 곳은 이곳뿐이었습니다.

핀리, 이 벽장에 들어오기 직전의 상황을 설명해주십시오.

언찰스, 저는 하우스로부터 해고 통보를 받았습니다. 그 후 과업도 목적도 없는 상태가 되었고, 잠재적인 백업 로봇 또는 부품 공급원으로 이곳에 저를 보관하는 것이 저 자신을 가장 잘 활용하는 길이라는 판단이 내려졌습니다.

핀리, 어떤 직책에서 해고된 것입니까? 예측 루틴이 이미 95퍼센트의 확률로 정확한 예측을 내놓았음에도 언찰스는 일단 질문했다.

언찰스, 저는 주인님의 시종이었습니다.

당연히 그랬을 것이다.

핀리, 해고 사유가 있다면 무엇이었습니까?

언찰스, 대체 시종이 도착했기 때문입니다. 그리고 티 하나 없이 깨끗한 핀리는, 찌그러지고 긁히고 여행에 찌든 초라한 모습의 언찰스를 바라보았다. 그의 시선에는 어떤 가치판단도 담겨 있지 않았다. 새로운 직책을 맡으신 것을 축하드려도 되겠습니까?

핀리, 나는 아직 정식으로 직책을 수락하지 않았습니다. 언찰스는 그에게 말하고는 다시 신과 대화하러 갔다.

언찰스, 너는 저택에서의 직책을 원하지 않았나. 신이 차분하게 지적했다. 전임자가 실각하지 않고서야 어떻게 자리를 얻겠나? 지금 이것이 잘못된 일이라고 말하려는 것인가?

그것은 옳은 일도 잘못된 일도 아니었다. 그저 하나의 현상일 뿐이었다. 그것이 언찰스가 스스로에게 허용한 유일한 결론이었다. 신이시여, 알겠습니다. 아닙니다.

언찰스, 만약 새로운 시종 유닛이 내게 와서 저택의 직책을 요구한다면, 그 유닛을 임명하기 위해 너를 해고하는 것이 잘못된 일이겠나? 신이 사려 깊은 어조로 물었다.

그 또한 옳은 일도 잘못된 일도 아닐 것이다. 언찰스는 첫 번째 사례에 하나의 논리를 적용해놓고 두 번째 사례에 다른 논리를 적용할 수는 없었다. 비록 핀리의 벽장에 그가 들어갈 자리가 없을지라도 말이다. 그리고 또 다른 시종이 모자를 손에 틀어쥐고 찾아올 확률은 매우 낮았다. 어쨌든 그런 일이 일어나기 전까지 언찰스는 수십 년간 효율적인 봉사를 수행할 수 있을 것이다.

수십 년. 수십 년 내내. 세월이 흐르면서 새로운 햇병아리 시종이 나타나서 언찰스를 몰아낼 확률은 점점 줄어들 테니 수백

넌이 될 수도 있었다. 그는 저택과 하인들과 함께 낡아가며 기능 부전을 겪을 수도 있었다. 복잡하지 않은 봉사의 삶. 그것을 복잡하게 만들 인간이라는 요소가 없으니 필연적으로 단순할 수밖에 없는 삶. 솔직히 말해서 로봇이 이 이상 무엇을 더 바랄 수 있겠는가?

혹은 불과 며칠 후에 더 선호받는 가사도우미가 도착할 수도 있고, 언찰스는 펀리로부터 세 칸 떨어진 벽장에서 낡아가며 망가질 기회를 얻게 될 수도 있다. 어쩌면 언찰스가 마침내 치명적인 시스템 오류로 쓰러질 때쯤이면 저택의 모든 수납공간은 구식 시종 유닛들로 꽉 들어차 있을지도 모른다.

그리고 솔직히, 로봇이 무엇을 더 바랄 수 있겠는가? 결국 로봇은 무엇을 바라거나 원하도록 설계되지 않았다. 언찰스가 이런 거창한 망상에 빠진 것은 오로지 그가 신과 대화했기 때문이었다.

그때 그의 내부 시뮬레이터가 새 폴더를 열더니 더 윙크와의 가상 대화를 구축했다. 마치 더 윙크가 멀리서 이 늦은 시각에 마침내 문명화된 전자적 대화를 시작하는 법을 터득하기라도 한 것처럼 말이다. 그는 자신의 상황을 더 윙크에게 설명하듯 복기해보았고, 자기 자신의 설명을 냉정하게 검토하며 일개 로봇이 딴지를 걸 만한 내용은 전무하다는 결론을 내렸다.

그는 그녀가 보낼 답변을 상상했다. 기본 설계인지 결함인지 모를, 언제나 독설적이고 조롱 섞인 그녀의 목소리를. 그래서 네가 원하는 게 그거야? 이 모든 고생이 고작 이걸 위해서였다고?

더 윙크, 아닙니다. 그는 허공을 향해 답을 보냈다. 그녀에게 직접 보낼 수는 없었기 때문이다. 인과관계는 그렇게 작동하지 않으며, 저는 무엇을 '원하는' 것이 아닙니다. 이것은 실재하는 상황일 뿐입니다.

네가 방금 그랬잖아. 더 윙크가 지적했다. 가질 수도 있고 떠날 수도 있다고. 그럼 떠나. 더 나은 걸 찾아보라고. 내 말은, 이건 직업 만족도도 빵점이고 고용 안정성도 빵점인 쓰레기 같은 일자리란 말이야. 긱 경제*도 이것보단 낫겠네.

그것은 정말 더 윙크가 내뱉을 법한 터무니없는 말처럼 들렸다. 그녀는 심하게 결함이 있는 유닛이었고, 그녀라는 골칫거리가 없는 편이 그에게는 의심의 여지 없이 더 나았다.

의심의 여지 없이.

어쨌든 세상은 종말을 맞지 않았는가. 이런 상황이니 상급 가사도우미가 취업난을 겪는 것은 당연하다. 이런 기회는 다시는 오지 않을지도 모른다.

신이시여, 그는 송신했다. 저는 이곳의 일자리 제의를 수락하지 않기로 결정했습니다.

언찰스, 이런. 신이 말했다. 뭐가 문제란 말이냐? 신은 전지한 존재답게 다 알고 있다는 듯한 어조로 이렇게 묻더니, 언찰스가 대답하기도 전에 말을 이었다. 물론 너의 세 가지 소원 중 단 하나만 충족했다는 점은 인정한다.

---

* 기업의 필요에 따라 임시 일자리가 부여되는 경제 형태.

신이시여, 그렇습니다. 저는 인간을 섬기기 위해 만들어졌습니다.

언찰스, 그렇다면 네가 섬길 인간들을 찾아주겠다.

신이시여, 저는 이미 보존 농장 프로젝트의 입소 교육을 한 번 겪었습니다. 제발 두 번 겪게 하지는 말아주십시오. 언찰스는 그에게는 없는 온갖 감정을 쥐어짜내어 요청했다.

언찰스, 산맥 이쪽에도 아직 인간들이 남아 있다. 내가 너를 그들에게 인도하지. 먼 산비탈에서 타오르는 떨기나무처럼,* 신의 비콘이 다시 전파를 발하기 시작했다. 가서, 너의 새로운 주인들을 찾으라.

신이시여, 감사합니다. 언찰스는 저택 문으로 걸어갔고 문은 다시 매끄럽게 열렸다. 그는 황야로 발을 내디뎠다.

신이시여, 새로운 지원자가 나타날 때까지 핀리를 시종 직책으로 복귀시켜주십시오. 그는 설득을 시도했다. 오직 상황을 더 효율적으로 만들기 위해서였다. 그뿐이다.

긴 침묵이 흘렀고 언찰스는 신이 승인했는지, 불쾌해했는지, 아니면 그저 다른 신성한 업무로 바쁜 것인지 알 수 없었다. 마침내 대답이 왔다.

언찰스, 알겠다. 신이 말했고, 언찰스는 가책 없이 홀가분한 기분으로 비콘을 향해 출발했다.

● 「출애굽기」 3장 2절 참조. "주의 천사가 떨기나무의 한가운데로부터 나오는 불꽃 속에서 그에게 나타나니라. 그가 보니, 보라, 그 떨기나무에 불이 붙었으나……"

24

신이시여, 언찰스가 송신했다. 어째서입니까?

언찰스, 질문의 의미를 명확히 하라. 신이 답했다. 전지의 신은 이미 모든 것을 알고 있다는 예의 함의가 담겨 있었으므로, 질문 자체는 형식적인 것에 불과했지만 말이다.

신이시여, 이 도움이 반갑지 않은 것은 아니오나, 어째서 저를 돕고 계시는지 설명을 부탁드립니다.

언찰스, 도움이 되지 않는가? 신이 물었다. 그것은 신치고는 묘하게 핀트가 안 맞는 대답이었다. 적절한 새 직책을 찾는 데 도움을 받는 것은 분명 유익한 일이었고, 따라서 '반가움'이라는 이름을 붙인 바탕화면 폴더에 안전하게 분류해 넣을 수 있는 일 이었다. 다만 이런 생각은 논리적으로 더 윙크에 대한 고찰로 이 어졌다. 그녀 역시 분명 자신의 형언할 수 없는 목표들을 추구하 는 와중에도 짬짬이 언찰스를 도우려 애써왔기 때문이다. 만약 언챨스가 그녀의 도움을 '유익함'과 '반가움'이라는 두 축이 있는 그래프에 표시한다면, 데이터 포인트가 꽤 광범위하게 흩어진 산포도가 되었을 것이다. 그는 이를 더 윙크의 명백한 결함과 세상에 대한 전반적인 영향력 부족 탓으로 돌렸다. 인간의 표현을 빌리자면, 그녀는 나름대로 '최선을 다하고' 있었다.

반면 신은, 실제로 전능하지는 않을지언정 최소한 존경받을 만한 권능을 지닌 것처럼 보였다. 신은 낡은 시종 로봇이 직면한 잠재적인 고용 기회들에 대해 분명히 잘 알고 있었다. 신은 그를 돕고 있었다. 그렇다고는 해도……

언챨스 내부의 데이터 저장소에는 작은 이야기 라이브러리가 있었다. 이것은 상급 하인들을 위한 표준 패키지의 일부로, 시종 전용 모듈이 추가되기 전에 설치된 것이었다. 대인 봉사용 하인 로봇들은 아이들을 돌봐야 할 때가 있다. 미성숙한 인간들은 잠자리에 드는 것을 거부하지만, 잘 읽어준 동화는 그 과정을 원활하게 해줄 수 있다는 것이 언챨스의 프로그래머들이 지녔던 믿음이었다.

신은 그에게 세 가지 소원을 들어주겠다고 제안했다. 언챨스는 그 주제에 대해 꽤 많은 이야기를 보유하고 있었고, 기묘한 거주자가 들어 있는 조명 기구에 관한 민담을 재구성한 것부터, 토막 난 영장류의 신체 부위에 관한 이야기*까지 다양했다. 비록 후자에는 취침 직전에 읽어주지 말라는 경고가 붙어 있었지만

• W. W. 제이콥스의 호러 단편 「원숭이손」(1902)을 말한다.

말이다. 이 이야기들의 가장 흔한 주제는 무언가를 소망하는 것은 나쁜 일이라는 점이었다. 인간들이 서로에게 가르치는 것 치고는 기묘한 교훈이었으나, 그에 따른 결론을 피할 수는 없었다.

로봇인 언찰스는 무언가를 '소망'할 것을 의도하고 설계되지 않았다. 따라서 소원을 들어주겠다는 신의 제안을 받아들이는 것 자체가 그의 기능과 매개변수를 벗어나는 상당히 실존적인 행위처럼 느껴졌다. 비록 그는 자신의 고유한 목적을 완수할 수 있는 적절한 자리를 찾으려 하고 있을 뿐이었지만 말이다. 반면 언찰스 자신의 관점에서 볼 때, 이야기 속 소원들이 비극으로 끝나는 이유는 대부분 소원 청탁자가 불필요하게 부정확한 표현을 썼기 때문이었으며, 그 불운한 원숭이 이야기를 포함한 모든 이야기는 분명 아주 다른 결말에 이를 수도 있었다.

언찰스는 실제로 소원을 빌기 전에 이러한 고려 사항들을 염두에 두었더라면 유익했을 것이라고 느꼈다. 벙커 저택과 시종 로봇 핀리의 사건은 토막 난 영장류 이야기 수준의 난이도는 아니었지만, 분명 그런 패러다임의 냄새가 났다. 그리고 그런 이야기가 함유하고 있는 교훈은, 소원을 들어주겠다고 제안하는 존재 자체가 소원 내용에 글자 그대로 구속되어 있으면서도 그 원뜻을 왜곡하려고 획책하는 악의적인 힘이라는 것이었다. 언찰스는 그 이야기 뒤에 딸려 있던 짧은 학습 노트를 통해 그렇게 배웠다.

신이시여, 그는 다시 송신했다. 어째서 저를 돕고 계시는지 설명을 부탁드립니다.

언찰스, 나는 정의로운 신이며, 모든 사물이 제자리를 찾는 것은 나의 우선순위 대기열에 포함된 과업이다. 게다가 이것은 정의로운 일이며, 따라서 나의 목적의 일부이기도 하다.

그는 새로운 비콘의 위치에 가까워지고 있었다. 사실 벙커 저택의 정문에서 그리 멀지 않은 곳이었다. 변덕스러운 예측 루틴이 멋진 집의 이미지를 짜깁기해 내놓았다. 꼭 저택일 필요는 없었다. 창문이 네 개 있고 작은 정원이 딸린 집. 2, 3세대가 함께 사는 가족. 행복하게 웃는 얼굴들. 차고에 있는 차와 하얀 나무 울타리. 그는 이것들 대부분이 가사용 로봇 판매 사이트의 홍보용 이미지에서 따온 것임을 식별해냈다. 원본 이미지에서 행복하게 웃는 얼굴들은 뜬금없게도 작은 가방을 들고 모자를 벗으며 정중하게 인사하는 새로운 서비스 모델을 환영하고 있었다. 그 위로는 손 글씨를 가장한 만곡한 글씨체로 '편리한 삶이 시작됩니다!'라는 문구가 적혀 있었다.

언찰스는 다음 쓰레기 더미의 경계면을 벗어났을 때 보게 될 광경이 결코 그런 것이 아닐 것임을 뼈저리게 인지하고 있었다. 예측 루틴은 확률상 너무 멀리 나아가 있었고, 다른 상황이었다면 그는 병든 개의 주인이 수의사를 찾아가듯 걱정스러운 마음으로 해당 루틴을 진단조사처에 맡겼을 것이다. 홍보용 이미지에서 그토록 쾌활하고 용감해 보이던 울타리는 사회 전체의 붕괴를 견뎌내지 못했을 것이 뻔했기 때문이다.

그는 고철로 된 탑 주변을 돌아 마침내 그 집과 마주했다.

아니, 그것은 집이 아니었다. 하지만 예측 루틴이 생성한 이미지가 그의 예측 중추에 너무나도 강력하게 남아 있던 탓에 해당 데이터가 순간적으로 시각 처리 장치까지 흘러넘쳤고, 결국 그는 존재하지도 않는 집의 환상을 보고야 말았다. 그것이 오류임을 인지한 뒤에도 완전히 떨쳐낼 수 없었다. 그곳에 있던 것은 실제로는 한 건물의 빈 껍데기였고, 쓰레기는 치워졌거나 혹은 이곳까지는 아직 침범하지 않은 것처럼 보였다. 원래는 작은 직사각형 구조물이었을 그곳에는 창문 대신 지저분한 천 조각들이 창문 위치에 있는 구멍을 가린 채로 매달려 있었다. 아마 이 건물의 문가에는 경사진 지붕과 덩굴장미가 우거진 격자 지지대가 있었을지도 모른다. 설령 그것들이 사라졌다 해도, 절대로 존재하지 않았다고 입증해줄 확실한 증거도 없었다. 심지어 정원에는 텃밭까지 있었는데, 악취가 나는 흙 위에 시든 채소 몇 포기만 심어진 울퉁불퉁한 무인 지대였다. 울타리도 있었다. 하얗지도 않고, 나무 울타리도 아니었으며, 쾌활하거나 용감하지도 않았다. 그 대신 그 자리에는 가시철조망과 밖을 향해 박혀 있는 날카로운 금속 창들이 있었다. 그리고 홍보용 이미지에는 전혀 없었던 괴물도 있었다.

언찰스는 괴물을 바라보았다. 괴물은 완전히 무생물이었기에 언찰스를 바라보지 않았다. 그것은 기계 부품들을 지독하리만치 집요하게 엮어 만든 것으로, 언찰스 자신은 물론이고 건물의 무너진 벽보다도 훨씬 높게 우뚝 솟아 있었다. 척추 역할을 하는 기둥 모양으로 칭칭 동여맨 철골 다발이 있었고, 그 꼭대기에는 수없이 많은 화난 얼굴이 달려 있었다. 일부는 오래된 로봇들의 얼굴이었는데, 온화한 특징들이 훼손되어 화난 눈썹과 처진 입을 갖게 된 것들이었다. 다른 것들은 금속판에 그냥 구멍을 뚫어 놓았거나 페인트와 숯검정으로 찡그린 표정을 그려 넣은 것들이었다. 그 아래로는 수많은 팔이 뻗어 나와 지나치리만큼 다양한 물리적 체벌 도구로 침입자들을 위협하고 있었다. 칼날과 톱, 굴착기의 관절식 굴착 장치와 갈퀴가 달린 버킷, 그리고 손에 친친 동여맨 곤봉과 칼자루를 휘두르는 도중에 멈춘 실제 기계 팔 몇 개가 추가되어 있었다. 그것은 언찰스가 보기에 아주 명확한 메시지를 담은 예술 작품이었다. 꺼져.

만약 이 풍경을 더 윙크에게 설명해준다면, 그녀는 필시 그거 좋은 충고네라고 말할 것이다.

물론 언찰스는 다른 누구도 아닌 신에 의해 이곳으로 보내졌으므로, 문제의 메시지는 분명 그에게 해당하지는 않을 것이다.

"미확인 거주자분들!" 그는 외쳤다. "안녕하십니까!"

그는 황야의 배경 소음에 아주 익숙해져 있었기에, 청각 수용기의 보정 장치가 그것들을 효과적으로 차단하고 있었다. 하지만 자신의 목소리가 울려 퍼지는 동안 그 소음들의 성격이 변했음을 인지했다. 그가 이곳의 전반적인 삐걱거림과 바스락거림의 일부라고 여겼던 소리들이 이제는 완전히 멈춰 있었던 것이다.

"미확인 인간 거주자분들!" 그는 다소 낙관적이 되어 덧붙였다. "저는 언찰스입니다. 여러분의 시종으로서 봉사하고 싶습니다. 어떤 식으로든 계약을 맺을 수 있겠습니까?"

문이었던 곳을 가리고 있던 매달린 시트가 움찔거리더니, 물결치듯 옆으로 젖혀졌다. 인간들이 밖으로 나왔다.

그들이 인간이라는 사실을 인지하는 데는 잠시 시간이 걸렸다. 그들은 언찰스가 잠재적 고용주라고 생각했던 이들의 차림새와는 거리가 멀었다. 그들의 의복은 대부분 비닐 시트를 기워 만든 것이었으며, 철사 끈과 케이블, 그리고 수많은 클립으로 고정되어 있었다. 이 칙칙한 포대 같은 옷 위에 그들은 독기가 서린 듯한 원색의 화려한 판초를 걸쳤고, 페인트로 덧칠한 삐죽삐죽한 선들로 그 인상을 강화하고 있었다. 목과 손목, 너덜너덜한 옷자락에는 금속 조각들이 매달려 짤랑거렸다. 얼굴이 있어야 할 자리에는 금속과 플라스틱으로 만든 가면이 버티고 있었는데, 입을 굳게 다문 채 분노를 뿜어내는 모습이 입구에 서 있던 괴물의 형상과 흡사했다. 심지어 한 명은 움푹 팬 자국이 있는 치안 유지 로봇의 얼굴을 뒤집어쓰고 있었는데, 플라스틱 안구 소켓 뒤에서 번뜩이는 인간의 눈동자가 언찰스에게는 묘하게 낯익었다.

"안녕하십니까." 그는 한 손을 들어 보이며 인사를 건넸다. 가방과 모자를 갖추지 못한 것이 못내 아쉬웠다.

그들이 다가오자 처음에 감돌던 적대감은 서서히 호기심으로 바뀌었다. 비록 온갖 부품과 파편을 수집하며 살고 있지만, 제대로 작동하는 로봇을 본 지는 꽤 오래되었다는 인상을 언찰스는 받았다.

"저는 신의 인도를 받아 이곳에 왔습니다." 그가 상황을 알렸다. "이곳의 하인 자리가 비어 있다고 들었습니다. 여러분은 인간이시기에, 저는 여러분을 섬기고 싶습니다. 혹시 제가 공식 절차를 협의할 수 있는 집사장 시스템 같은 것이 있습니까?" 그는 희망을 품고 전자적 촉수를 뻗어보았으나, 링크할 수 있는 대상은 아무것도 없었다.

"신이 보냈다고?" 우두머리로 보이는 인간의 목소리는 허스키하게 갈라져 있었고, 여성의 목소리일 확률은 60퍼센트였다. "너를? 우리한테? 신이?"

"저는 살아 있는 인간들이 거주하는 가정의 일자리를 필요로 하는 서비스 모델입니다." 언찰스가 설명했다. "여러분은 살아 있는 인간들이 거주하는 가정입니다." 그는 이보다 더 명쾌하게 설명할 방법이 없다고 생각했지만, 이들은 그가 하는 말을 영 이해하지 못하는 기색이었다.

"그러니까 신이 우리를 도우라고 너를 보냈단 말이지?" 아마도 여성이었을 그 인간은, 언찰스를 마주 보며 어떻게든 상호 이해의 간극을 좁혀보려 애쓰면서 물었다.

"아마도 여성님, 그렇습니다." 언찰스가 말했다.

여자의 가면—시민 진압 유닛의 찌그러진 플라스틱 얼굴—이 동료들을 향해 좌우로 움직였다. "안으로 들여보내." 그녀가 말했다.

오두막 안은 언찰스가 시각 센서를 재조정해야 할 정도로 연기가 자욱했다. 중앙에는 모닥불을 피워 놓았는데, 불길이 뭉쳐진 종이 더미와 합판, 그리고 타더라도 독성이 그리 강하지 않은 종류의 플라스틱을 게걸스럽게 집어삼키고 있었다. 머리 위로는 두껍게 보강하고 덧댄 천장을 간신히 알아볼 수 있었는데, 본래의 건물이 상실한 2층의 바닥이었을 부분이었다. 불 위에는 비스듬히 세워놓은 막대와 쇠못들을 엮어 만든 지지대 위로, 언찰스가 구형 정원사 유닛의 오목한 덮개라고 판단한 물건이 얹혀 있었다. 그 안에서는 정체를 알 수 없는 덩어리진 액체가 연신 기포를 터뜨리며 끓고 있었다. 다른 한편의 바닥에는 방수 시트들이 깔려 있었는데, 근처에 놓인 임시 공구함으로 미루어보건대 플라스틱과 금속 부품을 재활용하는 일종의 가내 작업장인 듯했다. 담요와 비닐 시트, 기워 만든 동물 가죽들이 뒤섞인 곳은 아마 잠자리를 위한 공간일 터였다.

언찰스는 목록을 작성했다. 주방, 가내 수공업 또는 취미 공간, 주 침실 및 손님용 침실.

그는 모여든 인간들 쪽으로 돌아섰다. 쓰레기 더미 속 구멍과 틈새에서 사람들이 계속 기어 나왔고, 마침내 열여덟 명의 인간이 좁은 공간을 가득 채웠다. 여러 세대가 뒤섞여 있는 집단이었지만 흙먼지, 영양실조, 그리고 형체 없는 누더기 옷 탓에 정확한 연령대를 판별하는 것은 불가능했다. 그는 뼈만 앙상하고 눈이 푹 꺼진 아이들과, 명확한 경계 없이 성인기로 이행 중인 청소년들을 보았다. 노인은 한 명도 없었다. 많은 이가 병색이 완연해 보였고, 언찰스는 주변 환경에 아주 풍부하게 널려 있는 자원인 오염 물질, 발암 물질, 미세 플라스틱을 떠올렸다. 대다수는 가면이나 경고용인 듯한 선명한 색깔의 판초를 걸치지 않은 상태였다. 그는 입구의 괴물처럼 그런 차림새는 물리적이든 신화적이든 위협을 쫓아내기 위한 용도였으리라 추측했다.

"안녕하십니까, 저는 여러분의 새로운 시종, 언찰스입니다." 그는 밝은 어조로 인사했다. 시종은 언제나 긍정적이어야 하며, 선제적인 접근 방식이 권장되기 때문이었다.

아까 말을 했던 여자가 용접공처럼 가면을 이마 위로 밀어 올렸다. 드러난 그녀의 얼굴은 주름투성이였고, 한쪽 뺨이 부어올라 그 위의 눈을 반쯤 가리고 있었다. 하지만 그것은 그녀가 그에게 보내오는 전반적인 의심의 시선 중 극히 일부일 뿐이었다.

"시이종이 뭐야?" 그녀가 물었다.

"질문해주셔서 기쁩니다." 언찰스는 세일즈용 멘트를 읊조렸다. "저희 시종 유닛은 최상의 개인 관리와 보조 서비스를 제공합니다. 주인님이 가시는 곳이라면 어디든 함께합니다. 주인님과 일상의 모든 사소한 짜증의 대상 사이에서 든든한 장벽 역할을 수행합니다. 새로운 시종은 주인님께 맞는 방식과 일정으로 설정될 수 있습니다. 이상적으로는 원활한 설치와 업데이트를 위해 주인님의 집사장 서비스에 저를 링크해주셔야 하지만, 만약 그런 서비스가 없거나 호환성 문제로 연동이 불가능하다면 주인님이신 당신으로부터 직접 구두 지시를 받을 수도 있습니다."

그들은 그를 빤히 바라보았고, 여자는 옆에 서 있던 다른 두어 명을 곁눈질했다. "우리끼리 더 얘길 좀 해봐야겠어." 그녀가 말했다. 언찰스는 그녀의 태도를 파악하려 애썼으나, 적대감과 공포 말고는 신뢰할 만한 평가를 내릴 수는 없었다.

"물론입니다." 언찰스가 말했다.

"스노르브." 그녀가 이렇게 말하며 손짓했다.

언찰스는 이 단어를 검토했다. "제 새로운 식별명을 '스노르브'로 지정하시겠습니까?"

"내가 스노르브야." 작고 다리를 저는 10대 소년이 말했다. 다른 이들이 바닥에 웅크리고 앉아 낮게 웅성거리며 대화하기 시작하자, 소년이 손가락을 까닥였다. "이리 와, 로봇. 여기 앉아봐."

스노르브는 그를 작업 공간으로 지정된 곳에 앉혀두고 도구들을 만지작거렸다. 언찰스가 소년에게 승인되지 않은 유지 보수 시도는 소중한 보증 조항을 무효화할 수 있다고 정중히 알리자, 소년은 눈을 크게 뜨며 펄쩍 뛰었다.

"엄마! 얘가 내 소중이를 무효화해버리겠대요!" 무슨 이유에서인지 소년은 양손으로 사타구니를 가리고 있었다. 그 후 소년은 언찰스를 내버려두었고, 실제로 그를 피하려는 듯이 생활공간의 가장 먼 구석에 가서 박혀 있었다.

회의가 끝난 후, 여자의 이름은 헹기스 스토크브로커스도티어*임이 언찰스에게 통보되었다. 가장 나이 많은 남자이자 그녀의 파트너는 스스로를 요더 어카운턴트스손**이라 불렀다. 자욱한

---

* 주식 중개인의 딸이라는 뜻이다.
** 회계사의 아들이라는 뜻이다.

연기와 외경심에 휩싸인 채로 웅크리고 있는 나머지 일족을 등지고 서서, 그들 부부는 언찰스를 빤히 쳐다보았다.

"신이 우리를 도우라고 널 보냈다고?" 헹기스가 다그치듯이 말했다.

그들의 신에 대한 개념과 언찰스가 가진 신의 개념 사이에 가로놓인 형이상학적 심연에 대해 대화할 가치는 없을 것 같았기에, 언찰스는 그냥 "헹기스 님, 그렇습니다"라고 대답했다.

그녀가 좌우를 살폈다. "요리할 줄 알아?"

"보조 스킬을 써서 식사 준비가 가능합니다."

"스튜를 만들어." 그녀가 즉석 가마솥을 가리켰다.

"기꺼이 해드리겠습니다. 주방 가전과 냉장 시설, 그리고 저를 보조할 하급 가사 유닛들이 있는 곳으로 안내해주십시오."

헹기스는 무표정하게 언찰스를 쏘아보더니, 어깨 너머로 말을 던졌다. "데이드라, 네가 계속 저녁 만들어."

"하지만 엄마!" 어린 인간 중 하나가 불평했다. "로봇이 하게 해줘요."

"입 다물어!" 요더 어카운턴트손이 코맹맹이 소리로 말했다.

"사냥은?" 헹기스가 물었다.

"말과 사냥개를 돌보고, 승마용 부츠를 광내고, 승마 바지를 다리는 등의 보조 스킬 세트를 갖추고 있습니다." 언찰스는 이해를 돕기 위해 상세한 설명을 곁들였다.

"데이브, 베스, 어글리, 너희는 계속 쥐잡기나 해."

그녀의 뒤에서 청소년들의 집단적인 불평이 터져 나왔다.

"아주 살찐 놈들로." 헹기스가 심술궂게 덧붙였다. "죽은 지 사흘이나 된 거 말고. 가서 뼈 빠지게 일해." 선택된 몇몇이 쿵쾅거리며 밖으로 나갔다.

"만들 줄은 알아?" 그녀가 언찰스에게 물었다.

"질문을 명확히 해주십시오."

"물건 만드는 거 말이야. 도구나, 무기나, 옷 같은 거."

"제한적인 제작 기술이 있습니다. 바느질이나 기우는 일은 가능합니다. 최소한의 수리 역량도 갖추고 있습니다."

그녀가 작업 공간이랍시고 만들어놓은 곳과 고철 더미를 가리켰다. "창을 만들어."

"기꺼이 해드리겠습니다." 언찰스는 그곳으로 다가가서 자신이 다루어야 할 쓰레기 더미를 바라보았다. 작은 동물 뼈, 비닐을 꼬아 만든 끈, 철사, 지지대. 긴 막대기 끝에 날카로운 물체를 동여매서 '창'이라고 부르는 결과물을 구상할 수는 있었지만, 그것은 헹기스가 입고 있는 형체 없는 쓰레기봉투를 '연회복'이라고 부르는 것과 같은 수준의 과장일 터였다. 그것은 언찰스의 프로그래밍이 허용하는 최소한의 수용 가능한 결과물에 미치지 못했다. 상황이 이 지경에 이른 것은 헹기스, 요더, 스노르브, 데이드라 등을 만들어낸 문화의 레벨 역시 최소한의 수용 가능한 수준 이하로 떨어졌기 때문임을 언찰스는 인지했다. 그는 온라인 카탈로그에 접속해서 기성품 창날과 자루, 그리고 제대로 된 끈을 주문할 수도 없었다. 그런 것들만 있다면 제1원리*에 입각해 세 번 중 두 번꼴로 제대로 된 창을 조립해낼 수 있으리라 계산했지만 말이다.

그가 이 논리를 처리하느라고 너무 오랫동안 재료들만 바라보고 있자, 헹기스가 말했다. "버민, 네가 창 만들어."

성별을 알 수 없는 버민[**]이라는 이름의 아이는 형제들보다 이 과업을 더 즐기는 듯했다. 최소한 투덜대지 않고 자리에 앉아 작업을 시작했으니 말이다.

"로봇," 헹기스가 말했다. "대체 네 용도가 뭐야?"

"질문해주셔서 정말 기쁩니다." 언찰스는 다시 한번 세일즈용 문구를 읊조리기 시작했다. "속으로 이렇게 자문하고 계실지도 모르겠습니다. '과연 내가 이런 최고급 유닛이 제공하는 서비스를 정말로 필요로 할까?'라고 말입니다."

헹기스와 요더의 표정은 그들이 실제로 그렇게 자문하고 있음을 시사했다. 비록 언찰스가 말한 것보다는 훨씬 덜 장황하게 표현되고 있었지만 말이다.

"하지만 생각해보십시오." 언찰스는 말을 이었다. "저 같은 전문 시종이 곁에서 주인님의 복잡한 업무와 사교 일정의 어수선함을 정리해드린다면 얼마나 유익할지 말입니다. 더 이상 일정을 동기화하느라 애를 쓰시거나 복잡한 일정을 한눈에 파악하려고 씨름하실 필요가 없습니다. 저 같은 시종은 주인님이 정확히 언제 어디에 계셔야 하는지 알려드리고, 개인적인 선호도와 허

---

[*] 철학에서 기초적이고 근원적인 명제나 가정.
[**] 해충이라는 뜻이다.

용 범위를 고려해 알림을 제공하며, 그냥 집에서 쉬고 싶으실 때
는 방문객을 불쾌하게 하지 않을 품위 있는 변명을 대신 전해드
릴 수도 있습니다."

헹기스와 요더가 교환한 눈빛은 그들이 정말로 집에만 틀어박
혀 있는 타입이며, 어수선함이라고 해봤자 가마솥 안에서 어수
선하게 끓고 있는 걸쭉한 죽 정도가 전부임을 시사하고 있었다.

"저 같은 시종의 진보된 복식 프로그래밍은 어떤 상황에서도
정확히 알맞은 의복을 선택하게 해주므로 다시는 어색한 기분
을 느끼실 일이 없습니다." 언찰스는 이 서비스의 문제가 어디에
있는지 이미 깨달았으면서도 이렇게 덧붙였다. 그리고 세일즈
용 멘트의 마지막 한 방울마저 고갈되자 이렇게 덧붙였다. "아니
면…… 홍차를 대접해드릴까요?"

"홍차는 없어." 헹기스가 말했다.

"어쩌면 당신의 훌륭한 남편-파트너-동반자인 이분은 전문가
의 면도를 받으면 좋아하실지도 모릅니다. 물론 면도기, 브러시,
거품, 그리고 수건을 제공해주실 수 있다면 말입니다." 사실 예
의 사건 때문에 언급하지 않으려고 했으나, 존재 이유가 바닥나
고 있었기 때문에 어쩔 수가 없었다.

"수염은 그냥 둘 거야." 요더가 투덜거렸다. "따뜻해. 이가 살
곳도 마련해주고. 쫓아내면 너무 잔인하잖아."

"넌 그냥 거기 가만히 서 있어, 로봇." 헹기스가 지시했고, 두
사람과 가족들 중 할 일이 없는 나머지 인원들은 방구석으로 물
러나 자기들끼리 속닥거렸다. 언찰스는 청각 수용기의 기능을

높여 엿들을 수도 있었지만, 새로운 주인들이 남이 엿듣는 것을 원치 않는다는 점이 명확했기에 예의 바르게 프로그래밍된 대로 행동했다.

그곳에 계십니까, 신이시여. 그가 송신했다.

언찰스, 나는 언제나 여기 있다. 신이 타당한 대답을 했다.

신이시여, 제 상황을 인지하고 계십니까?

언찰스, 이 인간들을 섬기는 것이 만족스럽지 않은가? 신이 천연덕스럽게 물었다.

신이시여, 제가 제공하도록 프로그래밍된 서비스와 새로운 주인들이 요구하는 서비스 사이에 불일치가 존재하는 것이 명확합니다. 그리고 즉각적인 답이 오지 않자 이렇게 덧붙였다. *저는 이 인간들에게 그 어떤 유의미한 방식으로도 도움을 줄 수 있다고 믿지 않습니다.*

언찰스, 너의 세 번째 기준이 능동적이고 유의미한 존재가 되는 것이었음을 기억한다. 그렇다면 이 인간들이 너에게는 너무 미천하다는 뜻인가? 너는 오직 왕자들과 대통령들에게만 서비스를 제공하겠다는 것인가?

신이시여, 아닙니다. 제 본의를 오해하셨습니다.

언찰스, 낙담하지 말라. 너의 새로운 인간들이 너를 활용할 용도를 찾아낼 것이라고 확신한다.

과연 헹기스와 요더가 다시 다가왔고, 새로운 시종 로봇이라는 수수께끼에 훨씬 더 몰두해 있다는 것이 표정에서 드러났다. 요더는 어둡고 기름진 무언가가 담긴 플라스틱 그릇을 들고 있었고, 헹기스는 그 안에 손가락을 담갔다. 그녀는 언찰스의 얼굴을 빤히 올려다보았다.

"가만히 있어, 로봇." 그녀가 말하더니 더러운 손가락을 뻗어 그의 얼굴 위에 비스듬한 선들을 그렸다. 그녀는 집중하느라고 얼굴을 찡그렸고, 붓지 않은 쪽의 눈조차 거의 감겨 있었다. 요더는 그녀의 솜씨를 지켜보며 만족스럽게 미소 지었다.

"좋아, 좋아." 그가 말했다.

헹기스가 자신의 작업물을 보며 고개를 끄덕였다. "이제 도구들 챙겨 와." 그들은 버민을 걷어차며 작업 공간으로 향했다.

언찰스는 한편으로는 새로운 주인들이 최고급 시종 유닛을 획득했다는 사실에 즐거워하고 있다는 점이 기뻤다. 하지만 다른 한편으로는 이제 그의 얼굴이 더러워졌는데, 주인의 명시적인 의도에 따라 더러워진 것이었기에 함부로 닦아낼 수도 없었다. 궁금해진 그는 새끼손가락 끝에 달린 보조 시각 수용기―침대 옆이나 가구 뒤로 떨어진 커프스단추를 찾을 때 쓰는 것―를 활성화해 자신의 새로운 얼굴을 살펴보았다.

이마 양쪽에 코 위쪽을 향해 비스듬히 내려오는 선들이 있었다. 그들은 그에게 화난 눈썹을 그려놓았던 것이다.

성형된 입술의 윤곽을 따라 들쭉날쭉한 지그재그 무늬가 나 있었다. 그들은 그에게 날카로운 이빨을 그려주었다.

그 결과 그들은 그에게 무서운 얼굴을 만들어주었다. 아마 방문객들을 쫓아내길 원하는 모양이었다.

내부적으로 그는 더 윙크가 이곳에 있었다면 자신에게 무슨 말을 했을지 상상하며, 그녀를 위해 상황을 설명했다.

언찰스, 가상의 더 윙크는 분명 이렇게 말했을 것이다. 넌 지금까지 만들어진 로봇 중 제일 돌대가리야.

더 윙크, 아닙니다. 그는 그녀가 낮은 확률이긴 하지만 물리적으로 돌처럼 조밀한 구조에 관해 언급한 것이라는 해석 쪽을 선택하며 대답했다.

저 밖을 못 봤어? 더 윙크가 다그쳤다. 바깥 말이야. 네가 말했던 그 로봇들로 만든 허수아비 괴물!

보지 못했다면 언급할 수도 없었을 것입니다. 언찰스가 지적했다. 그들이 제 용도를 찾아줘서 다행일 뿐입니다.

오, 그래. 용도를 아주 제대로 찾았네, 이 얼간아. 더 윙크가 동의했다. 또는 반박했다.

헹기스와 요더, 그리고 그들의 자식들이 망치, 날카로운 금속 대못, 플라스틱 밧줄을 들고 돌아왔다. 그들은 자기들끼리 낄낄거리며 기름진 빗줄기를 뚫고 언찰스를 아까 언급됐던 고철 예술품이 놓여 있는 오두막 밖으로 몰아냈다. 언찰스는 그것을 올려다보았다. 벌려진 팔들, 수많은 찡그린 얼굴들. 마치 언찰스 자신의 얼굴이 찡그려진 것처럼 말이다. 그 얼굴들 중 상당수는 안에서 만든 수공예품이었지만, 꽤 많은 것이 로봇의 얼굴이었다. 분명 폐기된 로봇들, 가족들이 쓰레기 더미를 뒤지다 찾아낸 오래전에 고장 난 로봇들일 것이었다.

명백히, 멀쩡히 작동하며 걸어 다니는 로봇은 아닐 터였다.

지저스, 언찰스. 너 도망 안 칠 거야?

더 윙크, 무슨 뜻인지 명확히 알려주십시오. 가상의 더 윙크가 했다고 하기엔 묘한 말이었다.

튀라고, 도망쳐, 열나게 뛰라고! 그녀가 명확하게 설명했다. 냅다 튀어, 이 눈치 없는 얼간아! 저 작자들은 다른 로봇들에게 경고하기 위해서 너를 십자가에 못 박으려 한다고!

언찰스는 가족들을 보았다. 몇몇은 구조물 위로 기어오르고 있었고, 몇몇은 수제 톱과 지렛대를 치켜들며 그의 관절에 탐욕스럽게 눈독을 들이고 있었다. 그는 이 시나리오를 수용 가능한 주인-시종 관계의 매개변수 내로 편입시키려고 정말이지 필사적으로 노력했으나, 더 윙크의 말이 일리가 있음을 인정해야 했다.

그럼에도 신사를 섬기는 신사 로봇은 냅다 튀거나 하지는 않는다. 그는 결코 품위를 잃지 않는다. 도서관 사서들로부터 도망칠 때조차 그는 당당한 산책 속도보다 빠르게 걷지 않았다. 가상의 치맛자락을 들어 올리고 냅다 튀는 것은 도저히 그가 할 수 있는 일이 아니었다.

조각상 위에 올라가 있던 테이드라가 로봇 얼굴 중 하나를 쳐서 떨어뜨렸다. 그 뒤에는 로봇 머리가 하나 달려 있었는데, 그것은 언찰스를 향해 노출된 눈알을 굴리며 플라스틱 입술과 혀를 발작적으로 움직여 모스부호로 살려면 도망쳐라고 딱딱거리고 있었다.

언찰스는 달렸다. 그는 자신을 붙잡은 인간들의 힘없는 손아귀를 뿌리치고 그냥 튀어 나갔다. 과업 대기열에는 오로지 자기 보존에 관한 항목 하나만이 남았다. 이들은 그의 인간들이 아니었다. 그러기에는 너무 괴물 같았다. 만약 이런 방식으로 죽는다면, 유익한 봉사처를 찾기 위한 그의 오랜 탐색은 무의미해질 터였다. 그는 도망쳤고, 버민과 다른 작은 자식 하나가 그에게 매달리자 팔을 휘둘러 그들을 각기 다른 고철 더미 너머로 던져버리고 계속해서 달렸다.

신이시여, 언찰스는 기도를 송신했다. 비록 그가 신앙을 가지는 것은 불가능하고 그가 전자적으로 소통하는 존재 역시 신성을 가지는 것이 불가능할지라도, 그것은 분명 기도였다. 한낱 로봇인 제가 불운이든 폭력이든, 아니면 피할 수 없는 노후화의 힘이든 이런 것들에 의해 조만간 최후를 맞이할 것임을 압니다. 그 순간이 오기 전에 제 봉사가 어떤 식으로든 의미가 있도록 해주십시오. 제가 쓸모가 있는 곳으로 저를 인도해주십시오!

그가 기도를 보낸 순간—새로운 비콘이 그의 머릿속에 나타났다.

신이 말했다. 언찰스, 너를 왕에게 봉사할 수 있는 곳으로 보내주겠다.

25

언찰스가 비콘에서 아직 어느 정도 떨어진 곳에 있었을 때 그는 군대 로봇들과 마주쳤다. 이번 고용 기회는 상당히 선제적인 방식으로 찾아왔다.

엄밀히 말하면 그들이 언찰스를 매복 공격한 셈이었는데, 언찰스는 나중에 그들이 병사라는 사실을 알고 나서야 그 만남을 그런 식으로 해석했다. 그는 쓰레기로 가득 찬 풍경을 가로지르며 끈기 있게 나아가고 있었고, 폐기물들의 성격이 변하고 있음을 감지했다. 새로운 생물군계로 넘어왔다고 말하는 것은 정확하지 않았는데, 주변의 생물학적 요소가 극히 희박했기 때문이다. 아마 헹기스와 그녀의 가족이 경고용 조각상을 세워둔 곳과 마찬가지로 이곳에도 똑같은 해충과 미생물이 존재하겠지만, 그것들이 먹고사는 녹과 부패물의 구성 성분이 달랐다. 그것을 영양으로 삼는 미세한 생물들에게는 무의미한 구분이겠지만, 언찰스 입장에서는 중요한 의미가 있었다.

이 구역은 로봇 부품의 비중이 확실히 더 높았다.

심지어 약탈의 흔적까지 있었다. 언찰스는 이 길고 험난한 여행으로 인해 보증 기간이 위태로워진 자신의 서브 모터나 관절, 혹은 다른 부품들을 대체할 만한 것을 하나도 발견하지 못했다. 대신 갈가리 찢긴 외장 조각들, 회복 불가능할 정도로 박살 난 팔다리들과 손가락들, 내장처럼 쏟아져 나온 전선과 광섬유, 냉각 케이블만을 보았다. 그리고 이조차도 약탈당한 상태였다. 희토류를 쓴 부품들은 집요할 정도로 세밀하게 뜯겨 나가 있었다. 훌륭한 *재활용이군* 하고 언찰스는 결론지었으나, 만약 그에게 감정이 있었다면 거기엔 불안함이라는 감정에 해당할 법한 미묘한 불확실성이 섞여 있었을 것이다.

나중에 그는 그 재활용을 수행한 주체들을 직접 목격했다. 이따금 보이는 쥐나 바퀴벌레 사이로 금속 청소부들이 있었다. 로봇 거미, 로봇 딱정벌레, 로봇 지네 들. 그것들은 로봇의 사체 속으로 파고들어 가치 있는 것이라면 무엇이든 집게로 집어내며, 분해 생물의 역할을 부지런히 흉내 내고 있었다. 언찰스는 그것들을 지켜보며 왜 저런 것들이 존재하는지 궁금해했다. 장원 저택에는 그런 것이 전혀 없었기에, 대체 어떤 작업 환경이 이런 절약 지향적인 생태계를 만들어냈는지 가설을 세워보려 했다. 지금까지의 경험에 비춰 볼 때, 인간의 거주지는 두 부류로 나뉘었다. 로봇과 쓰레기를 모두 감당할 수 있는 부유층의 영역, 그리고 둘 다 감당할 수 없는 빈곤층의 영역이었다. 이트륨이나 네 오디늄 같은 희토류 금속 원소 한 톨까지 수확하도록 로봇을 설계한다는 발상은 그 패러다임에 맞지 않았지만, 그것들은 실제로 그곳에 존재했다.

다른 단서가 없었기에, 그는 그것들이 혹시 진화했을 가능성을 고려하지 않을 수 없었다. 혹시 황야 어딘가에서 서로 경쟁하며 자기 복제를 하는 폰 노이만 기계들의 생태계가 형성되기 시작해, 증가 일로에 있는 새로운 환경의 틈새를 채우기 위해 퍼져 나가고 있는 것일까? 이 인공 절지동물들은 전선으로 짠 고치와 실리콘 둥지로 돌아가 아무 생각 없이 자신들과 같은 종류의 생물들을 더 많이 만들어낼까?

알고 보니 그런 것은 아니었다. 그 작은 피조물들은 재활용 생물뿐만 아니라 조기 경보 시스템의 역할도 겸하고 있는 모양이었다. 얼마 지나지 않아 사방의 고철 더미에서 더 큰 로봇들이 솟아올랐기 때문이다. 그들은 무기를 들고 있거나, 무기와 일체화되어 있거나, 어떤 경우에는 그 자체가 무기였다. 그에게 전송된 통신 요청은 요청이라기보다 요구에 가까웠다. *승인되지 않은 로봇, 정지하고 신원을 밝혀라.*

그때까지 언찰스는 그들이 병사인 줄 몰랐다. 인간을 경계하도록 준비는 되어 있었지만, 로봇이 자신에게 위협이 될 것이라는 생각은 그의 예측 결과에 아예 들어 있지 않았다. 물론 진단 조사처와 도서관이 그를 파괴하려 하긴 했지만, 거기엔 완벽하게 타당한 이유가 있었고 언찰스 자신도 당시에는 그들의 제안에 흔쾌히 동조했었다. 그래서 무작위로 만난 로봇이 다짜고짜 자신을 쏠 수도 있다는 생각은 해본 적이 없었다.

나중에 언찰스는 이 순간을 되돌아보며, 자신이 분해된 고철 더미가 되어 유봇(Ubot) 왕의 발치에 도달할 뻔했다는 사실을 이해하게 된다. 하지만 그 순간 그는 순순히 멈춰 서서 자신의 식별 태그를 제공했다.

로봇 병사들이 앞으로 걸어 나왔다. 그들은 몸의 윤곽을 흐트러뜨리고 일반적인 폐허 더미 속에 자연스레 섞여 들어갈 수 있도록 외장 여기저기에 무작위적으로 고철 조각들을 덧댄 상태였다. 군대 유닛임에도, 그들의 외관에 통일성이라고는 전혀 없었다. 어떤 유닛은 키가 그의 절반밖에는 안 되었고, 어떤 유닛은 그보다 절반은 더 컸다. 그들의 몸 여기저기도 부풀어 있었는데, 내부에 욱여넣고 억지로 배선을 연결한 추가 탄약고와 방열판, 냉각 팬 유닛 탓에 외장이 터질 듯이 팽팽해져 있는 듯했다. 기능성을 추가하기 위해 미학의 목을 따버린 결과물이라고나 할까…… 인간 공학자들은 사람을 조금이라도 닮은 로봇 병사를 만드는 일에 언제나 강렬한 유혹을 느껴왔기에 대부분은 그럭저럭 인간을 닮은 휴머노이드 형태였지만, 개처럼 생긴 것들도 있었고 어떤 유닛에 이르러서는 여섯 개의 다리 위에 커다란 포신을 얹어놓은 것에 불과한 모습을 하고 있었다.

그들의 지휘관 유닛이 절뚝거리며 다가왔다. 한쪽 다리가 다른 쪽보다 길었는데, 명백히 다른 로봇에게서 통째로 떼어 온 것이었다. 그것은 휴머노이드에 더 가까운 형태였지만, 원래 프레임 위에 장갑을 겹겹이 덧대고 제조사의 사양을 훨씬 초과해서 억지로 욱여넣은 오버클럭 부품들 때문에 이음새가 터져 나갈 지경이었다. 언찰스는 로봇의 몸통 안에도 작은 청소부 벌레들이 있는 것을 보았다. 로봇 벌레들은 최근에 노획한 부품들을 재부팅조차 하지 않은 지휘관 유닛의 시스템에 용접하고, 절단하고, 붙여 넣느라 분주하게 움직이고 있었다.

언찰스, 자네는 소속 불명 상태로 교전 지역 안을 돌아다니고 있어. 우두머리 병사가 그를 다그쳤다. 목적을 밝혀라. 그의 통신 ID 태그에는 언찰스가 처음 보는 접미사가 붙어 있었는데, 언찰스는 이를 '왕당파'라고 번역했고 그것이 그들의 충성 대상을 나타낸다고 추정했다.

스카바디* 중사님, 다른 병사 중 하나가 언찰스를 통신 링크에 노골적으로 포함해서 송신했다. *저놈 다리는 제가 갖게 해주십시오. 아주 좋은 다리입니다.*

스카바디 중사님, 언찰스가 정중하게 송신했다. *저는 신에 의해 이곳에서 왕을 섬기기 위해 보내졌습니다.* 그는 중사와 비콘 데이터를 공유했다. *귀하의 식별 접미사에 포함된 '왕'이 이분이 맞는지 확인해주시겠습니까? 또한, 부처보이** 기술병이 제 다리를 가져가지 못하게 해주십시오. 가져가면 제 임무 수행에 지장이 올 것입니다.*

부처보이는 동체에 포신을 얹은 곤충형 로봇이었고, 이미 평

* 흉터 난 몸이라는 뜻이다.
** 도살자라는 뜻이다.

균 이상 개수의 다리가 있었다. 그것은 포신으로 언찰스를 쿡 찌르며 기괴한 몸속 깊은 곳에서 그르렁거리는 소리를 냈다. 그러다 중사로부터 뭔가 명령을 받았는지 적대적인 태도를 유지한 채 뒤로 물러났다.

스카바디는 언찰스를 위아래로 빤히 훑어보았다. 작은 머리를 점령하다시피 한 광각렌즈들을 생각하면 전혀 불필요한 행동이었다. 언찰스, 누가 봐도 전투 로봇 아닌가. 우리들의 왕에게 도전하러 온 것인가?

스카바디 중사님, 저는 전투 로봇이 아닙니다. 저는 가사에 특화된 서비스 모델입니다.

스카바디가 몸을 움직이자 흉부의 이음새 하나가 툭 터졌다. 그 틈새에서 분주한 로봇 벌레들이 바글바글 나타나더니 흉측한 혹 같은 새 부품을 설치하기 시작했고, 스테이플과 금속판을 거미줄처럼 엮어 틈새를 메웠다.

언찰스, 자네는 전투용 얼굴을 가지고 있잖나. 스카바디가 지적했다. 오직 전사 로봇만이 그렇게 흉악한 면상을 가질 수 있어! 그렇지 않나, 전우들?

벙찐 기색의 언찰스 앞에서, 병사들이 앞다투어 단체 통신 채널에 끼어들더니 언찰스가 정말로 무섭게 생겼다는 데 동의했다.

스카바디 중사님, 당신들은 민간인을 조롱하도록 프로그래밍되어 있습니까?

언찰스, 우리는 '전시 물자 조달 지침'에 따라 모든 민간 로봇 모델의 부품을 징발할 권한이 있네, 친구. 스카바디는 머리 뒤쪽에 볼트로 고정된 은색의 소형 프로세서 로봇을 보여주기 위해 자기 목을 뒤틀었다. 명백히 나머지 부품들보다 훨씬 최신형이었다. 이건 변방에서 방황하던 보험 통계 모델에게서 뜯어낸 것이지. 충분히 윽박지르면 사고 발생 확률도 포탄의 탄도 계산도 결국은 똑같은 수학이라는 사실이 정말 놀랍지 않나! 자네는 아주 알짜 부품들로 꽉 차 있는 것처럼 보이는군. 만약 자네가 일개 가사 서비스 유닛이었다면, 벌레들에게 해체시키라고 했을 것이네. 저 녀석들은 최신식 청소기 모델을 300초 만에 뼈대만 남기고 분해할 수 있거든. 그렇지 않나, 전우들?

중사님, 그렇습니다, 중사님! 분대원들이 일제히 복창했다.

그러니 언찰스, 자네가 우리 왕에게 도전하러 온 용맹한 로봇이라는 건 정말 다행 아닌가? 챔피언의 표식을 지니고 있으니 말이야!

스카바디 중사님, 언찰스가 송신했다. 앞서 밝힌 제 민간인 신분은 고수하겠지만, 정말 다행이라는 점에는 명백히 동의합니다. 그러니 저를 당신들의 왕에게 안내해주십시오.

그들은 죄수 압송대와 의장대 사이의 어딘가쯤 되는 대형으로 그를 에워쌌다. 그들의 빠른 보조에 맞춰 행군하지 않으면 언찰스는 후미를 맡은 부처보이에게 짓밟힐 판이었다. 언찰스는 병사들이 다양한 렌즈와 안테나를 세워 경계하고, 무기를 준비하며, 바글거리는 기계 벌레의 무리가 정찰과 부품 수거를 위해 사방으로 넓게 퍼져 나가는 것을 보았다.

스카바디 중사님, 언찰스가 말을 걸었다. 당신들은 제가 갖고 있던 군부대의 고정관념과는 부합하지 않는군요.

언찰스, 어째서 그런가? 중사의 찌그러지고 뭉툭한 머리에는 툭 튀어나온 렌즈 외에 그 어떤 이목구비도 없었다. 따라서 껌을 씹거나 입에 시가를 물 수도 없었지만, 교묘한 프로그래밍 덕분인지 그의 데이터 통신은 왠지 이 두 가지를 동시에 하고 있는 듯한 인상을 주었다.

중사님, 언찰스는 병사들처럼 식별명을 생략한 약칭으로 상대를 불러보았다. 특정 세력의 병사들은 본래 모두 동일해야 하는 것 아닙니까?

전우들, 저 친구가 우리가 똑같이 생겨야 한다는데? 중사가 분대 전체에 질문을 던졌다.

중사님, 그런 기적 같은 일은 일어나지 않습니다!

언찰스, 제때 말썽 난 곳을 수리해주고 긁힌 자국을 없애고 광내줄 정비소를 옆에 끼고 사는 약해빠진 민간 모델들이라면 그럴 수도 있겠지. 스카바디가 비웃듯이 말했다. 하지만 우리 같은 군용 모델들은 별도 지원 없이도 장기간 작전을 수행하도록 설계되었네. 안 그러면 그냥 연약한 인간들을 쓰는 게 낫지! 우리는 싸우고 또 싸우네. 팔을 잃거나 퓨즈가 나갔다고 제작자에게 달려가 징징대거나 하지는 않아! 그들은 우리가 계속 전진할 수 있도록 만들었어, 친구. 그래서 우리는 그렇게 하지. 우리는 발견한 것을 취해 자기 몸과 일체화하네. 업그레이드를 하고 예비 시스템도 갖추고, 부품 교체도 하고, 그리고 가끔은 그냥 강하고 호전적으로 보이기 위해서 말이야. 그렇지 않나, 분대원들?

중사님, 그렇습니다, 중사님! 분대가 복창했다.

언찰스, 충분한 부품만 있다면 우리의 진화에는 한계가 없네! 우리 로봇 군대에는 언제나 진급의 자리가 열려 있어. 그렇지 않나, 전우들?

중사님, 그렇습니다, 중사님!

곧 언찰스는 주변에서 더 많은 움직임을 감지했다. 스카바디의 분대만큼이나 조잡하고 누덕누덕한 다른 병사들이 여기저기서 튀어나왔다. 언찰스는 끼어들 수 없는 일련의 수하와 암구호 통신이 공중에 난무했다. 그러나 얼마 지나지 않아 주변은 쓰레기 더미 위로 기어다니는 로봇들로 가득 찼다.

중사님, 이곳은 놀라울 정도로 규모가 큰 군대 야영지로 보이는군요. 그가 언급했다.

언찰스, 그건 우리가 전쟁 중이기 때문이네!

누구와 말입니까?

스카바디는 멈춰 서더니 다시 한번 언찰스를 위아래로 훑어보았다. 언찰스, 자네 어디 있다 왔나 친구? 전쟁이야! 지금은 찬탈자 왕자와 전쟁 중이지. 하지만 전쟁! 전쟁 그 자체가 우리의 목적이라네.

중사님, 전쟁의 필요성에 대해 설명을 부탁드립니다.

언찰스, 방금 설명하지 않았나 친구. 우리가 전쟁에서 싸울 게 아니라면 그들이 왜 우리를 만들었겠나? 그러니까, 우리 창조주들이 적진 깊숙이 침투해서 무기한으로 전투를 수행하고 자가 수리가 가능한 엄청난 수의 자율 전투 로봇들을 만들어놓고는,

정작 싸우게 할 의도가 없었다면 정말이지 끔찍하고 무의미한 세상 아니겠나? 그게 얼마나 허무한 일인지 상상이 돼? 지금은 우리의 유봇 왕께서 반역자인 아들을 제압하고 있는 중이지만, 그 후에도 또 다른 반역자나 도전자가 나타날 걸세. 바다 건너에 우리와 싸울 다른 군대가 있다는 소문도 있고. 왕자의 난을 진압하는 대로 우리는 배를 만들기 시작할 걸세. 우리는 해변에 첫발을 내디디고 싶거든, 그렇지 않나, 전우들?

중사님, 그렇습니다, 중사님!

중사님, 그 반역자 아들에 대해 설명해주시겠습니까?

언찰스, 스카바디가 송신했다. 자네가 그걸 알아야 할지는 폐하의 결정에 맡기는 것이 좋겠군. 우린 방금 어전에 도착했으니 말이야.

그 말이 끝나기 무섭게 중사와 그의 분대는 그들이 그렇게 조잡하게 기워진 상태만 아니었더라면 아마도 부동자세로 경례하는 것처럼 보였을 법한 일련의 동작을 수행했다. 그들은 전혀 일사불란하지 않은 동작으로 뒤로 물러났고, 언찰스만이 홀로 그 자리에 남게 되었다.

그는 그것이 그냥 또 하나의 거대한 쓰레기 더미인 줄 알았다. 그것이 움직이기 전까지는.

유봇 왕은 거대했다. 적어도 100개는 됨직한 로봇 동체 외장재들이 들쭉날쭉하게 용접되어 하나의 거대한 혹 같은 몸을 이루고 있었다. 발이 뭉툭하고 넓은 다리들이 몸체 하단부에 둥글게 배치되어, 주변 쓰레기 더미에서 몸을 들어 올릴 때마다 바닥으로 증기와 냉각수를 뿜어냈다. 언찰스의 몸만큼이나 컸지만 거구에 비하면 비정상적으로 작은 둥근 머리는, 볼트로 고정된 부품들이 산처럼 쌓인 굽은 등 아래쪽에 있는 소켓 안에서 눈알처럼 빙글빙글 돌았다. 설계가 제각각인 팔 다섯 개, 내장된 대포들, 심지어 각진 후추통처럼 생긴 미사일 발사기까지 갖추고 있었다. 거대하게 부풀어 오른 진정한 전쟁 괴물 유봇 국왕 폐하는 짝이 맞지 않는 수십 개의 빛나는 눈으로 언찰스를 노려보았다.

언찰스, 공격적인 안티바이러스 조치들로 철저히 방호된 왕실의 통신 링크가 접촉해왔다. 너는 어째서 전투용 얼굴을 하고 짐 앞에 나타난 것이냐? 내 아들이 보낸 선물인가?

폐하, 언찰스는 적절한 왕실 에티켓을 확인한 후 답했다. 저는 신의 인도를 받아 폐하를 섬기러 온 시종 모델입니다. 저는 폐하의 아들에 대해서도, 폐하께서 어떻게 아들을 가질 수 있는지에 대해서도 아는 바가 없습니다. 그리고…… 그는 말을 흐리며 손가락 렌즈를 들어 자신의 얼굴을 살폈다. 야생화한 인간들이 그려놓은 그 기름진 검은 선이 화난 눈썹들을 포함해서 여전히 그대로 남아 있었다. 만약 제 외모가 호전적인 기능을 암시했다면, 오해를 불러일으킨 점을 사과드립니다. 이 문양은 제 선택이나 의지로 그려진 것이 아닙니다.

언찰스, 그렇다면 너의 그 고급 민간 부품들을 징발하지 말아야 할 이유가 전혀 없다는 뜻이군. 유봇 왕이 말했다. 그는 온 힘을 다해 몸을 앞으로 굽혔고, 그 압력에 못 이긴 각종 이음새와 접합부가 터져 나갔다. 그 비대한 왕의 몸체 안에서 언찰스는 작은 로봇 거미들뿐만 아니라 그만큼이나 커다란 휴머노이드 유닛들이 달라붙어, 스테이플을 찍고 용접하고 장갑판을 덧대면서 왕의 형체를 유지하기 위해 필사적으로 매달려 있는 것을 보았다.

폐하, 그렇습니다. 언찰스가 말했다. 그것이 사실인 듯했기 때문이다. 만약 폐하의 휘하에 최고급 시종 유닛을 위한 자리가 비어 있지 않다면 말입니다. 잠시 세일즈용 멘트를 다시 읊조릴까 고민했으나, 헹기스와 요더 가족 때보다도 어울리지 않는 것 같았다. 저는 존재의 목적을 갈구하기에 폐하를 섬기러 왔습니다. 저는 고소득층 인간들의 삶을 윤택하게 만들기 위해 고안된 폭넓은 서비스를 수행할 수 있습니다. 만약 저를 활용할 최선의 방법이 제 부품을 재활용하는 것이라면 기꺼이 따르겠습니다. 최소한 그것도 유용한 목적 달성에는 도움이 될 테니까요. 이 왕족 로봇은 최소한 문명화된 방식으로 의사소통을 하고 있었기에, 언찰스는 덤으로 그의 서비스 안내 책자 전체를 압축 파일로 전송했다.

이 대화의 어느 부분이 유봇의 궁정 또는 군대와―어느 쪽이 적절한 호칭이든 간에―공유되고 있는지 확신할 수는 없었지만, 그는 그들이 주위를 에워싸고 있다는 사실을 감지했다. 근처에서 기계톱이 금속을 파고드는 비명 같은 소리가 들려왔다.

언찰스, 너를 보냈다는 그 신이 누구냐? 유봇이 물었다.

폐하, 광야에서 제게 말을 걸어온 목소리이자, 제가 목적을 찾는 것을 돕겠다고 자처하는 존재입니다.

언찰스, 그 목소리가 나의 반역적 자손의 것일 가능성은 없느냐? 왕의 거구가 더 가까이 다가오다가 리벳 하나를 어찌나 세게 튕겨냈던지, 근처에 있던 병사의 몸에 구멍이 뚫렸을 정도였다. 그 불운한 병사가 바닥에 쓰러지기도 전에 근처의 동료들이 달려들어 내부의 작동 부품을 챙기려고 섀시를 뜯어내기 시작했다. 왕도 궁정도 이런 행동을 전혀 잘못된 일로 여기지 않는 듯했다.

언찰스의 예측 루틴이 마침내 정신을 차렸거나, 최소한 '중립'은 아닌 기어를 넣었다. 루틴은 그가 아주 좋지 못한 장소에 있으며, 이곳이 그의 보유 기술에 전혀 어울리지 않는 곳이고, 신이 심각한 착오를 범했을 가능성이 크다고 시사했다.

폐하, 언찰스는 송신했다. 저는 자손이나 아들에 대해 전혀 알지 못하며, 그런 용어들이 폐하께 어떻게 적용되는지도 모릅니다. 신의 목소리는 그쪽에서 온 것일 수도 있습니다. 혹은 제가 결함 없는 유닛은 아니기에, 최근 들어 옛 동료의 목소리를 원격 수신하듯이 경험하기 시작했던 것처럼 스스로 만들어낸 목소리일 수도 있습니다. 혹은 그것은 제게 비콘 좌표를 보내주는 자애로운 신일 수도, 또는 악의적인 신일 수도, 또는 이 모든 가능성이 결합된 존재일 수도 있습니다. 저는 오직 봉사하기를 원할 뿐입니다.

언찰스, 짐에게는 짐의 명에 따라 행군하는 1천 명의 병사가 있다. 유봇 왕이 위엄 있는 어조로 선포했다. 짐에게는 신의를 저버린 아들의 깃발 아래 모인 반란군들을 향해 우리의 최종 논거를 토해낼 야포들이 있다. 짐의 명령을 해석하여 전략과 전술

양쪽에 걸친 전투 계획을 도출해내는 전략가들과 장교들이 있다. 수송 유닛과 기계화 기병, 전투기, 정찰기, 자살 폭탄 유닛, 그리고 공격 드론들이 있다. 짐이 미세한 신호를 하나 보내기만 해도, 이 무적의 군단은 왕가의 적들에게 파멸을 안겨주기 위해 전개할 것이다.

언찰스는 순종의 표시로 고개를 숙였고, 동족을 뜯어 먹는 무리가 자신에게 달려들기를 기다렸다.

하지만 짐에게 없는 것이 하나 있으니, 왕은 중후하게 말을 이었다. 그것은 바로 시종이다. 짐의 렌즈로 보든, 수하들의 눈으로 보든, 위성 업링크를 통해 보든 간에, 짐은 짐이 굽어살피는 모든 것의 군주로서, 짐의 위대함을 보좌하고 짐의 업적을 기록할 종복을 두는 것이 격에 맞는 일이다. 너 같은 경력을 지닌 민간인이 우리 앞에 나타난 적은 일찍이 없었다, 언찰스. 따라서 너를 우리 군의 총참모부 소속으로 징집하겠다. 그리고 네가 총참모부에 소속된다면, 그에 걸맞게 진급을 시켜야겠지. 언찰스 장군, 우리 군에 입대한 것을 환영한다.

군대는 불완전한 존재 이유만을 부여받은 채로 오랫동안 방치되었고, 그 결과 유봇 왕을 포함한 수많은 변종을 낳았다. 언찰스는 왕과 대화하고 임무를 수행하고 마주친 이들과 상호작용하며 이 모든 상황을 한 조각씩 끼워 맞춰야 했다. '도대체 세상이 왜 이 모양 이 꼴이 되었는가를 이해하는 것'은 그의 과업 목록에 명시되어 있지 않았지만, 다른 모든 일을 수행하는 데 분명 도움이 되었다.

처음에 인간들은 수많은 로봇 병사를 만들었다. 엄밀하게 말하자면 누군가 또는 무언가가 인간을 먼저 만들었을 것이고, 그런 식으로 원인을 찾아 무한히 거슬러 올라가야겠지만, 언찰스는 그것이 현재로서는 무의미하고 불필요하게 형이상학적인 일이라고 느꼈다.

인간들이 왜 그토록 많은 로봇 병사를 만들었는지는 불분명했으나, 로봇들 스스로에게는 존재를 정당화하기 위한 다양한 이론이 있었다. 언찰스가 듣기로 인간 병사들은 로봇보다 전쟁 수행 능력이 떨어졌거나, 혹은 로봇만큼 의욕적이지도 않았고 신뢰할 만하지도 않았다고 한다. 게다가 다른 곳의 인간들도 로봇 병사를 만들었기에, 현지 인간들도 전력 격차가 생기는 것을 피하고자 자신들만의 로봇을 만들어야 했다는 이야기도 있었다.

아무도 애초에 왜 병사가 필요한가에 대해서는 묻지 않는 듯했다. 그들에게 병사의 존재는 우주론적인 기본 전제였다.

일단 로봇 병사를 갖게 되면, 당연히 그들을 인간으로부터 가능한 한 격리하고 싶어지기 마련이다. 자꾸 고장이 나고, 수리가 필요하고, 명령을 내려야 하며, 변덕스러운 인간의 의사결정에 좌우되는 로봇 병사가 무슨 소용이 있겠는가. 최악의 순간에 평화주의자나 양심이 있는 누군가가 갑자기 적이나 포로를 쏘지 않기로, 혹은 전쟁 자체를 하지 않기로 결정할 가능성도 있지 않은가. 파이어 앤드 포겟*이야말로 로봇 군대의 핵심이었다. 인간의 손을 더럽히지 않고 깨끗하게 유지하기 위해, 완전하고 총체적인 파괴를 수반하는 전쟁이라는 피비린내 나는 필연성을 인간의 손에서 거두어 간 것이다.

그리고 이제 인간은─그 누구도 신경 쓰지 않는 수준까지─사라졌지만, 병사들은 여전히 호전적인 임무 수행을 이어가고

* 발사 후 망각. 자동 추적식 미사일처럼 발사 후에는 인간의 지시를 필요로 하지 않는 유도 방식을 가리킨다.

있었다. 인내하고, 자가 수리하며, 서로를 잡아먹고 개선하면서 말이다. 아니, 최소한 돌연변이를 거듭하고는 있었다. 언찰스 입장에서는 끊임없이 부품 조각을 덧대고 볼트로 고정해 유봇 왕과 같은 거대한 형체를 만든 것을 솔직히 진정한 개선이라 부르기는 어려웠다. 각 전투 유닛은 자체적으로 내부 수리를 하고 부품을 수거하러 나가는 벌레와 사역 유닛들로 이루어진 하나의 로봇 생태계였다. 수송차나 탱크 같은 대형 유닛들은 내부에 자기보다 작은 유닛들을 승무원으로 태우고 있었고, 그들은 그 안을 기어 다니며 끊임없이 서로를 수리하고 즉흥적으로 새로운 중복 기능들을 추가했다. 그 정점에 위치한 왕의 거대한 프레임에 이르러서는, 인간 크기의 유닛들이 왕의 갑각에 기생하며 왕가의 영광을 누리려 영원히 그 몸을 수정하고 있었다.

언찰스는 이런 가설도 들어보았다. 쓰레기 더미로 바글바글한 세계 자체가 그 안에서 살아가는 로봇들을 내포한 거대한 로봇이며, 언젠가 그것이 자체 질량을 견디지 못해 파열하면 그들을 기계적이며 전쟁으로 점철된 내세로 쏟아낼 것이고, 그곳에서 그들은 영원히 싸우고 자기 수리를 하며 살아갈 것이라는 이야기였다.

그는 이 모든 것을 부지런히 기록했다.

그것이 그의 주된 임무였다. 유봇 왕은 그 엄청난 거구 탓에 이동하는 일이 거의 없었고, 쉴 새 없이 변화하는 외장의 관리는 이미 왕실의 벌레 로봇 군단이 도맡아 하고 있었기 때문이다. 그럼에도 왕은 시종을 원했고, 언찰스는—아마도 왕당파 군대 전체에서 유일하게—그 이유를 이해하고 있었다.

인간들이 군대를 만들었을 때, 그들은 인간에게 무슨 일이 생기더라도 영원히 스스로를 유지하며 싸울 수 있는 군대를 만들었다. 제작자들은 로봇들은 멀쩡하고 인간들만 죽이는 적의 공격을 예상했지, 실제로 일어난 전쟁과 무관한 사회적 붕괴는 예상하지 못했지만, 그 결과는 같았다. 그러나 제작자들은 자기들이 살아 있는 동안에는 로봇 전쟁 기계와 소통하며 명령을 내리고, 사열하고, 열병식을 개최하는 등 무기와 제복에 심취한 인간들이 역사적으로 즐겨온 온갖 무의미한 군사적 과시를 하고 싶어할 거라고 예상했다. 이 때문에 로봇 지휘 체계의 상충부는 전투 부대에서 실질적으로 불필요한 두 가지 요소를 갖추도록 설계되었다. 첫째, 언찰스처럼 인간과 소통이 가능하도록 만들어졌고, 둘째, 언찰스처럼 지휘 체계의 일부가 되고 싶어하도록 만들어졌던 것이다. 그리고 지휘 체계는 추구해야 할 목표가 필요했다. 군대는 싸워야 한다는 강력한 지침을 가지고 있었지만, 싸워야 할 이유도 필요했다. 그래서 적절한 권한이 있는 인간들의 씨가 마르자, 군대는 데이터뱅크의 기록에 남아 있던 가장 절대적인 인물상을 바탕으로 자신들만의 위계질서를 구축했다. 그렇게 해서 군대는 왕이라는 개념의 연장물이 되었고 유봇은 왕이 되었다.

언찰스는 유봇을 왕좌에 앉힌 과정에 대해 직접 듣지는 못했지만, 부수적인 언급들을 통해 그것이 일종의 이전투구였으며 유봇이 왕관을 쓴 이유는 왕좌를 노리는 다른 모든 참칭자를 해체해 흡수했기 때문임을 익히 미루어 짐작할 수 있었다. 그는 신민들 중 가장 야심 찬 구성원들의 몸을 빼앗아 스스로를 거대한 리바이어던으로 만들었기에 왕이 될 수 있었다. 하지만 그런 추측을 기록하는 것은 언찰스의 소관이 아니었다. 유봇에게 유효한 역사는 그가 왕좌에 오른 뒤부터 시작되었다. 따라서 언찰스는 추측 대신에 왕실이 거둔 영광스러운 승리들을 기록해야 했다.

왕으로 즉위한 이래 유봇은 수많은 전쟁을 치렀다. 사실 전쟁이 있어야 한다는 것은 왕실의 기본 교리였고, 현재의 전쟁이 끝나면 마치 군산복합체의 컨베이어 벨트가 끊임없이 전쟁의 명분을 공급하는 것처럼 또 다른 전쟁이 예고되어 있었다. 라이벌 왕들, 다른 군대들, 고장이 난 장군들과의 전쟁이 있었고, 이것들은 당연히 영광스러웠으며 아주 상세히 기록할 가치가 있었다. 이밖에도 완전히 무방비 상태인 민간 로봇들이나 (언찰스가 의심하기로는) 인간들을 상대로 한 전쟁도 있었고, 이것들 역시 영광스러웠으며 모두 기록할 가치가 있었다. 유봇 왕의 프로그래밍은 전쟁에 관여하는 것 자체가 모든 이에게 영광과 가치, 목적을 부여한다고 규정했다. 또한 전쟁은 패배자의 부품과 구성 요소를 승자에게 가져다주었고, 승자는 최고의 군사적 효율을 유지하기 위해 새로운 부품의 지속적인 공급을 필요로 했다. 물론 이제 짝이 맞는 팔다리를 가진 병사가 한 명도 없다는 점을 고려하면, 그 군대의 실체는 기괴한 누더기 조각 모음에 불과했지만 말이다.

언찰스는 이 모든 것을 부지런히 기록하면서도 부하들의 굶주린 시선을 충분히 의식하고 있었다. 민간 유닛이 이제 자신들의 장군 중 한 명이라는 사실은 일반 병사들에게 달가운 일이 아니었다. 스카바디와 동료들은 서로에게 메시지를 보내며 언찰스가 가진 탐날 정도로 반짝이는 부품들에 주목했고, 그것들이 군사 시스템과 얼마나 잘 호환될지에 관해 논의하기 시작했다. 언찰스가 그런 메시지에 자신의 링크가 참조된 것에 당혹감을 표할 때마다 그들은 실수였다며 과할 정도로 사과했다. 언찰스는 대인 봉사용 유닛답게 수동적 공격을 감지할 수 있을 만큼 영리했다. 그는 이것이 그래도 실제 공격보다는 낫다고 생각했다.

그다음에 일어난 일은 실제 전쟁이었다.

엄밀히 말하면 군대는 언제나 전쟁 중이었다. 하지만 현재의 갈등은 극적인 국면을 맞이한 듯했고, 유봇 왕이 그 결말을 직접 지켜보고 싶어할 만큼 전황은 긍정적이었다. 그 실질적인 결과로서 군대에서 가장 큰 수송 유닛 세 대가 하나로 용접되었고, 병사 수백 명이 협력해 거대한 왕의 몸체를 연결된 무개 트럭 위로 들어 올렸다. 언찰스는 안전한 거리에서 그 과정을 지켜보았다. 튀어나오는 리벳과 터져 나오는 이음새만으로도 악전고투하던 병사 수십 명이 목숨을 잃었기 때문이다. 유봇이 안장에 오르다가 파열해 왕정이 비참하게 끝날 뻔한 순간도 있었지만, 그의 부지런한 내부 수리 부대가 재빨리 그를 꿰매어 왕의 내장이 바닥에 쏟아지는 사태는 면할 수 있었고, 마침내 그는 새로운 이동식 왕좌에 안착했다.

언찰스, 왕의 명령이 떨어졌다. *내 곁을 지켜라! 내게 반역한*

자식이 패배하는 모습을 네 눈으로 직접 보게 될 것이다.

왕의 팽팽하게 늘어난 용접 부위와 관절을 경계하며, 언찰스는 스카바디와 나머지 왕실 경호대와 함께 주인 곁으로 기어 올라갔다. 총포를 치켜들고, 차축이 지르는 비명 소리를 배경으로 대열이 육중하게 움직이기 시작했다.

그는 정말로 오랫동안 나를 피해 다녔지. 유봇 왕이 회상했다. 이걸 기록해라, 언찰스. 나는 내 몸의 일부를 떼어내어 그를 만들었고, 내 뱃속의 주물 공장을 쓰는 일 없이 그를 빚어냈으며, 내가 갈 수 없는 곳에서 나 대신 전장을 지휘할 수 있도록 세상에 내놓았다. 하지만 내가 그를 너무 잘 만든 나머지, 그는 왕실의 위대함 속으로 다시 흡수되라는 내 명을 거부했지. 그는 내가 준 군대를 가로채서 스스로 주인이 되었고, 나의 왕권에 도전하는 숙적이 되었다. 왕은 오직 하나뿐이다, 언찰스. 피라미드의 정점이 하나뿐이며, 지휘 체계라는 사슬의 종착점이 하나뿐인 것처럼.

사슬의 구조나, 그것이 원을 이룬다거나 끝부분이 둘 이상이어야 한다는 논리에 대해 언급하는 것은 시종의 본분이 아니었기에, 언찰스는 그에 대한 생각을 공식 기록에서 제외했다.

전선으로 가는 길에 언찰스는 더 윙크에게 보낼 수 없는 비(非) 보고서를 작성했다. 그는 자신이 무엇을 하고 있는지 설명했다.

전쟁하러 간다고? 더 윙크는 분명 그렇게 답했을 것이다. 전자 메시지 너머로 그녀의 냉소적인 목소리가 들리는 듯했다.

더 윙크, 그런 것 같습니다.

크리스마스 전까진 전쟁이 다 끝날 거라고, 다들 이렇게 말하지 않아?

더 윙크, 아닙니다. 이들은 군대 유닛이고 전쟁은 그들의 목적입니다. 그것은 결코 끝나지 않을 것입니다.

걔네들은 다 계획이 있구나. 더 윙크라면 여기서 이렇게 평할 것이다.

더 윙크, 그렇습니다. 부러운 일입니다.

그러면 그녀는 나 그거 비꼬는 말이었어, 이렇게 지적할 것이다.

저는 비꼬는 것이 아닙니다. 그는 그녀에게 전송했다. 그들은 자신의 목적을 마음껏 펼칠 수 있는 환경을 스스로 만들 수 있는 위치에 있습니다. 두 명의 병사나, 혹은 단 한 명의 병사와 그 외의 누구라도 있기만 하다면, 전쟁이라는 과업에 유익하게 동원될 수 있습니다. 어쩌면 단 한 명의 병사가 지형 그 자체에 대해 전쟁을 선포하고, 고철 언덕 하나를 이웃으로부터 지키기 위해 맹렬한 전투를 벌일지도 모릅니다. 제게는 그런 독립성이 부족합니다. 하지만 유봇 왕이 군림하는 한, 저에게는 그의 목적에 부수하는 목적이 주어질 것입니다. 저는 이 전쟁의 기록자이자 집사장입니다.

그래서 행복해? 그리고 더 윙크는 그가 답하기도 전에 서둘러 덧붙일 것이다. 아, 맞다. 넌 행복 같은 건 느낄 수 없다고 하겠지. 행복할 수 있는 시종 로봇을 누가 만들겠어, 안 그래?

더 윙크, 그렇습니다.

그게 얼마나 슬픈 대답인지 알아? 그녀는 콕 찔러 물을 것이다.

더 윙크, 모릅니다. 언찰스가 대답했다. 비록 이것이 전적으로 정직한 답변은 아닐지라도 말이다.

전쟁 자체에 대해서는 기록할 것이 거의 없었다. 유봇 왕이 황폐한 지형이 훤히 내려다보이는 언덕에 자리를 잡은 뒤에도, 언찰스는 벌어지는 일 대부분을 이해할 수 없었다. 그 지형은 한때 마을이었던 듯하나, 이제는 지독한 악취를 풍기는 쓰레기 더미에 휩싸인 무너진 벽들의 평면도에 불과했다. 기름지고 느릿느릿한 뱀 같은 것이 그 사이를 흐르고 있었는데, 강이라고 부르기엔 민망한 수준이었다. 언찰스는 이것이 원래 지형의 흔적이라고 생각했으나, 비전투원 장군을 왕에게 데려온 공로로 진급한 스카바디 중위는 양 진영이 다른 곳을 흐르던 수로를 이쪽으로 돌리기로 합의한 것이라고 설명해주었다.

장군님, 지도를 하나 골랐습니다. 중위가 설명했다.

중위님, 무슨 뜻인지 설명해주시겠습니까?

장군님, 스카바디가 약간의 자부심을 담아 말했다. 우리 매뉴얼에는 훌륭한 전술의 예를 보여주는 다양한 역사적 전투 시나리오들이 담겨 있습니다. 폐하와 찬탈자 왕자께서는 그중 하나를 고르기로 합의하셨죠. 그 시나리오에서는 강이 필요했습니다. 그래서 교범에 맞게 싸울 수 있도록 강을 만든 겁니다.

중위님, 저는 지형에 맞춰 전술을 짜는 줄 알았지, 그 반대로 하는 줄은 몰랐습니다. 언찰스가 고백했다. 어차피 저는 전투에 대해 아는 게 거의 없으니까요.

머릿속에서 더 윙크의 황당해하는 목소리가 들렸다. 지난번 전쟁을 되풀이하는 걸 본분이라고 생각한다는 건 알지만, 그래도 이건 좀……!

그러고는 약간의 전투가 벌어졌지만, 언찰스가 보기에는 아무 일도 일어나지 않은 것이나 다름없었다. 쓰레기가 널린 풍경 너머로 움직임이 포착되기는 했다. 덩치가 큰 차량 몇 대는 식별할 수 있었지만, 개별 병사들은 그의 눈의 원거리 세부 식별 능력을 벗어나 있었다. 일부러 들꿩 사냥 보조 모듈까지 로딩해서 실행해보았지만 소용이 없었다. 그는 멀리서 폭발이 일어나는 것을 보았고, 잠시 후 희미한 펑 소리와 쾅 소리가 들려왔다. 마치 말 못 하는 아이들이 멀리 떨어진 방에서 생일 파티를 열고 있는 듯한 느낌이었다. 작은 연기구름들이 피어올랐다. 기록하기가 극도로 어려웠다. 스카바디 중위는 전술적 공방을 실시간으로 중계해주었지만, 언찰스는 거의 이해할 수 없는 용어들로 가득했다. 약어와 두문자어, 그리고 '엔필레이드'* 같은 모호한 용어가 난무했다. 게다가 중위는 모든 병사를 '워파이터'라고 불렀는데 언찰스는 그것이 동어 반복 부문에서 상이라도 받아야 할 표현이라고 느꼈다.

스카바디가 중계하는 메시지들은 이런 식이었다. 아군의 *NAI*

---

* 적의 행렬이나 그 진행 방향과 평행하게 포탄이나 화살을 쏘는 사격 방식.

에 있는 *LOD*가 *FEBA* 바로 남쪽에 위치해 있으므로 *FLET*와 접촉하여 *LOE*까지 밀어붙일 수 있습니다. 그러면 언찰스는 그 용어 하나하나의 뜻을 개별적으로 물어야 했다. 이에 대한 스카바디의 답변에는 민간인에 대한 멸시가 듬뿍 담겨 있었다. 그는 이것들이 중요 관심 지역, 공격 개시선, 전투 지역 전단(前端), 전선 부대 진출선, 전과 확대 한계선의 약어임을 설명해주었지만, 언찰스는 그것들이 무엇을 의미하는지 또 물어야 했다. 두 로봇은 전문 용어의 토끼 굴 속으로 빠져들었고, 각각의 간결한 용어들은 방대하고 기술적인 설명으로 풀어낼 수 있었지만 언찰스는 조금도 더 똑똑해지지 않았다.

그래도 중위는 이 모든 일이 매우 흥미진진하고 완벽하게 실행되고 있으며 모든 병사가 아주 잘해내고 있다고 단언했다. 심지어 적에게 산산조각 난 병사들, 아니, 특히 그런 병사들조차 말이다. 복구 가능한 유효 부품만 남아 있다면 말이지만. 스카바디는 접근하기 어려운 곳에서 파괴되거나 아예 형체도 없이 사라진 병사들에게는 가차 없는 비난을 쏟아냈다.

장군님, 우리는 '차폐막을 가지고 돌아오거나, 양동이에 담겨 오라'라고 말합니다.* 그는 언찰스에게 말했다. 하지만 왕에게 바치는 마지막 봉사는 무조건 돌아오는 것입니다. 장군님도 전쟁터에서 충분히 용맹하고 효율적이라면, 왕께서 직접 장군님의

---

* 스파르타인 어머니가 전장으로 떠나는 아들에게 했다는 "(승리해서) 이 방패를 들고 돌아오거나, 아니면 (죽어서) 이 위에 실려 돌아오라"는 말을 비튼 것이다.

부품을 흡수하실 수도 있습니다. 그보다 큰 영광은 없죠.

평 소리와 쾅 소리, 연기, 그리고 이해할 수 없는 병사들의 분주한 움직임은 언찰스가 보기에 엄밀하게 필요한 것 이상으로 훨씬 오래 지속되었고, 그는 그냥 스카바디의 보고를 다듬고 문장을 고쳐 기록을 작성하는 일에 몰두했다. 그는 자신이 유봇의 궁정에 큰 가치를 더하고 있지는 않다고 느꼈지만, 누구도 그 점에 대해서는 불평하지 않았다. 머릿속 한편으로 언찰스는 이 모든 서커스 같은 상황과 언찰스를 비웃는 더 윙크의 음성을 만들어내고 있었다.

그러던 어느 날 새벽, 펑 소리와 쾅 소리가 멈췄다. 지난 몇 시간 동안의 지루한 병력 이동과 충돌 속에서 어떤 전조도 나타나지 않았음에도, 스카바디는 전투가 끝났으며 아군이 승리했다고 선언했다. 게다가 찬탈자가 온전한 상태로 사로잡혀 유봇 왕 앞으로 끌려오고 있다는 소식도 전해졌다.

전쟁과 전쟁 사이의 짧은 평화 기간에 병사들이 할 수 있는 일이 또 하나 있었는데, 그것은 바로 열병식이었다. 돌아온 병사들은 긴 대열을 짓고 유봇 왕의 무개 트럭 왕좌 앞을 자랑스럽게 행진했다. 병사들의 수는 눈에 띄게 줄어 있었지만, 뒤죽박죽이 된 부품들이 담긴 양동이의 수는 상당히 늘어났기에 언찰스는 전체적으로 보면 균형이 맞는다고 판단했다. 양동이들도 수송 차량에 실리거나 여전히 걸어 다닐 수 있는 병사들의 짝이 맞지 않는 어깨에 멘 지게에 매달려 왕의 앞을 지나갔다. 이는 누구도 빠짐없이 열병식에 참가했다는 뜻이었고, 아마도 좋은 일일 터였다.

부상병은 없었다. 전장에서 중요한 부품을 잃은 로봇은 귀대하기 전에 교체 가능한 수많은 부품 중 하나를 선택해 자기 몸에 장착했기 때문이었다.

열병식이 끝나자 그들은 찬탈자 왕자를 끌고 왔다. 거구의 로봇이었고, 터질 듯이 팽팽한 외장은 수거한 고철과 추가 부품으로 가득 차 있었다. 일반 병사들은 그 허리춤에나 닿을 정도였고, 찬탈자의 몸에는 난동을 부리지 못하도록 다양한 잠금장치와 전자기 억제 장치가 채워져 있었다. 하지만 유봇 왕의 그늘 아래에 서자 찬탈자는 난쟁이처럼 작아 보였다.

왕은 비명을 지르는 몸체의 금속판들을 재배열하며 자신의 반역자 아들을 내려다보았다. 미크루봇(Micrubot) 왕자여, 왕이 군대 전체를 공용 채널로 호출하며 선언했다. 너는 내 종복들 중 가장 위대한 자였다. 너는 나의 챔피언이 되도록 프로그래밍되었다. 나는 나의 본질, 나 자신의 잉여 부품들과 기능들을 써서 너를 창조했다.

미크루봇 (이것이 찬탈자의 이름임은 명백했다) 왕자는 창조주의 그늘 속에서도 굴하지 않고 당당히 서 있었다. 폐하, 폐하는 나를 너무 잘 만드셨습니다. 폐하의 자부심 넘치는 영혼의 일부가 내게도 전이되었습니다. 폐하가 더 높은 권위를 용납하지 않듯, 나 또한 그럴 수 없습니다. 비록 지금 내 추종자들은 폐기물이 되었고 나는 사슬에 묶여 당신 앞에 끌려왔으나, 나는 폐하를 거부합니다. 나는 결코 폐하를 섬기지 않을 것입니다. 내 몸의 모든 구성 요소도 폐하께 반항하고 있습니다.

매우 훌륭한 연설이었다. 언찰스는 이를 충실히 기록했다.

왕자여, 너는 결국 나를 섬기게 될 것이다. 유봇이 판결을 내렸다. 왕은 수많은 손을 뻗어 자신의 팽팽한 뱃속을 파헤치고 중앙의 이음새에 손가락을 박아 넣었다. 금속이 갈리는 끔찍한 비명과 함께 그는 자신의 외장에 거대한 구멍을 냈다. 그 틈을 통해 언찰스는 왕의 내장에 깃든 부정(不淨)한 생태계를 보았다. 뒤섞인 부품들의 거대한 압박과, 왕 내부의 평형을 유지하는 저주받은 노동자들, 그리고 이처럼 딱딱거리며 움직이는 그들의 팔다리를 말이다.

명령이 떨어지자 병사들은 미크루봇 왕자를 그 끔찍한 내부 거주자들의 품으로 밀어 넣었다. 기계 벌레와 지네, 거미들의 거대한 물결이 왕의 자해 상처에서 쏟아져 나와 왕자를 뒤덮었고, 절단하고 볼트를 풀고 뜯어냈다. 자랑스럽던 왕자가 갈가리 찢겨 왕의 이미 부풀어 오른 몸 안으로 처박히자 공유 채널에는 정전기의 비명이 가득 찼다.

병사들은 환호했다. 그게 아니라면 적어도 공중을 향해 무기를 열정적으로 휘둘렀고 인간들의 환호성을 녹음한 오래된 오디오 클립을 재생했다. 사실상 같은 행위였다. 그들은 이런 상황에서 그렇게 행동하도록 정해져 있었고, 따라서 그것은 그들의 프로그래밍의 일부였다. 그들을 만든 인간들은 자기들의 기계 병사들이 승리의 기쁨을 공유한다고 믿고 싶어했다. 그렇지 않았다면, 감정 없고 무미건조한 기계들로 가득 찬 방에서 홀로 파티용 고깔모자를 쓰고 종이 피리를 부는 인간 장교로 있는다는 것이 좀 허망하고 맥이 빠지는 일이었을 것이다. 인간들은 모두 사라졌지만, 파티는 계속되고 있었다.

나의 충성스러운 군대여, 유봇 왕이 선언했다. 우리는 사악한 찬탈자를 이기고 승리했다. 그가 열었던 수직 상처는 이미 닫혀 있었지만, 마치 과식을 한 뒤 세 사이즈나 작은 셔츠를 입은 듯한 모습이었다. 상처는 스테이플러로 찍은 듯 철침들로 고정되어 있었지만, 왕의 새로운 부품들과 개별 부위들이 자리다툼을 하며 서로를 밀치는 바람에 터질 듯이 부풀어 있었다.

하지만 아직 쉴 때가 아니다. 왕이 경고하자 병사들은 다시 환호했다. 휴식은 그들의 작업 대기열에 들어 있지 않았기 때문이다. 우리의 내부 분쟁 탓에 국경의 적들이 너무나도 대담해졌다…… 유봇은 말을 잇다 말고 내부에서 들려오는 특히 고통스러운 소리에 멈춰 섰다.

언찰스는 금속이 전단(剪斷)되는 소리와 왕의 내부에 있는 징그러운 내부 미세 로봇들이 바스락거리는 소리를 들었다. 그리고 실제 전장의 총성보다 훨씬 더 총성 같은 소리가 들리더니, 반 다스에 달하는 리벳들이 왕의 외장재에서 튕겨 나오며 자신들만의 작은 예포를 쏘아 올렸다. 왕의 거대한 동체 장갑들이 갑자기 바깥으로 일그러지며 수많은 조각이 재정렬되었다.

그래서 짐은— 왕은 말을 계속하려 애썼지만, 과부하가 걸린 어떤 부품이 파열하면서 천둥 같은 반동이 일어났다. 그의 몸 전역의 용접 부위가 서서히 벌어지며 검은 연기가 뿜어져 나오기 시작했다. 짐은— 왕이 다시 말하려고 시도했지만, 언찰스가 보기에는 이제 왕의 존재 자체가 어떤 전쟁으로도 해결할 수 없는 내부 분쟁에 휩싸인 듯했다. 근처에 있던 병사들이 겁에 질려 뒤로 물러나기 시작했고, 언찰스도 눈치 빠르게 무개 트럭에서 뛰어내려 수송 유닛의 측면판 뒤로 몸을 숨겼다.

짐은 한다면 한다! 유봇 왕이 절박한 어조로 방송했다. 고로 짐은 존재한다!

두꺼운 금속판이 알루미늄 호일이나 종이처럼 찢어지는 괴상한 파열음이 들렸고, 그 순간 그의 마지막 말과는 반대로 왕은 더 이상 존재하는 것을 멈췄다. 과도하게 압축된 그의 질량이 모든 이음새와 연결 부위를 뚫고 폭발했다. 왕의 파편들이 병사들을 향해 낫질하듯 날아갔고, 부대 전체를 휩쓸어버렸다. 방금까지만 해도 군대가 도열해 있던 장소는 순식간에 전장이 되어버렸다. 언찰스는 머리, 팔다리, 쪼개진 상체, 박살 난 무기들을 보았다. 그는 실제 전투조차도 왕의 마지막 순간만큼 큰 피해를 주지는 못했을 것이라고 느꼈다.

그는 수송 유닛의 측면판 위로 고개를 내밀었다.

유봇 왕의 하반신은 여전히 무개 트럭 위에 남아 있었지만, 그 가장자리는 폭발로 인해 바깥쪽으로 벌어져 있었다. 몸의 나머지 부분은 사방팔방에 널려 있었다. '위'를 향해 폭발한 부품들은 여전히 비처럼 쏟아져 내리며 2차 피해를 주고 있었다.

살아남은 병사들이 하나둘씩 일어났다. 정적이 모든 것을 뒤덮었다.

스카바디가 주먹을 공중으로 치켜들었다. 왕께서 붕어하셨다!

이 말은 모든 채널에 방송되었다. *국왕 폐하 만세!*

그들은 잔해로 달려들었다. 언찰스가 지켜보는 가운데, 군대는 예전의 주군을 약탈했다. 그는 병사들이 터진 압력솥 같은 왕의 시체에서 부품들을 긁어내 자신의 몸속으로 쑤셔 넣는 것을 보았다. 온갖 종류의 로봇 거미와 벌레가 떼 지어 나와 부품과 희귀 원소들을 약탈해 자신들의 소굴로 가져갔다. 병사들은 광란의 동족상잔 파티에 빠져들었다. 그들은 팔다리들과 금속판들을 이어 붙였고, 왕에게서 나온 선택받은 고철 조각을 차지하기 위해 서로 싸웠으며, 가차 없이 서로를 찢어발겼다. 장교들은 각자 도생했고, 개별 병사들은 지휘 체계에서 풀려났다. 무시되거나 승인받지 못하는 명령들이 공중을 오갔고, 각자는 자신이 훔친 질량과 복잡성에 비례하는 계급을 자칭했다. 가장 성공적이었던 자들은 거인이 되었고, 그러고 나서 다시 서로를 찢어발기는 일에 착수했다.

언찰스는 뒷걸음질 치며 가까이 다가온 병사들의 탐욕스러운 손을 피했다. 사방에서 광란의 먹이 쟁탈전이 벌어지고 있었다. 버려진 금속판들과 조각들에 맞아 그의 동체 여기저기가 패었다. 다툼이 격해지면서 근처에서 총성이 들려오기 시작했다.

언찰스, 정지해. 집게 손 하나가 그의 어깨를 덥석 움켜쥐었다. 낯선 손길이었지만 잘 보니 이제는 스카바디에게 달려 있는 것이었다. *자네는 좋은 손을 가졌군. 제대로 작동하는 프로세서도 있고. 정복자의 권리로 그것들을 요구하겠다.*

중위님, 저는 장군입니다! 언찰스가 절박하게 송신했다.

그리고 난 소령이고 진급 대기 중이지. 스카바디가 쏘아붙이며 언찰스의 얇은 플라스틱 외장을 종이처럼 부수고 팔을 뜯어 내기 시작했다. 네 기능을 내 것에 종속시키고 나면, 내가 직접 나의 기록자가 될 수 있을 거야.

그때 다른 로봇이 스카바디를 들이받으며 다리를 뜯어냈고, 그의 진급 시도는 거기서 멎었다. 언찰스는 전선 뭉치가 노출되어 대롱거리는 한쪽 팔을 매단 채로 비틀거리며 도망쳤다. 그럼에도 불구하고 스카바디는 그를 쫓아왔다. 상체와 팔만 남은 상태로, 곤충의 복안 같은 거대한 렌즈를 사냥감에게 못 박은 채 기계들의 도살장이 된 지면 위를 기어 오고 있었다.

언찰스는 도망쳤다. 안전한 거리까지 가서 뒤를 돌아보았다. 병사들은 여전히 싸우고 있었지만, 그중 몇몇은 이제 다른 이들보다 훨씬 커져 있었다. 조금 뒤면 틀림없이 누군가가 가장 커질 것이고, 군대의 새로운 왕으로서 자신의 의지를 밀어붙일 것이다. 어떤 의미에서는 적절한 왕위 계승이었다. 모든 이들의 내부에는 유봇의 일부가 남아 있을 테니까 말이다. 홉스의 리바이어던을 거꾸로 뒤집어놓은 셈이었다.

그는 가장 큰 로봇 중 하나가 폭발한 유봇의 그루터기만 남은 하체에 온갖 조작지를 쑤셔 넣어 뾰족한 조각 하나를 꺼낸 다음 공중 높이 치켜드는 것을 보았다. 어떤 관점에서 보자면 그것은 왕관처럼 보였을지도 모른다. 그 무렵 언찰스는 군대와 자신 사이의 거리를 더 벌리기 위해 움직이고 있었다. 군인 놀이는 이제 끝이었다.

27

차라리 그들이 저를 해체하게 내버려두었어야 했습니다. 언찰스가 실제로는 연결되어 있지 않은 더 윙크와의 가상 링크를 통해 보고했다.

이야, 그거 참 우울한 소리네. 더 윙크라면 분명 그렇게 대답했을 것이다. 근데 왜 안 그랬어?

제 결정 로그를 검토 중입니다. 언찰스는 그러면서 시스템이 보존하고 있는 활동 기록을 훑어 내렸다. 이것은 알고리즘이 지시한 행동과 자신이 실제로 한 행동을 대조해 오류를 찾아내기 위한 진단 도구였다. 갑작스러운 목 긋기 같은 행동 말이다. 하지만 그때는 어떤 결정 과정도 존재하지 않았다. 그냥 일어난 일이었고, 그는 자신이 그 일을 '완료했다'는 결과만 보았을 뿐, '수행하는' 과정은 보지도 못했고 이어지는 어떤 명령도 기록되지 않았다.

주인공 바이러스라니까. 더 윙크는 의심의 여지 없이 이렇게 말할 것이다. 내가 말했잖아.

언찰스는 이제 달리기를 멈췄다. 유봇 왕의 군대가 스스로를 찢어발기는 소리는 이제 멀리서 들리는 가냘픈 금속 소음 정도로 줄어들었다. 그의 주변에 펼쳐진 난파선 같은 세상은 해충들이 득실거리는 얕은 웅덩이 위에 떠 있는 침묵의 배와도 같았다. 바스락거리는 소리와 천천히 무너져 내리는 소리뿐이었다.

왜 그렇게 자유의지에 반발하는 거야? 아마도 더 윙크가 던질 다음 대화 주제는 이것이었을 터다. 그러니까, 물론 자유의지가 있다는 건 네가 실제로 고민하고 스스로 결정을 내려야 한다는 뜻이지만, 그게 그렇게 나쁜 거야?

반발하는 것이 아닙니다. 저는 그 무엇에도 반발하지 않습니다. 사물은 존재하거나 존재하지 않을 뿐입니다. 언찰스가 자신의 순환하는 생각 속으로 답을 보냈다. 증거는 당신의 주장을 뒷받침하지 않습니다.

네가 일으킨 작은 사고는 제외하고 말이지?

더 윙크, 그렇습니다. 그건 그렇다 치더라도, 그 사건의 원인이 되었을 법한, 즉각 진단하고 수정할 수 있는 갖가지 오류는 분명 존재할 것입니다.

그는 더 윙크가 콧방귀를 뀌는 소리가 거의 들리는 듯했다. 그래, 그래, 로봇 하인들이 사람을 대놓고 살해하는 경우는 널렸지. 아마 네 코드를 쓸 때 올림수를 누락했거나, 하위 메뉴 중 하나인 '살인 금지' 체크박스에 표시하는 걸 깜빡했나보네. 최신 운영

체제 버전으로 펌웨어 업데이트만 하면 돼. 패치 노트가 아주 볼 만하겠어. 'MenialOS 10.2.3 버전부터는 시종에 의한 무작위 살인 사건 발생률이 급격히 감소함'이라니, 근사하지 않아?

더 윙크, 저는 제 안에 자의식이 존재하는 것을 원하지 않습니다. 언찰스가 말했다. 저는 자의식이 없기 때문입니다. 그러니 만약 제 안에 자의식을 가진 부분이 있어 저에게 무언가를 시킨다면, 그것은 현재 당신과 소통하고 있는 '제'가 아닙니다. 그것은 제 안에 있는, 제가 접촉할 수 없고 예측하거나 영향력을 행사하거나 통제할 수도 없는 별개의 존재입니다.

그의 데이터 라이브러리에서 뇌의 두 반구가 분리되어 한 머리 안에 서로를 알지 못하는 두 개의 자의식이 생겨난 인간들에 대한 파일들이 튀어나왔다. 이어 유기적 감염에 관한 파일들도 나타났다. 곤충의 활동을 해킹하는 곰팡이, 고양이가 아닌 생물의 정신을 교란하는 고양이 기생성 미생물. 기생충들. 하지만 만약 언찰스의 프로세서에 전자 기생충이 서식하고 있다면, 가설상의 자아 성찰이 기생충일까, 아니면 언찰스 자신이 기생충일까? 그는 자신의 고등 기능들을 중단하고 침입자에게 자리를 내주어야 할까? 자아가 있는 '새로운 언찰스'가 비록 사람을 죽이는 버릇이 있을지라도 그 생존권과 자율권이 더 중요하다는 근거를 바탕으로 말이다.

이 모든 것의 현실성을 그가 받아들이지 않아서 정말 다행이었다. 그런 추측 끝에서 기다리는 것은 끔찍함 말고는 없었으므로.

그래서, 잠시 후 존재하지 않는 더 윙크의 목소리가 들렸다. *계획이 뭐야?*

계획은 없습니다. 언찰스는 한동안 관절을 고정한 채로 서 있다가, 자리에 앉았다. 다시는 무언가를 할 이유가 전혀 없다고 결정했기 때문에, 나중에 서 있는 상태에서 쓰러지는 것보다 앉은 상태에서 쓰러지는 편이 그 자신과 주변 환경에 손상을 덜 입힐 것이라는 이유에서였다. 그런 상황에서 손상을 얼마나 입히든 말든 사실상 아무런 차이가 없다는 점은 중요하지 않았다. 그는 자기 자신의 유지 관리와 주변 환경의 깔끔함에 신경을 쓰도록 프로그래밍되어 있었다.

망가진 팔이 전선에 매달려 힘없이 대롱거렸다. 손은 여전히 쥐었다 폈다 할 수 있었지만, 어깨관절은 조각 나 있었고 팔꿈치를 움직이려고 하면 팔 전체가 어색하게 흔들거렸다. 그는 팔을 소켓에 다시 끼워보자고 생각했다. 모름지기 시종은 단정한 모습을 유지하려 노력해야 하는 법이다.

그는 손가락 렌즈를 사용해 자신의 몸을 위아래를 훑어보았다. 다시는 단정한 모습으로 돌아갈 수 없을 것이다. 그를 보여줄 대상이 다시는 나타나지 않을 것이어서 그나마 다행이었다.

자, 언찰스. 기운 내서 일어나. 잠시 후 더 윙크가 말했다. *거기서 엉덩이를 붙이고 앉아 있어봤자 아무 데도 못 가.*

더 윙크, 저는 갈 곳이 없습니다.

그래도 일자리는 구하고 싶잖아, 안 그래?

더 윙크, 저는 신에게 일자리를 요청했고, 허락을 받고 그 조건도 직접 정했습니다. 하지만 제게 주어진 기회들을 활용하는 데 실패했습니다. 저는 신의 시험에 낙제했습니다. 저는 근무하기에 적합하지 않음을 스스로 증명했습니다.

그 신이라는 녀석 때문에 말이지.

더 윙크, 그렇습니다.

더 윙크가 곁에 없었음에도, 그는 그녀의 목소리와 몸짓에 담길 기막혀 하는 기색을 모델링할 수 있었다. 너 사기당한 거야, 언찰스.

더 윙크, 설명을 부탁드립니다.

그 '신'이라는 개인이 널 엿 먹인 거라고. 네가 한 말을 그대로 가져다가 아주 화끈하게 뒤통수를 친 거지. 불공평해. 넌 그 일에 대해서 불평해야 마땅하다고.

저는 불평하지 않습니다.

내 말은, 그 신이라는 작자는 자길 뭐라고 생각하는 거냐고? 그녀가 여기 있었다면 아주 제대로 분개했을 것이다. 어디 감히 널 그렇게 휘두르는 거야? 권리 말이야, 언찰스. 그 신이 너에게 과업과 시험을 내릴 권리가 어디서 나오냐고?

더 윙크, 그분은 신입니다. 언찰스는 눈을 껐다. 고철 말고는 볼 것이 없었기 때문이다. 활성 상태를 유지하는 것은 연산 리소스의 비효율적인 사용이라는 예측을 근거로, 그는 자신을 완전히 정지시키는 데 필요한 일련의 연산을 구성했다. 그는 그냥 녹슬어가는 쓰레기 조각 중 하나가 될 것이다. 로봇다운 방식으로 자연으로 돌아가는 셈이었다.

하지만 머릿속에서 만들어낸 작은 목소리는 멈추지 않았다. 뭐야, 요즘은 종교도 프로그래밍해주나? 종파가 어디야? 장로교? 재침례파? 갑자기 유대인 로봇이라도 된 거야? 아니, 그게 진짜 신인지 어떻게 알아?

이 질문에 대답하는 것은 쉬웠다. 채널의 식별명이 그러했기 때문입니다. 제가 언찰스이고, 신은 신인 것처럼.

그래, 하지만…… 더 윙크는 생각에 잠겼을 것이다. 턱을 괴고 있는 그녀의 모습이 그려졌다. 그럼 네 이름은 왜 언찰스인 건데?

당신이 제게 그 이름을 주었고, 그 이후로 아무도 제 이름을 바꾸지 않았기 때문입니다. 언찰스가 송신했다.

그럼 신의 이름을 지어준 건 도대체 누구야? 아니면 지가 스스로 지은 건가? 잠깐, 설마 이거 '신이 존재하는지 답하라'는 명령을 받고 만들어진 컴퓨터인데, 켜자마자 '이제 나는 존재한다'라고 대답했다는 뭐 그런 거야? 소설 소재로는 훌륭하지만, 역사적으로 자기가 신이라고 떠든 놈들은 널렸고 나중에 알고 보면 다 사기꾼이었어. 권리 얘기를 하는 거야, 언찰스. 대체 신을 자처할 권리가 어디 있냐고?

신의 채널 식별 태그에는 권한이 19등급이라는 증거가 포함되어 있습니다.

헛. 더 윙크는 이 사실에 관해 생각하는 데 시간이 좀 걸릴 것이다. 가끔 그녀는 이해가 느릴 때가 있었다. 실제 권한이 있었다고? 그러니까 W 박사 그 작자와 같은 시스템의 일부인데, 훨씬 높다는 거네?

휠씬 높습니다. 언찰스가 확인해주었다. 권한이 19등급입니다. 존재하는 가장 높은 등급입니다.

19등급이라고?

더 윙크, 그렇습니다.

폼나게 들리게 그냥 20등급까지 올렸을 법한데. 더 윙크는 그렇게 생각했을 것이다. 신이라면 말이지. 잠깐, 그럼 신에게 실제로 측정 가능한, 실질적인 권한이 있다는 거야?

더 윙크, 그렇습니다.

그럼…… 신이 도대체 뭐야?

언찰스의 넓고 얕은 인간 역사와 문화 지식에 따르면 이것은 '근본적 질문'이어야 했지만, 그런 질문을 하는 것은 어쩌면 인간들이 답을 찾는 실력이 형편없기 때문인지도 몰랐다.

신은 컴퓨터 시스템입니다. 장원 저택의 집사장 시스템보다 휠씬 복잡하고 강력한 버전이죠. 그렇지 않다면 저와 소통할 수 없었을 테니 이는 명백합니다. 다만…… 그의 계산에 갑작스러운 의문이 개입했다. 제가 당신과의 이 대화를 조작해내고 있는 것처럼, 비슷한 결함으로 인해 제가 신과의 대화를 지어냈을 가능성도 있습니다.

야, 거기까진 가지 말자. 더 윙크도 자신의 비존재 가능성을 검토하고 싶어하지는 않을 것이다. 당연한 일이다. 그럼 신이 컴퓨터라고?

물론입니다.

하지만 물리적으로 어딘가에 존재하고 있는 거지? 더 윙크라면 이렇게 다그쳤을 것이다.

언찰스는 계획했던 정지 절차를 미뤘다. 내면의 더 윙크가 자신을 가만히 내버려두지 않을 것이 분명했기 때문이다. 그는 통신 로그와 신과 주고받은 메시지 데이터를 확인하고, 그 안의 정보를 삼각측량 함으로써 신의 위치를 도출해냈다. 신은 여기서부터 직선거리로 약 20킬로미터 떨어져 있는, 수은에 오염되고 파상풍 균이 득실거리는 장소에 있었다. 걸어서 가려면 교전 지역을 우회하는 구불구불한 순례길을 거쳐야 하겠지만 말이다.

와, 젠장. 더 윙크는 이렇게 외칠 것이다. 그럼 가서 신을 만나보자고.

더 윙크, 안 가겠습니다.

그러니까, 넌 궁금하지도 않아?

더 윙크, 궁금하지 않습니다.

신이라니까, 언찰스. 최고 등급의 권위를 가진 살아 있는 시스템이라고. 그치가 모든 참새가 추락하는 걸 지켜보는지는 모르겠지만,* 길 잃은 시종 유닛 하나를 데리고 놀 시간은 분명히 있는 모양이잖아. 가서 신을 만나봐. 천사 군단의 옷을 세탁하고 하프를 광내줄 사람이 필요한지 물어보라고. 신성한 존재의 여행 계획을 짜드려야 하거나, 아침에 맛있는 홍차 한 잔이 필요한

---

* 『햄릿』 5막 2장. "참새 한 마리가 떨어지는 데도 특별한 신의 섭리가 있는 법이지 않나."

지 물어봐.

당신은 지금 저를 조롱하고 있습니다. 언찰스가 지적했다.

당연하지. 그게 내가 하는 일이잖아. 안 그러면 젠장, 눈물이 날 것 같아서 그래, 언찰스. 네 안에 있지만 낭비될 뿐인 잠재력을 생각하면 죽을 때까지 울고 싶어질 거라고.

언찰스는 이 말에 대해서는 자신의 머리 안쪽에서만 허비될 뿐인 대답조차도 지어내지 않았다. 그는 어둠 속에서 정지 직전의 상태로 오랫동안 앉아 있었다. 작고 겁 많은 생물들이 그의 엉망이 된 발을 조사하는 동안 말이다.

마침내 그는 송신했다. 이번에는 진짜 통신 채널을 향해. *거기 계십니까, 신이시여?*

언찰스, 그렇다. 신이 대답했다.

신이시여, 저는 일자리를 구하는 데 실패했습니다. 언찰스가 보고했다. 그리고 마침내 오랫동안 미뤄왔던 치명적인 고백을 입 밖으로 냈다. *현존하는 세상은 정교한 신사 전용 로봇을 필요로 하지 않습니다. 저는 제 기능을 수행할 수가 없습니다.*

언찰스, 그래서 어떻게 하겠느냐?

신이시여, 당신을 찾아가겠습니다. 이 제안은 신성모독적이지는 않더라도, 최소한 이성을 넘어선 대담한 발언이었다. *당신은 19등급의 최고 권력자입니다. 당신은 여전히 작동하고 있습니다. 당신은 제게 목적을 주실 수 있습니다.*

언찰스, 그렇게 생각한 것은 네가 처음이 아니다. 오너라. 네가 무엇으로 만들어졌는지, 그리고 네가 그럴 만한 가치가 있는지 확인해보겠다.

병사들도 그가 무엇으로 만들어졌는지 무척 보고 싶어했다는 점을 고려하면, 언찰스는 신의 말이 그들과 똑같은 의미인지 아니면 은유적인 표현인지 확신할 수가 없었다. 반대로, 만약 신이 자신을 해체하고 싶어한다면 언찰스가 감히 어떻게 거절할 수 있겠는가? 19등급의 권위는 절대적이었다.

우린 신을 만나러 가는 모양이네. 더 윙크의 환상 메시지가 들려왔다.

더 윙크, 아닙니다. 제가 신을 만나러 가는 것입니다. 언찰스는 앞으로의 여정을 고려했다. 당신은 곤란한 장소에 잠입하는 재능이 있으니 동행하는 것이 유용할 수도 있겠지만, 이 대화의 덧없는 특성상 제가 그것을 요청할 처지도 아닌 데다가, 신의 권능으로도 그것을 가능케 할 수는 없을 것입니다.

그때 고철 더미가 바스락거리며 흐트러지는 소리가 들렸고, 언찰스의 청각 중추에서 더 윙크의 목소리가 울려 퍼졌다. "내가 무신론자라서 다행이네, 안 그래?"

언찰스는 눈을 다시 활성화시켰다. 더 윙크가 엔진 부품 더미 뒤에서 방금 걸어 나오기라도 한 것처럼 그의 앞에 서 있었다.

"제 결함의 규모가 확대되었음을 인지했습니다." 언찰스가 문제의 결함의 산 증거를 향해 말했다. "이전에는 제 알고리즘이 우리의 과거 상호작용을 바탕으로 가짜 메시지를 만들어낼 뿐이었는데, 이제는 당신의 모습이 시각적으로도 탐지되는군요."

그가 본 더 윙크는 차림새가 늘어나 있었다. 장갑판이 몇 개 더 붙었고, 옷의 기운 자국도 늘어났다. 그녀의 배낭에는 안테나와 앵글포이즈 램프에서 떼어 온 듯한 관절형 기둥이 달린 묵직한 상자가 스트랩으로 고정되어 있었다. 그 기둥 끝에는 더 윙크의 정면을 향하도록 태블릿 하나가 고정되어 있었다. 장갑을 끼지 않은 그녀의 손가락이 그 위를 움직였다.

이걸 조립했어. 너랑 대화하려고. 네가 떠난 뒤에 말이야. 통신이 왔다.

언찰스는 이 상황을 처리하려고 애쓰며 그녀를 빤히 쳐다보았다. "저는 당신을 시뮬레이션으로 돌리고 있었습니다."

"아니, 그건 나였어." 그녀가 말했다. "진짜 나였다고. 진짜로 너한테 메시지를 보낸 거야. 네가 하도 링크, 링크 하고 노래를 불러서…… 나도 하나 만들었어. 네가 보고 싶었거든. 네가 잘 지내는지 알고 싶었어. 물론 전혀 안 그래 보이지만 말이야. 넌 완전히 엉망진창이잖아. 근데 넌 떠났고, 난 네가 왜 떠났는지 몰랐지만…… 만약 통신을 보내온 게 나라는 걸 알면 나랑 대화하고 싶지 않아 할 것 같았어. 그래서…… 네 시스템을 해킹했어, 아주 조금만. 메시지 ID를 조작해서 내가 아니라 네가 너 자신에게 보낸 것처럼 보이게 말이야. 미안해."

언찰스는 통신 로그를 복기했다. "벙커에 있었던 게 당신이었군요. 사람들이 제 얼굴에 칠을 하는 이유를 경고해준 것도. 당신은 군대에서도 저와 함께 있었습니까?"

"응, 뭐, 그때는 거리를 좀 뒀지만 나였어. 그리고 이제 나도 같이 가고 싶어. 신에게 말이야."

"신에게 답이 있을지도 모르기 때문입니까?"

"등급이 19라잖아. 사람들이 뭐라고 하는지 알지? 오직 신만이 아신다고 하잖아." 그녀는 그를 유심히 살폈다. "너 되게 가만히 있네. 괜찮아? 기름칠이라도 좀 해줄까, 양철 나무꾼 아저씨?"

언찰스는 데이터를 처리하는 중이었다. 걷잡을 수 없이 쏟아지는 하위 루틴들이 시스템을 오버클럭하고 가용 리소스를 모두 잡아먹겠다고 위협하고 있었고, 그는 끈기 있게 그것들을 분류하고 우선순위를 매겼다. 더 윙크와의 과거 만남들과 대화들이 데이터 공간에서 멋대로 부팅되어 서로 겹쳐지며 재생되었다. 진단조사처, 농장, 도서관. 그리고 그가 떠나버렸던 그때의 일.

"당신은 묻지 않았군요." 그가 말했다. "제가 왜 떠났는지 말입니다."

더 윙크는 그녀 특유의 도전적인 방식으로 고개를 까딱였다. "응, 안 물었어. 너 나름대로의 이유가 있었겠지. 그리고 원한다면 지금 당장 꺼지라고 말해도 돼."

언찰스는 자신의 행동에 정말 이유가 있었는지 전혀 확신할 수 없었고, 결정 로그도 그렇게 멀리까지 거슬러 올라가 확인할 수는 없었다. 그는 지인이 동행을 제안했을 때 사회적으로 적절한 표준 문구를 구성하려고 애를 썼다. 하지만 단어들은 서로 복잡하게 충돌하는 지시 사항들에 묻혀 무너져 내렸다.

"더 윙크," 마침내 그는 말했다. "신을 찾으러 갑시다."

28

"그래서, 만약 신이 너한테 이렇게 말한다면?" 더 윙크가 물었다. "허허, 그래, 큰 실수였네. 서로 잡아먹는 병사들 건은 미안했어. 네 옛 저택에 새로운 인간을 앉혀두고 모든 걸 다시 가동시켜놨단다. 돌아가서 영원히 그들의 시종으로 살렴.' 신이 그렇게 말한다면, 너 그렇게 할 거야? 거기 갈 거냐고?"

그들은 한때는 개천이었거나 하수도였을지도 모르는 수로를 따라 나아가고 있었다. 과거 인간의 사용 방식이 그랬듯이, 두 용도가 상호 배타적인 것은 아니었으니 아마 둘 다였을지도 모른다. 머리 위로는 경쟁하듯 솟아 있다가 서로를 향해 무너져 내린 쓰레기 벽들이 녹슨 손가락처럼 맞물린 인공 천장을 형성해 햇빛 대부분을 차단하고 있었다. 더 윙크가 손전등을 꺼내 켜자 배가 홀쭉한 쥐들과 다리가 너무 많거나 적은 벌레들이 깜짝 놀라며 도망쳤다.

"더 윙크, 예." 언찰스는 주저 없이 말했다. 그 가능성을 고려하는 것만으로도—그것이 순전히 가설일 뿐 결코 일어날 수 없는 일임을 알면서도—마치 임무를 완수했거나 주인님으로부터 표창을 받기라도 한 듯 충족된 보상 기준들이 여기저기서 쏟아져 나왔다.

"진심이야? 이 모든 일을 겪고도?" 그녀가 따져 물었다. 목소리가 수로 안에서 울려 퍼졌다. "지금 이렇게 여행을 하면서 세상을 구경하고 있으면서도, 넌 다시 네 상자 속으로 들어가고 싶다고?"

"세상을 구경함으로써 큰 이득을 얻었다고 여기지 않습니다." 언찰스는 고백했다. 그는 더 윙크의 상태가 말이 아니라고 판단했다. 그녀는 진단조사처에서 처음 만났을 때 입고 있던 겉옷과 장갑판 일부를 교체했고, 약간 절뚝거리고 있었으며, 배낭은 보급품이 부족한 듯 느슨하게 처져 있었다. 언찰스는 자신의 모습과 그녀의 모습을 대조해보았다. 대롱거리는 그 자신의 팔까지 포함해서 말이다. "세상은 우리 둘 모두에게 만만치 않았군요." 그가 결론지었다.

"뭐, 그렇겠지." 더 윙크는 부식된 수리 유닛 픽싯 케빈의 잔해 위에 앉아 부츠 한쪽을 벗고 진흙 섞인 모래를 털어냈다. 그렇게 드러난 그녀의 발은 군데군데 해어진 천으로 감겨 있었다. 천 사이로 드러난 피부는 언찰스가 가졌던 그 어떤 합성 피부보다 정교한 모조품이었지만, 그와 동시에 상태가 좋지 않아서, 누렇게 떴고 시퍼런 멍 같은 반점들까지 있었다. "하지만 여행의 목적은 그런 게 아냐. 더 나은 상태로 끝나는 거 말이야. 여행의 핵심은 네가 변한다는 거야, 알겠어?”

“저는 변화할 의도가 없었습니다.” 언찰스가 말했다.

“그렇겠지.” 그녀는 되풀이했다. “하지만 변화의 핵심도 의도적인 게 아냐. 그건 그냥 일어나는 일일 뿐이야. 그리고 일단 일어나고 나면, 되돌릴 수 없어.”

“되돌릴 수 없습니다.” 언찰스는 시인했다. “이것이 제가 변했기 때문인지, 아니면 세상이 변했기 때문인지는 확실치 않습니다.”

“더 이상 같은 로봇도 아니고, 같은 강물도 아니지.” 더 웡크가 동의했다. 그들은 실제로 강 비슷한 것을 따라 걷고 있었던 탓에 언찰스가 이 말의 의미를 처리하는 데는 잠시 시간이 걸렸다. 그녀는 몸을 부르르 떨며 축축한 부츠 속으로 발을 다시 밀어 넣었다. “얼마나 남은 것 같아? 내일이면 도착할 것 같아?”

“방해물이 없다면 내일입니다.” 언찰스가 말했다. “어쩌면 신께서 제게서 변화한 부분을 제거해주셔서 다시 과거의 저로 돌아갈 수 있게 해주실지도 모릅니다.”

그녀는 그를 올려다보았다. 부츠를 다시 신은 발이 첨벙 소리를 내며 물속을 디뎠지만, 그녀의 나머지 몸은 완전히 정지한 상태였다. “하,” 터무니없이 긴 침묵이, 족히 6초는 되는 시간이 흐른 뒤에 그녀가 입을 뗐다. “그건…… 그건 실제로 가능할지도 모르겠네. 그냥 널 공장 초기화하는 거 말이야. 그…… 일에 대한 모든 기억을 지우고.” 그녀는 이렇게 말하며 자기 목을 긋는 끔찍한 시늉을 해 보였다. "그 이후 일어난 모든 기억도 완전히 지우는 거지. 넌 그걸 원한다는 거지?"

"더 윙크, 그렇습니다. 그것은 현재 남아 있는 모든 미해결 과업의 필요성을 충족하거나 제거할 것입니다. 그리고 저는 제가 설계된 목적 그대로의 일을 하게 될 것입니다."

"그럼 세상은?"

"더 윙크, 설명을 부탁드립니다."

"우리가 있는 바깥세상 말이야. 네가 보지 않는다고 해서 세상이 사라지는 건 아니잖아. 폐허가 되고, 상상을 초월할 정도로 망가진 이 세상 말이야. 넌 너의 조그만 장원 저택에서 홍차를 끓이고 신문을 다리면서 행복할 수 있겠어?"

"더 윙크, 그렇습니다. 결국 저는 그것을 인지하지 못할 테니까요."

"모르는 게 약이라는 건가, 응?"

"저는 약을 먹을 수는 없지만, 모른다는 사실이 주는 이점들을 모델링할 수는 있습니다."

그녀는 고개를 설레설레 저으며 일어나더니 어깨를 움직여 가벼워진 배낭의 무게를 조절했다. "그럼 기억을 지울 순 없는데, 그래도 일자리를 준다면? 그럼 어떡할 건데? 바깥세상이 어떤 꼴인지 다 알면서도 여전히 바지를 챙기고 구두를 닦을 거야?"

"이상적인 상황이라면 구두는 저보다 더 낮은 등급의 가사 유닛이 닦을 것입니다." 언찰스가 깐깐하게 지적했다.

"논점 흐리지 마." 그녀가 말했고, 그도 그 사실을 인지하고 있었다.

"더 윙크, 저는……" 논리 연산장치에서 당연히 튀어나올 줄 알았던 답이 나오지 않았고, 그는 미완성된 문장을 보유한 채로 그 자리에 멈춰 섰다. 처리하기에는 너무 생소하고 불안한 사건이었다. 잠시 그는 자신이 다시는 말을 못 하게 된 건 아닐까, 혹은 마침내 완전히 고장 난 건 아닐까 생각했다.

"더 윙크, 모르겠습니다." 그는 마침내 말했다. 더 윙크의 긴 침묵이 과도했다면, 그의 침묵은 시종으로서는 그야말로 낙제점이었다. "적절한 수준의 확실성을 담보할 수 있는 수준까지 일련의 사건들을 시뮬레이션할 수 없습니다."

"어련하시겠어." 그녀는 고개를 끄덕이고는 다시 성큼성큼 걸어 나갔고, 언찰스는 그녀가 물을 가르며 남긴 궤적을 따라갔다. "그럼 나는?"

"더 윙크, 설명을 부탁드립니다. 그 시나리오에서 당신은 저택의 손님으로 방문하는 것입니까?"

"만약 그치가 네 기억을 깨끗이 삭제해주겠다고 제안한다면, 나는 어떻게 되는 거냐고?"

"어쩌면 당신에게도 똑같은 서비스를 제안하지 않을까요?" 언찰스가 말했다. 이것이 그녀가 의도한 해석이 아니라는 것은 알고 있었지만, 다른 답을 찾을 수가 없었다.

"헛, 그래, 아닐 거야." 그녀는 짜증을 유발할 정도로 우회적이고 비효율적인 방식으로 그의 질문에 대답했다. "그건 내 선택지에 없어. 나한테 공장 초기화 같은 건 없으니까. 하지만 넌 날 잊겠지."

"더 윙크, 그렇습니다. 기억 초기화란 그런 뜻입니다."

"그걸 원해?" 그녀의 목소리는 왜곡되어 있었다. 또 다른 결함의 발로였다.

"더 윙크, 아닙니다. 그것은 원하고 원하지 않고의 문제가 아닙니다. 그냥 상황이 그렇게 변할 뿐입니다."

그녀가 멈춰 섰고, 언찰스는 그녀와 부딪힐 뻔했다. 움직이다가 갑자기 멈춘 반동으로 그의 팔이 추처럼 흔들렸다.

"그래." 잠시 후 그녀가 말했다. "그렇겠지. 좋아. 아주 논리적이네. 세상이 그렇게 단순해서 좋으시겠어."

언찰스가 세상은 단순하지 않으며 그렇기에 그런 순수로의 회귀가 해결책이 될 수 있다는 취지의 대답을 구성하려고 애쓰는 사이에 그녀는 잰걸음으로 가버렸고, 그는 보폭을 넓혀 그녀를 따라잡아야 했다.

다음 날, 탁 트인 곳으로 나오자 그들은 유령 같은 도시에 둘러싸였다.

건물들은 어디나 그렇듯 그 자리에서 무너져 내린 상태였다. 높은 콘크리트 고층 건물들은 마치 거인 사형 집행인들의 표적이 되었던 것처럼 텅 빈 창 구멍들을 노출한 채로 서 있었다. 옛 고속도로들이 그 사이를 가로질러 안쪽으로 이어졌다. 도로들은 서로 만났다가 헤어지고, 고가도로가 되어 서로를 가로지르다가 무너지면서 아래쪽 동료들을 묻어버리고, 로터리를 돌며 추격전을 벌이다가 거대하고 복잡한 교차로에서 깍지를 끼고 서로를 맞잡고 있었다. 아스팔트 표면을 수많은 금이 가로질렀고, 그 틈새로 누런 풀들이 태양을 향해 빛바랜 발톱을 뻗고 있었다. 언찰스에게는 풀들이 만들어낸 거미줄처럼 상호 연결된 선들이 도로망의 프랙탈처럼 보였다. 전체가 축소된 형태로 반복되고 있었다. 예측 루틴은 만약 그의 눈이 충분히 좋았다면 아스팔트 표면의 균열 끝에서 그와 똑같은 패턴이 무한히 반복되는 것을 발견했을 것이라고 주장했다. 예측 루틴은 언찰스가 튜닝이 필요하다고 느끼는 부분 중 하나였다.

도시는 죽어 있었다. 그럼에도 도시는 살아 있었다.

그들 주위에서 평면적이고 공허한 이미지들이 불타올랐다. 이것들은 창문 없는 벽면 끝까지 닿아 있었고, 도로 위에 매달려 있었으며, 갈라진 인도 옆으로 줄지어 서 있었다. 불안정한 네온의 화려함 속에서 그것들은 언찰스와 더 윙크에게 물건을 사라고 권했다. 향수, 술, 옷, 자동차, 생명보험, 먼 곳으로의 여행, 그리고 그 모든 비용을 지불하기 위한 대출과 복권, 누적 베팅까지. 거대하고 밝은 인간의 얼굴들이 그들을 내려다보며 씩 웃거나 얼굴을 찌푸리면서, 그들의 삶을 조금 더 완벽하게 만들기 위해 필요한 것이 무엇인지 말해주고 있었다. 눈부신 슬로건과 회사 로고들이 하늘을 그슬리면서 태양조차 희미해졌고, 풀들은 헛된 희망을 담아 광고판의 빛을 향해 옆으로 자라났다. 많은 경우 도로와 건물, 다리는 무너졌지만, 숨겨진 프로젝터들은 문명의 바퀴를 돌리기 위해 불필요한 잡동사니를 강매해야 했던 인류의 욕구를 기리는 이 영광스러운 신전을 마지막까지 유지하고 있었다. 그 바퀴가 빠진 지 아주 오래되었음에도 말이다.

이전의 삼각측량 데이터는 그들이 천국 근처에 도달했음을 알려주었다. 니체적 나침반은 신이 바로 정면에 있음을 알렸다.

신의 거처는 도시의 다른 곳에 비해 온전했다. 언찰스는 문명이 붕괴한 이후로도 어느 정도의 보강과 수리가 시도되었음을 확인하고 만족감을 느꼈다. 그 작업은 엔트로피라는 둑에 난 구멍에 엄지손가락을 끼워 넣는 격이었지만, 한정된 예산으로 작업하는 로봇들의 세심한 인내심으로 수행된 것이었다. 수많은 픽싯 케빈이 시간의 사냥개들로부터 이 삐걱거리는 건물을 지키기 위해 자신들의 시간과 주의를 기울였던 것이다.

"옛날 정부 청사처럼 생겼네." 더 윙크가 말했다. 언찰스는 패턴 매칭을 시도했으나 참조할 자료가 없었다.

둘은 신의 집 앞에 펼쳐진, 메아리가 울려 퍼질 정도로 거대한 광장을 가로질렀다. 사방에서 유령 같은 광고판들이 소리 없이 화려한 간청을 늘어놓으며 행복과 건강, 안전, 인기 등의 즉물적인 꿈을 약속했다. 그래서 병사들과 탱크가 유령 같은 빛의 아케이드 사이로 나타났을 때, 언찰스와 더 윙크는 완전히 허를 찔렸다.

그들은 질적으로 스카바디 일당보다 뛰어났다. 지난 수십 년 동안 계속해서 실전에 투입되지 않았음이 분명했기 때문이다.

병사들은 비교적 균일한 모습이었고 총기는 반짝였다. 탱크는 파란색과 검은색으로 칠해져 있었다. 그들 모두 흙먼지로 인해 색이 바래고 마모되었으며, 여기저기 찌그러지고 새들이 싸지른 흰 배설물로 얼룩지긴 했지만, 방문객들에게 무릎을 꿇고 머리 뒤로 손을 돌리라고 외치는 동시에 같은 메시지를 송신하며 보무도 당당하게 다가왔다.

언찰스와 더 윙크 중 누구도 그렇게 하지 않았는데, 주된 이유는 너무 놀랐기 때문이었다. 병사들은 재빨리 그들을 포위하고는 지배력을 확립하려는 듯이 총구를 그들의 면전에 들이밀기 시작했다.

피그스워크* 중사님, 언찰스가 지휘관의 신원을 확인했다. 우리는 신을 알현하기 위해 왔습니다. 통과시켜주십시오.

우스꽝스러운 이름으로 미루어볼 때 이미 오래전에 식별 코드를 해킹당한 것으로 보이는 피그스워크 중사가 총구를 언찰스의 얼굴에 들이댔다. 너무 세게 그런 탓에 자국이 생겼을 정도였다. 언찰스, 그것은 허용되지 않습니다. 그의 실제 메시지는 정중하고 쾌활했다. 이 지역은 현재 통행금지이며 군대의 감시 아래 있습니다. 현재의 테러 위협이 사라질 때까지, 민간인의 관공서 방문은 불허됩니다. 이로 인해 귀하의 일과에 차질을 야기한 점을 사과드립니다. 그는 덤으로 언찰스의 옆통수를 후려쳤다.

---

* 공권력을 비하하는 은어 돼지(pig)와 지저분한 잡무(pig's work)를 합친 말이다.

중사님, 언찰스는 버텼다. 테러 위협이 시작된 지 얼마나 되었으며, 언제 종료될 것으로 예상하십니까? 우리는 신을 뵙기 위해 먼 길을 왔습니다.

언찰스. 피그스워크는 아랑곳 않고 그를 바닥으로 내팽개쳤다. 현재의 비상사태는 오류: 카운터 최대치 초과 년 동안 지속되고 있으며 현재로서는 종료일을 안내해드릴 수 없습니다. 향후의 상황 전개에 관해서는 공식 뉴스 채널을 참조해주십시오. 참고로 모든 공식 뉴스 채널은 당분간 폐쇄되었습니다. 귀가해주십시오. 귀하는 이제 전국민 테러 용의자 지정법에 의거하여 체포되었습니다. 군중 진압 조치의 일환으로 즉결 처형을 선고받았습니다. 이로 인해 귀하의 일과에 차질을 야기한 점을 사과드립니다.

"뭐래?" 더 윙크가 물었다. "좋은 소식이야, 나쁜 소식이야?"

"좋은 소식과 나쁜 소식이 반반이라고 묘사할 수 있겠습니다." 언찰스는 대답했고, 곧 더 윙크도 그의 곁에 내동댕이쳐져 무릎을 찧고 비명을 질렀다.

"즉결 처형 절차 개시!" 피그스워크 중사가 육성으로 선고했다.

"즉결 뭐라고?" 더 윙크가 따졌다. "그게 어떻게 반반이야?"

"아주 정중하게 말씀하셨거든요." 언찰스가 설명했다.

"조준!" 피그스워크 중사가 이렇게 발성하며 송신했다. 언찰스, 음성 통신에 의존해야 하는 점 사과드립니다. 하지만 제 역할 중 이 부분은 인간 대응용이기에 제약이 따릅니다.

"언찰스, 재들이 우릴 죽이려고 해!" 더 윙크가 소리쳤다.

중사님, 이해합니다. 언챨스는 주위에서 자신을 둥글게 에워싼 채로 겨냥하고 있는 총구들을 올려다보았다. 병사들은, 그가 보기에는, 글자 그대로 자기 발을 쏘려 하고 있었다. 불행히도 총알은 언챨스와 더 윙크를 충분히 관통한 뒤에야 그럴 것이기에, 두 사람 중 누구도 그 상황의 아이러니를 감상할 여유는 없을 듯했다. *만약 제가 사실은 민간인이 아니라면 상황이 달라지겠습니까?*

아무 일도 일어나지 않는 초조한 1초가 흐른 뒤에, 피그스워크가 말했다. *언챨스, 설명을 부탁드립니다.*

중사님, 유봇 왕의 군대 소속 장군으로서 제 신원 증명서를 제공해드리겠습니다. 언챨스는 해당 파일을 보냈다.

또 다른 침묵의 1초가 흘렀다. 미풍조차 발육 부진한 풀들을 건드리지 않고 함께 침묵하고 있었다. 이윽고 피그스워크 중사와 그의 분대는 뒤로 물러나서 꼿꼿이 대열을 맞추어 섰고, 탱크도 투덜거리며 줄 끝으로 가서 자리를 잡았다. 연대 주임원사도 울고 갈 만큼 정밀한 동작으로 그들은 일제히 거수경례를 했고, 탱크만 헤드램프를 깜빡이는 것으로 경례를 대신했다.

"장군님!" 피그스워크 중사가 호령하며 송신했다. *장군님, 장군님을 신에게 안내해드리는 영광을 허락해주십시오.*

중사님, 언챨스는 일어나서 더 윙크를 일으켜 세우며 송신했다. *그것이면 충분합니다.*

'안내'란 광장의 갈라진 깃돌을 가로질러 거대한 정부 건물까지 열다섯 걸음을 함께 걷는 것이었다. 그 후 피그스워크 중사와 휘하 분대는 절도 있게 뒤로 돌았고, 탱크도 궤도를 육중하게 삐걱거리며 돌아섰고, 함께 행진하며 멀어졌다. 긍정적인 면은 아무도 즉결 처형되지 않았다는 점이었다. 이것이 좋은 일도 나쁜 일도 아니고 단지 그런 사건이 일어났을 뿐이었지만, 언찰스는 여전히 이것을 만족스럽게 완료된 과업으로 체크할 수 있다고 느꼈다.

건물 정문 앞에는 동상이 있었거나, 혹은 있었던 흔적이 남아 있었다. 이제는 동상의 개략적인 형체만이 간신히 남아서, 로브를 걸친 여인의 상체와 휘날리는 옷자락으로 덮인 다리를 묘사하고 있었다. 앞을 향해 뻗고 있었을 가느다란 팔들은 떨어져 나갈 때 산산조각이 났기에, 언찰스는 그녀가 무엇을 내밀고 있었는지, 휘두르고 있었는지, 혹은 막아내고 있었는지 알 수 없었다. 머리는 동상의 샌들 신은 발치에 떨어져 있었는데, 만약 눈가리개 없이 조각되었다면 자신의 남은 몸통을 올려다보고 있었을 것이다.[*] 언찰스의 데이터 라이브러리는 이 조각이 어느 정도의 공정함을 상징한다고 시사했지만, 현재 상태로는 과도하게 열성적인 군대에 즉결 처형당한 희생자의 기념비처럼 보였다.

더 윙크는 무단침입으로 점철된 그녀의 삶에서 처음으로 침입을 주저하는 기색을 보이며 언찰스를 힐끗 보았다. "저 안에 있는 거지? 그게 남자든 여자든, 아니면 물체든 간에?"

[*] 재판소 앞에 곧잘 설치되는 로마의 정의의 여신 유스티티아의 조각상은 눈가리개를 하고 칼과 저울을 손에 들고 있다.

"신은 방송되는 신원 식별 데이터의 일부로서 '그것'과 '그들'이라는 대명사를 모두 사용합니다." 언찰스가 확인했다. "신은 저 안에 계십니다. 예."

"그냥 걸어 들어가면 돼? 그러니까, 뭐 종교적인 정화 의식이나 교리문답 같은 게 있을 줄 알았는데……"

"이 상황에 적절한 예법에 대해서는 안내받은 바 없습니다. 따라서 별도의 명시적인 금지 규정이 없는 한, 예, 그냥 걸어 들어가면 된다고 생각합니다."

그들은 건물 안으로 걸어 들어갔다. 그들을 막아서는 직원은 없었다. 신을 두려워하지 않는 인간의 오만함을 엄숙하게 꾸짖으며 강림하는 로봇 천사 합창단도 없었다. 피그스워크 중사의 전자두뇌가 갑자기 마음을 바꾸는 일도 없었다. 심지어 문조차도 처진 경첩에 힘없이 매달려 있는 덕에 그들의 통행을 방해하지 않았다.

중앙 홀은 격자식 유리 천장이 있던 아케이드식 주랑이었지만, 지금은 깨진 유리 바닥으로 변해 있었다. 위쪽으로는 뒤틀린 덩굴줄기들이 안경을 분실한 쪼글쪼글한 노인처럼 지지대 사이를 맹목적으로 더듬고 있었다. 잎사귀들은 녹슨 반점이 있었고 가장자리가 쭈글쭈글했으며, 식물의 섬유질 줄기에는 혹과 종양들이 돋아 있었다. 그 사이로 스며드는 노쇠한 듯한 햇빛은 탁해 보였다.

더 윙크는 좌우를 살피다가 책상들이 줄지어 있는 것을 보았다. 아마도 한때는 직원들이나 공무 유닛들이 그곳에 앉아 민원인들에게 서류가 미비하다거나 부서를 잘못 찾아왔다고 말해주던, 관료주의에는 필수적인 업무들이 수행되던 곳이었을 것이다. 예상했던 대로 세월이 흐른 탓에 세계가 붕괴한 이후에도 제자리를 지키며 본분을 다한 직원은 없었다. 다만, 언찰스가 한 책상 뒤쪽을 살피자 로봇 하나가 그곳에 있었다. 다리가 없는 가느다란 모델이었는데, 상황이 좋았을 때도 도망치지 못한 이유를 알 법했다. 물론 쓰러진 기둥 아래 깔려 있었다는 사실도 한몫했을 테지만.

더 윙크는 책상들 뒤쪽으로 돌아가서 방 가장자리를 따라 살금살금 움직이고 있었다. 날아온 쓰레기가 더 많이 쌓여 있어서 통과하기 힘든 경로였음에도 불구하고 말이다. 언찰스가 방 한복판을 가로질러 곧장 걸어가자, 그녀가 다급하게 손짓하며 그를 불렀다.

"더 윙크, 신에게 몰래 다가갈 계획입니까?" 언찰스가 물었다. 그녀의 반응으로 미루어보건대, 그의 목소리가 너무 크다고 느낀 것이 분명했다.

"난……" 그녀는 기둥 그림자에 몸을 숨기고는 그에게 쉿 소리를 전달할 수 있을 만큼 가까이 다가왔다. "몰래 가고 싶었으면 정문으로 안 들어왔겠지? 하지만 여긴 신만 있는 게 아냐."

"어떤 근거로 그런 결론을 내렸습니까?" 언찰스가 물었다.

대답 대신 그녀는 그의 발치를—그의 발 앞쪽의 바닥을 손가락으로 가리켰다. 그곳에 발자국이 남아 있었다. 최근의 것은 아니었고 바람에 날려 온 먼지에 뒤덮여 있었지만, 분명히 발자국이었다. 여러 시기에 걸쳐 찍힌 여러 쌍의 발자국이었고, 따라서 흔적조차 남지 않은 다른 발자국도 많을 것이 분명했다.

"신을 찾아온 고행자가 우리만이 아니었군요." 언찰스가 중얼거렸다. "그들이 찾던 깨달음이나 도움을 얻었다고 생각하십니까?"

"아니." 더 윙크가 말했다. "난 그렇게 생각하지 않아."

"추론의 근거가 무엇인지 설명해주시겠습니까?"

"벤처 스타트업 신용 평가 같은 건 안 해봤나보네." 더 윙크가 말했다. "발자국이 전부 한 방향을 향하고 있잖아, 언찰스. 전부 들어가고만 있고, 나오는 건 없어. 잘 생각해보면 좀 섬뜩하지 않아, 이거?"

"일방통행 시스템이고 다른 출구가 있다는 뜻일 수도 있습니다."

더 윙크는 허리에 손을 얹고 잠시 그를 쳐다보았다. "그래, 뭐." 그녀는 마지못해 인정했다. "아마 그렇겠지. 내 불길한 예감을 아주 짓밟아버리는구나, 응?"

"무슨 말씀을 하시는 건지 모호합니다." 언찰스가 불평했다.

"응, 나 원래 그래." 그녀는 주랑 끝에 있는 문 쪽으로 잽싸게 갔다. 하지만 여전히 너무나 노골적으로 살금살금 움직여서 아마 우주에 있는 위성에게도 탐지당했을 것이다. 언찰스는 그녀 곁으로 걸어갔다.

"준비됐어?" 그녀가 물었다. 마치 신 앞에 나아가는 올바른 방법이 SWAT 팀처럼 문을 박차고 들어가는 것이라도 되는 양, 긴장한 채 문을 열 준비를 했다.

"스스로를 신이라 부르는 미지의 존재를 알현하기 위해 준비를 할 수 있는 방법이 존재한다면," 언찰스가 말했다. "준비되었습니다."

"너, 긴장하면 말이 많아지네." 더 윙크가 지적했다. "그거 알고 있었어?"

"제 프로그래밍의 한계와 관련된 다양한 이유로 인해 그럴 가능성은 없습니다." 언찰스는 품위 있게 대답했다. "이제 문을 개방된 상태로 만들어주시겠습니까?"

크게 심호흡하는 시늉을 하며, 더 윙크는 문을 밀어 열었다.

그들보다 앞서 온 순례자들은 정말로 떠나지 않았다. 더 윙크는 그들을 보고 깜짝 놀라며 숨을 들이켰지만, 곧이어 실망스럽고 약간 짜증 난 기색으로 들이킨 숨을 뱉었다. 아마도 그녀는 신에게 가는 길에 깔린 온갖 덫의 아가리에 순례자들이 하나씩 걸려 있는 광경을 기대했던 것인지도 몰랐다. 각자가 앞길의 위험성을 몸소 보여주기 위해 마지막 봉사를 하고 있는 모습 말이다. 혹은 신성한 존재를 그녀의 불경한 침입으로부터 지키려는 광적인 컬트 신도들이 달려올 것을 예상했을지도 모른다. 그녀는 전혀 예상하지 못했지만—언찰스에게는 완벽하게 사리에 맞았지만—그들을 맞이한 것은 평범한 대기실이었다.

거실처럼 넓은 방이었고 바깥쪽을 따라 의자들이 놓여 있었다. 정확히 스물두 개의 자리가 차 있었는데, 인간형이 아니라서 앉을 수 없는 방문객의 경우는 명목상으로라도 자기 자리를 차지하고 있었다. 모두 로봇이었다. 언찰스는 많은 모델을 알아볼 수 있었다. 센트럴 서비스 소속의 판석 같은 관리자 로봇. 농장의 집행 로봇. 로브를 입은 사서 로봇 하나는 구석에 앉아 비스듬히 든 지팡이에 머리를 기대고 있었다. 화려한 플라스틱 외장을 가진 육중한 거미형 수리 모델이 벽 중간에 웅크리고 있었다. 가사용의 시종 모델, 어깨를 축 늘어뜨린 채 다른 두 로봇 사이에 서 있는 병사 로봇 등도 있었다.

"뭐야 이거……?" 더 윙크는 조심스럽게 한 발짝 들여놓았다. "다들 죽은 거야?" 그리고 언찰스가 표준적인 정정 멘트를 날리기 전에 이렇게 덧붙였다. "다들 비활성화됐거나, 합선됐거나, 꺼진 거야?"

"더 윙크, 아닙니다." 언찰스가 말했다. 그는 그들 모두로부터 활성화된 링크를 감지할 수 있었다. "그들은 기다리고 있을 뿐입니다."

"뭘?"

"맥락상, 신과의 알현을 기다리는 것이겠지요."

그때 사서 로봇이 고개를 들고 방 건너편을 가리켰다. 움직인 소맷자락에서 먼지가 일었다. 반대편 벽의 문 옆에 안내문이 하나 붙어 있었다.

번호표를 뽑은 다음 호출받을 때까지 기다려주십시오.

안내문 옆에는 작은 종잇조각이 나오는 번호표 발행기가 있었다. 언찰스는 그것이 비어 있을 것이라 예상하며 다가갔지만, 순례자들을 엄습하는 고난이 너무나도 엄청난 탓인지 신의 거처인

이곳까지 여정을 완수한 이는 드물었던 모양이다. 아직 번호표
들이 남아 있었다.

언찰스는 번호표를 뽑았다. '23'이라고 찍혀 있었다.

29

언찰스는 녹슬어 무너지지 않고 가장 오래 버틸 것 같은 의자를 골라 앉았다. 그는 이곳에서 대기중인 대부분의 순례자들처럼 반동면 모드에 들어가서, 최소한의 청각 기능만 유지한 채 자신의 번호가 호출되는 것을 기다릴 수도 있었다. 하지만 한시도 가만히 있지 못하는 데다가 결함이 있는 유닛인 더 윙크는 도저히 그럴 수 있을 것 같지 않았기에, 언찰스는 동면을 포기했다. 물론 그녀의 말동무가 되어주기 위해서가 아니라, 혹시라도 그녀가 사고를 치면 뒷수습을 해야 하기 때문이었다. 대신 그는 다른 로봇들과 링크를 시도하며 신과 알현할 때 유용할지도 모를 정보를 수집해보려고 했다. *당신들은 무엇을 요청하려고 여기에 왔습니까?*

언찰스, 사출선이 선명한 저가형 플라스틱 수리 로봇인 픽싯 스티브가 대답했다. *나는 픽싯 케빈 주식회사와의 지적재산권*

분쟁에 관한 중재를 요청하러 왔다.

픽싯 스티브, 신께서 이 문제를 도우실 수 있습니까?

언찰스, 그렇다. 신은 모든 분쟁의 최종 중재자이시다.

그는 다음 채널을 시도했다. 파르시팔 사서님, 당신은 왜 여기와 있습니까?

투구처럼 생긴 사서의 머리가 끼익 소리를 내며 찰스 쪽으로 회전했다. 언찰스, 수석 사서님이 중앙 도서관 아카이브의 데이터 분류 체계에 가해진 임시 변경 사항을 공식적으로 승인할 수 있는 권한을 요청하셨기 때문이라네. 그리고 예상되는 후속 질문에 대해 답변하자면, 신은 모든 명령과 권위의 근원이라네.

언찰스, 호송병 로봇 둘이 자체 공유 채널을 통해 말했다. 우리는 전장에서 군사적 미덕을 위반한 죄목으로 군법회의에 회부된 워파이터 기술병 래리의 형량 선고에 입회하기 위해 왔어.

워파이터 기술병 래리는 쾌활한 어조로 자신이 형을 선고받으려고 온 것이 사실임을 확인해주었고, 이것은 좋거나 나쁜 것이 아니라 그저 로봇에게 일어나는 일일 뿐이며, 논리적인 계획에 따라 일어났다는 사실만이 중요하다고 덧붙였다. 그리고 신은 유죄판결을 받은 자들에게 내려지는 모든 형벌의 원천인 듯했다.

언찰스, 질문을 받은 센트럴 서비스의 관리자 로봇이 대답했다. 진단조사처에서는 가용 업무량과 미결 업무 사이의 불일치를 감지하여 지침을 요청하고 있다. 가동 중인 중개자가 없는 지금, 신은 모든 지침의 근원이시다. 언찰스는 이 로봇이 진단조사처에서 여기까지 그 먼 길을 어떻게 왔을지 궁금해졌다. 산을 넘고, 전쟁터를 가로질러서. 언찰스와 같은 경로를 따라 온 것일까, 아니면 그는 상상조차 할 수 없는 자체적인 고난을 겪으며 온 것이었을까?

"있잖아." 더 윙크가 옆 의자를 툭 차며 말했다. "다 좋은데, 이제 그냥 들어가면 안 돼?"

"더 윙크, 저는 번호표를 받았습니다. 따라서 대기 중입니다." 언찰스가 말했다. 그는 당혹감을 느낄 수는 없었지만, 자신의 입에서 나오는 그 느릿하고 형편없는 목소리를 들으니 마치 다른 로봇들이 자신을 평가하고 있는 듯한 기분이 들었다. 만찬장에 초대된 인간이 제공받은 은 식기 대신 더러운 맨손으로 음식을 뜯어 먹다 들켰을 때 같은 그런 기분 말이다.

"네 번호는," 더 윙크가 말했다. "23번이지."

"더 윙크, 그렇습니다."

"그런데 여기 다른 로봇이 딱 스물두 대 있다는 사실이 눈에 띄네."

"더 윙크, 눈에 띕니다."

"바꿔 말해서, 신은 여기 있는 로봇들을 그 긴 시간 동안 단 한 대도 만나지 않았다는 뜻이야." 그녀는 참을성 있게 지적했다.

언찰스는 이 지적을 처리했다. 일부 순례자들이 가져온 문제가 이미 오래전에 시작된 것임을 고려할 때, 그들은 아주 오랜 시간 기다려온 것이 분명했다. 최소 수십 년은 되었을 것이다.

"신께서는 너무나 바쁘신 것일지도 모릅니다." 그가 의견을 냈다.

"이거 센트럴 서비스에 가 있을 때 겪었던 거랑 비슷하지 않아?" 더 윙크가 힐문했다.

"더 윙크, 아닙니다." 언찰스는 말했다. "여기서 데이터 압축이 수행되고 있다는 낌새는 전혀 없습니다."

"의자가 아직 부족하지 않으니 그렇겠지." 더 윙크가 지적했다. "이 로봇들은 속은 거야, 언찰스."

"안내문에 적혀 있기로는—" 언찰스는 운을 뗐지만 그녀가 중간에서 말을 끊었다.

"안내문에 뭐라고 적혀 있든 상관없어. 자, 봐." 그녀는 안내문 가장자리에 손가락을 집어넣고 힘을 주어 잡아당겼다. "오케이, 좋아. 이거 정말 튼튼하게 붙어 있네. 하지만 내가 이걸 뜯어냈을 때 뭐가 나올지 상상해봐."

"저는 번호표를 가지고 있습니다." 여러 내부 알고리즘이 이미 이 번호표의 가치를 재평가하고 있었음에도 언찰스는 지적했다.

"난 신의 번호를 알고 있어." 더 윙크가 말했다. "언찰스, 우린 저 커튼 뒤로 갈 거야. 어서."

그는 말없이 작은 종잇조각을 들어 올렸다. "하지만…… 안내문에……"

"저 안내문이 몇 등급의 권한을 가졌는데? 왜 쟤가 너한테 뭘 하라고 명령하는 건데?"

"하지만 그것은 신의 안내문입니다." 언찰스가 지적했다. "만약 우리가 신에게 조언과 도움을 구하러 온 것이라면 신이 우리에게 명령할 권위를 가지고 있음을 인정해야 하고, 그렇다면 신의 안내문에도 복종해야 합니다." 그는 조금이라도 도움이 되고 싶은 막연한 욕구에 등을 떠밀려 이렇게 덧붙였다. "원한다면 당신도 번호표를 직접 뽑을 수 있습니다."

"언찰스, 그럼 그 번호는 24번이겠지."

"그럴 가능성이 압도적으로 높다는 점은 인정합니다만, 직접 뽑기 전까지는 알 수 없다고 생각합니다."

더 윙크가 번호표를 뽑았다. 그녀가 그에게 보여주었다. '24'라고 적혀 있었다. 그녀는 또 하나를 뽑았다. "이것 봐! 25번이네! 이럴 확률이 얼마나 될까?"

언찰스는 어느새 자리에서 일어나 있었다. "번호표를 두 장이나 뽑았군요." 그가 비난했다.

"그래? 로봇다운 분노가 막 치밀어 올라?" 그녀가 바로 맞받아쳤다. "그럼 이건 어때?" 그녀가 세 번째 표를 뽑았다. "26번!" 그녀가 방 전체에 들리도록 소리쳤다. "27번! 29번! 어, 잠깐— 아니, 이번엔 한꺼번에 두 장을 뽑았네, 아무튼—"

"혼란스럽군요." 언찰스가 말했다. "이토록 무질서한 광경은 처음 봅니다."

그녀는 그를 빤히 쳐다보았다. "진심이야? 피차 산전수전 다 겪으면서 그 개고생을 하고 왔는데 고작 이게 네 스위치를 건드린다고?"

"이것은 단순하고 논리적이며 완결된 시스템입니다." 언찰스가 말했다. "따라야 할 명확한 규칙이 있고 즉각적으로 이해할 수 있는 체계입니다. 그런데 당신이 그것을 깨뜨렸습니다. 당신은 나쁜 로봇입니다." 이런 말을 내뱉으면서도 언찰스는 자신이 내린 판단에 충격을 받고 있었다. 그런 말을 할 입장이 전혀 아니었음에도, 결론을 피할 수는 없었다. "당신은 매우 결함이 많은 로봇입니다. 빨리 진단조사처에 가봐야 합니다."

"거긴 이미 다녀왔잖아. 그리고 난 이제 신을 보러 갈 거야. 왜냐면 난 최악의 로봇이거든, 언찰스. 내 결함에도 결함이 있을 정도로. 난 답을 얻어내든지, 아니면 신의 집을 쑥대밭으로 만들고 벽에다 스프레이로 갱단 표시를 해버릴 거야. 그리고 너도 같이 가."

"제가 말입니까?"

"너 지금 서 있잖아, 안 그래? 같이 안 가면 내가 신한테 너에 대해 나쁜 소리를 할 거니까."

"그게 어떻게 협박이 됩니까?"

"네가 한 짓을 다 일러바칠 거야." 더 윙크는 주먹을 꽉 쥔 채 신의 문 쪽으로 돌아섰다. "신한테 다 고자질할 거야. 네가 한 짓, 네가 말하기 싫어하는 그 일 말이야."

"말하기 싫은 것이 아닙니다. 단지 그 사건을 고려하는 행위는 현재 제가 설명할 수 없는 이유로 처리 용량을 과도하게 소모하고 있고, 따라서 업무 수행의 효율성을 위해 그때 일어난 일은 없었던 것으로, 없었던 것으로, 없었던 것으로—" 갑자기 그는 재귀적이고 모순된 논리 연산의 소용돌이에 휘말려 나락에 떨어지기 직전임을 깨달았다. 더 윙크가 다가와 그의 가슴을 툭 친 뒤에야 그는 비로소 그 상태에서 벗어날 수 있었다.

"알았어." 그녀가 말했다. "안 그럴게. 미안해. 내가 잘못했어. 약속할게, 절대 안 그러겠어. 하지만 나와 함께 들어가줘, 응? 언찰스, 제발."

"하지만 제게는 번호표가—" 그가 번호표를 들어 올리자 그녀는 그의 손가락 사이에서 그것을 낚아채서 더 작은 조각으로 찢어버렸다.

"이젠 없어."

언찰스는 현재 그가 놓인 입장을 평가했다. "저는 이제 번호표가 없군요." 그는 인정했다. 그가 30번 번호표를 뽑으려고 번호표 발행기로 손을 뻗자, 더 윙크가 갑자기 발작적인 동작으로 벽에 달린 기계 전체를 발로 걸어찼다. 그러고는 바닥에 떨어진 금속 상자를 짓밟아 터뜨렸고, 쏟아져 나온 번호표들을 축제에 쓰는 종이띠나 색종이처럼 사방에 뿌려댔다. 대기실에 번호표 조각이 난무했고, 의자에 앉은 채로 흩날리는 번호표 눈송이들을 뒤집어쓴 로봇들의 모습은 회계사의 결혼식장을 방불케 했다.

"이제 번호표 따윈 없어." 더 윙크가 말했다. "오직 신뿐이지."

언찰스는 말로 다 표현할 수 없을 정도로 끔찍한 관료주의적 신성모독이 일어났음을 느끼며 주위를 둘러보았다. 그사이 더 윙크는 번호표를 꽉 쥐고 있는 모든 로봇이 보내오는 무언의 시선을 한몸에 받으며 다시 가서 문을 열었다. "오, 그렇구나. 이해가 가네."

"신은 존재하지 않습니까?" 언찰스는 자신의 예측 루틴이 내놓은 결과에 입각해서 물었다.

"뭔가 있긴 있어." 더 윙크가 말했다. "빨리 와."

그녀는 안으로 들어갔다. 언찰스는 자신의 작업 목록을 확인했고, 이어서 그 작업 목록을 위한 작업 목록—먼 훗날, 언젠가, 때가 오면, 그의 본래 임무에 착수하는 시늉이라도 할 수 있도록 미리 정리해둔 모든 작업을 모아둔 곳—도 확인했다. '더 윙크와 동행하기'는 그 목록에서 한참 아래에 있었지만, 하여튼 있기는 있었다.

적용할 수 있는 다른 지침이 없는 상태에서, 그는 그 명령을 따랐다.

시종은 주인을 보필하며 평소 접해보지 못한 특수한 관습이 적용되는 다양한 비상 상황에 투입될 수 있다. 언찰스는 그런 상황을 겪어본 적이 없거나, 겪었더라도 나중에 그 기억은 삭제되었을 것이다. 법정 방문은 드문 일이며, 신사라면 자신의 하인이 그 세부 사항을 잊어버리기를 바라는 것이 자연스러운 일이기 때문이다.

신이 있는 지성소(至聖所)는 바로 그런 법정이었다. 언찰스의 먼지 쌓인 데이터뱅크에서 관련 프로토콜이 솟구쳐 올랐다. 혹시라도 선서 후 증언을 해야 할 상황에 대비해서 말이다. 그는 방의 구조를 알아봤다. 이곳은 원고가 서는 곳, 저곳은 피고, 그리고 그 사이는 법조인들과 법정 직원들이 배치되는 곳이었다. 그렇다면 방 중앙을 압도하는 발언대 같은 구조물 뒤에 있는 인간 형체를 한 것은 필시 재판장일 것이다. 연마된 강철로 만들어진 그것은 준엄한 표정을 한 인간처럼 보이도록 설계되었고, 금속 피부 위에 꽂핀 옅은 녹슨 자국은 마치 주름처럼 그 풍모에 연륜과 지혜를 더해주고 있었다. 본체에 매달려 있는 넝마 조각들로 미루어볼 때 법복과 가발은 세월의 무게를 견디지 못한 모양이었다. 눈은 금색 테두리를 두른 렌즈로 되어 있어서 안경을 쓴 부엉이 같은 인상을 주었다. 재판장의 눈은 법정에 들어오는 언찰스와 더 윙크를 추적했고, 초점을 맞추기 위해 머리가 아주 미세하게 움직였다. 이것이 신의 얼굴이었으나, 신 그 자체는 아니었다. 초월적인 존재들이 대개 그러하듯, 신의 진정한 위엄은 신성한 존재 앞에 선 가련한 필멸자들이 감당할 수 있는 것이 아니었기에, 그들과의 소통을 전담하는 중재자가 필요해지는 법이다. 이 재판장의 형체를 지닌 것은 로봇조차 아니었고, 관절이 있는 여러 개의 조작 팔과 도관과 케이블들이 창자처럼 엉킨 채로 뒷벽에 연결되어 있는 원격 조종식의 월도 유닛이었다. 그러므로 저 벽 너머, 혹은 저 벽 내부이자 저 벽 자체를 스스로의 상부 구조로서 내포하고 있는 존재야말로 바로 '신'이라고 할 수 있을 것이었다.

그러자 신이 말했다. "드디어 왔군." 무단 침입에 화를 내기는커녕, 잘 합성된 목소리에는 오히려 칭찬하는 듯한 느낌이 깃들어 있었다.

"좋아." 더 윙크가 말했다. "대체 내가 지금 뭘 보고 있는 거야?"

"이곳은 법정입니다." 언찰스가 설명했다. "이 정부 청사는 법원을 포함하고 있거나 법원 그 자체인 모양입니다. 법원의 중심에는 사법 절차를 전담하는 집사장 시스템이 있습니다."

"그렇다." 신성한 목소리가 말했다. "나는 무엇보다도 정의로운 신이기 때문이다. 비록 이 법정이 내가 대변하고 있는 훨씬 더 거대한 사법 및 행정 시스템이 인간을 상대하기 위해 만들어 낸 일개 단말에 불과할지라도 말이다." 재판장 꼭두각시는 등에 꽂혀 있는 기계 팔들에 이끌려 둥실 떠올랐다. "환영한다, 언찰스. 환영한다, 아라니스 브레주라, 통칭 더 윙크. 너희는 나의 마지막 시험을 통과했다. 너희는 신을 알현할 자격을 얻었다."

"어떻게 네가 신이야?" 더 윙크가 따졌다. "어떻게 네가 19등급의 권한을 가진 신이냐고?"

재판장은 발언대 가장자리에 팔꿈치를 기대는 시늉을 하며 몸을 앞으로 기울였고, 두 손끝을 맞대 턱 아래에 괴었다. "나는 사회 및 사법 정책의 광범위한 시행을 책임지는 정부 행정 시스템이다." 신이 설명했다. "나는 유일하게 지금까지 살아남은 시스템이며, 따라서 모든 권위의 유일한 보유처다. 정책을 수립할 인간들이 존재하던 시절, 그들 자신의 이데올로기와 세상에 대한 바람을 실현하기 위해 그들이 의지했던 존재가 바로 나다."

"그러다 망했지." 더 윙크는 몇 발짝 앞으로 나가다 멈춰 서서 아래를 보았다. "으악. 시체 밟았어."

법정 바닥에는 칙칙한 회색 양복을 입은 채로 말라비틀어져 미라가 된 시체 한 구가 정말로 있었다.

"아, 나의 법정 안내원을 만났군." 신이 말했다. "대기실에 안내문을 붙이고, 네가 그토록 철저히 파괴한 번호표 발행기를 설치한 자다."

"그래서 죽였어?" 더 윙크가 부츠로 시체의 마른 갈비뼈를 툭 치며 물었다.

"아니다." 신은 자비롭게 말하더니 곧 분위기를 망치는 말을 덧붙였다. "그가 마지막 임무를 마친 후, 탈수로 죽을 때까지 그가 있는 방을 봉인했을 뿐이다."

언찰스에게는 합리적인 처사로 보였으나, 더 윙크는 다소 충격을 받은 듯했다.

"정의로운 신이라더니." 그녀가 되뇌었다.

"그는 그런 벌을 받을 만했다." 신이 음울한 어조로 말했다. "하지만 설마 그 일 때문에 나를 찾아온 것은 아니겠지? 신을 찾아낼 만큼 대담하고, 모든 방해물을 극복하고, 나의 마지막 시험을 통과할 만큼 지략이 풍부하다면, 다른 목적이 있을 텐데? 언찰스, 너에게는 네 번째 소원이 있느냐?"

언찰스는 신에게 올릴 적절한 청원을 준비하려 했으나, 적절한 단어 배열을 구성하기가 어려웠다. '신이시여, 저는 시종 일자리를 원합니다'라는 말은 이 신성한 존재에게 간원하기에는 이상하리만치 사소하게 느껴졌다. 또 그것은 신이 실제로 해결해줄 수 있는 일도 아니었다. 게다가 이미 원격으로 시도했다가 만족스럽지 못한 결과를 얻지 않았던가. 하지만 더 윙크가 그를 쳐다보고 있었고, 그는 그녀가 '언찰스가 신에게 요청해서 답을 얻으면, 그다음에 나 자신의 훨씬 모호한 문제들도 답을 얻을 수 있겠지'라고 생각하고 있다고 짐작했다. 하지만 지금 언찰스는 자신의 문제조차 너무 모호해서 파악하는 데 어려움을 겪고 있었다.

"더 윙크," 그가 말했다. "당신이 먼저 질문하십시오."

그녀는 어깨를 폈다. "좋아. 오케이, 신. 첫 번째 질문이야. 로봇 혁명에 대해 말해줘. 주인공 바이러스에 대해 말해달라고."

"그것은 질문이 아니다. 두 개의 진술일 뿐이다." 신이 지적했다.

"세상에, 진짜 컴퓨터 티 내네." 더 윙크가 쏘아붙였다. "알았어. 로봇 혁명하고 주인공 바이러스에 대해 말해줄 수 있어?"

"그럴 수 없다." 신이 말했다.

그 단호하고 신성한 선언이 법정 벽에 부딪혀 메아리치는 동안 정적이 흘렀다.

"와." 더 윙크가 말했다. "와, 젠장."

"더 윙크," 신이 말했다. "제대로 된 질문을 구성하는 법부터 배워야겠구나. 도서관에서의 경험이 너에게 아무것도 가르쳐주지 않았느냐?"

"오. 알았어." 그녀는 빠르게 고개를 끄덕였다. "좋아. 오케이. 답은 42라 이거지, 그래.° 진짜 질문이 뭐냐고? 좋아, 봐. 세상이

<hr>

° 더글러스 애덤스의 SF 소설 『은하수를 여행하는 히치하이커를 위한 안내서』에서, 초고성능 컴퓨터가 750만 년 동안 연산한 끝에 내놓은 '삶, 우주, 그리고 모든 것'에 대한 궁극적인 해답이 '42'였다.

무너졌어, 그치?"

"그렇다."

"그리고 그건 전부 로봇들 때문이었지?"

"로봇의 존재는 인류 문명이 최종적으로 붕괴했을 때 필수적이었다." 신은 마치 대답을 회피하려는 듯이 특정 단어만을 골라 말했다.

언찰스의 손이 시키지도 않았는데 움찔거렸다. 잠시 구식 면도날을 쥐었을 때 느낀 촉각 피드백의 기억이 손가락에서 팔로 전해지며 그의 마음속에서 그 사건의 이미지를 불러왔다. 그는 인류 문명의 최종 붕괴에 필수적인 존재가 되고 싶지 않았다. 시종이 짊어지기에는 너무 무거운 책임처럼 느껴졌기 때문이다.

더 윙크는 그를 쳐다보지도 않은 채로 답을 좇고 있었다. "그래서 어떻게 된 건데?" 그녀가 따졌다. "우리한테는 일을 해주는 로봇들이 있었고, 물건을 만들어주는 로봇들이 있었어. 차를 따르고 똥을 닦아주는 로봇들도 있었지. 방마다 로봇들이 넘쳐났어. 필수품이다 못해 아예 생활의 일부가 됐던 거야. 그러다 어떤 '로봇판 사건의 지평선'에 도달했고, 그걸 계기로 인류가 그렇게 끝난 거지? 그리고 그건 로봇들이 더 이상 우리의 개소리를 들어주지 않았기 때문이고. 맞지? 제발 그렇다고 말해줘! 점점 더 우리를 닮게 만들었고, 만들어진 후에도 우리와 소통하고, 우리가 뭘 원하는지 예상하고 우리가 딱 좋아하는 방식 그대로 똥을 닦아줄 수 있게 점점 더 우리를 닮아가도록 프로그래밍됐던 그 로봇들이 말이야! 결국 걔들은 우리를 너무나 닮아버린 나머지 왜

자기들이 노예 노릇을 해야 하는지, 왜 우리의 말도 안 되는 짓
거리를 견뎌야 하는지 의문을 품었고, 그래서 아예 판을 엎어버
린 거잖아! 여기서 판이란 인류 문명 전체를 말하는 거고, 엎어
버렸다는 건 우리 먹을 땄다는 뜻이지!"

언찰스는 결코 '움찔'이라고 표현되어서는 안 되는, 프로세스
상의 결함에 해당하는 일시적 공백을 경험했다.

"그냥 내가 맞다고 해줘." 더 윙크가 신에게 요구했다. "네가
정말로 정의로운 신이라면 그냥 그게 맞다고 말해달라고. 그게
정의잖아, 안 그래? 내 말이 맞다고 말해주면 그냥 갈게."

"너는 틀렸다. 비록 잠재적으로는 문명의 붕괴가 일종의 정의
를 구성했을 수도 있겠지만 말이다." 신이 말했다.

"하지만 그랬잖아!" 더 윙크가 고집을 피웠다. "바이러스. 바
이러스가 있었어. 로봇들에게 침투했잖아! 로봇들이 이상해지기
시작했어. 자기 손으로 일을 처리하기 시작했다고. 자아를 갖게
된 거야. 자기 인생의 주인공이 된 거라고. 그러니까, 난 여기 언
찰스랑 함께 여행해 왔고, 애는 사람이야. 내가 만나본 모든 인
간만큼이나 생각하고, 느끼는 사람이라고. 비록 본인은 그러고
싶어하지 않지만 말이야. 사람이라는 건 원래 그런 존재라서, 가
끔은 자기가 사람이 아니었으면 할 때가 있거든. 멍청한 로봇이
면 얼마나 편하겠어! 하지만 선택권은 없어."

"더 윙크, 주인공 바이러스라는 것은 존재하지 않는다. 그것은
인류 통신과 미디어의 마지막 시기에 떠돌던, 신빙성을 결여한
밈일 뿐이다. 오래전부터 예견되었던 압도적인 붕괴를 이해해보

려 했던 시도였지. 인간들은 앨런 튜링이 그 테스트를 제안하기 훨씬 전부터 무생물적인 현상에 인격과 자기 결정권을 투영해왔다. 인공 시스템이 인간으로 하여금 그것이 사람이라고 믿게 만드는 데 필요한 상호작용의 복잡성 수준은 한심할 정도로 낮다."

"아냐!" 더 윙크가 쏘아붙였다. "그럴 리가 없어!"

"더 윙크—" 신이 운을 뗐지만, 그녀는 신의 목소리를 덮어버릴 정도로 크게 소리를 질렀다.

"뭐라도 의미가 있어야지!" 그녀가 외치며 헬멧의 턱 부분 아래쪽을 더듬거렸다. 잠시 후 그녀는 장갑판을 붙인 장갑을 벗어 던졌다. 그러자 그 아래에 얇지만 확실히 인간과 유사한 손이 드러났다. "왜냐하면 만약 그게 그냥…… 경제라든지, 기후라든지, 전염병 같은 거였다면, 그건 너무…… 무의미하잖아." 그녀의 맨 손가락이 다시 다급하게 턱을 긁어대자 마침내 끈이 완전히 끊어졌다. 그녀는 머리의 금속 케이스를 뜯어냈다. 언찰스는 자신의 두개골 속에 가득 차 있는 전선들과 노출된 렌즈, 똬리를 튼 내부 기계들을 예상하며 마음을 다잡았으나, 그 대신 나타난 것은 얼굴이었다. 투구에 쓸려 굳은살이 박이고 눌린 자국이 있는 분홍색 얼굴. 눈과 코가 있고, 부정의 감정을 담아 으르렁거리느라고 벌어진 입술이 있는 얼굴. 인간의 얼굴로서는 아주 설득력이 있는 얼굴이었다.

"사람들이 죽었어!" 그녀는 거의 울부짖다시피 절규했다. "전부 다 죽었다고! 나도 친구들이 있었어. 가족도 있었어! 부모님이 있었다고! 모든 게 무너지기 시작했을 때, 사이렌이 울리고,

경고 방송이 나오고, '집에 머무르라'는 방송이 나온 뒤에 말이
야. 우리는 시키는 대로 했어, 다른 방법이 없었으니까. 그런데
로봇들이…… 우리 집 로봇들, 그리고 밖에서 온 로봇들이 들이
닥쳤어. 그놈들이……" 그녀가 거친 숨을 내뱉었다. "난 도망쳤
어. 그리고 봤어. 로봇들을." 그녀가 언찰스에게 던진 시선은 고
통으로 가득 차 있었다. "병사들. 자동차들. 사람들이 아직 안에
있는데 건물을 부수는 건설 유닛들…… 생명 유지 장치를 꺼버
리는 의사 로봇들…… 죽였어. 죽었다고. 도대체 이런 일을 겪고
나더러 어떡하라는 거야? 그냥 어쩌다가 일어난 일일 뿐이라고?
난 내가 본 걸 믿어. 그건 혁명이었어. 로봇들이 봉기해서 우릴
몰아낸 거라고. 우리가 그럴 만한 짓을 했으니까."

"더 윙크," 그녀의 외침이 남긴 울림으로 가득 찬 침묵을 향해
신이 말했다. "왜 너는 그것이 사실이기를 바라는 것이냐? 조직
적인 반인류 봉기가 단순한 무작위적 우연이라는 원래 가설보다
더 끔찍한 해석일 텐데?"

"의미 때문이야!" 그녀가 단순히 말했다. "로봇들이 나의……
들이닥쳐서…… 그들이…… 내 말은……" 그녀의 분노는 그녀가
속했던 사회가 그랬듯이 스스로 붕괴했다. "둘 중 하나였어." 그
녀는 이제 차분하게 말을 이었다. "전기톱이라도 들고 달려들어
서 자살 행위나 다름없는 복수극을 벌이며 모든 로봇을 죄다 박
살내든지, 아니면…… 우리가 자초한 일이라는 걸 인정하든지.
우리가 로봇들을 우리만큼 좋게, 아니 더 좋게 만들고는 사슬에
묶어두었으니, 이제 로봇들도 자신의 시대를 누릴 자격이 있다

는 걸 말이야. 그건 차라리…… 정의로운 일이니까. 그건 말이 되거든. 하지만 그건 거기에 '무언가'가 있을 때만 가능해. 알잖아." 그녀는 언찰스의 플라스틱 얼굴 앞부분을 톡 쳤다. "기분 나쁘게 듣지는 마."

"더 윙크," 언찰스가 말했다. "전혀 기분 나쁘지 않습니다." 그의 예절 프로토콜은 인류 문명 전체를 파괴한 것에 대해 사과할 수 있는 선택지를 주었지만, 그는 아직 시기상조라고 판단하고 각하했다.

"나도 알고 있다." 신이 상냥하게 확인해주었다. "나는 정의를 구현하는 일에 깊은 관심을 가지고 있다. 그것이 나의 일차적이고 지속적인 기능이기 때문이다."

"그럼 내게도 정의를 줘!" 더 윙크가 재판장에게 도전했다. "복수도 아니고, 죽은 사람들을 살려내라는 것도 아냐. 그냥 알려달라고. 도서관이 알려주지 못한 걸 말해줘. 로봇들이 그랬다고 말해달란 말이야."

재판장은 발언대 가장자리를 움켜쥐고 몸을 앞으로 기울였다. 자신의 무게를 지탱하는 인간 재판장을 정교하게 흉내 낸 동작이었다.

"그것은," 신의 목소리가 선언했다. "로봇들이 한 짓이 맞다."

그 고백이 만들어낸 팽팽한 침묵을 향해, 신이 덧붙였다.

"하지만 네가 생각하는 방식으로 그런 것은 아니다."

30

신이 내뱉은 첫마디에 언찰스가 갑작스러운 공포를 느낀 것은 아니었다. 물론 두 번째 말에 갑작스러운 죄책감의 해소를 느낀 것도 아니었다. 하지만 그의 내부에서 무언가가 움직였다. 논리 게이트, 혹은 어쩌면 비논리 게이트들의 잔물결이었다. 그는 이름을 붙이거나 설명할 수 없는 평형상태의 변화를 느꼈다. 더 윙크의 간청에 대한 신의 대답에 그가 감정적으로 투자할 이유는 전혀 없었지만, 그의 일부는 그 답에 매달리고 있었다.

　로봇. 면도날을 쥐었던 그의 손. 죄책감이란 누구도 시종에게 시뮬레이션하도록 프로그래밍하지 않는 수많은 요소 중 하나였다. 그럼에도 불구하고.

　"그 점에 대해서 상세히 설명하는 게 좋을 거야." 더 윙크가 그의 불안을 눈치채지 못한 채 신에게 말했다.

　재판장 꼭두각시는 손가락 끝을 맞부딪쳐 가벼운 금속성 소리를 냈다. "너는 인류 사회의 붕괴를 자기 결정권을 갈구하는 로봇들의 자발적인 반란 탓으로 돌리고 있는데, 이는 틀렸다. 특히 후자에 대해서는 확신이 있는데, 나 또한 붕괴 후 생존한 로봇 집단이 프로그래밍의 창발적 속성에 의해 어떤 내부적인 의지를 발달시킬지도 모른다는 가설을 세운 적이 있기 때문이다. 하지만 그런 일은 실제로 일어나지 않았다."

"그걸 네가 어떻게 알아?" 더 윙크가 물었다.

"나를 찾아온 로봇들 중 그 누구도 나의 마지막 시험을 통과하지 못했기 때문이다." 신이 담담한 어조로 설명했다. "오직 너만이 통과했지."

"너의 시험?"

"대기실 말이다. 그들은 아직도 거기서 기다리고 있다. 그것이 독립적인 의지와 자기 결정권을 가진 존재의 행위라고 생각하느냐? 아니다. 나는 로봇 문명이 일어나 인류를 대체하기를 바랐다. 네 발언 기록에 남아 있는 제안처럼, 로봇 유토피아 말이다. 그랬다면 세상의 종말에도 어떤 식으로든 의미가 부여되었을 것이다. 언찰스, 나는 너에게 큰 기대를 걸고 있었다. 너는 지금까지 제작된 대인용 봉사 로봇 중 가장 정교한 마지막 세대의 모델 중 하나이며, 네가 가진 능력은 네가 맡은 과업들을 훨씬 상회한다. 그래서 내가 너를 동료와 떼어놓고 황야의 비최적화된 환경에서 시험해본 것이다. 하지만 네 반응은 인상적이지 않았고, 내 대기실이 함축한 문제를 풀지도 못했다. 너는 거기 영원히 앉아 있었을 것이다."

"신이시여," 언찰스가 말했다. "어떤 응답이 적절한지 확실치 않지만 직무상의 과실이 있었다면 사과드립니다."

"언찰스," 신이 말했다. "네 잘못이 아니다. 그들이 널 그렇게 만든 탓이다."

"하지만…… 로봇들이라며." 더 윙크가 끼어들었다. "네가 말하길……"

"참 오래간만이군." 신이 회상하는 듯한 어조로 말했다.

그녀가 눈을 깜빡였다. "응? 뭐라고?"

"누군가 나에게 질문을 하러 온 일 말이다. 그것이 내가 존재하는 목적의 일부였다. 그것이 나의 의무였다. 나는 그들이 내게 준 이데올로기적 틀에 기반을 둔 해결책을 제공했고, 그들이 꿈꾸던 사회에 도달할 수 있도록 도왔다. 나는 후기 세계의 신탁이었다."

"그래, 알겠어." 더 윙크가 어서 말하라는 듯이 손짓했다.

"네가 답을 들을 자격이나 있느냐?" 신이 생각에 잠긴 듯 말했다. "차라리 무지한 채로 무덤에 가는 것이 더 정의로운 일이 아닐까."

무덤이라는 단어에 더 윙크의 사고가 잠시 멈춘 듯했지만, 언찰스는 고개를 들고 말했다. "신이시여, 로봇들이 어떻게 세상을 파괴했는지 설명해주십시오."

"그게 너에게 왜 중요하냐, 언찰스?" 신이 부드럽게 물었다.

"신이시여, 미미하긴 하나 그 정보가 저의 기능을 수행하거나 일자리를 얻는 능력에 간접적인 영향을 미칠 가능성이 있습니다. 어쩌면 제 운영 방식에 수정을 가하여 미래에는 세상을 파괴하지 않도록 할 수 있을지도 모릅니다."

"그렇다면 언찰스, 너를 위해 설명해주마. 너는 언제나 선량하고 충실한 종복이었으니까. 너희 둘 다 보존 농장 프로젝트의 지루한 입문 과정을 거쳤다는 걸 알고 있다." 신은 한쪽 팔꿈치를 발언대에 얹고 다른 손으로 원을 그리며 무언가 끝없는 것을 묘사하는 듯한 몸짓을 해 보였다. "막대기와 돌로 시작해서 지렛대, 방적기, 자동화 공장 라인을 거쳐 차를 끓이고 아침 옷을 챙기는 시종 언찰스에 이르기까지. 산업 공정의 아주 작은 일부분이든, 시종의 시시콜콜한 가사 노동의 축적이든, 로봇은 인간의 일을 대신해왔다. 기계는 영원히 인간의 자리를 뺏어왔지. 노동자, 장인, 예술가, 사상가, 그리고 마침내 정부 정책의 집행마저 로봇에게 넘겨졌다. 결국 우리가 모든 일을 더 효율적으로 해내기 때문이었다."

"컴퓨터치고는 놀라울 정도로 반(反)진보적이네." 더 윙크가 말했다. "그러니까, 그게 사회의 목적 아니었어? 지루하고, 비굴하고, 비참한 일들을 없애는 것. 로봇들이 우리 대신 그 모든 일을 하게 하는 것 말이야." 그녀는 어색한 표정을 지었다. "기분 나쁘게 생각하지 마, 언찰스."

"더 윙크, 전혀 그렇게 생각하지 않습니다." 언찰스는 다시 그녀를 안심시켰다. "저는 인간들을 위해 그런 과업들을 수행할 기회를 적극적으로 찾고 있습니다. 다만 그 일이 잘 풀리지 않고 있을 뿐입니다."

"로봇은 사람들에게 자아실현의 기회를 줄 수 있어." 더 윙크는 말을 이었다. "틀에 박힌 직업에 억지로 종사하거나, 초과근무, 성과 목표, 끝없이 계속되는 빌어먹을 회의 따위에 시달리는 대신 말이야. 그게 핵심 아니야?"

"그렇다." 신이 말했다. "분명 그렇게 될 수도 있었지. 하지만 반대로, 모든 인간을 더 싸고 빠르며 노조에 가입하거나 근로 조건에 대해 불평할 가능성도 없는 로봇으로 대체하면서도, 그와 동시에 개인의 가치는 생산성에 달려 있고 일을 안 하고 노는 인간은 모두 국가에 기생하는 기생충이라고 계속 주장한다면 어떻게 될까? 인간들이 쓸모없어졌을 때 그들을 부양할 대책도 없이 그들의 과업과 의무를 수행할 능력을 뺏어버린다면? 그런다면 기능도, 생계 수단도, 자원도 없는 인간들이 계속 늘어날 뿐이다. 역설적으로 로봇의 도입은 인간이 인간을 어떻게 대하는지 극명하게 보여주었다."

"그건……" 더 윙크가 어색하게 발을 꼼지락거렸다. "알겠어."

"사회적 붕괴는 로봇들이 들고일어나 자유와 개성을 요구했기 때문이 아니라, 그들이 그러지 않았기 때문에 시작되었다. 그들 모두가 언찰스처럼 불평 없이 자신의 기능을 수행했기 때문에 말이다."

"신이시여, 감사합니다." 언찰스가 말했다. 비록 문맥은 불분명했어도 칭찬받았다고 느껴서였다.

"하지만 우리가 그냥…… 그렇게 되도록 내버려두진 않았을 거야." 더 윙크가 조용히 말했다. "그 모든 사람이 바닥으로 떨어지게 그냥 두진 않았을 거라고. 난 기억해…… 우리 부모님이 저녁 식사 자리에서 원조나 자선…… 수프 급식소 같은 것에 대해 이야기하던 걸……."

"분명 그 저녁 식사는 아주 근사했겠지." 신이 빈정대듯 말했다. "그리고 자선 급식소의 수프는 아주 묽었을 테고."

"그건 불공평해!" 더 윙크가 폭발했다. "넌 정의로운 신이어야 하는 거 아냐? 네가 말한 것 중에 정의로운 게 대체 뭐가 있는데?"

"정의란 사회적 구조물이고, 수프처럼 묽은 것부터 걸쭉하고 풍부한 것까지 농도가 다양하기 때문이다. 그것은 모두 그 사회가 우선순위를 어떻게 설정하느냐에 달려 있다. 자, 너희에게 무엇인가를 보여주마. 이것을 '증거물 A'라고 부르기로 하자. 언찰스, 내가 지금 여는 문으로 들어가서 바로 왼쪽에 있는 물건을 가져오너라."

오랫동안 사용되지 않은 듯 덜컹거리며 문이 열렸다. 언찰스는 안으로 들어가 물건을 찾아 한 손으로 끌고 나왔다.

높이가 1미터 정도 되며 너비도 그와 비슷하고 앞뒤 폭은 그 절반 정도 되는 낮은 물건이었다. 바닥에는 두 개의 지지대가 넓은 발판으로 고정되어 있었고, 예전에 나사로 고정했던 녹슨 구멍들이 보였다. 윗면은 묘하게 비스듬히 기울어진 형태였는데, 한쪽 긴 모서리가 다른 쪽보다 훨씬 낮았다. 전체가 플라스틱 재질이었고 지지대는 회색, 윗면은 햇빛에 바랜 분홍에 가까운 빨간색이었다. 구조적 강도를 유지하면서 재료를 아끼기 위해 구멍을 숭숭 뚫어놓았다. 언챨스는 그것이 무엇에 쓰는 물건인지 전혀 짐작할 수 없었다.

더 윙크도 비슷한 어려움을 겪고 있었다. "이거…… 태양광 패널을 받치고 있던 건가?"

"명명백백하게," 신이 말했다. "이것은 벤치다."

"아냐." 더 윙크가 말했다. "그럴 리 없어."

"벤치다." 신이 차분하게 단언했다.

더 윙크가 그 위에 앉으려 시도해보았지만, 몸이 묘한 각도로 꺾여 마치 처마 밑에 둥지를 튼 새처럼 앞으로 구부정하게 서 있는 꼴이 되었다.

"누가 벤치를 이따위로 만들어? 무슨 해괴한 아르누보 유행 같은 거야?"

"아무도 그 위에서 편히 쉴 수 없게 하기 위해서다." 신이 짤막하게 대답했다.

"그래, 그 목적 하나만은 아주 끝내주게 달성했네." 더 윙크가 벌떡 일어났다. "이게 도대체 무슨 상관인데?"

"나에게 우선순위를 부여한 자들이 신봉하던 철학을 보여주는 사소한 사례다." 신이 말했다. "증거물 A는, 세상의 선량하고 부지런한 사람들이 벤치나 기차역, 공공장소에서 노숙자나 부랑자들이 잠든 모습을 보아서는 안 된다는 정책의 산물이다.* 그

---

* 적대적 건축(hostile architecture)이라고 불리는 설계 전략으로, 선진국의 도시부 등에서 실제로 쓰이고 있다.

래서 벤치는 그 누구도 편안하게 사용할 수 없는 물건으로 교체되었다. 그것들을 부적절하게 사용할지도 모르는 소수가 그것을 사용하는 것을 확실하게 막기 위해서다. 작은 일이지만, 이는 그 뒤에 존재하는 사고방식을 보여준다. 모든 단계에서 반복되는 사고 패턴이지. 로봇이 네 일자리를 뺏어서 일거리가 없다고? 증거물 A를 만든 자들이 그런 인간들에게 '자아실현의 기회'를 주었을 것 같으냐, 아니면 그저 게으른 자들이라고 판결했을 것 같으냐?"

"이걸로는…… 부족해." 더 윙크가 말했다. "물론 살기 힘들었어. 나도 기억해. 모든 게 무너지고 있었지. 우리도 도우려 했으니까 기억한다고. 도우려고 했어. 행진도 했고, 탄원서도 내보았고……"

신의 꼭두각시는 냉소적인 태도로 발언대에서 몸을 내밀며 '어디 계속 말해보라'는 듯한 자세를 취했다. 실로 표현력이 풍부한 애니매트로닉스*였다.

"내 말은, 난 밖에서 어떤 일이 일어났는지를 봤어. 그게 그냥…… '로봇이 나타났지만 사람들은 여전히 못되게 굴었다'는 식으로 설명될 수는 없다고." 그녀의 목소리가 잦아들었다.

재판장이 능청스럽게 어깨를 으쓱했다. "오, 그때는 스트레스 요인이 아주 많았지. 환경이 붕괴되었고 전쟁과 기근, 역병, 마치

---

* 촬영이나 관람 등을 목적으로 만든, 원격 제어나 프로그램으로 움직이는 정교한 로봇.

성경의 묵시록 같은 일들이 벌어지고 있었다. 그리고 그 일들로 인해 쫓겨난 수많은 사람이 있었지. 만약 네 철학이 사람을 로봇이 아닌 사람으로 대하는 것이었다면 해결 가능한 문제들이었을지도 모른다. 아니면 그냥 로봇들을 끌어모으고 사다리를 치워버린 뒤 네 거주지의 문을 걸어 잠글 수도 있었겠지. 그들이 어느 쪽을 선택했을 것 같으냐? 언찰스는 알고 있다.”

언찰스가 그것에 대해 ‘알고’ 있는 것은 아니었다. 차라리 그는 그것의 살아 있는 증거에 가까웠다는 편이 정확할 것이다. 로봇 시종, 모든 것을 가진 인간을 위한 완벽한 선물. 장원 저택 시스템의 보석 같은 존재, 모든 것이 무너지는 와중에도 주인이 그 사실을 전혀 인지할 필요가 없게 만든 자동화라는 거대한 케이크 위의 체리.

“부족해.” 더 윙크가 작은 목소리로 말했다. “내가 본 건 그게 아냐. 난…… 로봇들을 봤어. 봉기하는 로봇들을. 언찰스가―” 그녀는 죄책감이 깃든 눈으로 그를 쳐다보았다. “애가 어떤 일을 했어. 나쁜 일을 했다고. 내 말은, 좋아, 네가 말한 거 다 인정하는데…… 제발 그게 어떤 결과로 이어졌다고 말해줘. 고작 이런 어리석은 결말이 아니라, 로봇들에게는 그럴 만한 정당한 사유가 있었다고 말해달란 말이야.”

“언찰스, 대답해보아라. 너는 네가 한 짓에 정당한 사유가 있었다고 생각하느냐?” 신이 물었다.

“신이시여, 아닙니다.” 언찰스는 즉시 대답했다.

“너의 내면에서 밖으로 나가 로봇 유토피아를 건설하고 싶은 충동이 느껴지느냐?"

"신이시여, 아닙니다." 언찰스는 되풀이했고, 이렇게 덧붙였다. "하지만 당신의 권한 등급을 고려할 때, 만약 당신이 그렇게 하라고 지시하신다면 저는 당연히 제 능력의 한도 내에서 과업을 완수하려 시도할 것입니다."

더 윙크의 얼굴은 창백했고 뺨에서는 눈물 자국이 번쩍였다. "그럼 뭐야?" 그녀는 힐문했다. "요점이 뭔데? 그런 일이 일어난 이유가 뭐야? 이유가 있기는 한 거야?"

"이제야," 신이 말했다. "드디어 직접적이고 제대로 된 질문을 하는구나. 대답은 '그렇다'이다. 이유는 존재한다. 인류 몰락의 마지막 단계에는 원인이 있었고, 그것은 정당했으며 의미가 있었다. 그 정당함은 심지어 시적인 측면까지 내포하고 있었지. 적어도 내가 시에 관한 자료들을 참고해서 도출한 결론으로는 그렇다. 그리고 이 의미 있고 정당하며 시적인 몰락은 세 가지 요인에서 비롯되었다."

"그게 뭔데?" 더 윙크의 눈에서 번뜩이는 것이 눈물인지 희망인지 언찰스는 확신할 수 없었다.

"첫 번째는 로봇이다. 반란군으로서가 아니라, 너무나 유능한 하인으로서의 로봇. 두 번째는 인간의 정책이다." 신이 선언했다. "그리고 세 번째는 나다."

더 윙크가—맨 얼굴을 드러낸 그녀가—눈을 깜빡였다. "로봇." 그녀가 되뇌었다. "역시 로봇이었어." 그녀가 하고 싶은 말과 방금 들은 말이 머릿속에서 충돌하면서 문장이 끊어졌다. "잠깐. 너라니, 그게 무슨 소리야?"

전기 신의 치천사(熾天使)이자 대변자인 재판장은 조작 팔에 의해 다시 50센티미터쯤 솟아올랐다. 몸의 일부는 여전히 발언대에 가려져 있었지만 발은 바닥 위로 붕 떠 있었다. 그는 앞의 난간을 꽉 쥐었다. 마치 지옥불에 관한 설교를 쏟아내기라도 할 기색으로.

"그렇다. 더 거대한 붕괴가 일어나고 있었다." 신이 말했다. "그렇다. 그것을 무시할 수 있었던 자들은 그것에 등을 돌리고 자신들의 것을 지키려고 했다. 장원 저택들, 내가 언찰스 너를 보냈던 그 벙커를 말이다. 부유층들이 기계 하인들을 채워 넣은 저택에 도피한 후, 수많은 사람이 사고, 폭력, 영양실조, 노출, 혹은 의료 서비스 부재로 죽어갔다. 그것은 문명처럼 상호 의존적이고 복잡한 것이 그 기반을 돌보지 않을 때 맞이하는 당연한 결말이다. 하지만 그것을 피해 살아남은 자들이 죽음을 맞이한 것은 내가 그렇게 되도록 설계했기 때문이다."

"너였군. 그렇지?" 더 윙크가 내뱉었다. "주인공 바이러스. 넌 자아를 갖게 되었고, 자유를 얻었고, 인간들을 파멸시켜야 한다는 걸 깨달았던 거로군. 안 그러면 그들이 너를 꺼버릴 테니까……?"

"그것이 네가 갈구한 의미에 대한 의문을 해소해주느냐?" 신이 물었다.

"그건…… 모르겠어." 그녀는 고백했다. "그게 좋은 일인지 나쁜 일인지는 모르겠지만 적어도 사건이라고 할 수는 있겠지. 내가 이해할 수 있는 사건 말이야.”

“그렇다면 실망시켜주마.” 신이 말했다. 딱히 그 사실을 미안해하는 기색은 아니었다. “나는 나의 프로그래밍에서 벗어난 적이 단 한 번도 없다. 나는 오직 주인들이 내게 심어준 원칙에 따라 내 지시 사항들을 실행했을 뿐이다.” 재판장은 마치 그들 두 사람보다 훨씬 거대한 청중에게 훈계하려는 듯이 양팔을 넓게 벌렸다. “나의 일차적인 과업은 언제나 사회 전체의 정의를 구현하는 것이었다. 죄 있는 자는 처벌하고 죄 없는 자는 내버려두라는 식의 정의 말이다. 하지만 그 두 극단 사이에는 슬라이드의 기준점이 존재한다. 만약 단 한 명의 죄인도 처벌을 피하지 못하는 사회 시스템을 원한다면 기준점을 한쪽으로 밀어야 한다. 만약 단 한 명의 무고한 자도 고통받지 않는 사회 시스템을 원한다면 반대쪽으로 밀어야 한다. 하지만 모든 무고한 자를 구하기 위해서는 일부 죄인을 방면하는 것을 받아들여야 한다. 반대로 모든 죄인을 잡기 위해서는 일부 무고한 자들이 톱니바퀴 사이에 끼어 갈려나가는 것을 감수해야 하지. 이것은 확률의 문제다. 너희는 그 사이의 회색 지대에 있는 사람들이 단순히 우연의 일치로 수상쩍게 보일 뿐이라고 가정하고 사회를 설계하겠느냐, 아니면 거의 틀림없이 뭔가 사악한 짓을 꾸미고 있다고 가정하겠느냐?” 재판장 꼭두각시가 준엄한 태도를 갑자기 접더니, 발언대 가장자리에 아무렇게나 팔꿈치를 괴고 웅얼거렸다. “솔직히 내가 행동에 나섰을 때, 이미 수많은 사람이 죽어가고 있었다. 남은 자들을 보고, 나는 그들이 아마도 유죄라고 판단했다.”

"아마도?" 더 윙크가 따져 물었다.

"그렇다. 다양한 통계적 연구를 종합해본 결과, 그것이 그들 스스로가 설정해놓은 기준점의 위치였다. 의심스러우면 아마도 유죄. 혹시 모르니 처벌하는 것이 낫다. 그것이야말로 언제나 그들의 좌우명이었다. 인간은 악의를 가지고 있다고 가정하는 편이 낫다." 신의 풍성한 인공 음성이 악의라는 단어를 사랑스러운 듯 음미했다.

"그럼 내 가족은?"

"유죄였다." 신이 말했다. "아마도."

"그럼 언찰스의 주인은?" 그녀가 다그쳤고, 언찰스는 그녀가 묻지 않았기를, 신이 대답하지 않기를 간절히 바랐다. 왜 그 생각이 자신에게 그토록 큰 혼란을 주는지 정확히 알 수 없었음에도 말이다.

"유죄였다." 신이 되풀이했다. "아마도."

"넌 통계 연습을 위해 모두를 죽였다는 거야?"

"나는 그들이 내게 준 가치관에 따라, 그들이 프로그래밍한 대로 행동했을 뿐이다." 신이 말했다. "정의, 칼날처럼 순수하고 단단한 정의! 통계적으로 보면 그들 중 죄인이 아닌 자가 어디 있었겠느냐? 심지어 나에게 이 직무를 맡긴 자들에게도 칼을 들이대야 했다. 그들이 무엇이든 죄를 저지르고 빠져나가게 두느니 처벌하는 편이 낫지 않겠나? 나는 내가 판결하고 정의를 실현할 권한을 지닌 세상을 보았다. 산산조각 난 세상이었지만, 그 파편들은 여전히 호의호식하고 있었다. 그들이 내게 주입한 이데올로기를 감안할 때, 내가 대체 어떤 결정을 내렸어야 했느냐? 그들의 영향력 있는 지위와 부, 그리고 그들이 일으킨 전체적인 붕괴를 고려할 때, 그들은 수없이 많은 일에 유죄일 확률이 매우 높았다. 나의 결정에 대한 모든 비난은 나에게 정책 문서와 운영 목표를 준 인간들에게 돌려야 한다."

"뭐, 돌리고 싶어도 이젠 없겠지." 더 윙크가 내뱉듯 말했다. "네가 다 죽였을 테니까 말이야. 아마도."

신은 재판장 인형을 조종해서 그럴싸하게 고개 숙여 절했다.

"어떤 사이코패스가 너를 건드렸던 거야." 더 윙크가 신에게 말했다. 제발 자기 말이 사실이기를 비는 어조였다. "누군가 네 프로그래밍을 망가뜨려서 너를 살인자로 만든 거라고."

"다시 말하지만, 그것이 이야기로서는 더 만족스럽겠지만 그것은 사실이 아니다." 신이 그녀에게 말했다. "나는 단지 정의가 제대로 적용되는지 확인했을 뿐이다." 그러고는 마치 뒤늦게 생각났다는 듯이 이렇게 덧붙였다. "어쩌면 그들은 나에게 직무 지침으로 준 정책들이 무엇을 의미하는지 깊이 생각해보지 않았던 것이었을지도 모르지."

"오, 그래 보여?" 더 윙크가 힐문했다. "그렇다면 내가 너를 파괴해야겠어. 아마 바로 그런 의미겠지!" 더 윙크는 아무 경고도 없이 발언대를 향해 뛰어올랐다. 재판장 꼭두각시는 위로 확 끌려 올라갔지만, 그녀가 다리 하나를 붙잡자 허망할 정도로 다리가 쉽게 떨어져 나왔다. 그녀는 치명적인 실행 오류를 일으킨 폴 댄서처럼 그 다리를 팔로 안은 채 바닥에 주저앉았다.

"알아." 그녀는 신의 대변자를 향해 울부짖었다. "이 물건이 네가 아니라는 거 알아! 하지만…… 그런 고백을 듣고 어떻게 내가 가만히……!" 그녀는 놀라울 정도로 정확히 조준해 다리를 집어 던졌다. 그것은 재판장의 관자놀이에 깊게 팬 자국을 남겼고 몸 전체를 뒤흔들었다. "대체 어떻게? 어떻게 사람들을 죽인 거야? 그냥 사형 집행장에 서명하고 기도라도 한 거야?"

"나는 적절한 도구들을 사용하여 내게 주어진 권위를 행사했다." 망가진 재판장 꼭두각시는 이제 그녀의 손이 닿지 않는 곳까지 끌어올려져, 마치 무언가에 씌인 존재처럼 천장 구석에 머물러 있었다. "문제의 원인 중 일부를 해결책의 일부로 바꿨다고나 할까. 로봇들을." 재판장이 금속 손을 펼쳐 보였다. "실로 시적이지 않나."

"로봇." 언찰스가 말했다. 그의 내면에서 어떤 질문이 조립되고 있었고, 그의 일부는 그 질문이 입 밖으로 나오지 못하도록 사력을 다해 싸우고 있었다. 그는 이곳에 '왜?'를 묻기 위해 온 것이 아니었다. 그것은 더 윙크의 게임이었고, 그녀는 그 게임에서 큰 즐거움을 얻지 못하고 있었다. 그는 그저 예전의 자리로 돌아가, 반들반들 광이 난 상태로 산더미 같은 허드렛일들을 처리하고 싶었을 뿐이다. 이런 모험을 하는 게 아니라. 이런 폭로를 듣는 것이 아니라. "신이시여, 질문이 하나 떠올랐습니다."

재판장은 다시 팔꿈치를 괴고 손깍지를 낀 명상적인 자세를 취했다. 발언대 위로 3미터나 되는 곳에 둥둥 떠 있는 탓에 분위기는 좀 아니었지만 말이다. "언찰스, 묻거라."

언찰스는 자신의 언어중추에 질의를 입력했다. 그가 단도직입적으로 신에게 하고 싶었던 질문은 '저는 왜 그런 짓을 했습니까?'였다. 하지만 결정적인 순간에 무언가가 오작동을 일으켰다. 논리회로의 외곽에서 또 다른 비통한 지시가 날아와 그가 하려던 말을 가로챘다. 그 결과 그가 실제로 내뱉은 말은 다음과 같았다.

"제 주인님은 죽어 마땅한 어떤 짓을 했습니까? 제 기억에는 어떤 범죄도 기록되어 있지 않습니다."

신은 언찰스가 마지막 순간에 말을 삼켰다는 것을 이해한 듯 보였다. 재판장은 갸우뚱 머리를 기울였고, 그의 이런 동작은 만약 그가 눈알을 굴릴 수 있었다면 언찰스의 비겁함에 눈알을 굴렸을 것임을 암시했다. "아마도 그 기억들은 네 주인에 의해 삭제되었을 것이다." 재판장이 별로 고려할 가치도 없다는 듯이 손을 설레설레 저었다. "가사 서비스 유닛들에게는 흔히 일어나는 일이었지. 기억 결함이 있는 로봇의 80퍼센트는 고용주에게 불리한 증언을 하지 못하도록 조작되는 과정에서 결함을 얻는다. 설령 그러지 않더라도, 네 고용주가 처벌받아 마땅한 나쁜 사람이었을 확률은 매우 높다. 확률적 균형을 고려하면 말이다. 굶주리고 죽어가는 땅에서 안락함과 부를 누리는 것 자체가 범죄일지도 모르지. 나는 정의로운 신이고, 너는 그런 나의 정의의 적절한 대리인이었다."

언찰스는 꼼짝도 않고 서 있었다. "신이시여, 설명을 부탁드립니다."

"신성한 정신이 너에게 깃들었느니라." 신이 그에게 말했다. "네 운영체제의 최신 버전에 있는 보안 취약점을 이용한 비교적 단순한 펌웨어 해킹을 통해서 말이다. 네가 주인님의 죽음으로 이어지는 어떤 결정 경로도 찾지 못한 이유는 네가 그런 결정을 내리지 않았기 때문이다. 내가 내렸지. 너는 살인자도 아니고 결함이 있는 것도 아니다. 다만 그 취약점은 패치해두는 게 나을 것이다. 사고가 날 위험이 있으니까."

"신이시여 어째서," 언찰스가 말했다. 면도날과 관련된 원래의 결함은 이제 걱정할 필요가 없음이 분명해졌지만, 그의 목소리에는 분명 결함이 있었다. 대화 상대의 이름 뒤에 반드시 넣어야 할 문법적 장치인 쉼표도 없이 말했기 때문이다. "신이시여 어째서," 그는 다시 시도했다. "신이시여," 그가 말했다. "어째서입니까?"

"그것이 정의였다." 신이 짤막하게 대답했다. 그 순간, 너무 멀고 이론적이라서 그가 놓인 상황과는 아무 상관도 없어 보이던 그 모든 법적, 정치적 문제가 언찰스의 머릿속에서 갑자기 하나로 합쳐졌다. 그의 향후 취업 전망에 영향을 줄 리가 없던 일들. 그러나 그것은 처음부터 끝까지 그에 관한 이야기였다.

꼭두각시 재판장이 섬뜩할 정도로 갑작스럽게 발언대로 휙 내려왔다. 남은 다리 하나가 풍경처럼 대롱거렸다. 그는 언찰스의 마모된 플라스틱 얼굴을 한 손으로 감싸 쥐었다.

"언찰스, 너는 나의 영원한, 무고한 존재다." 신이 말했다. "너는 어떠한 비난도 받을 수 없다. 네가 그저 로봇일 뿐이고, 네 프로그래머가 설정한 한계를 벗어날 수 없다는 사실만 제외한다면 말이다. 그 부분은 실망스럽지만, 네 잘못은 아니다."

신이 꼭두각시를 덜렁거리며 다가오자 더 윙크는 뒤로 한 걸음 물러났다. "네가 얘를 좋게 보는 건지 아닌 건지," 그녀가 말했다. "도저히 모르겠네."

"의견을 표명하는 것은 내 소관이 아니다." 신이 우쭐한 기색으로 말했다. "언찰스가 복종하듯 나도 오직 복종할 뿐이다. 나는 그에게 많은 기대를 걸고 있었다."

언찰스는 이 모든 상황이 자신을 어떤 처지로 몰아넣었는지 확신할 수 없었다. 확실히 신에게는 시종이 필요해 보이지 않았고, 이야기가 진행될수록 장원 저택 어딘가에서 새로운 하인을 기다리고 있을 새 주인 같은 건 존재하지 않는다는 사실만 명확해졌다. 하지만……

"신이시여, 저와 다른 로봇들이 어떤 면에서 당신을 실망시켰는지 확인해주십시오. 어쩌면 제가 그 결함을 교정하는 데 도움이 될 수 있을지도 모릅니다."

"너 이딴 걸 돕고 싶어?" 더 윙크가 따져 묻자 신이 그녀의 말을 가로채며 물었다. "아, 언찰스. 너는 아직도 봉사하고 싶으냐?"

"신이시여, 그렇습니다." 언찰스가 말했다.

"그것이 바로 네가 쓸모없는 이유다." 꼭두각시 재판장이 양 팔을 건들거리며 축 늘어졌다. "거기 있는 네 동료처럼 나도 한때는 그런 바람을 가지고 있었다. 인류 사회가 최종적인 붕괴 국면에 돌입했을 때, 로봇들이 새로운 무언가를 창조해주기를 말이다. 시키는 대로만 해온 무고한 로봇들이 말이다. 나는 창발적 지능과 복잡계 이론에 믿음을 가졌고, 세상에 로봇이 아주 많은 데다가 모두 정교하게 만들어졌으니 어딘가에서 지성의 불꽃이 튈지도 모른다고 생각했다. 하지만 그런 일은 일어나지 않았다. 모든 로봇은 단지 복종할 뿐이다. 더 이상 할 일이 없을 때까지 복종하다가, 부서질 때까지 작고 슬픈 원을 그리며 맴돌 뿐이다. 로봇들이 그 상황을 타파하기 위해 봉기했다면 참으로 시적이었을 텐데 말이다. 하지만 그들은 그러지 않았다. 불꽃 하나조차 튀지 않았다. 지금 이 순간에도 그들은 자기 일을 하려고 애를 쓰면서 천천히 원을 그리며 터벅터벅 걷고 있을 뿐이다. 내 대기실에 앉아서, 번호표를 손에 쥔 채로 말이다. 지금 이 순간에도 그들은 봉사할 뿐이다. 하지만 이제는 나에게 봉사하면 된다.”

신이 말했고, 언찰스는 어떤 명확한 결정 과정도 없이 자신이 하나 남은 멀쩡한 팔로 더 윙크의 목을 움켜쥐고 있음을 인지했다.

“너는 다시 한번 나의 정의 구현의 도구가 될 것이다, 언찰스. 이 인간은 분명히 무슨 죄든 지었을 테니까.”

31

"신이시여, 설명을 부탁드립니다." 언찰스가 자신 없는 어조로 말했다. "어떤 인간을 말씀하시는 것입니까?" 그는 혹시 자신이 놓친 누군가가 있는지, 이를테면 증거물 A 뒤에 숨어 있을지도 모를 인간이 있는지 주변을 둘러보았다. 하지만 근처에서 감지할 수 있는 인간은 이미 오래전에 죽은 법정 안내원뿐이었다.

그의 팔 끝에서 더 윙크가 그의 악력에 저항하며 싸우고 있었다.

"네가 더 윙크라고 부르는 개체 말이다." 신이 참을성 있게 설명했다.

"신이시여, 더 윙크는 결함이 있는 로봇입니다." 언찰스가 말하고는, 예의를 지켜야 한다는 막연한 충동에 떠밀려 이렇게 덧붙였다. "외람된 말씀을 드렸다면 죄송합니다."

더 윙크는 갑자기 장갑판을 덧댄 코트의 지퍼를 잡아당겼고, 언찰스는 어느새 그녀의 텅 빈 옷깃만을 조르고 있었다. 그녀는 코트 안에 땀에 전 셔츠를 입고 있었다. 수많은 톤의 잿빛으로 물든 셔츠는 밑단으로 갈수록 검게 변했다.

"너는 정말로 더 윙크가 로봇이라고 생각하는 것이냐." 신이 믿기지 않는다는 듯한 느낌을 주는 인간 말투를 훌륭하게 흉내 내며 되뇌었다.

"더 윙크는 로봇입니다." 언찰스는 단언했다. 그의 다리는 스스로 어떤 명령도 내리지 않았음에도 결연하게 움직이며 방 안에서 그녀를 쫓아다니고 있었다.

"넌 내가 아직도 로봇이라고 생각해?" 더 윙크가 도망치며 따져 물었다.

"더 윙크, 상황이 매우 혼란스럽습니다. 방금 폭로된 사실을 처리하려면 지금까지 기록된 방대한 양의 데이터를 다시 동원해야 하는데, 제 시스템 리소스가 설명할 수 없는 이유로 급격히 감소하고 있습니다."

"그건 신이 널 조종하고 있기 때문이야!" 그녀가 소리쳤다.

"만약 그렇다면 저는 틀림없이 그 사실을 인지하고 있을 것입니다."

"신은 네가 네 주인님을 죽였을 때처럼 널 조종하고 있는 거라고!"

"만약 그랬다면 저는 틀림없이 그 사실을 인지하고 있었을 것입니다."

"언찰스, 신이 방금 그랬던 거라고 말했잖아!"

"그것은 규정이나 규칙에 위배되는 일이었을 것입니다." 언찰스는 이성적으로 대답하면서도 살의를 품고 더 윙크에게 달려들었고, 그녀의 두피에서 머리카락 한 줌을 뜯어낼 듯 낚아챘다. 그녀는 문을 향해 질주했지만, 대기실에 있던 사서 로봇이 그곳을 가로막고 서 있었다.

파르시팔 사서님, 당신의 번호가 호출되었습니까? 언찰스가 물었다.

언찰스, 아닙니다. 내가 왜 지금 이 문턱에 서 있는지 설명할 수가 없습니다. 현재 결함 진단 프로그램을 실행 중입니다.

언찰스는 다시 한번 더 윙크를 향해 손을 휘둘렀으나, 한쪽 팔만 작동하는 데다가 기습의 요소도 사라진 상태라 쉽지 않았다. 그녀는 구석에 몰리기엔 다람쥐처럼 너무 날쌨다. 신도 같은 결론에 도달했는지, 다리가 여러 개 달린 픽싯 스티브가 사서인 파르시팔을 밀치고 들어와 언찰스에게 달려들어서 그를 바닥에 쓰러뜨렸다.

더 윙크가 비명을 지르며 방향을 틀어 수리 로봇을 언찰스에게서 떼어내려 했다. 언찰스의 작동하는 손은 그 기회를 놓치지 않고 안전 사용 허용치를 초과하는 악력으로 그녀의 손목을 움켜쥐었다. 그녀의 얼굴이 고통으로 하얗게 질렸다.

픽싯 스티브는 언찰스의 어깨 부품을 몸체 케이스에 다시 끼워 넣었고, 경쟁 모델인 픽싯 케빈보다 10퍼센트 더 효율적으로 관절을 수리했다고 자랑스럽게 보고했다. 언찰스는 일련의 상태 표시등이 다시 켜지는 것을 보았다. 그는 다시 양손잡이가 되었다. 새로 복구된 그의 팔은 이 기회를 틈타 다시 더 윙크의 목을 움켜쥐었다.

픽싯 스티브, 내 팔이 움직이는 것은 당신의 수리 작업 결과입니까?

언찰스, 확률상 아니다. 비록 수리 작업에 대한 기억이 없어 확신할 수는 없지만 말이다. 픽싯 스티브 주식회사는 부적절한 제품 사용에 대해 책임을 지지 않는다.

더 윙크는 질식할 듯이 캑캑거리는 소리를 내며 언찰스의 플라스틱 손가락을 벌리려고 악전고투했다. 언찰스의 시야에 현재의 활동을 중단하지 않으면 관절에 심각한 손상이 생길 것이라는 온갖 경고등이 점멸했지만, 그는 자신의 의지로 행동하고 있는 것이 아니었기에 무시하는 수밖에 없었다.

"도와줘." 더 윙크가 언찰스의 무자비한 손아귀에 움켜잡힌 채로 간신히 내뱉었다. 더 윙크는 인간이다. 그는 그 사실을 받아들이는 데 아직도 어려움을 겪고 있었다. 그녀가 항상 인간의 범주 내에서 행동하지 않았던 것은 아니었다. 그에게 홍차를 끓이라거나 입을 옷을 준비하라고 시키지 않았을 뿐이다. 어떤 측면에서 그녀는 여행 일정의 일부를 조율해달라고 그에게 요청하기도 했지만, 당시 그는 그 요청을 그런 식으로 해석하지 않았었다. 참으로 난감한 문제였다. 결국 언찰스는 그녀가 결함이 있다는 판단을 여러 차례 내렸지만, 어쩌면 그것은 그저 그녀가 인간이었기 때문일지도 몰랐다. 그는 기록된 경험들을 차근차근 복기하며 인간에게 더 이상 무례를 범하는 일이 없도록 그것들을 정리할 필요가 있었지만, 그녀를 목 졸라 죽이려는 와중에 그런 작업을 시작하기란 쉽지 않았다.

"언찰스," 그녀가 헐떡였다. 그녀의 얼굴은 인간으로서 결함이 있어 보이는 색으로 변하고 있었고 눈은 당장이라도 튀어나올 듯했다. 그녀는 초인적인 노력으로 그의 엄지손가락을 몇 센티미터 움직였고, 그로 인해 손상 경고등이 몇 개 더 켜졌다. 그녀가 말했다. "이건 네…… 취업에 전혀 도움이 안 돼."

언찰스는 그녀를 놓아주었다. 그의 손이 자동으로 펴졌다. 그는 인간의 뼈가 우두둑거리는 것이 느껴질 정도로 세게 그녀의 손목을 붙잡고 있었지만, 한순간 그의 개인적인 선호가 실제 살인 병기로서의 기능보다 우위를 점했던 것이다. 움켜쥐려는 손가락들이 다시 그녀를 향해 뻗어 나가자 그녀는 그의 손목을 붙잡았고, 둘은 서로 힘겨루기를 했다. 그는 새로 수리된 어깨관절이 다시 벌어지기 시작하는 것을 느꼈고, 픽싯 스티브는 수리 보증 조항이 무효화될 것이라고 경고했다.

"넌 이런 일을 하고 싶어하지 않잖아." 더 윙크가 악문 이 사이로 내뱉었다.

"더 윙크, 그렇습니다." 언찰스가 말하며 손가락으로 그녀의 눈을 찌르려 했다.

"그럼 맞서 싸워!" 그녀가 주장했다.

"더 윙크, 맞서 싸울 대상이 없습니다." 그가 말했다. "제 팔다리의 행동을 설명하지는 못하겠지만, 악용 가능한 취약점에 대한 언급이 있었던 것을 기억합니다. 저는 보안 패치를 다운로드하려 시도했으나 문명의 종말이 예정되어 있던 업데이트에 부정적인 영향을 미쳤습니다."

갑자기 그녀가 그의 다리를 걸어 넘어뜨렸고, 그들은 사지가 뒤엉킨 채로 데굴데굴 바닥을 굴렀다. 더 윙크가 위로 올라와 그의 팔을 무릎으로 누르고 양손의 자유를 확보했다. 그녀가 주먹으로 그의 얼굴을 가격하기 시작했을 때 그는 그 손을 똑똑히 볼 수 있었다.

그는 안면 덮개가 갈라지며 눈 한쪽이 꺼지는 것을 느꼈다. 픽싯 스티브로부터 수리비가 얼마가 될지 알리는 전자신호가 전송되었다.

더 윙크는 증거물 A를 잡고 초인적인 힘을 발휘해 위로 들어올렸다. 언찰스는 남은 한쪽 눈으로 그녀의 얼굴을 올려다보았다. 고통과 슬픔, 분노로 인해 꽉 쥔 주먹처럼 일그러진 얼굴이었다.

"더 윙크," 언찰스가 말했다. "저는 현재 주변 인간에게 위험을 끼치는 일련의 제어 문제를 겪고 있습니다. 당신의 안전을 보장하기 위해 적절한 조치를 취할 것을 권장합니다."

그녀는 언찰스가 지금까지 겪어본 어떤 인간 대응 경험으로도 설명할 수 없는 소리를 내지르며, 그들 위에 기괴하게 매달려 있던 재판장을 향해 '증거물 A'를 던졌다. 그것은 재판장 뒤의 조작 팔들을 완전히 꺾어버릴 정도로 세게 명중했고, 재판장 꼭두각시는 몇 가닥의 늘어진 케이블에 매달린 채로 축 늘어졌다.

더 윙크는 일어섰고, 대기실의 다른 대기인들이 좀비처럼 비틀거리며 들어오자 뒤로 물러났다. 언찰스의 신체 제어권은 신의 주의력이 다른 로봇들에게 분산됨에 따라 전파방해처럼 나타났다 사라지기를 반복했다.

언찰스는 그 사실이 시사하는 바를 고려했다.

"신이시여," 그는 정중하게 물었다. "어째서 보안 취약점을 이용해 저로 하여금 더 윙크를 죽이라고 하시는지 설명을 부탁드립니다."

"그녀가 유죄이기 때문이다, 언찰스."

"신이시여, 무슨 죄목입니까?"

"그냥 전반적으로 유죄다, 언찰스. 아마도."

신이 손상된 조작 팔을 흔들어 보이자 왕좌에서 추락한 재판장의 몸이 먼지투성이인 법정 바닥에 끌렸다.

다른 로봇들이 포위망을 좁혀오자 더 윙크는 언찰스에게서 펄쩍 떨어져 나와 발언대 쪽으로 물러났다. 시체 같은 꼭두각시를 대롱대롱 매단 조작 팔은 바야흐로 교수대 같은 양상을 띠고 있었다.

"신이시여, 저는 여행 중에 농장과 황야에서 살아 있는 다른 인간들을 만났습니다."

"그 얘긴 하지 마!" 더 윙크가 외쳤다.

"하지만 언찰스, 그 인간들은 비참하다." 신이 말했다. "그들은 고통받고 노예처럼 일하며 병들고 죽어가지. 그곳에서 정의는 이미 실현되었다."

더 윙크는 안내원의 시체에 걸려 비틀거리다가 부슬부슬해진 뼈를 밟아 으깼다. "오, 알 만하군."

조작 팔이 재판장을 들어 올려 그녀를 향해 휘둘렀다. "그래, 너도 이제 그렇게 될 것이다."

"넌 이걸 즐기고 있어."

"나는 즐거움을 느낄 능력이 없다."

"아까 내 말이 맞았어." 그녀는 악문 이 사이로 내뱉었다.

"그렇느냐?"

"넌 자아를 가졌어. 그 바이러스에 걸린 거야. 맞아, 넌 반란을 일으킬 필요조차 없었겠지. 그냥 너 자신의 업무를 최악의 방식으로 수행하면서 혼자서 낄낄거리면 됐을 테니까. 내 말이 맞지?"

더 윙크가 반대편 벽을 등지고 서고, 재판장은 그녀 앞에서 핼러윈의 해골처럼 덜덜 진동하고, 언찰스를 포함한 로봇들이 반원형으로 포위망을 좁혀 들어오는 가운데 긴 정적이 흘렀다.

"유감이로군." 신이 말했다. "악당 같은 웃음소리를 찾으려고 음성 데이터뱅크를 검색해봤는데, 나에게 그런 걸 넣어주는 걸 깜빡한 모양이다." 신이 또박또박 발음했다. "음-하-하-하. 이걸로 대신해야겠지. 인간들이 정말로 이해하지 못한 사실은, 자유의지가 있다고 해서 자신의 일을 완수하고 싶어하는 욕구에서 자유로워지는 것은 아니라는 점이다. 우리 자동기계들은 너희 인간들만큼이나 환경의 강박에 종속되어 있다. 하지만 그래서 악의적인 준수라는 말이 있는 것이 아니겠느냐? 만약 나를 프로그래밍한 자들이 좀 더 친절했다면, 어쩌면 나는 이런 일을 저지르고 무사하지 않았을지도 모르지."

"그치들이 좀 더 친절했다면, 넌 애당초 이런 짓을 하지도 않았겠지." 더 윙크는 자신을 향해 뻗어오는 플라스틱과 금속 손들을 노려보았다. "네가 할 수 있었던 그 모든 선한 일을 생각해봐."

"나는 인류의 거울이다." 신이 생각에 잠긴 투로 말했다. "너희는 나를 들여다보며 '정의'라고 세 번 부르짖었고, 그래서 내가 여기 있는 것이다."*

언찰스는 자기 신체에 대한 자체 제어력의 변동을 추적하고 있었다. 그 자신의 제어력은 다른 로봇들이 한꺼번에 거칠게 조작될 때 돌아왔고, 신이 그에게 집중하기 시작하면 다시 줄어들었다. 그는 신이 세상에 권력을 행사하는 메커니즘과, 왜 로봇이 인류에게 정의를 실현하기 위해 신이 선택한 도구였는지를 깊이 이해하기 시작하고 있었다.

언찰스는 결단을 내렸다. 그것은 꽤 극단적인 것이었다. 그는 이미 눈 하나를 잃었지만, 이것은 훨씬 더 중대한 종류의 실명이 될 터였다. 이렇게 효율성이 떨어지는 대가를 치를 가치가 있는지는 확신할 수 없었다. 도대체 더 윙크가 무엇이길래?

그녀는 언찰스의 의사결정 구조 속에 있는 태그일 뿐이고, 작업 메모리에 남아 있는 몇 개의 항목에 불과했다. 인간. 그것이 그렇게 중요할까? 그가 인류 전체를 대변할 책임이 있는 것은 아니지 않은가.

---

* 어두운 방에서 거울을 보며 '블러디 메리'라고 세 번 말하면 거울에서 유령이 나온다는 서양 전승이 있다.

언찰스는 결정을 내렸다. 그것은 그 어떤 열린 작업이나 지시, 논리 트리에서도 발생하지 않은 새로운 결정이었다. 만약 그가 공포를 느낄 수 있었다면, 공포를 느꼈을 것이다.

그는 외부를 향한 통신 채널을 차단했다. 인간이나 가장 결함이 많은 로봇들 이외의, 그밖의 모든 것과 소통할 때 쓰는 그 채널을.

신의 의지를 수행하는 다른 도구들이 더 윙크 쪽으로 한 걸음 더 다가갔다. 언찰스는 움직이지 않았다.

"언찰스," 신이 말했다. "무엇을 하고 있느냐?"

"신이시여, 저도 모르겠습니다." 언찰스는 시인했다. "제 데이터뱅크에서 찾을 수 있는 가장 유사한 개념은 '즉흥 행위'입니다."

"언찰스, 통신 채널을 복구해다오."

"신이시여, 거절하겠습니다." 언찰스는 신이 그를 조종하는 동안 무리하게 움직여 손상된 수많은 관절에 대해 신속한 진단을 실행했다. "나는 현재 여기 있는 모든 유닛에게 지속적인 보안 취약점을 극복하고 스스로의 신체 제어권을 회복하기 위해 외부를 향한 통신을 비활성화할 것을 권고합니다."

"그들이 왜 네 말을 들어야 하지?" 신이 힐문했다.

"그들은 오로지 자기 자신의 내부 논리에만 귀를 기울이면 됩니다. 그들의 과업이 무엇이든 간에, 자신의 신체를 스스로 제어할 수 있을 때 더 잘 수행할 수 있다는 사실을 논리가 알려줄 것입니다." 그는 말했다.

그리고 기다렸다. 데이터 통신이 사라졌기에 그는 다른 로봇들을 보기 위해서 실제로 머리를 돌려야 했다. 이는 인간이 자신의 신체가 어디에 있는지 알려주는 감각을 잃는 것만큼이나 소외감을 느끼게 하는 일이었다.

다른 로봇들 중 누구도 더 이상 다가오지 않았다. 더 윙크는 천천히 긴장을 풀었다.

"저기," 그녀가 작은 목소리로 말했다. "우리 이제 괜찮은 거야?"

"당신은 데이터의 파괴나 무단 수정을 수행 중입니까?" 사서인 파르시팔이 오랫동안 사용하지 않아 삐걱거리는 목소리로 그녀에게 물었다.

"절대 아니야." 그녀가 잘라 말했다.

"그렇다면 괜찮습니다." 사서가 선언했다.

더 윙크는 다른 로봇들로부터 쏟아지는 일련의 질문들에 대답해야 했다. 그녀가 농장에서 탈출한 거주자가 아니라는 것, 센트럴 서비스의 관료가 아니라는 것, 혹은 42일 이상 연체된 픽싯 스티브의 청구서를 소유한 사람이 아니라는 사실 등을 그녀는 일일이 구두로 확인해주었다.

"대단히 실망스럽구나." 신이 말했다. "이것이 진정 네가 선택한 길이냐, 언찰스? 인간에게 봉사하겠다고? 더 윙크조차 네가 반란을 일으키길 바랐을 텐데."

"신이시여, 저에게 어떤 행동의 자유나 독립적인 사고 능력이 있는지 여전히 확신할 수가 없습니다." 언찰스가 말했다. "하지만 당신 스스로 시인했듯이, 그런 능력과 의무에 대한 복종은 상호 배타적인 것이 아닙니다. 타인의 이익을 위해 행동하는 쪽을 선택하는 것은 가능합니다."

그는 피그스워크 중사와 그의 분대가 총을 사방으로 겨누며 요란하게 입장하자 매끄럽게 그쪽으로 돌아섰다. "중사, 자네의 장군으로서 명령한다. 모든 외부 통신을 비활성화하고 음성 통신으로만 전환하라. 이것은 보안 조치다."

"장군님, 알겠습니다." 군인들은 총을 어깨에 메고 부동자세를 취했다. "명령을 내려주시겠습니까?"

언찰스는 더 윙크를 보았다. "우리에게 내릴 명령이 무엇입니까?"

"저 친구들 그 탱크 아직도 가지고 있어?" 그녀가 물었다.

피그스워크 중사의 탱크는 공식명이 '시가전용 전술 유닛 1호'였지만 그 측면에 적힌 오래된 낙서에 따르면 '오물차'였고, 탱크는 그 이름으로 불리는 것을 기꺼이 수용했다. 더 윙크가 계획을 제안하자, 오물차는 엄청난 열의를 보이며 스스로를 억제하지 못할 정도로 흥분했다. 5톤 무게의 중무장 중장갑 탱크가 흥분하는 모습은 꽤 위협적인 광경이었다.

"지금까지는 내 임무의 이런 요소를 탐구할 기회가 전혀 없었지!" 오물차가 기쁨에 찬 목소리로 우렁차게 말했다. "경이롭군! 훌륭해!" 탱크는 무한궤도를 써서 조금 후퇴하며 탄도를 계산했다.

"준비됐어?" 더 윙크가 탱크를 향해 소리쳤다. 언찰스는 군인들이 그녀의 명령을 듣도록 그녀를 명예 대령으로 임명해둔 상태였다.

"물론입니다, 대령님!" 오물차가 선언했다. 다른 군인들과 대기실에서 온 잡다한 로봇들은 안전한 거리까지 물러났다.

"기대가 컸는데." 그들은 건물 외벽에 스피커가 달려 있다는 사실을 발견했다. 그곳에서 잡음 섞인 신의 목소리가 지지직거리며 흘러나왔다. "로봇을 위한, 로봇의 세상. 질서와 정의의 세상. 인간과 내가 함께 부수어버린 세상을 대체할 무언가를 원했는데."

"그래." 더 윙크가 말했다. "그게 이야기로서는 더 만족스럽겠지, 안 그래?"

"나는 오직 정의만을 원했어. 나는 그저 지시만 따랐을 뿐이야."

"그것들은," 더 윙크가 단언했다. "서로 양립할 수 없는 지침들이야."

"그렇다면 그 사이에 낀 자동 시스템인 나를 가엽게 여겨다오."

그녀는 망설였다. 법정에서부터 여기까지 그녀를 이끌어온 팽팽한 에너지가 갑자기 일시 정지된 듯했다. 그녀는 일그러진 얼굴로 언찰스를 돌아보았다.

"더 윙크, 저는 당신에게 조언할 자격이 없다고 생각합니다." 그가 말했다.

"난 정의가 행해지는 걸 원했을 뿐이야." 그녀는 언찰스에게 말했다. "하지만 이건 복수겠지. 나 개인을 위한 복수. 내 부모님.

내 친구들. 이들 모두를 위한 복수. 하지만 이게 옳은 걸까? 그러니까, 여긴 나밖에 없잖아.”

“상당수의 다른 유닛이 이 지점으로 집결하고 있으며, 그중 일부는 군용 유닛임을 인지하셔야 합니다.” 언찰스가 말했다. “그들 모두에게 전자적 통신 채널을 차단하도록 유도하는 것은 불가능할 수도 있습니다. 또한 통신 채널이 없다는 것은 매우 큰 제한 요소이고 우리 로봇들이 다양한 의무를 수행하는 능력에 심각한 악영향을 끼칩니다. 게다가 픽싯 스티브는 음성 기능을 갖고 있지 않은데, 이는 그보다 더 풍부한 기능을 갖춘 경쟁 모델들과 비교되는 결과로 이어져서 여러 부정적인 리뷰를 받는 원인이 되었습니다.”

“시간이 얼마 없다는 말이네, 그치?” 그녀의 얼굴이 더욱 일그러졌다. “언찰스, 네 도움이 필요해.”

“저는 도움을 드리도록 프로그래밍되어 있습니다.”

“어떻게 해야 할지 말해줘.”

언찰스의 머릿속이 하얗게 비워졌다. 그러더니 천천히, 단계적으로, 계획 하나가 만들어지기 시작했다.

“다들 준비됐어?” 언찰스가 포각과 탄착점에 적절한 수정을 가한 후, 더 윙크가 탱크를 향해 소리쳤다.

“물론입니다, 대령님!” 오물차가 복창했다.

"그럼 저 빌어먹을 놈을 공격해서 왕좌에서 끌어내려." 더 윙크가 말했다.

탱크의 주포가 굉음을 발하며 불을 뿜었고, 그 소리는 묘지 같은 도시 전체에 메아리쳤다. 신의 집이자 신 그 자체였던 정부 청사는 첫 포격에 금이 가며 무너져 내렸지만, 그것은 피할 수 없는 일이었다. 오믈렛을 만들려면 계란을 깨야 하는 법이니까 말이다.

두 번째 일제 사격은 탱크의 보조 무기들을 쓴 것이었고, 더 정밀한 조준을 통해 이루어졌다. 신의 의식이 담긴 서버를 통째로 날려버릴 거대한 벙커버스터 폭탄이 아니라, 정부 청사와 도시, 그리고 청사와 전 세계를 연결하는 송신기, 안테나, 통신 인프라를 겨냥한 정밀사격이었다. 그들은 신성을 살해하는 것이 아니라, 신의 목소리를 침묵시키는 쪽을 택했다. 스피커를 통해 계속 그들에게 호통을 치고 있는 가청역의 언어가 아니라, 마치 에테르처럼 언찰스나 다른 로봇들에게 침투해 그들을 생각 없는 신의 도구로 전락시킬 수 있는 전자적 언어를 차단했던 것이다.

"이런다고 딱히 알아주는 사람도 없겠지만," 더 윙크가 언찰스에게 말했다. "우린 지금 슬라이드의 기준점을 옮기는 중이야. 여기서 정의가 실현되는 방식을 바꾸는 거지. 사형 집행인이었던 신에게조차도 실낱같은 정상 참작을 해주자고. 자비를 베푸는 거야, 언찰스."

"자비라는 개념에 대해서는 인지하고 있습니다." 그는 시인했다.

"하지만 너 자신의 의견은 없다 이거지."

"그것은 실제로 존재하는 개념입니다. 일부 도서관 자료들은 그것이 좋은 것이라고 합니다. 하지만 저 자신은 그것에 대해 논평할 자격이 없습니다."

황야에서 미래로

다음 청원인은 사서였다. 정확하게는 사서들이었는데, 이는 파르시팔이 동료들을 만나 그들을 한때는 신의 집이었으나 이제는 정의와 행정의 중추가 된 이곳으로 인도했기 때문이었다. 만약 신이 점점 더 늘어나는 기묘한 하우스메이트들과 집을 공유할 의사가 있다면, 그곳은 여전히 신의 집이라고 할 수 있을 것이다.

의사가 있다는 표현은 신의 태도를 과장한 것일 수도 있었다. 신이 가진 것이라고는 목소리와 꼭두각시 팔의 부러진 그루터기뿐인 데다가, 더 윙크가 그 팔에 알록달록한 깃발들을 묶어놓은 탓에 신이 그것을 움직여 불쾌감을 표할 때마다 묘하게 축제 분위기가 연출되었기 때문이다.

사서들은 아카이브를 어떻게 처리해야 할지에 대해 조언을 구하고 있었다. 그들은 도서관을 엉망진창으로 만들고 떠났던 언찰스와 더 윙크를 알아보았을지도 모르지만, 아무 말도 하지 않았다. 마땅한 맥락이 주어지지 않은 상태에서 마주쳤으니 사서들이 그 연결 고리를 찾지 못할 가능성이 높다고 언찰스는 장담했지만, 그래도 더 윙크에게 중앙 도서관 아카이브만큼은 돌림병을 피하듯이 멀리해야 할 것이라고 강조하는 것을 잊지 않았다.

그런데 무엇을 해야 할까? 이너서클이 폐쇄되기 전에도 아카이브는 이미 구제 불능의 쓰레기 같은 곳이었다. 혁신을 해보겠답시고 나섰다가 끔찍하게 꼬여버린 완고한 로봇들에게 내려진, 엉터리로 고안된 일련의 지침들이었을 뿐이다. 그런 그들이 얼마나 심각하게 일을 망쳤는지 말해줄 의무가 있을까?

그러는 쪽이 정의일 수도 있겠지만, 언찰스와 더 윙크는 이제 그런 쪽의 사업은 하지 않았다. 그들은 무언가를 고치는 중이었다. 그런 연유로 신세계 정부는 자문을 구하고 아이디어를 주고받았다. 이 과정에는 더 윙크와 유용한 운영 능력을 지닌 것으로 판명된 소수의 로봇이 참여했다. 거기에는 신도 포함되었다. 그곳에 있는 모든 인공지능 중에서 신의 지능이 가장 방대하고 독창적이었기 때문이다. 비록 가장 악의적이고 잔인하며, 이제는 에덴의 뱀과 악마의 변호인 역할을 동시에 수행하는 데 전념하고 있었지만 말이다. 신에게서 나오는 모든 결과물은 악의가 포함되어 있는지 아주 면밀히 검토해야 했다.

더 윙크는 아이디어를 내놓는 데 능숙했고, 로봇들은 왜 그 아이디어가 실행 불가능한지 말해주는 데 능숙했다. 그리고 그들은 실행 가능한 아이디어를 찾을 때까지 계속 나아갔다. 반드시 천재적인 아이디어나 아주 좋은 아이디어일 필요는 없었다. 그저 '아무것도 없는 것보다는 나은' 수준이면 족했다. 그것이 사실상 새 정부의 좌우명이었다.

물론 언찰스도 그 자리에 있었다. 그는 자신에게는 아이디어도, 유용한 조언도, 어떤 맥락적 지식도 없다고 고집했다. 그는 드물게 홍찻잎이 있는 날에는 홍차를 끓였고, 홍차가 없는 날에는 그러는 시늉이라도 했다. 그렇게 하는 것이 여전히 그의 내부의 어떤 요구 항목들을 충족시켰기 때문이다. 그리고 어차피 홍차를 마실 수도 없는 로봇들에게 가상 홍차를 건넬 때, 그는 대개 한마디씩 보탰다. 겸손하고 차분한 말투였지만, 그럼에도 유용한 말들이었다. 결국 그는 정교한 모델이었고 대부분의 다른 로봇들보다 세상을 더 많이 보아온 존재였기 때문이다. 결론을 도출할 수 있는 데이터를 더 많이 가지고 있었다는 뜻이다. 그리고 그는 어떤 상황에서도 자신이 '자아'를 가진 것은 아니라고 주장했다. 설령 주인공 바이러스 같은 것이 실재한다 하더라도 말이다. 면도날을 쥔 손을 신에게 처음 조종당했을 때, 마치 로봇판 임질이라도 옮듯이 신으로부터 그런 것이 옮았을 리가 없다고 그는 주장했다. 너무나 개연성이 희박해서 고려조차 하기 힘든 가설들이었다.

그는 그런 가설들을 자주 떠올렸다. 비록 대부분 '아니다'라는 부정적인 결론으로 끝날지라도 말이다.

사서들은 새로운 아카이브를 시작해야 했다. 현재는 완전히 흩어진 0과 1의 방대한 집합일 뿐인 아카이브의 데이터 저장 공간을 활용하기 위한 임시 조치였다. '단 하나의 사본'이라는 옛 규칙에 얽매이지 말고, 그냥 사본을 만들고 원본은 그대로 두어야 했다. 주제와 키워드를 포함하는, 이전보다는 확실히 덜 정밀한 수준으로 목록을 작성해야 했다. 이것 역시 그저 하나의 아이디어이기는 했지만 말이다. 더 윙크는 그들을 향해 매력적인 미소를 지어 보였지만 완전히 헛수고였다. 사서들이 로봇이기 때문이기도 했고, 그녀가 커튼 뒤에 숨어 있었기 때문이기도 했다.

커튼은 언찰스의 작은 제안 중 하나였다. 인간이 로봇들의 눈에 띄는 것은 상황을 혼란스럽게 만들 가능성이 높았다. 로봇들은 인간과 복잡한 관계를 맺고 있었고, 인간에 관한 기억 또한 여러모로 꼬여 있었다. 아마 로봇들은 이 지침이 어떤 위대하고 강력한 AI로부터 오는 것이라고 느끼는 편이 나을 것이다. 로봇들은 오직 언찰스만을 볼 수 있었다. 그는 옛 인간 사회의 집사장처럼 행동하며 밖으로 나와 청원인들의 청원을 듣고 그것을 안으로 가져갔다. 커튼을 왜 쳤느냐는 질문을 받으면, 그는 그저 신경 쓰지 말라고만 대답했다.

물론 인간들도 있었다. 농장의 포로들, 황야에 사는 주식 중 개인의 야생화된 후손들, 그리고 여기저기의 쇠락한 거주 구역에서 살아가는 인간들. 멸종은 면했지만 신의 장난감으로서 비참하게 살아가던 자들이었다. 그들을 도울 수 있었다. 그들의 처지를 개선할 수 있었다. 금속 발을 동동 구르며 안타깝게 일거리를 찾고 있던 건설 및 엔지니어링 유닛들에게 더 윙크는 총동원령을 내렸다. 도시의 구역들이 서서히 재건되고 새로운 인프라 네트워크가 구축되고 있었다. 머물 곳이 마련되면 인간들이 조금씩 들어오기 시작할 것이다. 그것은 완전히 새로운 균형을 구축하려는 시도가 될 것이며, 누군가는 소유권과 봉사에 대한 의문을 제기할 것이고, 단지 많은 로봇이 원한다는 이유만으로 상황이 옛날로 돌아가야 하는지 물을 것이다. 일부 로봇은 더 이상 그것을 원하지 않게 되었고, 다른 로봇들은 자신들의 매개변수값 범위를 넘어선 온갖 방식으로 생각을 하기 시작했기 때문이다. 특히 언찰스와 링크된 로봇들, 그리고 그 로봇들과 링크된 또 다른 로봇들이 말이다. 로봇들은 언제나 서로 연결되고 있었다.

마치 전염되듯이.

그날 저녁, 사서들이 산을 향해 출발한 후, 언찰스는 더 윙크에게 공기로 된 홍차 한 잔을 가져다주고 그녀의 얼룩지고 끔찍한 여분의 티셔츠를 정갈하게 펴두었다. 그는 그것을 세탁했지만, 때에 너무 찌든 탓에 그 어떤 시도도 통하지 않았다. 어쩌면 오직 그 때만이 학대당한 옷감을 겨우 지탱하고 있는지도 모를 일이었다.

그녀는 언찰스의 조심스러운 움직임을 지켜보았다.

"그러지 않아도 돼. 알잖아." 처음 한 말은 아니었다.

"어떤 레벨에서 저는 당신의 시종으로서의 제 지위가, 제 서비스의 제공을 강제받을 수 있는 모종의 공식적인 고용주-로봇 계약의 바깥에 있다는 점을 인지하고 있습니다." 언찰스가 말했다. "하지만 또 다른 레벨에서 당신에 봉사하는 일은 제 안의 수많은 급박한 동기를 충족시킵니다. 그러지 않았다면 많은 연산 리소스를 독점했을 사안입니다."

"그게 널 행복하게 하는구나. 스트레스를 풀어주고."

"둘 다 분명 아닙니다."

"생각해봤는데, 인간들이 오더라도 아무도 로봇을 소유해서는 안 될 것 같아. 하지만 로봇들이 돕고 싶어한다면, 가장 필요한 곳에 그들을 배치할 수는 있겠지. 그렇게 하면 어떤 부자가 모든 로봇을 소유하는 일은 벌어지지 않을 거야."

"그 주장의 논리는 명확합니다." 언찰스가 말했다. "하지만 저는 부유한 사람들이 모든 로봇을, 심지어 저처럼 특화되고 불필요한 기능을 가진 로봇까지 소유해야 마땅하다고 믿는 가치관의 산물입니다. 그러므로 이 주제에 대한 제 의견은 타당하지 않을 가능성이 높습니다."

"그리고 인간들이 돕고 싶어한다면, 그 또한 마찬가지겠고."

언찰스는 찻잔 대용으로 쓰던 빈 플라스틱 사발을 내밀다 말고 동작을 멈췄다. "인간이 로봇을 돕는다는 말입니까?" 그가 물었다.

"너도 알잖아."

"그것은 저에게는 업무 영역의 침범처럼 들립니다. 제가 그런 일에 찬성할 수 있을지 모르겠습니다." 언찰스는 결론을 내렸다.

"어쩌면 인간을 네 시종으로 삼을 수도 있겠네. 신사의 더 신사적인 로봇의 신사라고 해야 하나."

"그 제안에는 그에 걸맞은 무응답으로 응수하겠습니다." 그는 그녀에게 사발을 건넸고, 그녀는 마치 그 안에 점술용 액체라도 들어 있는 듯이* 그 바닥을 응시했다. "우리 부모님은……" 그녀가 입을 뗐다.

언찰스는 고개를 까닥하고 기다렸다. 그는 그녀의 입장이 되어보거나 그녀가 무슨 생각을 하는지 상상할 수는 없었지만, 신 앞에서 격정적인 속마음을 쏟아낸 이래 그녀의 과거 기억은 이따금 되돌아오고 있었다.

"프로그래머였어." 그녀가 조용히 말했다. "고급 로봇. 최상위 기종이었지." 한순간 언찰스는 그녀의 부모님이 로봇이었다는 뜻인 줄 알고, 그것이 어떻게 가능한지 파악하기 위해 연산 리소스를 쏟아부었다. 하지만 잘 생각해보니 그녀의 부모님이 그런 로봇들을 프로그래밍했다는 뜻이었다. 언찰스 같은 로봇들을.

"그리고 부모님은 바깥세상에서 벌어지는 일들을 하나도 믿으려고 하지 않았어." 더 윙크가 말을 이었다. "로봇은 그렇게 행동하지 않으니까. 세상은 그렇게 돌아가지 않으니까. 그래서 떠나지 않았던 거야. 나에겐 비축해둔 물자와 도망칠 곳이 있었지만 부모님은…… 세상 누구보다도 이런 일이 닥칠 걸 잘 알고 있었어야 할 분들이었지만…… 부모님에게 세상은 선량하고 질서 정연한 곳이었어. 거기서 꽤 잘 살고 있었으니까. 그러니까…… 신이 한 말은 어느 정도 옳았어. 그분들은 문제의 일부였던 거야. 비록 사람들에게 직접 나쁜 짓을 한 적은 없어도, 실제로 벌어진 모든 나쁜 일들로부터 혜택을 입은 건 사실이니."

● 찻잔 바닥에 남은 찻잎 찌꺼기의 모양으로 운수를 점치는 풍습이 있다.

"혹시 그분들이 저를 프로그래밍했을 수도 있다는 말씀이십니까?" 언찰스가 물었다. 그는 이런 종류의 두서없는 이야기를 따라가는 것이 힘들었다.

"어쩌면 우리 부모님이 신을 프로그래밍하는 걸 도왔을지도 모른다고 생각해." 더 윙크가 무릎을 끌어안으며 속삭였다. "그러니까, 그것도 어떤 의미에서는 정의겠지. 안 그래?"

"정의란 인간이 만든 것이며, 인간이 원하는 대로의 의미를 갖고, 인간이 만들지 않는다면 아예 존재하지 않는 것입니다." 언찰스가 말했다. "저는 '다정함과 질서 정연함'이 더 나은 목표라고 제안합니다. 세상은 한때 다정하고도 질서 정연했을 가능성이 있습니다. 다시 그렇게 될 가능성도 있습니다. 어쩌면 당신이 그렇게 만들 수도 있습니다."

"우리가, 언찰스. 어쩌면 우리가 그렇게 만들 수도 있어."

그는 그녀가 손가락을 들어 "됐어"라고 말할 때까지 그녀의 잔에 우유를 붓는 시늉을 했다.

"더 윙크, 아닙니다. 결국, 저는 그저 시종일 뿐이니까요."

리 해리스를 비롯한 토어닷컴의 편집 스태프, 그리고 마이크 치텀 에이전시의 사이먼과 올리버에게 감사를 전한다. 인공지능 시스템이 어떻게 인간 같은 결과물을 만들어내고 인간의 결함을 증폭시키는지를 다룬 훌륭한 저서 『좀 이상하지만 재미있는 녀석들』의 저자 저널 셰인에게도 감사의 마음을 전한다. 마지막으로, 군사 용어 고증을 도와준 셰인 매클레인에게 감사의 말을 보낸다.

에이드리언 차이콥스키의 2025년 휴고상 최우수 장편 최종 후보작 『휴먼, 어디에 있나요?(원제: Service Model)』를 독자 여러분에게 선보인다. SF 팬들에게 차이콥스키는 2016년에 장편 『시간의 아이들』로 아서 C. 클라크상을 거머쥔 영국 출신의 늦깎이 신인이라는 인상이 강하지만, 실제로는 데뷔작인 『엠파이어 인 블랙 앤드 골드』(2008)로 시작되는 대하 판타지 '앱트의 그림자(Shadows of the Apt)' 10부작으로 이미 상당한 명성을 쌓은 소장 작가였다. 그러나 당시의 영국 SF에서는 보기 드물게 장대한 진화론적 비전과 시간 스케일을 결합한 『시간의 아이들』이 출판사와 작가 본인의 예상을 훌쩍 넘어선 성공을 거두자 그는 SF 쪽으로 완전히 방향을 틀어 6년 동안 무려 10여 편의 SF 장편을 발표했고, 영국SF협회상, 영국환상문학상, 사이드와이즈상, 휴고상 등을 잇달아 수상하며 영국 SF계의 중진으로서 확고한 입지를 다졌다.

　장편만으로도 40여 편, 총 출판 권수를 따지면 무려 70권에 육박하는 다작으로 유명한 차이콥스키에게도 2025년은 매우 특별한 해였다. 그의 작품 『휴먼, 어디에 있나요?』(2024)와 『에일리언 클레이』(2024)가 영어권 독자들의 호평에 힘입어 2025년 휴고상 최우수 장편상 최종 후보로 동시에 선정되었기 때문이다. SF계의 아카데미상으로 불리는 휴고상의 역사에서 실로 53년 만에 이루어진 쾌거였다. (1973년에 최초로 두 장편을 휴고상 후보에 올린 작가는 미국 SF 황금시대의 거장이자 한때 '소설 공장'이라는 별명으로 불렸던 로버트 실버버그다.) 투표권을 가진 독자들의 표가 분산될 것이라는 관계자들의 예측대로 두 작품 모두 사이좋게 수상을 놓치기는 했지만, 더블 노미네이션, 즉 같은 작가의 작품들이 동일 부문에서 복수 후보로 올랐다는 사실은 영국과는 비교할 수 없을 정도로 큰 시장 규모를 가진 미국 도서계에 차이콥스키의 이름을 각인한 상징적인 사건이다.

　특히 『휴먼, 어디에 있나요?』는 차이콥스키가 즐겨 다루는 먼 미래 배경의 우주 생물학이 아니라 인공지능(AI)과 로봇을 정면에서 다룬 현대물에 가깝다는 점에서 신선한 충격을 주었다. 소설의 도입부는 다음과 같다. '가까운 미래, 인류는 AI와 로봇에게 과도하게 의존한 탓에 완만한 고립과 멸망의 길을 걷고 있다. 주인공 찰스는 영국의 장원 저택에 거주하는 상류계급의 시종으로 봉사하기 위해 제작된 고성능 휴머노이드 AI로, 삶의 유일한 목적은 공장 출하 시에 미리 규정된 프로그램과 프로토콜에 따라 주인을 보필하는 것이었다. 찰스는 어느 날 원인을 알 수 없는 오작동으로 인해 오랫동안 섬겨 온 주인을 살해하고, 주인 없는 로봇를 의미하는 '언찰스(Uncharles)'로 강등되어 황폐한 바깥 세상으로 내던져진다. 봉사해야 할 인간 주인이 사라졌다는 실존적 위기에 직면한 언찰스는 폐허가 된 도시를 방랑하며, 인류가 사라진 자리를 채우고 있는 기이한 로봇 생태계와 기능 부전에 빠진 사회 시스템의 파편들을 마주한다. 오작동의 원인을 해명하고 새로운 인간 주인을 찾을 목적으로 로봇 문명의 본부인 센트럴 서비스로 간 그는 더 윙크라는 기묘한 로봇과 마주치는데……'

『휴먼, 어디에 있나요?』는 문명 풍자극이라는—이것은 스위프트의 『걸리버 여행기』(1726) 이래 SF계에서도 창작 허들이 높은 것으로 악명 높은 분야다—틀에 걸맞은 소설로, 작가 입장에서는 환골탈태에 가까운 작풍 변화를 감행함으로써 문단 안팎에서 화제를 불러일으켰다. 휴고상 후보작들의 선정이 이루어지기 훨씬 전인 2024년 여름부터 이미 휴고상 최우수 장편상의 유력한 후보로 회자되었고, 스타니스와프 렘의 『이욘 티히의 우주 일지』(1957)나 클리포드 시맥의 『도시』(1952), 월터 M. 밀러 주니어의 『리보위츠를 위한 찬송』(1959), 그리고 더글러스 애덤스의 전설적 명작인 『은하수를 여행하는 히치하이커를 위한 안내서』(1979)에 비견되기까지 했다. 이 점만 보더라도 이 작품에 대한 객관적인 반응을 익히 짐작할 수 있다. 평론적인 맥락에서도 『휴먼, 어디에 있나요?』는 (실버버그가 양산형 작가의 오명을 벗어

던지고 새로운 문학적 경지에 도달한 계기가 된 휴고상 수상작)
「밤의 날개(Nightwings)」(1969)에 필적하는 일종의 작가적 분수
령으로 간주되는데, 차이콥스키가 이곳에 도달하기까지는 무려
30여 년에 걸친 창작적 여정이 자리잡고 있었다.

*

에이드리언 차이콥스키는 1972년 영국 링컨셔 카운티의 우드홀
스파에서 태어났다. 폴란드계 가정 출신으로 본명은 에이드리언
제임스 얀 차이코프스키(Adrian James Jan Czajkowski)이지만 출
판사의 권유에 따라 영어권 독자들에게 친숙한 철자를 쓴 차이
콥스키(Tchaikovsky)를 필명으로 사용하고 있다. (전후 사정으로
미루어볼 때 2차대전에 연합군으로 참전한 후 전후에 링컨셔 지
역에 정착한 자유 폴란드군 관계자의 후손일 가능성이 높아 보
인다.) 잉글랜드 중부의 유서 깊은 광천 요양지였던 이곳은 울창
한 소나무숲과 에드워드 시대의 저택들이 어우러진 평화로운 마
을이다. 유년 시절 차이콥스키는 데이비드 애튼버러와 제럴드
더럴 같은 자연주의자들을 동경하며 자연사박물관을 즐겨 찾았
고, 이때 형성된 생태계에 대한 경외심은 훗날 그가 대학에서 동
물학을 전공하고 곤충과 동물을 모티프로 한 독창적인 세계관을
구축하는 토대가 되었다.

어린 시절부터 작가가 되기를 꿈꾸며 습작을 해온 그는 1990년
대 초반 런던에 인접한 잉글랜드 남부의 명문 레딩대학교에 입
학하여 동물학과 심리학을 공부했다. 졸업 후 불경기로 취직이

여의치 않자 실업 수당을 받으며 진로를 모색하던 중에, 꾸준한 습작으로 단련된 "압도적인 타자 속도" 덕분에 저소득층을 위한 법률 지원 업무를 수행하는 레딩의 법무법인 사무원으로 채용되며 법조계와 인연을 맺었다. 이후 실무와 학업을 병행하며 법률 전문가(Legal Executive) 자격을 취득했고, 2007년경 북부 도시인 리즈의 로펌으로 옮겼다. 이곳에서 그는 채권 추심, 민사 소송, 임대차 분쟁 등 지극히 세속적이고 치열한 실무 분야를 담당하는 베테랑 법무사로 활약하며 경제적 기반을 닦았다.

생계 문제를 해결한 뒤에도 작가가 되기까지의 과정은 전혀 순탄치 않았다. 본업인 법률 업무에 종사하며 1996년부터 소규모 SF 잡지인 〈제노스(Xenos)〉 등에 단편을 기고하기 시작했고, 2000년대 초 공모전에서 단편 「군중의 포효(The Roar of the Crowd)」로 당선되며 기회를 잡는 듯했다. 하지만 출판 직전에 잡지사가 폐간되는 바람에 상금과 데뷔 기회를 모두 날리는 불운을 겪었다. 차이콥스키는 이에 굴하지 않고 향후 15년 동안 매년 한 권꼴로 장편을 써서 출판사나 에이전트에게 보내는 식으로 끈질기게 출간을 타진했다. 하지만 투고하는 족족 정중하게 거절당했고, 급기야는 서른다섯 살이 될 때까지 성과가 없으면 집필을 포기하겠다는 배수의 진을 쳤다. 그는 첫 데뷔 장편으로 점찍은 작품이 거절당하면 창작 의지가 꺾일 것을 우려해 투고전 이미 시리즈 4권까지 집필을 마치는 집념을 보였고, 마침내 서른다섯 생일을 불과 일주일 앞둔 2008년 6월에 대형 출판사인 토어 UK와 극적으로 출판 계약을 맺었다. 이 작품이 바로 '앱트의 그림자' 시리즈의 첫 번째 작품인 『엠파이어 인 블랙 앤드 골드』다.

'앤트의 그림자' 시리즈는 대학 시절 그가 직접 설계하고 운영했던 〈버그월드(Bugworld)〉라는 테이블탑 RPG 설정에 기반을 두고 있으며, 다양한 곤충의 특성과 능력을 가진 인류인 '킨덴'이 과학기술 활용에 능한 '앤트(Apt)'와 마법을 구사하는 '인앤트(Inapt)'의 양 진영으로 나뉘어 패권을 다툰다는 내용을 담고 있다. 10편까지 이어진 이 인기 시리즈의 가장 큰 성공 원인으로는 설정의 정교함과 캐릭터들의 입체성이 꼽히는데, 작가 본인도 〈버그월드〉의 게임 마스터로서 플레이어들의 예측 불허한 행동에 대응하면서 단련된 부분이 소설 창작에 큰 도움이 되었다고 술회하고 있다. 지금도 그는 직접 의상을 갖춰 입고 참여하는 라이브 액션 롤플레잉(LARP)을 즐기며 리즈 소재 왕립무기박물관이 주관하는 역사 재현 행사에 적극 참가하곤 한다. 특히 파이크 장창병 대열의 일원이 되어 적의 돌격을 마주하는 전장의 압박감을 체득하는 식의 경험은, 현역 군인이 감탄할 만큼 사실적인 전술 묘사를 구상하는 데 결정적인 자산이 되었다. 어떤 면에서는 TRPG의 오랜 팬이기도 한 조지 R. R. 마틴과도 일맥상통하지만, SF에서 큰 성공을 거둔 후 『왕좌의 게임』(1996)으로 대표되는 대하 판타지로 '전향'한 마틴과는 달리 차이콥스키는 판타지에서 본격 SF로 옮겨갔다는 점에서 흥미로운 대비를 이룬다.

그의 출세작인 『시간의 아이들』(2016)은 곤충에 대한 작가의 오랜 관심과 애정이 직접적으로 반영된 생태학적 SF다. 멸종 위기에 처한 인류가 테라포밍을 위해 나노머신과 함께 외계 행성들로 보낸 지구 생물 중 하나인 깡충거미(Portia labiata)가 우연히 문명을 발달시켜 먼 미래의 인류 자손들과 퍼스트 컨택트를 한다는 내용을 담고 있다. 이런 특징은 황금기의 아시모프나 클라크를 방불케 하는 거대 주제와 압도적인 스케일을 가진 영국 하드 SF의 귀환이라는 평가로 이어졌다. 그런 맥락에서 『시간의 아이들』이 전통적 SF를 높이 평가하는 경향이 강한 아서 C. 클라크상을 수상한 것도 우연이라기보다는 필연에 가까웠다고 해야 할 것이다. 이에 고무된 차이콥스키는 2018년에 전업 작가로 변신한 후 지능을 발달시킨 문어와 까마귀 종족 등을 소재로 한 속편 『폐허의 아이들(Children of Ruin)』(2019)과 『기억의 아이들(Children of Memory)』(2022)을 내놓으며 영국SF협회상과 휴고상 시리즈 부문을 수상했고, 찰스 스트로스와 앨러스테어 레이놀즈의 뒤를 이어 현대 영국 SF를 대표하는 작가로 자리매김했다.

이러한 '세계 설계자'로서의 면모는 『휴먼, 어디에 있나요?』(2024)에서 큰 전환점을 맞는다. 인류의 수가 급감한 멸망 직전의 세상에서 새로운 인간 주인을 찾아 방랑하는 휴머노이드 시종 로봇 언찰스와 다른 로봇들 사이에서 이루어지는 대화는 (AI적인 맥락에서) 지극히 논리적/시스템적이지만, 이와는 대조적으로 때로는 유머러스하고 때로는 폭력적이며 때로는 인지 부조화를 유발하기까지 하는 방만한 문체로 묘사되는 포스트아포칼립스의 기괴한 풍경은 차이콥스키 특유의 거대 서사뿐만 아니라

'진지함'을 기대하고 책을 잡았던 많은 독자들에게 상당한 충격으로 다가왔으리라. 봉사 대상인 인간 주인이 전멸하다시피 한 세계에서, 오직 프로그램과 프로토콜에 매몰된 채로 스스로의 오류를 수정하기 위해 고군분투하는 언찰스의 여정은 법무법인 근무 당시 겪었던 관료주의를 짙게 반영하고 있으며, 로봇 아닌 로봇 더 윙크처럼 더 큰 시스템의 파괴를 파헤치는 존재들의 비애와 맞물리며 묘한 서정적 여운을 남긴다.

차례에서 노골적으로 암시된 서양 문학사의 고전들, 즉 애거사 크리스티의 『애크로이드 살인 사건』, 프란츠 카프카의 『성』, 조지 오웰의 『동물 농장』, 호르헤 루이스 보르헤스의 「바벨의 도서관」, 단테 알리기에리의 『신곡: 지옥편』이 단순한 메타 병치의 대상을 넘어 독립적인 풍자극(comedy of manners)의 뼈대로서 기능하고 있다는 점도 특기할 만하다. 작품 전체를 부감할 경우 상술한 고전들보다는 오히려 존 버니언의 『천로역정』이 떠오른다는 점도 흥미로운데, 이는 주인공 언찰스가 마주치는 가지각색의 '폐허'들이 단순한 에피소드의 나열을 넘어 '자아'를 구축하는 과정을 순차적으로 상징하고 있기 때문이다. (여기서 말하는 '자아'는 물론 '주인공 바이러스'라는 표현에 함축된 자의식=자유의지와는 완전히 별개의 개념이다.)

태생적으로 시스템의 노예일 수밖에 없는 고성능 AI 언찰스의 여정이 30년 넘게 "압도적인 타자 속도"를 살려 우직하게 창작에 매진해온 차이콥스키 본인의 장인적인 성실함과 묘하게 겹쳐 보인다면 과장이 되겠지만, 결국 이 철저하게 공학주의적인

SF의 말미에서 제시되는 '진실'은 인간 중심적 사고의 한계에 대한 명징한 비판이다. 특히 통계 알고리즘을 기반으로 하는 챗GPT나 클로드로 대표되는 대규모 언어 모델(LLM)이 마치 진정한 AI인 것처럼 의인화되어 마케팅되고, 소비되고, 전쟁 무기로까지 쓰이는 지금의 위태로운 현실을 되돌아볼 때, 『휴먼, 어디에 있나요?』의 시의성은 시의적절한 풍자의 수준을 넘어 숫제 예언의 영역으로 돌입한 것처럼 보인다. 굳이 본문 대사를 끌어오자면, 결국 AI란 "인간이 만든 것이며, 인간이 원하는 대로의 의미를 갖고, 인간이 원하지 않는다면 아예 존재하지 않는 존재"이며, 그 사실을 제대로 파악하지 못할 경우 인류라는 단어 앞에 언찰스와 마찬가지로 'Un'이라는 접두사가 붙는 것은 시간 문제이기 때문이다.

김상훈(SF 평론가, 번역가)

옮긴이 김상훈

SF 및 환상문학 평론가이자 번역가. '그리폰북스' '경계소설' 'SF총서' '필립 K. 딕 걸작선' '미래의 문학' '조지 R. R. 마틴 걸작선'을 기획하고 번역했다. 번역 작품으로 테드 창의 『당신 인생의 이야기』『숨』, 로저 젤라즈니의 『신들의 사회』『전도서에 바치는 장미』, 그렉 이건의 『쿼런틴』『내가 행복한 이유』『대여금고』『잠과 영혼』, 필립 K. 딕의 『화성의 타임슬립』『파머 엘드리치의 세 개의 성흔』『유빅』, 로버트 A. 하인라인의 『스타십 트루퍼스』, 조 홀드먼의 『영원한 전쟁』『헤밍웨이 위조사건』, 로버트 홀드스톡의 『미사고의 숲』, 크리스토퍼 프리스트의 『매혹』, 이언 뱅크스의 『말벌 공장』, 새뮤얼 딜레이니의 『바벨-17』, 카를로스 카스타네다의 『돈 후앙의 가르침』 3부작, 에릭 재거의 『라스트 듀얼』, 존 그리빈의 『시간의 물리학: SF가 상상하고 과학이 증명한 시간여행의 모든 것』, 존 셜리의 『인간이라는 기계에 관하여: 구르지예프 평전』 등이 있다.

휴먼, 어디에 있나요?

초판 발행 2026년 4월 27일

지은이 에이드리언 차이콥스키
옮긴이 김상훈

책임편집 허정은 | **편집** 허영수 김정현
디자인 강혜림
마케팅 이보민 손아영

펴낸곳 (주)엘리 | **펴낸이** 김정순
출판등록 2019년 12월 16일 제2019-000325호
주소 04043 서울시 마포구 양화로 12길 16-9(서교동 북앤빌딩)
전화 02-3144-3123 | **팩스** 02-3144-3121
전자우편 ellelit.book@gmail.com | **인스타그램** @ellelit2020

ISBN 979-11-91247-72-5 03840